Margaret Forster

Ein Zimmer, sechs Frauen und ein Bild

Margaret Forster
Ein Zimmer, sechs Frauen und ein Bild

Roman

Aus dem Englischen von
Brigitte Walitzek

Arche

Für meine Schwiegertochter
Rosa Maggiora

Die englische Originalausgabe erschien 2006
u. d. T. *Keeping the World Away*
bei Chatto & Windus, London

Umschlag: Max Bartholl, Frankfurt a. M.
Unter Verwendung des Gemäldes
A Corner of the Artist's Room in Paris (1907–1909)
von Gwen John

Satz: Greiner & Reichel, Köln
Druck und Bindung: Clausen & Bosse, Leck
Printed in Germany
ISBN 3-7160-2355-8

»Regeln, die Welt fernzuhalten: Höre anderen nicht (mehr als notwendig) zu; sieh andere nicht (dito) an; pflege so wenig Umgang mit anderen wie möglich; wenn du mit anderen in Kontakt kommst, sprich so wenig wie möglich …«

3. März 1912 (Archiv Gwen John, National Library of Wales)

»Was das Glücklichsein angeht, so weißt du doch, nicht wahr, daß ein Bild, ganz gleich welches, wenn es fertig ist, genausogut nicht fertig sein könnte, soweit es den Künstler betrifft – und in der ganzen Zeit, die er dafür gebraucht hat, hat es ihm nur ein paar Sekunden Freude bereitet … Die Menschen sind für mich wie Schatten, und ich bin wie ein Schatten.«

Gwen John an Michael Salaman, im März 1902

Prolog

Der Bus kam im dichten Verkehr auf dem Embankment kaum voran. Reichlich Zeit, um aus dem Fenster zu blicken, reichlich Zeit, um zu träumen. Weiter vorne sah Gillian die Westminster Bridge, die jedoch nichts Majestätisches hatte, wie es Wordsworth in dem Sonett beschrieb, das sie am Tag zuvor in der Schule gelesen hatten. Aber Big Ben war wirklich beeindruckend. Während der Bus langsam weiterkroch, genoß sie die Gelegenheit, sich all diese Wahrzeichen genau anzuschauen; gleichzeitig versuchte sie, die Dinge, die sie sah, mit einem Rahmen zu umgeben, die Eindrücke voneinander zu trennen und im Kopf Bilder daraus zu machen.

Niemand sonst im Bus schien sich irgend etwas anzusehen. Sie amüsierten sich, die anderen Mädchen, lachten und schrien durcheinander, und zwei tanzten im Mittelgang, ohne sich um Miss Leachs Anweisung zu kümmern, sie sollten sich setzen und ruhig verhalten. Alle waren aufgeregt, weil sie in London waren, und die Kunstausstellung, zu der sie fuhren, schien nur ein Vorwand zu sein. Pläne, sich in der Mittagspause in die Oxford Street fortzustehlen, wurden geschmiedet – Miss Leach war leicht hinters Licht zu führen. Sie tat Gillian leid. Sie war eine gute Lehrerin, aber ansonsten einfach hoffnungslos mit ihren ungepflegten Haaren und ihrer Fahrigkeit und ihrem verzweifelten Wunsch, gemocht zu werden. Die ganze Fahrt über hatte sie mit piepsiger Stimme versucht, für Ruhe zu sorgen, das schmale Gesicht verkniffen vor Nervosität und gerötet vor Entrüstung darüber, daß niemand ihr auch nur den geringsten Respekt entgegenbrachte.

Schließlich hielt der Bus vor der Tate Gallery, und alle jubelten. Miss Leach stand auf, klatschte in die Hände und rief, sie sollten ruhig sein. Sofort fingen die Mädchen im hinteren Teil des Busses ebenfalls an, zu klatschen und mit den Füßen zu trampeln, aber dann merkten sie, daß ihre Lehrerin den Tränen nahe war, und hörten damit auf – sie waren nicht boshaft, sondern an diesem Tag einfach nur aufgekratzt. Miss Leach sagte, sie sollten schnell und zügig aussteigen, weil der Bus weiterfahren müsse, um zu parken, und nicht vergessen, ihre Sachen mitzunehmen. Gillian stieg als erste aus und wartete, während die anderen mit ihren Jacken und Rucksäcken und Taschen und Mineralwasserflaschen, die neuerdings alle haben mußten, herausgestolpert kamen. Ihre eigenen Freundinnen waren nicht mit im Bus – keine von ihnen hatte Kunst als Leistungskurs belegt –, und sie hatte das Gefühl, nicht ganz dazuzugehören. Es machte sie empfänglich für die Nöte von Miss Leach, die vor der Gruppe die Treppe hinauf und durch die Türen des Museums ging, wo sie, den Finger auf die Lippen gelegt, in der Eingangshalle stehenblieb und lächerlich aussah und von allen ignoriert wurde. Das Gegickel und Geplapper waren so laut, daß Gillian klar war, ihre Lehrerin würde es nie schaffen, Ordnung herzustellen, und sie beschloß, etwas zu tun. Sie baute sich vor Miss Leach auf, steckte die Finger in den Mund und stieß einen kurzen, schrillen Pfiff aus. Alle verstummten erschrocken, dann wurde gelacht, und als sich Gillian zu ihrer Lehrerin umdrehte und sagte: »Sollen wir gehen, Miss Leach?«, kamen sie brav und folgsam mit.

In der Ausstellung selbst verhielten sich die Mädchen vorbildlich. Hin und wieder flüsterten sie miteinander, aber das war alles. Zu dritt oder viert gingen sie von Bild zu Bild und zogen pflichtbewußt immer wieder die Informationen zu Rate, die Miss Leach ihnen mitgegeben hatte. Gillian hatte sie im Bus gelesen und fand sie, während sie die Bilder betrachtete, bedeutungslos. Mußte sie wissen, wo ein Künstler geboren wurde oder wo er studiert hatte? Alles, was zählte, waren doch die Bilder selbst, oder? Und was sie selbst in ihnen sah. Die Absicht des Künstlers spielte keine Rolle, oder? Wenn ein Bild nicht für sich selbst sprach, was hatte es dann für einen Sinn? Sie war überzeugt, daß man ein Bild auf *reine* Weise betrachten mußte, unbeeinflußt von irgendwelchem Wissen über den Künstler oder über die Umstände, unter denen es gemalt worden war.

Aber dann, vor einem ganz bestimmten Bild, fing sie an zu zweifeln. Sie konnte nicht aufhören, es anzustarren. Es gab ihr Rätsel auf und irritierte sie auf eine seltsame Weise. Es hatte etwas, das sie nicht zu fassen bekam. Der Versuch, es zu verstehen, machte sie ganz unruhig, und sie merkte, daß sie sich auf die Lippe biß, bis es weh tat. Sie blieb so lange davor stehen, daß Miss Leach zurückkam, um zu sehen, wieso sie noch nicht im zweiten Raum war, und ging schnell weiter, weil sie nicht aufgefordert werden wollte zu erklären, was sie beschäftigte. Von da an achtete sie darauf, nicht hinter den anderen zurückzubleiben. Sie verbrachten über eine Stunde in der Ausstellung, dann holte der Bus sie wieder ab und fuhr sie zum Hyde Park, wo sie ihre mitgebrachten Brote aßen. Gillian entfernte sich ein Stück von den anderen und setzte sich auf eine Bank am See, wo es ruhiger war. Ihr Kopf schwirrte, das Bild, das sie so in seinen Bann gezogen hatte, blitzte immer wieder vor ihren Augen auf, bis ihr ganz schwindlig wurde. Als sie ihre Brote gegessen hatte, schlug sie ihr Notizbuch auf und saß da, mit dem Bleistift über der leeren Seite in der Schwebe. Ihr war ein neuer Gedanke gekommen, aber sie schrieb nichts auf. Ihr Kopf war voll einfacher, aber nicht zu beantwortender Fragen.

Miss Leach kam auf sie zu, ein albernes, unsicheres Lächeln auf dem Gesicht. Hastig klappte Gillian ihr Notizbuch zu und wappnete sich innerlich. Sie wußte, daß sie zu Miss Leachs Lieblingen gehörte. Sie wußte auch, daß sie ihr dankbar sein sollte – beim letzten Elternabend hatte die Lehrerin sich dafür eingesetzt, daß sie Kunst studieren durfte, obwohl ihr Vater meinte, sie würde ihre Fähigkeiten vergeuden und solle lieber auf eine richtige Universität gehen. Trotzdem war Miss Leach komisch, es war schwer, nett und freundlich zu ihr zu sein. Aber sie konnte sie nicht daran hindern, sich neben sie zu setzen. »Nun, Gillian«, sagte sie, »war es nicht wundervoll, all diese Bilder zu sehen, die Arbeit von fast zwei Leben?« Gillian nickte. »Und was hältst du von ihnen? Ich weiß, du wirst es mir demnächst in deinem Aufsatz sagen, aber ganz allgemein, was für einen Eindruck hattest du? Es würde mich interessieren.«

Gillian war selbst überrascht. Sie wußte auf einmal, was ihr keine Ruhe ließ. »Ich habe über ihr Leben nachgedacht«, sagte sie, den Blick auf das Wasser gerichtet, um ihrer Lehrerin nicht ins Gesicht sehen zu müssen. »Wessen Leben?« fragte Miss Leach. »Seines oder ihres?« »Weder noch«, sagte Gillian ein bißchen verlegen. »Ich habe das Leben der *Bilder* gemeint, vor allem das Leben von einem ihrer Bilder. Ich habe mich gefragt, wo es wohl überall war, wem es gehört hat, wer es betrachtet hat. Und noch anderes – ich meine, welche Wirkung hatte es auf die Menschen, die es betrachteten? Was hat es ihnen bedeutet, *wie* haben sie es betrachtet, haben sie dasselbe gefühlt wie ich, haben sie gesehen, was ich gesehen habe, und …« Sie ließ den Satz in der Luft hängen.

Miss Leach schwieg eine Weile und sagte dann mit einer Stimme, in der nichts von ihrem sonst üblichen jammernden Tonfall mitschwang, wo ein Bild gewesen sei, seit der Künstler es aus der Hand gab, sei nicht wichtig. Ein Bild sei seinem Schicksal ausgeliefert. So einfach sei das.

Aber Gillian dachte, daß es irgendwie doch wichtig war.

Gwen

I

Der Wind trieb sie vor sich her, jagte sie mit wilden, heftigen Böen, die in ihren Ohren brannten, ihre Schals durchdrangen, ihre Haare zu einem heillosen Wirrwarr peitschten, ihre Mäntel durchschnitten und ihre kleinen Körper so durch und durch auskühlten, daß ihre Augen tränten und sie nach Luft japsten, bevor sie die Treppe erreichten. Gwen fiel hin. Sie hatte versucht, zwei Stufen auf einmal zu nehmen, aber ein Windstoß brachte sie aus dem Gleichgewicht, und sie stolperte und bekam das Geländer nicht mehr zu fassen. Thornton zog sie hoch und zerrte sie halb zur Tür, vor der Winifred, die von Gus hochgetragen worden war, sich schon zusammenduckte. Gus hatte Winifred abgesetzt und stand jetzt mit dem Rücken zur Tür, die Augen geschlossen, die Arme weit ausgebreitet, um den Wind willkommen zu heißen, ein Lächeln auf dem Gesicht.

Als sie alle vier beisammen waren, hämmerten sie gemeinsam gegen die große, massive Tür, schlugen mit den Fäusten darauf ein, klapperten mit dem Briefschlitz und schrien um Einlaß. Die Tür flog mit Wucht nach innen auf, das dicke Holz dieses eine Mal den orkanartigen Windstößen nicht gewachsen. Sie wieder zu schließen, als sie sicher in der Eingangshalle waren, verlangte ihre vereinten Kräfte. Eluned war nicht geblieben, um ihnen zu helfen. Die Kinder ließen sich auf den gefliesten Boden fallen, zerrten an ihren Mänteln und zogen ihre Stiefel aus, die dick mit Matsch verkrustet waren und die sie unter keinen Umständen im Haus anbehalten durften. Winifred stellte sie liebevoll in einer Reihe auf, eine Aufgabe, die ihr Freude machte. Dann trappelten sie auf Strümpfen die Treppe hinunter in die Küche, begierig auf die heiße Milch, die dort auf sie wartete. Thornton und Gus stürzten ihre Milch hastig hinunter, und sogar Winifred beeilte sich. Nur Gwen umklammerte ihren Becher, ohne zu trinken, sie wollte nur die Wärme an ihren Händen, nicht den Inhalt. Ein Schluck reichte ihr. Den Rest würde sie dem Kater geben, wohlweislich darauf achtend, daß Eluned (die es ihrem Vater weitersagen würde) nichts davon mitbekam.

Langsam, den Becher vorsichtig balancierend, verließ sie die anderen und ging die Treppe hinauf zurück in die Halle und dann die nächste Treppe hinauf in ihr Zimmer, wo Mudge auf sie und die Milch wartete. Sie leerte den Becher in seinen Napf, und er schlabberte die Milch auf, ohne Gwen anzusehen. Sie machte die Tür zu, setzte sich davor und beobachtete ihn. Alle sagten, er sei häßlich, der Kümmerling des letzten Wurfs, aber sie sah im dumpfen Grau seines Fells und in den weiß umrandeten spitzen Ohren etwas Ungewöhnliches, das sie rührte. Er war ihr Kater, von den anderen ungeliebt und ihr deswegen um so lieber. Aber er mochte es nicht, gestreichelt und getätschelt zu werden. Sie verständigten sich, indem sie sich von weitem in die Augen starrten und auf die kleinste Bewegung des anderen lauschten. Sie taten das auch jetzt, als er seine Milch ausgetrunken hatte. Vor dem Zimmer waren Geräusche zu hören, Schritte, die näher kamen. Gwen wappnete sich.

Es war auch Winifreds Zimmer, aber wenn sie von innen fest genug gegen die Tür drückte, konnte Winifred, die drei Jahre jünger war, sie nicht öffnen. Sie würde zu ihrer Mutter laufen, um sich zu beschweren, und Gwen würde Zeit gewinnen.

Aber die Schritte liefen schwer und eilig an der Tür vorbei. Also nicht die von Winifred, sondern die von Gus. Sie war noch für eine Weile sicher. Sie lächelte Mudge zu, der sich voller Verachtung umdrehte und auf die Sitzbank in der Fensternische sprang. Sie setzte sich nicht zu ihm. Hier, vom Boden aus, an die Tür gelehnt, sah das Zimmer anders aus. Das Fenster ragte bedrohlich über der Bank auf und wirkte doppelt so groß wie in Wirklichkeit. Interessiert folgte sie seinem Umriß mit den Augen, maß Länge und Breite ab. Sie wünschte sich, es wäre nicht von Vorhängen eingerahmt. Die Vorhänge waren aus dunkelrotem Plüsch, dick und schwer, und hingen von einer Messingstange bis auf den Boden hinunter. Sie haßte sie, verabscheute auch die Kissen aus demselben Material auf der Bank. Darunter war Holz, das sie gern berührte, seine Maserung fühlte sich unter ihren Fingern angenehm an. Sie selbst saß in diesem Augenblick auch auf Holz. Auf dem Boden lag zwar ein gemusterter Teppich, aber er ließ ringsum eine Umrandung aus Holz frei. Die dunkel lasierten Dielen waren voller Splitter, aber sie liebte die Art, wie sie sich anfühlten, und setzte sich nie auf den Teppich. Seine Farbwirbel und seine satte, wollige Dichte waren ihr zuwider. Dasselbe galt für den Kleiderschrank, der von da, wo sie saß und sich in seinem ovalen Spiegel gespiegelt sah, gigantisch wirkte. Er ließ alles im Zimmer winzig erscheinen. Nachts, wenn sie aus einem Traum hochschreckte, kam es ihr manchmal vor, als seien die Seitenwände aus Mahagoni blutüberströmt.

Ich bin hier und doch nicht hier, dachte sie, während sie sich selbst anstarrte. Da ist mein Kopf, und da sind meine Haare, völlig zerzaust, und da ist mein Körper in seinem grünen Kleid, schlaff und reglos, und da sind meine Beine, die unschicklich darunter hervorragen. Ich bin es und bin es doch nicht. Und dieses Zimmer ist nicht meins, es hat nichts mit mir zu tun. Ich bewohne es nicht. Es ist einfach nur ein Ort, in den ich hineingesteckt wurde. Ich kann mich daraus emporheben, wann immer ich will. Also hob sie sich empor, zuerst nur ein kleines Stück, so daß sie über ihrem Kopf schwebte, den sie gerade verlassen hatte, dann höher, bis sie die Decke durchbrach und in Gus' Zimmer war, und dann noch höher, bis sie das Haus mit seinem im Regen glänzenden Dach unter sich sah. Dann kam sie wieder herunter – zufrieden, für den Augenblick. Mudge drehte sich um und starrte sie an. Er wußte, was sie getan hatte.

Widerstrebend stand sie auf und ging hinüber zur Bank in der Fensternische, wo er ihr erlaubte, sich zu ihm zu setzen. Es regnete immer noch in Strömen, der Wind heulte immer noch. Ein wütender Märzsturm, der vom Meer herübertobte. Sie hätten bei diesem Unwetter wirklich nicht draußen sein dürfen. Wenn ihr Vater nach Hause kam und Eluned ihm erzählte, was sie gemacht hatten, würde er böse sein. Niemand im Haus durfte Unannehmlichkeiten verursachen. Unannehmlichkeiten, egal welcher Art, regten ihre Mutter auf, und sie durfte sich nicht aufregen, auf keinen Fall. Mutter hatte Schmerzen in den Beinen und im Nacken und im Rücken. Sie stöhnte, wenn sie sich bewegte, und biß sich auf die

Lippen. Sie hatte aufgehört, zu zeichnen und zu malen und Klavier zu spielen, und jetzt mußte sogar das Fleisch für sie geschnitten werden, weil sie keine Kraft mehr in den Fingern hatte. Gwen starrte sie bei den Mahlzeiten an. Die Finger ihrer Mutter waren verkrümmt, und auf den Knöcheln waren merkwürdige Höcker. Sie hatte versucht, sie zu zeichnen, aber sie waren ihr nicht gelungen. Gus hatte es auch versucht, mit mehr Erfolg, aber er hatte seine Zeichnung versteckt, weil er nicht wollte, daß ihre Mutter sie sah. Statt dessen zeigte er ihr eine Zeichnung von ihrem Gesicht, lieb und lächelnd, wie sie auf der Chaiselongue lag. Hände zu zeichnen war schwer, noch schwerer war es, sie mit den Armen zu verbinden.

Ihre Mutter war oben, im Bett, obwohl es erst drei Uhr nachmittags war. Winifred hatte sich bestimmt zu ihr geschlichen. Sie war bestimmt unter das Federbett gekrochen und hatte sich an Mutter gekuschelt, und Mutter drückte sie an sich und streichelte ihre Haare und küßte sie. Wenn Gwen ins Schlafzimmer ihrer Mutter ging, blieb sie immer am Fußende des Bettes stehen, stumm und bedrückt. »Komm zu mir!« sagte ihre Mutter und streckte die Arme nach ihr aus, aber obwohl Gwen brav vom Fußende an die Seite des Bettes ging, konnte sie nicht tun, was Winifred tat. Sie setzte sich nur auf die Decke, und ihre Mutter legte einen Arm um ihre Taille und drückte sie. Es fühlte sich linkisch an, und bald ließ sie sie wieder los. Und in Gwens Innerem schwoll etwas an, das sie fürchtete, eine wachsende Panik, die sie aus dem Zimmer laufen ließ, bevor etwas geschah, das sie nicht kontrollieren konnte. Sie wußte nicht, was sie tun würde. Schreien vielleicht oder weinen oder so heftig zittern, daß ihre Mutter Angst bekommen würde. Also lief sie lieber weg.

Es war immer eine Erleichterung. Das Schlafzimmer drückte ihr die Luft ab, und sie haßte es noch mehr als ihr eigenes Zimmer. Es war so vollgepackt mit Möbeln, so vollgestopft, und es hatte einen Geruch, bei dem ihr ganz komisch wurde, eine Mischung aus dem Parfüm, das ihre Mutter benutzte und das Stephanotis hieß, und dem Mittel, mit dem sie sich einrieb. Das Fenster wurde nur selten geöffnet, das Zimmer nur selten gelüftet. Sie hatte versucht, dieses Schlafzimmer zu zeichnen, aber das Papier war nicht groß genug, um mehr als die Hälfte darauf unterzubringen. Sie hatte das Fenster gezeichnet, weil sie die Art mochte, wie es sich nach innen neigte, und den Blick auf die Schieferdächer, kam aber nicht dahinter, wie sie das Bett zeichnen sollte und die Kommode und die Wäschetruhe und den Frisiertisch und den Schrank und den Krankenstuhl – es war zuviel, ihr wurde davon ganz schwindelig. Ihre Mutter hatte sich das Bild angesehen und gelächelt und gesagt, die Tapete sei ihr gelungen und die Schnitzerei der Bettpfosten hervorragend wiedergegeben. Sie hatte gesagt, Gwen sei ehrgeizig, müsse aber erst gehen lernen, bevor sie laufen könne, und hatte ihr aufgetragen, eine Skizze von spielenden Kindern am Strand auszumalen, die sie selbst für Gwen und Gus gezeichnet hatte.

Die Bilder ihrer Mutter hingen im Wohnzimmer. Sie wurden von allen bewundert, die sie das erste Mal sahen. »Oh, wie hübsch!« sagten die Leute, vor allem über *Oranges and Lemons*, ein Bild von spielenden Kindern. Gwen sah, daß das stimmte. Ihre Mutter konnte Menschen wirklich gut malen. Die Farben des Bildes leuchteten, und es hatte etwas Lebendiges, aber trotzdem blieb es ihr nicht im Kopf. Sie hatte lange davorgestanden und es betrachtet, als niemand sonst im Zimmer war, und ihm dann den Rücken zugekehrt, und alles, was sie noch vor ihrem inneren Auge sah, war ein vager Eindruck von Kleidern und Armen. Irgend etwas fehlte, aber sie wußte nicht, was es war. Sie hatte Gus gefragt. Er hatte gesagt, er wisse nicht, was sie meine. Sie wußte, daß er es doch wußte, es aber entweder nicht sagen konnte oder nicht sagen wollte.

Sie hörte, wie unten die Haustür geöffnet und geschlossen wurde. Ihr Vater war aus dem Büro zurück. Das Haus schien anders zu atmen. Immer noch auf der Bank in der Fensternische sitzend, lauschte Gwen, hob den Kopf wie Mudge, reckte den Hals wie Mudge. Sie durfte sich nicht bewegen, durfte sich nicht verraten. Das Licht, an einem Tag wie diesem sowieso nicht sehr hell, ließ nach. Gwen mochte die Dämmerung; das Zimmer wirkte freundlicher, wenn die wuchtigen Möbel sich im Halbdunkel verloren. Unten hörte sie die Stimme ihres Vaters und das Schlagen der Großvateruhr und dann seine Schritte, langsam und gemessen, auf der Treppe. Er ging zu ihrer Mutter. Er würde Winifred wegschicken und eine halbe Stunde allein mit seiner Frau verbringen, und dann würden sie zum Tee gerufen werden, und sie würden schweigend essen und trinken. Ihr Vater würde nur gelegentlich eine Frage stellen, und Thornton würde antworten. Wenn ihr Vater über ihr nachmittägliches Abenteuer informiert worden war, würde es eine Strafpredigt geben. Gus würde sagen müssen, wo sie gewesen waren und warum. Er würde die Wahrheit sagen. Solange er die Zigeuner nicht erwähnte, war das nicht so wichtig. Sie würden alle sagen, daß es ihnen leid tat.

Winifred steckte den Kopf durch die Tür. »Wieso sitzt du im Dunkeln, Gwen?« flüsterte sie. Gwen antwortete nicht. Sie stand von der Bank auf und folgte Winifred die Treppe hinunter ins Spielzimmer, wo Gus vor dem Kamin auf dem Boden lag und zeichnete und Thornton in seinem Atlas blätterte. »Mama fährt weg«, sagte Winifred. »Ich habe gehört, wie Papa es gesagt hat.« Alle sahen sie an. Stolz darauf, so wichtig zu sein, lächelte sie in die Runde. »Was gibt es denn da zu lächeln?« sagte Gus. »Die Tanten werden wieder kommen.« Thornton stöhnte und knallte seinen Atlas zu. Gwen sagte nichts. Es passierte dauernd. Ihre Mutter wurde zu krank, um aufstehen zu können, und dann, wenn es ihr ein wenig besser zu gehen schien und sie ab und zu heruntergekommen war, fuhr sie weg, und die Tanten kamen, und alles war anders, und es gab nichts, was man dagegen tun konnte.

Bei Tisch warteten sie darauf, daß ihr Vater ihnen sagte, was Winifred schon erzählt hatte, aber er sagte nichts, bis die Mahlzeit vorbei war. Dann räusperte er sich. »Zwei Informationen, die ihr verdauen könnt, während ihr euer Essen verdaut«, sagte er. »Die eine ist, daß eure Mama wegfährt, um wieder gesund zu werden. Die andere, daß Tante Rosina und Tante Leah kommen werden, um sich um euch zu kümmern. Ihr müßt alle folgsam sein.« Keiner von ihnen sagte etwas. Gwen hätte am liebsten geweint, aber wenn sie vor ihrem Vater weinte, würde er wissen wollen, wieso, und sie würde am Tisch sitzen bleiben müssen, damit sie erklärte, was, wie sie fand, nicht erklärt werden mußte. Sie senkte den Kopf und konzentrierte sich auf ihren Teller, fuhr das Blumenmuster nach, zwang ihre Augen, den Konturen der rosa Rosen zu folgen, die grünen Stiele hinauf und rundherum um die hübsch gemalten Blätter, die den Rand zierten. Ihr Vater sagte noch etwas. »Wenn eure Mama wieder da ist, fahren wir nach Broad Haven.«

Diese Neuigkeit half. Gwen sah sich auf der Stelle in ihrem winzigen Zimmer dort, ganz oben im Haus, leer bis auf das Rollbett und den Läufer auf dem Boden und den Hocker in der Ecke. Ihre Mutter hatte gewollt, daß sie sich das Zimmer mit Winifred teilte, wie zu Hause am Victoria Place, aber sie hatte gebeten und gebettelt, in Broad Haven für sich sein zu dürfen. Das Zimmer sei wie eine Zelle, sagte Thornton, und weder er noch Gus neideten es ihr. Sie war noch nie in einer Zelle gewesen. Aber in einer Gefängniszelle gab es sicherlich nur wenig oder gar kein Licht, und ihre Dachkammer war davon erfüllt. Sie konnte nachts auf dem Bett liegen und durch das vorhanglose Oberlicht den Mond und die Sterne betrachten, und morgens wurde sie von den dahinziehenden Wolken geweckt, aufblitzenden Fetzen aus Weiß. Winifreds Zimmer und das Zimmer der Jungen gingen aufs Meer hinaus, aber das war ihr egal. Sie fand den Anblick des Himmels aufregend. Sie hatte versucht, den Himmel zu zeichnen, so wie sie ihn durch das Oberlicht sah, aber es war nichts daraus geworden.

Gestern war in Haverfordwest Markt gewesen, die Straßen und Plätze der Stadt voller Geschäftigkeit, vollgestopft mit Rinder- und Schweineherden mit ihren Treibern, und dazwischen kräftige, hochgewachsene walisische Frauen, die Körbe mit Austern auf dem breiten Rücken trugen. Aber was Gwen und Gus am meisten fasziniert hatte, das waren die Zigeuner, große Gruppen von ihnen, die die Stadt vereinnahmten und sich trotz ihres zerlumpten Aussehens wie Könige und Königinnen gebärdeten. Sie hatten ihr Lager außerhalb der Stadt aufgeschlagen, aber Gus hatte geschworen, er kenne den Weg, und sie hatte gesagt, sie würde sich von ihm hinführen lassen, obwohl sie nicht ganz geglaubt hatte, daß er wirklich etwas so Gefährliches tun würde, wenn es soweit war. Aber er war fest entschlossen gewesen und hatte sie geweckt, und sie konnte ihn nicht allein gehen lassen. Sie schlichen sich kurz nach Anbruch der Morgendämmerung aus dem Haus, durch die Seitentür, die am einfachsten zu öffnen war, ohne große Riegel wie an der Vorder- und an der Hintertür. Es gab nur einen einzigen Schlüssel, der sich leicht drehen ließ und nie aus dem Schloß genommen wurde. Die Seitentür führte auf einen schmalen, überdachten Durchgang, den sie leise entlangschlichen, da sie wußten, daß das Fenster darüber zu Eluneds Zimmer gehörte, die einen leichten Schlaf hatte (zumindest behauptete sie das). Eine weitere Tür öffnete sich zum Garten hin, und dann konnten sie zwischen den Sträuchern hinunter zur Hecke laufen und zu dem hölzernen Tor darin. Es war verschlossen, man konnte aber leicht darüber klettern. Gwen blieb an einem Nagel hängen, und ihr Kleid bekam einen kleinen Riß, aber die fröhliche Tante Leah (die von den Kindern Lily genannt wurde) machte wegen derartiger Kleinigkeiten kein Getue, und Tante Rosina (von ihnen Rose genannt), die ein Getue machen würde, würde nichts davon merken, weil ihre Augen nicht so gut waren.

Gus wußte, wie sie gehen mußten. Sie hatten eine Stunde Zeit. Wenn sie um sechs zurück waren, konnten sie sich auf demselben Weg, den sie gekommen waren, wieder ins Haus schleichen, und weder Eluned noch die Tanten würden je etwas erfahren. Und wenn sie erwischt wurden, konnten sie immer noch behaupten, sie hätten nur nachsehen wollen, ob die Pilze auf der Wiese gegenüber schon soweit waren. Gus war noch so jung, aber sein Wagemut erstaunte sie. Gwen selbst hatte auch keine Angst vor den Zigeunern, aber sie wäre nie zu einem ihrer Lager gegangen oder kühn genug gewesen, mit ihnen zu sprechen. Es beunruhigte sie, daß sie älter war als Gus und eigentlich vernünftiger sein müßte. Sie hätte ihm verbieten müssen, zum Zigeunerlager zu gehen, statt sich bereit zu erklären, ihn zu begleiten. Sie wußte, daß ihr Vater Angst hatte, sie könnten von den Zigeunern entführt werden, vor allem Winifred, aber Gus hatte keine Angst. Er sagte, er würde gern entführt werden und ein Leben als Zigeuner führen.

Gwen glaubte nicht, daß ihr das gefallen würde. Soweit sie das beurteilen konnte, nachdem sie sie mit Gus ausspioniert hatte, gab es bei ihnen keine Ordnung und keine Privatsphäre. Aber sie sehnte sich danach, das Innere eines Wohnwagens zu sehen, obwohl sie nicht wußte, wie sich das gefahrlos bewerkstelligen ließe. Sie würde nie auch nur in die Nähe von einem gehen und es auch Gus nicht erlauben. Sie hatte ihm gesagt, daß sie schreien würde, wenn er von ihrer Seite wich. Das einzige, was sie an diesem Morgen tun würden, das einzige, was sie erlauben würde, war, die Zigeuner aus der Ferne zu beobachten, sicher im hohen Gras verborgen. Es würde viel zu sehen geben. Heute würden die Zigeuner weiterziehen. Sie würden ihre Ponys und Pferde vor ihre Karren und Wohnwagen spannen und fortfahren. Ihre Feuer würden gelöscht werden, ihre Töpfe und Pfannen eingepackt, und das war unterhaltsam genug. Ihre Kleider faszinierten Gwen am meisten, die leuchtenden Farben, die weiten Röcke, die reiche Vielfalt an Stoffen, so viele verschiedene, achtlos, triumphierend, zusammengewürfelt. Sie hätte sich gern so wie sie gekleidet und fand ihre eigenen vernünftigen Kleider zum Sterben langweilig. Tante Rose sagte, die Kleidung der Zigeuner sei vulgär und schreiend. Als Gwen es wagte zu sagen, sie sei, im Gegenteil, farbenfroh und fröhlich, folgte eine halbstündige Predigt über die Sünde der Eitelkeit.

Die Sonne war aufgegangen, ein rotes Glühen breitete sich am Rand des Horizonts aus, und der Nebel, der anderswo noch dicht war, hob sich von den Feldern vor der Stadt. Sie hasteten über schmale Wege auf den Wald am Hügel zu. Für einen kleinen Jungen hatte Gus ein untrügliches Orientierungsvermögen. Der Pfad am Cleddau entlang war schmal und oft matschig, aber nachdem es so lange heiß gewesen war, war er heute größtenteils trocken. Die dunkle Masse von Haverfordwest Castle ragte aus dem aufsteigenden Nebel jenseits der grauen Schlickflächen auf der anderen Seite des Flusses. Gus blieb nicht stehen, um sich zu vergewissern, ob sie ihm folgte, sondern lief weiter, wobei seine Schritte laut durch die Stille hallten. Dann endete der Pfad. Um in den Wald zu kommen, mußten sie den Fluß auf Trittsteinen überqueren. Gwen hüpfte von Stein zu Stein, ohne sich die Füße naß zu machen, aber Gus rutschte aus, und sein rechter Stiefel wurde durch und durch naß, noch etwas, was sie später würden erklären müssen.

Der Wald war mit dichtem, dornigem Unterholz zugewuchert, aber Gus kannte den Weg. Sie hielt sich dicht hinter ihm, froh darüber, daß er jetzt immer wieder stehenblieb und sich, den Finger auf die Lippen gelegt, nach ihr umdrehte. Er war vorsichtig, und ihr kam der Gedanke, daß er trotz seiner gespielten Tapferkeit genauso Angst hatte wie sie. Dann sahen und rochen sie Rauch. Gus blieb stehen und gab ihr ein Zeichen, daß sie nach rechts abbiegen und einen weiteren halb überwachsenen Pfad einschlagen mußten. Sie fragte sich, wie er ihn gefunden hatte, so weit von den Wegen entfernt, die sie alle mit ihrem Vater gegangen waren. Aber jetzt standen sie oben auf einem kleinen Hügel, und unter ihnen lag das Zigeunerlager. Es herrschte ein unbeschreiblicher Lärm. Es wurde geschrien und gerufen, Pferde wieherten, Babys weinten, Sachen wurden scheppernd und klappernd auf Karren geladen. Sie lagen auf dem Bauch und sahen stumm hinunter. Der größte, am meisten verzierte Wohnwagen stand genau in Gwens Blickrichtung. Sie sah von oben auf sein Dach hinunter, aber das Fenster an der Seite wurde von einem Stock offengehalten, und sie konnte ein kleines Stück des Inneren erkennen. Eine Decke, rot und weiß, die über irgend etwas geworfen war, und gelbe Kissen mit Troddeln und ein Stück von einem Tisch mit einer blauen Teekanne darauf. Sie stellte sich den Rest vor und versuchte, sich in diesen Raum hineinzuzeichnen, aber es gelang ihr nicht – sie konnte sich nicht in ihn versetzen.

Dann brachen sie auf. Reiter führten die Prozession der Karren und Wohnwagen an, die langsam von älteren, schwerfälligeren Pferden gezogen wurden. Kinder rannten daneben her, und um sie herum sprangen jaulende und bellende Hunde. Die Stille, die hinter ihnen zurückblieb, war unheimlich. Plötzlich konnte Gwen überall um sich herum Vögel singen und Äste knacken hören. Sie stand auf. »Komm«, sagte sie und tippte Gus sanft mit dem Fuß an. Er rührte sich nicht. Sie tippte ihn noch einmal an, und nun stand er auf, einen finsteren Ausdruck auf dem Gesicht. Dieses Mal ging sie voran, da sie sich den Weg gemerkt hatte, aber er folgte ihr nur langsam, trödelte hinter ihr her. Sie hatte keine Ahnung, wie spät es war, fürchtete aber, daß Eluned bald in die Küche gehen würde, und sie wollte ihr nicht begegnen. Gus war das egal. Er war in einem Traum gefangen, unterwegs mit den Zigeunern. Der Gedanke an zu Hause bedrückte ihn. Ihre Mutter war schon so lange weg. Auch Gwen fühlte sich elend, aber sie ließ sich nichts davon anmerken. Es war nicht gut, die eigenen Gefühle zu zeigen. Weinen trug einem nur unerwünschte Aufmerksamkeit ein. Sie wollte sich verstecken, sie wollte in ihr Zimmer in Broad Haven und sich darin einschließen.

Am Tor in der Hecke wartete sie auf Gus. Er hielt den Kopf immer noch gesenkt, ging aber inzwischen ein bißchen schneller. Auf Zehenspitzen schlichen sie durch den Garten. Gwen sah, daß die Vorhänge im Zimmer ihres Vaters noch zugezogen waren. Alle anderen im Haus auch, also konnte es noch nicht sechs sein. Auf der Treppe blieb sie stehen, bis Gus sie eingeholt hatte, und drückte seine Hand. Er erwiderte den Druck. Leise schlich sie in das Schlafzimmer, das sie sich mit Winifred teilte, und legte sich vollständig angezogen ins Bett. Bald würde das Haus zu neuem Leben erwachen. Sie kannte alle Geräusche auswendig, wenn auch die Reihenfolge variierte. Manchmal sang Tante Rose ihre Kirchenlieder gleich wenn sie aufstand, manchmal nicht. Manchmal warteten beide Tanten, bis Vater gefrühstückt hatte und ins Büro gegangen war, bevor sie selbst zum Vorschein kamen. Heute stimmte keins der Geräusche. Ein leises Klikken von unten verriet ihr, daß Eluned auf war, aber keins der anderen üblichen Geräusche folgte. Sie spitzte die Ohren. Auf dem nächsthöheren Treppenabsatz wurde geflüstert. Wer war das? Die Tanten flüsterten nie. Flüsterte ihr Vater mit einer der Tanten? Aber er flüsterte auch nicht, nie. Sie setzte sich auf. Mehr Geflüster, dieses Mal bewegte es sich an ihrer Tür vorbei. Dann ein leises Klopfen. »Gwendoline? Du sollst dich und Winifred anziehen und nach unten kommen. Dein Vater will alle sehen.«

Sie stand auf, öffnete die Vorhänge und ließ den hellen Augusttag herein. Sie half ihrer Schwester beim Anziehen und bürstete ihr die Haare, so gut sie konnte. Sie hörte ihre Brüder die Treppe hinunterspringen und ein lautes »Pst!« von Tante Lily. Ihr Herz fing an, schneller zu schlagen. Sie legte die Hand auf die Stelle, wo es so pochte, und ließ sie dort. Winifred sah ängstlich zu ihr hoch, und sie versuchte zu lächeln. Hand in Hand gingen sie hinunter. Eluned und Gwenda und Josiah standen nebeneinander in der Halle. Tante Lily kam aus dem Empfangszimmer und winkte sie hinein. Thornton und Gus waren schon drin, sie standen verlegen vor ihrem Vater, der mit dem Rücken zum Kamin stand, sehr still, hoch aufgerichtet, den Blick über die Köpfe der Jungen hinweg in die Ferne gerichtet. Dann sagte er es ihnen. Anschließend ging er ohne ein weiteres Wort, nur im Vorbeigehen kurz über Winifreds Haare streichend, in die Halle und wiederholte die Neuigkeit. Dann ging er die Treppe hinauf, mit ruhigen Schritten, ohne sich am Geländer festzuhalten. Sie hörten, wie seine Schlafzimmertür geschlossen wurde. Winifred weinte, und Tante Rose ging zu ihr, um sie in die Arme zu nehmen, aber sie wollte nur Gwen. Gwen stieß ein lautes »Oh!« aus, fast ein Schrei, und Gus wiederholte es, nur noch lauter, und rief dann: »Mama! Mama ist tot!«, und fing an, durch das Zimmer zu rennen und auf die Möbel einzuschlagen, und Tante Rose konnte ihn nicht aufhalten. Er rannte in die Halle, und die anderen Kinder rannten hinter ihm her, gleichzeitig weinend und lachend, und er schrie immer wieder, daß Mama tot war, und sie lachten hysterisch und schluchzten und klammerten sich aneinander. Die Tanten und die Dienstboten wußten nicht, was sie tun sollten.

Den ganzen Tag blieben Vorhänge und Gardinen fest zugezogen, und die Tanten suchten dunkle Sachen für sie heraus. Mama war tot. Wie, wollte Gwen wissen. Wann? Wo? Und bedeutete das, daß sie nicht nach Broad Haven fahren würden? Gus zeichnete den ganzen Tag. Er bedeckte ein weißes Blatt nach dem anderen mit düsteren Kreuzen aus dicken schwarzen Kohlestrichen. Gwen sehnte sich danach, draußen zu sein, egal wo. Im Innern des Hauses drängten die Wände an sie heran, und die Decken senkten sich auf sie herab, und die Türen kamen auf sie zu. Sie hatte das Gefühl, platzen zu müssen. Sie mußte die Augen fest zumachen und sich aus dem Haus erheben und darüber schweben. Es war so anstrengend und beängstigend.

»Gwendolin hat nicht eine einzige Träne geweint«, hörte sie Tante Lily zu ihrem Vater sagen.

Sie würden Haverfordwest verlassen und nach Tenby ziehen. Ein Grund wurde nicht genannt. Eluned würde mit ihnen gehen, und Gwenda, die ihr half. Gwen hörte, wie Eluned zu Tante Rose sagte, sie werde es versuchen, könne aber nicht sagen, ob sie sich an Tenby gewöhnen würde. Gwen kam sich sehr überlegen vor. Sie war viele Male mit ihrer Mutter in Tenby gewesen. Sie erinnerte sich an die Bucht und an den Strand mit den Badehütten und an die Palmen. Sie war froh, daß sie dorthin zogen, weg von dem Haus, in das Mutter nie zurückkehren würde. Es tat so weh, in ihr Schlafzimmer zu gehen und Mutter dort liegen zu sehen und zu wissen, daß sie nicht wirklich da war, daß es nur Einbildung war. Der Raum stand leer. Ihr Vater war daraus ausgezogen. Er hatte seine Kleider genommen und war in das Zimmer neben dem der Jungen gezogen, und niemand ging noch in jenen anderen Raum. Außer Gwen. Sie machte weder das Licht an, noch zog sie die Vorhänge auf, sie blieb einfach nur mit dem Rükken zur Tür stehen und schaute. Das Zimmer war voller Schatten, die ineinander verschwammen und über die Decke auf dem Bett huschten, eine ganze Armee davon. Sie kniff die Augen halb zu und verwandelte sie in finstere Gestalten, die ihr angst machten, aber das paßte zu ihrer Stimmung. Angst zu haben war besser, als daß einem vor lauter Traurigkeit alles weh tat.

Sie mußten alle beim Packen helfen. Die Tanten hatten versucht, das Packen zu organisieren, bevor sie selbst abreisten, aber sie waren zu unglücklich und zu sehr mit ihrer eigenen Abreise beschäftigt gewesen, als daß es ihnen gelungen wäre, die Kinder dazu zu bringen, ihre Schubladen und Schränke leerzuräumen und den Inhalt in Kisten zu verstauen. Gwen war überrascht, daß die Tanten nicht mit nach Tenby kamen, und hatte nicht verstanden, wieso. Es hatte, dachte sie, etwas mit ihrem Vater zu tun. Konnte er seine Schwägerinnen nicht leiden? Es war unmöglich zu sagen, wen oder was ihr Vater leiden konnte. Er redete nicht mit ihnen, außer, um Anweisungen zu erteilen, und er hatte nichts über die Tanten gesagt, außer, daß sie ihre Pflicht getan hätten und er dankbar sei. Als er das sagte, im Beisein aller, hatte das Gesicht von Tante Rose seltsam ausgesehen. Gwen wußte nicht, ob sie darin Ärger oder Verachtung gelesen hatte oder vielleicht nur Schmerz. Es hatte keinen Sinn, darüber nachzudenken. Es hatte keinen Sinn, über sehr viele Dinge nachzudenken, aber sie konnte nicht mit Grübeln aufhören.

Es war aufregend, in Richtung Tenby aus Haverfordwest hinauszufahren. Sie hatten sich alle gefragt, ob sie weinen würden, wenn die Tür der Nr. 7 zum letztenmal geschlossen wurde, aber niemand weinte, und niemand sah zurück. »Wo fahren wir hin?« flüsterte Winifred. Tenby sagte ihr nichts. Sie war erst fünf und war noch nie dort gewesen. »Ans Meer«, sagte Gwen, weil sie das Gefühl hatte, daß sie nicht mehr zu wissen brauchte. Ans Meer. Aber als sie nach Tenby kamen und die gelblichbraunen Segel der Fischerboote auftauchten, zeigte sich, daß ihr neues Haus gar nicht am Meer lag. Es war keins der hohen gelben Häuser über dem Hafen, sondern lag in einer düsteren Seitenstraße, die von der Esplanade abging, eins in einer ganzen Reihe. Die Farbe blätterte von den Fensterrahmen ab, und es sah abweisend und schäbig aus. Niemand sagte etwas. Sie hatten Angst, ihren Vater zu verärgern, wenn sie sich ihren

Schrecken anmerken ließen. Stumm betraten sie das Haus, das dunkel wirkte und mit Mahagonimöbeln vollgestopft war. Es war ein hohes Haus mit einem Souterrain und drei Stockwerken und einem Dachgeschoß darüber. »Wir werden uns bald eingelebt haben«, verkündete ihr Vater, aber seine Worte waren ihnen kein Trost. Gwen traute sich kaum, hinter ihrem Vater die Treppe hinaufzusteigen. Er ging immer weiter, ohne sich auch nur einmal nach ihr und Winifred umzusehen, ohne auch nur ein Wort. »Wartet«, war alles, was er sagte, als er den obersten Treppenabsatz erreichte. Er öffnete die Türen zu den drei Mansardenzimmern, sah hinein und bedeutete den Mädchen, daß sie das mittlere betreten sollten.

Es gab vieles, wofür sie dankbar sein konnte. Das sagte Gwen sich immer wieder. Erstens gab es Licht, zwei Dachluken ohne Jalousien. Und die Wände waren zwar tapeziert, aber mit unauffälligen cremefarbenen Blüten auf einem blaßgelben Hintergrund. Der Boden war aus häßlichem, rissigem Linoleum, aber die beiden Flickenteppiche, einer vor jedem Bett, waren hübsch. Es gab eine kleine Kommode und darüber ein Bild in einem Goldrahmen. Es zeigte einen Jungen in einem roten Samtanzug. Er hatte die Hände in den Taschen vergraben und einen Fuß auf einen Hund gestellt. Gwen schauderte. Ihr Vater sah es und sagte zu ihrer Überraschung: »Du darfst es abnehmen.« Er nahm es selbst für sie herunter und brachte es fort. Der Nagel, an dem es gehangen hatte, sah über dem leeren Viereck darunter seltsam aus. Sie würde selbst etwas malen, was sie an die Stelle hängen konnte.

Der erste Abend war schwer. Nichts fühlte sich richtig an, und sie sehnten den Morgen herbei, wenn ihr

Vater ins Büro gehen würde und sie an den Strand laufen konnten. Aber er ging nicht. Als Gus fragte, wann er das Haus verlassen würde, sagte er, er würde in kein Büro mehr gehen, nie wieder. Er würde zu Hause arbeiten. Die Neuigkeit entsetzte sie. Sie starrten ihn an. Sie konnten es einfach nicht begreifen. Vater ging immer ins Büro! Er hatte sie viele Male darauf hingewiesen, wie schwer er arbeitete und daß er so viel arbeiten mußte, um ihre zahlreichen Bedürfnisse zu befriedigen. Was würde jetzt werden? »Ihr werdet zur Schule gehen«, sagte er zu ihnen. »Es ist schon alles in die Wege geleitet. Bis dahin werden wir Spaziergänge machen.« Also zogen sie ihre Mäntel an und folgten ihm nach draußen, und er ging voran, wie er es immer tat, mit kerzengeradem Rücken, die Nase hoch in die Luft gereckt, und sie mußten fast laufen, um mit ihm Schritt zu halten. Immerhin waren sie draußen, und nichts war ganz so schlimm. Die Sonne schien, der Himmel war fast völlig blau. Als sie die Esplanade erreichten, hellte der Anblick des Meeres ihre Stimmung auf. »Tief atmen, ein, aus«, sagte ihr Vater, und sie standen in einer Reihe und taten, was er sagte, und atmeten ein, aus, viele Male. Unten am Strand, wo sie anschließend hindurften, rannten sie von ihm fort, Gus vorneweg, rufend, schreiend, Möwen jagend. Es war Ebbe, und es gab Stellen, wo der Sand ganz hart war und Gus mit einem Stock, den er gefunden hatte, Bilder malte. Gwen und Winifred suchten Muscheln, die sie mit nach Hause nehmen wollten, und Thornton sammelte Seetang und ließ die Bläschen platzen. Die ganze Zeit über stand ihr Vater da, wo sie ihn zurückgelassen hatten, und beobachtete sie, aber er hatte etwas ungewöhnlich Geduldiges an sich. Er ließ sie gewähren.

Unter der halb zerfallenen Stadtmauer gab es Höhlen, gefährliche Orte, wo die Jungen hingingen. Gus hatte Gwen erzählt, wie dunkel sie waren, wie feucht sich die Felswände anfühlten, wie seltsam der Geruch nach fauligem Meerwasser war. Die Jungen nahmen Kerzen mit in die Höhlen und zündeten sie an und erschreckten sich gegenseitig mit den Schatten, die sie warfen. Gus sagte, eines Tages würde er sie mitnehmen, nicht jedoch Winifred, die ganz gewiß schreien würde. Gwen wollte nicht wirklich mit ihm gehen, obwohl sie die Höhlen gern gesehen hätte. Sie fragte sich, ob sie in einer Höhle leben könnte, wenn sie müßte, wenn irgendeine seltsame Folge von Ereignissen es unumgänglich machte. Sie stellte sich vor, daß sie von zu Hause weglief und nicht wußte, wohin, und kein Geld hatte, um irgendwo unterzukommen. Sie stellte sich vor, was sie mitnehmen müßte, um eine Höhle zu einem Zuhause zu machen. Eine Decke, um darauf zu sitzen, eine Paraffinlampe, um etwas sehen zu können, eine Holzkiste, um ihre Kleider hineinzutun. Sie würde dort sitzen, und niemand würde wissen, wo sie war. Es würde still sein, so still, und sie würde Wassertropfen von den Felsen über sich fallen hören und ihren eigenen Atem. Sie würde allein sein, in sich zusammengekauert, fast unsichtbar im Halbdunkel.

Sie versuchte, die Höhle entsprechend ihrer Vorstellung zu zeichnen. Sie tat nichts hinein, nur ein paar Steine, ein paar Muscheln. Sie benutzte Pastellfarben, Dunkelbraun und Grau, die miteinander verschmolzen, und ein helleres Braun für den Boden. Es war schwer, den Eingang zu zeichnen. War das Meer zu sehen? Fiel die Sonne hinein? Sie brauchte Hilfe, aber Miss Wilsons Zeichenunterricht beschränkte sich darauf, die Konturen von Blumen nachzuzeichnen. Von ihr konnte Gwen keine Hilfe erwarten. Gus, der helfen könnte, war jetzt im Internat, und ihre Mutter war tot. Sie stellte sich das Grab, in dem ihre Mutter lag, als eine Art Erdhöhle vor, aber sie würde vor Insekten und Würmern wimmeln, die sich ihren Weg durch die Erde bahnten. In ihrem Kopf drehte sich alles, wenn sie daran dachte, und sie mußte damit aufhören. Winifred zu zeichnen half gegen das Schwindelgefühl. Winifred mit Hut oder Winifred mit einem Band in den Haaren oder sich selbst, wie sie geradeaus in den Spiegel sah.

Es war seltsam, sich selbst anzusehen, aber sie gewöhnte sich daran. Nach einer Weile sah sie eine Person, die nicht vertraut, sondern eine Fremde war, und dann konnte sie mit Zeichnen anfangen. Die Person vor ihr hatte einen kalten, hochmütigen Gesichtsausdruck, als wäre sie stolz auf sich selbst, wollte aber nicht sagen, wieso. Sie war nicht hübsch. Ihr Gesicht war zu flach, die einzelnen Züge hatten keinen Charme. Die Lippen waren schmal, das Kinn fliehend, die Augenbrauen zu stark ausgeprägt. Der Ausdruck der Augen beschäftigte sie, er ließ sich nicht auf Papier wiedergeben. Nur die Kleider waren einfach. Sie mochte Kleider. Sie und Winifred hatten nicht sehr viele und keine, die modisch waren, aber da es im Haus weder Mutter noch Tanten gab, durften sie die Stoffe selbst aussuchen und der Schneiderin selbst Anweisungen geben. Sie verbrachten Stunden damit, nach Stoffen zu suchen, die sich gut anfühlten und gleichzeitig strapazierfähig waren, denn sie wußten, daß die Kleider lange halten mußten. Sie mochten gedämpfte Farben, dunkles Rot, sattes Grün, nichts, was zu hell oder zu grell war.

Die Kleider ihrer Mutter waren unerklärlicherweise verschwunden, aber sie hatten ihren Schmuck und trugen ihre Broschen und einige ihrer Halsketten und Armbänder und Kameen. Wenn sie älter waren, würden sie auch die Ohrringe tragen, vor allem die Perlen.

Sie ließen sich spezielle Röcke zum Radfahren anfertigen, aus schwarzem Kammgarn, aber in der Taille waren weiße Bänder eingenäht, die hinter ihnen herflatterten, wenn sie in die Pedale traten. Sie ließen sich Jacken mit schmalen Ärmeln schneidern, in der Taille eng anliegend, damit der Wind sich nicht darunter verfangen konnte. Kleider waren ein Trost. Kleider waren etwas, worüber sie die Kontrolle hatten, sie konnten selbst darüber bestimmen, auch wenn sie sich nicht wie die Zigeuner kleiden konnten. Die Schneiderin sagte, sie hätten gute Figuren. Obwohl sie noch voller werden müßten, waren sie, wie sie ein bißchen anmaßend bemerkte, für ihr Alter (Gwen war fünfzehn, Winifred zwölf) sehr schön entwickelt. Gwen fühlte sich geschmeichelt, auch wenn sie es sich nicht anmerken ließ. Ihr Körper war im Spiegel leichter zu betrachten als ihr Gesicht. Da er keine Augen hatte, stellte er keine Herausforderung dar. Sie konnte ihn ansehen und versuchen, ihn zu zeichnen, ohne sich irritiert zu fühlen. Brüste waren interessant zu zeichnen. Ihre waren nicht groß, jedenfalls noch nicht, aber sie mochte ihre Form, rund und hoch, mit braunen Brustwarzen, keck, fast spitz. Schamhaare waren schwierig. Sie hatte Gwendas Busch gesehen, als sie sich am Strand von Broad Haven umgezogen hatten, und sie hatte die Luft angehalten und hätte das kastanienbraune Gewirr gerne angefaßt, das so elastisch und dicht aussah und sich so hoch und breit über Gwendas Unterleib ausbreitete. Ihre eigenen Schamhaare zu berühren war enttäuschend. Sie waren dunkel und spärlich, und sie wünschte sich, sie wären gar nicht erst gewachsen.

Sie war jetzt zu alt, um noch nackt am Strand herumzulaufen, zumindest würden die Leute das sagen. Wenn sie sah, wie die Badekabinen ins Wasser gezogen wurden, damit die Sittsamkeit der badenden Frauen gewahrt blieb, verzog sie jedesmal verächtlich die Lippen. Das war doch keine Art zu baden. Sie sehnte sich danach, wie früher am Strand zu stehen und sich einfach auszuziehen und nackt in die Wellen zu laufen, fürchtete aber die Empörung ihres Vaters, wenn ein derart skandalöses Verhalten ihm zugetragen würde, und das würde es ganz gewiß. Er würde sagen, sie sei liederlich und verlocke die Männer zur Sünde. Dabei war er derjenige, der zur Sünde verlockt wurde, das wußte sie. Er hatte Bilder von nackten Frauen in seinem Schlafzimmer hängen. Er brachte sie und Winifred mit seinen Versuchen, Frauen den Hof zu machen, in Verlegenheit. Sie wußten, wieso er eine neue Ehefrau wollte, und es war ihnen zuwider. Sie hatte versucht, den männlichen Körper zu zeichnen, doch ihre Versuche waren nicht gelungen. Die Genitalien hatten etwas Lächerliches, das ihr Bleistift nur noch mehr betonte, und sie hatte die Zeichnungen zerrissen, aber Gus hatte sie gesehen. Er hatte den Kopf geschüttelt und gefragt, ob sie *ihn* zeichnen wolle. Er würde ihr Modell stehen und umgekehrt. Wieso nicht? Sie wußte nicht, wieso nicht, hatte aber den Kopf geschüttelt und nein gesagt. Doch als Gus aufs Internat geschickt wurde, bedauerte sie ihre Ablehnung.

Ein Schauder lief ihr über den Rücken, als sie daran dachte, was ihr entgangen war.

»Setzt euch«, sagte ihr Vater, und die Mädchen setzten sich, strichen ihre Röcke glatt, falteten die Hände züchtig im Schoß und warteten mit gesenktem Blick, daß er anfing. Gwen starrte seine Füße an, die in schwarzen Hausschuhen steckten, akkurat nebeneinander, fest auf den Teppich gepreßt. Er hielt sie beim Lesen die ganze Zeit so absolut still, die Knie auch, eng beisammen, nie ein Bein wippend oder über das andere gelegt. »Das Rote Zimmer«, las er, »war ein Gästezimmer, in dem nur sehr selten jemand übernachtete – eigentlich nie, könnte ich sagen, wenn sich nicht gerade zufällig so viele Besucher in Gateshead Hall einfanden, daß alle verfügbaren Unterbringungsmöglichkeiten ausgeschöpft werden mußten. Dabei war es einer der größten und prunkvollsten Räume des Herrenhauses. Ein von vier massiven Mahagonipfosten getragenes, mit dunkelroten Damastvorhängen versehenes Bett erhob sich in der Mitte wie ein Tabernakel, die beiden großen Fenster, deren Läden stets geschlossen blieben, waren hinter breiten Borten und Falten aus gleichem Stoff halb verborgen. Der Teppich war rot, und auch der Tisch am Fußende des Bettes war mit einem karmesinroten Tuch bedeckt. Die Wände hatten einen hellen Braunton mit einer Nuance Rosa darin …« Er las weiter, aber Gwen hörte nur noch, wie seine Stimme sich hob und senkte. Sie war bei Jane Eyre im Zimmer, erdrückt von den Mahagonimöbeln und erstickt von den roten Vorhängen. Sie rang nach Luft, und in ihrem Kopf war ein zischendes Geräusch. Es war das Zimmer ihrer Alpträume. Ihr Vater merkte nichts. Er liebte es, ihnen vorzulesen, und achtete kaum darauf, welche Wirkung die Worte hatten, die er las. Hätte er von seinem Buch aufgeblickt, hätte er sich an Winifred erfreuen können. Sie saß völlig hingerissen da, die Lippen leicht geöffnet, einen Ausdruck absoluter Konzentration auf dem Gesicht.

Es war nach dem Tee, am Sonntag. Das Vorlesen war Teil ihres Sonntagsrituals und gar nicht einmal unerfreulich. Das Feuer im Wohnzimmer brannte hell, und sie waren vollgestopft mit Rosinenkuchen. Am Vormittag waren sie in der Kirche gewesen, wo ihr Vater während des Gottesdienstes die Orgel gespielt hatte. Sie waren, wie immer, zu Fuß hingegangen, obwohl es regnete und ein schneidender Wind wehte. Ohne die beiden Jungen, die seit langem im Internat waren, war der Gang in die Kirche freudlos und machte sie zudem immer zutiefst verlegen. Sie waren inzwischen zu alt, um von ihrem Vater, der mit seinem Zylinder vorneweg marschierte, im Schlepptau durch die Straßen geführt zu werden. Es wäre erträglicher und ihrem Alter angemessener gewesen, wenn er mit ihnen gegangen wäre, Seite an Seite, er würdevoll in der Mitte. So hatten sie das Gefühl, ihm hinterherzulaufen. Gwen brannte innerlich vor Wut über diese Demütigung und konnte ihre Wut nur zügeln, indem sie sich in eine Zukunft projizierte, in der sie ganz für sich allein ging und niemandem folgen mußte.

Auf dem Heimweg waren sie einer Frau begegnet, vor der ihr Vater den Hut gezogen hatte. Er blieb stehen und tauschte Höflichkeiten aus, und sie waren gezwungen gewesen, ebenfalls stehenzubleiben, wobei sie allerdings darauf achteten, sich ein Stück entfernt zu halten. Ihr Vater hatte sie der Frau, die sie vom Sehen kannten, nicht vorgestellt. Sie hieß Mrs. Thomas und hatte eine kleine Tochter, Stella, die rote Haare hatte und hübsch war. Sie und Winifred hätten Dienstboten sein können, aber dieses Mal war Gwen froh über die Kränkung. Sie wollte nicht mit Mrs. Thomas sprechen. Es gab andere Frauen, denen ihr Vater vorsichtige Avancen machte. Sein Verhalten war immer tadellos, aber seine Absichten, davon war Gwen überzeugt, waren es nicht. Die Frau von heute war rot geworden. Es war, entschieden die beiden Mädchen hinterher, kein freudiges Erröten über ein Kompliment gewesen, sondern vielmehr eins des Unbehagens. Mrs. Thomas, das wußten sie, war verwitwet. Sie hatte die Aufmerksamkeiten ihres Vaters nicht gewollt. Aber das hatte er nicht gemerkt. Hinterher, als sie weitergingen, hatte sein Gang etwas Energisches gehabt, und ein törichtes Lächeln hatte auf seinem normalerweise griesgrämigen Gesicht gelegen. Sie haßten seine Selbstgefälligkeit.

»Nächsten Sonntag lese ich weiter«, sagte ihr Vater.

Gwenda ging weg, um zu heiraten. Sie ging zurück nach Haverfordwest und wurde nicht ersetzt. Dann mußte Eluned nach Hause, um ihre Mutter zu pflegen, obwohl Gwens Vater deutlich zum Ausdruck brachte, daß sie seiner Meinung nach als erstes ihnen zur Loyalität verpflichtet war. Tränen flossen, als Eluneds Bruder kam, um sie nach Hause zu holen, Eluneds Tränen, nicht Gwens, und auch Winifred preßte sich ein paar ab. Anders als Gwenda würde Eluned ersetzt werden müssen, also wurde eine Anzeige aufgegeben. Eine Reihe von überaus unpassenden Frauen, wie ihr Vater es ausdrückte, bewarb sich um die Stellung, ehe jemand gefunden wurde. »Du bist alt genug, Gwendoline«, sagte ihr Vater, »um die Leitung meines Haushalts zu übernehmen. Du mußt lernen, die Dienstboten anzuleiten, und dafür sorgen, daß alles seine Ordnung hat.« Gwen starrte ihn ungläubig an. Eluned war nie »angeleitet« worden. Nicht einmal Tante Rose hatte das geschafft. Eluned hatte getan, was ihrer Meinung nach getan werden mußte, und ihr Wort war Gesetz gewesen. Ihr Vater schien sich dessen nicht bewußt zu sein. Seine Vorstellung davon, wie der Haushalt funktionierte, beruhte auf einem Mythos, an dem er allen gegenteiligen Beweisen zum Trotz festhielt. Gwen sagte nichts. Sie hatte nicht vor, eine wie auch immer geartete Leitung des Haushalts zu erlernen. Ihretwegen konnte der Haushalt so weiterruckeln, wie er es immer getan hatte, obwohl sie nicht wußte, wie das ohne Eluned und Gwenda gehen sollte.

Die neue Köchin war eine Mrs. Ellis, die täglich ins Haus kam, weshalb das Frühstück eine halbe Stunde später als sonst stattfinden mußte, was ihrem Vater gar nicht paßte. Aber Mrs. Ellis konnte aus Gründen, die so langatmig und weitschweifig waren, daß ihr Vater sie nicht zu Ende anhörte, nicht vor sieben Uhr morgens dasein, und er mußte die Änderung des Zeitplans akzeptieren. Gleich am ersten Tag blieb Gwen nichts anderes übrig, als mit Mrs. Ellis zu sprechen. »Sie können kochen, was Sie für angemessen halten«, sagte sie, »solange sie mit dem Haushaltsgeld auskommen.« Zum Glück hatte Eluned eine Liste mit den Vorlieben und Abneigungen der Familie dagelassen, und Mrs. Ellis schien es recht zu sein, sie als Grundlage zu nehmen. Gwen hatte die

Liste der Abneigungen um ein paar Gerichte erweitert. Reispudding gehörte dazu. Sie verabscheute ihn aus tiefster Seele, aber ihr Vater hatte sie immer gezwungen, jeden glitschigen Bissen zu essen. Sie fragte sich, wie lange es dauern würde, bis ihr Vater sich erkundigte, wieso es bei Mrs. Ellis nie Reispudding gab.

Mrs. Ellis äußerte sich erstaunt darüber, wie knapp das Haushaltsgeld bemessen war. Gwen sagte, der Hausherr habe eine Vorliebe für einfache Küche und keinen Wunsch nach Luxus an seinem Tisch. Aber sie schämte sich für ihren Vater. Sie war sicher, daß es nicht nötig war, daß sie sich ausschließlich von Hammel und billigen Nackenstücken ernährten und jedes letzte Stückchen minderwertiges Fleisch zu Fleischklößchen verarbeitet wurde. Essen war ihr egal, außer es war fettig oder sehnig. Sie aß am liebsten Brot und Käse und Obst und hatte sich geschworen, daß sie sich, wenn sie von zu Hause wegging und allein lebte, ausschließlich davon ernähren würde. Winifred meinte dazu, daß Gwen ohne Fleisch nicht wachsen würde, aber Gwen antwortete, bis dieser glückliche Tag käme, wäre sie längst ausgewachsen. »Aber du würdest vielleicht ohnmächtig werden«, argumentierte Winifred. »Dein Blut wäre ohne Fleisch zu dünn.« Gwen glaubte das nicht. Fleisch war ekelhaft. Sie konnte seinen Anblick nicht ertragen. Sie hatte versucht, es ihrem Vater zu erklären, als sie mit Tränen in den Augen auf die Fleischbrocken in ihrem Eintopf starrte, aber er hatte gesagt, sie sei mäkelig. »Du kannst nicht mäkelig durchs Leben gehen«, hatte er gesagt. »Das geht nicht. Iß.« Er sagte, sie sei zu blaß und zu dünn und es sei ihre Pflicht zu essen, was gut für sie sei, sonst würde sie krank werden. »Einmal«, begann er einen Satz oder etwas, das ein Satz zu werden schien, »wurde deine Mutter krank …«, und unterbrach sich selbst und senkte den Kopf und spielte mit seinem silbernen Serviettenring, während Gwen wartete. Hatte er ihrer Mutter die Schuld an ihrer eigenen Krankheit geben wollen? Hatte er sagen wollen, daß Gwen, wenn sie nicht aß, was ihr vorgesetzt wurde, auch krank werden würde? »Iß«, wiederholte er, aber sein Ton war sanft.

Die Fahrt war lang, aber sie waren froh, überhaupt fahren zu können. Sie saßen stundenlang im Zug, mit geradem Rücken, so still, wie ihr Vater es gern hatte, aufgeschlagene Bücher auf den Knien. Gwen las *Am grünen Rand der Welt* von Thomas Hardy und wußte nicht, was sie davon halten sollte. Sie hatten nichts zu essen oder zu trinken dabei. Ihr Vater fand es lächerlich, nicht sechs Stunden ohne Stärkung auskommen zu können. Sie würden essen und trinken, wenn sie in London waren. Er kannte eine Teestube in der Nähe der National Gallery, die bescheiden und preiswert war. Dort würden sie sich stärken, bevor sie sich die Bilder ansahen.

Sobald sie in der Ausstellung waren, spielte es keine Rolle mehr, daß ihr Vater sie nicht beachtete. Gwen war froh darüber. Minuten später hatte sie ihn verloren und konnte stehenbleiben und sich ansehen, was immer sie wollte. Es wäre schöner gewesen, wenn Gus dabeigewesen wäre, aber eigentlich brauchte sie niemanden. Sogar Winifred, die kurz darauf flüsterte, sie würde sich gern hinsetzen, störte sie. Gwen ließ sie vor einer Winterszene mit Eisläufern sitzen und ging weiter, um Vermeers *Junge Frau am Spinett stehend* zu suchen, das sie unbedingt sehen wollte. Es ärgerte sie, daß eine kleine Gruppe von Menschen davorstand, und sie wartete an der Tür, bis sie sich zum Teil zerstreut hatte. Zuerst betrachtete sie das Bild von der anderen Seite des Raums aus und ging dann langsam darauf zu. Aus der Ferne gefiel es ihr besser, und das kam ihr seltsam vor. Sie glaubte, daß es bedeutete, daß der Künstler sich außerhalb des Gemäldes befand und nicht in ihm enthalten war. Sie selbst war *in* allem, was sie zeichnete und malte. Das wußte sie.

Im Theater schlief Winifred ein. Sie saßen im ersten Rang, erste Reihe (in manchen Dingen konnte ihr Vater verblüffend großzügig sein). Roter Plüsch, bequeme Sitze, richtige Armlehnen mit darin eingelassenen winzigen Operngläsern, die sie benutzen durften – ihr Vater gab ihnen bereitwillig die Münzen dafür. Aber Winifreds Kopf kippte nach der ersten halben Stunde nach vorn, erschöpft von der Fahrt und vom Herumlaufen in Ausstellungen und in den Straßen. Es war ein albernes Stück, aber Gwen war glücklich. Sie hatte ihr Skizzenbuch dabei und arbeitete emsig, zeichnete erst die Kostüme eins nach dem anderen und fing dann mit dem Bühnenbild an. Das Stück spielte in einem Wohnzimmer. Es war langweilig, die Möbel zu zeichnen, aber in der einen Ecke gab es eine Wendeltreppe, die eine Herausforderung darstellte, und sie zeichnete sie in allen Einzelheiten, wobei sie das kleine Opernglas benutzte, um die Efeuverzierungen am schmiedeeisernen Treppengeländer zu studieren.

Ihr Vater war die Aufmerksamkeit in Person. Immer wieder hob er sein Opernglas, um die Hauptdarstellerin zu betrachten, deren Stimme, wie Gwen fand, schrill war. Sie hatte bereits zwei Zeichnungen von ihr angefertigt, einzig weil ihr Kostüm hinreißend war. Sie trug ein Kleid aus gestreifter Seide mit wundervollen goldenen und roten Einsätzen im Rock, die Ärmel weit und weich fallend, aus schimmerndem Gold. Gwen glaubte, daß die Ärmel, die geschickt so geschnitten waren, daß die vollkommenen weißen Arme der Schauspielerin immer wieder zur Geltung kamen, aus einem anderen, schwereren Material gemacht waren als der Rock. Satin vielleicht. Sie verbrachte viel Zeit damit, die Ärmel so zu schattieren, daß dieser Unterschied herausgearbeitet wurde. Es war auch viel Busen zu sehen. Das Oberteil des Kleides war eng korsettiert und hob die Brüste der Schauspielerin an. Gwen, die sie kritisch musterte, kam zu dem Schluß, daß sie nicht neidisch war. Sie wollte weder solche Brüste haben, noch wollte sie sie derart zur Schau stellen. Aber sie dachte, daß der Körper der Schauspielerin, ohne das Kleid und das Korsett darunter, sicherlich interessant zu zeichnen wäre.

Als sie auf die Haymarket hinaustraten, waren sie schier überwältigt von dem Durcheinander, das dort herrschte – von den vielen Kutschen, die auf die Theaterbesucher warteten, und von dem Gedränge der Menschen, die aus dem Theater strömten. Ihr Vater schien zu zögern, unsicher, welche Richtung sie einschlagen mußten, nicht an so viele Menschen gewöhnt. Gwen war glücklich, einfach neben ihm zu stehen, Gesprächsfetzen aufzuschnappen und die Gesichter der Menschen um sie herum zu beobachten. Schließlich entschied ihr Vater, wo sie hingehen mußten. Dieses eine Mal nahm er sie beide rechts und links – er umfaßte ihre Arme dicht über dem Ellbogen und drückte so fest zu, daß es fast weh tat – und führte sie nach links, wo das Gedränge nicht so dicht war. Eine Mietdroschke kam natürlich nicht in Frage. Sie gingen wieder zu Fuß, mit schnellen Schritten, und waren bald in ihrer Unterkunft in Covent Garden.

Winifred schlief ein, sobald sie im Bett lag, aber Gwen blieb noch eine Weile auf und sah ihre Skizzen durch. Manche waren gut und wert, aufgehoben zu werden, aber die meisten zerriß sie, ärgerlich darüber, daß sie das teure Papier vergeudet hatte. Sie haßte es, Papier zu zerreißen, und bemühte sich sehr, sich zu konzentrieren und genau nachzudenken, bevor sie auch nur einen Strich in ihren kostbaren Skizzenbüchern machte. Sie radierte auch nicht gern, es sah schmierig aus, und wenn sie eine Zeichnung angefertigt hatte, mußte sie entweder Bestand haben, oder sie wurde vernichtet. Malen war weniger verschwenderisch. Sie hatte bereits gelernt, daß man beim Malen, vor allem mit Öl, Änderungen vornehmen konnte. Sie konnte in Schichten malen und Fehler berichtigen. Sie wünschte sich, mehr über die Feinheiten bei der Verwendung von Farben zu lernen, über die sie, wie sie glaubte, so wenig wußte. Es hatte keinen Zweck, sich diese praktischen Dinge selbst beibringen zu wollen. Sie brauchte einen Lehrer und Zugang zu Materialien, die sie nicht besaß. Ihr Wissensdurst war unersättlich.

Gus würde es lernen. Das war inzwischen beschlossen. Ihr Vater war erstaunlicherweise bereit, ihm das Studium an der Slade School of Art zu bezahlen, und er würde bald dort anfangen. Gwen war entsetzlich neidisch; sie konnte den Gedanken an die Möglichkeiten, die Gus jetzt offenstanden, kaum ertragen und hatte das auch geäußert. Sie hatte ihrem Vater gesagt, daß sie Gus folgen wollte. »Das kannst du dir aus dem Kopf schlagen«, hatte er geantwortet.

Aber er hatte nicht direkt nein gesagt.

II

Der Lärm, der Schmutz, die hohen grauen Häuser, die dreckige Haustür, der schmierige Klopfer, der Geruch im dunklen Flur (nach gekochtem Kohl), die kaputte Lampe, der völlig zerschlissene Treppenläufer, die fehlenden Geländerstäbe – und dann ihr Zimmer. Nach hinten heraus, mit Blick auf die Mülltonnen. Die Netzgardine ein dreckiger Schleier, den sie sofort herunterriß und zusammengeknüllt in eine Ecke stopfte, egal, was der Vermieter dazu sagen würde. Etwas mehr Licht drang herein, aber nicht viel. Die Fensterscheiben waren von außen und von innen völlig verdreckt. Gwen rieb mit der Hand darüber. Interessant. Die Schmierstreifen waren gelb, wie nachgedunkeltes Eidotter. Rauch, jemand hatte in diesem Kellerloch stark geraucht.

Sie lächelte. Alles sah schäbig und trübselig aus, aber es gehörte ihr. Sie war als Fremde in dieses Zimmer gekommen (erst siebzehn und zum erstenmal von zu Hause fort), aber sie würde es sich vertraut machen und keine Angst davor haben. Die Züge, die im Bahnhof Euston ein- und ausfuhren, machten eine Menge Lärm, aber nur die schrillen Pfiffe der Bahnwärter erschreckten sie. Das Geräusch der Züge selbst, der Räder auf den Gleisen, war ein Rhythmus, an den sie sich gewöhnen würde. Sie würde es müssen. Sie hatte kein Geld für ein besseres Zimmer, und sie wollte nicht draußen in St. Albans bei ihrer

Tante wohnen, wie Gus es zuerst getan hatte. Sie wollte in der Nähe der Slade wohnen und jeden Tag zu Fuß hin- und zurückgehen können. Die Gower Street, das hatte sie schon herausgefunden, war zu Fuß nur zehn Minuten entfernt.

Ein langweiliger Weg. Kein Grün, nur Pflastersteine und hohe Häuser, die das Licht fernhielten, außer an den allerhellsten Tagen. Und so viele Menschen, die von der Euston Road nach Bloomsbury hasteten. Sie hatte hier keine Schönheit erwartet, sie hatte gewußt, daß es keine berauschenden Anblicke geben würde, nichts, was sich mit dem Meer zu Hause vergleichen ließ, aber die Trostlosigkeit ihrer Umgebung war trotzdem ein Schock. Sie mußte sich sehr zusammenreißen, mußte sich selbst zur Geduld mahnen. Das, weswegen sie in diesen Teil Londons gekommen war, würde sich ihr bald offenbaren, und nichts anderes würde eine Rolle spielen.

Die Hände in die Hüften gestemmt, sah sie sich in ihrem Zimmer um und beschloß, nichts zu verändern. Das Bett würde andersherum besser stehen, aber sie würde es lassen. Sie setzte sich auf die Kante und merkte, wie die Matratze unter ihr einsackte. Sie mußte sich ein Brett besorgen und es zwischen die Sprungfedern und die alte Matratze schieben. Aber die Bettwäsche war sauber. Sie roch frisch, als Gwen daran schnupperte. Es gab keinen Spiegel im Zimmer, weder an der Schranktür noch über dem Kaminsims. Kein Wunder – dieses Zimmer wollte keine seiner Einzelheiten widergespiegelt sehen. Außerdem gab es auch keinerlei Zierat, was ein Segen war. Die Oberflächen von Kommode und Frisiertisch waren leer, nicht einmal ein Tuch deckte die zerkratzten Platten ab. Trotzdem gab es zu viele Möbel auf zu wenig Raum. Sie mußte sich zur Seite drehen, wenn sie vom Bett zur Tür wollte. Wo sollte sie sich waschen? Es gab einen Waschständer mit einem Krug und einer Schüssel, aber es war kein Wasser im Krug. Würde jemand es jeden Tag bringen, oder mußte sie es sich selbst holen?

Das Auspacken ging schnell. Der schmale Schrank schien ihre Kleider nur widerwillig aufzunehmen. Er enthielt keine Kleiderstange, sondern nur eine Reihe von Haken. Sie hatte vier Kleider dabei und zwei Röcke und sechs Blusen, die sie in der Slade tragen würde. Zwei Paar Stiefel, ein Paar Galoschen. Ihre Strümpfe und ihre Unterwäsche kamen in die Schubladen der Kommode, wo hinterher immer noch reichlich Platz war. Das Nachthemd und den Morgenmantel breitete sie auf dem Bett aus. Sie sahen fast unschicklich aus, wie sie so dalagen, die weiße Baumwolle grell vor der braunen Tagesdecke, zu rein für deren altes Gesicht. Das Problem waren ihre Zeichensachen. Es gab nichts, wo sie ihre Skizzenbücher und Kohlestifte, ihre Radiergummis und Pinsel verstauen konnte. Gus hatte gesagt, sie solle nichts mitbringen, aber sie hatte ihm nicht gehorcht. Sie räumte sie in die breite unterste Schublade der Kommode und schob ihren Koffer unter das Bett.

Es war spät. Sie hatte nichts gegessen, seit sie Miss Philpots Gästehaus in Bayswater, wo sie vorher untergekommen war, verlassen hatte, aber sie hatte keinen Hunger. Sie war viel zu aufgeregt beim Gedanken an den nächsten Morgen, an dem sie zur Slade gehen und *endlich* anfangen würde. Nach dem Abenteuer, das Wasserklosett am Ende des Flurs zu finden, zog sie sich aus und legte sich ins Bett und verschränkte die Arme hinter dem Kopf und starrte die

Tapete an. Verschiedene Brauntöne mit einem unerklärlichen Grün, das etwa alle dreißig Zentimeter auftauchte. Was war das Grüne? Sie konzentrierte sich. Das Muster ergab keinen Sinn. Sie hatte die Vorhänge offengelassen, aber die Laternen auf der Straße über ihr warfen nur ein trübes Licht herein. Das Grün, so entschied sie, sollte Stiele von Blüten darstellen, Blüten von einer Art, wie sie sie noch nie gesehen hatte. Man konnte Alpträume davon bekommen, aber sie schlief gut.

Wie riesig! Gwen war noch nie in einem so großen Raum gewesen, die Decke so hoch, daß sie sich winzig vorkam. Der Raum war nicht leer – er war vollgestopft mit Büsten und Statuen und Staffeleien –, aber er vermittelte trotzdem ein Gefühl der Leere, das sie begeisterte. Die Luft war kalt, das Licht grell. Sie blieb ernst und zögernd in der Tür stehen, unsicher, wo sie hingehen sollte. Ein Mädchen mit langen, welligen, offenen Haaren drehte sich an einer Staffelei um und sah sie. Sie stand auf und kam auf Gwen zu, lächelnd, einladend, die Arme ausgestreckt, als wollte sie sie überschwenglich begrüßen. Gwen hielt ihr schnell die Hand hin, um eine Umarmung zu verhindern. Das Mädchen lachte und nahm ihre Hand. Sie sagte, sie sei Edna Waugh, und Gwen solle sich neben sie setzen. Gus habe ihr von der Ankunft seiner Schwester erzählt, und alle seien gespannt, sie kennenzulernen. Gwen setzte sich, wie geheißen. Sie wollte nicht reden. Sie brannte darauf anzufangen und griff sofort nach ihren Kohlestiften. Es schien keinen Lehrer zu geben, der ihr sagen konnte, was sie tun sollte, also machte sie dasselbe wie Edna und zeichnete, was vor ihr stand. Alle an der Slade, Männer und Frauen, fingen im Antikensaal an. Wie angewiesen, hatte sie eine Schachtel mit Kohlestiften und Ingrespapier und ein Stück Brot dabei. Sie machte sich daran, die Gipsabgüsse griechischer, römischer und Renaissance-Köpfe zu zeichnen, und wartete darauf, korrigiert zu werden.

Eine Korrektur gab es an diesem Tag nicht. Henry Tonks, der Lehrer, tauchte zwar irgendwann auf, war aber mit anderen in dem riesigen Raum beschäftigt und sagte außer ein paar höflichen Begrüßungsworten nichts zu seiner neuen Schülerin. Aber er blieb einen Moment bei ihr stehen und sah ihr zu. Es machte sie nicht so nervös, wie sie gedacht hatte. Von Gus, der das alles ein Jahr zuvor durchlaufen hatte, wußte sie, was Tonks erwartete: Das Gespür seiner Schüler sollte durch das Studium der Skulpturen entwickelt werden, bevor sie zum lebenden Modell übergehen konnten. Einfach nur in diesem Raum zu sitzen und den ganzen Tag zeichnen zu können war ein Privileg, von dem niemand Gwen sagen mußte, daß sie es wertschätzen solle, und sie klagte nie über das, was andere, über das repetitive Zeichnen stöhnend, als langweilig empfanden. Viel zu früh war es fünf Uhr. Sie war die letzte, die ging, ein ganzes Bündel Zeichnungen in ihrer Mappe, keine einzige davon ihrer eigenen Meinung nach gut genug. Morgen würde sie sich noch mehr Mühe geben, und am Tag danach noch mehr, und sie würde sich nicht von ihrem Ziel ablenken lassen.

Es gab viele, die sie ablenken wollten. Sirenen überall, die von den Freuden sangen, sich in Cafés zu treffen, und von Theaterbesuchen und von Zusammenkünften in diesem oder jenem Zimmer. Versuchungen überall, denen Gus immer bereitwillig nachgab. Sie selbst war sich nicht sicher, ob sie ihnen vollständig widerstehen konnte oder ob sie es sollte.

»Komm mit zu mir nach Hause«, hatte Ida gesagt. »Es ist nicht weit.« Sie überquerten die Tottenham Court Road, Ida unaufhörlich redend, während Gwen den Kopf gesenkt hielt und ihre neue Freundin nicht ansah, ihr aber aufmerksam zuhörte, und gingen weiter durch die Goodge Street – sie las die Namen und prägte sie sich ein – und von da in die Wigmore Street, wo Ida lebte. Das Haus war beängstigend hoch. Es zeugte von Grandeur und Wohlstand, aber als sie eingetreten war, verschwand dieser Eindruck. Die Diele war vollgestopft mit Stoffballen, wie es schien, und mit großen geschlossenen Pappkartons. Ida ging, oder vielmehr lief, schon die Treppe hinauf, winkte Gwen, ihr zu folgen, und wiederholte lachend: »Nicht mehr weit, nicht mehr weit.« Im vierten Stock stieß sie eine Tür auf und sagte: »Da wären wir, setz dich, setz dich, komm wieder zu Atem.« Gwen mußte nicht zu Atem kommen, sie war nicht außer Atem, aber sie setzte sich auf den Stuhl, der der Tür am nächsten stand, einen eigenartigen Stuhl mit gerader Rückenlehne, golden angestrichen.

Mit einem Blick erfaßte sie das Leben hier in diesem Zimmer. Voll, freundlich, schwach beleuchtet, voller Farben und Strukturen, unordentlich, ein wenig schäbig, abgewetzte und verblichene Stoffe überall. Ida brachte Tee, und hinter ihr her kam eine dikke, weich aussehende Frau, die sich langsam bewegte wie ein Ball, der über den Boden rollte. »Meine Mutter«, sagte Ida, und zu ihrer Mutter: »Die Schwester von Gus.« Gwen glaubte zu sehen, daß der Blick von Mrs. Nettleship schärfer wurde. »Seine Schwester«, sagte Mrs. Nettleship. »Ich verstehe.« Es klang nicht sehr freundlich. Irgendwo im Haus klingelte es, und Mrs. Nettleship seufzte und sagte, sie müsse gehen, sie werde gebraucht. Als sie das Zimmer verließ, kam ein Mädchen hereingerannt. »Ethel«, sagte Ida, »das hier ist Gwen, die Schwester von Gus.« Ethel lächelte freundlich und erbot sich, mehr Tee zu holen, aber Gwen war ein wenig gekränkt. Sie wollte nicht als die Schwester von Gus durch ihr neues Leben gehen. Sie war sie selbst, das mußten die Leute doch sehen.

Als sie das Haus der Nettleships eine Stunde später verließ, fühlte sie sich erleichtert und schämte sich sofort dafür. Die Nettleship-Mädchen waren bezaubernd gewesen und hatten alles getan, um ihr das Gefühl zu geben, willkommen und zu Hause zu sein. Aber genau da lag das Problem. Die Wigmore Street Nr. 58 *war* ein Zuhause. Sie verkörperte den Begriff »Zuhause«, obwohl sie eigentlich, das hatte Gwen bereits erfahren, zu drei Vierteln eine Arbeitsstätte war. Mrs. Nettleship betrieb auf zwei Etagen eine Schneiderwerkstatt, und Mr. Nettleship malte auf einer weiteren. Aber es herrschte eine Atmosphäre der Nähe und der Behaglichkeit, die in Tenby völlig gefehlt hatte. Als Gwen zum Euston Square zurückging, fragte sie sich, ob ihre beunruhigenden Gefühle im Haus der Nettleships etwas mit Neid zu tun hatten. Wollte sie haben, was Ida hatte?

»Laß uns Mittag essen gehen«, sagte Edna. Sie war zufällig auf Gwen gestoßen, die irgendwie verloren durch einen der Korridore der Slade wanderte. Gwen wollte nicht zu Mittag essen, sie aß nie zu Mittag, sie hatte kein Geld dafür, aber sie ging mit der unwiderstehlichen Edna, nachdem sie sich ihren Hut aufgesetzt hatte. »Dein Hut!« sagte Edna. Lachte sie sie aus? »Ach ja«, sagte Edna, »trag deinen hübschen Hut, und ich werde meinen tragen, obwohl ich nicht an ein Lokal gedacht hatte, wo Hüte erforderlich sind. Wir werden sehr elegant aussehen, sehr schicklich, niemand im Bella's wird mich erkennen.« Irgendwo in dieser Bemerkung steckte ein Witz, das wußte Gwen. Das Bella's war ein Café in der Charlotte Street, ein winziges Lokal, eingezwängt zwischen zwei anderen, vornehmeren Restaurants. Es gab vier kleine runde Tische mit je vier Hockern, auf denen die Gäste (unbequem) sitzen konnten. Gwen sah, daß die beiden jungen Männer, die schon im Café saßen, die Augen nicht von Edna wenden konnten. Sie war nicht überrascht. Edna war zauberhaft, sie besaß ein Leuchten, als sprühten ihre Haare und ihre Kleider Funken. Aber sie war nicht kokett oder leichtfertig. Gwen hätte den beiden glotzenden Männern gern gesagt, daß Edna ihr Kunststudium sehr ernst nahm und sie ihr hübsches Äußeres nicht für das einer leichtfertigen Person halten sollten. Sie wußte, daß niemand an ihrer eigenen Ernsthaftigkeit zweifeln würde. Alles an ihr verriet sie – ihre dunkle, dezente Kleidung, ihr ernster Gesichtsausdruck, ihre reservierte, zurückhaltende Art. Aber auch da würden sie sich irren. In ihrem Kopf rasten Millionen wilder und spektakulärer Gedanken und Vorstellungen herum, und im Kern ihres Wesens hütete sie eine Leidenschaft, die die Leute sicherlich erschreckt hätte, hätten sie von ihr gewußt. Sie lag zusammengerollt in ihrem Innern, machtvoll, abwartend, aber noch schlafend. Edna spendierte ihr einen Kaffee und ein gekochtes Ei und Toast und lud sie ein, am Wochenende mit ihr nach Hause zu fahren, nach St. Albans.

Es war Grilda, die sie fragte, was seltsam war, weil sie selbst daran gedacht hatte, Grilda zu fragen und nicht Ida oder Edna. Grilda, die mit richtigem Namen Maude hieß, schien ihr am ähnlichsten zu sein. Sie huschte durch die Räume, ohne je richtig zur Ruhe zu kommen, und war Gwen dadurch aufgefallen. Sie zeichnete gut. Gwen hatte sie im Antikensaal beobachtet und gesehen, wie sorgfältig sie war, wie sie sich bemühte, die Anatomie eines Kopfes oder Körpers zu verstehen. Jetzt, wo sie endlich in den Saal mit den lebenden Modellen vorgedrungen waren, legte Grilda dieselbe gewissenhafte Aufmerksamkeit für Details an den Tag.

Sie waren nicht direkt Freundinnen, aber auch das war ein Punkt, der für Grilda sprach. Sie bewegte sich unbefangen unter den jungen Studentinnen und war bei ihren Zusammenkünften mit dabei, stand aber keinem der anderen Mädchen besonders nahe und tat sich mit keiner zusammen. Gwen hatte kaum je mit ihr gesprochen. Sie saßen während des Unterrichts am lebenden Modell nebeneinander, aber erst als es fast schon fünf Uhr und Zeit war zusammenzupacken, fragte Grilda sie ganz beiläufig, als wäre es nichts Besonderes, ob sie ihr Modell stehen würde. Gwen nickte, ohne erst nachdenken zu müssen. Sie wollte selbst, daß jemand für sie Modell stand, hatte aber noch niemanden gefragt, weil sie meinte, sie nicht in ihr Zimmer mitnehmen zu können, und sie nirgendwo anders hingehen konnten. Grilda hatte angeblich zwei Zimmer, die geräumig und hübsch waren. Gwen hatte schon daran gedacht, sich Grilda als Modell anzubieten, in der Hoffnung, daß sie zu Grilda gehen würden und das Ganze sich zu einem wechselseitigen Arrangement entwickeln würde.

Aber Grilda fragte zuerst. Am selben Abend ging Gwen mit zu ihr nach Hause, ohne daß sie unterwegs miteinander sprachen. Grilda war groß, mit langen Armen und Beinen und einer Brust, die Gwen für flach hielt, bis sie sie nackt sah und erkannte, daß Grilda ihre Brüste versteckte. Es kam keine Verlegenheit auf, bei keiner von ihnen. Sobald sie in Grildas Wohnung waren und die Vorhänge zugezogen hatten und das Feuer brannte, setzte sich Grilda, den Skizzenblock auf den Knien, und sagte: »Da, glaube ich, rechts vom Kamin, in der Nähe der Lampe.« Gwen zog sich schnell aus und legte ihre Kleider ordentlich über eine Stuhllehne. Grilda hatte nicht gesagt, welche Pose sie einnehmen solle, also setzte sie sich so wie das Modell, das sie an diesem Tag gezeichnet hatten, die Knie geschlossen, die Hände auf den Knien, den Kopf leicht angehoben. Im Zimmer war es noch nicht warm, und ihre Brustwarzen waren steif. Grilda zeichnete schweigend, studierte sie mehr, als daß sie skizzierte. Auf einem runden Tisch neben Grilda stand ein Krug mit Lilien, wachsartigen weißen Blumen mit orangen Staubgefäßen. Ihr Duft erfüllte das Zimmer und rief bei Gwen eine leichte Übelkeit hervor.

»Danke«, sagte Grilda und klappte ihr Skizzenbuch zu. Gwen fragte nicht, ob sie die Zeichnungen sehen könne. Sie zögerte. Sie wollte, daß Grilda ihr anbot, jetzt für sie Modell zu sitzen. Es war ihr Zimmer, es wäre vielleicht unverschämt, sie darum zu bitten. »Das Licht ist schlecht«, sagte Grilda. »Wir sollten bis zum Sommer warten.« Und dann, endlich: »Hast du es eilig? Möchtest du mich zeichnen?« Sie warf ihre Kleider auf den Boden und nahm Gwens Platz ein, aber ihre Pose war anders. Sie setzte sich ganz vorn auf die Stuhlkante, die Arme hinter dem Rücken, die Beine von sich gestreckt. Gwen mochte die Pose nicht, aber Grilda wirkte so ungeduldig, daß sie nichts sagen wollte. Sie zeichnete schlecht, es gelang ihr einfach nicht, das Ungelenke an Grilda einzufangen. Ihr Körper bestand aus zwei völlig unterschiedlichen Hälften – der Oberkörper schön gerundet und richtig proportioniert, die Glieder fast sperrig und zu lang, zu schwer. Grildas Gesicht sah sie sich überhaupt nicht an, sie ließ es leer.

Der Abend war kein Erfolg.

Manchmal, selten, ließ sie sich überreden, mit in eins der Cafés in der Tottenham Court Road zu gehen. Ida bat sie, nach dem Unterricht mitzukommen, und es war schwer, Ida etwas abzuschlagen. Aber als sie das erste Mal hinging, hatte Ida jemanden dabei. »Das hier ist Ursula«, sagte sie, »gerade aus Paris zurück, stell dir das vor!« Ursula war elegant und ziemlich schön, und Gwen fühlte sich sofort zu ihr hingezogen, da sie wußte, daß Gus in seinem ersten Jahr in sie vernarrt gewesen war. Ursula erwähnte Gus nicht. Sie erzählte von Paris, und Gwen hörte aufmerksam zu. Hatte Ursula Geld, daß sie sich diese Reise hatte leisten können, fragte sie sich. Ursula wirkte neben der lebhaften, redseligen Ida eher still, und Gwen erahnte in ihrer Zurückhaltung eine Empfindsamkeit, von der sie glaubte, daß sie ihrer eigenen ähnelte. Sie brauchte eine Freundin, und das konnte nicht Ida sein, jedenfalls nicht so, wie Gwen es sich vorstellte, obwohl sie sie sehr mochte. Ursula, dachte sie, könnte diese Freundin sein. Sie würde sehen.

Sie schrieb oft an Winifred, schien aber unfähig, mit Worten auszudrücken, was sie mit ihren Zeichnungen ausdrücken konnte, und als das Schreiben immer gestelzter und mühsamer wurde, ging sie dazu über, ihr Skizzen zu schicken, auf deren Rückseiten sie zusätzliche Informationen kritzelte. Sie zeichnete ihren Kommilitonen Ambrose McEvoy mit seinen enganliegenden, glatten schwarzen Haaren, seinem Monokel und seiner untadeligen Kleidung, und auf die Rückseite der Zeichnung schrieb sie, seine Stimme sei merkwürdig, sie habe etwas Knarrendes, aber sie lerne von ihm viel über den Aufbau von Farben und den Umgang mit Licht und Dunkel. Das war natürlich nicht die ganze Geschichte, aber ihr fehlten die Worte, sie zu erzählen. Ein winziges Rinnsal von Gefühlen aus dem tiefen, verborgenen Brunnen, von dessen Existenz nur sie wußte, sickerte seit neuestem durch sie hindurch, und sie hatte Angst, es könnte sich in einen Sturzbach verwandeln und sie mit sich reißen, bevor sie bereit war. Also dämmte sie es ein und widersetzte sich ihm. Es gab so viel zu lernen, und nichts durfte sich dem in den Weg stellen. Sie wußte, daß sie dazu geboren war zu lieben, aber nicht, wann oder wen. Zu mehreren war man sicherer, und sie war meistens mit mehreren zusammen. Sie machte sich zwar nichts aus Gruppen, aber in einer Gruppe fühlte sie sich geschützt.

Winifred kam. Ihr Vater hatte erlaubt, daß sie in London Musik studierte. Sie würde mit Gwen und Gus und einer weiteren Freundin, Grace, in der Fitzroy Street wohnen. Ihrem Vater hatten sie verheimlicht, daß das Haus, die Nr. 21, einst ein Bordell gewesen war und daß die Frau, der es gehörte, eine ungewöhnliche Person war, die er nicht gebilligt hätte. Gwen hatte Mrs. Everett noch nicht kennengelernt, aber sie hatte sie gesehen, in Witwentracht und Männerstiefeln, eine große Tasche bei sich, in der sich den Gerüchten zufolge eine Bibel, ein Dolch, ein Kochtopf und ein Laib Brot befanden. Einer der Studenten an der Slade, William Orpen, der in ihrem Haus im Souterrain wohnte, hatte eine Sitzung ihrer sogenannten »Sonntagsschule« besucht, wo, begleitet von Händeklatschen und Hin-und-her-Geschaukel, religiöse Lieder gesungen wurden. William fand es zum Schreien komisch, genau wie Gus, der einmal mitgenommen wurde, aber Gwen schüttelte sich. Sie wußte, daß ihr Vater außer sich wäre.

Sie hatte keine Ahnung, wie es sein würde, zu viert zusammenzuleben, aber die finanziellen und sonstigen Vorteile waren zu offensichtlich, um sie außer acht zu lassen. Weil es am Euston Square zu eng und zu dunkel war, konnte sie dort nicht arbeiten – und sie hatte immer gewußt, daß sie in ihrem zweiten Jahr umziehen mußte. Eine Weile hatte sie bei Gus gewohnt, der an den Montague Place gezogen war, aber das hatte nicht sonderlich gut funktioniert. Sie brauchten jemanden zwischen sich, der sie gleichzeitig auf Distanz hielt und miteinander verband. Dieser jemand würde Winifred sein, ihre Schwester, die mit ihnen beiden vertraut und doch von jedem von ihnen völlig verschieden war. Sie würde den Ausgleich herstellen, und da Grace auch noch da war, würde die Last nicht zu groß werden.

Sie kam im Januar, an einem bitterkalten Tag. In der Nacht hatte es geschneit, und die rußschwarzen Häuser der Fitzroy Street sahen richtig hübsch aus. Gwen hatte zu Winifreds Begrüßung für viel Geld Blumen gekauft, sechs Christrosen, die sie in einer grünen Glaskaraffe auf den Waschtisch in Winifreds Zimmer stellte. Sie hatten Winifred das Zimmer gegeben, das zur Straße hinausging. Es war das beste Zimmer, aber das war nicht so großzügig, wie es schien, da Gwen und Gus beide die hinteren Zimmer bevorzugten, wo das Licht intensiver war und von Norden kam. Grace bekam das kleinere Zimmer vorn, das durch eine Tür mit dem von Winifred verbunden war. Die Zimmer erweckten den Eindruck, größer zu sein, als sie es in Wirklichkeit waren (aber sie waren leider auch kälter). Mrs. Everett war egal, was sie damit machten, und Gwen und Gus hatten die meisten Möbel umgestellt und bahnenweise alten Samt, den sie billig auf einem Markt erstanden hatten, über alles geworfen, was ganz besonders häßlich war. Winifred und Grace waren begeistert.

In ihrem eigenen Zimmer hatte Gwen den Teppich zusammengerollt und unter das Fenster geschoben, so daß die Bodendielen nackt waren. Sie liebte es, sie unter ihren Füßen zu spüren. Es gab Platz für ihre Staffelei, und sie konnte so tun, als wäre das hier ihr Atelier und nicht ihr Schlafzimmer. Aber das hatte eine seltsame Wirkung. Indem sie ihre Staffelei und ihre Farben und alles, was dazugehörte, so in den Mittelpunkt rückte, veränderte sie das Zimmer auf eine Weise, bei der ihr irgendwie unbehaglich zumute war. Das Bett war immer noch da, die anderen Möbelstücke fielen immer noch ins Auge, und sie fühlte sich von ihnen bedroht, sie wollte sie los sein. Sie hatten keinen Platz im Zimmer einer Künstlerin; sie paßten nicht hierher.

Winifred wurde von den Kunststudenten, die in die Fitzroy Street kamen, sehr bewundert, ging aber keine Beziehungen ein. Gwen beobachtete, wie Winifred beobachtet wurde, und wunderte sich über ihre mangelnde Reaktion. Es war, glaubte sie, eine andere Art von Zurückhaltung als die, die sie selbst zeigte. Winifred unterdrückte keine Leidenschaft. Sie war einfach an keinem der Studenten interessiert, deren Überschwang und Gelärme und scheinbarer Mangel an Ernsthaftigkeit ihr Rätsel aufgaben. Sie irrte sich natürlich. Gwen wußte, wie absolut ernst sie alle die Kunst nahmen, wenn auch nicht unbedingt das Leben, aber ihre Schwester sah ihre Zielstrebigkeit nicht. Sie sah nur das Trinken, das Rauchen, das Lachen, das Herumalbern und die Mißachtung von Konventionen. Es verwirrte Winifred, daß Gwen zu dieser Gruppe gehörte, daß sie sie nicht ablehnte, sondern ebenso wie Gus an allen Unternehmungen beteiligt zu sein schien. Manchmal wünschte sie sich, sie könnte sie alle in ihrer heißgeliebten Slade School of Art bei der Arbeit sehen. Es war, als gehörten sie alle einer Geheimgesellschaft an. Gwen, so entschied sie, war ein eher zurückhaltendes Mitglied und nicht so glücklich, wie Winifred es erwartet hatte.

Es gab plötzliche Tränenausbrüche, die verwirrend waren. Manchmal kam Winifred abends nach Hause in die Fitzroy Street und fand Gwen auf ihrem Bett, die Fäuste geballt, den Körper starr vor irgendeinem andauernden Kummer, der zu schrecklich war, um darüber zu sprechen. Einmal fiel der Name Ambrose McEvoy, als Winifred fragte, was denn los sei, aber nach der gemurmelten Erwähnung seines Namens folgte keine weitere Erklärung. Es war alles ziemlich beängstigend.

Wenn sie die Stufen der National Gallery hinaufstieg, kam Gwen sich wichtig vor. Sie war keine Touristin, sie war keine Ignorantin, sie war nicht gekommen, um einfach nur zu glotzen. Das hier war ihre Arbeit. Tonks hatte ihr nicht ans Herz legen müssen, dieses Museum zu ihrem zweiten Zuhause zu machen, es oft zu besuchen und aus allem zu lernen, was hier zu finden war. Allein die Steine des Gebäudes hatten für sie etwas Heiliges, und wenn sie vor einem Gemälde saß, das sie studieren wollte, konnte sie sich stundenlang vollständig darin verlieren. Sie saß ganz still auf ihrem Klapphocker, schaute, suchte die innere Struktur des Bildes vor sich. Sie suchte nach den Muskeln unter den Ärmeln, den Knochen unter der Haut, den Halssehnen, den Äderchen im Auge. Dann schlug sie ihr Skizzenbuch auf und kopierte die Linien, Farbe und Textur völlig außer acht lassend.

Sie war mit Gabriel Metsus *Frau an einem Tisch sitzend und Mann eine Geige stimmend* fertig. Heute war sie gekommen, um sich Rembrandts *Selbstporträt* im Alter von vierunddreißig Jahren anzusehen. Jung, aber doch vierzehn Jahre älter, als sie selbst es war. Sie hatte also vierzehn Jahre Zeit, um Rembrandts Niveau zu erreichen, ein Gedanke, der sie erschaudern ließ. Sie wünschte, er hätte sich direkt angesehen, aber sein Blick war leicht zur Seite gerichtet.

Wieso? Wie kam das? Wo war sein Spiegel? Und war er Linkshänder? Falls nicht, wieso lag die rechte Hand dann quer vor dem Körper? Er stützte sich auf etwas, ein Geländer vielleicht oder einen Sims. Die Kleider, der Hut waren beeindruckend, aber sie war mehr am Gesicht interessiert, vor allem am Kinn und dem spärlichen Haarwuchs. Ihr eigenes Kinn trieb sie zur Verzweiflung. Gus versteckte seins, das wie ihres leicht fliehend war, unter seinem Bart, und fast wünschte sie sich, sie könnte das auch. Sie zeichnete sich immer frontal, dann störte das Kinn sie nicht ganz so sehr. Frontal und, immer öfter, mit einer Hand auf der Hüfte. Sie mochte das Gefühl, das sich dann einstellte, ein Gefühl von Trotz, sogar Arroganz. Sie hoffte, daß die Pose den Eindruck erweckte, sie habe alles unter Kontrolle und sei fähig, sich ohne Scham selbst ins Gesicht zu sehen. Es war eine Lüge, aber sie wollte, daß es eine überzeugende Lüge war, die niemand in Frage stellen würde.

Am Abend vorher waren sie alle im Café Royal gewesen, sie und Gus und Ida und Ambrose und Grilda. (Ursula wäre ihr lieber gewesen, aber die war nach Hause gefahren, ins Pfarrhaus ihres Vaters in Essex.) Sie hatten Sandwiches gegessen und Bier getrunken und beobachtet, was sich um sie herum abspielte, aber niemand von ihnen hatte gezeichnet. Winifred hatte nicht mitkommen wollen; sie hatte gesagt, sie würde sich fehl am Platz und unwohl fühlen, und da war Gwen klargeworden, daß sie selbst sich durch und durch wohl fühlte. Teil einer Gruppe zu sein, einer Clique, war nichts, was sie sich gewünscht oder für möglich gehalten hatte – sie war doch eine Einzelgängerin, eigenbrötlerischer als ihre Schwester. Gus war derjenige, der Leute um sich herum brauchte und gern im Mittelpunkt von Aktivitäten stand, nicht sie. Und doch hatte sie, wie so oft in letzter Zeit, mit ihren Freunden zusammengesessen, getrunken, gegessen und geredet, ganz gelöst. Sie hatte sich selbst in dem riesigen Spiegel gesehen, der an der gegenüberliegenden Wand hing, und nicht glauben können, daß sie es wirklich war. Ida auf der einen Seite, Ambrose auf der anderen, dicht zusammengedrängt auf der Bank, während Rauch um ihre Köpfe waberte und das Licht der Kerzen Schatten auf ihre Gesichter warf. Sie sah so klein und unauffällig aus neben Ida, die in Karmesinrot gekleidet war und eine Blume, die Gus ihr geschenkt hatte, in den Haaren trug. Unscheinbar, das war das Wort, das ihr in den Sinn gekommen war, als sie sich selbst betrachtete. Dunkles Kleid, schlichte Frisur, blasses, ungeschminktes Gesicht. Nur ihre Halskette funkelte, die Diamanten ihrer Mutter hoben sich strahlend von dem schwarzen Samtkleid ab. Sie hatte nicht gewußt, ob sie sie tragen sollte oder nicht: Sie sahen an ihr fehl am Platz aus und hätten in ungewollter Weise die Aufmerksamkeit auf sie ziehen können. Aber sie trug sie.

Wahrscheinlich war es das Bier, aber gegen Ende des Abends war sie davon überzeugt gewesen, daß Ambrose ihr besondere Aufmerksamkeit zukommen ließ. Meistens wich er ihren Blicken aus, aber dann sah er ihr plötzlich tief in die Augen, und sein Ausdruck veränderte sich. Es war aufregend, aber auch quälend. Sie wollte, daß er ihre Hand nahm oder den Arm um sie legte, so wie Gus seinen um Ida gelegt hatte. Dann könnte sie den Kopf an seine Schulter lehnen und die Augen schließen und spüren, wie er sie umarmte ... Aber er ging nicht über einen Blick hinaus, und sie hätte am liebsten geweint. Was mußte sie tun? Ida mußte nichts tun. Gus tat alles. Und Ambrose war anschließend nicht mit ihnen in die Fitzroy Street gekommen wie sonst. Sie hatten sich auf der Straße getrennt. Er und Grilda waren in die eine Richtung gegangen, sie und Gus und Ida in die andere. Sie war sich verlassen und verloren vorgekommen, und zu Hause hatte sie sich auf ihr Bett geworfen und vor Wut in ihr Kopfkissen gebissen.

Jetzt waren sie weg, der Ärger, die Frustration. Solange sie hier war, in der National Gallery, vor dem Rembrandt, war sie sicher vor unziemlichen Gefühlen. Es waren Menschen, lebende Menschen, die sie durcheinanderbrachten. Sie mußte sich von ihnen lösen, aber das wäre unnatürlich. Sie liebte ihre Clique, liebte die Künstlerinnen, mit denen sie befreundet war. Sie hatten sie in ihr Herz geschlossen und ihr Leben so unermeßlich bereichert – es wäre absurd, sie fallenzulassen. Die Männer also? Sie waren das störende Moment, sogar Gus – vor allem Gus. Man brauchte sich nur Edna anzusehen, erst neunzehn und bald verheiratet, und schon geriet ihre Hingabe an die Kunst ins Wanken. Mußte man wählen? Würde Ida diese Wahl treffen müssen?

Gwen starrte den Rembrandt an. Sie würde sich selbst malen und versuchen, dieses ganze Gebrodel unter der Oberfläche in das Porträt hineinzulegen, und dazu ihre Entschlossenheit, sich selbst zu retten.

Die Sommerferien kamen, und ihr Geld reichte nicht, um in London zu bleiben, also war sie gezwungen, nach Tenby zu fahren, obwohl sie es nicht mehr als ihr Zuhause betrachtete. Es war eine Qual, den

Zug nach Tenby zu nehmen und zu wissen, daß Ida und eine andere Gwen, Gwen Salmond, nach Paris fuhren, wo sie noch nie gewesen war und liebend gerne hingefahren wäre. Sie wollten versuchen, an der Académie Julien zu studieren, wo Bonnard und Vuillard studiert hatten, und waren so ungeheuer aufgeregt, daß es wie Hitze von ihnen ausstrahlte. Es war absolut unerträglich. Ist das Neid, nackt und häßlich? fragte sich Gwen und gab sich nur zu schnell die Antwort – ja, sie war neidisch, so neidisch, daß sie am liebsten vor Wut in Tränen ausgebrochen wäre.

Ihr Vater hatte kein Verständnis für Tränen. Das wußte sie. Sie machten ihn nur ärgerlich. Dennoch tropften jedesmal Tränen über ihre blassen Wangen, wenn sie ihm in seinem kalten, freudlosen Haus gegenübertrat, und sie schien nichts dagegen tun zu können. »Bitte«, sagte sie. Sie würde alles tun, sie würde auf alles verzichten. Sie hatte lange genug nur von Brot und Nüssen und etwas Obst gelebt und würde ausschließlich von Brot und Wasser leben, wenn er ihr nur eine kurze Reise nach Paris finanzierte. Ihr Gebettel – und sie streckte dabei die Hände aus wie eine Bettlerin – machte ihn rasend. Wieso, fragte er, konnte sie nicht zufrieden sein? Früher waren London und die Slade School alles gewesen, was sie sich wünschte. Er hatte es ihr geschenkt, und jetzt – er war dabei, den *Oliver Twist* noch einmal zu lesen – *wollte sie mehr.*

Also aß Gwen drei Tage lang überhaupt nichts. Sie trank Wasser und dünnen Tee, nahm aber keine feste Nahrung zu sich. Sie saß mit ihrem Vater und Winifred am Tisch und verweigerte jeden Bissen. Am vierten Tag wurde sie ohnmächtig. Es war kein Trick.

Sie stand am Ende der Mahlzeit vom Tisch auf, als ihr Vater es tat, und erreichte die Tür nicht mehr. Stumm, anmutig glitt sie zu Boden, und ihr Kleid bauschte sich mit einem leisen Rascheln um sie herum. Winifred erzählte ihr später, wie erschrocken ihr Vater war, wie er zu Gwen lief und ängstlich ihren Puls fühlte und – Winifred schwor, das sei die Wahrheit – ihre Stirn küßte. Sie selbst wußte nichts davon. Als sie zu sich kam, war ihr Vater nicht im Zimmer. Winifred kniete neben ihr und drückte ihr ein feuchtes Tuch auf die Stirn. »Du mußt essen«, sagte ihre Schwester. »Du mußt essen, sonst bist du nicht kräftig genug, um nach Paris zu fahren.«

Ihr Geld reichte nur für die dritte Klasse, aber das war ihr völlig recht. Es war September und sonnig, und draußen an Deck zu sein war angenehm. Niemand nahm von ihr Notiz, und sie stand an der Reling und beobachtete, wie die Kreidefelsen immer kleiner wurden. Nur der Gedanke daran, in Calais anzukommen und den Zug nach Paris finden zu müssen, machte sie nervös. Niemand schien ihr Französisch zu verstehen, und bei der Geschwindigkeit, mit der die Franzosen sprachen, verstand sie selbst nur wenig von dem, was sie sagten. Aber obwohl sie nervös war, war sie auch erleichtert darüber, so isoliert zu sein. Es herrschte ein unbeschreibliches Stimmengewirr, und mitten darin war sie sprachlos und taub und in sich gekehrt, was sie aufregend fand. In ihr war eine Selbstgenügsamkeit, wie sie sie noch nie zuvor erlebt hatte, und als sie am Gare du Nord von Ida abgeholt wurde, empfand sie fast so etwas wie Bedauern. Ida lachte und redete und umarmte sie, und das Gefühl, losgelöst und unberührbar zu sein, verschwand.

Sie war begeistert von der Wohnung. Drei große Zimmer, *leer*. Holzfußböden, hohe Fenster, blendendes Licht. Sie brauchten keine Betten. Matratzen reichten, und Kissen waren besser als Sessel und Stühle. Gwen war fast schwindelig vor Aufregung. Innerhalb kürzester Zeit waren sie zu dritt auf dem Markt gewesen und hatten das Allernotwendigste eingekauft, und dann fuhren Ida und die andere Gwen über das Wochenende nach Boulogne und ließen sie allein. Als die Tür sich geschlossen hatte, stieß Gwen einen ihrer lauten Ausrufe aus. »Oh!« rief sie verzückt. Und tanzte mit weit ausgebreiteten Armen durch die Zimmer. Am liebsten hätte sie die Wohnung nie wieder verlassen, sehnte sich aber gleichzeitig danach, Montparnasse zu erkunden. Und ging schließlich los, ohne auch nur einen Gedanken daran, daß sie sich verlaufen könnte, und wanderte völlig unbekümmert und voller Eifer durch die Straßen und Boulevards. Als sie in ihr Zimmer zurückkam, fing sie sofort an zu malen, die Staffelei am Fenster aufgebaut, so daß sie die Szenerie unter sich sehen konnte.

Aber Straßenszenen waren nicht das, was sie wollte. Sie wünschte sich nur aus einem einzigen Grund, daß Ida und Gwen Salmond zurückkamen – damit die beiden ihr Modell stehen konnten, damit sie sich an einem Interieur mit Menschen darin versuchen konnte. Sie waren sehr entgegenkommend, als sie zurück waren, sie verstanden ihre fieberhafte Ungeduld. Die andere Gwen zog ein weißes Musselinkleid an und Ida einen Rock mit Volants und dazu ein rosa Tuch, das sie sich um den Oberkörper schlang. Sie stellte sie nebeneinander, Gwen mit einem Buch in der Hand, während Ida ihr über die Schulter sah. Aber es waren nicht die Personen, mit denen sie Probleme hatte – die Komposition war einfach –, sondern das Zimmer um sie herum. Sie mühte sich damit ab, das Wesen des Zimmers einzufangen, und spürte, wie es ihr entglitt. Der Blick wurde von dem Fenster im Hintergrund angezogen, auf seinem Weg dorthin aber vom Kamin und von einem gerahmten Bild, das an der Wand darüber hing, ins Stolpern gebracht. Und von der Stuckrosette an der Decke. Irgend etwas stimmte nicht. Sie brauchte einen Lehrer. Der Lehrer, den sie wollte, war Whistler, aber er verlangte für Stunden an seiner Académie Carmen doppelt soviel wie andere Schulen. Was tun?

Sie borgte sich Geld. Es widersprach allem, was ihr Vater je gepredigt hatte – Kein Borger sei und auch Verleiher nicht –, und er wäre außer sich, wenn er je davon erfuhr. Aber die Summe, die er ihr zukommen ließ, reichte nicht für Stunden an der Académie Carmen, und so nahm sie das Geld, das Gwen Salmond ihr anbot. Sobald sie Whistler gegenüberstand, war sie glücklich. Er war klein und adrett und hatte lockige graue Haare; vor allem fielen ihr seine hellen, fragenden Augen und seine schönen Hände auf, die er selten still hielt. An ihm war eine Leidenschaftlichkeit, die sie auf der Stelle ansprach. Er war anders als Henry Tonks, und seine Ideale waren nicht die der Slade. In der Kunst, so glaubte er, ging es um Poesie, darum, das Wesen der Dinge herauszuarbeiten und Schönheit jeder Art auszudrücken – Linie, Form, vor allem aber Gefühl. Kunst handelte davon, aus der Seele zu sprechen.

Sie wollte nicht nach London und an die Slade zurück. Paris war richtig für sie, entschied sie. Sie mußte hierbleiben. Also schrieb sie ihrem Vater einen leidenschaftlichen Brief, in dem sie versuchte, ihm verständlich zu machen, wie lebenswichtig Paris und Whistler und die Académie Carmen für sie waren. Nie hätte sie gedacht, daß er kommen würde, um sich anzusehen, wo sie lebte – »Oh!« rief sie aus, als sie seinen Brief las. Die anderen konnten ihre Bestürzung nicht verstehen. Ihr Vater, sagten sie, würde ganz bestimmt sehen, wie glücklich sie war und wie sehr ihre Arbeit sich verbessert hatte. Aber sie kannten ihn nicht. Er war nicht an Glück interessiert, sondern nur an Gehorsam und Schicklichkeit. Er würde sogar an ihrer äußeren Erscheinung etwas auszusetzen finden. Die Mädchen sagten, sie würden ihr helfen. Wenn sie ein neues Kleid für sich entwarf, würden sie es für sie nähen. Also versuchte sie, sich hübsch und mädchenhaft zu geben, verwarf die üblichen dunklen Farben und wählte einen schimmernden blauen Taft und einen Schnitt, den sie von einem Gemälde von Manet kopiert hatte, ein Kleid mit einem weiten Rock und fließenden Ärmeln und einem Halsausschnitt mit Spitzenbesatz, der ein wenig Busen sehen ließ.

Der Blick, den er ihr zuwarf, war – eisig. Abscheu lag darin, und Entsetzen. Er sagte, sie sehe aus wie eine Prostituierte. Sie war versucht zu fragen, woher er das wisse, riß aber statt dessen einen Umhang vom Haken und hüllte sich darin ein. »Ist es so besser?« fragte sie herausfordernd. Er drehte sich um und verließ die Wohnung, und sie folgte ihm nicht. Vom Fenster aus sah sie ihn zu seinem Hotel zurückmarschieren, hoch aufgerichtet, den Stock schwingend. Es war ihm völlig egal, daß er sie gekränkt hatte, er war sich absolut sicher, daß sie des Geldes wegen zu ihm zurückgekrochen kommen würde. Aber das würde sie nicht. Sie würde ihn nie wieder um Geld bitten.

Ehe sie ihren Vater um Geld anbettelte, würde sie bereitwillig das werden, was zu sein er ihr vorgeworfen hatte. In Paris bleiben zu können wäre es wert, eine Prostituierte zu werden – wenn nötig.

Wie lange hatte sie bleiben können? Im Zug zählte sie die Monate – nur fünf, und doch hatten sie sich gedehnt und gedehnt und ihr ganzes Leben ausgefüllt. Es war ein Jammer, Paris jetzt verlassen zu müssen, aber die Darlehen der anderen Gwen und die Einkünfte aus dem Modellstehen reichten einfach nicht. Sie mußte zurückgehen und ohne teure Stunden allein lernen, wie man malte. Idas Gesellschaft half, war aber nicht genug. Ida fuhr zurück nach Hause in die Wigmore Street, und wo sollte sie hin? Sie wußte es nicht. Vielleicht würde Gus helfen, nicht mit Geld – er war genauso arm wie sie selbst –, aber bei der Suche nach einem Zimmer.

Tatsächlich fand sie selbst eins, in der Howland Street, um die Ecke von ihrer alten Wohnung in der Fitzroy Street. Ein Souterrain, feucht und häßlich, aber es paßte zu ihrer Stimmung. Die Stufen, die zu ihrem Zimmer hinabführten, waren aus Eisen, und ihre Stiefel klapperten unangenehm darauf. Natürlich gab es kein Licht. Das Fenster ging auf eine Mauer hinaus, an der Wasser herunterlief und deren Steine mit Moos bewachsen waren. Gwen machte sich nicht die Mühe, die Netzgardine abzunehmen, es hätte keinen Unterschied gemacht. Auch das Auspacken sparte sie sich und ließ die meisten ihrer Sachen in ihren beiden Taschen. Nur ihre beste rote Bluse hängte sie auf. Dann setzte sie sich mit kerzengeradem Rücken auf das Bett und versuchte nachzudenken. Wie sollte sie nach Paris zurückkommen? Es schien unmöglich zu sein. Gus würde seine Bilder in der Carfax Gallery ausstellen und hoffte, einige davon verkaufen zu können, was ihm wahrscheinlich auch gelingen würde. Konnte sie das Geld für die Rückkehr nach Paris verdienen, indem sie es ihm gleichtat? Der Gedanke war absurd. Sie hatte nichts, was sie ausstellen konnte. Sie kannte keine Galeristen.

Bevor sie nach Paris gegangen war, hatte sie in Tenby an einem Selbstporträt in Öl gearbeitet, von dem sie dachte, es könnte vielleicht etwas daraus werden. Es war, für ihre Verhältnisse, relativ groß, vierundzwanzig auf vierzehn Zoll, hochkant, und sie hatte sich große Mühe damit gegeben, hatte zwischen den Pinselstrichen so konzentriert in den Spiegel des Kleiderschranks gestarrt, daß sie sich körperlos vorgekommen war – die Frau, die arrogant aus dem Spiegel zurückstarrte, war nicht sie, sondern eine anspruchsvolle Zuchtmeisterin, vor der sie ein wenig Angst hatte. Sie hatte dieses unfertige Bild im Haus ihres Vaters zurückgelassen und wollte nicht hinfahren, um es zu vollenden und nach London mitzunehmen. Überhaupt, was würde sie dann damit machen? Es Gus zeigen? Sehen, ob er irgendwelche Ideen hatte? Er legte immer großes Interesse an ihrer Arbeit an den Tag und hatte schon seine Bestürzung darüber geäußert, daß sie in dieser Souterrainwohnung nicht arbeiten konnte. Er hatte gesagt, sie müsse da weg, an die Luft, ans Licht. Er selbst würde verrückt werden, wenn er in so einem Loch leben müßte.

Im Frühling holte er sie weg. Eines Nachmittags, als sie neben ihrem schmutzigen Fenster kauerte und eine streunende Katze skizzierte, die sich auf der Fensterbank niedergelassen hatte, kam er und sagte, sie müsse mit ihm nach Dorset fahren und über Wiesen voller Primeln spazieren und im Meer schwimmen und ihre Lebensgeister auffrischen. Sie waren von ihrer früheren Vermieterin, Mrs. Everett, in eine Pension in Swanage eingeladen. Gwen fuhr mit und wünschte sich nur, eine ihrer Freundinnen könne ebenfalls mitkommen (was sie Gus gegenüber aber nicht äußerte). Es war, wie er versprochen hatte, wunderschön und wild, und sie genoß die Freiheit, spazierenzugehen und zu schwimmen und die ganze Zeit draußen zu sein, aber das Seltsame war, daß sie, obwohl sie die Einsamkeit und die Schönheit der Landschaft genoß und schätzte, nicht den Wunsch hatte, sie zu malen. Sie arbeitete überhaupt nicht, während Gus wie ein Verrückter zeichnete. Gedanken an Menschen und Räume und an Menschen *in* Räumen ließen ihr keine Ruhe. Der weite, offene Himmel Dorsets und die gewaltige Fläche des Meeres hemmten sie, statt sie aus sich herauszulocken – sie wollte sich selbst in etwas hineinzeichnen, sich auf das Wesen von etwas oder jemandem konzentrieren, das oder der faßbar war. Sie wurde unruhig und zappelig und ging Gus auf die Nerven.

Aber er war nett zu ihr. Wieder in London, war es ein Freund von ihm, der ihnen sein Haus in Kensington überließ, ein ganzes Cottage praktisch für sie allein. Sie zog aus ihrem Souterrainzimmer aus und fing, sobald sie im Cottage war, an zu arbeiten, nachdem Winifred ihr Selbstporträt aus Tenby mitgebracht hatte. Sie mußte vor allem an der Hand arbeiten, an der Art, wie sie so absichtsvoll auf ihrer Hüfte ruhte. An der Hand und an dem Gürtel, der ihre Taille eng einschnürte. Das Bild war fertig, bevor Gus' Freund zurückkam und sie wieder umzog, dieses Mal in die Gower Street, allein, aber nicht für lange. Gus ging nach Frankreich und fragte, ob sie auch kommen würde, und da sie der Verlockung Frankreichs, egal wo in Frankreich, nicht widerstehen konnte, sagte sie ja. Es gab noch etwas, das sie verlockte. Ambrose sollte auch nach Le Puy-en-Velay in der Auvergne kommen, wo sie bei einem weiteren Freund, Michel Salaman, wohnen konnten. Sicher würde etwas zwischen ihnen passieren? Sie verzehrte sich jetzt schon so lange nach ihm, und nichts war daraus geworden.

Alles fing gut an. Sie und Ambrose reisten gemeinsam nach Le Puy, Ambrose hellauf begeistert davon, London verlassen zu können, und er erzählte ihr ohne jede Verlegenheit, daß Michel ihm einen Scheck für die Fahrtkosten geschickt hatte. Sie waren vereint in ihrer Armut und ihrer Unfähigkeit, Geld zu verdienen. Aber sobald sie in Le Puy waren, wo Gus und Michel sie erwarteten, verschwand die Leichtigkeit, die zwischen ihnen geherrscht hatte. Ambrose wollte lieber mit Gus als mit ihr zusammensein. Sie waren Absinth-Freunde, die in Cafés saßen und einem verlockenden Mädchen zuhörten, das Chansons sang. Gwen blieb allein zurück. Die Arme um den Oberkörper geschlungen, marschierte sie auf und ab, bis sie zurück waren. Wenn sie endlich kamen, waren sie meistens betrunken, aber nicht betrunken genug, um nicht weitertrinken zu wollen. Ambrose trank sogar noch mehr als Gus und schlief dann ein und schlief bis weit in den nächsten Tag hinein. Dann wirkte er ein wenig beschämt und begleitete sie beim Blumenpflücken, sagte aber kaum etwas. Sie war diejenige, die redete. Sie überwand ihre Schüchternheit und erzählte ihm von den Gefühlen, die in ihr tobten und für die sie kein Ventil fand. »Ich bin geboren, um zu lieben«, sagte sie und sah ihn dabei aufmerksam an. Er wandte sich ab.

Ihre Tränen machten sie müde. Sie erschöpften sie, aber sie konnte sie nicht eindämmen. »Gwen!« sagte Gus und seufzte. Er fragte sie nie, weswegen sie weinte. Er wußte es und konnte nichts dagegen tun. Da war er mit all seinen Freundinnen und seinen Huren und mußte seine Leidenschaft nicht einen Moment beherrschen. Und da war sie, genauso leidenschaftlich, und die Enttäuschung brachte sie fast um den Verstand. Sie beneidete ihn nicht nur um die sexuellen Abenteuer, sondern auch ganz allgemein um die Ungebundenheit seines Lebens. Sie dagegen kam sich vor wie in einem Gefängnis, und niemand, schon gar nicht Ambrose, drehte den Schlüssel, um sie herauszulassen.

Der Nebel wogte dicht und gelb um das Standesamt von St. Pancras, als Gus und Ida als verheiratetes Paar herauskamen. Es war eine heimliche Hochzeit. Idas ahnungslose Eltern in der Wigmore Street mußten noch informiert werden, und Ida hatte Angst davor, mußte gleichzeitig aber auch lachen. Genau so, dachte Gwen, würde sie selbst auch gern heiraten, sollte sich die Gelegenheit je ergeben (obwohl es nicht so aussah). Kein Pomp, keine Förmlichkeit, nur ein stilles gegenseitiges Versprechen unter den Augen des Gesetzes. Die Augen des Gesetzes gehörten an diesem 12. Januar 1901 zum Gesicht eines dünnen, hohlwangigen Männchens und waren so winzig, daß es schwierig war, ihre Farbe zu erkennen. Ida und Gus sahen im Vergleich zu ihm um so schöner aus.

Ida würde wahrscheinlich nie wieder ernsthaft malen. War das wichtig? Gwen konnte sich nicht entscheiden. Sie hatte nie das Gefühl gehabt, daß Ida vor Ehrgeiz brannte oder daß sie das leidenschaftliche Bedürfnis hatte, sich durch die Kunst auszudrücken. Gus hatte dieses Bedürfnis, und Ehe und Vaterschaft würden seiner Kunst keinen Einhalt gebieten. Was sie selbst anging, sah Gwen Schwierigkeiten. Sie konnte nicht sagen, daß sie in ihrem Leben keine Liebe und keine Vertrautheit mit einem Menschen wollte, den sie liebte, aber das war nicht dasselbe, wie Ehefrau und Mutter sein zu wollen. Sie hoffte, daß sie mutig sein und Liebe geben und nehmen würde, ohne sich dadurch in irgendeiner Weise binden zu lassen. Das mußte doch möglich sein. Sie war fest entschlossen, es möglich zu machen.

Ambrose war verlobt. Zwei Monate nach ihrer Rückkehr aus Le Puy hatte er sich mit Mary Edwards verlobt, die neun Jahre älter war als er, eine Frau, die sie nicht kannte und von der sie sicher war, daß auch Ambrose sie kaum kannte. Es war unverständlich und grausam. Von Gus erfuhr sie, diese Mary habe Ambrose ihre Liebe erklärt und er sei ihr sofort erlegen. Sie, Gwen, hatte ihm ihre Liebe auch erklärt, oder etwa nicht? Und er war ihr nicht erlegen. Er hatte sich abgewandt, er war weggelaufen, und jetzt mußte sie sich selbst einreden, daß sie ohne ihn besser dran war. Aber die Wunde war da, offen und schmerzhaft, und sie mußte hart daran arbeiten, sich den Schmerz nicht anmerken zu lassen. Wenn sie in den Spiegel blickte, was sie oft tat, da sie sich selbst immer häufiger als Modell wählte, sah sie die wunde Stelle immer größer werden, ihre Haut verfärben, die Muskeln ihres Gesichts starr machen. Sie versuchte, diese Veränderungen nicht zu malen, aber ihr Pinsel erzählte die Geschichte immer deutlicher.

Zum Glück war das Selbstporträt, das sie in Tenby angefangen hatte, vorher fertig geworden und zeigte nichts von ihrem Leid. Sie hatte es vor der Nachricht von Ambrose' Verlobung beendet und konnte es im New English Art Club ausstellen, das erste Bild, das sie je öffentlich ausstellte, und sie war sicher, daß der Eindruck, den es vermittelte, der war, nach dem sie gestrebt hatte. Sie hatte sich als ruhig und gefaßt darstellen wollen, sich ihrer eigenen Stärke bewußt, ein bißchen überlegen und sehr ernst. Es sollte das Porträt einer Frau sein, die keine Zierde für das schöne Geschlecht war, sondern einer neuen Generation angehörte, die ihrer Arbeit einen hohen Wert beimaß. Dem Bild war nicht anzusehen, daß sie Künstlerin war – keine Pinsel oder Paletten, wie Elisabeth Vigée-Lebrun sie benutzt hatte, keine Hand auf einem Gemälde neben sich, wie in Mary Beales Selbstporträt. Der Betrachter brauchte nicht zu wissen, daß sie Künstlerin war. Es reichte, daß ihr Können anerkannt wurde. Manchmal hatte sie das Gefühl, nur der Schatten einer Person zu sein. Ihr Porträt versicherte ihr, daß das nicht stimmte.

Sie wurde Tante. Ein Junge, David, geboren am 6. Januar, ausgerechnet in Liverpool, wo Gus vorübergehend an der Kunstschule lehrte. Gus fand Liverpool

»großartig«, aber als Gwen dort eintraf, um sich ihren Neffen anzusehen, konnte sie seine Meinung nicht teilen. Nicht daß sie viel von der Stadt gesehen hätte, sie war viel zu sehr mit dem Baby beschäftigt, das wirklich wunderbar war. Angeblich sah der Kleine aus wie sie, was natürlich Unsinn war. Sie betrachtete ihn stundenlang, zog ihn aus und studierte ihn in allen winzigen Details. Er war ein Kunstwerk! Sie bewunderte seinen Körperbau, die Perfektion seiner Gliedmaßen und die Konturen seines Schädels. Sämtliche Gemälde von Babys, die sie je gesehen hatte, gingen ihr durch den Kopf, und nicht eins davon, nicht einmal von Michelangelo oder Raffael, hatte das hier eingefangen. Es war ein Jammer, ihn ankleiden und zudecken zu müssen, aber sie tat es und fuhr ihn in seinem großen schwarzen Kinderwagen spazieren, damit er an die Luft kam. Sie ging meilenweit mit ihm, kraftvoll schiebend, hin und wieder stehenbleibend, um sich in einem Hauseingang auszuruhen, wo sie sich auf die Stufen setzte und den Kinderwagen schaukelte, wenn das Baby weinte.

Ida sah wunderschön aus, wenn sie ihn stillte. Gus zeichnete und zeichnete sie, in blitzschnellen Momentaufnahmen, aber Gwen schaute nur, registrierte, wie die Schwellung der Brüste nachließ, wenn das Baby daran saugte, und wie die kleine Nase platt dagegen gequetscht war. Sie hortete die Bilder in ihrem Kopf und dachte, daß sie sie eines Tages verwenden würde, aber nicht jetzt. Jetzt war sie kurz davor, ein weiteres und viel besseres Selbstporträt fertigzustellen, und es hatte sie erschöpft. Sie brauchte diese Pause, die ihr die Gelegenheit gab, einen Schritt zurückzutreten und eine gewisse Objektivität zu erlangen, bevor sie an die Arbeit zurückkehrte. Es war seltsam, aber der Anblick von Idas Kind schien ihre eigene Arbeit wichtiger, nicht unwichtiger zu machen. Wenn sie das Baby ansah, sehnte sie sich nicht nach einem eigenen, und es machte ihre Arbeit auch nicht irrelevant. Im Gegenteil, es ließ sie wesentlich erscheinen. Sie selbst würde kein Baby »erschaffen«. All ihre schöpferischen Talente mußten in ihre Bilder fließen, all ihre Gefühle und Empfindungen, all ihre Ideen und Pläne, all ihre Hoffnungen und Ängste, aller Tumult in ihr, alles, was kostbar war.

Sie konnte jetzt sehen, wie das Leben, ihr Leben, sich gestaltete.

Ein weiteres Baby, ein weiterer Junge, Caspar, geboren im März 1903, kaum fünfzehn Monate nach David. Dieses Mal bekam Gwen das Baby sofort zu sehen, da sie jetzt in der Howland Street lebte und Ida und Gus wieder in der Fitzroy Street. Ein neugeborenes Baby, erkannte sie plötzlich, war gar nicht schön, sondern beängstigend zerbrechlich, und sie betrachtete den Kleinen voller Scheu und fragte sich, wie er je überleben und zu dem kräftigen Kleinkind heranwachsen sollte, zu dem David geworden war. Ida war zerstreut und strahlte längst nicht so vor Mutterglück. Ihr Glanz war schwächer geworden, und Gwen machte sich Sorgen um sie. Aß sie genug, schlief sie genug? Ida lachte über beide Fragen. Sie aß, wenn sie konnte, und stahl sich ein paar Stunden Schlaf, wann immer es ging. Alles in ihrem Haushalt war Chaos und Gus nirgends zu sehen. Mrs. Nettleship war außer sich über die Art, wie ihr Schwiegersohn ihre Tochter vernachlässigte, aber Ida nahm ihn in Schutz. Sie wollte nicht, daß er sich langweilte. Sollte er ruhig ins Café Royal gehen, sollte er sich mit seinen Freunden treffen. Er hatte eine neue Freundin gefunden, erzählte sie Gwen. Er malte sie. Es war sehr praktisch, weil diese neue Freundin, dieses neue Modell, im Souterrain eines Hauses in ihrer Straße wohnte.

Gwen begegnete ihr, als sie vorbeikam. Sie hatte sie schon einmal irgendwo gesehen, auf einer Party, die ein mit Gus befreundeter Künstler veranstaltet hatte. Sie blieb stocksteif stehen und sagte: »Dorelia?« Dorelia McNeill, erst zweiundzwanzig, lasziv und schön, mit hohen, ausgeprägten Wangenknochen und schrägstehenden Augen, umgeben von einer Aura der Trägheit.

Kein Wunder, daß Gus sie malte. Wer hätte ihr widerstehen können?

III

Ein herrlicher Augusttag, die dreckige Themse ausnahmsweise einmal ein funkelndes silbernes Band und der Himmel so blau und wolkenlos, wie er es sonst nur in Frankreich war. Aber der Dampfer war nicht so, wie sie es erwartet hatten. Ihre Kabine hatte den Namen kaum verdient – so winzig, die Tür ohne Schloß, das einzige Bullauge salzverkrustet und von innen nicht zu säubern. Ihre Malutensilien nahmen fast den ganzen Platz ein. Sie würden jedesmal, wenn sie kamen oder gingen, über ihre eingepackten Staffeleien klettern müssen, so wie man über Felsen klettert. Jede von ihnen hatte eine Reisetasche für ihre Kleider dabei, die sie auf die Kojen legten, unter die dünnen Kopfkissen. Wenn sie seekrank würden, würde es schrecklich sein, hier zu leiden.

Aber sie wurden nicht seekrank, nicht ein einziges Mal. Sie verbrachten die meiste Zeit an Deck, an die Reling gelehnt, die Augen geschlossen, und lächelten in den Wind. Weg! Sie waren weg, von London, von der Fitzroy Street, von der armen Ida und ihren lauten Babys, von Gus und seinen Ansprüchen. Es war eine spontane Entscheidung gewesen. »Komm mit mir«, hatte Gwen gesagt, »ich will zu Fuß nach Rom.« Und Dorelia hatte sie angestarrt und die Augenbrauen hochgezogen und die Hände in die Hüften gestemmt und den Kopf auf die Seite gelegt, und dann hatte sie genickt. Sie hatte alle Vorbereitungen

Gwen überlassen, die sich sofort in einen Wirrwarr aus Fahrplänen und Fahrscheinen und Landkarten stürzte. Sie würden mit dem Schiff nach Bordeaux fahren und den Rest des Wegs zu Fuß zurücklegen, die Garonne entlang, dann an die Mittelmeerküste und weiter nach Italien. Es war verrückt, völlig verrückt. Das sagten alle. »Zu Fuß?« riefen die Leute, und sie hoben ihre langen Röcke an und zeigten stolz ihre derben geschnürten Wanderstiefel. Sie waren gerüstet.

Auf dem Dampfer liefen sie immer barfuß, sehr zur Entrüstung der anderen Passagiere, eines alleinreisenden älteren Herrn, der Verwandte besuchen wollte, und eines Ehepaars aus Yorkshire, das steif und förmlich war und sich zum Abendessen umzog. Gwen und Dorelia zogen sich nie um. Es war Unsinn unter den gegebenen Umständen und angesichts der Tatsache, daß das »Dinner« eine mehr als einfache Mahlzeit war. Sie trugen die ganze Zeit dieselben Kleider, Gwen ein dunkelbraunes, Cordelia ein leuchtend blaues. Sie wuschen sich nur die Hände und das Gesicht und natürlich die Füße (zweimal täglich). Als sie Bordeaux erreichten – sogar die Bucht von Biskaya war ruhig –, mußten sie ihre Stiefel anziehen, bevor sie französischen Boden betreten konnten. Es war eine schmerzhafte Angelegenheit. Ihre Füße waren in der herrlichen Freiheit breiter geworden, so schien es. Sie wehrten sich dagegen, vor Antritt der Wanderung in die dicken Wollsocken gezwängt zu werden, die Gwen und Dorelia so voller Stolz gekauft hatten – sie waren so empfindlich geworden –, und als es schließlich geschafft war, wollten die Füße nicht mehr bequem in die Stiefel passen. »Was sollen wir bloß machen?« jammerte Gwen. Dorelia saß ganz still auf der Kante ihrer Koje. Sie dachte nach. Bedächtig schnürte sie die Senkel ihrer Stiefel auf und zerrte die Seiten weit auseinander. Dann zog sie die Wollsocken aus, rollte sie zusammen, legte sie beiseite, kramte ihre dünnen Strümpfe hervor und streifte sie über. Sie stand auf und probierte die Stiefel, ohne etwas zu sagen. Gwen tat es ihr gleich. Sie sah auf ihre nun viel zu weiten Stiefel hinunter und machte einen Schritt. Die Stiefel blieben am Fuß. Dorelia tat dasselbe. Sie sahen sich an und lachten und lachten.

Das Lachen verging ihnen, als sie auf dem Kai standen. Sie hatten soviel zu tragen, und ihre Füße wogen schwer. Um aus Bordeaux herauszukommen, was sie so schnell wie möglich wollten, mußten sie einen Lastkarren anheuern, und der Fahrer war ein mürrischer Geselle, der ihr Französisch nicht zu verstehen schien und dessen Gesicht ein einziger Vorwurf war. Aber er brachte sie an den Rand der Stadt, wie sie es gewünscht hatten, und setzte sie in der Nähe von Podensac am Ufer der Gironde ab. Es war später Nachmittag, das Licht fing an, von einem blendenden Gleißen in ein schimmerndes Glühen überzugehen. Sie standen neben dem Berg ihrer Ausrüstung und seufzten, breiteten die Arme aus und warfen die Köpfe zurück, um die Sonne auf ihren Gesichtern zu spüren. Dann zogen sie ihre Stiefel aus, luden sich ihre Bündel auf, traten auf die Wiese neben der Straße und gingen langsam am Ufer entlang. Wohin? Sie wußten es nicht. Sie hatten daran gedacht, Brot zu kaufen und ihre Wasserflaschen zu füllen, bevor sie Bordeaux verließen. Wenn sie müde waren, würden sie sich hinlegen und falls nötig unter einer Hecke schlafen.

In der ersten Nacht taten sie genau das.

Eine Nacht verbrachten sie in einer Scheune, leer bis auf das Stroh, ein perfekter Schlafplatz, auch wenn das Stroh irgendwie schimmelig roch; eine weitere Nacht unter einem Karren, der auf einem Feld stand, die Erde darunter trocken, während alles ringsum naß war; mehrere Nächte in farnbewachsenen Mulden, wo der Mond sie in weißes Licht tauchte und den Gedanken an Schlaf absurd erscheinen ließ. Aber jede dritte oder vierte Nacht zahlten sie dafür, in einem Haus zu übernachten, froh darüber, sich waschen und sich um ihre Haare kümmern zu können. Gwen machte sich mehr Gedanken um ihre Haare als Dorelia, obwohl sie feiner waren und Grashalme und Zweige von der Erde, auf der sie schliefen, sich nicht so schnell darin verfingen. Sie achteten beide sehr auf ihre Kleider – sie wollten nicht wie Vagabunden aussehen, auch wenn sie wie welche lebten. Sie wuschen und bügelten ihre Sachen regelmäßig und putzten ihre Stiefel und achteten darauf, anständig auszusehen. Sie mußten einen adretten und respektablen Eindruck machen, wenn sie sich an einer Dorfstraße niederließen und sich als Porträtmalerinnen anboten oder wenn sie, was manchmal vorkam, nichts mit Malen verdient hatten und für ihr Abendessen singen mußten.

In La Réole, dreißig Meilen von Bordeaux entfernt, lernten sie einen anderen Künstler kennen. Er kam mit mehreren Männern, um sie zu beobachten, als sie in einem Stall schliefen. Er hieß Leonard Broucke. Gwen mochte ihn nicht – sie fand ihn arrogant, ihn und sein Angebot, ihnen Stunden zu geben –, aber Dorelia starrte ihn an, und Gwen fragte sich, ob sie etwas von Gus in ihm sah. Sie verließen La Réole ärmer, als sie es betreten hatten, nachdem sie dort nur 1,50 Francs verdient, aber zwei ausgegeben hatten. Am nächsten Abend war es kalt, und sie schliefen in einem Heuhaufen und wachten sehr früh völlig durchgefroren auf und rollten sich aufeinander, Gwen auf Dorelia, um sich zu wärmen. Als sie aufstanden, sagte Dorelia, sie habe überhaupt nicht geschlafen, anders als Gwen, die die Arme locker um Dorelias Hals geschlungen und ihren Körper in die Falten von Dorelias Kleid und Umhang geschmiegt hatte. Sie war vollkommen glücklich, trotz der Kälte und des Mangels an Bequemlichkeit. Zum Frühstück pflückten sie Trauben, aber sie waren noch nicht reif und schmeckten sauer. Jeden Tag schienen ihre Mappen und ihre Ausrüstung schwerer zu werden, und sie beteten, ein Fuhrwerk möge vorbeikommen und sie von ihrer Last befreien.

Fuhrwerke hielten an, ziemlich oft sogar, angezogen vom Anblick Dorelias, deren Reize unübersehbar waren. Zweimal folgten ihnen Männer, nachdem sie in einem Gasthaus gesungen hatten, Männer, die ihnen Geld für andere Dienste boten. Die Männer machten ihnen keine Angst, sie verhielten sich nicht grob oder bedrohlich, aber sie gaben auch nicht auf, und einmal mußten die beiden Frauen Schutz in einer Kirche suchen (wo der Küster sich ihrer erbarmte und ihnen für die Nacht ein Bett in seinem eigenen Haus anbot). Aber sie setzten ihren Weg fort, Meile um Meile, zu Fuß oder in Fuhrwerken (und einmal in einem Automobil, unvorstellbarer Luxus). Das Wetter war wundervoll, bis auf ein paar gelegentliche heftige Regengüsse, die sie eher genossen, obwohl der Regen sie völlig zerzaust aussehen ließ. Wie weit waren sie gekommen, als sie gegen Ende Oktober den ersten kalten Wind spürten? Sie wußten es nicht. Jedenfalls nicht sehr weit. Gwen war sich bewußt, daß nicht nur das Wetter sich verändert hatte, sondern auch sie selbst. Sie wollte irgendwo drinnen sein, sie wollte einen Raum, den sie sich zu eigen machen konnte. Vier Wände und einen Fußboden. Wieder umschlossen sein und Ordnung und Gewißheit haben und Ablenkungen ausschließen. Dorelia sagte zwar nichts, sah aber erstaunt, vielleicht sogar erschrocken aus, als Gwen sagte, daß sie sich im nächsten Ort ein Zimmer suchen und eine Weile dort bleiben sollten. Sie war glücklich, wenn sie den ganzen Tag draußen sein konnte, so glücklich, wie Gus es immer war. Sie liebte es, nicht zu wissen, wo sie sich abends hinlegen würden. Sie liebte es, wenn der Himmel ihr Dach war und die Bäume ihre Mauern.

An einem grauen nebligen Tag im November erreichten sie Toulouse, und Gwen sagte: »Genug.« Toulouse war beileibe nicht in der Nähe von Rom, es war nicht einmal in Italien, aber sie konnte nicht weiterwandern, jedenfalls nicht im Augenblick. Dorelia zuckte die Schultern und ließ Gwen an Türen klopfen und nach billigen Unterkünften fragen, bis man sie einen Hügel hinaufschickte, eine kopfsteingepflasterte Straße hinauf zu einem Haus, wo eine winzige Frau in Schwarz sie grimmig anstarrte und Geld sehen wollte, bevor sie ihnen ein Zimmer zeigte. Das Zimmer war klein, aber sauber und praktisch leer. Es enthielt ein Bett (nur ein einziges, aber ziemlich breit, mit Platz genug für zwei), einen Tisch und zwei Stühle. »Perfekt«, sagte Gwen. Das Fenster ging auf einen Bach hinaus und hatte schwere hölzerne Läden, die den Ostwind abhielten. Auf dem Tisch stand eine Lampe, eine ziemlich große Öllampe, die, wenn sie angezündet war, ein ruhiges gelbes Licht ausstrahlte. Kaum daß sie angezündet war, griff Gwen nach ihrem Pinsel. Das hier hatte sie gewollt, dieses Gefühl des Umschlossenseins, der Ruhe. Jenseits des Lichtkegels, den die Lampe warf, war es dunkel, je weiter weg, desto mehr schwand das Licht und ließ die Wände geheimnisvoll erscheinen und voller Schatten. Sie hielt den Atem an.

Dorelia las. Das Buch war schwierig, ihr Französisch unsicher, aber die Konzentration, mit der sie es las, gefiel Gwen. Die erhöhte Aufmerksamkeit verlieh Dorelias Gesicht eine rührende und ungewohnte Feierlichkeit. Sie hatte sie gebeten, heute ihr graues Kleid zu tragen, grau, aber mit schwarzen Fäden durchschossen, mit einem schwarzen, seitlich gebundenen Gürtel und einer schwarzen Paspel rund um den hochgeschlossenen Halsausschnitt. Ein nüchternes Kleid, gegen das Dorelias Haut pfirsichzart wirkte. Ein gesetztes Kleid, züchtig, die Ärmel lang, Dorelias Körper darunter verborgen. Gus kleidete sie immer auffällig in lebhaften Farben, aber Gwen wollte, daß nichts von Dorelias Schönheit ablenkte. Bei diesem Porträt ging es nicht um Kleider.

Sie bat Dorelia, sich hinzustellen und die Augen vom Buch zu heben – aber ein direkter Blick verdarb die Atmosphäre. Sie sagte, sie solle den Blick wieder senken, in das Buch auf dem Tisch, aber stehenbleiben, eine Hand auf die Stuhllehne gelegt. Draußen sang ein Vogel, ganz nah am Fenster, und der Bach rauschte laut, aber im Zimmer selbst war die Stille intensiv. Gwen konnte ihre eigenen Pinselstriche hören, das schwache, leichte Wischen über die Leinwand, und das Rascheln von Dorelias Kleid, wenn sie von Zeit zu Zeit ihr Gewicht verlagerte. Die Lampe brannte. Sie hatte es aufgegeben, bei Tageslicht zu malen. Es gab im Zimmer nicht genug Licht, und außerdem waren sie tagsüber beschäftigt. Aber gegen vier Uhr waren sie an diesen Winterabenden wieder im Haus, viel Zeit vor sich, die sie sich vertreiben mußten, also hatte sie die Herausforderung angenommen, bei künstlichem Licht zu malen. Es war mit ganz eigenen Problemen verbunden, ganz eigenen Aufregungen. Schatten kamen und gingen, ohne daß man sich auf sie verlassen konnte.

Am Morgen dieses Tages hatten sie Briefe bekommen, alle ein Dutzend Mal gelesen. Gus schrieb, er hätte in Chelsea eine Malschule eröffnet, zusammen mit William Orpen. Auch von Ida war ein Brief gekommen, aus dem neuen Haus in Essex, einem Haus mit dem fröhlichen Namen Matching Green. Sie war mit den Kindern dort. Gus kam und ging. Sie sehnte sich danach, daß Dorelia zurückkehrte, und sagte das mit unmißverständlicher Betonung. Sie könnten alle zusammenleben und glücklich sein.

Dorelias Reaktion auf Idas Brief war seltsam. Gwen war zwar an die unergründlichen Mienen ihrer Freundin gewöhnt, wunderte sich aber doch darüber, wie ausdruckslos ihr Gesicht beim Lesen wirkte. Verstand sie nicht, worum Ida bat? Verstand sie nicht, daß Ida bereit war, Gus mit ihr zu teilen? Falls doch, wußte sie Idas Großzügigkeit nicht zu schätzen oder das Opfer, das damit verbunden war. Gus hatte geschrieben, er sehne sich danach, Dorelias »Fett« wiederzusehen, und darüber hatte Dorelia gelächelt. Für Idas Worte, die, da war Gwen sicher, unter Schmerzen geschrieben worden waren, hatte sie weder ein Stirnrunzeln noch ein Lächeln übrig.

»Schreib du an Ida«, sagte sie zu Gwen. Gwen mußte das nicht gesagt bekommen. Sie schrieb die ganze Zeit an Ida und Gus und an Ursula. »Was soll ich ihr sagen?« fragte sie. Das berühmte Dorelia-Schulterzucken. Aber dann: »Sag ihr, daß wir doch nicht nach Rom gehen.«

Es stimmte natürlich, aber bisher hatte keine von ihnen es laut ausgesprochen, als Tatsache. Sie hatten einfach aufgehört, daran zu denken. Sie würden bei diesem kalten und klammen Wetter nirgendwo hingehen, es verlockte nicht zum Reisen. In ihrem Zimmer eingeigelt, wo sie sich von Brot und Käse und Feigen ernährten, hatten sie ihre Abenteuerlust verloren. Gwen störte das nicht, weil sie sich selbst beibrachte, auf eine neue Weise zu malen, aber es störte Dorelia. Sie war keine Malerin wie Gwen, sie konnte nicht ständig malen. »Braucht Dorelia immer noch zwei Stunden für ein einziges Auge?« hatte Ida in einem Brief an Gwen gewitzelt. Ja. Brauchte sie. Und wenn sie sich zwei Stunden mit dem einen Auge abgemüht hatte, langweilte sie sich und hatte keine Lust mehr, mit dem zweiten weiterzumachen. Wie Gus wollte sie draußen sein, auf Wiesen oder an Flüssen schnelle Skizzen anfertigen und sich nicht in einem Zimmer damit abgeben, irgendein winziges Detail richtig hinzubekommen. Und sie wollte mehr Gesellschaft als die von Gwen, und sei es nur das Mädchen, das sie als Modell gefunden hatten. Sie war jung, erst fünfzehn, hübsch auf eine unordentliche Art, die Haare ungekämmt und wild, die Nägel alles andere als sauber. Nichts brachte sie dazu, ihre Kleider abzulegen – sie hatte bei der Bitte laut aufgequietscht und mußte in aller Eile beruhigt werden, daß es wirklich absolut nicht nötig sei. Sie war als

Modell zappelig und brachte Gwen zur Verzweiflung, aber Dorelia fand sie amüsant. Die Lebhaftigkeit des Mädchens gefiel ihr. Sie brachte ein bißchen Leben ins Zimmer. Gwen wollte nicht, daß sie redete. Sie fand die übervollen roten Lippen schlimm genug, ohne auch noch sehen zu müssen, wie sie sich bewegten. Als das Mädchen gegangen war, schüttelte sie sich und sagte zu Dorelia, der Mund mache sie krank, er sei so fleischig, so gierig, so feucht.

Hatte Gwen Leidenschaft gekannt? Dorelia glaubte es nicht. Sie hatte sie *empfunden*, für Ambrose – wie jeder wußte, und es war beängstigend gewesen, es zu beobachten, hatte Gus gesagt –, aber hatte sie Leidenschaft *erlebt*? Dorelia sah, daß Gwen das Zeug zu Leidenschaftlichkeit hatte, sie brodelte in ihrem Innern, aber wenn Gwen malte, machte sie ihr nicht zu schaffen. War sie je auch nur geküßt worden? Richtig geküßt? Sie fragten sich gegenseitig nicht nach solchen Dingen. Dorelia hatte Gwen nackt gesehen, wenn sie sich selbst Modell stand, und hatte gesehen, wie unbefangen sie mit ihrem eigenen Körper umging. Es war ein guter Körper, geschmeidig und fest, weiblich in seiner Anmut, nicht nur wegen der Brüste und der Scham. Er besaß eine Zartheit, erkannte Dorelia, die ihr eigener, üppigerer Körper nicht hatte. Aber hatte ein Mann ihn gekannt? Sie hielt es für unwahrscheinlich. Spiegel hatten ihn gekannt, andere Künstler hatten ihn gekannt, aber sicherlich nie ein Mann.

Im Februar kam die Sonne wieder zum Vorschein. Blüten erschienen an den Bäumen, und sie konnten wieder draußen arbeiten, wenn sie wollten. Aber Gwen wollte nicht. Sie hatte viel in ihrem Zimmer gelernt und wollte es nicht gegen die Straße eintauschen. Ihre Vermieterin erhöhte die Miete. Wie es aussah, hatten sie bisher einen speziellen Winterpreis bezahlt. Das gab den Ausschlag.

Ein langer Tag der Suche, und dann das hier … Ein trostloses Zimmer, nicht allzu sauber und viel zu vollgestopft, aber sie waren erschöpft und mußten sich irgendwo hinlegen. Gwen hätte lieber im Jardin du Luxembourg geschlafen, aber Dorelia, die normalerweise so phlegmatisch war, hatte protestiert, sie könne es nicht ertragen, schon wieder naß zu werden, und sie müßten sich ein Dach über dem Kopf suchen. Das Zimmer im Hôtel Mont Blanc war ein Dach über dem Kopf, aber das war auch schon alles, was sich zu seinen Gunsten sagen ließ. Dorelia schlief sofort, vollständig angekleidet, ein. Gwen blieb sitzen und zeichnete ihre schlafende Freundin, aber das Licht war zu hart. Schon vermißte sie die Lampe in Toulouse und den Gesang der Vögel und das Rauschen des Bachs bei Hochwasser. Als sie aus London nach Paris gekommen war, hatte sie über den Unterschied gestaunt, aber jetzt verzweifelte sie. Der Dreck auf der Straße draußen, das infernalische Geklapper von Karren auf Kopfsteinen, das Geschrei – alles drohte, sie zu deprimieren.

Als sie am nächsten Morgen wach wurde, stellte sie zu ihrem Erstaunen fest, daß Dorelia verschwunden war. Sie hatte ihr keinen Zettel dagelassen, aber ihre Tasche lag noch gepackt auf dem Boden neben dem Bett. War sie gegangen, um etwas zu essen zu besorgen? Gwen bezweifelte es. Sie sah, daß es immer noch regnete und der Himmel grau war und daß Dorelia naß werden würde, wo immer sie war. Sie war eigenartig gewesen, seit sie Toulouse verlassen hatten und nach Paris aufgebrochen waren, hatte ständig den Kopf abgewandt und in die Ferne geblickt, als könnte sie etwas sehen, das Gwen nicht sehen konnte. Normalerweise geduldig, war sie ungeduldig geworden, und das war beunruhigend und seltsam verletzend. Eigentlich ließ Dorelia sich nicht von Kleinigkeiten irritieren. Aber eines Tages hatte sie zu Gwen gesagt: »Du bist eitel. Du bewunderst dich in diesem Spiegel. Du studierst deinen Körper nicht, um ihn zu malen.« Es war ziemlich schockierend, der Eitelkeit bezichtigt zu werden, und dazu noch ausgerechnet von Dorelia. Liebten sie sich noch? Gwen war sich nicht sicher. Sie konnte nicht so über die Liebe reden, wie Ida es konnte. Sie konnte Dorelia nicht danach fragen und hatte es bisher auch nie für nötig befunden. Ihre Liebe war einfach da, von einer ganz besonderen Art, die keiner Worte bedurfte. Aber in letzter Zeit hatte sie sich schwächer angefühlt. Vielleicht, dachte Gwen, lag es an Leonard Broucke, dem Künstler, den sie auf der Straße kennengelernt hatten, und der Gedanke gefiel ihr nicht. Dorelia war zu sehr von ihm eingenommen gewesen, und er hatte ihr seine Adresse in Paris gegeben.

Als Dorelia mittags immer noch nicht zurück war, ging Gwen selbst aus dem Haus und kaufte Brot und Käse und ein paar Trauben. Falls Dorelia mit den gleichen Sachen zurückkam, wäre das auch nicht weiter schlimm. Der Regen hatte aufgehört, und blasses Sonnenlicht löste den dünnen Nebel auf, der in der Luft hing. Sie fand ein Café und setzte sich nach draußen, obwohl die Stühle feucht waren, und bestellte Kaffee und ein Baguette. Es war nicht angenehm, hier zu sitzen – die Straßenbahnen fuhren sehr dicht an ihr vorbei, und das Rumpeln ließ die kleinen Tische erbeben –, aber sie wollte nicht hineingehen und unter Menschen sein. Hier kümmerte sich niemand um sie. Alle waren zu sehr damit beschäftigt vorbeizuhasten. Hunde kamen zu ihr, aber sie ignorierte sie, und sie verstanden das. Dann sah sie Dorelia an der Ecke der schmutzigen Straße auftauchen, da, wo die Straßenbahn wendete. Wie sie sich von dieser schäbigen Umgebung abhob! Gwen konnte die Augen nicht von ihrer Freundin lösen, die in dem roten Rock, den Gus ihr geschenkt hatte, und der gelben bestickten Bluse und dem braunen Samtmantel, der bis unten hin aufgeknöpft war, auf das Café zukam und im Gehen alles um sie herum heller machte.

Sie war kein bißchen überrascht, Gwen zu sehen. Sie setzte sich neben sie, brach ein Stück von dem Brot ab und steckte es sich in den Mund. Gwen fragte nicht, wo sie gewesen war – sie stellten sich gegenseitig nie derart banale Fragen –, und Dorelia sagte es ihr nicht, aber Gwen sah, daß ein Brief aus ihrer Tasche lugte. Von Gus? Von Leonard Broucke? Postlagernd geschickt? Es gab jetzt Geheimnisse zwischen ihnen. Der Kellner kam zu ihnen, ob Dorelia etwas wünsche. Dorelia sah Gwen an. »Ich habe kein Geld mehr«, sagte sie. Gwen kramte in ihrer Tasche: genug für einen Kaffee oder ein Baguette, aber nicht für beides. Der Kellner brachte ein Baguette (größer, als das von Gwen gewesen war) und ein Glas Wasser, in das er netterweise eine Scheibe Zitrone getan hatte. »Nun«, sagte Dorelia, »Paris.« Und sie sah sich mit ungläubigem Staunen um.

Es war nicht schwer, Arbeit als Modell zu finden. Überall gab es Malerateliers, und man brauchte nur an Türen zu klopfen und sich anzubieten. Bei Frauen war es sicherer, die deutsche Malerin Miss Gerhardie, die Schweizer Malerin Ottilie Roederstein und andere. Sie waren erfreut, als Gwen kam, noch erfreuter, als sie bereit war, sich bis zur Taille zu entkleiden. Stundenlang stand sie ihnen Modell, nahm mühelos die Posen ein, die sie verlangten, sagte nie auch nur ein Wort, auch dann nicht, wenn jemand zu einer Unterhaltung ansetzte. Am Ende der Sitzungen nahm sie ihr Geld und ging, ohne auch nur einen Blick darauf zu werfen, wie die Malerinnen sie porträtiert hatten. Aber sie ging nicht in ihr Zimmer im Hôtel Mont Blanc, sondern durchstreifte Paris, wanderte meilenweit an der Seine entlang und betrachtete die Boote oder spazierte durch die Parks und Gärten, das Skizzenbuch immer bei sich. Das Wetter war jetzt gut, und sie konnte in Ruhe auf Bänken sitzen und zeichnen, was immer ihr Interesse weckte. Unmengen von Zeichnungen, aber kein Gemälde. Sie konnte nirgends malen. In ihrem trostlosen Zimmer war das absolut unmöglich, und bis jetzt konnte sie sich noch nichts anderes leisten. Aus Toulouse wegzugehen war für sie ein Fehler gewesen. Ein größerer wäre es wahrscheinlich, nach England zurückzukehren, aber die Unvermeidlichkeit dieses Schritts fing an, ihr Sorgen zu machen.

Dorelia war seit Wochen weg. Sie war zu Leonard Broucke gefahren, der sich in Brügge aufhielt. Als Gwen klar wurde, was passiert war, wurde ihr Gesicht ganz heiß und feucht. Dorelia war zu Leonard gegangen, nicht zu Gus, zu dem sie gehörte, ohne sich mit ihr zu beraten, ohne ein Wort. Es war nicht das

Alleinsein, das Gwen beunruhigte – sie war nicht allein, sie hatte inzwischen eine Katze –, sondern der Schock der Erkenntnis, daß Dorelia ihr nicht vertraut hatte. Vielleicht hatte sie, wie Ida in einem Brief schrieb, Angst davor gehabt. Bin ich denn so unerbittlich? Gwen dachte darüber nach. Sie hielt sich für verständnisvoll, für eine gute Zuhörerin, für eine Frau, in die diejenigen, die sie liebte, Vertrauen setzen und bei der sie Unterstützung finden konnten, aber anscheinend stimmte das nicht. Sie war zu stark, zu fest in ihren Überzeugungen, zumindest mußte Dorelia das gedacht haben. Und das tat weh.

Das Zimmer im Hôtel Mont Blanc war ihr kein Trost, aber sie konnte es sich nicht leisten auszuziehen. Seit Dorelia weg war, hatte sie mehr Platz, aber sie konnte dort nicht arbeiten, sie war immer noch gezwungen, draußen zu zeichnen, und jetzt, wo der Winter kam, war ihr oft so kalt, daß ihre Finger den Bleistift kaum halten konnten. Eines Tages nahm sie die gelbe Straßenbahn zum Ende der Rue de l'Université, zum Dépôt des Marbres. »Rodin mag Engländerinnen«, hatte Gus in einem Brief geschrieben, und sie brauchte mehr Arbeit. Warum also nicht mutig sein und Rodin aufsuchen? Aber sie war nervös, als sie über den riesigen, gepflasterten, mit Moos und in den Ecken mit Gras überwachsenen Hof ging, auf dem große Marmorblöcke – länglich, hochkant, flach – darauf warteten, von den Bildhauern in den umliegenden Werkstätten bearbeitet zu werden. Sie wußte nicht, welche Ateliers Rodin gehörten, nur, daß er zwei hatte. Zögernd blieb sie eine Weile stehen und lauschte und ging dann auf die Tür zu, hinter der sie etwas gehört zu haben glaubte. Sie klopfte einmal, zweimal und noch lauter ein drittes Mal.

Endlich wurde die Tür von einer Frau geöffnet. Einer Frau in einem weißen Kittel und mit einer weißen Mütze, die fast bis zu den Augen heruntergezogen war. Einer Frau, deren Hände von feinem Staub bedeckt waren und die in der einen Hand einen Meißel hielt. »Ja?« fragte sie schroff, stirnrunzelnd. Gwen nannte ihren Namen und sagte, sie sei Modell, ein erfahrenes Modell, selbst Künstlerin, und man habe ihr gesagt, Monsieur Rodin sei eventuell daran interessiert, ihre Dienste in Anspruch zu nehmen. Sie sprach Französisch, aber die Frau antwortete auf englisch und forderte sie auf hereinzukommen. Monsieur Rodin sei in seiner Werkstatt und arbeite, sagte sie, und dürfe im Augenblick nicht gestört werden, aber sie könne warten. Gwen folgte ihr schüchtern. Sie wurde durch einen riesigen Raum geführt, in dem drei Männer hektisch auf Steinblöcke einschlugen, daß die Brocken nur so flogen, bis zu einem Durchgang in der hinteren Wand. Hier blieb die Frau stehen und machte ihr ein Zeichen, näher zu kommen. Sie deutete durch den Bogen auf einen Mann, der eine halbfertige Statue zu streicheln schien. Immer wieder strich er glättend über die Oberfläche und überprüfte unablässig seine Arbeit. »Monsieur Rodin«, sagte die Frau leise. »Er wird bald Pause machen, dann können Sie sich vorstellen.«

Allein gelassen, blieb Gwen stehen und wartete. Es fühlte sich gut an, zu warten und zu schauen, natürlich. Rodin war, wie sie sah, klein, aber kräftig gebaut, mit riesigen Händen und einem mächtigen Kopf, der nicht zu den Proportionen des Körpers paßte. Sein Bart war rötlichblond und von viel Grau durchzogen. Er war wie ein Arbeiter in eine alte Strickjacke und eine blaue Hose gekleidet, und darüber trug er einen Kittel. Aus der Art, wie er seine Arbeit von ganz nah begutachtete, schloß sie, daß er kurzsichtig sein mußte. Während sie ihn beobachtete, nahm er einen Mundvoll Wasser aus einem Krug auf dem Boden und spuckte ihn zu ihrer Überraschung über den Ton. Sie sah, daß er von einer intensiven Gefühlsregung ergriffen war, sein Gesicht war ruhig, aber völlig konzentriert, kein Muskel bewegte sich. Es war, als wartete er darauf, daß die Statue etwas sagte, als wollte er ihre Stimme hören, um jeden ihrer Befehle befolgen zu können, wie immer er auch lauten mochte. Gwen starrte ihn weiter an und fand, daß er wie ein alter Patriarch aussah, schätzte seine körperlichen Eigenschaften ganz kühl ein und erinnerte sich an seinen Ruf. Sie war nicht sehr beeindruckt von dem, was sie sah, aber in ihr war eine leise, aufregende Vorahnung – bloß wovon? Es war schwer zu sagen. Sie hätte ewig dastehen und dem Meister bei der Arbeit zusehen können. Aber schließlich hielt er inne. Er trat zurück und betrachtete die Statue, begutachtete sie, den Kopf erst auf die eine Seite gelegt, dann auf die andere. Er schloß die Augen, hielt sie mehrere Minuten geschlossen und öffnete sie dann weit. Dieses Mal sah er an der Statue vorbei. An ihr vorbei direkt auf Gwen.

Sie schienen sehr lange so zu verharren, die Augen ineinander versenkt. Hitze stieg Gwen ins Gesicht. Sie erinnerte sich an seine erotischen Skulpturen, die sie auf der Weltausstellung gesehen hatte, die ineinander verschlungenen Liebenden … Aber sie war entschlossen, den Blick nicht zu senken, obwohl sie fürchtete, unverschämt zu wirken. Sie versuchte, einen bittenden Ausdruck in ihren Blick zu legen. Was, so fragte sie sich, legte Rodin in seinen musternden

Blick? Ich bin nicht schön, dachte sie. Er sieht mich nicht voller Bewunderung oder voller Erstaunen an, aber ist er neugierig? Als er rief: »Kommen Sie her, wenn Sie mit mir sprechen wollen«, ging sie langsam auf ihn zu. Ihr Mund war wie ausgetrocknet, und sie brachte kaum mehr als ein Flüstern zustande, als sie ihn erreichte. »Sir«, sagte sie, »ich bin Modell. Ich würde gerne für Sie Modell stehen.« Sie sagte nicht, daß sie selbst Künstlerin war, erwähnte ihren Bruder nicht. Er lächelte kurz, nur ein Zucken der Lippen. Seine Lippen waren fleischig, seine Augen von einem klaren Grau. Er sah sie jetzt anders an, irgendwie herausfordernd, fand sie, als er sie fragte, ob sie Erfahrung habe. Sie nannte Namen. Er nickte. Er drehte sich um, um sich die Hände abzuwischen, und sagte, sie solle in die Ecke der Werkstatt gehen, wo sie einen Haken für ihre Kleider finden würde, die sie ablegen solle. Dann würde er sie sich ansehen.

Sie hatte ihre Kleider im Lauf von inzwischen vielen Jahren oft für andere Künstler abgelegt, aber an diesem Tag fiel es ihr nicht so leicht. Ihre Finger mühten sich mit den Knöpfen an ihren Stiefeln ab, die sie zuerst auszog, und dann mit den Haken und Ösen ihrer Bluse. Sie trug ein weißes Baumwollhemd darunter, aber kein Korsett, was ein Segen war. Sie hängte den Rock und die Bluse an den dikken hölzernen Pflock, der aus der Wand ragte, faltete Hemd und Unterhose zusammen und legte sie auf ihre Stiefel und Strümpfe. Als sie nackt war, fühlte sie sich weniger nervös. Sie hörte Schritte und wußte, daß Rodin durch den Raum auf sie zukam, und wollte sich zu ihm umdrehen, aber er hielt sie davon ab mit einem: »Nein! Bleiben Sie so, wie Sie sind, für einen Moment, bitte.« Sie stand hoch aufgerichtet da, die Beine leicht gespreizt, die Arme lose herabhängend. »Ein guter Rücken«, sagte er. »Drehen Sie sich jetzt um.« Seine Augen betrachteten ihre Füße. Sie sah ebenfalls auf sie hinab. Sie hatte hübsche Füße, dachte sie, die Zehen fast alle gleich lang, und kein Hühnerauge und keine Schwiele zu sehen. Langsam wanderten seine Blicke an ihrem Körper nach oben, hielten bei ihren Brüsten inne, von denen sie wußte, daß sie klein waren, die sie aber für hübsch gerundet hielt, und schließlich sahen sie sich wieder in die Augen. »Heben Sie die Arme«, sagte er. Sie tat es. Sie rasierte sich nicht unter den Armen, war aber nicht sehr behaart. Er runzelte die Stirn, wahrscheinlich mißbilligte er die Haare. »Hände auf die Hüften«, sagte er. Sie mochte diese Pose und nahm sie selbstbewußt ein. Er gab ihr weitere Posen vor und nickte dann. »Gut«, sagte er. »Morgen um zehn.«

In Hochstimmung zog sie sich schnell an und verließ das Atelier. Den ganzen Weg zurück zum Hotel ertappte sie sich dabei, wie sie diesen oder jenen Refrain von Liedern vor sich hin summte, die sie kaum oder nur in Bruchstücken kannte. Sie kaufte einen Strauß Veilchen bei einer Frau an der Straße und hielt ihn fest umklammert, von dem Wunsch erfüllt, sie sofort zu malen und die zitternde blaue Zartheit der Blüten einzufangen. Mit einem Gefühl der Überraschung registrierte sie, daß sie glücklich war, und dachte, es könne nicht nur daran liegen, daß Rodin sie als Modell haben wollte – es mußte mehr sein, sicherlich. *Er* war verantwortlich für diese neue Lebensfreude, die sie empfand, er selbst, nicht die Arbeit, die er ihr angeboten hatte. Sie würde nicht mehr verdienen als bei anderen Bildhauern (obwohl nicht über Geld gesprochen worden war). Es war der

Mann, der ihr das Gefühl gab, so lebendig zu sein, es war allein sein Anblick. Sie mahnte sich selbst, vorsichtig zu sein, und schlug ihre eigene Mahnung sofort in den Wind. Rodin war so alt wie ihr Vater, vielleicht sogar älter, sie wußte es nicht. Sie wußte nur, daß er verheiratet war oder eine Frau hatte, die schon so lange bei ihm war, daß sie als seine Ehefrau galt, und daß er Geliebte hatte, sie durfte sich also keinen Phantasien hingeben, in denen er mehr tat, als Notiz von ihr zu nehmen und sie als Modell zu verwenden. Sie war kein Schulmädchen, keine Studentin, sondern eine erwachsene Frau von fast dreißig Jahren. Sie mußte vernünftig sein.

Aber alle Vernunft verließ sie in den Monaten, die folgten. Sie war verzaubert, verhext, vollständig verwandelt, nicht mehr die einsame junge Frau, die sie gewesen war. Fast jeden Tag fuhr sie zu Rodins Atelier und stand ihm Modell, und bald nannte er sie seine kleine Marie, was sie freute und sie in ihrer Überzeugung bestärkte, jetzt jemand völlig anderes zu sein. Sie hatte gedacht, er würde schweigend arbeiten, aber nein, er redete gern: Er stellte ihr Fragen und hörte sich ihre Antworten an und fragte weiter. Natürlich erzählte sie ihm von ihrer Arbeit und daß Augustus (von dem er gehört hatte) ihr Bruder war, und er interessierte sich so sehr für sie. Bald zeigte sie ihm Skizzen von ihrer Katze, und er schien beeindruckt zu sein, aber ohne Schmeichelei. Wie viele Stunden die Woche sie arbeite, wollte er wissen, wie ihr Tagesablauf aussehe, wo sie ihre Farben und ihre Leinwände kaufe – er wollte alles über sie wissen, vom Trivialen bis hin zu den wichtigeren Dingen. Er erzählte ihr, wie er selbst arbeitete. Er stand um sieben Uhr morgens auf, war um acht in seinem

Atelier, machte mittags eine kurze Pause und arbeitete bis um acht Uhr abends, manchmal noch länger. Er arbeitete im Stehen oder halb auf einem Hocker sitzend und hatte weder elektrisches Licht noch Gaslicht in seinem Atelier – Kerzen und Laternen genügten. Er erzählte ihr, er sei immer »wild« auf Arbeit gewesen, und sie sagte, sie auch, aber manchmal stellten sich die Umstände ihrer Leidenschaft in den Weg. Es gefiel ihm nicht, daß sie in einer so unerfreulichen Gegend wohnte. Er runzelte die Stirn und sagte, es sei nicht *comme il faut.* Sie stimmte ihm zu, wollte aber nicht verraten, daß sie kein Geld hatte, und konnte folglich nicht erklären, wieso sie dort blieb. Aber er ahnte es und bot ihr zusätzlich zum Modellstehen weitere Arbeit an. Er brauchte, so sagte er, jemanden außer seiner Sekretärin, der sich um seine Korrespondenz kümmerte und Artikel aus dem Englischen ins Französische übersetzte. Sie kam in Frage. Dann konnte sie dieses elende Hotelzimmer verlassen.

Eines Tages fing er mit einer Statue an, für die sie allein Modell stehen sollte. Es sollte ein Denkmal zu Ehren Whistlers werden (der vor etwa zwei Jahren gestorben war) und irgendwo am Themseufer in Chelsea aufgestellt werden. Sie sei, sagte er zu ihr, die ideale Muse für Whistler, da sie Engländerin war (obwohl sie ihm erzählt hatte, daß sie Waliserin war) und früher bei ihm studiert hatte. Tage vergingen damit, die Pose zu finden, in der sie stehen oder vielmehr den Eindruck einer Bewegung vermitteln sollte, und weitere Tage damit, Tücher erst um ihre Taille und dann um ihre Hüften zu drapieren. Ein Bein, das linke, war leicht angewinkelt, der Fuß ruhte unbequem auf einer Plinthe. Es war nicht leicht, diese

Pose zu halten, aber sie fand sich hinein, und er war erfreut. Seine Sorge um ihr Wohlbefinden war ungewöhnlich und überraschend, fand sie – die meisten Bildhauer, und überhaupt die meisten Künstler, interessierten sich ihrer Erfahrung nach herzlich wenig für die Schmerzen und die Müdigkeit ihrer Modelle. Und am Ende der Sitzungen half er ihr vom Podest herunter und löste eigenhändig die Tücher. Damit fing es an.

Sie war bereit und willens, obwohl er ihr Zittern erst für Widerstreben hielt und seine Hände zurückziehen wollte, aber sie nahm sie und legte sie dahin zurück, wo sie gewesen waren, auf ihre nackten Brüste. Sie empfand eine solche Erleichterung, von seinen starken Armen umfangen zu werden, daß sie genüßlich seufzte. Ihr Körper reagierte genauso auf seinen, wie sie es vorausgesehen hatte. Es gab nichts Unbeholfenes oder Scheues. Die Erregung ließ ihr Herz rasen, und instinktiv legte sie eine Hand auf ihre Brust, um es zu beruhigen, worauf er sie besorgt anblickte. Sah er, wie willig und hungrig sie war? Sah er endlich, daß sie kein schüchternes englisches Mädchen war? Sie glaubte, ein gewisses Erstaunen in seinem Ausdruck zu sehen, und lächelte. Sie selbst war nicht im mindesten erstaunt. Diese Fähigkeit zu lieben war immer dagewesen und hatte gewartet. Endlich wurde sie gefunden und genutzt.

Er wollte, daß sie ein richtiges Zuhause hatte, irgendwo, wo sie arbeiten konnte, irgendwo, wo er sie besuchen und mit ihr zusammensein konnte. Sie wollte das auch, aber das Geld war immer noch ein Hindernis. Sie hatte jetzt weniger statt mehr, weil sie einen

Teil für sich selbst ausgegeben hatte. Sie war im Bon Marché gewesen und hatte sich ein neues Kleid gekauft und Kämme für ihr Haar und ein sagenhaft teures Umhängetuch, das ihr sehr gefiel. »Es ist wundervoll«, schrieb sie an Ursula, »welchen Einfluß Kleider auf den Geist haben.« Ein besseres Zimmer zu mieten war nicht möglich. Aber es bekümmerte ihn, sie zu besuchen und zu sehen, daß sie unter Bedingungen lebte, die er als unerträglich empfand; abfällig blickte er auf das Durcheinander aus Kleidern und Malutensilien um sie herum. Ein Künstler, sagte er, brauche in seiner Umgebung Harmonie und Ordnung, und ihr fehle beides. Wie sollte sie unter solchen Bedingungen gute Arbeit leisten? Aber plötzlich hatte sie erschreckenderweise nicht mehr den Wunsch, überhaupt noch zu arbeiten. Sie wollte nicht mehr malen. Wieso sollte sie? Sie war glücklich und erfüllt, ohne danach zu streben, Emotionen und Gefühle auf eine Leinwand zu bannen. Es war ihr genug, ihrem Meister – so nannte sie ihn gern, *mon maître* – Modell zu stehen und sich ihm anschließend hinzugeben.

Manchmal waren sie nicht allein. Rodin sah sie prüfend an, als er sagte, es gebe da etwas, wobei sie ihm helfen könne. Natürlich, er brauchte nur zu sagen, was er wollte. Wie sich herausstellte, wollte er, daß sie zusammen mit einer anderen Frau, der Bildhauerin Hilda Flodin, einer seiner Assistentinnen, nackt für ihn posierte. Gwen kannte Hilda; sie hatte auch für sie schon als Modell gearbeitet, und es fiel ihr leicht einzuwilligen. Aber sie hatte nicht wirklich verstanden, wozu sie sich bereit erklärte. Rodin wollte, daß sie sich umarmten, sich gegenseitig berührten, ungewöhnlich erotische Posen einnahmen, während er sie skizzierte, und obwohl sie gehorchte und

Hilda so berührte, wie er es wollte, hätte sie ihn am liebsten angeschrien, er solle Hildas Platz einnehmen. Die Anspannung erschöpfte sie, aber ihn erregte sie, und im Beisein von Hilda kam er und packte sie und fing an, sie zu lieben, beide in eine so wütende Begierde hineingesteigert, daß sie in ihrer Wildheit fast abstoßend wirkte. Gwen verstand nicht, wie Hilda es ertragen konnte, dabei zuzusehen.

Er war ihr Geheimnis. Andere im Dépôt des Marbres wußten darüber Bescheid, aber außerhalb des Dépôts erzählte sie niemandem davon, nicht einmal Gus und auch nicht Dorelia, die, nachdem das Leonard-Abenteuer vorbei war, zu Gus zurückgegangen war und mit ihm und Ida in Essex lebte. Dann kamen sie alle, mitsamt den Kindern (und inzwischen gab es außer Idas vieren auch noch Dorelias kleines Söhnchen), nach Paris. Sie besuchten sie, aber sie wahrte ihr Geheimnis auch, als sie mit ihnen zusammen war, und erzählte nur von ihrer Arbeit für Rodin, nicht von ihrer Liebe. Sie wollte ihn nicht mit ihnen teilen – sie hatten sich, sie selbst hatte nur ihn, und das nicht einmal ganz, und sie würde ihn auch nie ganz haben. Die Freude, die er in ihr Leben brachte, enthielt einen bitteren Kern, weil er schon eine Frau hatte. Sie hatte Rose gesehen. Unfähig, der Versuchung zu widerstehen, war sie nach Meudon gefahren und hatte das Haus ihres Meisters gesucht. Es lag an einem Hang, der zur Seine hinunter abfiel, mit einer Bootsanlegestelle am Fuß des Hügels, von wo Rodin das Boot nach Paris nehmen konnte. Es war ein ziemlich großes Haus, imposanter, als sie es erwartet hatte, drei Stockwerke, mit einem großen Garten. Sie hatte Rose im Garten gesehen; sie hatte sie beobachtet. Es war nichts weiter Bemerkenswertes an ihr, aber Gwen wußte, daß Rodin seit vielen Jahren mit ihr zusammen war und sie nie verlassen würde. Es war dumm, sich deswegen selbst unglücklich zu machen, aber da war dieser winzige harte Knoten des Unglücklichseins.

Rodin spürte es und war beunruhigt. Er versuchte, sie zu lehren, innerlich ganz ruhig zu sein und alle quälenden Gedanken von sich zu weisen. Sie solle in ihrem Leben nach Harmonie streben und mit den kleinen, unwichtigen Details beginnen, ihrer Ernährung und ihrer täglichen Routine. Es war komisch, wie sehr sein Rat allem widersprach, was, wie sie gedacht hatte, zu einem Künstlerleben gehörte, aber sie versuchte, ihn zufriedenzustellen, indem sie seine Wertmaßstäbe übernahm. Wenn sie jetzt aufwachte, blieb sie ein paar Augenblicke still liegen, atmete tief ein und zwang sich, sich zu entspannen, nicht zu hetzen, nicht aus dem Bett zu springen und blicklos aus dem Fenster zu starren und dann nach einem Apfel zu greifen und ihn zu essen, sondern statt dessen ganz bewußt aufzustehen und zum Waschbecken zu gehen und sich zu waschen und sorgfältig anzukleiden (saubere Kleider) und ihre Haare zu bürsten und hochzustecken und sich dann richtig an den Tisch zu setzen und ein Frühstück aus Brot und Obst zu sich zu nehmen. Es stimmte, sie fühlte sich dadurch besser, nicht so unablässig aufgewühlt, aber die Anstrengung, die damit verbunden war, sich an diese Regeln zu halten, war gigantisch. Sie fing wieder an zu zeichnen, nur ein wenig, aber ihre Skizzen von ihrer Katze erfreuten ihn. Nach außen hin war sie heiterer und gelassener, so wie er sie haben wollte, aber innerlich fühlte sie sich wie ein Vulkan, als wäre sie von glühender Lava erfüllt, die jeden Augenblick unter dem Druck dessen, was darunter lag – ihrer überwältigenden Leidenschaft für ihn –, aus ihr hervorbrechen konnte.

Rodin sagte, er würde ihre Miete zahlen, wenigstens für die ersten drei Monate. Sie mußte nur das Zimmer finden: Es war ein Befehl. Sie gehorchte und suchte jeden Tag, bis sie ein Zimmer in der Rue St. Placide fand. Er war nicht in Paris, als sie es fand, aber sie schrieb ihm und schilderte ihm die Schönheit des Zimmers mit dem roten Fliesenboden und der hübschen Tapete und dem Hof draußen, auf dem ihre Katze spielen konnte. Es war sauber, aber sie machte es noch einmal sauber, schrubbte auf den Knien den Boden, das Fenster weit geöffnet, um frische Luft hereinzulassen. Sie kaufte einen Korbsessel und nähte ein Kissen dafür, und einen schlichten Holztisch mit einer Schublade und ein Bett. In das Zimmer zurückzukehren erfüllte sie jeden Tag mit Stolz und Freude – wer hätte gedacht, daß sie eine derart gute Hausfrau sein könnte? Als Rodin zu Besuch kam, war er zufrieden. Er konnte sehen, daß sie sich die Lehren, die er ihr nahezubringen versucht hatte, zu Herzen genommen hatte, und jetzt erwartete er weitere Resultate. Aber sie konnte noch nicht malen, ihre Sehnsucht nach ihm war zu groß. Jeden Tag wartete sie darauf, daß er zu ihr kam, und wenn er nicht kam, konnte sie ihre Ungeduld kaum zügeln. Sie verwandte ihre ganze Energie darauf, ihm ihre Liebe zu zeigen, wenn er bei ihr war, und sich nach ihm zu verzehren, wenn er es nicht war. Die Hand, die ihn streichelte, konnte keinen Pinsel halten, und ihre Augen waren so auf Bilder von ihm fixiert, daß sie nichts anderes sahen. Sie war ihm hilflos, hoffnungslos verfallen. Er sagte neuerdings manchmal, er sei müde und sie dürfe nicht erwarten, daß er ihre Liaison publik mache. Er müsse sein eigenes Leben leben, das Leben, das er gehabt hatte, bevor sie kam, und sie habe ihres. Aber er irrte sich. Sie hatte *kein* Leben ohne ihn. Sie wollte keins. Er war ihr Leben, er hatte ihr das Leben geschenkt.

Das Zimmer in der Rue St. Placide, sosehr sie es liebte und makellos sauber hielt und mit Blumen schmückte, war eine Lüge. Sie stand in der Tür, betrachtete es, bewunderte es und dachte dabei, daß diese Harmonie eine kluge Täuschung war. Dieses Zimmer war nicht sie. Es war ein Bild davon, wie ihr Geliebter sie haben wollte und wie sie zu sein versucht hatte. Jeder heftige Tumult in ihrem Innern kam hier angeblich zur Ruhe. Aber der Kampf ging weiter, und niemand, nicht einmal Rodin, wußte, daß sie diesen Kampf verlor. Manchmal fürchtete sie sich fast vor der Macht des Zimmers, das sie geschaffen hatte. Sie liebte es, aber es konnte sie auch dazu bringen, schreien zu wollen, es verwüsten zu wollen, den Sessel aus dem Fenster zu werfen und die Vorhänge herunterzureißen und die Blumentöpfe zu zerschmettern und dann zu Rodin zu sagen: Sieh her, *das* bin ich.

Aber sie tat es nicht. Sie kämpfte weiter darum, dem Zimmer zu entsprechen und sich in sein wahres Spiegelbild zu verwandeln. Und allmählich wuchs in ihr der Wunsch, es zu malen, das Zimmer zum Hof, das Zimmer, das so war, wie er sie haben wollte.

Die Lüge.

Aber es konnte auch wundervoll sein, nach Hause in ihr neues Zimmer zu kommen. Sie blieb in der Tür stehen, die sie so weit aufgestoßen hatte, wie es ging, und schaute und schaute, bis ihr schwindlig wurde und sie sich an die Wand lehnen mußte. Sie ließ das Fenster, das zum Hof hinausging, immer einen Spalt offen, so daß die Spitzengardine nach innen wehte wie ein schaumiger Nebel und das dickere Material des Vorhangs sich bauschte wie eine Wolke. Der Korbsessel mit seinem Kissen aus apricotfarbener Seide, der am Fenster stand, besaß im Licht, das durch den Vorhang gefiltert wurde, eine eigene, irgendwie zerbrechliche Schönheit (obwohl er robust war), und seine Struktur sah wie ein Spinnengewebe aus, das jeden Moment fortgeweht werden konnte. Sie wagte fast nicht, das Zimmer zu betreten. Sobald sie es tat, brachen die Gefühle der Unzulänglichkeit aus ihr hervor und kämpften mit dem, was bis zu dem Augenblick, da sie eintrat, absolute Harmonie gewesen war. Sie konnte kaum atmen vor Angst, den Frieden zunichte zu machen. Auf Zehenspitzen ging sie über den rot gefliesten Boden und legte ihren Mantel auf den Sessel, bloß um ihn sofort wieder wegzunehmen, weil er die Anmut des Sessels zerstörte. Um dieses Zimmer malen zu können, würde sie sich selbst daraus entfernen müssen.

Aber dann merkte sie, daß sie das nicht konnte. Sie, oder eine Version von ihr, mußte mit im Bild sein. Sie mußte die Anspannung zeigen, die sie empfand. Sie malte eine Frau in Schwarz, die vor dem Fenster saß und nähte. Das tiefe Schwarz ihres langen Kleides erzählte seine eigene Geschichte, wo alles andere Helligkeit und Farbe war. Als Rodin kam, verbarg sie, woran sie arbeitete, weil sie Angst hatte, er könne sehen, wie unwürdig sie war – nicht nur ihres Zimmers. Er war so erfreut über ihre Fortschritte. Er lächelte und nickte zustimmend und bewunderte die Sauberkeit und die Ordnung ihrer neuen Umgebung. Er mochte es nicht, wenn ihre Gedanken wild waren, er mochte es nicht, wenn ihre Gesten stürmisch waren, und er mochte es nicht, wenn sie ihr Bedürfnis nach seiner Liebe so offen zeigte. Sie sollte gelassen und ruhig sein und seiner eigenen inneren Ruhe Einlaß in ihre Seele gewähren. Erst dann, sagte er zu ihr, würde sie gute Arbeit leisten. Sie hörte ihm demütig zu und widersprach ihm nicht, aber wenn sie sich liebten, fragte sie sich, wie er Gelassenheit so hoch einschätzen konnte. Wenn sie sich liebten, so war das weder ruhig noch gelassen. Es war ungestüm und überwältigend, und die körperlichen Empfindungen trugen sie in eine Ekstase hinein und entlockten ihr Schreie, die in ihren eigenen Ohren wie Qual klangen, aber von einem Genuß herrührten, der so erregend war, daß sie fast das Gefühl hatte, wahnsinnig zu sein. In diesen Augenblicken sagte er nichts von Ruhe und Gelassenheit. Vielmehr schien er voll des Staunens über ihre Leidenschaftlichkeit, fast sogar ein bißchen nervös. Er war der erfahrene Liebhaber, aber das hätte man nie vermutet, denn er wirkte fast schüchtern und zögernd, wenn er sie berührte. Und wenn er sich auszog, machte er sogar einen verlegenen Eindruck, wohingegen sie keinerlei Verlegenheit kannte und sich, sobald er da war, die Kleider in großer Hast vom Leib riß. Sie war stolz auf ihren Körper, während er nicht stolz auf den seinen war. Sein Bauch war dick, und er zeigte sich ihr nicht gerne nackt. Aber wenn sie sich liebten, so taten sie es voller Heftigkeit, und seine Verlegenheit schwand. Hinterher blutete sie oft, aber das machte ihr weder angst, noch fand sie es abstoßend – sie war bereit, von neuem anzufangen, sobald er es war. Er sagte, sie sei unersättlich, und bat sie, mit einem Lächeln, an sein Alter zu denken – er sei schließlich vierundsechzig, ein alter Mann, sagte er. Sie legte die Hand auf seine Lippen und brachte ihn zum Schweigen.

Er kam nur einmal die Woche zu ihr, nie länger als eine Stunde. Immer wieder wartete sie auf ihn, und er kam nicht, auch wenn er sich angekündigt hatte. Sie versuchte zu malen, konnte aber nicht, ihre Sinne harrten zu angestrengt seiner Schritte auf der Treppe. Oft war er zu Hause bei Rose, in Meudon, und ihr Neid auf Rose wuchs und wuchs, bis sie ihn nicht mehr beherrschen konnte und hinfahren und sie erneut ausspionieren mußte. Genau so fühlte sie sich, wie eine Spionin, eine Schnüfflerin, wenn sie den Zug nach Meudon nahm, mit gesenktem Kopf zu seinem Haus ging und dann durch die Hecke in den Garten spähte und darauf wartete, daß Rose auftauchte. Wenn diese erschien, bewegte sie sich sehr langsam durch den Garten, die Hände gefaltet, den Kopf hoch erhoben, einen Ausdruck tiefer Nachdenklichkeit auf dem Gesicht. Gwen hatte nicht mit einer solchen Würde gerechnet. Es war demütigend, auf den ersten Blick zu sehen, daß diese Frau genau das war, was Rodin wollte und niemals loslassen würde. Sie hatte ihm einen Sohn geboren, sie hatte über zwanzig Jahre mit ihm zusammengelebt. Wie sollte sie, Gwen, dagegen ankommen?

Sie könnte ein Kind bekommen, sein Kind. Ihre Katze hatte in diesem Sommer Junge bekommen, und auch sie selbst lief durchaus Gefahr, schwanger zu werden, obwohl Rodin von Anfang an gesagt hatte, er würde aufpassen, daß das nicht passierte, und er war vorsichtiger, als Gus es bei Ida und Dorelia war. Sie wollte kein Kind (und sie ertränkte die Kätzchen), aber es war trotzdem möglich, daß sie schwanger wurde, und dann hätte sie etwas, was Rodin an sie binden würde. Dieser Gedanke jagte durch ihren fiebrigen Kopf, aber sie verwarf ihn. Was sollte sie mit einem Kind anfangen? Überall um sich herum sah sie Frauen, deren künstlerische Arbeit mit der Geburt eines Kindes zu Ende zu sein schien – man brauchte sich nur Ida anzusehen oder Edna oder Dorelia. Keine von ihnen brachte noch etwas anderes zustande als kleine Skizzen. Ein Kind wäre eine Katastrophe und würde ihr nicht helfen, Rodin zu halten. Nichts würde ihn halten. Er hatte sein eigenes Leben, das er beibehalten wollte, und außerdem ermüdete sie ihn. Er erinnerte sie daran, daß er alt war und mit ihrer Energie nicht mithalten konnte. Die Energie, die er hatte, reservierte er zum größten Teil für seine Arbeit. Sie müsse ihm Ruhe gönnen, sagte er.

Aber wenn er nicht zu ihr kam, bedeutete das keinesfalls immer, daß er sich Ruhe gönnte. Das hätte sie ertragen können. Schmerzlicher war es, als sie hörte, daß er sich mit anderen Frauen traf. Manchmal, wenn sie sich mehrere leere Tage lang nach ihm verzehrt hatte, ging sie in sein Atelier und traf ihn dabei an, wie er hofhielt. Er mochte kultivierte Frauen, die das genaue Gegenteil von ihr waren. Sie fand sich selbst neben ihnen schäbig und unscheinbar, obwohl sie sich neue Kleider gekauft hatte und sich in ihnen elegant vorgekommen war. Sie stand bei diesen Versammlungen am Rand und wußte nicht, ob sie in Tränen ausbrechen oder vor Wut schreien sollte, und hinterher sagte er, ihre Anwesenheit mache ihn nervös. Einmal bezahlte er sie dafür, vor diesen anderen Frauen für ihn Modell zu stehen, und sie fühlte sich gedemütigt. Er sagte, sie dürfe nicht soviel von ihm verlangen. Sie solle zu Hause bleiben und auf ihn warten und währenddessen malen. Aber sie konnte nicht. Sie konnte sich nicht von ihm fernhalten. Wenn sie versuchte, in ihrem Zimmer zu bleiben und zu malen, war ihr so elend zumute, daß ihr Pinsel immer langsamer wurde und sie wieder einmal ein Bild verwerfen und von vorn anfangen mußte.

Dann sagte er, sie solle ihr Zimmer aufgeben. Es sei nicht sonnig genug, sagte er, und zu stickig. Sie solle kündigen und umziehen.

Ein neues Zimmer, ein neuer Anfang, und zu Beginn dasselbe Gefühl der Verzweiflung, das sie immer erfüllte, bevor sie Besitz von einem Zimmer ergriff. Wie sollte sie diesen Raum, diese vier Wände und das Fenster und die Tür, zu ihrem eigenen machen? Es war zuviel, sie war in der Rue St. Placide endlich glücklich gewesen und hatte es endlich geschafft, sich ihr Zimmer dort zu eigen zu machen. Sie hatte es gemalt, und zwar gut, es war ihr ans Herz gewachsen, und sie hatte Angst, einen Teil von sich selbst zurückzulassen, wenn sie auszog.

Das neue Dachzimmer, das sie gefunden hatte, lag in einem ziemlich imposanten Haus an einem Boulevard, der breit und eindrucksvoll war. Es gab fünf Stockwerke, die über eine Wendeltreppe miteinander verbunden waren, und ihr Zimmer lag ganz oben links. Ihre Möbel hinaufzuschaffen war eine fast unmögliche Aufgabe und nahm einen ganzen Tag in Anspruch, von morgens sieben bis halb elf abends, und am Ende war sie einem Zusammenbruch nahe. Die Umzugsleute waren betrunken und wollten anfangs nicht einmal versuchen, ihren Schrank weiter als bis zum zweiten Stock zu tragen. Wenn die anderen Mieter im Haus nicht gewesen wären, die aus ihren Türen traten, um zu sehen, was der Lärm sollte, hätten sie sich nie überreden lassen weiterzumachen. Ihre Bilder trug sie selbst nach oben und dann ihre Hüte, da sie den Männern nicht traute. Sie haßte sie für ihr flegelhaftes Verhalten und wünschte, sie hätte alles allein machen können. Und dann standen die Möbel endlich im Zimmer, sahen aber alle verkehrt aus. Sie war so müde. Sie hatte nicht die Kraft, damit anzufangen, die Sachen umzustellen, und lief statt dessen Hals über Kopf hinaus und flüchtete die Treppe hinunter und wieder in ihr altes Zimmer in der Rue St. Placide, wo sie die Katze zurückgelassen hatte. Sie gingen gemeinsam, sie und die Katze, in ein Café, wo sie ein Glas Wein trank und Lamm mit grünen Bohnen aß und sich anschließend besser fühlte. Sie betete, daß sie nie wieder würde umziehen müssen. In der Nacht stand sie im Nachthemd am Fenster, lauschte einer Nachtigall und weinte, weil ihr Lied so wunderschön war.

Als sie am nächsten Morgen wach wurde, fühlte sie sich seltsam. Sie blieb ganz still liegen, die Augen geschlossen, und versuchte, dieses Gefühl zu analysieren. Es war das Licht, natürlich, und die Luft. Sie öffnete die Augen, und ja, das Morgenlicht fiel in ihr Fenster, das sie ein Stück offengelassen hatte, und kühle Luft füllte das Zimmer. Sie zitterte wohlig und wickelte sich in die Decke ein. Sie sah, wo der Schrank, den Rodin ihr geschenkt hatte, stehen mußte und wo sie den Sessel und den Holztisch hinstellen würde. Es würde nicht sehr lange dauern. Sie würde Stoff kaufen und ein neues Kissen für den Sessel nähen – Apricot war die falsche Farbe für dieses Zimmer, sie brauchte etwas Weißes oder Cremefarbenes, eine Art Leinen oder Baumwolle. Ihre Pflanzen würden auf dem Tisch gedeihen, wenn sie ihn vor das Fenster schob. Langsam begann sie zu hoffen. Sie würde dieses neue Zimmer gestalten, und ihr *maître* würde es lieben und mit ihr zufrieden sein. Sie würde alles aus sich herausholen, was er in ihr für kostbar hielt.

Und dann würde sie ihr Zimmer malen.

Gus und Ida und Dorelia und ihre sämtlichen Babys waren immer noch in Paris, aber Gwen erzählte ihnen nichts von Rodin. Vielleicht wußten sie es, ohne daß sie es ihnen erzählte – sie fühlte sich durch die Liebe so verwandelt, daß sie sicherlich aus ihr herausleuchtete –, aber sie sagten nichts. Ida stand kurz vor der Geburt ihres fünften Kindes. Ihr Körper war unförmig, ihre Augen hatten ihren Glanz verloren und ihre Haut ihren Schimmer. Gwen war voller Mitgefühl und schauderte bei ihrem Anblick ein wenig zusammen, weil sie plötzlich Angst bekam, ihr eigener Körper könnte durch irgendeinen unglücklichen Zufall auch derart schrecklich verunstaltet werden.

Die Wahrscheinlichkeit war geringer geworden. Rodin kam in ihr neues Zimmer, bewunderte es und schlief mit ihr, aber er kam jetzt nicht einmal mehr wöchentlich, und nicht immer versprach er, daß er wiederkommen würde. Irgend etwas in ihm hatte sich verändert, und sie spürte es und trauerte. Sie schrieb an Ursula und erzählte ihr, sie habe das Gefühl, Rodin mache sie gerne wütend, um sie dann in ihrer Wut zu nehmen. Er ließ sie tagelang auf seinen Besuch warten, weil er angeblich zu beschäftigt war, und wenn er dann kam, schimpfte er, sie sei faul und versuche nicht einmal, an einem Bild zu arbeiten oder Arbeit als Modell zu finden, obwohl *er* die ganze Zeit der Grund für ihre Tatenlosigkeit war. Wie konnte sie malen, wie konnte sie ihr Zimmer verlassen, um für andere Modell zu stehen, wenn sie ständig auf ihn wartete? Sie wußte, daß seine Entschuldigungen nicht immer der Wahrheit entsprachen. Er hielt sich immer häufiger zu Hause in Meudon auf, bei Rose, und er reiste nach England und nach Deutschland, aber das war nicht der einzige Grund für seine Abwesenheit. Immerhin stand sie wieder Modell für ihn, nackt, nahm bereitwillig die erotischen Posen ein, die er von ihr verlangte – um zu beweisen, wie sie hoffte, daß er sie immer noch brauchte –, und sie versuchte, die Abneigung gegen ihn, die sich in ihr aufbaute, zum Schweigen zu bringen. Außerdem arbeitete sie wieder an verschiedenen Porträts, bei denen sie sich nicht schämte, sie ihm zu zeigen, obwohl sie sich nicht nach seinem künstlerischen, professionellen Lob sehnte, sondern nach einem größeren Anteil an seinem Leben. Wenn sie ihn nicht sah, konnte sie ihre Liebe kaum eindämmen, denn diese war zu riesig, sie überschwemmte alle anderen Gefühle, also schrieb sie ihm und flehte ihn an, zu ihr zu kommen und das, was sie ihm zu geben hatte, vollständiger anzunehmen. Aber immer öfter schien es, als sei das, was sie zu geben hatte, nicht das, was er wollte. Er sagte, er möge sie »anonym«, als Körper, als Frau, aber sie schien ihm nicht bieten zu können, was er emotional und intellektuell wollte. Er gab ihr Bücher zu lesen – Romane von Richardson, *Pamela* und *Clarissa* –, und sie las sie, verstand aber nicht, wieso er wollte, daß sie sie las. Zunehmend gab er ihr das Gefühl, dumm zu sein, und sie wußte, daß sie nicht dumm war. Es tat weh, als sie herausfand, daß er seiner Concierge gesagt hatte, sie solle sie nicht mehr in seine Wohnung lassen, außer sie könne eine Einladung von ihm vorweisen. Es war kränkend und demütigend, aber sie konnte nicht ohne ihn sein. Sie brauchte ihn nur zu sehen, schon stand ihr Körper in Flammen.

Und doch bezeichnete Ida sie als »reserviert«. Ida wußte nicht, daß ihr selbst der kleinste Funke Reserviertheit fehlte, wenn sie bei ihrem *maître* war. Ida wäre schockiert gewesen, wüßte sie, wie schamlos sie sein konnte, ohne die geringste Hemmung. Aber andererseits kannte Ida eine Liebe wie diese. Sie liebte Gus, aber ihre Liebe hatte ihn nicht an ihrer Seite gehalten. Gwen, die sich dessen bewußt war, fragte sich, ob es vielleicht eine Lektion gab, die sie aus Idas Lage lernen und auf sich selbst anwenden konnte. Sie wollte das nicht denken – konnte den Gedanken nicht ertragen, sie habe Rodin vielleicht gerade dadurch, daß sie nichts zurückhielt, daß sie sich ihm so vollständig und vorbehaltlos offenbarte, daß sie all ihre Liebe vor ihm niederlegte, so vorsichtig gemacht. Innere Ruhe, innere Ruhe, riet er ihr ständig, du mußt dich fassen, du mußt gelassen sein, drängte er, und was war das anderes als eine Warnung? Eine Warnung, die sie nicht beherzigen konnte und die sie zornig machte. Sie sah sich als eine blaue Blume, die hoch oben in den Alpen wuchs und sich weigerte, gefunden und abgeschnitten und getötet zu werden.

Sie sagte nichts davon zu Ida, die ihre eigenen Sorgen hatte, aber sie spielte mit dem Gedanken, es zu tun. Sie vertraute Ida, und sie brauchte jemanden, mit dem sie reden konnte. Und dann war es plötzlich zu spät. In der ersten Märzwoche 1907 setzten bei Ida die Wehen ein, noch so schwach, daß sie zu Fuß von ihrer Wohnung ins Hôpital de la Maternité gehen konnte, wo sie einen weiteren Jungen zur Welt brachte. Als Gwen die Nachricht erhielt, sagte sie laut, obwohl niemand bei ihr war: »O je!« Ida hatte sich jedesmal so sehr ein Mädchen gewünscht. Mrs. Nettleship traf ein und würde, wie Gwen wußte, alles an sich reißen, also würde sie Ida später besuchen. Es gab kein Später. Am 14. März kam eine weitere Nachricht: Ida war tot, und Gus war betrunken.

Das Atelier war riesig. Gus hatte ihr gesagt, es würde großartig werden, wenn die Arbeiter fertig waren, und sie konnte sehen, was er meinte. Aber als sie an jenem Tag in der Tür stand, dachte sie, daß die hallende Leere, das Durcheinander, die Kälte selbst wie eine Art Kummer waren. Gus wanderte umher, immer noch betrunken, manchmal singend, manchmal pfeifend, einen Ausdruck auf dem Gesicht, den jeder, der ihn nicht kannte, für Zufriedenheit gehalten hätte. Gwen ging leise hin und her, räumte einen Teil des Schutts weg, den die Bauarbeiter hinterlassen hatten, hob sehr, sehr vorsichtig Stücke von Gipsplatten hoch und stapelte sie ordentlich an die Wand. Eigentlich sollte Gus nicht hier sein, aber sie hatte ihn hergebracht, hatte ihm eingeredet, daß es absolut angemessen war, wenn er versuchte zu arbeiten. Er war seinen weinenden Kindern keine Stütze, und er ging Mrs. Nettleship auf die Nerven, die sich zusammen mit Dorelia um sie kümmerte.

Ida würde eingeäschert werden. Gus würde nicht an der Zeremonie teilnehmen, genausowenig wie sie. Wozu? Sie wollten keine weinenden Trauergäste sehen, da ihr eigener Kummer unerträglich war. Arbeit, das war das einzige. Arbeit, der Versuch, alles, was sie fühlten, in ihre Kunst zu legen und Ida auf diese Weise lebendig in ihrem Innern zu bewahren. Sie sprachen nicht über sie. Keiner von ihnen erwähnte sie, nicht seit jenem ersten Moment, als sie gekommen war, um Gus einzusammeln (sie hatte das Gefühl, genau das getan zu haben, ihn gepackt und von Mrs. Nettleship weggebracht zu haben). Da hatte er ihr erzählt, wie schön Ida, kurz bevor sie starb, ausgesehen habe. »Auf die Liebe!« hatte Ida gesagt, und sie und Gus hatten sich mit Vichy-Wasser zugeprostet. Gwen konnte es kaum ertragen, das zu hören, und hatte einen Finger auf seine Lippen gelegt. Sie überlegte, ob sie ihn umarmen sollte, führte ihn aber statt dessen an seine Staffelei und drückte ihm einen Pinsel in die Hand. Nachdem er die Leinwand lange angestarrt hatte, fing er an zu malen.

Und sie zeichnete ihn. Sie setzte sich rechts von ihm auf einen Hocker, das Skizzenbuch auf den Knien, und zeichnete ihn, und während sie zeichnete, dachte sie an ihren Geliebten. Rodin würde von Idas Tod hören, jeder würde davon hören, und wenn er nach Paris zurückkehrte, würde er gewiß zu ihr kommen, da er wußte, wie erschüttert sie war. Sie hatte bei seiner Concierge einen Zettel hinterlegt, und er würde ihn lesen und zum Atelier kommen, aber sein Feingefühl würde ihn daran hindern einzutreten, also hatte sie bei der hiesigen Concierge einen weiteren Zettel hinterlegt, wo und wann er sie treffen konnte. Sie brauchte seinen Trost. Er würde sie in die Arme nehmen und über ihre Haare streicheln und für sie tun, was sie für Gus nicht tun konnte. Statt dessen tauchte am dritten Tag, als Gus schlief wie im Koma, während sie selbst kein Auge zugetan hatte, ihre eigene Concierge auf und brachte ein Telegramm. Rodin würde nicht zu ihr kommen. Er sprach ihr sein Beileid aus, aber das war alles. Und er war die ganze Zeit in Paris gewesen.

Ärger mischte sich unter ihren Kummer, während sie bei ihrem Bruder blieb. Der Tod war so nah, die Zeit so begrenzt, aber ihr Geliebter schien das nicht zu erkennen. Er konnte sterben wie Ida. Die Wahrscheinlichkeit, daß *er* starb, war viel größer, als sie das bei Ida je gewesen war. In ihrem Kopf war wieder dieses zischende Geräusch, und sie hatte das Gefühl, vor lauter Frustration platzen zu müssen. Gus, der endlich wach war, richtig wach, nachdem er tagelang nur herumgestolpert war und getrunken hatte, wenn sie ihn nicht dazu überreden konnte zu malen, merkte nicht, in welcher Verfassung sie war. Er wollte seine Kinder zurück. Mrs. Nettleship hatte die drei Ältesten mit in die Wigmore Street genommen, und er hatte es zulassen müssen. Die beiden Kleinen waren bei einer Kinderfrau und Dorelia geblieben. Jetzt wollte er sie alle wieder vereint wissen. Gwen sah nicht einmal ansatzweise, wie das bewerkstelligt werden sollte, und war beim Pläneschmieden keine Hilfe. Aber Gus steckte voller Pläne, und die Energie, die nötig war, alle Alternativen abzuwägen, kam zu ihm zurück. Und Gwen ging nach Hause, in ihr Dachzimmer, da sie das Gefühl hatte, nicht mehr so sehr gebraucht zu werden. Sie konnte zu ihrem eigenen Leben zurückkehren.

In ihrem Zimmer, besänftigt durch seine friedliche Atmosphäre, dachte sie über ihr Leben nach. Hatte es eine Bedeutung, wenn ihr Meister nicht mehr im Mittelpunkt stehen würde? Aber er stand auch jetzt nicht im Mittelpunkt, hatte es vielleicht nie getan. Er stand am Rand und drohte ständig, vollends herabzufallen. Der Tod würde alles lösen – wenn sie sterben würde, wie Ida, nicht er. Sie könnte sich umbringen, dann wäre sie fertig mit ihm. Wozu sollte sie schließlich noch leben, wenn sie seine Liebe verloren hatte? Sie hatte keine Kinder, die um sie trauern würden, niemanden, der von ihr abhängig war, den sie im Stich lassen würde. Es kam ihr immer verlokkender vor, ihr eigenes Leben zu beenden. Es war eine Sünde, das zu tun, aber verlockend. Während sie auf dem Bett lag und in die Baumwipfel sah, die sich vor ihrem Fenster im Wind wiegten, dachte sie, wie einfach es wäre, für immer wegzutreiben, in einen tiefen, tiefen Schlaf zu sinken, nicht mit einem Trinkspruch auf die Liebe auf den Lippen, wie Ida es getan hatte, sondern auf den Tod.

Dann schrieb er ihr einen Brief voller Sorge, in dem er sagte, er liebe sie und wolle, daß sie glücklich sei. Er würde bald zu ihr kommen und hoffe, sie ruhig und gelassen vorzufinden, auf ihre Arbeit konzentriert. Eine letzte Chance, versprach sie sich selbst.

IV

Leise ging Ursula Tyrwhitt die Treppe hinauf. Hin und wieder blieb sie stehen, nicht weil die Treppe ihr zu steil gewesen wäre, sondern um zu lauschen. Von oben war nichts zu hören. Es konnte bedeuten, daß Gwen ausgegangen war, aber das glaubte sie nicht. Sie hoffte, daß ihre Freundin malte und daß die intensive Stille ein Zeichen der Kreativität war. Gwen hatte ein neues Bild angefangen. Ursula hatte es vor einer Woche gesehen. Es war anders als alles, was Gwen bisher gemalt hatte, ein Bild, in dem es keine Menschen gab, nur Gegenstände. Sie hatte Gwen darauf angesprochen – »Keine Personen? Es gibt keine Person?« –, und Gwen hatte den Kopf geschüttelt. »Es geht dabei nicht um Menschen«, hatte sie gesagt und die Schultern gezuckt, eine Geste, die Ursula gut kannte. Sie bedeutete: »Frag nicht weiter.«

Sie hatte Primeln dabei, an diesem Morgen bei einer Frau auf der Straße erstanden. Sie waren frisch, frisch gepflückt, Tautröpfchen hingen noch an den zarten Blütenblättern. Ursula hielt sie mit ihren Handschuhen und war sich ihrer Zartheit bewußt. Die Stiele waren mit einem dünnen Bastfaden umwickelt, der sich jeden Augenblick lösen konnte. Am Kopf der Treppe angekommen, hob sie das Sträußchen vorsichtig an ihr Gesicht, um sich zu vergewissern, ob die Primeln noch dufteten. Ja, sie dufteten noch, aber nur ganz schwach, nur ein Hauch des

Waldes, in dem sie gepflückt worden waren, war noch wahrzunehmen. Gwens Tür stand einen Spalt weit offen. Ursula zögerte. Der Spalt war gerade so breit, daß sie hindurchspähen konnte. Gwen stand reglos vor ihrer Staffelei, den Pinsel in der schlaff herabhängenden Hand. Sie starrte die Leinwand an, als erkenne sie sie nicht wieder und sei verwirrt über das, was sie sah. »Gwen?« flüsterte Ursula, weil sie fürchtete, den Bann zu brechen, unter dem ihre Freundin zu stehen schien. Stumm hielt sie ihr die Primeln hin.

Mit einer einzigen plötzlichen Bewegung legte Gwen den Pinsel weg und kam durch das Zimmer, um die Blumen entgegenzunehmen. Wortlos nahm sie sie Ursula aus der Hand, drehte sich um und griff nach einem Glas, das sie am Becken mit Wasser füllte und auf den kleinen Tisch vor dem Fenster stellte. Sie steckte die Primeln hinein, ohne auch nur zu versuchen, sie zu arrangieren, und trat einen Schritt zurück. Ein aufgeschlagenes Buch lag auf dem Tisch. Sie nahm es fort. Das Fenster war offen. Sie schloß es und zog die zarte Spitzengardine vor. Wieder trat sie zurück, und dieses Mal nickte sie. Ursula hatte Angst zu sprechen und überlegte, ob sie sich einfach umdrehen und auf Zehenspitzen davonschleichen sollte, aber dann sagte Gwen etwas. »Gut«, sagte sie, »die Blumen sind genau richtig. Sie sagen das Richtige aus.« Ursula überlegte, was dieses Richtige sein könnte, aber Gwen fragte schon, ob sie einen Tee möge, und schien nicht zu wollen, daß sie ging.

Sie setzten sich in den hinteren Teil des Zimmers, auf das Bett. Das Fenster schien von einer Aura umgeben zu sein, die nicht berührt werden durfte. Der Tisch und der Korbsessel waren offensichtlich bewußt arrangiert, ebenso der Sonnenschirm, der am Sessel lehnte. Ursula sagte, sie hoffe, sie habe sich keinen unpassenden Zeitpunkt ausgesucht und Gwens Träumerei gestört, und bekam versichert, nein, das habe sie nicht. »Es ist sowieso zu spät«, sagte Gwen, »das Licht hat sich verändert, die Schatten sind falsch.« Sie nippten an ihrem Tee. Es war schön, so auf dem Bett zu sitzen, aber Ursula spürte die Anspannung in Gwen. Sie würde sie nicht beleidigen, indem sie zu belanglosen Nettigkeiten überging. Statt dessen wartete sie. Schließlich kam Gwens Frage: War Ursula an diesem Tag in Rodins Atelier gewesen? Ja, war sie. Sie hatte an dem Kopf weitergearbeitet, den Rodin für so vielversprechend hielt. Und war der *maître* dagewesen? Nein, war er nicht. »Er hat mich schon fünf Wochen nicht mehr besucht«, sagte Gwen. »Er antwortet nicht mehr auf meine Briefe. Was soll ich davon halten, Ursula? Was soll ich bloß tun?«

Es gab keine ehrliche Antwort auf diese Frage. Gwen zitterte, während sie sprach, aber Ursula wußte nicht, ob vor Kummer oder vor Zorn. Vorsichtig legte sie eine Hand auf Gwens Knie, eine hauchzarte Berührung, nur um anzudeuten, daß sie wußte, wie schmerzlich jede Erwähnung Rodins geworden war. »Darf ich mir dein Bild ansehen?« flüsterte sie. »Oder ist es noch zu früh?« »Viel zu früh«, sagte Gwen, »aber sieh es dir ruhig an, wenn du willst. Es ist noch nichts.« Als Ursula vor der Leinwand stand, sah sie, daß das stimmte. Ein vager Eindruck vom Fenster und der Wand daneben, das war alles. Soweit sie sehen konnte, war Gwen seit letzter Woche nicht weitergekommen, und doch zeichnete sich allmählich etwas seltsam Hypnotisches ab. »Ich liebe dieses Zimmer«, sagte Gwen plötzlich. »Weißt du, es *ist* ich, endlich.« »Aber du hast ›keine Person‹ gesagt«, erinnerte Ursula sie. »Wo also bist du in diesem Zimmer, das du *ist*? Du bist für mich unsichtbar.« Gwen deutete. »Da«, sagte sie, »beim Nachhausekommen, beim Weggehen. Das ist es, was ich sehe. Diese Ecke. Sie ist das, was ich kenne, endlich.«

Ursula brachte ihre Teetasse zum Becken und stellte sie ab. Sie wollte das Wasser nicht andrehen oder sonst ein Geräusch machen. Gwen bemühte sich, ihr etwas zu sagen, und sie wollte verstehen. Sie hatte den Eindruck, daß Gwen sich irrte – es gab nichts in dieser Ecke mit ihrem Fenster und ihrem Tisch und ihrem Sessel, das *sie* sein konnte. Die Ecke war absolut friedlich und ruhig und heiter, wohingegen ihre Freundin Energie ausstrahlte, die Luft um sie herum knisterte, und immer war da das Gefühl, es könnte jeden Augenblick zu einem Ausbruch kommen. Gwen mußte etwas anderes meinen. »Es ist ein hübsches Zimmer«, murmelte Ursula, »aber du bist mehr als eine Ecke darin, Gwen. Es ist nur ein winziger Teil von dir, findest du nicht auch, Liebes? Du selbst bist so viel mehr.« Gwen schüttelte heftig den Kopf und schlug dann die Hände vor das Gesicht. »Nein«, sagte sie, »ohne ihn bin ich *weniger* als diese Ecke.«

In letzter Zeit hatten sich die Gerüchte zu eindeutigen Tatsachen verhärtet. Ursula hatte von Rodins neuer Geliebten gehört und fürchtete, daß Gwen noch nichts davon wußte. Sollte sie es ihr sagen? Es war nichts, was eine Freundin gern tat. Aber Gwen würde davon hören, es würde ihr irgendwann zu Ohren kommen und wäre noch schmerzlicher, wenn ihr klar wurde, daß ihre Freundin davon gewußt haben mußte. Zögernd ging Ursula zu Gwen und nahm ihre

Hände. »Gwen«, fing sie an und unterbrach sich. Gwens Hände waren kalt, aber ihr Gesicht war gerötet. Es war nicht der richtige Augenblick, es ihr zu sagen. Sie war glücklich mit ihrer Überzeugung, daß diese Ecke ihres Zimmers, die sie malte, sie selbst verkörperte – ruhig, friedvoll, zufrieden. Ihr von Rodin zu erzählen wäre, als würde sie das Fenster zerschmettern, die Primeln auf den Boden werfen, den Tisch und den Sessel umstoßen. Sie würde das Bild nie malen.

»Ich muß gehen«, sagte Ursula und küßte Gwen zart auf die Wange.

Die ganze Nacht lag sie da, ihr Körper gequält von der Begierde nach ihm, danach, wie seine Augen sich in ihre versenkten, seine Hände überall, sein Körper ein Gewicht auf ihrem, das sie erdrückte, und in ihrem Kopf ein Wirrwarr von Gefühlen, denen sie keinen freien Lauf lassen konnte. Als die Morgendämmerung vorsichtig durch das Fenster kroch, war sie erschöpft und in Tränen aufgelöst. Jeder Knochen in ihrem armen Körper schmerzte, ihr Hals war rauh und trocken, ihr Kopf platzte fast vor Schmerzen. Es war unendlich schwer, aus dem Bett zu steigen, und sie taumelte und mußte sich so krampfhaft am Kopfteil festhalten, daß es sich verbog und knarrte und abzubrechen drohte. Langsam richtete sie sich auf. Das Licht wurde intensiver, es wechselte die Farbe, sie mußte sich beeilen. Sie ging zum Becken, benetzte ihr Gesicht mit Wasser, füllte eine Tasse und trank ein paar Schlucke. Keine Zeit, kein Grund, sich anzuziehen. Sie zitterte, aber vor Nervosität, nicht vor Kälte. Angenommen, es war an diesem Morgen nicht da? Angenommen das, was sie gesehen hatte, war verschwunden?

Sie setzte sich vor die Staffelei und wartete. Die Sonne war aufgegangen. Die Lichtflut, jetzt golden getönt, tauchte die Ecke ihres Zimmers in so weiche Farben. Das Sonnenlicht berührte die Primeln und ließ sie aufleuchten, es streichelte die Tischplatte, bis das Holz glatt und fast flüssig zu werden schien. Die Wand war klar definiert, ein Keil neben dem Fenster, scharf und spitz zulaufend, und dann ein großer Schatten dahinter, wo keine Farbe sichtbar war. Der Sessel stand zu dicht am Tisch. Sie durchquerte das Zimmer und schob ihn ein Stückchen weiter nach links. Gestern hatte sie ihren Mantel über den Stuhl gelegt, unter den Schirm. In der letzten Woche hatte sie ein anderes Bild versucht, nur mit ihrem Mantel über dem Sessel, die Gardine zurückgezogen und das Fenster offen. Sie hatte ein aufgeschlagenes Buch auf den Tisch gelegt, zufrieden damit, was es ausdrücken würde. Aber das war eine andere Person gewesen, eine, die noch voller Hoffnung war, fröhlich und zuversichtlich, daß ihr *maître* bald an die Tür klopfen und freudig eingelassen werden würde. Diese Interpretation ihrer selbst war vorbei. Sie sah jetzt, wie weit sie davon entfernt gewesen war, den Gemütszustand zu erreichen, den ihr Geliebter von ihr wollte. *Dieses* Bild, das war es, was er wollte. Ihr kam sogar der Gedanke, sein Fernbleiben könne Absicht sein. Er wußte, daß sie leiden würde und dieses Leiden kontrollieren mußte, und indem sie das tat, würde sie ein Niveau der Gelassenheit erreichen, dem sie bisher noch nicht nahe gekommen war.

Zwei Stunden nach Anbruch der Morgendämmerung, und das Licht genau richtig. Sie malte. Sorgfältig, langsam baute sie die Farbschichten auf, fing die stärker werdende Helligkeit ein, die durch die Spitzengardine diffus gemacht wurde. Sie hörte ihr eigenes Herz schlagen, hörte ihren eigenen Atem. Ihre Hand war nicht völlig ruhig, und sie mußte ihren linken Arm, den Arm, mit dem sie malte, mit der rechten Hand abstützen. Sie würde sich auf die Suche nach neuen Primeln machen müssen – die von Ursula würden keinen weiteren Tag halten. Die Blumen waren für das Bild ungemein wichtig geworden, sie verliehen der Ecke ihres Zimmers den Hauch von Farbe, den sie brauchte. Ohne sie war die Szene karg und öde. Beim Weitermalen kam ihr der Gedanke, daß sie das Bild Ursula schenken könnte. Es war nicht dazu gedacht, ausgestellt oder verkauft zu werden. Sie würde es entweder behalten oder jemandem schenken, der es verstehen und als das schätzen würde, was es war – der seine Bedeutung sehen würde.

Es war für einen weiteren Tag vorbei. Sie reinigte ihren Pinsel, zog die Gardine zurück und öffnete das Fenster. Die Luft war noch kühl, und sie atmete sie tief ein. Sie sollte unbedingt etwas essen, aber dafür mußte sie erst etwas besorgen und also das Zimmer verlassen. Es graute ihr davor, sie fürchtete, Rodin könnte kommen und sich, wenn er sie nicht antraf, nicht die Mühe machen, noch einmal zu kommen. Sie verzehrte sich die ganze Zeit nach ihm, aber das würde er nicht wissen, wenn er das Zimmer leer vorfand. Sie bezweifelte, daß er die Szenerie mit ihren Augen sehen würde, sehen würde, wie sehr sie bestrebt gewesen war, ihm zu gefallen. Er mußte *sie* hier sehen. Sie wollte in der Mitte ihres Zimmers stehen, dem Fenster zugewandt, stolz darauf, was das Zimmer über sie aussagte.

Aber sie mußte etwas essen. Sie hatte sich nur von Trauben und Nüssen und Rosinen und Brot ernährt, aber jetzt war gar nichts mehr da. Gestern hatte sie Tee getrunken, und jetzt war auch der Tee alle. Ihr Magen schmerzte, und ihr war ganz wirr im Kopf. Sie traute sich kaum zu, sich anzuziehen und all die vielen Treppen hinunterzugehen. Der Lärm der Straße würde sie überwältigen, aber sie mußte sich ihm stellen. Sie suchte ihre Sachen zusammen – ihren Mantel, ihren neuen schwarzen Hut mit dem leuchtendgrünen Band, ihren Geldbeutel, ihren Schlüssel –, verließ das Zimmer und blieb einen Moment auf dem Treppenabsatz stehen. Sie sah die geschlossene Tür an, die Ausdruckslosigkeit der hölzernen Paneele, und konnte kaum glauben, was dahinter lag. Es schien wichtig, so schnell wie möglich wieder zurück zu sein, und sie lief die Treppe so eilig hinunter, daß sie unten fast ohnmächtig geworden wäre. Sie wußte, wo sie Brot und Käse und Trauben kaufen konnte und wo sie den Tee bekam, den sie mochte, aber es war eine Qual, es zu tun. Die ganze Zeit spähte sie die Straße entlang, um sich zu vergewissern, daß Rodin nicht aus einem Taxi stieg und ihr Haus betrat. Als sie wieder an der Haustür stand, empfand sie eine große Erleichterung, aber auch eine große Enttäuschung. Sie hatte – ein absurder Aberglaube – gehofft, daß sie durch das Verlassen ihres Zimmers bewirken würde, daß Rodin kam.

Sie konnte sich kaum die Treppe hinaufschleppen. Auf halbem Weg mußte sie innehalten und sich hinsetzen. Sie brach ein Stück von dem Brot ab. Es war frisch, noch warm, die Kruste golden, aber in ihrem Mund fühlte es sich trocken an und drohte sie zu ersticken. Eine Traube war besser, ihre Säuerlichkeit herrlich, der Saft tröstlich. Sie nahm noch eine, behielt sie einen Augenblick auf ihrer Zunge. Der Genuß des Geschmacks, als sie die Traube zerdrückte, hätte ihr fast die Tränen in die Augen getrieben – es gab so wenig Genuß, so wenig Freude in ihrem Leben ohne ihren Geliebten. Ihre Sinne waren wie betäubt, und sie hatte angefangen zu glauben, alle Empfindungen in ihr seien ausgelöscht. Sie stand auf, stieg die restlichen Stufen hinauf und blieb auf ihrem Treppenabsatz erneut stehen. Sie fragte sich, was sie sehen würde, wenn sie die Tür öffnete. Vielleicht wirkte das Zimmer einfach nur traurig. Die Ecke, die sie in eine Verkörperung dessen verwandelt hatte, wie Rodin sie sich wünschte, war vielleicht nur ein Trugschluß. Alles hing von jenem Blitz des Wiedererkennens ab, den sie erleben müßte, wenn sie ihr Zimmer eine winzige Sekunde lang mit den Augen einer Fremden betrachtete.

Sie war nur zwanzig Minuten weg gewesen, aber es war das erste Mal seit einer Woche, daß sie aus dem Haus gegangen war. Sie hatte den Bann gebrochen, mit dem das Zimmer sie belegt hatte. Mit einem tiefen Atemzug stieß sie die Tür weit auf, wollte das ganze Zimmer auf einmal in sich aufnehmen. Der Schock war groß – es *war* da! Ihr war schwindlig vor Erleichterung, und sie mußte sich setzen und den Kopf auf den Tisch legen. Es war keine Illusion. Die Ecke ihres Zimmers sprach laut und deutlich. Jetzt mußte nur ihr *maître* kommen und die Stimme hören.

Winifred hatte geschrieben. Als die Concierge sagte, es sei ein Brief für sie gekommen, hatte Gwen gehofft, er sei von Rodin, und hatte ihn der Frau fast aus der Hand gerissen. Aber dann sah sie die ausländischen Briefmarken und erkannte Winifreds Handschrift. Sie schämte sich, derart enttäuscht zu sein, und bestrafte sich dafür, indem sie den Brief nicht gleich auf der Stelle öffnete. Winifreds Leben kam ihr so außergewöhnlich vor – einfach aufzubrechen, um sich Thornton auf seinen seltsamen Wanderungen durch Kanada anzuschließen, und dann weiter nach Amerika zu reisen war ziemlich bizarr. Das hätte sie nie von ihr gedacht. Und wo blieb bei all dem die Musik ihrer Schwester? Früher hatte es geschienen, als sei sie davon genauso getrieben, wie die Malerei Gus und Gwen trieb, aber jetzt hörte Gwen nichts mehr von Stunden hingebungsvollen Übens. Die Musik war nicht ihr Gott.

Es war ein fröhlicher Brief, amüsant, voller lebendiger Beschreibungen von Menschen und Orten. Winifred klang glücklich, und Gwen war froh darüber. Sie fragte in ihrem Brief, ob Gwen wieder arbeite oder ob sie ihrem Geliebten immer noch »verfallen« sei. Nur Winifred und Ursula wußten von Rodin, und manchmal bedauerte Gwen es, den beiden davon erzählt zu haben, aber sie hatte so sehr das Bedürfnis gehabt, jemandem ihr Herz auszuschütten, ihnen zu erzählen, was ihr Herz und ihr Leben erfüllte. Sie waren lieb gewesen und respektvoll. Sie hatten ihre Leidenschaft nicht in Zweifel gezogen und keine finsteren Warnungen geäußert, was alles geschehen könnte. Sie hatten sich beide, dachte Gwen, für sie gefreut. Sie liebte sie dafür.

Aber jetzt brachte Winifred sie mit ihrer Frage, ob sie Rodin immer noch »verfallen« sei, aus dem Gleichgewicht. Natürlich war sie das, aber es gefiel ihr nicht, ihre Gefühle für ihn so beschrieben zu sehen. Jemand, der einem anderen »verfallen« war, war blind für die Realität und lief Gefahr, sich lächerlich zu machen. Es ließ sie schwach und willenlos erscheinen, und sie war weder das eine noch das andere. Sie dachte darüber nach, wie sie ehrlich auf die Frage ihrer Schwester antworten sollte. Der Versuch hielt sie vom Malen ab. Sie saß an ihrer Staffelei, vor sich die schöne Ecke ihres Zimmers, und rührte die Leinwand den ganzen Tag nicht an. Langsam machte sich in ihrem Kopf die erschreckende Erkenntnis breit, daß sie ihm nicht mehr »verfallen« war. Sie wollte es sein, aber Zweifel hatten angefangen, den Bann zu brechen, und was sie dahinter sah, gefiel ihr nicht. Sie liebte ihren *maître* ganz genauso heftig wie immer, aber sie wollte, daß er sie genauso liebte wie sie ihn. Seine Abwesenheit sprach für sich. Sie hatte sich für ihn verändert und war zu seiner willigen Sklavin geworden, aber jetzt hatte er genug von ihrem Hunger nach ihm. Er sagte, er sei einfach nur müde, er hatte sie daran erinnert, wie alt er war, aber sie hatte in seinen Augen gesehen, daß mehr dahintersteckte. Es war, als beobachtete man den abnehmenden Mond, es war, als sähe man, wie die Pracht seines Lichts immer schwächer wurde und die wundervolle große Rundung am Rand verblaßte. Sie konnte es nicht ertragen.

Am nächsten Morgen stand sie wieder an ihrer Staffelei und starrte immer noch die Ecke ihres Zimmers an, sah sie aber mit anderen Augen. Sie war ein Schwindel. Die Ecke des Zimmers war voller Hoffnung, doch sie selbst verlor die Hoffnung. Aber statt sie zu entmutigen, statt ihr das Herz zu brechen, stärkte diese Erkenntnis ihre Entschlossenheit. Sie wußte, was sie in der Ecke ihres Zimmers sah, und mußte dafür sorgen, daß auch andere es sahen. Sie wollte festhalten, wie die Dinge hätten sein können und wie sie folglich fast waren. Zufriedenheit, Frieden, ein Leben, das harmonisch und still verlief. Kein Durcheinander, keine Probleme, keine Seelenqualen. Die Person, die in diesem Zimmer lebte, hatte ihre Gefühle vollständig unter Kontrolle. Sie hatte einen Spaziergang gemacht und die Blumen gepflückt und war zutiefst zufrieden nach Hause gekommen. Mochte sein, daß sie unsichtbar schien, aber sie war auf der anderen Seite des Zimmers, schenkte sich ein Glas Wein ein, legte Brot und Trauben für ihr Abendessen auf einen Teller. Bald würde sie zum Sessel gehen und sich setzen und ihr Glas und ihren Teller auf den Tisch stellen und vielleicht die Gardine aufziehen und aus dem Fenster sehen. Sie hatte alles, was sie brauchte.

Aber ich, dachte Gwen, will immer noch so viel. Vielleicht bin ich meinem Geliebten nicht mehr »verfallen«, aber ich bin auch nicht frei, und ich glaube nicht, daß ich es ertragen kann, frei zu sein.

Sie hatte lange genug an ihrem Bild gearbeitet. Tag für Tag war sie aus dem Haus gegangen und hatte Primeln gekauft, und als es keine Primeln mehr gab, irgendwelche anderen kleinen Blumen, die sie finden konnte. Manchmal mußte sie, um ein Sträußchen von derselben Größe zu bekommen, auch winzige rosa Blümchen nehmen und ein paar blaue, obwohl es bedeutete, daß sie ändern mußte, was sie schon gemalt hatte. Aber jetzt, an ihrem einunddreißigsten Geburtstag, hatte sie getan, was sie konnte, und es war nicht genug. Sie nahm die kleine Leinwand von der Staffelei und drehte sie zur Wand. Sie würde es noch einmal versuchen, und dieses Bild hier würde sie Ursula schenken. Das Bild mit dem geöffneten Fenster und dem Buch hatte sie schon versteckt. Es war besser, sagte aber auch nicht aus, was es aussagen sollte. Sie würde es trotzdem behalten.

Der 22. Juni, ihr Geburtstag, war ein wunderschöner sonniger Tag, aber sie war nicht glücklich. Wie hätte sie glücklich sein können? Kein Brief, keine Karte von ihrem *maître*, und sie hatte keinerlei Hoffnung, daß er sie mit einem Besuch überraschen würde. Am Nachmittag ging sie aus und spazierte erst am Fluß entlang und nahm dann die Straßenbahn zu Rodins Atelier. Sie würde ihn zur Rede stellen. Sie würde ihn daran erinnern, daß sie Geburtstag hatte, und hoffte, daß er ein schlechtes Gewissen bekam, weil er ihn vergessen hatte. Sie wollte, daß er sie in die Arme nahm, wollte ihn reuig und besorgt und bemüht sehen, seine Vergeßlichkeit wiedergutzumachen. Ihr Herz schlug schneller, als sie sich dem Atelier näherte, aber sie ließ sich nicht beirren – sie hatte es satt, zu warten und geduldig zu sein. Ein Geburtstag war ein guter Tag, um den eigenen Standpunkt zu vertreten. Aber sein Atelier war leer. Niemand arbeitete dort, nur halbfertige Arbeiten, mit Laken verhüllt, standen herum. Sie verspürte den unbändigen Wunsch, die Laken herunterzureißen und das, was darunter war, in tausend Stücke zu zerschlagen, aber statt dessen ging sie ins benachbarte Atelier von Hilda Flodin, die wissen würde, wo Rodin war.

Er war in Oxford, wie es schien, wo ihm die Ehrendoktorwürde verliehen wurde. Hilda lächelte, als sie ihr das mitteilte, ein boshaftes kleines Lächeln. »Hat er dir nichts davon gesagt?« fragte sie Gwen. Gwen antwortete nicht. Wieso sollte sie fragen, wenn sie es wüßte? Jedenfalls würde sie nicht so tun, als hätte sie es gewußt und es nur vergessen. Sie drehte sich um, ohne noch etwas zu Hilda zu sagen, die etwas hinzugefügt hatte, und verließ das Atelier. Es war unerträglich, daß Rodin das Land verlassen hatte, ohne ihr etwas davon zu sagen. Fast blind vor Tränen stolperte sie nach Hause, und als sie wieder in ihrem Zimmer war, warf sie sich auf ihr Bett und weinte und weinte. Schließlich fiel sie vor lauter Erschöpfung in einen Halbschlaf, in dem sie nach Rodin rief und ihn anflehte, zu ihr zu kommen, war aber wach genug, um zu erkennen, daß das kein Traum, sondern eine Halluzination war. Sie sah, wie er mit ausgestreckten Armen auf sie zukam, und sie versuchte, sich selbst aufzuwecken, so daß sie aufstehen und ihn umarmen konnte. Die Anstrengung war zu groß. Sie sank aufs Bett zurück und schlief dieses Mal richtig ein.

Als sie wach wurde, hatte das Licht sich verändert. Sie wußte, daß es später Nachmittag war. Sie brauchte keine Uhr zu befragen, wenn die untergehende Sonne ihr so bereitwillig die Zeit verriet. Sie drehte sich auf die Seite. Ihr Kopf schmerzte, und ihre Augen taten vom vielen Weinen weh. Wie traurig der leere Sessel aussah, wie kläglich das kleine Sträußchen, das auf dem schlichten Holztisch vor sich hin welkte. Sie sprachen von Einsamkeit und Leere. Es gab dort kein Leben, jedenfalls keins, das lohnenswert war. Der Sonnenschirm täuschte sie nicht. Er war nicht geöffnet, war nicht zu einem Spaziergang mitgenommen worden. Wieso war sie so stolz auf diese Ecke gewesen? Wieso war sie so sicher gewesen, daß ihr *maître* gutheißen würde, was die Ecke verkörperte? Es war ein Interieur wie jedes andere. Die Requisiten waren Allerweltsrequisiten – der billige Sessel, der billige Tisch, die Ärmlichkeit des Ganzen. Und sie hatte es als Zeichen für ihren Triumph angesehen. Sie hatte Rodin zeigen wollen, daß es der Beweis für ihre Verwandlung war. Sie hatte sich vorgestellt, daß er das Zimmer betreten und gebannt stehenbleiben würde, überwältigt vor Bewunderung für das, was sie erreicht hatte.

Jetzt bezweifelte sie, daß sie irgend etwas erreicht hatte. War das Bild überhaupt gut? Sie wußte es nicht. Sie wollte diese erste Version los sein, die sie mit soviel Freude gemalt hatte. Die nächste würde sie in einer völlig anderen Stimmung fertigstellen und dann verstecken. Dann wäre sie fertig mit dem Versuch, sich in etwas zu verwandeln, das ihr Geliebter wollte.

Dieses Mal hatte Ursula ihren Besuch vorher angekündigt. Sie kam, um sich zu verabschieden. Gwen verstand nicht, wie ihre Freundin Paris verlassen konnte, aber die Antwort war einfach: Ursulas Vater wollte, daß sie nach Hause kam. »Du tust, was dein Vater will?« fragte Gwen. »Immer noch?« Ursula lächelte, merkte aber, daß sie rot wurde. Sie liebte ihre Eltern, vor allem ihren Vater, der sie immer gefördert und unterstützt hatte. Wäre er nicht gewesen, wäre sie nie an die Slade gegangen. Wäre er nicht so großzügig, hätte sie überhaupt nicht nach Paris kommen können. Wie Gwen war sie in den Dreißigern und unverheiratet – sie besaß keine Mittel, ihren Lebensunterhalt zu bestreiten, nur die Zuwendung, die ihr Vater ihr aus seinem Gehalt als Geistlicher zukommen ließ. »Ich komme ohne Zuwendungen von meinem Vater aus«, sagte Gwen zu ihr. »Du könntest das auch.« Ursula schüttelte den Kopf. Es war überflüssig, ihre Freundin, die das sehr wohl wußte, darauf hinzuweisen, daß sie ihren Vater liebte und ihn um nichts auf der Welt kränken oder seine Wünsche mißachten würde. Die Kunst war nicht wichtig genug, um einen Bruch mit ihren Eltern auch nur in Betracht zu ziehen.

Gwen erwartete sie. Sie hatte Gebäck gekauft und den Tisch mit einem hübschen rosa Teegeschirr gedeckt. Sie saßen am Fenster, lauschten dem Kanarienvogel, der auf dem Balkon unter ihnen in seinem Käfig sang, und sahen in die Baumwipfel, die sich im leisen Windhauch bewegten. »Ich liebe dein Zimmer«, sagte Ursula. Gwen nickte und sagte, sie liebe es auch, habe aber in letzter Zeit eine Sehnsucht nach dem Land in sich verspürt. »Nach dem Land?« fragte Ursula überrascht. »Meudon«, sagte Gwen. »O Gwen«, sagte Ursula, »ist das klug?« Gwen zuckte die Schultern. Eine Weile saßen sie schweigend beieinander. Irgendwo unter ihnen lachte ein Kind, und sie hörten einen Ball gegen eine Wand prallen. »Zieh mit mir zusammen«, sagte Gwen. »Wir nehmen uns ein Häuschen. Es wird nicht viel kosten.« Meinte sie es ernst? Ursula war sich nicht sicher. Ihre Freundin konnte impulsiv sein und es im nachhinein bedauern. Und sie selbst wußte nicht, ob sie harmonisch mit Gwen zusammenleben könnte. Oft fühlte sie sich nach nur einer Stunde in ihrer Gesellschaft ausgelaugt von den emotionalen Anforderungen, die an sie gestellt wurden, von diesem drängenden Bedürfnis nach ständigem Mitgefühl, das zu geben so erschöpfend war. Und in dieser Hinsicht gab Gwen nur wenig zurück.

Sie aßen das Gebäck und tranken den Tee, und alles schien so gesellig und behaglich, daß Ursula sich fragte, was Gwen so entspannt und fröhlich gemacht hatte, wo sie in den letzten Monaten nur angespannt und deprimiert gewesen war. War Rodin bei ihr gewesen? Nach allem, was sie in den Werkstätten des Dépôt des Marbres gehört hatte, glaubte sie das nicht. Oder hatte sich Gwens Stimmung geändert, weil sie akzeptiert hatte, daß Rodin jemand Neues gefunden hatte? Auch das glaubte Ursula nicht. Gwen akzeptierte unerfreuliche Wahrheiten nicht – sie leugnete sie, bekämpfte sie und konnte nur mit einem Knüppel zum Eingeständnis der Niederlage gezwungen werden. Dann kam Ursula der Gedanke, daß es einen anderen Grund für die offensichtliche Zufriedenheit ihrer Freundin geben könnte. Fand sie wieder Freude an ihrer Arbeit? Hatte sie ein Bild fertiggestellt, oder vielleicht sogar mehr als eins, mit dem sie zufrieden war? Das wäre wundervoll.

»Ich habe ein Geschenk für dich«, sagte Gwen, stand auf und klopfte Krümel von ihrem Rock. »Nimm es, sieh es dir an, wenn du zu Hause angekommen bist, und denk an mich.« Sie reichte Ursula ein Päckchen, unverkennbar eine kleine gerahmte Leinwand, in Kattun eingeschlagen und mit Schnur zugebunden. Ursula fing an, die Knoten zu lösen, aber Gwen schüttelte den Kopf. »Nein«, sagte sie. »Sieh es dir nicht jetzt an. Warte, bis du zu Hause bist, allein, in deinem Zimmer.« Ursula war überwältigt. Sie preßte das Päckchen an sich, umarmte es fest, befühlte die scharfen Kanten des Rahmens mit ihren Fingern. »Ist es dieses Zimmer, diese Ecke?« Gwen nickte. »Deine Primeln«, sagte sie. »Aber Gwen …«, fing Ursula an und wurde unterbrochen. Gwen legte ihr einen Finger auf die Lippen. »Sag nichts«, befahl sie. »Ich will, daß du es hast. Es war das erste. Ich habe noch eins, das besser werden wird. Aber auf dem hier sind deine Primeln. Zeig es niemandem, versprichst du mir das?« Ursula stand auf und küßte sie auf die Wange. Sie hielten sich einen Moment umarmt. »Danke«, flüsterte Ursula. »Ich werde es hüten wie einen Schatz.« »Du wirst einen Schatz darin finden«, sagte Gwen lächelnd, sich über sich selbst lustig machend.

Den ganzen Weg die Treppe hinunter rätselte Ursula, was diese seltsame Bemerkung bedeuten mochte.

Die Versuchung war zu groß. Ursula sah sich das Bild, das Gwen ihr geschenkt hatte, noch vor ihrer Abreise aus Paris an und rechtfertigte diesen Ungehorsam, indem sie sich sagte, daß das Öffnen des Päckchens ganz für sich allein der Anweisung ihrer Freundin nicht wirklich widersprach. Außerdem mußte sie es besser verpacken, damit es für die Kanalüberquerung geschützt war. Sie trug das Päckchen ans Fenster, wo ein kleiner Schreibtisch stand, und suchte in den Fächern nach einer Schere. Draußen regnete es leicht, aber der Himmel war nicht vollständig grau. Gelegentlich lugten blaue Stellen hervor, und die Wolken waren weiß, nicht schwarz. Es war nur ein Schauer, der bald aufhören würde.

Der Kattun war nur die äußere Verpackung. Darunter war das Bild in mehrere Schichten Baumwollmusselin gehüllt. Sie entfernte jede einzelne mit großer Vorsicht und faltete sie sorgsam, um die Vorfreude länger auszukosten. Sie vermutete, daß die Leinwand darunter zwölf auf zehn Zoll groß war, wirklich klein, wie die meisten von Gwens Bildern. Jedes einzelne, das sie gesehen hatte, konnte bequem in einem normal großen Zimmer hängen – es wäre kein Problem, dieses Bild aufzuhängen. Zu Hause hatte sie ein Ankleidezimmer, das an ihr Schlafzimmer angrenzte und das niemand je betrat, bis auf Mary, das Hausmädchen. Und Mary würde, falls sie ein neues Bild an der Wand überhaupt bemerkte, kaum etwas darüber sagen. Schließlich hatte Gwen sicherlich nicht erwartet, daß sie ihr Geschenk im wahrsten Sinn des Wortes versteckte – es ging darum, sich daran zu erfreuen, es oft anzusehen, aber nicht zur Schau zu stellen, das war der Unterschied.

Keine Person. Sie erinnerte sich, das zu Gwen gesagt zu haben. Ein leeres Zimmer, nur die Ecke eines leeren Zimmers, in dem niemand war, und doch war Gwens Präsenz ganz deutlich zu spüren. Ursula hielt das ausgepackte Bild in den Händen und sah es lange an. Es enthielt soviel Sehnsucht, dachte sie. Nach den stillen Freuden eines Spaziergangs bei hellem Sonnenschein und dem Pflücken von Primeln. Nach einem Leben draußen, das nach innen geholt und hier eingefangen worden war? Aber dann hielt sie die kleine Leinwand auf Armeslänge von sich fort und betrachtete sie erneut. Nein, es war das genaue Gegenteil: ein Leben drinnen, das nach draußen verlagert worden war. Der leere Sessel, der Schirm, der daran lehnte, der bis auf die Blumen leere Tisch – alles Täuschungen. Aber was lag darunter? Sie schien den Schirm in Gwens Hand zittern zu sehen, als sie zu Rodins Atelier ging und feststellte, daß er nicht da war, und dann wurde er zusammengerollt und fest umklammert, um die Wut zu zügeln, die diese Abwesenheit hervorrief. Der leere Sessel würde nicht lange leer bleiben – sie sah, wie Gwen sich in diesen Sessel warf, sich gegen die unbequeme Rückenlehne sinken ließ und weinte. Die Ecke des Zimmers war bald erfüllt von der wirklichen Gwen, der verzweifelten Gwen, voller Sehnsucht nach ihrem *maître*, der sich nicht mehr dazu herabließ, sie zu besuchen. Er würde sich nicht täuschen lassen. Tatsächlich, dachte Ursula, hatte er sich aller Wahrscheinlichkeit nach nie täuschen lassen. Gwen hatte ihn fasziniert, und er hatte zweifellos Leidenschaft für sie empfunden, aber er hatte immer geargwöhnt, daß sie ihn vollständig vereinnahmen könnte, und als diese Gefahr zu groß wurde, hatte er sich von ihr gelöst. Ursula empfand solchen Kummer für ihre Freundin. Das Bild in den Armen, ging sie im Zimmer auf und ab, und Tränen standen in ihren Augen.

Der Rahmen war alt und rissig und paßte nicht richtig. Ursula zögerte. Sie wußte, daß Gwen immer nach alten Rahmen suchte, weil sie ihr besser gefielen, und daß dieser hier sicherlich nicht viel gekostet hatte. Es schien nicht richtig, ihn zu entfernen, aber wenn sie es tat, würde das Bild in das Extrafach ihres größten Koffers passen und wäre für die Reise gut geschützt. Dieses Fach war wie ein zweiter Koffer innerhalb des Koffers, und sie hatte es oft benutzt, um ihre eigenen Arbeiten zu transportieren. Vorsichtig löste sie den alten Rahmen und wickelte die Leinwand in ein Stück Gaze, das sie an diesem Tag gekauft hatte, um einen Schleier für ihren Hut daraus zu machen, und dann in die Schichten aus Baumwollmusselin, die Gwen dafür benutzt hatte. Sie schob das Päckchen zwischen zwei Lagen Pappkarton und umhüllte das Ganze mit einem wollenen Schal. Es war immer noch Platz im Fach, und sie polsterte das Päckchen rundum mit ihrer seidenen Unterwäsche ab, bevor sie das Fach schloß. Der Koffer war ordentlich mit der Adresse in Pimlico beschriftet, wo sie wohnen würde, bevor sie zum Pfarrhaus ihres Vaters weiterfuhr. Sobald sie dort angekommen war, würde sie das Päckchen aus seinem Versteck nehmen und es für den Rest des Weges in ihrer Tasche bei sich tragen. Es würde ihm nichts passieren. Der Koffer, den sie vor einigen Jahren bei Harrod's erstanden hatte, war robust und hatte gute Schlösser.

In letzter Minute hätte sie das Bild fast wieder herausgenommen und doch in ihre Tasche gesteckt, entschied sich aber dagegen, weil sie sich daran erinnerte, daß sie auf Reisen schon zwei solcher Taschen aus reiner Achtlosigkeit verloren hatte – sie stellte die Tasche ständig ab und vergaß sie dann und ging weiter und merkte erst viel später, daß sie sie nicht mehr bei sich hatte, und konnte sich nicht entsinnen, wo sie sie das letzte Mal gesehen hatte. Dasselbe machte sie auch mit ihrer Geldbörse und mit ihrer Handtasche und hatte sich angewöhnen müssen, immer ein Kleidungsstück mit geräumigen Taschen zu tragen, in denen sie ihr Geld und ihren Paß verwahren konnte. Wäre Gwens Leinwand nur ein oder zwei Zoll kleiner gewesen, hätte sie, sogar gut eingewickelt, in eine der Innentaschen ihres langen Mantels gepaßt. Aber sie blieb in dem großen, sicheren Koffer.

Ursula sollte ihre Entscheidung für den Rest ihres Lebens bedauern.

Charlotte

I

Das Haus war voll. Jedes Schlafzimmer war belegt, und sogar die besseren der Dienstbotenzimmer unter dem Dach waren für das Wochenende in Beschlag genommen worden. Wo die vertriebenen Dienstboten schlafen sollten, interessierte niemanden auch nur im geringsten. Charlotte hatte hier oben nichts zu suchen, sie war allen nur im Weg, aber sie wollte unbedingt sehen, was vor sich ging, und ihre Mutter war viel zu aufgeregt, um sich darum zu kümmern, wo ihre jüngste Tochter abgeblieben war. Es war Jessie, die sie anfuhr. »Wenn ich bitten darf, Miss Charlotte!« blaffte sie, als sie, die Arme voller Bettwäsche, die letzte Treppe heraufgewankt kam und Charlotte, die sich an die Wand gedrückt hatte, zwei Kopfkissenbezüge vom Stapel stieß. »Wenn ich *bitten* darf!« Charlotte entschuldigte sich, hob die Kopfkissen auf und folgte Jessie in die hinterste Mansarde.

»Oh, was für ein süßes Zimmer!« rief sie. Jessie schnaubte. »Eiskalt im Winter, glühendheiß im Sommer, sehr süß, kann ich dazu nur sagen. Und jetzt aus dem Weg, damit ich das Bett machen kann.« Charlotte hörte nicht. Sie starrte durch das Fenster in der Dachschräge in den Himmel hinauf. Wie wundervoll, im Bett zu liegen und die Sterne zu sehen oder zu beobachten, wie die Mondsichel vorbeischwebte. Das Zimmer war so winzig, so heimelig. Es hatte kaum genügend Platz für das schmale Eisenbett, und abgesehen davon gab es nur noch einen Hocker und einen hölzernen Waschtisch, der rechts neben die Tür gezwängt war. »Raus!« schrie Jessie. »Raus!« Aber Charlotte setzte sich auf das frisch gemachte Bett. »Meinst du, Mutter würde mir dieses Zimmer geben, wenn die Hochzeit vorbei ist, Jessie?« Jessie antwortete nicht. Ihr Gesichtsausdruck sagte alles, was es dazu zu sagen gab. Martha kam mit einem Läufer herein, gefolgt von John, der eine Schüssel und einen Krug brachte. »Wen stecken sie eigentlich hier rein? Muß auf dem absteigenden Ast sein«, sagte John. »Woher soll ich das wissen«, sagte Jessie. »Und es interessiert mich auch nicht.« »Ich hätte gern auch soviel Glück«, murmelte Charlotte. »Miss, würden Sie *bitte* von diesem Bett aufstehen und nach unten gehen. Ich hab wirklich genug um die Ohren, vielen Dank!« »Nein«, sagte Charlotte. »Das werde ich *nicht* tun. Meinetwegen kannst du es ruhig Mutter sagen.« »Raus!« schrie Jessie noch einmal, aber dieses Mal meinte sie Martha und John, die beide lachten. Sie folgte ihnen und knallte die Tür hinter sich zu.

Charlotte legte sich auf das Bett und schloß die Augen. Das Bett war hart, viel härter als ihr eigenes, aber sie fühlte sich wohl. Sie rutschte versuchsweise ein bißchen hin und her, um herauszufinden, wie leicht man herunterfallen konnte. Sie kam sich vor wie einer der Ritter, deren Sarkophage sie in der Westminster Abbey gesehen hatte, so wie sie hier lag, kerzengerade, die Füße an den Knöcheln gekreuzt, die Arme gefaltet. Sie könnte hundert Jahre hier liegen und schlafen. Aber sie war nicht müde. Sie war hellwach und neugierig. Wie es wohl wäre, in diesem Zimmer zu leben? Wenn sie arm wäre, müßte sie hier leben oder zumindest schlafen. An der Innenseite der Tür gab es drei Haken, und an einem hing noch ein Kleidungsstück, das Jessie übersehen hatte. Charlotte konnte nicht erkennen, was es war. Vorsichtig stieg sie vom Bett herunter und ging hin, um es sich anzusehen. Es war ein Unterkleid, mehr nicht, und ein ärmliches noch dazu, der Stoff verschlissen, die Knöpfe verschwunden. Begeistert über ihre eigene Courage, zog Charlotte ihre Kleider bis auf die Unterhose aus, schlüpfte in das Unterkleid und erschauderte. Es gab keinen Spiegel im Zimmer, so daß sie sich nicht betrachten konnte, aber sie glaubte zu wissen, wie sie aussah: arm. Schnell zog sie sich wieder an und hängte das Unterkleid an seinen Platz zurück. Sie würde gleich nach unten gehen müssen. Die Gäste würden bald eintreffen, und sie hatte die Anweisung erhalten, sich um mehrere der Cousins und Cousinen zu kümmern und keine Dummheiten zu machen. Ihre Mutter zu diesem Zeitpunkt zu verärgern wäre unklug. Aber sie wollte mehr über diese Dachkammer wissen, wer hier schlief oder geschlafen hatte und wer für das Wochenende hier untergebracht war. Falls es eine der Cousinen war, hatte sie einen Plan. Sie selbst würde hier schlafen und der Cousine ihr eigenes Bett überlassen. Sie würde das Unterkleid auf dem nackten Leib tragen und eine ganze Nacht hier schlafen und so tun, als wäre sie jemand anderes.

Die Geschenke waren im Salon aufgebaut. Sie bedeckten jede verfügbare Fläche, und die Dienstmädchen hatten einen ganzen Tag gebraucht, um alles zur Zufriedenheit der Brautmutter zu arrangieren. Lady Falconer fürchtete, jemand könnte sich gekränkt fühlen, wenn ein Geschenk von geringem Wert, aber von einer Person von großer Bedeutung, an herausragender Stelle plaziert würde – die Leute waren komisch –, oder aber ein sichtlich teures Geschenk von einer Person, die froh sein konnte, überhaupt eingeladen zu sein. Es hatte Lady Falconer Kopfzerbrechen bereitet. Aber nun endlich glaubte sie, das heikle Problem gelöst zu haben, indem nur Geschenke aus dem engsten Familienkreis auf dem Tisch in der Mitte arrangiert worden waren und alle anderen auf kleineren Tischen, die aus dem ganzen Haus zusammengetragen und an den Wänden entlang aufgestellt worden waren.

Jetzt, wo alles erledigt war, sah es wundervoll aus. Das Kristall blitzte, das Silber funkelte, und das Porzellan schimmerte. So viele Sachen, so ein wunderbarer Anblick. Die Karten waren diskret vor jedes Geschenk gelegt und nicht gestellt worden, so daß man sehr genau hinsehen mußte (was niemand mit Manieren tun würde), um herauszufinden, welches Geschenk von wem stammte. Priscilla würde das Eheleben in dem Stil beginnen können, an den sie immer gewöhnt gewesen war, und das war überaus befriedigend. Caroline hatte nicht soviel Glück gehabt, aber das war ihre eigene Schuld, das Mädchen hatte sich alles selbst zuzuschreiben. Über ihre Söhne machte Lady Falconer sich noch keine Sorgen. Sie waren beide noch jung, noch auf der Schule, ohne auch nur einen Gedanken an Romanzen oder Ehe zu verschwenden. Und dann war da Charlotte. Aber es war besser, nicht an Charlotte zu denken, die klug und eigenartig war oder vielleicht eigenartig, weil sie klug war? Woher sollte man das wissen?

Immer noch trafen Kutschen vor der Tür ein und

blockierten die Straße. Die Pferde hatten Schwierigkeiten, auf dem engen Raum vor dem Haus zu wenden, und die abfahrenden Kutschen hatten kaum Platz, an denen vorbeizukommen, die immer noch von der East Heath Road her eintrafen. Lady Falconer dankte dem Himmel, daß sie zuverlässiges Personal hatte – angefangen bei ihrer Haushälterin, Jessie Martin, bis ganz nach unten waren sie alle absolut loyal und extrem fleißig. Sie hatte Verwandte und Freunde, die unablässig das Ende des letzten Jahrhunderts und das angebliche Aussterben ergebener, selbstloser Dienstboten beklagten. Lady Falconer tat das nicht. Ihre Dienstboten blieben. Sie bezahlte sie gut und behandelte sie gut, glaubte sie. Und sie war verständnisvoll. Dienstboten waren Dienstboten, ihrer Ansicht nach, und die Erwartungen an untadeliges Verhalten durften nicht zu hoch gesteckt werden. Kein Dienstmädchen wurde auf die Straße gesetzt, wenn es, was gelegentlich einmal vorkam, »in anderen Umständen« war (wie diese Mädchen es ausdrückten). Wenn eine Heirat möglich war, wurde sie arrangiert, und manchmal durfte das Mädchen, zu gegebener Zeit, sogar zurückkommen, wenn auch in einer niedrigeren Stellung. Lady Falconer glaubte, ihre Großzügigkeit gelte als erstaunlich, und sie war stolz darauf. Diebstähle waren etwas anderes. Daß gelegentlich einmal eine Kleinigkeit verschwand, das konnte sie tolerieren, in Maßen, so etwas ließ sich nicht verhindern, und wenn die Sache zu weit ging, stellte sie sich der Herausforderung und setzte dem ein Ende. Aber bei Diebstahl im größeren Maßstab reagierte sie wie eine Furie. Wenn Schmuck oder Silber verschwanden, wurde unverzüglich die Polizei gerufen, und der ganze Haushalt litt, bis das schwarze Schaf gefunden war. Oh, Lady Falconer führte ein strenges Regiment und war dafür bekannt.

Charlotte stand auf der Treppe und starrte auf diese unattraktive Art, die sie an sich hatte, ins Leere. In der Eingangshalle ging es zu wie im Bahnhof Euston (Lady Falconer war nur ein einziges Mal dort gewesen, liebte es aber sehr, Vergleiche damit anzustellen). Überall eintreffende Gäste, die sich gegenseitig Grüße zuriefen und unablässig über Gepäckstücke stolperten, die von den überlasteten Dienstboten nicht schnell genug aus dem Weg geschafft werden konnten. »Hettie!« rief Lady Falconers Schwester Philomena und stürzte auf sie zu, um sie zu umarmen. Lady Falconer ließ die Umarmung stoisch über sich ergehen, erwiderte sie aber nur, indem sie den breiten Rücken ihrer unausstehlichen Schwester tätschelte. Manchmal dachte sie, es müsse eine seltsame Art von Verwechslung stattgefunden haben und Charlotte sei in Wirklichkeit Philomenas Tochter. Nicht nur, weil ihre Schwester genauso aussah wie ihre Tochter – beide groß, breitschultrig, starkknochig, mit dichten schwarzen Haaren, die fast nicht zu bändigen waren –, sondern auch, weil die beiden dieselben entschieden merkwürdigen Charaktereigenschaften besaßen. Und doch kamen sie nicht besonders gut miteinander aus, sondern begegneten sich eher mit Mißtrauen, was in Lady Falconers Augen sehr bedauerlich war. Wie gerne hätte sie Charlotte immer wieder für längere Zeiträume zu Philomena geschickt, die auf dem Land lebte, in Hampshire, hatte es aber nicht gekonnt. »Ich fahre *nicht*«, hatte Charlotte gesagt, und auf die Erwiderung ihrer Mutter, sie habe dahin zu fahren, wo sie hingeschickt wurde: »Dann werde ich weglaufen und einen Skandal verursachen, du weißt genau, daß ich das tun werde.« Leider Gottes wußte ihre Mutter es nur zu genau. Mit vierzehn, einem Alter, in dem Charlotte eigentlich aus kindlichen Wutanfällen herausgewachsen sein sollte, war sie zu schier unglaublichen Verhaltensweisen fähig – man fragte sich ständig, wo sie ihre Ideen herhatte. Aus Büchern höchstwahrscheinlich, aber man konnte ihr das Lesen nicht verbieten. Ihr Vater erlaubte es nicht.

Sir Edward liebte seine Bibliothek. Charlotte liebte sie ebenfalls. Sie war das einzige seiner fünf Kinder, das die Bibliothek je aus dem Grund betrat, aus dem man eine Bibliothek betreten sollte: um in Ruhe und Frieden zu lesen und zu lernen. Zuerst war es nur amüsant gewesen – sogar seine Frau hatte leise gelächelt – zu sehen, wie das kleine Mädchen sich reckte, um den ziemlich schwergängigen Knauf der Bibliothekstür zu drehen, und dann ins Zimmer trippelte und auf einen Stuhl kletterte, um das Regal zu erreichen, das ihr Vater extra für sie eingerichtet hatte. Sie suchte sich ein Bilderbuch aus, setzte sich damit auf den Boden und »las« es feierlich, lange bevor sie lesen konnte (obwohl sie das Lesen schon kurz nach ihrem vierten Geburtstag fließend beherrschte). Sir Edward war entzückt. Er ermutigte sie und saß stundenlang mit ihr auf den Knien da und las ihr vor. Sie war sein Liebling, und er schien ihre Eigenartigkeit nicht zu bemerken. »Sie ist klug, sie hat einen scharfen Verstand«, verkündete er voller Stolz, und wenn seine Frau ihn darauf hinwies, daß sie auch ungehobelt und starrköpfig war und keinerlei gesellschaftliche Umgangsformen besaß, zuckte er die Schultern. »Laß sie«, sagte er, »sie wird sich mausern.« Er hatte seine Frau wegen ihrer Schönheit geheiratet, und sie war sich dessen sehr wohl bewußt. Im Grunde genommen hatte er sie kaum gekannt, als er ihr seinen Antrag machte, er war einfach von ihrem Gesicht verzaubert gewesen, herzförmig, die Augen veilchenblau, eingerahmt von einer Fülle goldener – ja, goldener – Haare. Sexuell war sie die begehrenswerteste Frau, die er je kennengelernt hatte, er hatte sie einfach haben müssen. Und es war eine gute Verbindung, die von beiden Familien gebilligt wurde. Henrietta war eine gute Ehefrau, im herkömmlichen Sinn. Eine wundervolle Gastgeberin, eine herausragende Organisatorin und mit ihrem Äußeren bei jeder Gelegenheit eine Zierde. Sir Edward konnte tun, was immer er wollte, und sich sicher sein, daß seine Kinder, sein Haushalt, sein Leben sogar in den besten Händen waren. Er war sich bewußt, daß andere Männer ihn beneideten – wer hätte das nicht getan? Nur er allein wußte, was fehlte, aber er wäre ein Narr gewesen, hätte er mit irgendwem darüber geredet.

Lady Falconer wandte sich von ihrer Schwester ab und sah, daß Charlotte verschwunden war, ausgerechnet jetzt, wo ihre Cousinen eintrafen, von denen sie genau wußte, daß sie sich um sie kümmern sollte. Es war kein Geheimnis, wohin sie verschwunden war: in die Bibliothek, wo sie sich bestimmt eingeschlossen hatte. Aber gerade jetzt kam Priscilla nach unten, und der Lärm war überwältigend. Die Begrüßungen und die eifrigen Rufe der Bewunderung hätten Lady Falconer übertönt, wenn sie die Dienstboten angewiesen hätte, Miss Charlotte zu suchen. Also blieb sie stehen und beobachtete, wie die zukünftige Braut von ihren Verwandten umringt wurde, und konnte ein Lächeln nicht unterdrücken. Ihre Spannung ließ ein wenig nach. Priscilla war ein Schatz. Süß, sanft und bezaubernd. Die Sanftheit war für Lady Falconer ein Grund zur Sorge gewesen – Priscilla ließ sich viel zu leicht beeinflussen und hätte möglicherweise ausgenutzt werden können –, und ihr Vater fand sie »nicht sonderlich aufgeweckt«, aber jetzt, wo sie Robert Charlesworth heiraten würde, war alles gut. Sie machte ihrer Familie alle Ehre, und die Hochzeit in der St. Margaret's Church in Westminster würde *die* Hochzeit der Saison 1908 werden. »*Kennt* der Bursche sie eigentlich?« hatte Sir Edward gefragt, nachdem Robert um ihre Hand angehalten hatte. »Meinst du, er *kennt* das Mädchen?«

Was für eine dumme Frage, hatte seine Frau gedacht. Was sollte dieses »kennen«, auf das er anscheinend so versessen war? Immer wieder fragte er danach, als hätte es eine offensichtliche und gleichzeitig eine tiefere Bedeutung. Nun, es überstieg ihre Vorstellungskraft. »Wenn ich dich wirklich gekannt hätte …«, hatte Edward einmal zu ihr gesagt und sich dann selbst unterbrochen. Es war bei einem seltenen Wutausbruch gewesen, als sie zu Bett gingen. Sie hatte ihn nicht beachtet. Sie hatte gesagt, sie wolle in dieser Nacht allein schlafen, und er hatte das Zimmer verlassen und die Tür mit den Worten zugeschlagen: »Wenn ich dich wirklich gekannt hätte …« So ein Unsinn. Er hatte alles gewußt, was er hatte wissen müssen, und doch schwang in diesen verärgerten Worten die unüberhörbare Andeutung mit, daß er getäuscht worden war. Bei einer anderen Gelegenheit, während eines Streits über Charlottes Erziehung, hatte er sie angestarrt und gesagt: »Wenn ich gewußt hätte …«, und war wieder verstummt. Sie hätte auf sein »Wenn ich gewußt hätte« leicht mit einem betonten »Wenn *ich* gewußt hätte« reagieren können. Sie hatte gewußt, daß er reich war, gut aussah, aus einer geachteten Familie stammte und dem Vernehmen nach klug war. Sie hätte sich mehr mit dieser Klugheit beschäftigen sollen. Es war ja nichts dagegen einzuwenden, daß ein Mann klug war, aber daß er ein Büchernarr war, hatte sich als extrem irritierend erwiesen. Und dann war da noch die Malerei. Sie hatte nicht gewußt, daß Edward künstlerische Neigungen hatte und daß er, wenn er zu Hause war und seine Nase nicht in ein Buch steckte, völlig vertieft vor einer Staffelei stehen und Porträts malen würde, die kein Mensch erkennen konnte.

Lady Falconer legte die Hand an die Stirn und riß sich aus ihren Überlegungen. Der Gong war erklungen, die Halle hatte sich geleert, es war Zeit für den »kleinen« Mittagsimbiß, den sie vorgesehen hatte. Kaltes Huhn, Lachs, Rindfleisch, alles verlockend angerichtet auf großen ovalen Platten, umgeben von Schüsseln mit Salaten der unterschiedlichsten Art, und dazu winzige Kristallschälchen mit Erdbeermousse und Zitronenschaum. Außerdem gab es eine reichhaltige Käseplatte – mit allen französischen Käsesorten, aber auch gutem altem englischem Cheddar und Stilton – und Gläser mit Selleriestangen neben den Crackern. Die Gäste, bei denen es sich heute nur um Familienmitglieder handelte, waren aufgefordert, sich selbst zu bedienen und dann an dem großen runden Tisch Platz zu nehmen, gedeckt mit einer gestärkten weißen Decke, über die ein weiteres besticktes Tischtuch gebreitet war. Sehr hübsch, dachte sie, als sie das Eßzimmer betrat. Priscilla saß bereits, auf dem Teller nichts als ein Cracker und ein Scheibchen Käse, neben ihr Tante Philomena, die sich mit allen Fleischsorten und sehr wenig Salat versorgt hatte. Jemand fragte Priscilla, wo ihre Hochzeitsreise sie hinführen würde. Sie schüttelte den Kopf, schlug die Augen nieder und errötete.

Lady Falconer wußte es. Sie war geschmeichelt gewesen, als Robert sie gefragt hatte, wo er und seine Braut in Paris wohnen sollten. Sie hatte nicht lange über ihre Antwort nachdenken müssen – im Crillon natürlich, wo sonst? Dort hatten sie und Edward die erste Nacht ihrer Hochzeitsreise verbracht, vor rund einundzwanzig Jahren, auf dem Weg nach Nizza. Auch Robert und Priscilla würden nach Nizza weiterreisen. Nichts hatte sich verändert, das gleiche Muster. Robert hatte Lady Falconer nicht bitten müssen, das Geheimnis zu wahren. Die einzige Gefahr bestand darin, daß Charlotte es verraten könnte, denn sie hatte die Unterhaltung leider Gottes mit angehört. Das Mädchen ließ sich so selten im Salon blicken, wo Lady Falconer Blumen arrangierte, als Robert sie ansprach, daß sie erschrocken war, als Charlotte vom Sofa aufsprang, auf dem sie gelegen hatte (durch die hohe Rückenlehne allen Blicken entzogen), und die Meinung äußerte, eine Hochzeitsreise nach Paris sei schrecklich langweilig und Robert solle lieber eine Fahrt den Amazonas hinauf oder eine Schiffsreise nach China in Erwägung ziehen.

Die Lippen vor übertriebener Verachtung gekräuselt, hatte sie versprochen, kein Wort zu ihrer Schwester zu sagen. Aber bei Charlotte konnte man nie wissen. Allerdings standen sie und Priscilla sich nicht besonders nahe und hatten nicht viel miteinander zu tun, daher war es unwahrscheinlich, daß Charlotte in Versuchung geriet, alles auszuplaudern. Aber sie hatte Priscilla geholfen, ihren Koffer zu packen. Das gehörte zu den vielen Eigenartigkeiten von Charlotte: Sie packte leidenschaftlich gern. Egal was. Das Talent eines Hausmädchens, wie es im Buche stand. Sie sagte, es mache ihr Spaß, Dinge auf begrenztem Raum unterzubringen, es sei eine angenehme, fast intellektuelle Beschäftigung. Als sie diese Bemerkung von sich gab, hatte Edward laut gelacht und gesagt: »Das ist mein Mädchen!« Charlotte hatte also Priscillas Schrankkoffer gepackt. Sie hatte sich stundenlang Zeit dafür genommen. Priscilla hatte auf dem Bett gesessen und andächtig zugesehen, und ihr Mädchen hatte darüber geschmollt, derart übergangen zu werden. Als erstes hatte Charlotte alles auf dem Boden und auf dem Bett neben Priscilla ausgebreitet, dann hatte sie alles gezählt und aufgelistet. Die Schuhe (sechs Paar), die Mäntel (vier), die Jakken (sechs), die Kleider (zehn), die Röcke (vier), die Blusen (vier) und dann die Nachthemden und die Unterwäsche. Die Nachthemden hatten sie in Erstaunen versetzt. Sie hatte sie hochgehalten und beim Anblick der Spitzen ausgerufen: »Als wolltest du auf eine Party gehen, nicht zu Bett!« Und: »Was für eine Verschwendung, wo Robert sie dir nur vom Leib reißen wird!« Priscilla war in Tränen ausgebrochen und aus ihrem eigenen Schlafzimmer gelaufen.

Außer dem Schrankkoffer gab es noch einen weiteren großen Koffer. Charlotte hatte die beiden Gepäckstücke stirnrunzelnd gemustert. Wenn Priscilla nur eine einzige Nacht in Paris verbringen würde, konnte der Koffer für die eleganteren Sachen benutzt werden, natürlich nur eine Auswahl davon, und der Rest konnte in den Schrankkoffer gepackt werden. Sie genoß es auszuwählen, was ihrer Meinung nach die passende Garderobe für Paris war, und kleidete ihre Schwester im Geiste an. Die Leute dachten, daß ein Mädchen, das groß und reizlos war, keine Ahnung von Kleidern hatte, aber Charlotte wußte, daß sie einen guten Geschmack hatte, im Gegensatz zu Priscilla, die klein und schön war. Diese zog an, was ihre Mutter und ihre Schneiderin für sie aussuchten, und wäre, auf sich allein gestellt, völlig hilflos gewesen. Umsichtig schrieb Charlotte sogar kleine Zettelchen – »Trag das hier zu dem roten Rock« – und steckte sie säuberlich an den Kleidungsstücken fest. Priscilla würde sich an diese hilfreichen Hinweise halten, das wußte sie. Sie legte Seidenpapier zwischen die Kleider und packte sie in den Koffer. Er war neu und hatte einen herrlich ledrigen Duft, den Charlotte tief einatmete. Auf dem Deckel des Schrankkoffers klebten mehrere alte Reiseaufkleber, und Charlotte war angewiesen worden, sie nicht zu entfernen, woraus sie (richtig) schlußfolgerte, daß sie ein Beweis für elegantes Reisen waren. Es gehörte jedoch zu ihrer Aufgabe, den Koffer mit Namensschildern zu versehen, mit Priscillas neuem Namen und der ersten Adresse auf der Reise. Sie konnte sie nicht schon jetzt befestigen, weil Priscilla sie dann sehen würde und das Geheimnis gelüftet wäre, aber sie hatte sie vorbereitet, damit sie zur rechten Zeit befestigt werden konnten. Sie würde sie John geben, der das erledigen würde.

Als sie fertig war, klappte Charlotte die Deckel zu und drehte die kleinen Schlüssel in den Schlössern. Arme Priscilla. In Charlottes Herz gab es keinen Neid auf ihre Schwester, während sie, als Caroline durchgebrannt war, von einer wilden, schmerzlichen Eifersucht verzehrt worden war. »Wie ein Lamm zur Schlachtbank«, hatte ihr Vater über Priscilla gesagt und geseufzt. Ihre Mutter war wütend geworden und hatte ihre Töchter schockiert, indem sie ihn in ihrer Gegenwart anfuhr. »Eine gute Ehe«, hatte sie gefaucht, »ist keine *Schlachtbank*!« »Interessant, daß du das sagst«, hatte Sir Edward erwidert, war aufgestanden, hatte die Serviette auf den Teller geworfen und das Zimmer verlassen, bevor der Pudding serviert wurde.

Charlotte hatte lange und intensiv darüber nachgedacht, was die Worte ihres Vaters bedeuten mochten – nicht das »Wie ein Lamm zur Schlachtbank«, das verstand sie durchaus, und ihrer Meinung nach war es eine absolut zutreffende Beschreibung, sondern das an ihre Mutter gerichtete »Interessant, daß du das sagst«. Hatte er gemeint, ihre Mutter müßte wissen, daß eine gute Ehe eine Art Schlachtbank *war*, einschließlich ihrer eigenen? Falls ja, wer oder was war geschlachtet worden? Gewiß nicht ihre Mutter. Aber vielleicht hatten die Worte ihres Vaters auch eine abstraktere Bedeutung. Vielleicht sah er Hoffnungen und Erwartungen hingeschlachtet. In diesem Fall war es unwahrscheinlich, daß Priscilla das Schicksal erleiden würde, das er ihr prophezeit hatte. Soweit Charlotte wußte, und sie glaubte, alles über ihre Schwester zu wissen, was es zu wissen gab, hatte Priscilla absolut gewöhnliche Hoffnungen und Erwartungen, die zu erfüllen keine große Mühe bedeuten würde.

Als der Mittagsimbiß vorüber war, zogen sich die älteren Familienmitglieder in ihre Zimmer zurück, um zu ruhen, während die jüngeren in den Garten strömten und sich dort vergnügten. Ein paar der Cousins und Cousinen fingen an, Krocket zu spielen, gaben es aber schon bald wieder auf und schworen lachend, es sei viel zu heiß, um irgend etwas zu tun. Charlotte beobachtete sie von den Verandatüren aus. Sie machte nie bei Spielen mit, sie haßte alle Sportarten. Ihr Blick ruhte auf Maud, einem Mädchen von zwölf, das, wie sie herausgefunden hatte, in dem kleinen Dachzimmer einquartiert worden war. Sie hatte gehört, wie ihre Mutter sich bei Mauds Mutter Clara (einer Cousine zweiten Grades von Edward, einer Frau ohne jede Bedeutung) entschuldigte, das Haus sei so voll, daß kein anderes Zimmer verfügbar sei, und sie hatte auch gehört, wie Clara sich fast überschlagen hatte mit der Beteuerung, Maud sei absolut glücklich in der süßen kleinen Dachkammer. Aber Maud hatte geweint. Charlotte hatte es gehört, und auch, daß Clara sehr böse wurde. Maud hatte ein paarmal geschluchzt und sich dann die Augen getrocknet, aber sie schmollte immer noch, als Charlotte sie ins Visier nahm. Sie wartete, bis Maud ins Haus kam, um sich ein Glas Limonade zu holen, und stürzte auf sie zu. Sie zog die verblüffte Maud in die Bibliothek und schloß die Tür. »Meine liebe Maud«, sagte sie, »ich habe ein Ansinnen an dich.« »Ein was?« sagte Maud, die breite Stirn (ein Pony wäre ein Segen, hatte Charlotte oft gedacht) ängstlich gerunzelt. »Einen Vorschlag. Einen Plan.« »Ich mache mir nichts aus Plänen«, sagte Maud. Schön doof, dachte Charlotte, blieb aber freundlich. »Du kennst ihn ja noch gar nicht«, sagte sie. »Also hör zu.«

Maud hörte zu (es blieb ihr nicht viel anderes übrig, da Charlotte mit dem Rücken zur Tür stand). Als Charlotte den Plan erklärt hatte, in all seiner glorreichen Einfachheit, sagte Maud nur: »Wieso? Wieso willst du mir dein Zimmer geben?« »Weil *ich* in der Mansarde schlafen will«, sagte Charlotte, »und Mutter nie einverstanden wäre.« »Aber wieso?«

wiederholte Maud. »Ich will es einfach«, antwortete Charlotte. Sie würde keine Zeit damit vergeuden, der dümmlichen Maud verständlich zu machen, worin die Attraktivität des Dachzimmers bestand. »Und jetzt hör auf zu streiten«, sagte sie, und zwar so vehement, daß Maud den Kopf einzog und einwilligte.

Sie nahm eine Kerze mit nach oben, aber es war schon eine da, neben dem Bett. Maud war nach dem Abendessen – sie hatte zusammen mit den kleineren Kindern gegessen, durfte aber eine Stunde länger aufbleiben – von ihrer Mutter in das Dachzimmer gebracht und dort mit der Anweisung zurückgelassen worden, ein braves Mädchen zu sein und kein Theater zu machen. Es war acht Uhr und noch hell. Die Erwachsenen saßen beim Essen und würden mindestens weitere zwei Stunden im Eßzimmer bleiben. Charlotte wartete eine halbe Stunde und ging dann im Nachthemd, ihr Buch unter dem Arm, nach oben. Maud stürzte sofort aus dem Zimmer – Charlotte hatte kaum Zeit, sie daran zu erinnern, daß sie leise sein und sich unter der Bettdecke verkriechen sollte, sobald sie in Charlottes Bett lag, und unter keinen Umständen auch nur einen Ton von sich geben durfte, sollte jemand den Kopf ins Zimmer stekken und gute Nacht sagen. Sie sollte so tun, als schliefe sie, auch wenn sie noch wach war, und sich nicht dazu verleiten lassen, eine Antwort zu geben.

Der Tausch ging problemlos vonstatten. Charlotte lächelte zufrieden. Die Tür der Dachkammer hatte kein Schloß, aber sie klemmte ihre Hausschuhe darunter, damit es schwieriger war, sie zu öffnen, obwohl sie bezweifelte, daß irgend jemand, schon gar nicht

Clara, nach Maud sehen würde. Hier war sie also, allein in diesem kargen Zimmer, und konnte nachdenken, ohne von Möbeln oder sonstigen Sachen abgelenkt zu werden. Es war wie in einem Kloster. Einmal hatte sie daran gedacht, Nonne zu werden, hatte den Gedanken an all das viele Beten und die eingeschränkten Möglichkeiten der Unterhaltung aber nicht ertragen können, und daß sie womöglich nicht lesen dürfte, was sie lesen wollte. Abgeschiedenheit und Unabhängigkeit würden auf andere Weise erreicht werden müssen. Und so hatte sie beschlossen, Künstlerin zu werden. Ihr Vater hatte gesagt, vielleicht würde er ihr erlauben, sich an der Slade School of Art zu bewerben, eine Vorstellung, die ihre Mutter als abwegig bezeichnen würde, deswegen durfte noch kein Wort davon zu ihr gesagt werden. Es war ein Geheimnis zwischen ihnen, eins, an das Charlotte sich hoffnungsvoll klammerte. Es gab noch ein weiteres Geheimnis. Ihr Vater hatte versprochen, sie auf eine Reise nach Paris und dann Florenz und Rom mitzunehmen, um die Kunstschätze zu sehen. Ihre Mutter war nicht an Kunst interessiert und würde nicht mit ihm reisen wollen, und Caroline, die sich für Kunst interessierte, war durchgebrannt und hatte ihre Chance dadurch vertan. Charlotte würde die Glückliche sein, aber noch war es nicht soweit.

Sie konnte sich so deutlich als Künstlerin sehen. Sie würde anziehen können, was immer sie wollte, und niemand würde etwas dazu sagen, weil man von Künstlern erwartete, nicht wahr, daß sie ein bißchen eigenartig aussahen. Sie würde natürlich in einer Dachkammer leben müssen, aber das würde ihr nichts ausmachen. Zwar war sie noch nie in einer Dachkammer gewesen – eine Dachkammer war, so glaubte sie, etwas anderes als eine Mansarde, obwohl sie nicht hätte sagen können, inwiefern –, aber das spielte keine Rolle. Was immer es war, sie würde es hinnehmen, egal wie kalt und trostlos, weil sie vollständig in ihrer Kunst aufgehen würde. Den ganzen Tag lang würde sie zeichnen und malen, und nur ihr Vater würde sie besuchen dürfen. Wie sie es anstellen würde, ihre Bilder zu verkaufen, wußte sie noch nicht so genau, aber eine wahre Künstlerin interessierte sich nicht für Geld. Ohne Geld zu sein wäre bestimmt aufregend. Einmal hatte sie das dummerweise laut gesagt, zu ihrer Mutter, aber in Jessies Hörweite, und war über den verächtlichen Ausdruck auf dem Gesicht der Haushälterin beunruhigter gewesen als über die aufgebrachte Anweisung ihrer Mutter, kein dummes Zeug zu reden. Sie hatte ihre Bemerkung umformuliert: ohne Geld zu sein wäre bestimmt eine Herausforderung. Worin genau diese Herausforderung bestehen würde – so weit waren ihre Überlegungen nicht fortgeschritten.

Sie entschied sich dagegen, das Unterkleid des Dienstmädchens anzuziehen, und behielt ihr eigenes Nachthemd an, ein schlichtes Kleidungsstück, anspruchslos und so oft getragen, daß es durchaus einem Hausmädchen hätte gehören können. Charlotte haßte neue Kleider und hatte an diesem alten Ding festgehalten, obwohl sie neue Nachthemden bekommen hatte. Es fühlte sich kuschelig an, und der Riß im Saum und das fehlende Band, das früher durch die Schlitze am Hals gefädelt worden war, störten sie nicht. Sie legte sich ins Bett und zog die Dekken bis zum Hals hoch und blies die Kerze aus. Es war jetzt dunkel, kein Mond war zu sehen. Als sie nach oben starrte, konnte sie nur die Umrisse des

Fensters in der Schräge ausmachen und darin eine Schwärze, die in ihrer Tiefe anders war als die Dunkelheit im Zimmer. Es mußte wolkig sein, denn es gab nicht nur keinen Mond, sondern auch keine Sterne. Maud hätte Angst gehabt. Es gefiel Charlotte, daß sie nicht im geringsten ängstlich, sondern vielmehr aufgeregt war. Sie hatte bekommen, was sie wollte, eine Nacht allein in einem fremden, leeren Zimmer. Jetzt wollte sie fühlen, wie sie sich veränderte, eine andere Person wurde, sich in die Künstlerin verwandelte, die sie werden würde. Sie schloß die Augen und konzentrierte sich darauf, alle Banalitäten aus ihrem Kopf zu vertreiben, aber zu ihrem Leidwesen wollten die Banalitäten sich nicht rühren. Ihr Kopf war voll von der lächerlichen Hochzeit am nächsten Tag. Bilder vom Spektakel in der Kirche rasten durch ihn hindurch, dann ging es weiter mit dem nachfolgenden Fest und im Galopp noch weiter zur Verabschiedung von Braut und Bräutigam. Dann das Hinterher. Hier wurde es grotesk. Sie sah Priscilla in ihrem Schlafzimmer im Hotel und stellte sich vor, was passieren würde. Sie hatte die einschlägigen Bücher gelesen und wußte Bescheid. In der Bibliothek standen nämlich Bücher, von denen ihr Vater anscheinend vergessen hatte, daß sie Zugriff dazu hatte, und die ihre Mutter verbrannt hätte, hätte sie von ihrer Existenz gewußt. Charlotte wußte alles. Sie kannte alle anatomischen Details, obwohl sie sie abstoßend fand und nicht verstehen konnte, wie sich das, was anscheinend geschah, ertragen ließ.

»So geht das nicht«, sagte sie laut und setzte sich im Bett auf. Sie wollte nicht an Priscilla oder ihre Hochzeit denken. Sie wollte über sich selbst und die Kunst nachdenken und wozu sie auf dieser Welt war und über die Bedeutung des Lebens und andere wichtige, beängstigende Fragen. Die Einfachheit dieses kleinen Zimmers sollte ihr dabei helfen. Sie hatte gedacht, seine Anspruchslosigkeit und seine Kargheit würden ihren Geist von bedeutungslosem Gerümpel befreien, hatte gedacht, daß das Zimmer selbst eine Art Macht haben würde. Aber wieder drängte sich Priscilla in ihre Gedanken. Priscilla würde in der Nähe von Oxford leben, auf dem Land, in etwas, das als attraktives Herrenhaus beschrieben worden war. Charlotte hatte gefragt, was das bedeutete. Was genau war ein Herrenhaus? Was war attraktiv daran? Priscilla wußte es nicht. Sie hatte es noch nicht gesehen. Charlotte wollte ihren Ohren nicht trauen, als ihre Schwester sagte: »Was spielt es schon für eine Rolle, wie es aussieht. Ich bin sicher, es wird sehr nett sein.« Sich nicht dafür zu interessieren, wie das eigene Haus aussah! Es für unwichtig zu halten, wie die Zimmer waren! Wo doch für Charlotte die Macht eines Ortes alles war (ein weiterer Beweis, falls sie einen gebraucht hätte, für ihre künstlerische Veranlagung). Häßliche Räume machten sie fast krank, und die Möbel in einem Zimmer konnten ihr die Sprache verschlagen. All ihre Träume von der Zukunft spielten sich in leeren Räumen ab, Dachzimmern voller Licht und mit einer herrlichen Aussicht, Zimmern mit nur einem Bett, einem Schreibtisch, einem Stuhl. Sie hatte in ihrem ganzen Leben noch kein solches Zimmer gesehen.

Sie legte sich wieder hin. Das Problem mit ihrem Kopf war, daß er so sprunghaft war und sich nicht disziplinieren lassen wollte. Es war zum Aus-der-Haut-Fahren, aber es war auch faszinierend – weshalb und wie kamen die Gedankensprünge zustande? Sie konnte sie nicht nachvollziehen oder erklären. Sie sah andere Menschen an und dachte, wie außergewöhnlich es war, daß sich hinter etwas so Dünnem wie der Haut eines Gesichts ein so wunderbar geheimnisvolles Organ wie das Gehirn verbergen konnte. »Laß mich in dein Gehirn schauen«, hätte sie am liebsten zu den Leuten gesagt und wußte doch, daß das nie möglich sein würde. Sie stellte sich ihr eigenes Gehirn als eine Reihe winziger, winziger Schachteln und Schubladen vor, die ständig geöffnet und geschlossen wurden. Aber wie gelangte etwas, das in einem Fach war, in ein anderes? Das war das Rätsel. Ein so schwieriges Rätsel, daß sie vom Versuch, es zu lösen, ganz erschöpft war und viel früher, als sie es vorgehabt hatte, mit gerunzelter Stirn einschlief.

Sir Edward war der letzte, der zu Bett ging. Er blieb bis um drei Uhr morgens in der Bibliothek sitzen und machte sich Sorgen. Der viele Alkohol, den er getrunken hatte, hätte seine Sorgen eigentlich ein wenig entschärfen müssen, aber das tat er nicht. Durch den selbstgeschaffenen Nebel türmten sich die Probleme nicht weniger hoch. Und er war traurig. Ein Mann am Vorabend der Hochzeit seiner Tochter hatte vielleicht das Recht, traurig zu sein, auf eine sentimentale Weise, aber seine Traurigkeit war von anderer Art. »Ich bin traurig, Papa«, sagte Charlotte manchmal, »und ich weiß nicht, warum, es gibt keinen Grund.« Nun, er hatte Gründe. Hettie zum Beispiel. Sie würde ihn nie aus ihrem Schlafzimmer fortschicken (das verstieße gegen ihr Verständnis von den Pflichten einer Ehefrau), aber er hatte nicht mehr den Wunsch, sie noch aufzusuchen. Und das war traurig. Außerdem war es nicht wahr. Er wollte sie durchaus aufsuchen, aber hinterher bedauerte er seine Besuche und was dabei geschah. Sicher, im betreffenden Augenblick empfand er einen gewissen Genuß, aber das war nicht, was er wirklich wollte. Er wollte, daß Hettie ihn so liebte, wie er sie liebte. Eine weitere Lüge. Er liebte sie nicht, und sie liebte ihn nicht. Sie paßten nicht zueinander. Sie waren sich treu – und der Himmel wußte, daß es für ihn einfach genug gewesen wäre, untreu zu sein, ohne daß Hettie je etwas davon erfahren hätte –, hatten aber keinerlei gemeinsame Interessen, bis auf die Kinder.

Ah, die Kinder. In seinen Sessel zurückgelehnt, ließ Sir Edward sie vor seinen Augen Revue passieren, und das Gewicht seiner Sorgen wurde größer. Die Kinder waren Hetties Angelegenheit. Sie hatte sie von Anfang an zu ihrer Angelegenheit gemacht und bei ihrer Erziehung wenig Beteiligung seinerseits erwartet. Er war dazu da, für sie zu bezahlen, und das war so ungefähr alles. Da war Priscilla, erst achtzehn und in Kürze verheiratet mit dem langweiligsten jungen Mann in ganz England. Er selbst kannte sie kaum. Sie war hübsch, er ließ sich gern mit ihr am Arm sehen, und er malte sie gern. Caroline hatte er besser gekannt: ein Irrwisch, diese Caroline, rothaarig, lebhaft, ebenfalls hübsch, aber wie sich herausstellte, hatte er nicht die leiseste Ahnung gehabt, was in ihr vorging. Der Schock, als sie durchbrannte! Wo sie jetzt wohl war mit seinem Enkelsohn? Sie wußten es nicht. Er hatte Alpträume, in denen Caroline durch die Straßen irrte, um Essen bettelte, in Lumpen gekleidet, das weinende Baby an die Brust gedrückt …

Die beiden Jungen waren noch jung, auf der Schule, wo ihnen nichts zustoßen konnte und sie ihren Zeugnissen zufolge gut vorankamen. Über sie machte er sich keine so großen Sorgen. Blieb Charlotte. »Das Kuckucksei«, hatte er eine unliebenswürdige Tante sagen hören, als Charlotte ungefähr sieben war. Dunkel, wo die anderen blond waren; sehr groß, wo ihre Schwestern nur mittelgroß waren; kurzsichtig, wo niemand sonst in der Familie eine Brille brauchte; und klug, so klug. Er hatte sie selbst unterrichtet, nachdem sie die Gouvernanten, die für ihre Schwestern gut genug gewesen waren, in die Tasche gesteckt hatte. Er hatte sie in diese Schule in der Harley Street schicken wollen, eine exzellente Einrichtung (hatte er gehört) für die Ausbildung junger Frauen, aber Hettie wollte nichts davon hören. Sie behauptete, dort würde Charlotte nur in ihrer Eigenartigkeit bestärkt werden. Er hatte es noch nicht gewagt, die Slade zu erwähnen. Er war sich selbst nicht ganz sicher, ob es die richtige Entscheidung wäre, Charlotte dorthin zu schicken. Sie hatte ein gewisses Talent, aber ihr Bild von sich selbst als Künstlerin war vielleicht eher romantisch als realistisch. Aber er war stolz auf die Fähigkeiten seiner jüngsten Tochter, er wollte nicht, daß ihre Flügel hier zu Hause gestutzt wurden, indem sie all die langweiligen Fertigkeiten erlernen mußte, auf die ihre Mutter soviel Wert legte. Wer sagte, daß Männer nur pflichtbewußte und hübsche Töchter wollten? Er setzte große Hoffnungen in Charlotte, und es war ihm völlig egal, wer davon wußte. Er würde sie unterstützen, was immer sie tun wollte.

Seufzend hievte er sich aus dem Sessel und ging zu Bett. Das Leben würde hart werden für Charlotte.

Hettie hatte recht. So überaus klug und überaus reizlos und überaus eigenartig zu sein war kein Rezept für ein glückliches Leben, wenn man eine Frau war. Schon jetzt konnte er sehen, daß die Leute nichts für Charlotte übrig hatten. Er fürchtete, daß in Zukunft nur wenige Männer über das unattraktive Äußere – er war nicht blind – hinwegsehen und das empfindsame, einfallsreiche, intelligente Mädchen entdecken würden, das er kannte und das, für ihn, so überaus interessant war. Er unterhielt sich lieber mit Charlotte als mit jedem anderen, den er kannte. Sie überraschte ihn ständig mit ihren Einsichten in Wissensbereiche, über die er selbst kaum nachgedacht hatte, wälzte Probleme, die er zu seiner Beschämung sein ganzes Leben lang nicht bedacht hatte. Was sollte aus so einem Mädchen werden? Er stöhnte laut, als er die Treppe hinaufstieg.

Priscilla wußte nicht, wie sie es schaffen sollte, ihren Koffer wieder zu packen. Immer hatte Charlotte ihre Sachen gepackt, egal, wohin sie gefahren war, und obwohl sie ihr dabei zugesehen und versucht hatte, aufmerksam zu sein, hatte sie nichts gelernt. Sie hatte es bisher auch nie nötig gehabt zu lernen, wie man eine derart niedere Arbeit erledigte, denn schließlich gab es immer noch Dienstmädchen, sollte die bereitwillige und eifrige Charlotte einmal nicht zur Hand sein. Aber im Hôtel Crillon tauchte das Mädchen, das sie angefordert hatte, einfach nicht auf, und sie hatte kein eigenes Mädchen mitgebracht – »Völlig unnötig«, hatte ihr zu diesem Zeitpunkt noch zukünftiger Ehemann gesagt, in den ausgezeichneten und teuren Hotels, in denen sie absteigen würden.

Und nun saß Priscilla auf dem Bett, versuchte, an dem entsetzlichen Fleck auf dem Laken vorbeizusehen, und wußte nicht, was sie tun sollte. Ihr frischgebakkener Ehemann war ungeduldig. Die Mietdroschke, die sie zum Bahnhof bringen sollte, war für zwei Uhr bestellt, und bis dahin mußten sie fertig sein, es blieb keine Zeit, auf das saumselige Mädchen zu warten. Ihr war schwindelig zumute – sie hatte kaum geschlafen und heimlich viel geweint –, als sie anfing, die Kleider einfach irgendwie in den Koffer zu stopfen. »Nimm die alte Adresse ab«, wies Robert sie an, »und befestige die neue.« Priscilla starrte ihn an, als hätte er etwas verlangt, das herkulische Kräfte erforderte. Er riß die alte Adresse selbst ab, kritzelte ihr nächstes Ziel hastig auf neue Schildchen und reichte sie seiner Frau. Er wußte, daß er eigentlich verständnisvoll sein müßte, aber das fiel ihm schwer, und auch er hatte keinen Diener dabei. Ein Gentleman konnte dieser Tage durchaus ohne eigenen Diener reisen, und er hatte schon immer auf überflüssige Ausgaben geachtet.

Er verließ das Zimmer, um sich höchstpersönlich über das Nichterscheinen des Mädchens zu beschweren. Priscilla bekam den Deckel ihres Koffers nicht zu. Den Tränen nahe, drückte und drückte sie und setzte sich sogar auf den Deckel, aber es hatte keinen Zweck. Irgend etwas mußte wieder herausgenommen werden. Sie zerrte ihr Nachthemd hervor (dieses hassenswerte Kleidungsstück, wie sie plötzlich fand, und dazu zerrissen) und stopfte es ganz unten zwischen die zerknüllten Laken. Es machte kaum einen Unterschied. Die Bettjacke würde auch geopfert werden müssen, und der Morgenmantel, was sie bekümmerte – er war sehr hübsch, mit rosa Rosenknospen bestickt –, aber sie würde Robert dazu bringen, ihr in Nizza einen neuen zu kaufen. Jetzt konnte sie den Deckel mit viel Mühe herunterdrücken. In diesem Augenblick kam ein Page, um das Gepäck abzuholen, und sie schob ihm den Koffer zu, froh darüber, ihn los zu sein.

Das Mädchen, das endlich kam, fand die neuen Adreßschildchen auf dem Bett. Weit interessanter waren jedoch der wunderschöne Morgenmantel und das Bettjäckchen und die Frage, ob es ihr gelingen würde, sie aus dem Hotel zu schmuggeln. Vielleicht sollte sie eins von beiden abgeben, zusammen mit dem Nachthemd, das sie später entdeckte.

Einen Monat später, als er von seiner alles andere als befriedigenden Hochzeitsreise zurück war (wenn er Priscilla nur *gekannt* hätte), stürzte Robert Charlesworth sich mit wilder Entschlossenheit auf die Aufgabe herauszufinden, wie der Koffer seiner Frau hatte verschwinden können. Da Priscilla ihm nie gestanden hatte, daß sie seine deutlich beschrifteten Adreßschildchen nicht an besagtem Koffer befestigt hatte – sie hatte jetzt schon Angst vor seinem aufbrausenden Temperament –, war er entschieden im Nachteil und mußte das sehr bald einsehen. Der Direktor des Hôtel Crillon war bestimmt: Der Page hatte das Gepäck der Charlesworths abgeholt, und der Gepäckträger hatte es zur wartenden Droschke gebracht. Hatte Mr. Charlesworth die Stücke gezählt, die vor der Abfahrt in die Droschke geladen worden waren? Nein? Das war nicht seine Aufgabe? Es war auch nicht die Aufgabe des Gepäckträgers. Vielleicht war der fehlende Koffer in eine andere Droschke geladen worden? Oder zum falschen Bahnhof gebracht worden? Bei allem Respekt, bei allem *gebührenden* Respekt, solle Mr. Charlesworth seine Nachforschungen anderswo anstellen.

»Anderswo« war ein hoffnungsloser Ort. Alle, die er kontaktierte, forderten ihn auf, den Koffer genau zu beschreiben. Priscilla war nicht dazu in der Lage. Er war braun, glaubte sie, oder eher gelblich; er war quadratisch oder vielleicht eher länglich; er hatte zwei Messingschlösser oder vielleicht drei, oder waren es vier? Am Ende mußte Charlotte helfen, die eine absolut exakte Beschreibung lieferte und sich darüber hinaus erinnerte, wie übrigens auch Lady Falconer, daß der Koffer bei Harrod's erstanden worden war. Es war Harrod's eine Freude, einen Katalog zur Verfügung zu stellen, in dem sich eine Fotografie des fraglichen Koffers befand, und diese wurde an die Polizei in Paris geschickt (die selbstverständlich nicht im geringsten daran interessiert war). Dann kam jemand auf die Idee, der Koffer sei vielleicht versehentlich in das Gepäck einer anderen Person gelangt und zur Victoria Station zurückgeschickt worden. Robert, ein Bild des Koffers in der Hand, eilte prompt zum Fundbüro der Victoria Station (obwohl kein Mensch, am wenigstens Priscilla, verstehen konnte, wieso er sich all diese Umstände machte).

Als er den Koffer an sich nahm, von dem er behauptet hatte, es sei der seiner Frau, war er sich durchaus bewußt, daß er womöglich keineswegs ihr gehörte. Harrod's hatte eine Menge solcher Koffer verkauft, und der, der ihm gezeigt wurde, sah sehr viel abgenutzter aus, als der von Priscilla es von Rechts wegen sein konnte. Er war gefragt worden, ob er den Inhalt identifizieren könne (der Koffer war aufgebrochen worden), und hatte gemeint, das Nachthemd ganz obenauf könnte seiner Frau gehören (es war doch weiß gewesen, nicht wahr, mit Spitzen am Hals?). Er unterschrieb eine Quittung und brachte den Koffer nicht zu Priscilla in Oxfordshire, sondern ins Haus ihrer Familie in London und bat Lady Falconer und Charlotte, ihn zu untersuchen, bevor er ihn seiner Besitzerin zurückbrachte. »Es ist dieselbe *Art* Koffer, aber viel abgenutzter«, sagte Charlotte. »Das sieht man gleich, aber der Inhalt wird beweisen, daß es nicht Priscillas Koffer ist.« Sobald der Koffer geöffnet war, legte sie das Nachthemd, das ganz obenauf lag, beiseite. »Das gehört nicht Priscilla«, erklärte sie, und nach einer flüchtigen Durchsuchung: »Nichts hiervon gehört Priscilla. Es ist nicht ihr Koffer.«

Robert weigerte sich, ihn zur Victoria Station zurückzubringen. Lady Falconer war bestürzt über die Vehemenz seiner Weigerung. »Aber Robert, es ist unredlich, die Sachen anderer Leute zu behalten!« »Jemand hat die meiner Frau behalten«, sagte Robert, worauf Charlotte zurückgab: »Das ist unlogisch. Vielleicht gibt es ja irgendwo einen Hinweis«, fuhr sie fort, »wem der Koffer gehört. Wir sollten danach suchen – denkt doch nur, wie dankbar die Besitzerin sein wird.« Lady Falconer fand es überaus abstoßend, die Sachen einer anderen Person zu durchwühlen, aber Sir Edward, der zu Rate gezogen wurde, hielt Charlottes Vorschlag für vernünftig. Man einigte sich darauf, daß er daneben stehen würde, während seine Tochter die Detektivarbeit erledigte, und wenn keine Identifizierung möglich war, würde er sich darum kümmern, daß der Koffer zum Fundbüro der Victoria Station zurückgebracht wurde.

Charlotte fand das alles sehr aufregend. Das geheimnisvolle Gepäckstück wurde auf den Tisch des Frühstückszimmers gelegt, und unter den Blicken ihres amüsierten Vaters fing sie an. Vorsichtig, fast respektvoll nahm sie Kleidungsstück um Kleidungsstück heraus und legte sie neben den Koffer. Die Sachen waren völlig anders als die aus Priscillas Brautausstattung. Sie waren schlicht, wenn auch von guter Qualität, und die Farben waren kräftig – tiefes Blau, lebhaftes Grün und viel leuchtendes Rot. Charlotte machte sich beim Auspacken ein Bild von der Besitzerin. Eine Frau, so spekulierte sie, die künstlerisch veranlagt war, Farben liebte und wußte, wie man sie miteinander kombinierte. Eine Frau, die überallhin zu Fuß ging (drei Paar Stiefel, die fast an Arbeitsstiefel erinnerten, und nur ein einziges Paar elegante Schuhe). Da sie die Machart dieses speziellen Koffers sehr gut kannte, nachdem sie den von Priscilla erst vor kurzem gepackt hatte, hob sie sich das Fach im Deckel bis zum Schluß auf. »Hier«, sagte sie lächelnd zu ihrem Vater, »können wir vielleicht am ehesten damit rechnen, einen Brief oder ein Buch mit einem Namen darin oder etwas Ähnliches zu finden.«

Was sie fand, war ein Gemälde. »Oh«, flüsterte Charlotte, als sie es sich ansah. »Oh! Es ist wunderschön!«

Der Koffer und sein Inhalt, inklusive des Gemäldes, wurden ins Fundbüro in der Victoria Station zurückgebracht. Es brach Charlotte fast das Herz, aber es gab keine ehrliche Alternative. Ihr Vater tröstete sie mit der Information, wenn sich innerhalb von drei Monaten niemand meldete und beweisen könne, daß der Koffer ihm gehöre, würde sie ihn der zuständigen Behörde abkaufen können. Man würde nicht viel für den Koffer verlangen, glaubte er, weil er nichts Besonderes enthielt. »Das Bild ist etwas Besonderes«, sagte Charlotte. »Ich bezweifle, daß jemand klug genug sein wird, das zu erkennen«, sagte Sir Edward. »Und es ist nicht signiert, was jeden Wert, den es haben könnte, schmälert.« »Irgend jemand«, sagte Charlotte, »wird es schrecklich vermissen, irgend jemand wird es verzweifelt suchen.« »Wir werden sehen«, sagte ihr Vater. »Vielleicht sucht die Person am falschen Ort, oder vielleicht ist der Besitzerin etwas zugestoßen. Man kann nie wissen. Die Leute im Fundbüro sind inkompetent, das ganze Büro ist ein einziges Chaos. Nur Geduld.«

Geduld jedoch war eine Tugend, die seine Tochter nicht besaß. Die drei Monate waren für sie eine Ewigkeit, in der sie sich quälte und betete, das Bild, das sie mit fast mythischen Kräften ausstattete, die unmöglich zu erklären waren, möge ihr zurückgegeben werden. Ihr Verlangen danach grenzte fast an Besessenheit, und selbst ihr Vater fand ihr Verhalten ein wenig lächerlich, wo sie das Bild doch kaum gesehen hatte, bevor es zurückgebracht wurde. Aber anders als ihre Mutter sagte er nicht: »Um Himmels willen, es ist doch nur ein Bild!« Er hatte gesehen, daß es sehr gekonnt gemacht war, mit winzigen Pinselstrichen gemalt, wie er vermutete, die Skala der Farben nicht sehr groß, und daß keine Person da war, verlieh ihm tatsächlich etwas Geheimnisvolles. Aber er legte eine gewisse Gereiztheit über Charlottes ewiges Gejammer an den Tag, er möge das Fundbüro noch einmal nach dem Stand der Dinge befragen, und kränkte sie durch seine Bemerkung, sie solle sich nicht so anstellen, er könne Anstellerei nicht ertragen. Als sie daraufhin in Tränen ausbrach und sagte, sie empfinde für das Bild im Koffer genau dasselbe, was er für seinen Pieter de Hoogh empfinde, wurde er sogar zornig. Alles, was er sie je gelehrt habe, sei vergeblich gewesen, sagte er, wenn sie den Unterschied zwischen einem Meisterwerk und dem, was aller Wahrscheinlichkeit nach das Werk eines talentierten Amateurs war, nicht erkenne.

»Papa«, sagte Charlotte, »ich bin in das Bild verliebt. Es war Liebe auf den ersten Blick, und vielleicht hat die Liebe mich blind gemacht.«

»Um Gottes willen, Kind!« sagte ihr Vater und verbot ihr, das Bild noch einmal zu erwähnen.

II

Charlotte und ihr Vater aßen jeden Abend gemeinsam, nicht an dem großen Tisch im Eßzimmer, sondern an dem runden Tisch im Frühstückszimmer, etwas, das Lady Falconer, die zu Priscilla gefahren war, niemals geduldet hätte. Auch die Mahlzeiten hätte sie nicht gebilligt. Charlotte durfte die Speisen bestimmen und nutzte die Möglichkeit, nur ihre Lieblingsgerichte zu ordern und jene wegzulassen, die sie verabscheute. Ausnahmslos jeden Abend gab es Schokoladenpudding mit dünner, eiskalter Sahne (Charlotte war sehr eigen, was den Flüssigkeitsgrad und die Temperatur der Sahne anging, und erwies sich damit, ohne sich dessen bewußt zu sein, als ebenso anspruchsvoll wie ihre Mutter). Rotes Fleisch kam nicht auf den Tisch – worüber Sir Edward sich beklagte, und so wurde ihm an einem Abend in der zweiten Woche Roastbeef zugebilligt, das Charlotte allerdings nicht anrührte. Auch Innereien, egal welcher Art, waren tabu. Dafür gab es Geflügel und Fisch und viel Gemüse (mit Ausnahme von Weißkohl und Blumenkohl). Der Köchin war es recht. Sie würde Geld sparen und wußte, daß Lady Falconer das bei ihrer Rückkehr bemerken und gutheißen würde.

Bei Tisch wurde zwischen Vater und Tochter nicht viel gesprochen, aber es herrschte eine angenehme Atmosphäre, derer sich beide bewußt waren. Hin und wieder tauschten sie ein Lächeln aus oder ein Nikken oder sahen sich mit hochgezogener Augenbraue an – sie fühlten sich so wohl miteinander. Aber Sir Edward machte sich Sorgen. Er versuchte, sich seine Besorgnis nicht anmerken zu lassen, aber sie war da, und er wußte, daß sie für seine Kopfschmerzen verantwortlich war. »Du runzelst fürchterlich die Stirn, Papa«, sagte Charlotte. »Ist das Hühnchen zu stark gewürzt?«

»Das Hühnchen ist vorzüglich, genau so, wie ich es liebe.«

»Gut. Also?«

Sir Edward seufzte. »Geld«, sagte er. »Nichts, worüber du dir Gedanken machen müßtest.«

»Geld?« wiederholte Charlotte. »Haben wir keins mehr? Ist es das?«

»Gott sei Dank nein. Was ich damit machen soll, wie man klug damit umgeht.«

»Was ist falsch daran, es auf die Bank zu tun?«

»Ziemlich viel im Augenblick.«

»Dann gib es aus. Ich bin sicher, Mama könnte es ganz leicht ausgeben.«

»Ich bin sicher, das könnte sie. Sie macht sich jetzt schon nicht schlecht.«

Charlotte hörte den Sarkasmus heraus. »Ich würde es hassen, mir den Kopf darüber zerbrechen zu müssen, wie man Geld ausgeben soll.«

»Ich zerbreche mir nicht den Kopf darüber, wie ich Geld ausgeben soll«, sagte Sir Edward ziemlich scharf. »Du warst diejenige, die vorgeschlagen hat, es auszugeben. Meine Aufgabe ist es, es zu erhalten, nicht, es auszugeben.«

»Wofür? Wieso muß es erhalten werden?«

»Charlotte, du bist doch ein intelligentes Mädchen. Stell also bitte keine dummen Fragen. Einen

Moment lang hast du geklungen wie …« Er unterbrach sich.

»… wie Priscilla«, beendete Charlotte den Satz. »Ich weiß. Es tut mir leid. Ich weiß, wir brauchen Geld, um davon leben zu können, vor allem in diesen« (sie machte eine kleine Pause) »ungewissen« (sie machte eine neuerliche Pause in der Hoffnung, ihren Vater zum Lächeln zu bringen) »Zeiten.«

Wieso die Zeiten ungewiß waren, wußte sie nicht, aber sie hatte den Ausdruck häufig von Erwachsenen gehört. In ihrem eigenen langweiligen Leben schien es nichts Ungewisses zu geben. Alles ging auf die exakt selbe Weise immer weiter, nichts so Aufregendes wie Ungewißheit kräuselte die Oberfläche. Priscillas Hochzeit war das letzte Mal gewesen, daß eine Art Tumult geherrscht hatte, und das war Monate her. »Erkläre es«, sagte sie zu ihrem Vater. »Erklär mir, *wieso* die Zeiten ungewiß sind.«

»Es ist zu kompliziert.«

»Du meinst, ich bin zu dumm, um es zu verstehen?«

»Nein. Ich bin zu dumm, um richtig erklären zu können, was ich selbst nicht ganz verstehe.«

»Aber Papa, du bist so klug, das weiß doch jeder.«

»Bin ich das? Nun, jedenfalls irrt sich ›jeder‹ in diesem Fall.«

Sir Edward lehnte sich zurück und schlug den Pudding aus. Wenn seine Frau anwesend war, durfte er nicht bei Tisch rauchen, und er war ganz ihrer Meinung, daß es von schlechten Manieren zeugte, aber nun zog er eine Zigarette hervor und zündete sie an, achtete aber darauf, den Rauch nicht in Charlottes Richtung zu blasen, die ihren Schokoladenpudding verschlang. Das Fenster war offen (noch etwas, womit seine Frau nicht einverstanden gewesen wäre), und das Zimmer war luftig. Der Blick ging auf die Heide von Hampstead, die sich den Hügel hinunterzog, und durch die Bäume konnte er gerade noch die Sonne auf den Teichen aufblitzen sehen. Vielleicht würde er später, wenn Charlotte im Bett war, einen Spaziergang machen. Gehen half ihm dabei, nicht nur darüber nachzudenken, was er in bezug auf seine Investitionen unternehmen sollte, sondern auch in bezug auf Charlotte. Er hatte ihr versprochen, daß sie nach Paris und Florenz und Rom fahren würden, um sich die Kunstschätze anzusehen, und er beabsichtigte, sein Versprechen zu halten, aber jetzt wollte seine Frau sie begleiten, natürlich nicht in der Absicht, sich Bilder und Statuen anzusehen. Er hatte Charlotte noch nichts davon gesagt. Sie glaubte immer noch, daß nur sie beide fahren würden, und sie freute sich schon so lange auf dieses Abenteuer. Wenn er klug wäre, würde er eine Möglichkeit finden, das Problem zu lösen, aber bis jetzt war ihm das noch nicht gelungen.

Er drückte seine Zigarette aus, als Charlotte zusätzlich zu ihrem eigenen auch seinen Pudding verschlungen hatte. Sie wurde allmählich dick. Er konnte sehen, wie sie Fett ansetzte. Ihre Mutter wies endlos darauf hin, entsetzt über die Bestätigung der Schneiderin, daß ihre Tochter eine Taille von einundsiebzig Zentimetern hatte und ihr Hüftumfang hundert Zentimeter maß, obwohl sie noch nicht einmal sechzehn war. Und sie weigerte sich – Sir Edward fand, er dürfte so etwas nicht wissen, aber man hatte dafür gesorgt, daß er es hörte –, ein Korsett zu tragen. Selbst wenn es ihm nicht mitgeteilt worden wäre, hätte er es gemerkt. Charlotte wabbelte beim

Gehen. Ihre Mutter war der Meinung, man dürfe sie in einem derart ungebändigten Zustand nicht aus dem Haus lassen, aber da sie selten irgendwo hinging und darauf bestand, bei jedem Wetter ein langes schwarzes Cape zu tragen, spielte es nicht wirklich eine Rolle. In ihren dunkelsten Momenten hatte Lady Falconer zu Sir Edward gesagt, sie würden sie für alle Zeiten am Hals haben.

Es hatte ihn geschmerzt, die grenzenlose Abneigung in Hetties Stimme zu hören, und er hatte sich selbst gesagt, sie sei nur auf die Verzweiflung über die mangelnden Aussichten ihrer Tochter zurückzuführen. Er selbst hatte angefangen, diese Verzweiflung zu teilen. Er, der Charlotte immer so amüsant gefunden hatte und immer stolz auf ihre Originalität gewesen war, erkannte zunehmend, wie schwierig ihr Leben werden würde. Sie war jetzt eine junge Frau, kein Kind mehr, und mußte doch die Instinkte einer jungen Frau haben, auch wenn das Interesse an Tanzveranstaltungen und Mode und Einkäufen nicht dazugehörte. Und an jungen Männern. Die Worte »Flirt« und »Charlotte« paßten einfach nicht zusammen. Caroline und Priscilla hatten geflirtet, was das Zeug hielt, aber wenn Charlotte irgendeinem Mann gegenüberstand, blickte sie ihm offen in die Augen, ohne einen Schimmer von Interesse an irgend etwas anderem als dem, was er zu sagen hatte. Sir Edward konnte sehen, daß Charlotte ihnen jetzt schon unheimlich war. Sie zog sie nicht an, sie war nicht auf herkömmliche Weise mädchenhaft oder fraulich, und sie wandten sich ab. Sir Edward empfand es als seine Pflicht, Charlotte für ein Leben allein auszurüsten.

Nun, sie würde Geld haben. Das würde helfen. Er

hatte bereits einen Treuhandfonds für sie eingerichtet, der ihr mit einundzwanzig zufallen würde. Sie würde finanziell unabhängig sein und sich nie dazu erniedrigen müssen, zu arbeiten – wobei nur der Himmel wußte, welche Arbeit sie in diesem Fall überhaupt ergreifen könnte – oder eine Vernunftehe einzugehen. Andererseits würde ihr Reichtum sicherlich Verehrer anlocken, die sie sonst keines Blickes gewürdigt hätten. Wie sie davor schützen? Man brauchte sich nur Caroline anzusehen und was aus ihr geworden war. Aber Charlotte war nicht Caroline. Sie würde nie auf einen Glücksritter hereinfallen, der nur hinter ihrem Geld her war. Sie würde sich nicht von Schmeicheleien zum Narren halten lassen, sondern sie auf der Stelle durchschauen. Dennoch sorgte er sich um sie, kaum getröstet durch diese Erkenntnis. Er dachte oft, daß Charlotte nicht in ihre eigene Zeit hineingehörte. Manchmal, wenn er von Mrs. Pankhursts Aktivitäten las, wurde er nervös – ihr Einfluß auf seine jüngste Tochter, sollte sie je in ihre Nähe gelangen, könnte verheerend sein. Aber zum Glück schien Charlotte nur wenig darüber zu wissen, was Mrs. Pankhurst und ihre Freundinnen erreichen wollten. Charlotte lebte in ihrer eigenen kleinen Welt und zeigte keinerlei Interesse, daraus auszubrechen.

Er hatte gesagt, sie könne ihn zeichnen, bevor sie zu Bett ging. Sie setzten sich in sein Arbeitszimmer, Sir Edward in seinen Sessel, den Blick aus dem Fenster gerichtet, und Charlotte auf einen Hocker ihm gegenüber, den Skizzenblock auf den Knien, eine ansehnliche Auswahl Bleistifte in einer Schachtel zu ihren Füßen. Obwohl er selbst ganz gut zeichnen konnte, hatte er festgestellt, daß Zeichnen etwas war, was er sie nicht lehren konnte. Beim Malen war das anders. Er fühlte sich in der Lage, ihr vieles über Farben beizubringen und wie man gewisse Effekte erzielte, und sie war inzwischen recht geschickt im Umgang mit Öl- und mit Wasserfarben. Aber was das Zeichnen anging, hatte sie versuchen müssen, durch Ausprobieren zu lernen, und er bemerkte, daß sie nicht wirklich erfolgreich war, obwohl sie sich viel Mühe gab. Es rührte ihn zu sehen, wie sie sich anstrengte und wie es sie bekümmerte, daß sie nicht gut zeichnen konnte. Sie brauchte einen Lehrer, und eigentlich mußte er einen für sie finden. Oder sich dem Zorn seiner Frau stellen und sie auf die Slade schicken – falls sie sie nahmen.

»Charlotte«, sagte er. »Genug. Zeit für dich, zu Bett zu gehen.«

Das Bild hing an der Wand neben ihrem Bett, wo es die ganzen letzten sechs Monate gehangen hatte, so dicht neben ihrem Kopfkissen, wie es nur ging. Jeden Abend war es das letzte, was sie sah, jeden Morgen das erste. Ihre Gedanken darüber änderten sich ständig. Manchmal machte es sie traurig, und sie fühlte, wie die Tränen aus ihren Augenwinkeln sikkerten – der leere Sessel, der schlichte kleine Tisch mit seinem kläglichen Blumensträußchen, das Fenster mit diesem nebligen Gespinst davor. Das Bild sprach von Einsamkeit und Verzweiflung, und die Traurigkeit schnürte ihr die Kehle zu. Aber zu anderen Zeiten machte es sie fröhlich – alles so ordentlich, so einfach, so sauber, so ruhig. Der Schirm und der Mantel erzählten von ihrer Besitzerin – einer Frau natürlich – und von ihrem Spaziergang durch den Wald, wo sie ihre Freude daran gehabt hatte, die Primeln zu pflücken. Und was machte sie jetzt? Vielleicht bereitete sie, leise vor sich hin summend, das Abendessen vor und freute sich an der heiteren Atmosphäre ihres Zimmers.

Charlotte und ihr Vater hatten das Bild sorgfältig nach einer Signatur oder Hinweisen auf die Besitzerin untersucht, aber es gab keine. Sie waren gemeinsam zum Fundbüro gegangen, um es zu kaufen, und waren schockiert gewesen über die Gleichgültigkeit der Leute, die dort arbeiteten. Das Bild war ihnen gleichgültig, während die Kleider und der Koffer selbst ihren Respekt fanden. Sir Edward interessierte weder der Koffer noch sein Inhalt, nur das Bild, was für merkwürdig gehalten wurde, als wäre es ein Trick, der die Aufmerksamkeit ablenken sollte. Sir Edward sagte, sicher würde irgendeine Dame irgendwann nach dem Koffer fragen, und gab ihnen seine Karte, damit das Bild in diesem Fall seiner rechtmäßigen Besitzerin zurückgegeben werden konnte. Charlotte sah, daß die Karte nicht ordentlich abgelegt wurde, sondern auf dem Schalter liegenblieb, von wo sie sicherlich bald zu den anderen Abfällen auf dem Boden gefegt werden würde. Die Aussicht machte sie froh.

Sir Edward fand, das Bild müsse gerahmt werden, und hatte selbst einen Rahmen dafür ausgesucht. Charlotte war sich von Anfang an nicht sicher, ob seine Wahl die richtige war – ihr war das Bild ungerahmt lieber. Gold wirkte unpassend, aber sie fand es undankbar, das zu sagen. Ein Goldrahmen widersprach allem, was das Bild aussagte, und sie konnte nicht verstehen, wieso ausgerechnet ihr Vater das nicht sah. Aber wenigstens war es ein schmaler Rahmen, der die Leinwand nicht dominierte, und bei bestimmten Lichtverhältnissen sah er nicht golden aus. Charlotte lag auf der Seite und versetzte sich in das Gemälde hinein, kniff die Augen zu Schlitzen zusammen und hypnotisierte sich selbst. Sie war zwanzig oder fünfundzwanzig, endlich eine Künstlerin. Sie mußte, so dachte sie, eine erfolgreiche Künstlerin sein, denn ihr Zimmer war keine ärmliche Dachkammer. Es war hübsch, wenn auch schlicht, und sprach nicht von Entbehrung. Sie fragte sich, was den Blicken entzogen war – schließlich war nur eine Ecke des Zimmers zu sehen. Ein Bett natürlich. Irgend etwas, um Kleider aufzubewahren vielleicht. Lebte sie in einem Haus? Es schien so, und zwar hoch oben, nach der vagen Andeutung von Dächern hinter der Spitzengardine zu urteilen. Hatte sie andere Künstler um sich herum? Eher nein, dachte Charlotte. Nein, sie war allein und zufrieden.

Sie verstand nicht, weshalb, aber im Morgenlicht sah das Bild am schönsten aus. Wenn sie wach wurde, drehte sie sich auf die Seite, und durch halbgeschlossene, immer noch vom Schlaf getrübte Augen schien das Bild vor ihr zu schimmern. Es besaß ein so sanftes und weiches Leuchten, daß sie lächeln mußte. Sie kuschelte sich unter die Bettdecke und hielt die Augen fest auf die Szene vor sich gerichtet, und ein Gefühl der Erwartung erfüllte sie. Jemand würde in ihr Leben treten und es verändern – vielleicht war es das, was das Bild versprach. Sie hatte ihrem Vater erzählt, welche Empfindungen das Bild in ihr auslöste, und er war ein bißchen irritiert gewesen. Er hatte gesagt, sie müsse das Bild ordentlich studieren, wie es sich für eine Kunststudentin gehörte (Charlotte fühlte sich geschmeichelt, daß er sie eines Titels wie »Kunststudentin« für würdig hielt). Hatte sie die Verwendung von Neapelgelb für die Farbe des Sessels bemerkt, für den Griff des Schirms, die Blumen und das dreieckige Stück Wand? Und was war mit den Pinselstrichen? Hatte sie gesehen, daß sie winzig waren, daß sehr feine Pinsel benutzt worden waren? Das waren die Dinge, sagte ihr Vater, die sie beachten sollte, statt sich zu romantischen Phantasien hinreißen zu lassen. Es war töricht, sagte er, davon zu reden, ein Bild zu »lieben«, wenn man sich nicht die Mühe gemacht hatte zu verstehen, wie es ausgeführt worden war. Es war, beendete er seine Ansprache, eine Beleidigung für jeden Künstler.

Aber Charlotte wußte, daß keiner ihrer Gedanken die Künstlerin beleidigte. Sie war sich ganz sicher, daß sie die Absichten der Künstlerin richtig interpretiert hatte.

Als Lady Falconer nach Hause zurückkehrte, war sie nicht erfreut. Im selben Augenblick, in dem sie das Haus durch die Vordertür betrat, wußte sie, daß die Dinge nicht so waren, wie sie sein sollten. Die Dienstboten waren nachlässig geworden. Sie hatten natürlich nicht gewußt, daß sie schon am Freitag und nicht erst am Montag zurückkommen würde, aber das war keine Entschuldigung. Stiefel lagen kreuz und quer in der Halle herum, schmutzige Fußabdrücke verunzierten die Bodenfliesen, und ein Mantel war achtlos über einen Stuhl geworfen worden und tropfte immer noch auf das Polster. Statt des dezenten Dufts von Politur hing ein überaus unangenehmer Geruch nach Zwiebeln in der Luft. Aufgebracht marschierte sie durch die Halle und blieb am Kopf der Treppe stehen, die in die Küche hinabführte. »Jessie!« rief sie. Keine Antwort. Die empörte Lady Falconer sah sich gezwungen, selbst in die Küche hinunterzugehen, die sie absolut sauber und ordentlich vorfand, aber leer. Wie es schien, waren überhaupt keine Dienstboten im Haus, und wenn sie Tee wollte, und sie wollte sehr dringend welchen, würde sie sich selbst darum kümmern müssen. Aber dazu war sie noch nicht bereit.

Wieder oben, rief sie noch einmal, dieses Mal nach Charlotte. Wieder keine Antwort, aber in Charlottes Fall hatte das nicht notwendigerweise zu bedeuten, daß sie nicht zu Hause war oder nichts gehört hatte, sondern nur, daß Lady Falconer nach ihr suchen mußte. Sie würde in jedes Zimmer schauen müssen, und der Gedanke daran verschlimmerte ihre schlechte Laune. Sie legte ihre Reisekleidung und ihr Korsett ab und streifte sich ein bequemes Kleid über. Sie war sehr, sehr müde und wollte nur einen erfrischenden Tee und daß anschließend ein Bad für sie eingelassen wurde. Ihre Kräfte schienen sie zu verlassen, und sie kam sich plötzlich vor wie eine dieser von ihr verabscheuten Frauen, die sich ständig beklagten, daß ihr Haushalt um sie herum zusammenbrach. Sie legte sich auf ihr Bett, wobei sie sich versicherte, es sei nur für ein paar Minuten, und versuchte, sich zu entspannen, aber ihr Kopf war voller ärgerlicher Bilder. Priscilla zum Beispiel. Eine Priscilla, die angesichts der nicht sehr überraschenden Neuigkeit, daß sie ein Baby bekommen würde, völlig hysterisch geworden war. Was um alles in der Welt hatte das Mädchen erwartet? Das Getue, das sie machte, war absolut lächerlich.

Unten war ein Geräusch zu hören. Sie richtete sich

auf und lauschte. Jemand war durch die Vordertür gekommen – also keiner der Dienstboten, die sie so dringend brauchte. Es war entweder Edward oder Charlotte. Die Schritte auf der Treppe verrieten ihr, daß es ihr Mann war. Sie hörte ihn auf dem Absatz stehenbleiben. »Henrietta?« rief er. Er hörte sich gleichzeitig überrascht und alarmiert an, was nicht gerade schmeichelhaft war. Sie blieb stumm und spielte Charlottes Spiel. Er klopfte an ihre Schlafzimmertür und öffnete sie einen Spalt weit. Sie hielt die Augen geschlossen. Die Tür wurde leise zugezogen. Sie hörte ihn die Treppe wieder hinuntergehen und das Haus verlassen. Sie wußte, sie sollte dankbar sein, daß ihr Schlaf nicht gestört worden war, aber sie war es nicht. Früher hätte er sich auf Zehenspitzen an ihr Bett geschlichen und sie geküßt. Früher hätte sie gelacht und seinen Kuß erwidert. Früher, vor langer, langer Zeit.

Traurigkeit breitete sich im Zimmer aus, und sie bemühte sich, sie zu vertreiben. Sie war vierzig, Edward war fünfundvierzig, sie waren seit über zwanzig Jahren verheiratet, was wollte man da erwarten? In letzter Zeit hatte sie immer wieder den Eindruck gehabt, daß er sie weder mochte noch etwas für sie empfand und sein eigenes Bedürfnis verabscheute, in ihr Bett zu kommen. Wieso er es tat, war ihr unbegreiflich. Sie sprachen nie darüber. Nur sehr selten wies sie ihn ab, und wenn sie es tat, ging er immer sofort. Sie bekam Kopfschmerzen davon, über diese Dinge nachzudenken, und die Kopfschmerzen wurden noch schlimmer, als sie sich an Priscillas gequälten Aufschrei erinnerte, sie hasse, was Robert »tat«. Lady Falconer hatte ihr sofort geboten zu schweigen. Sie wollte keine derartigen Vertraulichkeiten hören, und erst recht wollte sie sie nicht erwidern. Eine Ehe war eine Ehe. Jede Frau mußte daraus machen, was sie konnte.

Mutter war zurück, und Charlotte konnte nicht viel länger in ihrem Zimmer bleiben. Sie haßte das Zimmer, und es hielt sie nichts bis auf das Bild, das hier hing. Sie hatte mit ihrem Vater darüber gesprochen, es in der Bibliothek aufzuhängen, die nur von ihnen beiden benutzt wurde, aber sie waren sich einig gewesen, daß es dort nicht richtig aufgehoben sei. Es gab keine passende Wand, an die man es hängen konnte, außer der, an der bereits Sir Edwards kostbarster Besitz hing. Vor den beiden anderen Wänden standen die Bücherregale, und die dritte hatte zwei große Fenster mit nur einem schmalen Mauerstück dazwischen. Sie hatten das kleine Bild dort hingehalten, aber es hatte absolut verloren ausgesehen. In Charlottes Zimmer sah es nicht so sehr verloren als vielmehr ertrunken oder erstickt aus, aber immerhin war es in ihrer Nähe, wenn sie schlief. Die gräßliche Tapete, die zu erdulden sie gezwungen war, hätte keinen unglücklicheren Hintergrund für das Bild abgeben können – die riesigen roten Blüten, das leuchtende Grün der Blätter und Stiele, die sie miteinander verbanden, und das dunkle, dunkle Blau der Zwischenräume, sie kreischten und heulten das kleine Ölgemälde nieder.

Aber das tat alles andere im Zimmer auch. Der Teppich war eine weitere Entsetzlichkeit, und das rosa Satinfederbett und die rosa Tagesdecke waren schwer zu ertragen. Niemand hatte Charlotte je gefragt, wie ihr Schlafzimmer möbliert und ausgestattet werden sollte, und jetzt, wo sie fast sechzehn war, sträubte sich alles in ihr dagegen. Aber ihre Mutter sagte, die Tapete habe ein Vermögen gekostet und sei noch für viele Jahre gut, und der Teppich sei wertvoll, und das Blau darin entspreche *exakt* dem Blau der Tapete.

Charlotte war ziemlich stolz darauf, empfänglich für Umgebungen zu sein. Es war, dessen war sie sich sicher, ein Zeichen für große Empfindsamkeit. Wenn sie ihr Schlafzimmer betrat, fing ihre Haut jedesmal an zu prickeln, und ihre Gliedmaßen verkrampften sich, weil alles so auf sie einstürzte, der riesige Mahagonischrank, die Kommode, das Bett selbst. Wenn sie dagegen ins Frühstückszimmer kam, so hell und spärlich möbliert, entspannte sich ihr Körper, und ihre Stimmung hob sich. Die Bibliothek war wieder anders. Dort fühlte sie sich nicht erdrückt von den massiven Bücherregalen und dem großen Eichentisch und den Sesseln, obwohl der Raum nicht sonderlich hell und der Teppich von einem dumpfen Braun war. Aber die Atmosphäre war irgendwie befreiend, die Abgeschiedenheit des Raums war nicht klaustrophobisch, sondern gab ihr ein Gefühl der Sicherheit.

Ihre Mutter rief nach ihr. Es war an sich vulgär zu schreien, aber sie schrie. Widerstrebend beantwortete Charlotte den Ruf vom Fuß der Treppe, indem sie vom Treppenabsatz vor ihrem Zimmer aus zurückschrie, und wurde auf der Stelle dafür zurechtgewiesen. Langsam ging sie die Treppe hinab und dachte, als sie ihre Mutter unten stehen sah, daß sie am liebsten das Geländer hinunterrutschen und mit einem triumphierenden Plumps vor ihren Füßen landen würde. Ihre Mutter, das war unverkennbar, war über irgend etwas verärgert und würde sich nur schwer beschwichtigen lassen.

»Wo ist Jessie?« wollte ihre Mutter wissen.

Charlotte zuckte die Schultern, wohl wissend, daß ihre Mutter sich darüber aufregen würde. »Ausgegangen«, sagte sie.

»Das habe ich bemerkt«, sagte ihre Mutter. »Ich habe auch bemerkt, daß das gesamte Personal ausgegangen zu sein scheint.«

»Ja«, sagte Charlotte. »Es ist ein halber Feiertag.«

»Weswegen? Was wird mit diesem halben Feiertag gefeiert?«

Charlotte riskierte es, die Augenbrauen hochzuziehen und den Kopf zu schütteln.

»Ich bin für kurze Zeit weg, und alle Ordnung schwindet dahin«, sagte ihre Mutter. »Nun, ich hätte es wissen müssen. Dein Vater lebt in einer Traumwelt, und du bist schlicht verantwortungslos.«

Es hatte keinen Sinn, sich zu verteidigen. Was hatte sie »Verantwortungsloses« getan? Nichts. Aber »verantwortungslos« konnte in den Augen ihrer Mutter einen ganzen Wust trivialer Vergehen umfassen. Schon ging sie voran ins Wohnzimmer, wo eine erhitzte Mabel den Teetisch deckte. Charlotte folgte ihr, wie es ihre Pflicht war. Ihre Mutter wartete, bis Mabel gegangen war, nicht ohne sie anzuweisen, die Tür hinter sich zu schließen. Dann sagte sie in einem Ton, der unerwartet versöhnlich klang: »Tee, Charlotte?« Der Tee wurde eingeschenkt, ein Keks wurde angeboten (und angenommen). Einen Augenblick oder zwei herrschte Stille, in der Charlotte darüber nachdachte, wie anders es war, mit ihrer Mutter statt mit ihrem Vater zusammenzusein. Sie war angespannt, wie in Erwartung eines Angriffs, und sie merkte, daß ihre eigenen Augen über der Teetasse schmal wurden, als wappnete sie sich innerlich. Ihre Mutter mochte sie nicht, so einfach war das. Sie war vom Augenblick ihrer Geburt an eine Enttäuschung gewesen – ein drittes Mädchen! – und würde es immer bleiben.

»Priscilla ist unpäßlich«, sagte Lady Falconer.

»Oh?« machte Charlotte und fragte sich, was sie sich unter »unpäßlich« vorzustellen hatte. Priscilla war oft »unpäßlich«. Es konnte alles bedeuten – daß sie ihre Periode hatte oder Zahnschmerzen oder eine Lungenentzündung.

»Sie wird ein Kind bekommen.«

»Oh!« rief Charlotte mit völlig anderer Stimme, so aufgeregt, daß sie Tee über ihr Kleid verschüttete, was wiederum einen Ausruf ihrer Mutter provozierte, einen Ausruf extremer Gereiztheit.

»Charlotte! Kannst du denn nicht *aufpassen*?«

»Es war so ein Schock«, sagte Charlotte. »Ein erfreulicher, aber doch ein Schock.«

»Du meinst sicherlich Überraschung.«

»Nein, meine ich nicht, Mama. Ich meine *Schock*. Ich hatte damit nicht gerechnet.«

»Priscilla auch nicht«, sagte Lady Falconer trocken.

»Wann wird das Baby kommen?«

»Im Frühjahr. Aber sprich noch nicht darüber, mit niemandem, es ist noch zu früh.«

»Ich werde Tante!«

»Ja, das wirst du, und eine gute, hoffe ich.«

»Was ist eine gute Tante?«

»Eine Tante, die verläßlich und eine Hilfe ist, auf die ein Kind sich verlassen und zu der es aufsehen kann ...«

»Und mit der es Spaß haben kann.«

»Spaß zu haben steht nicht hoch oben auf der Liste der Eigenschaften, die man braucht, um eine gute Tante zu sein.«

»Sollte es aber. Ich wäre froh, ich hätte eine Tante, mit der ich Spaß haben könnte.«

»Endlich«, sagte Lady Falconer, da ihr Mann das Zimmer in diesem Augenblick betrat.

Sir Edward seufzte. Als er von der Neuigkeit erfahren hatte, legte er die Hand über die Augen und seufzte erneut.

»Papa«, sagte Charlotte. »Wieso freust du dich nicht? Du wirst *Großvater*, stell dir vor!«

»Genau das tue ich«, sagte Sir Edward finster.

»Ich werde zu Priscilla fahren, wenn es soweit ist«, sagte seine Frau. »Sie hat keinerlei Vorstellung, wie man einen Haushalt führt. Obwohl fast ein Jahr vergangen ist, scheint sie nichts gelernt zu haben. Sie wird mich brauchen. Und hier werden Arrangements getroffen werden müssen.«

»Arrangements?« erkundigte sich Sir Edward.

»Für dich, für Charlotte. Ich lasse euch für kurze Zeit allein und finde bei meiner Rückkehr nichts als Chaos vor. Ich kann euch auf keinen Fall für einen Zeitraum von wahrscheinlich zwei Monaten allein lassen.«

Es folgte ein Wortwechsel über das angebliche »Chaos« im Haus. Keiner der beiden hob die Stimme, aber es war ein unerhörtes Spektakel, das sie normalerweise nie im Beisein ihrer Tochter geboten hätten (die es aus vollem Herzen genoß, sich allerdings die größte Mühe gab, die Augen gesenkt zu halten und ein ausdrucksloses Gesicht zu machen). Zwischen ihren Eltern war eine Feindseligkeit, die ihr nur zu vertraut war, die sie aber nicht verstand.

»Ich werde meine eigenen Arrangements treffen«, sagte Sir Edward. »Für mich und Charlotte. Wir werden das Haus schließen. Zwei Monate, hast du gesagt? Laß uns drei daraus machen.«

»Wie meinst du das?« sagte seine Frau mit gerunzelter Stirn. »Es gibt keinen Grund, das Haus zu schließen, das ist absurd, wir werden die Dienstboten verlieren …«

»Wir werden die Dienstboten dafür bezahlen, daß sie Ferien machen.«

»Edward, mach dich nicht lächerlich!« rief Lady Falconer und erinnerte sich erst in diesem Augenblick wieder an Charlotte. Entsetzt darüber, daß sie im Beisein ihrer Tochter so mit ihrem Mann gesprochen hatte, sagte sie: »Charlotte, verlaß bitte sofort das Zimmer.«

»Charlotte«, bellte Sir Edward, »du bleibst. Was ich zu sagen habe, betrifft dich. Wir, du und ich, werden auf Reisen gehen, während deine Mutter bei Priscilla ist. Es ist eine ideale Gelegenheit. Wir werden nach Paris und Florenz und Rom fahren, um deine Kunstausbildung fortzusetzen. Es ist beschlossene Sache.«

Charlotte kreischte vor Freude, sprang auf, um ihrem Vater um den Hals zu fallen, und stieß dabei das Tablett von dem kleinen Tischchen. Es fiel auf den Teppich, wo die restliche Milch aus dem Kännchen eine winzige Pfütze bildete und der Tee langsam versickerte. Nichts war kaputtgegangen, und das Durcheinander sah schlimmer aus, als es tatsächlich war, aber Charlotte machte es noch schlimmer, indem sie auf dem Boden herumkroch und Zucker auf dem Teppich zerdrückte, während sie versuchte, den Tee aufzuwischen. Lady Falconer war weiß statt nur rot vor Zorn und verließ das Zimmer, bevor sie die Beherrschung verlieren und etwas zu ihrem Mann sagen konnte, was sie später bedauern würde. Mabel, die hereingeschickt worden war, um das Durcheinander zu beseitigen, fand Sir Edward und seine Tochter (Charlotte sehr zerzaust und rotwangig, Sir Edward völlig benommen) vor, wie sie sich in einer Art Trance anstarrten. Leise räumte sie die Sachen weg und fragte, ob frischer Tee gewünscht werde. Beide schüttelten den Kopf. »Oh, Papa!« hörte sie Miss Charlotte leise sagen, und dann noch einmal, überglücklich: »Oh, Papa!« Und Sir Edward lächelte.

Charlotte verkündete dem Bild die gute Nachricht. Sie saß auf der Bettkante, die Hände wie im Gebet gefaltet, und flüsterte. Sie kam sich nicht im mindesten albern vor – es fühlte sich natürlich an, laut zu sagen, was das Bild hören sollte. Es war, wie sie sich eine Beichte vorstellte, wo man niemanden sah, aber wußte, daß jemand hinter dem Gitter saß. Auch hinter dem Bild mußte jemand sein, und obwohl die Person vielleicht Hunderte oder Tausende Meilen weit weg war und andere Bilder malte, war sie immer noch in dem leeren Zimmer präsent. Nicht ein einziges Mal zog Charlotte in Betracht, daß die Künstlerin tot sein könnte.

Als sie im Bett lag, viel zu aufgeregt, um schlafen zu können, dachte sie voller Dankbarkeit an Priscilla. Ohne die wundervolle Gelegenheit, die ihrem Vater durch sie geboten worden war, hätte er das Versprechen, das er ihr gegeben hatte, vielleicht nie eingelöst. Jedesmal, wenn sie ihn daran erinnerte, hatte er verlegen ausgesehen, und sie hatte schon gedacht, daß die Reise nie Wirklichkeit werden würde.

Aber jetzt würden sie tatsächlich nach Paris und Florenz und Rom fahren, und ihr war fast schwindlig vor Aufregung. Sie würde einen Koffer brauchen. Vielleicht könnte sie den vertauschten Koffer nehmen, in dem sie das Bild gefunden hatte. Sie könnte es wieder dort verstauen, es mitnehmen, es jede Nacht an den fremden Orten bei sich haben. Vielleicht würde sie es sogar, ohne es zu wissen, dahin zurückbringen, wo es hergekommen war – der Koffer war übersät mit Aufklebern so vieler europäischer Städte. Aber dann dachte sie an das Risiko. Hier zu Hause war das Bild bis zu ihrer Rückkehr sicher. Es würde still auf sie warten, von niemandem beachtet, etwas, worauf sie sich freuen konnte. Es war nicht klug, es mit auf Reisen zu nehmen. Da waren Züge und Schiffe und Hotels und Droschken, und an jedem einzelnen Punkt die schreckliche Möglichkeit, daß der Koffer genauso verlorenging, wie er schon einmal verlorengegangen war. Es hieße, das Schicksal herauszufordern, wenn sie das Bild mitnähme.

»Ich werde das Schicksal nicht herausfordern«, versprach Charlotte, streckte die Hand aus und berührte das Bild.

Die Ungeheuerlichkeit dessen, was er getan hatte, überwältigte Sir Edward anfänglich. So sehr er Charlotte liebte und ihre Gesellschaft genoß, so sehr erschreckte ihn auch der Gedanke, drei Monate mit ihr allein zu sein und unter Umständen, die ganz anders waren als zu Hause, die alleinige Verantwortung für sie zu tragen. Das Kind war noch nie im Ausland gewesen. Sogar in ihrem eigenen Land war Charlotte kaum je gereist. Er würde von Anfang an strikte

Grundregeln festlegen müssen, sonst würde es mit ihr zu anstrengend werden. Sicher, sie hatte ihm noch nie eine dieser Szenen gemacht, über die seine Frau sich beklagte, hatte ihm noch nie auch nur einen Moment Probleme bereitet, aber er war schließlich auch noch nie länger als ein paar Stunden mit ihr allein gewesen. Und sie war, rief er sich selbst in Erinnerung, kein Kind mehr. Sie war eine junge Frau, und auch wenn sie nicht auf eine gefährliche Weise hübsch war, würde sie keinen Augenblick ohne Begleitung sein dürfen.

Aber dann tröstete sich Sir Edward mit dem Gedanken, daß auch Charlotte gerne allein war, um in Ruhe zu lesen. Sie würden in angenehmen Hotels absteigen, wo die Zimmer behaglich wären, und Charlotte würde ebensowenig etwas dagegen haben, in ihr Zimmer geschickt zu werden, wie er es bedauern würde, seins aufzusuchen. Und vielleicht würde sie sich mit anderen jungen Frauen anfreunden, die mit ihren Müttern oder Tanten unterwegs waren und sich vielleicht über ihre Gesellschaft freuten. Es war zwar unwahrscheinlich, aber immerhin möglich. Charlotte würde im Ausland zu einem anderen Mädchen werden. Sie würde reifer werden, geselliger, und sich Umgangsformen zulegen, die ihr fehlten.

Zuerst Paris. Nicht das Hôtel Crillon. Solche Hotels waren die Vorliebe seiner Frau, nicht seine. Er wußte von einem anderen, kleineren, viel weniger eleganten Hotel in Montparnasse, dem Hôtel de Nice. Sie würden eine Woche dort verbringen und jeden Tag in den Louvre gehen. Vielleicht nicht jeden, aber an den meisten Tagen. Charlotte würde vermutlich die üblichen Sehenswürdigkeiten aufsuchen wollen, Notre Dame und so weiter, aber das ließ sich auf ein Minimum beschränken – sie waren schließlich wegen der Kunst da, es würde eine ernsthafte Pilgerreise werden, eine, an die sie sich ihr ganzes Leben erinnern und aus der sie viel Nutzen ziehen würde.

Der Gedanke gefiel ihm.

III

Das Haus in Hampstead zu schließen erwies sich als ziemliches Unterfangen. Es war, wie sich Lady Falconer vor der Abreise bei ihrem Mann beklagte, schließlich nicht so, als könne man einfach aus der Tür spazieren und sie hinter sich zuziehen. Drei Monate waren eine lange Zeit. Zeit genug für Staub, sich so dick auf kostbaren Möbeln anzusammeln, daß sie möglicherweise zu Schaden kamen (»Wie?« hatte Sir Edward wissen wollen. »Wie kann Staub Schaden anrichten?«). Alles mußte mit schützenden Tüchern abgedeckt werden (»Nicht so sonderlich schwierig, hätte ich gedacht.«), und zerbrechliche Wertsachen mußten ganz und gar weggeräumt werden (»Wieso? Wenn niemand da ist, der sie zerbrechen könnte?«). Die Betten mußten abgezogen und die Speisekammer mußte leergeräumt werden, und vor allem mußte man sich um die Dienstboten kümmern. Jessie hatte sich bereit erklärt, sich bei halbem Lohn keine neue Stellung zu suchen. Sie würde die drei Monate zu Hause in Norfolk verbringen und zurückkommen und das Haus vorbereiten, sobald sie Bescheid erhielt. Aber die Mädchen, denen nur ein Viertel ihres Lohns angeboten worden war, um sie zu halten, hatten prompt andere Stellungen gefunden. Es ging gegen Lady Falconers Prinzipien (»Welche Prinzipien?«), sie zu bestechen, also würde sie Ende Juni vor der Aufgabe stehen, neue Dienstboten anheuern zu müssen. Ihr Ärger war groß.

Aber endlich war alles erledigt, und sie konnte zu Priscilla fahren, die jetzt, kurz vor ihrer Niederkunft, in heller Panik war. Es war keine angenehme Aussicht. Priscilla lebte in Chaos, und zwar keinem glücklichen. Lady Falconer hatte das Gefühl, einen Fehler gemacht zu haben: Sie hätte ihre Tochter zu sich nach Hause holen sollen. Dann hätte sie sich das lästige Schließen des Hauses sparen und ihr eigenes Leben weiterführen können. Den ganzen Weg nach Oxford haderte sie wegen ihrer Kurzsichtigkeit mit sich selbst, aber jetzt war es zu spät. Sie war dazu verdammt, drei Monate mit dem Versuch zu verbringen, Priscillas Haushalt zu organisieren, während sich ihr Ehemann mit Charlotte in Europa herumtrieb. Immerhin kannte sie sich selbst gut genug, um zu wissen, daß sie einfach nur neidisch war. Nicht, daß sie die beiden gerne begleitet hätte – auf gar keinen Fall hätte sie mit der leicht erregbaren Charlotte auf Reisen sein wollen –, aber sie konnte die große Freude, die sowohl ihr Ehemann als auch ihre Tochter schon vor der Abreise zu empfinden schienen, kaum ertragen. Das Haus hatte widergehallt von Charlottes Lachen und ihrem (unmelodischen) Gesang, während sie herumpolterte und sich auf die Abreise vorbereitete, und jede Mahlzeit war eine Gelegenheit für die endlose Diskussion von Reiserouten und Fahrplänen gewesen. Sir Edward war von Minute zu Minute umgänglicher geworden, was angesichts seiner sonst so mürrischen Art schwer erträglich war. Anscheinend konnte er nur Charlotte ein guter Gesellschafter sein. Sie selbst war ausgeschlossen.

Sie waren ein seltsames Paar, als sie aufbrachen. Charlotte sah kein bißchen so aus, als gehörte sie zu ihrem Vater – er distinguiert, groß und attraktiv, in einem hervorragend geschnittenen und perfekt sitzenden Anzug, und Charlotte war, nun ja, Charlotte eben. Lady Falconer hatte ihr Bestes getan. Sie hatte dem Kind neue Kleider gekauft oder vielmehr kaufen lassen, und ihre Freundin Pamela (die sie ausgesucht hatte) hatte es geschafft, die Vogelscheuche Charlotte in ein einigermaßen adrettes Nichts zu verwandeln. Lady Falconer selbst hätte es nicht sehr viel besser machen können, und sie lobte sich selbst dafür, daß sie in weiser Voraussicht Pamela mit dieser Aufgabe betraut hatte. Wenn sie selbst mit ihrer Tochter zum Einkaufen gegangen wäre, hätte es nur unerfreuliche Szenen gegeben, und sie wären mit leeren Händen zurückgekommen. Da war also Charlotte, groß und massig, gekleidet in Marineblau mit weißen Paspeln an Hals und Handgelenken, und sah neben ihrem eleganten Papa wie eine Gouvernante aus. Falls sie den Gegensatz bemerkte – und Lady Falconer wußte sehr wohl, wie empfindsam und intelligent Charlotte war –, deprimierte er sie nicht. Ihr Gesicht strahlte vor Glück, und ihr Lächeln war breiter als alles, was in den letzten Jahren auf ihrem Gesicht zu sehen gewesen war.

Vor der Abreise hatten sie eine recht rührende Unterhaltung geführt. Es ging dabei um das kleine Bild. Charlotte hatte gefragt, was in ihrer Abwesenheit mit ihrem Schlafzimmer geschehen würde.

»Geschehen?« hatte ihre Mutter wiederholt. »Wieso? Nichts wird damit geschehen. Das Haus wird, wie du sehr wohl weißt, geschlossen werden.«

Charlotte hatte ihre Stirn besorgt gerunzelt. »Meinst du, wir könnten mein Bild in Papas Safe legen?«

»Wozu um alles in der Welt?«

»Falls eingebrochen wird und ...«

»Charlotte! Bitte! Es ist lästig genug, das Haus zu schließen, ohne sich solche Katastrophen auszumalen.«

»Aber *könnte* es in den Safe?«

Aus schierer Gereiztheit hatte Lady Falconer nein gesagt, der Safe sei klein und es gebe kaum Platz genug für die wirklichen Wertsachen. »Niemand«, versicherte sie ihrer Tochter, »käme auf die Idee, dieses Bildchen zu stehlen.« Die Liebe des Mädchens für das Bild war ihr zwar unerklärlich, aber sie mußte die Tatsache anerkennen, daß diese Liebe offensichtlich echt war. Sie saß auf Charlottes Bett und sah das Bild verwirrt an. Sie konnte nichts Bewegendes oder Faszinierendes darin entdecken. Die Farben wirkten eintönig und blaß und die Komposition gewöhnlich, und doch tat Charlotte so, als besäße es eine mystische Kraft.

Vor Jahren, vor sehr vielen Jahren, hatte Edward versucht, ihr Interesse für Kunst zu wecken, und sie hatte versucht, Interesse zu zeigen. Er hatte sie in die National Gallery mitgenommen und war ehrfürchtig vor mehreren seiner liebsten Meisterwerke stehengeblieben. Sie hatte an seiner Seite gestanden, aber nicht ehrfürchtig. Manchmal fand sie ein Gesicht schön, manchmal gefielen ihr die Farben, aber in ihrem Innern regte sich nicht das geringste, und sie langweilte sich bald. Edward sprach mit ihr über die Gemälde, die er bewunderte, und über die Künstler, die sie gemalt hatten (größtenteils holländische Meister), und sie nahm die Informationen in sich auf, aber sie machten keinen Unterschied. Und als sie ihm ihre Gleichgültigkeit dann gestanden hatte, schien es keinen Grund mehr zu geben, noch so zu tun, als ob. Alles, was es in ihrem Haus an Kunstwerken gab, war von Edward ausgewählt worden, und sie bemerkte die Sachen kaum.

Sein ganzer Stolz war ein »Meisterwerk«, das Bild eines holländischen Interieurs von Pieter de Hoogh. Es war ganz hübsch, aber wenn sie Edward verzückt davor stehen sah, was er häufig tat, verwandelte sich ihre Verständnislosigkeit erst in eine Art Enttäuschung – wieso konnte *sie* nicht so gebannt sein? – und dann in Verärgerung. Sie fühlte sich ausgeschlossen und sogar wegen ihres fehlenden Geschmacks verurteilt, und zudem hatte sie das irrationale Gefühl, zum Narren gehalten zu werden. Edward machte das alles nur, um sie zu ärgern. Als sie sah, wie die damals gerade erst sechsjährige Charlotte mit ihrem Vater vor seinem geliebten Pieter de Hoogh stand und alles darauf hindeutete, daß sie ebenfalls hingerissen war, hatte sie sich irgendwie gedemütigt gefühlt. In ihr war irgendein Mangel, der verhinderte, daß Kunst sie ansprach und daß sie davon angerührt wurde. Es war kein Mangel an Bildung – dafür hatte Edward gesorgt – und auch kein Mangel an Ästhetik, da war sie sich sicher. Sie hörte gern Musik und konnte durchaus davon angerührt werden, und sie wußte, daß sie bei ihrer Kleidung viel Geschmack und Stil bewies.

Es war nicht weiter wichtig. Das sagte sie sich oft. Manche Menschen hatten kein musikalisches Gehör und konnten mit Musik nichts anfangen – eine weit schlimmere Unzulänglichkeit. Sollten Edward und Charlotte doch durch die Galerien trotten und, was sie zweifellos tun würden, vor Bildern in Ekstase geraten, in denen sie selbst nichts weiter gesehen hätte als Farbe auf Leinwand (oft nicht einmal sorgfältig aufgetragen). Menschen waren das, was zählte, nicht Gemälde. Aber als sie das einmal, in einem Augenblick des Trotzes, zu Edward sagte, hatte er geantwortet, daß Bilder blieben, daß Bilder für immer sprachen. Menschen taten das nicht. Menschen verstummten nur allzu bald.

Sie hatte deswegen weinen müssen, aber das hatte er nie erfahren.

Charlotte hatte vieles erwartet, keinesfalls jedoch, daß sie müde sein würde. Müde? Wie konnte sie müde sein, wenn jeder Tag aufregend und so anders war als ihr Leben zu Hause? Sobald sie aufwachte, hatte sie das Gefühl, daß eine Maschine mit gnadenloser Geschwindigkeit in ihrem Kopf rotierte. Sie sprang auf und rannte ans Fenster, um auf die Dächer von Paris zu blicken und sich zu vergewissern, daß der Aufenthalt in der Stadt kein Traum war, den sie durch die beängstigende Macht ihrer Phantasie hatte wahr werden lassen. Aber das hier hätte sie sich ohnehin nicht vorstellen können, weil alles so anders war. Nichts, was sie über Paris gelesen hatte, hatte sie ausreichend auf die Wirklichkeit vorbereitet, auf die Geräusche und die Gerüche und alles, was es zu sehen gab. Sie stand eine Ewigkeit am offenen Fenster (einem sehr seltsamen Fenster) und versuchte zu analysieren, was in der Luft zu liegen schien – sie konnte irgendwo Zitronen riechen und Kaffee und Rauch und etwas, das gebacken wurde, und Hitze, und in ihrem Kopf drehte sich alles. Zusammen mit ihrem Vater loszugehen, um irgendwo das *petit déjeuner* einzunehmen, war am allermerkwürdigsten – sie liebte die Cafés, die sie aufsuchten, und mußte beim Gedanken an das trostlose Eßzimmer zu Hause lachen.

Aber am dritten Tag war sie erschöpft und konnte einfach nicht mehr mithalten. Die Füße und die Beine taten ihr weh, und sie hatte Kopfschmerzen. Sie waren meilenweit gelaufen, durch Galerien und Museen und durch die Stadt, und ihr Vater, der überhaupt nicht müde zu werden schien und energischer war, als sie ihn je erlebt hatte, hatte sie auf Tausende von Dingen hingewiesen. Sie gab sich alle Mühe, mit ihm Schritt zu halten, nicht nur beim Gehen, sondern auch, was seine Begeisterung anging. Er zeigte ihr Rodins *Denker* und redete eine geschlagene halbe Stunde über die Großartigkeit der Statue, und sie kam sich dabei ausnahmsweise einmal wie ihre Mutter vor, unfähig, etwas anderes zu sehen als einen kauernden, gedankenverlorenen Mann aus Bronze. Es lag an der Müdigkeit, ganz bestimmt, daß die Kraft und die Magie, die ihr Vater in der Statue sah, ihr entgingen.

»Papa«, fragte sie später beim Essen, »meinst du, daß es eine Rolle spielt, wie man sich gerade fühlt, wenn man ein Kunstwerk betrachtet?«

»Natürlich.«

»Aber sollte es eine Rolle spielen? Sollte die Reaktion auf das, was der Künstler sagt, von der eigenen Stimmung abhängig sein?«

Sir Edward, der gerade ein ausgezeichnetes *bœuf en daube* aß, hielt inne und lächelte. »Geht es um den Rodin?« fragte er.

»Ich war müde«, sagte Charlotte. »Er kam mir vor wie ...«

»... wie ein Bronzeklotz und nichts weiter?«

»Ich habe gesehen, daß er gut gemacht ist, aber …«

»Man kann nicht von *jedem* Kunstwerk begeistert sein, Liebes.«

»Aber du hast gesagt, daß der *Denker* wundervoll ist. Du hast gesagt …«

»Charlotte, ich sehe, was ich sehe, du siehst, was du siehst, und der Künstler sah, was er sah. Wir alle können unterschiedlich sehen.«

»Aber was, wenn jemand, meinetwegen Mama, nichts als Bronze sieht? Wie kann das sein? Wenn etwas großartig ist?«

Sir Edward war halb amüsiert über die Hartnäckigkeit der Fragen seiner Tochter, halb zerrte sie an seinen Nerven, aber er verkniff sich sowohl ein Lachen als auch ein Seufzen. Er konnte sehen, daß Charlotte erschöpft und den Tränen nahe war und ihr Unvermögen, vom *Denker* fasziniert zu sein, in ein Zeichen dafür verwandelte, daß es ihr an künstlerischem Verständnis mangelte. Er war zu dominant gewesen, hatte sie an ihrem eigenen Geschmack zweifeln lassen und ihr das Gefühl gegeben, im Unrecht zu sein. Sie hatten zu schnell zuviel gesehen. Weil Charlotte stark wirkte und so darauf brannte, alles, was Paris zu bieten hatte, zu sehen, hatte er ihr Alter und ihre Unerfahrenheit vergessen und zuviel von ihr verlangt. Bei diesem Tempo würde sie zusammenbrechen, bevor sie Rom erreichten, und anfangen, allein den Anblick einer Gemäldegalerie zu hassen.

»Morgen«, sagte er, »sehen wir uns gar nichts an. Wir nehmen ein Boot und fahren die Seine hinunter und genießen die Landschaft und denken über das nach, was wir bisher gesehen haben. Wir gönnen uns einen Ruhetag. Wir nehmen unsere Skizzenblöcke mit und legen auf dem Boot die Füße hoch und vertrödeln einfach die Zeit. Und jetzt iß, und dann gehen wir sehr früh zu Bett, und morgen stehen wir unerhört spät auf, und du wirst dich viel besser fühlen.«

Das Boot, das sie nahmen, fuhr von Montparnasse nach Meudon. Es war ein ziemlich großes *bâteau* mit einem überdachten Oberdeck, wo die Passagiere auf glänzenden, unbequemen Holzbänken sitzen konnten. Es fuhr langsam den Fluß hinunter und war bald umgeben von Wiesen, auf denen schwarzweiße Kühe grasten, die Charlotte zu zeichnen versuchte. Ihr Vater konzentrierte sich auf die Menschen auf dem Boot und fertigte schnell kleine Karikaturen von allen an, die ihm ins Auge fielen. Sie wurden beide aufmerksam von einer kleinen, schlanken Frau beobachtet, die einen schwarzen Hut mit einem leuchtendgrünen Band trug und eine Zeichenmappe bei sich hatte. Sir Edward schirmte seinen Skizzenblock mit dem Arm ab, aber Charlotte war völlig unbekümmert, obwohl sie wußte, daß die Kühe ihr nicht gelingen wollten. Bald gab sie das Zeichnen ganz auf. Die Sonne war heiß, und sie hatte nicht genug Schatten, aber die Hitze machte sie glücklich. Begleitet wurde ihre Zufriedenheit von leisen Schuldgefühlen – sie war sich bewußt, daß sie diesen Ruhetag mehr genoß als die vorhergehenden Tage, die sie damit verbracht hatten, sich Bilder und Statuen anzusehen. Es war angenehm, einfach dahinzutreiben, ohne daß etwas von ihr verlangt wurde.

»Sollen wir aussteigen?« fragte Sir Edward, als das Boot sich Meudon näherte. »Ein Stück gehen, irgendwo etwas essen und später zurückfahren? Der Wald soll ganz hübsch sein, habe ich mir sagen lassen.

Oder sollen wir auf dem Boot bleiben und gleich zurückfahren?«

Sie stiegen aus, zusammen mit der Frau mit dem schwarzen Hut und der Zeichenmappe. Die Anlegestelle befand sich am Fuß eines Hügels, den sie langsam hinaufgingen. Um sie herum lagen Felder und unter ihnen etwas, was wie eine Kalkgrube aussah. Erleichtert erreichten sie den Wald, setzten sich und sahen zu, wie das Boot für die sechs Kilometer lange Rückfahrt nach Paris wendete. Plötzlich war alles fast bedrückend still, so still, daß ein Kaninchen dicht vor Charlottes Füße hoppelte und sie ohne jede Angst ansah, bevor es träge weitersprang. Sir Edward zeigte ihr, wo Versailles lag, obwohl es zu weit weg war, um es sehen zu können, und erzählte Charlotte, der Wald, an dessen Rand sie saßen, sei sehr groß und erstrecke sich über viele Meilen und enthalte auch Seen. Aber sie würden ihn nicht erkunden. Er war hungrig und wollte sich das Dorf ansehen und dann den heimischen Bratfisch probieren, eine Spezialität der Region. Sie gingen am Waldrand entlang, wobei Sir Edward sie auf Kastanien und Eichen und wilde Kirschbäume aufmerksam machte, und nahmen dann einen steilen Pfad, der zu den Häusern hinunterführte. Er wand und schlängelte sich an einem Kloster vorbei (das Charlotte faszinierte) und an einer Kirche, aus der gerade mehrere kleine Mädchen in schwarzen Kleidern mit kleinen weißen Kragen und schwarzen Hüten mit weißen Bändern kamen. Charlotte schaute sie an, aber sie schauten nicht zurück. Sie kam sich auffällig vor, aber als sie auf der Straße, die sie für die Hauptstraße hielt, anderen Leuten begegneten, schauten auch sie nicht, sondern nickten ihnen nur wortlos zu.

»Stell dir vor«, flüsterte sie ihrem Vater zu, »hier zu leben.«

»Sehr friedlich«, sagte ihr Vater. »Sehr hübsch. Würde es dir gefallen?«

»Vielleicht. Vielleicht auch nicht. Es käme darauf an.«

»Worauf?«

»Mit wem ich zusammen wäre, was für ein Leben ich führen würde. Ich würde nie hierherpassen, aber andererseits passe ich nirgends hin, das weiß ich.«

»Ach komm, Charlotte. Was meinst du überhaupt mit ›passen‹?«

»Ich meine, daß ich mir hier eigenartig vorkäme, fremd. Ich meine, ich *bin* fremd, aber hier zu leben gäbe mir noch mehr das Gefühl, es zu sein.«

»Aber du sagst doch, daß du gerne allein bist, daß du nicht unter Leuten sein willst. Als Fremde wärst du vor der Gesellschaft anderer Leute sicher.«

»Aber ich will nicht auffallen, ich will auf unauffällige Art allein sein, und wenn ich hier leben würde, wäre das nicht möglich.«

Eine Stunde später waren sie wieder in der Nähe der Seine, wo Sir Edward das Schild von La Pêche Miraculeuse gesehen hatte. Das Restaurant war ziemlich voll, aber in der Nähe des Fensters fand sich noch ein Tisch für sie, und sie setzten sich, umgeben von französischem Stimmengewirr. Charlotte versuchte, den Unterhaltungen ringsum zu folgen, konnte aber nur einzelne Worte verstehen. Eins der Worte lautete jedoch »Rodin«, da war sie sich ganz sicher. Sie flüsterte es ihrem Vater zu, und der nickte und schien die Unterhaltung der beiden Männer zu belauschen, die hinter ihnen speisten, obwohl sich das, wie Charlotte wußte, nicht gehörte. Sie sprachen wenig miteinander, bis sie am Ende der Mahlzeit – sie hatte zwei volle Stunden gedauert – wieder vor dem Restaurant standen und den Weg zur Anlegestelle einschlugen, um das Boot zurück nach Paris zu nehmen. »Rodin wohnt hier«, sagte Sir Edward, »auf diesem Hügel.« Und er deutete hinter sich. »Er fährt jeden Tag mit ebendiesem Boot in sein Atelier in Montparnasse.« Charlotte mußte den ganzen Weg zurück nach Paris daran denken und schaute sich unablässig um, ob jemand eine Ähnlichkeit mit den Bildern besaß, die sie von Rodin gesehen hatte. Sie schauderte beim Gedanken daran, in der Nähe eines so berühmten Bildhauers zu sein, vielleicht sogar neben ihm zu sitzen und seinen Arm zu streifen, den Arm, mit dem er den *Denker* geschaffen hatte. Aber unter den Männern an Bord befand sich kein geeigneter Kandidat. Das Boot war auf dem Rückweg weit weniger voll, und sie hatten eine ganze Sitzreihe für sich allein. »Möchtest du nicht zeichnen?« fragte ihr Vater. Sie schüttelte den Kopf. »Dann zeichne ich dich«, sagte er. »Beweg dich nicht, schau geradeaus, aufs Ufer. So ist es gut.«

Sie sah heute fast attraktiv aus, ohne das entsetzliche marineblaue Kostüm, die Haare zu einem schlichten Zopf geflochten. Sie hatte ihn gefragt, ob es ihm etwas ausmache, wenn sie ihre Haare nicht hochsteckte, und er hatte wahrheitsgemäß geantwortet, so, wie sie sie früher getragen habe, hätte es ihm besser gefallen. Dahinter lag natürlich noch eine andere Wahrheit, die er aber für sich behielt. Es war ihre Mutter gewesen, die darauf bestanden hatte, es sei an der Zeit, daß Charlotte die Haare hochgesteckt trug wie eine richtige junge Dame, und ihr Mädchen hatte Charlottes Haare gekonnt aufgedreht und geflochten und rund um ihren Kopf unsichtbar mit Kämmen und Spängchen festgesteckt. Es hatte überaus schmeichelhaft ausgesehen, aber das Kind war befangen gewesen und hatte den Kopf völlig verkrampft gehalten und gedreht, als sei das Gewicht der Frisur eine Last, die sie jeden Augenblick zu verlieren fürchtete. In Paris, wo sie sich die Haare selbst machen mußte, war das Ergebnis eine Katastrophe gewesen. Seine Frau hatte ihn zwar angewiesen, auch im Hotel dafür zu sorgen, daß sich ein Mädchen um Charlotte kümmerte, aber er hatte sich nicht an diese Anweisung gehalten. Einen Zopf konnte Charlotte jedoch flechten, mit Mühe und Not, und er sagte ihr, sie sehe damit viel natürlicher aus.

Während er sie zeichnete, lächelte er vor sich hin und dachte, wie entsetzt Hettie wäre, könnte sie sehen, was Charlotte anhatte. Es war das erste Kleidungsstück, das sie je für sich selbst ausgesucht hatte, im ersten Geschäft, das sie je aus eigenen Stücken betreten hatte. Am Ende der Rue St. Placide, einer kurzen, geschäftigen Straße, hatte sie das Kaufhaus Bon Marché gesehen, und aus der Tür kam gerade eine junge Frau in einem grünweiß gestreiften Kleid mit einem leichten weißen Spitzentuch darüber. »Oh!« hatte Charlotte gesagt. »Sieh doch, Papa, was für ein hübsches Kleid.« Es war das erste Mal, daß er seine Tochter auch nur das geringste Interesse an irgendeinem Kleidungsstück äußern hörte, und die Versuchung war zu groß. In Wahrheit sah das Kleid billig aus, aber er hatte sie in das Geschäft geführt, und sie hatten ein ähnliches Kleid für sie gefunden – und jetzt konnte sie sich kaum davon trennen. Es war ziemlich tief ausgeschnitten, wie er zugeben mußte, aber es saß perfekt, und er sah, daß sie sich dadurch ihrer Figur bewußt wurde, die sie normalerweise immer versteckte. Sie war schließlich in Paris und ein anderes Wesen, das sich seiner Brüste nicht schämte. Zu Hause würde sie es natürlich nicht tragen können – er war sicher, daß sie verstand, daß das absolut nicht in Frage kam.

Sie trug auch Bänder in den Haaren, am oberen und am unteren Ende des dicken Zopfes zu Schleifen gebunden. Beim Zeichnen bereiteten die Schleifen ihm Schwierigkeiten, und er hätte Charlotte fast gebeten, sie zu lösen, wollte aber ihre Träumerei nicht stören. Sie saß, wie angewiesen, so wundervoll still. Im Profil verlor sich die Kantigkeit ihres Gesichts und das Schwere ihrer Augenbrauen, und sogar ihre Nase sah, obwohl groß, ganz nett aus. Sie hatte, wie ihm auffiel, überrascht darüber, daß er das bisher nie wahrgenommen hatte, eine sehr schöne Haut, blaß, aber nicht teigig und ohne einen einzigen Makel. Wenn doch nur Männer, dachte er, seine Tochter so betrachten würden, wie er sie jetzt betrachtete, würden sie zwar keine Schönheit sehen, aber eine junge Frau, bei der es sich lohnte, genauer hinzusehen, und die immer anziehender wurde, je länger man sie betrachtete. Er hoffte, daß eines Tages ein solcher Mann in ihr Leben treten würde, einer, der ihrer würdig war, der mit ihrer Intelligenz und Empfindsamkeit mithalten konnte und verstand, was sie zu bieten hatte. Er hatte nur noch diese eine Tochter, seine Lieblingstochter, und würde es nicht ertragen, wenn sie dieselbe Art von katastrophaler Bindung einginge wie ihre Schwestern.

Auf dem Weg vom Boot zum Hotel nahm Charlotte seinen Arm, drückte ihn und sagte, wie sehr sie den Tag genossen habe. Passanten sahen sie dabei, sahen ihr lebhaftes, zu ihm aufblickendes Gesicht und wie vertraulich sie ihren Arm durch die Beuge seines Arms geschlungen hatte, und er wußte, welchen Eindruck das machen mußte. Mit ihrem hellen Kleid und dem Zopf, der sich inzwischen auflöste, so daß der Wind ihre Haare um ihren Kopf flattern ließ, konnte sie durchaus für etwas anderes als seine Tochter gehalten werden. Er hätte ihr unbedingt auch einen hübschen Schal kaufen müssen, aber es hatte im Geschäft keinen gegeben. Sie brauchte etwas, um den bloßen Hals und den Ansatz ihres Busens zu bedecken, und plötzlich war er verlegen. Schließlich war er für ihr Äußeres verantwortlich. Er räusperte sich und sagte sanft: »Charlotte, morgen gehen wir wieder in den Louvre, wo dein hübsches Kleid fehl am Platz wäre. Achte bitte darauf, daß du etwas Passenderes trägst.« Überraschenderweise erhob sie weder Einwände, noch wirkte sie im mindesten gekränkt. »Den schwarzen Rock und die weiße Bluse?« schlug sie vor. Er nickte. »Ausgezeichnet.«

Als sie das Hotel betraten, sah er, wie ein Mann Charlotte musterte. Er begegnete seinem Blick und funkelte ihn an.

Zum Glück kam Priscillas Baby zu früh. Ebenso zum Glück war die Geburt keine so entsetzlich langgezogene Angelegenheit, wie Lady Falconer befürchtet hatte. Priscilla schrie und kreischte und verhielt sich absolut gräßlich, aber sie hatte nur fünf Stunden Zeit dafür. Lady Falconer hatte einen ganzen Tag voll des Dramas gefürchtet und war über die Maßen erleichtert. Keine Zange wurde benötigt, und Priscilla mußte auch nicht genäht werden. Erstaunlicherweise war sie für eine Geburt anscheinend wie geschaffen (obwohl sie das, als der Arzt es ihr sagte, als Kränkung auffaßte und zu weinen anfing und erklärte, daß sie eine solche Qual nie, nie wieder auf sich nehmen würde). Noch wunderbarer war, daß das Baby ein prachtvoller, gesunder Junge war, was Robert begeisterte, der offensichtlich überall verkündet hatte, daß etwas anderes als ein Junge nicht in Frage käme. Er würde Jasper genannt werden. Lady Falconer sagte, der Dalmatiner ihres Vaters habe Jasper geheißen und es sei eher unpassend, um es gelinde auszudrükken, seinen Ururenkel ebenso zu nennen. Aber Robert blieb hart. Sein Vater und sein Großvater hießen Jasper, und Jasper mußte auch der Kleine heißen. Es gab nichts, was selbst eine Lady Falconer dagegen tun konnte. Sie wußte, daß ihr Mann und Charlotte lachen würden, aber sie selbst fand die Übereinstimmung alles andere als amüsant.

Der Junge war zwar fast einen Monat zu früh gekommen, gedieh aber prächtig, und einen Monat später hatte Priscilla sich soweit erholt, daß die Anwesenheit ihrer Mutter nicht mehr erforderlich war. Während sie im Haus ihrer Tochter war, hatte sie eine kompetente Haushälterin gefunden und zwei weitere vertrauenswürdige Dienstboten eingestellt, und wenn sich Priscilla nicht sehr töricht verhielt, mußten ihre Schwierigkeiten nun eigentlich vorbei sein. Lady Falconer konnte nach London zurückfahren und das Haus in Hampstead wieder öffnen. Sie würde zunächst bei ihrer Freundin Pamela in Kensington wohnen und das Haus Stück für Stück wieder herrichten. Die Arrangements, die sie für ihre Söhne getroffen hatte, galten nach wie vor – es gab keinen Grund für sie, nach Hause zu kommen, wenn die

Ferien anfingen –, und was ihren Mann und Charlotte anging, so war es ihnen vollkommen gleichgültig, wo sie war. Sie hatten ja kaum die Höflichkeit, sie darüber zu informieren, wo *sie* sich befanden. Postkarten trafen selten ein, und an Briefen war insgesamt genau einer gekommen, und auch der war nicht sehr befriedigend gewesen. Sie schienen niemanden Interessantes getroffen zu haben, obwohl Lady Falconer mehrere Leute kannte, die gerade aus Paris zurückgekommen waren, aber niemand, dem gegenüber sie es erwähnte, hatte je etwas vom Hôtel de Nice in Montparnasse gehört, in dem Charlotte und Edward abgestiegen waren. »Montparnasse?« erkundigten sich alle mit einem vage entsetzten Ausdruck.

Lady Falconer selbst kannte Montparnasse nicht. Überhaupt konnte sie nicht behaupten, mit irgendeinem Teil von Paris vertraut zu sein, mit Ausnahme des Hôtel Crillon. Es bekümmerte sie ein wenig, daß Charlotte nach ihrer Rückkehr sagen konnte (wie alle es nach nur einer Woche taten), daß sie Paris recht gut kenne, obwohl sie natürlich nur die Kunstwerke der Stadt und nicht viel anderes kannte. Vielleicht würde diese Erfahrung ja verblüffende Auswirkungen haben. Vielleicht kam Charlotte verändert zurück, umgänglich und dazu in der Lage, sich anmutig in der Gesellschaft zu bewegen, alle rauhen Kanten ihrer Persönlichkeit abgeschliffen. Aber Lady Falconer bezweifelte es. Aller Wahrscheinlichkeit nach würden Charlotte und ihr Vater mit niemandem sprechen, und niemand würde auch nur die geringste Lust verspüren, mit ihnen zu sprechen, und nichts würde gelernt werden. Charlotte würde so linkisch wie eh und je zurückkommen.

Sie runzelte die Stirn, als sie vor ihrem Haus aus der Droschke stieg. Das Runzeln verstärkte sich und verließ ihr Gesicht den ganzen Rest des Tages nicht mehr.

An ihrem letzten Tag im Hôtel de Nice traf eine andere Engländerin dort ein. Charlotte verbrachte beim Abendessen viel Zeit mit dem Versuch zu ergründen, woher sie wußte, daß diese Frau Engländerin war, und kam zu dem Schluß, daß es etwas mit ihrem Teint zu tun hatte, der dem entsprach, was man bei Priscilla einmal als »Pfirsich und Sahne« bezeichnet hatte. Damals hatte der Ausdruck für sie keinen Sinn ergeben. Sie hatte einen Pfirsich in die Hand genommen und ihn genau betrachtet und keine Ähnlichkeit mit Priscillas Haut entdeckt. Der Sahnevergleich war einleuchtender, paßte aber auch nicht wirklich. Jetzt jedoch stellte sie fest, daß sie das Gesicht der Frau betrachtete und den Ausdruck »Pfirsich und Sahne« im Kopf hatte. Die Frauen, die sie die ganze Woche über in Paris gesehen hatte, hatten keine so überwältigend frische Gesichtshaut, so perlweiß und glatt, mit einem ganz schwachen Hauch von Rosa auf den Wangen, der unverkennbar nicht von Rouge herrührte. Oder vielleicht kam das Englische von den Haaren, so golden, fast weißgold, oben auf dem Kopf so ordentlich zusammengesteckt. Die meisten Pariserinnen schienen dunkelhaarig zu sein und steckten die Haare nicht auf diese eher altmodische Weise hoch.

Vielleicht, räumte Charlotte ein, lag es aber auch einfach an den Kleidern. Sie konnte es nicht genau begründen, aber Pariserinnen zogen sich anders an. So war es einfach. Sie wußte, daß das Wort dafür

»chic« lautete, aber worin dieser Chic bestand, wußte sie nicht – es hatte etwas damit zu tun, *wie* die Kleider getragen wurden, nicht was für Kleider es waren. Die Engländerin war eher seltsam gekleidet. Sie trug einen langen blauen Rock und darüber etwas, das Charlotte (bei sich) nur als hochgeschlossene Tunika in einem helleren Blau bezeichnen konnte. Sie reichte bis über die Hüften und wurde von einem silbernen Brokatgürtel zusammengerafft. Darüber trug sie eine Samtjacke mit silbernen Knöpfen. Die Jacke war purpurrot, was zu dem Blau seltsam aussah. Hübsch und ungewöhnlich, aber seltsam. Die Dame sprach Französisch, aber es war, das konnte Charlotte erkennen, dasselbe Französisch wie das ihres Vaters, also korrekt und fließend, aber mit einem unverkennbaren Akzent, der nicht französisch war.

Sie waren an diesem Abend nur zu dritt im Speisesaal. An den anderen Abenden hatte Sir Edward es vorgezogen, in Restaurants zu speisen, aber heute mußten die Vorbereitungen für eine zeitige Abreise getroffen werden, und es schien vernünftiger, im Hotel zu bleiben. Die Auswahl der Speisen war nicht sehr groß, aber gut – Hors d'œuvres, Pâtés, gegrilltes Fleisch oder Fisch, Käse –, und der neue Gast schien das Essen ebenso zu genießen wie sie selbst. Charlotte sah, daß die Frau ein- oder zweimal lächelnd in ihre Richtung blickte, und wünschte sich, ihr Vater würde etwas sagen. Beim Kaffee angekommen, tat er es dann auch. Er fragte die Dame – auf englisch –, ob sie ihnen beim Kaffee auf dem Hof Gesellschaft leisten würde. »Es ist dort sehr hübsch«, sagte er, »und viel kühler.«

Der Hof war nicht sehr groß, aber am Rand wuchsen Blumen und Sträucher, und in der Mitte stand ein Baum mit einer Bank darum herum. Platz genug, daß sie nebeneinander sitzen konnten, Charlotte in der Mitte. Normalerweise hätte sie das in Verlegenheit gebracht, aber es war etwas so Entspanntes und Freundschaftliches in der Art, wie sie notgedrungen sitzen mußten, daß sie nicht verlegen war. Ein kleiner Tisch wurde gebracht und vor sie hingestellt, und der Kaffee kam und wurde eingeschenkt. Charlotte trank keinen Kaffee, atmete den Duft aber entzückt ein. Ihr Vater begann eine höfliche Unterhaltung, indem er erzählte, daß sie am nächsten Morgen nach Florenz weiterreisen würden und eine wundervolle Woche damit verbracht hatten, sich die Kunstwerke der Stadt anzusehen. Die Frau erkundigte sich, ob er Künstler sei, und als er verneinte, mischte Charlotte sich ein und sagte, er sei sehr wohl ein Künstler und könne einfach wundervoll zeichnen. Sir Edward erhob lächelnd Einspruch und sagte, man dürfe sich nicht von der Loyalität einer Tochter täuschen lassen, und die Tatsache, daß man leidlich gut zeichnen könne, mache einen noch lange nicht zu einem Künstler. Aber Miss Tyrwhitt – inzwischen hatten sie sich vorgestellt – war anderer Meinung. Sie sagte, ganz im Gegenteil sei das Zeichnen wesentlich für jeden Künstler, und an der Slade, wo sie studiert habe, hätte ihr Professor das Zeichnen höher eingeschätzt als alles andere. Dies führte unvermeidlich zu einer Diskussion über die Slade School und die Frage, ob sie als Studienort für eine junge Frau geeignet sei. Miss Tyrwhitt schwor, sie sei eine absolut respektable Einrichtung, wo Männer und Frauen getrennt Unterricht am lebenden Modell erhielten und eine strenge Disziplin herrsche. »Ihre Tochter«, sagte Miss Tyrwhitt, »würde sich dort gewiß sehr gut machen.«

Charlotte hätte sie gern gefragt, weswegen sie in Paris war, aber ihr Vater fragte bereits, ob sie Malerin sei, und falls ja, welches Genre sie bevorzuge. Die Antwort lautete, ja, sie sei Malerin und arbeite sowohl mit Öl- als auch mit Aquarellfarben. Hauptsächlich male sie Blumen, allerdings nicht die Art von Blumenbildern, die er sich vielleicht vorstelle, sondern kühnere Kompositionen. Sie habe, verriet sie, im Jahr zuvor im New English Art Club ausgestellt. Charlotte sah, daß ihr Vater beeindruckt war, ebenso wie sie selbst. Es schien ihr wie ein Wunder, daß diese Frau, die offensichtlich keine Angst davor hatte, allein zu reisen und in Hotels abzusteigen, tatsächlich einen Beruf hatte und ihm ernsthaft nachging. Miss Tyrwhitt beteuerte, sie sei keine besonders gute Künstlerin, jedenfalls nicht im Vergleich zu den anderen Künstlerinnen, die mit ihr an der Slade studiert hatten und von denen eine unglaublich begabt sei. Sie erwähnte Namen, die jedoch weder Sir Edward noch Charlotte etwas sagten. Sie erfuhren, daß Miss Tyrwhitts Vater Geistlicher war und daß auch er seine Tochter auf eine Reise durch die Museen und Kunstgalerien Europas mitgenommen hatte, so wie Sir Edward es jetzt mit Charlotte tat. »Sie werden sich Ihr ganzes Leben daran erinnern«, sagte sie zu Charlotte, »und viel aus dieser Erfahrung lernen. Sie wird völlig verändern, wie Sie über das Leben denken und was Sie mit Ihrem Leben anfangen wollen.«

Nach dem kleinen Intermezzo mit Sir Edward und seiner Tochter fühlte Ursula sich besser – ruhiger, nicht so angespannt, nicht so besorgt wegen des Besuchs bei Gwen am nächsten Tag. Sie hatte ihrer

Freundin nie gestanden, daß sie den Koffer mit ihrem Bild verloren hatte, und die Täuschung lastete auf ihr. Sie war völlig verzweifelt gewesen und hatte tagelang nur geweint und nicht schlafen können und war im Geist immer wieder durchgegangen, wie sie den Koffer gepackt und beschriftet und aufgegeben hatte. Der Fehler, da war sie sicher, hatte nicht bei ihr gelegen. Niemand, mit dem sie auf der Suche nach dem verlorenen Koffer gesprochen hatte, war im mindestens überrascht gewesen über sein Verschwinden – vielmehr, so sagten alle, sei es ein Wunder, daß nicht mehr Gepäckstücke in die Irre liefen.

Sie hatte daran gedacht, Gwen zu schreiben und ihr zu sagen, was geschehen war, aber das war ihr zu grausam vorgekommen. Vielleicht hätte Gwen gesagt, es mache ihr nichts aus, das Bild sei nur ein erster Versuch gewesen, und zwar ein mißlungener, aber andererseits hätte es sie in ihrer gegenwärtigen geistigen Verfassung vielleicht noch mehr deprimiert. Es war ein Risiko, das Ursula nicht eingehen wollte. Es war jetzt über ein Jahr her, seit sie ihre Freundin das letzte Mal gesehen hatte, und ihr Besuch in dem neuen Zimmer in der Rue de l'Ouest, das Gwen nicht mochte, sollte sie aufmuntern. Gwen wußte inzwischen, daß Rodin eine neue Geliebte hatte, und litt entsprechend. Ursula wollte ihr nicht von verlorenen Koffern erzählen. Sie würde sie stattdessen damit unterhalten, daß sie ihr von Sir Edward und seiner Tochter und ihrem feierlichen Respekt vor der Kunst erzählte. Das Mädchen, Charlotte, betete ihren Vater an, das war unübersehbar. Ursula hatte es gemocht, wie sie geprahlt hatte, ihr Vater sei ein guter Künstler. Vielleicht war er das tatsächlich. Jedenfalls hatte er, wie ihr jetzt auffiel, Charlottes

Talente nicht übertrieben gelobt. Es war immer ein seltsam rührender Anblick, ein Vater mit einer ihm ergebenen, ihn bewundernden Tochter. Wahrscheinlich hatte sie früher genauso für ihren eigenen Vater empfunden.

Gwen, das wußte sie, kannte keine solchen Gefühle für ihren Vater.

Es war ein Jammer gewesen, ihrer neuen Bekannten gute Nacht zu sagen und zu wissen, daß sie sie wahrscheinlich nie wiedersehen würden, gerade wo die Begegnung so vielversprechend geschienen hatte. Charlotte hatte noch nie jemanden wie sie kennengelernt, genausowenig wie ihr Vater, das konnte sie spüren. Miss Tyrwhitt war auf dem ganzen Weg nach Italien das Hauptthema ihrer Unterhaltung im Zug. »Wieso sie wohl nicht verheiratet ist, Papa?« konnte Charlotte nicht aufhören zu spekulieren, aber ihr Vater ging nicht näher darauf ein, sondern sagte nur: »Irgendeine Geschichte, könnte ich mir vorstellen, vielleicht der Tod eines Verlobten« (was für ihn schon sehr weit ging). Charlotte stellte es sich prompt ebenfalls vor, aber obwohl die Vorstellung ihr ein paar angenehme Minuten bescherte, verwarf sie den Gedanken. »Nein«, sagte sie plötzlich laut. »Sie hat sich dafür *entschieden*, nicht zu heiraten, ich bin mir ganz sicher. Sie ist mit ihrer Kunst verheiratet. Sie zieht die Kunst vor.« Sir Edward lächelte und murmelte: »Also gut, dann ist sie also mit ihrer Kunst verheiratet, und ich bin sicher, sie gibt einen viel besseren Ehemann für sie ab.«

»Ich wäre auch gerne mit der Kunst verheiratet«, sagte Charlotte, »aber ich bin ihrer nicht würdig.«

»Du meine Güte, Charlotte«, protestierte ihr Vater. »Wieso nicht würdig?«

»Nicht gut genug im Zeichnen oder Malen, als daß die Kunst für mich die ganze Welt sein könnte.«

»Das hoffe ich doch. Ich bin sicher, sie ist auch für Miss Tyrwhitt nicht die ganze Welt. Sie kann für eine Frau nicht die ganze Welt sein.«

»Aber für einen Mann?«

Sir Edward zögerte. »Vielleicht. Ein Mann ist besser in der Lage, sein Leben von der Kunst beherrschen zu lassen und Unterbrechungen beiseite zu schieben.«

»Unterbrechungen?«

»Ereignisse, die einen ablenken und die Konzentration stören.«

»Was meinst du damit, Papa?«

»Eine Frau ...«, fing Sir Edward an und unterbrach sich. Wie so oft merkte er, daß er sich am Rand von philosophischen Themen bewegte, die bei Charlotte zu Fragen führten, die er nicht so offen und freimütig beantworten konnte, wie er es vielleicht gewollt hätte.

»Eine Frau?« hakte Charlotte nach.

»Eine Frau hat Kinder, die sie beschäftigen.«

»Nicht alle Frauen haben Kinder. Wenn Frauen nicht verheiratet sind, gibt es keine Kinder, die eine Ablenkung darstellen könnten. Dann kann eine Frau wie ein Mann sein und dieselbe Hingabe an den Tag legen, oder nicht?«

»Vielleicht«, sagte Sir Edward lahm.

»Na also«, sagte Charlotte zufrieden. Aber dann fiel ihr ein, was am Anfang dieser Unterhaltung gestanden hatte, und sie fügte hinzu: »Trotzdem bin ich nicht gut genug. Ich könnte mich nie vollständig der

Kunst widmen. Ich brauche etwas anderes, aber was?«

»Du bist kaum sechzehn, Charlotte, du kannst noch nicht wissen, was du willst.«

»Caroline war …«

»Wir werden nicht über Caroline sprechen, wenn du gestattest.«

»Aber wieso nicht, Papa? Wieso können wir nie über sie sprechen? Wieso ist es so falsch, sie auch nur zu erwähnen?«

»Es ist nicht falsch, es ist schmerzlich, und deshalb läßt man das Thema besser ruhen.«

»Dann eben Priscilla. Priscilla ist erst zwanzig und war kaum neunzehn, als sie geheiratet hat …«

»Wo um alles in der Welt soll das hinführen?«

»Du hast gesagt, ich könne nicht wissen, was ich im Leben will, weil ich erst sechzehn bin. Und ich will darauf hinaus, daß meine Schwestern nicht viel älter waren, als sie wußten, was sie wollten.«

»Wußten sie es wirklich?«

»Aber natürlich. Priscilla wollte unbedingt verheiratet sein …«

»Ich glaube, sie wollte nur eine große Hochzeit und den Status einer Ehefrau.«

»Oh, Papa! Das ist zynisch, findest du nicht?«

»Und die Wahrheit, fürchte ich. Eine Wahrheit, Charlotte, die außerhalb dieses Bahnabteils nicht kolportiert werden wird.«

»Ich bin diskret, Papa.« Ihr Vater lächelte, deshalb wiederholte sie noch einmal: »Ich bin für meine Diskretion bekannt, das kann ich dir versichern.« Er lächelte noch breiter. »Jedenfalls hat Priscilla sich für eine Heirat entschieden«, fuhr sie fort, »und die ungenannte Person entschied sich für das Abenteuer und die Ungewißheit und ein Leben auf Wanderschaft.«

»So nennst du das? Wie romantisch das klingt.«

»Jetzt bist du schrecklich sarkastisch.«

»Du führst mich zu sehr in Versuchung, als daß ich widerstehen könnte.«

»Wenn wir Namen nennen und offen sprechen könnten, würde ich dir erklären, was ich über deine älteste Tochter denke, aber da es mir verboten ist …«

»Es ist dir in der Tat verboten, und dein Argument ist angekommen. Du hast das Gefühl, daß sechzehn alt genug sein sollte, um zu wissen, was du vom Leben willst. Ich akzeptiere das, Miss, schlage aber nichtsdestoweniger vor, daß es dich nicht über Gebühr bekümmern sollte, wenn du es noch nicht weißt. Das Wissen wird sich bald genug einstellen.«

»Gut«, sagte Charlotte und schwieg, bis sie in Florenz ankamen.

Jessie wartete in der Halle, noch im Mantel, ihre Kleiderkiste vor sich auf dem Boden. »Oh, Ma'am, oh, Milady!« jammerte sie, die Hand vor den Mund geschlagen. Lady Falconer sagte nichts. Was geschehen war, war nur allzu offensichtlich. Der reich verzierte Spiegel über dem Tisch in der Halle war verschwunden, ebenso das silberne Tablett und der Läufer, den Edwards Vater aus Afghanistan mitgebracht hatte. Ganz ruhig fragte sie: »Wir sind Opfer eines Einbruchs geworden?«

»Ja, Milady.«

»Hast du in allen Zimmern nachgesehen?«

»Nein, Milady, ich hatte Angst, sie könnten noch hiersein, ich hatte Angst …«

»Hast du die Polizei gerufen?«

»Nein, Milady, weil ich doch wußte, daß Sie jeden Augenblick kommen würden, und weil ich es für das beste hielt ...«

»Nun gut, Jessie. Wir werden die Polizei anrufen, und bis sie da sind, werden wir einen Tee trinken und Ruhe bewahren. Es hat keinen Zweck, sich aufzuregen. Was geschehen ist, ist geschehen.«

Und zwar in aller Gründlichkeit. Die Meinung des Polizisten, der erfreulich schnell eintraf, lautete, die Einbrecher hätten genau gewußt, was sie wollten. Lady Falconer bemerkte trocken, das sei sehr scharfsichtig von ihnen gewesen. Nichts war beschädigt worden, abgesehen von dem zerbrochenen Fenster in der Speisekammer und dem aufgebrochenen Schloß der Küchentür – die Einbrecher waren sehr ordentlich vorgegangen und hatten nichts anderes beschädigt und die Schubladen nur geöffnet, aber nicht ausgeleert (»Ungewöhnlich«, sagte der Polizist). Zu den Dingen, die gestohlen worden waren, gehörten mehrere kleinere Möbelstücke, das ganze Silber und der Safe mit dem größten Teil von Lady Falconers Schmuck. Diesen Schmuck einzeln aufzuführen erwies sich als nicht einfach. Lady Falconer erinnerte sich ausgezeichnet an die Colliers, Armbänder und Ringe mit Perlen und Diamanten, aber die verschiedenen Goldketten und Anhänger und Broschen aufzuführen, einige mit Amethysten, andere mit Rubinen, erwies sich als schwieriger. »Tausende von Pfund«, murmelte der Polizist. »Und von großem Gefühlswert«, wies Lady Falconer ihn streng zurecht.

Sie konnte nicht genau sagen, was von den Dingen, die ihrem Mann gehörten, entwendet worden war.

Sein Schlafzimmer und sein Arbeitszimmer sahen unberührt aus, aber sie konnte sich dessen nicht sicher sein und sagte, sie würden warten müssen, bis er von seiner Auslandsreise zurückkam, was erst in einigen Wochen der Fall sein würde. Der Polizist war darüber nicht sehr glücklich, aber verständnisvoll und vor allem besorgt darüber, daß Lady Falconer in dem geplünderten Haus allein sein würde. Er riet ihr, zumindest so lange nicht im Haus zu wohnen, bis das Fenster und die Tür repariert seien. Jessie war froh, das zu hören, weil sie selbst nicht die Absicht hatte, auch nur eine einzige Nacht hier zu verbringen, solange nicht neue männliche Bedienstete gefunden waren, und am liebsten nicht, bevor der Herr zurück war. Lady Falconers Gelassenheit – »die Ruhe selbst«, wie Jessie hinterher aller Welt berichtete – war ihr unheimlich. Vielleicht bedeutete sie, daß ihre Herrin keine Angst hatte und beabsichtigte, den Rat des Polizisten in den Wind zu schlagen. Aber das tat sie nicht. »Wie Sie sagen«, sagte sie zu dem Polizisten, »muß das Haus erst gesichert werden, falls es überhaupt je wieder sicher erscheinen wird. Ich glaube, gehört zu haben, daß es neuerdings Alarmsysteme gibt? Ist das richtig?« Der Polizist sagte, das sei richtig, sie seien aber sehr teuer und neigten dazu, nicht richtig zu funktionieren.

Es gab nichts weiter zu tun, als auf die Ankunft des Schlossers und des Glasers zu warten. Es empörte Lady Falconer, daß sie gezwungen war, sie höchstpersönlich anzurufen, wo es doch zweifellos die Aufgabe eines Mannes war, derartige Dinge zu erledigen. Aber es war kein Mann zur Hand, und Jessie war bereits nach Norfolk zurückgefahren – sie hatte unbedingt noch den letzten Zug erwischen wollen. Der

Polizist war durch das ganze Haus gegangen und hatte sich vergewissert, daß niemand auf dem Dachboden oder im Keller lauerte, und so fühlte Lady Falconer sich in der Lage, einen Blick in jedes der Zimmer zu werfen, um zu sehen, ob ihr noch etwas auffiel. Aus der Bibliothek war ein Teppich – weiteres Beutegut aus Afghanistan – verschwunden, ebenso einige Ziergegenstände. Dann bemerkte sie den kahlen Fleck an der Wand, wo Sir Edwards geliebtes holländisches Gemälde gehangen hatte. Darüber würde er verzweifelter sein als über alles andere, aber es war seine eigene Schuld, weil er darauf bestanden hatte, das Haus für so lange Zeit zu schließen. Sie wußte, daß es gehässig und kleinlich war, so zu denken, aber sie empfand nun einmal so. Im Eßzimmer war alles aus der Anrichte und vom Tisch verschwunden – das ganze Silber, wie sie dem Polizisten gesagt hatte –, aber jetzt sah sie, daß es einen weiteren kahlen Fleck zu verzeichnen gab. Er war größer als der an der Wand in der Bibliothek, und an das Bild konnte sie sich gut erinnern. Ein Bild von Früchten, von einer mit Früchten gefüllten Terrine. Es hatte Edwards Tante gehört, die es ihm vor mehreren Jahren in ihrem Testament hinterlassen hatte. Sie selbst hatte es häßlich gefunden, fast vulgär, aber Edward war begeistert gewesen, als er es erbte. Der Rahmen, erinnerte sie sich, war recht schön, wahrscheinlich das Attraktivste an dem ganzen Bild. Vielleicht hatten die »scharfsichtigen« Einbrecher es des Rahmens wegen mitgenommen.

Nur der Gründlichkeit halber ging sie in Charlottes Zimmer, da es nichts von Wert enthielt, zumindest nichts, was transportiert werden konnte. Der Schrank war ein sehr schönes Möbelstück, aber es hätte vier kräftige Männer gebraucht, um ihn zu stehlen. Sie spähte ins Zimmer, entdeckte nichts Ungewöhnliches und machte die Tür wieder zu. In die Dachzimmer ging sie nicht. Der Polizist war dort gewesen, und es schien nicht nötig zu sein, nicht einmal im Interesse der Gründlichkeit. Sie war in all den Jahren nur ein einziges Mal oben in den Dachzimmern gewesen, und das war wenigstens zehn Jahre her, während einer unseligen Geschichte mit einem Dienstmädchen, das ein Kind zur Welt gebracht hatte. Sie überließ es Jessie, sich darum zu kümmern, daß dort oben alles so war, wie es sein sollte. Als sie nach ihrer Inspektion die Treppe wieder hinunterging, war das Haus ungewöhnlich still. Sie blieb auf der Hälfte stehen, die Hand auf das Geländer gelegt, und lauschte. Nicht, daß sie Angst gehabt hätte, obwohl Anlaß dazu bestanden hätte. Sie war einfach nur überrascht. Das Haus schien ihr immer voller Geräusche zu sein, selbst wenn nur ihr Mann und ihre jüngste Tochter da waren. Die Erinnerung an vertraute Geräusche, die jetzt auffällig fehlten, überwältigte sie plötzlich. Keine Türen schlugen, keine Dienstboten trappelten über den gefliesten Küchenboden, keine Großvateruhr tickte (und wie hatten die Einbrecher es geschafft, die fortzuschaffen?). Die Luft war schwer von Staub, und die unnatürliche Stille war unheilverkündend und ließ sie an eine Bombe denken, die jeden Augenblick explodieren konnte.

Hastig lief sie die Treppe hinunter und nahm ihren Mantel. Sie konnte nicht länger auf den Schlosser und den Glaser warten. Sie würde den Schlüssel auf dem Weg zu Pamela abgeben und es ihnen überlassen, sich um die Reparaturen zu kümmern – das Haus war bereits ausgeraubt worden, alles, was einen Diebstahl lohnenswert machte, war bereits verschwunden. Sie hatte nicht die Absicht zurückzukehren, bis Edward und alle Dienstboten wieder im Haus waren.

Und auf gar keinen Fall würde sie zu Priscilla zurückfahren.

Charlottes Herz machte einen Satz. Das hier konnte *das Zimmer* sein. Die Decke war schräg, die Tapete war gelb, das Fenster hatte eine Spitzengardine, es gab einen kleinen Holztisch und eine Vase mit Blumen darauf. Aber der Stuhl war falsch – kein Korbsessel, sondern ein unbequemer Stuhl aus Schmiedeeisen. Und der Boden war nicht richtig. Ein Binsenteppich lag darauf. Trotzdem sprach das Zimmer sie an, und sie rannte begeistert hinunter zu ihrem Vater und drängte ihn, mit ihr zu kommen und es sich anzusehen. Er kam bereitwillig mit und sah, was sie meinte, sagte aber sanft: »Es gibt viele Zimmer wie dieses, Charlotte. Ich glaube nicht, daß es *das* Zimmer ist.«

Die Villa lag auf einem Hügel außerhalb von Florenz, in der Nähe von Fiesole, und er war kurz vor seiner Abreise von einem alten Freund in London darauf aufmerksam gemacht worden. Die Besitzerin nahm englische Gäste auf, und das Ganze hatte eher die Atmosphäre eines Privathauses als eines Hotels, was den Gästen, allen voran Sir Edward, sehr gefiel. Er selbst hatte ein bezauberndes Zimmer mit einem herrlichen Blick auf Florenz bekommen. Charlottes Aussicht war vielleicht sogar noch besser als seine, und sie standen einen Augenblick da, die Spitzengardine zurückgezogen, und bewunderten sie.

»Ich werde versuchen, es zu zeichnen, Papa«, sagte Charlotte.

»Was, die Aussicht?«

»Nein, nein, das Zimmer. Ich werde mich aufs Bett setzen und versuchen, es zu zeichnen oder sogar zu malen.«

»Eine gute Idee«, sagte ihr Vater. »Wann willst du anfangen?«

Sie fing am nächsten Tag an, als sie aus den Uffizien zurück waren, und merkte sofort, wie schwer es war, das einzufangen, was sie einfangen wollte und was in dem kleinen Gemälde zu Hause eingefangen war. Nichts geriet richtig, weder in Bleistift noch in Kohle noch in Wasserfarben. Alles, was sie hervorbrachte, war eine Ecke eines nicht weiter bemerkenswerten Zimmers, eher deprimierend in seiner faden Gewöhnlichkeit. Das Licht war das Problem. Sie konnte die Qualität des Lichts nicht wiedergeben, konnte nicht zeigen, wie es die Blumen aufleuchten und die Tischplatte schimmern und die Tapete in die Schatten zurücksinken ließ. Außerdem war in diesem Zimmer keine Spur von ihr selbst oder von sonst jemandem zu fühlen. Es war leer, leer an Gefühlen, an menschlicher Präsenz, an allem.

Tag für Tag zerriß sie ihre Versuche. Sie fing an, auf ihr zu lasten, diese selbst auferlegte Aufgabe, die sie so eifrig in Angriff genommen hatte. Sie konnte nur an das Bild zu Hause denken, an seine Vollkommenheit, seine kraftvolle Einfachheit, und sie wünschte sich, sie hätte es dabei. Aber ihre gescheiterten Versuche waren nicht völlig vergeblich. Als sie nachts im Bett lag, das Fenster offen, den Blick auf die Sterne gerichtet, die am dunklen Himmel leuchteten, dachte sie, daß sie auf dieser Reise etwas über sich selbst gelernt hatte. Die Kunst konnte ihr nicht alles geben, was sie brauchte. Es lag für sie keine wirkliche Erfüllung in dem Streben danach, zu zeichnen oder zu malen. Sie wollte doch nicht auf die Slade School gehen. Kunst berührte sie, sie bewunderte und schätzte, was Künstler schufen. Sie empfand eine leidenschaftliche Liebe für große Kunst, aber sie war keine Künstlerin. Zuerst war sie verzweifelt über diese wachsende Erkenntnis und wäre fast in Panik geraten über die Lücke, die sich so plötzlich in ihrem jungen Leben auftat: Wenn nicht die Kunst, was dann? Sie war beunruhigt und versuchte, sich andere Ziele auszudenken. Das romantische Bild, das sie sich so lange hatte ausmalen können, wurde ihr verwehrt – sie würde jetzt nie in einer Dachstube verhungern oder aber mit ihrer Kunst Erfolg haben.

Als sie am Ende der Woche mit roten Augen zum Frühstück auf der Terrasse erschien, bot sie einen bemitleidenswerten Anblick.

»Charlotte, Kind, was um alles in der Welt ist passiert?« fragte ihr Vater und fürchtete die Antwort (daß Charlotte krank werden könnte, war seine größte Sorge).

Charlotte setzte sich an den Tisch und wartete, bis Kaffee, Obst und Gebäck gebracht worden waren. Dann zuckte sie die Schultern. »Nichts«, sagte sie. Und dann: »Alles. Ich bin keine Künstlerin, Papa. Ich bin nichts.«

Gegen seinen Willen mußte Sir Edward lachen. »Liebes«, sagte er. »Jemand, der kein Künstler ist, ist deswegen nicht nichts oder niemand. Es ist dir also nicht gelungen, dein Zimmer zu deiner Zufriedenheit zu zeichnen?« Charlotte nickte. »Nun, das ist nicht weiter überraschend und beweist gar nichts.

Du bist nicht ausgebildet, du hattest keinen Unterricht, du bist erst sechzehn, und trotzdem denkst du, du müßtest den Besten das Wasser reichen können. Sei vernünftig, ich bitte dich. Und iß, wir müssen los.«

»Es geht nicht darum, daß ich mein Zimmer nicht malen kann«, protestierte Charlotte, ein bißchen mürrisch.

»Weswegen dann die roten Augen? Sie sind übrigens nicht sehr vorteilhaft.«

»Ich habe geweint ...«

»Das sehe ich. Und nicht geschlafen, vermute ich, was sehr töricht ist, da wir einen langen Tag vor uns haben.«

»Ich habe aus Verzweiflung geweint, Papa.«

»Aus Verzweiflung? Weswegen, wenn ich fragen darf?«

»Über mich selbst natürlich. Kunst ist nicht die Antwort. Das ist mir gerade klargeworden.«

»Du mußt es einfach immer wieder versuchen und versuchen und versuchen.«

»Nein. Genau das meine ich ja. Ich will es nicht länger versuchen. Ich glaube, ich hasse dieses ewige Versuchen.«

»Dann gib auf, dann hör auf. Es ist keine Tragödie.«

»Doch, das ist es, weil ich jetzt nichts mehr habe, worauf ich hinarbeiten kann, und ich *muß* ein Ziel haben, ich muß etwas haben, wonach ich streben kann.«

Sir Edward sah sie an. Hatte es je ein derart anstrengendes, irritierendes Kind gegeben? Jedes andere Mädchen wäre glücklich gewesen, in einem sonnigen Garten in Florenz zu sitzen und es sich wohl sein zu lassen, einen aufregenden Tag mit der Besichtigung der Sehenswürdigkeiten vor sich zu haben. Nicht so Charlotte. So lächerlich ihr tragischer Gesichtsausdruck auch wirkte, er konnte sehen, daß ihre Gefühle echt waren. Er dachte daran zurück, wie er selbst mit sechzehn gewesen war, und merkte zu seiner Bestürzung, daß er sich an keinerlei Unzufriedenheit mit sich selbst in diesem Alter entsann. Das Leben hatte sich damals in einem festgefügten Muster vor ihm ausgebreitet, dem zu folgen er ganz zufrieden war – er hatte keine Erinnerung an ein derart rastloses, alles verzehrendes Sehnen zu wissen, was er aus sich machen sollte und konnte. Wie alt war er gewesen, als er das erste Mal in Frage stellte, was er mit seinem Leben machte? Mindestens dreißig. Und hier war seine jüngste Tochter, die endlos getrieben war, ihren Weg durchs Leben zu hinterfragen – es schien nicht richtig zu sein. Diese Reise half ihr nicht im mindesten. Falls überhaupt, so wurde sie, je mehr sie reiste, je mehr sie sah, nur desto besorgter um ihre Zukunft, und er wußte nicht, was er mit ihr anfangen sollte.

»Charlotte«, sagte er, »vielleicht ist es Zeit, nach Hause zu fahren. Rom wird uns nicht weglaufen.«

Ein Telegramm aus Florenz hatte die vorzeitige Rückkehr der Reisenden angekündigt, und Lady Falconer war da, um sie zu begrüßen. Die wenigen Dienstboten, die sie behalten hatte, waren zurückgerufen, und der Prozeß, weitere einzustellen, war in Gang gesetzt worden. Aber es lag, wie Jessie es John gegenüber ausdrückte, »etwas in der Luft«. Wie würde der Herr auf den Einbruch reagieren? Lady Falconer selbst machte keinen sehr bestürzten Eindruck, obwohl ihr ganzer Schmuck gestohlen worden war. Sie waren erstaunt darüber, wie gefaßt sie wirkte. Aber der Herr? Schwer zu sagen. »Du wirst sehen, sie wird ihm die Schuld geben«, sagte Jessie, »weil er auf Reisen gegangen ist. Sie wollte nie, daß er und Miss Charlotte fahren. Sie wollte nie, daß das Haus geschlossen wird.«

Es war früher Abend, als die Droschke vorfuhr. John beeilte sich, den Schlag zu öffnen und Miss Charlotte beim Aussteigen zu helfen. Er bemerkte sofort, daß sie anders aussah – dünner, aber es gab auch noch einen anderen Unterschied, den er nicht festmachen konnte. Er nahm einen Teil des Gepäcks und wankte damit ins Haus. Lady Falconer stand in der Halle und wirkte mit den gefalteten Händen und dem geraden Rücken fast königlich. Sir Edward ging zu ihr und küßte sie auf die Wange. »Willkommen zu Hause«, sagte sie in einem entschieden nicht sehr willkommen heißenden Ton.

»Was ist los?« fragte Sir Edward auf der Stelle. »Ist Priscilla wohlauf? Das Baby?«

»Beide sind wohlauf.«

»Gut. Und die Jungen? Du selbst?«

»Alles in Ordnung.«

»Wieso dann der Tonfall?«

In diesem Augenblick kam Charlotte herein und stellte die Tasche, die sie getragen hatte, mit einem lauten Plumps ab.

»Charlotte! Deine Haare!«

»Guten Tag, Mama. Meine Haare? Papa gefallen sie so.«

»Darum geht es wohl kaum. Du siehst völlig verwildert aus, völlig … du siehst unordentlich aus.«

»Wir waren lange unterwegs, Mama.«

»Das ist keine Entschuldigung für Schlampigkeit.«

»Es war nicht als Entschuldigung gemeint, sondern als Erklärung. Ich bin so müde und hungrig, daß ich jeden Augenblick ohnmächtig umfallen könnte.«

Sir Edward starrte derweil auf den leeren Fleck an der Wand, wo der Spiegel gehangen hatte. »Dekorierst du um, Hettie?« Dann drehte er sich um und sah, daß die Großvateruhr verschwunden war, und ein Blick auf den Boden zeigte ihm, daß auch der Läufer fehlte.

»Nein, Edward. Das Umdekorieren haben andere für uns erledigt.« Lady Falconer lächelte, stolz auf ihren eigenen Sarkasmus. Aber ihr Mann verstand schnell. Er sah sie scharf an und las in ihrem Gesicht. Sie nickte, obwohl er ihr keine Frage gestellt hatte. Er ließ sie in der Halle stehen und lief in die Bibliothek, und sie hörte sein »Verdammt!« durch das ganze Haus hallen.

Es war der Versuch unternommen worden, die Dinge ruhig und beherrscht anzugehen, aber Sir Edwards Wut und Verzweiflung machten dies fast unmöglich. Er wollte nichts von dem Schmuck oder dem Silber oder den Möbelstücken hören – sein einziger Gedanke galt dem Diebstahl seines holländischen Gemäldes. Er würde, so sagte er, nie in der Lage sein, es zu ersetzen. Es war so ein Glück gewesen, daß er es überhaupt hatte kaufen können, er würde nie wieder eine solche Chance erhalten. Eine Menge Getue um ein verschwundenes Bild, dachte seine Frau, war aber nicht so unhöflich, es laut auszusprechen. Sie wagte jedoch den Hinweis, daß immerhin niemand tot war. Und dann tauchte Charlotte auf und verkündete, ihr Bild sei auch gestohlen worden. Lady Falconer bemerkte sofort, daß sie nicht so außer sich war, wie man es hätte erwarten können.

»Ein Irrtum«, sagte Sir Edward. »Sie haben es verwechselt, sie dachten wahrscheinlich, es sei ein weiteres holländisches Meisterwerk.«

»Sind Diebe so klug?« fragte Charlotte. »Kennen sie sich mit Kunst aus? Wissen sie, was wertvoll ist?«

»Der Polizist sagte, unsere Einbrecher seien offensichtlich sehr kundig gewesen«, bemerkte Lady Falconer. »Er meinte sogar, es sei vielleicht ein Auftragseinbruch gewesen. Anscheinend gibt es solche Einbrecher. Sie nehmen nur das Beste mit.«

»Und was machen sie damit?« fragte Charlotte.

»Um Himmels willen, Kind«, fauchte ihr Vater. »Was glaubst du wohl, was sie damit machen? Verkaufen, natürlich. Sie haben Käufer, die schon warten. Es ist alles eine abgekartete Sache.«

»Aber wenn sie mein Bild mitgenommen haben, weil sie es mit etwas Wertvollem verwechselt haben, und dann merken, daß es nicht wertvoll ist, was werden sie dann damit machen?«

»Es wegwerfen.«

Kein Schrei von Charlotte, wie ihrer Mutter auffiel, nicht einmal eine Spur von Zorn oder Trauer. Stattdessen setzte sie sich still hin und starrte fast ausdruckslos ins Leere. Wie John sah auch Lady Falconer, daß Charlotte sich verändert hatte, aber anders als er konnte sie den Unterschied definieren. Charlotte war einfach erwachsen geworden, und die Veränderung war so auffällig, weil sie sie längere Zeit nicht gesehen hatten. Wenn sie zu Hause geblieben wäre, hätte sich die Veränderung wahrscheinlich unmerklich vollzogen. Als Lady Falconer ihre Tochter musterte, sah sie sogar Anzeichen dafür, daß sich das einst häßliche Entlein ungeachtet der ungekämmten Haare vielleicht nicht gerade in einen Schwan verwandeln würde, aber doch in ein keineswegs hoffnungslos unattraktives Wesen. Ihre Stimme wurde weicher, als sie sagte: »Das mit deinem Bild tut mir sehr leid, Charlotte. Ich weiß, wie sehr es dir am Herzen lag.« Charlotte nickte, ohne etwas zu sagen, aber Sir Edward gab ein kleines Grunzen von sich, das seine Frau nicht deuten konnte.

»Edward?« fragte sie. Keine Antwort. Er saß zusammengesunken in seinem Sessel, die Augen geschlossen. Lady Falconer strich ihr Kleid glatt und fragte, ob man die Unannehmlichkeit des Einbruchs jetzt beiseite legen und ob sie etwas über ihre Reise erfahren könne. Ihr Mann seufzte schwer. »Charlotte?« sagte Lady Falconer.

»Es war wundervoll«, sagte Charlotte ohne eine Spur von Begeisterung in der Stimme. Sie merkte es selbst und versuchte es noch einmal. »Paris war sehr schön«, sagte sie. »Wir haben so viele Kunstwerke gesehen. Und in Florenz auch«, fügte sie lahm hinzu.

»Das Wetter?«

»Perfekt. In Paris hat es einen Tag geregnet, aber abgesehen davon, perfekt.«

»Habt ihr interessante Leute getroffen?«

»Nicht wirklich. Wir haben uns auf die Kunst konzentriert, Mama. Das heißt, wir haben die Bekanntschaft einer Dame gemacht, aber ich weiß nicht mehr, wie sie hieß ...«

»Miss Tyrwhitt«, sagte Sir Edward mit immer noch geschlossenen Augen.

»Ja, Miss Tyrwhitt. Sie ist Künstlerin.«

Lady Falconer merkte auf. »Und wie habt ihr diese

Dame kennengelernt, an deren schwierigen Namen dein Vater sich so leicht erinnert?«

»Sie wohnte in unserem Hotel, das ist alles.«

»Ich nehme an, sie war attraktiv?«

»Charmant«, sagte Sir Edward, »und sie wußte sehr viel über Kunst.«

»Also ganz nach deinem Geschmack.«

»Wir haben nur ein einziges Mal mit ihr gesprochen«, sagte Charlotte.

Das Abendessen wurde aufgetragen, aber während Charlotte herzhaft zulangte – in dieser Hinsicht hatte sie sich nicht verändert –, stocherte Sir Edward nur in seinem Essen herum. Niemand von ihnen sagte auch nur ein einziges Wort. Sobald Charlotte fertig war, bat sie, sich entschuldigen zu dürfen, da sie sofort zu Bett gehen wolle. Als sie das Zimmer verlassen hatte, sagte Lady Falconer: »Sie wirkt nicht sehr bedrückt über den Verlust des Bildes, das ihr so am Herzen lag.«

»Sie ist desillusioniert«, murmelte Sir Edward.

»Worüber?«

»Die Kunst, Hettie, die Kunst natürlich. All die großen Kunstwerke zu sehen hat ihr ihre eigenen Unzulänglichkeiten bewußt gemacht. Die Reise hatte genau die gegenteilige Wirkung, die sie hätte haben sollen.«

»Aber wie hat das ihre Einstellung zu dem Bild geändert?«

»Es bedeutet ihr nicht mehr dasselbe.«

»Ich verstehe das nicht, Edward.«

»Und ich bin müde. Gute Nacht.«

Am nächsten Tag, den ihr Mann damit verbrachte, Polizeibeamten zur Last zu fallen, sprach Lady Falconer auf eine Weise mit Charlotte, wie sie es noch nie zuvor getan hatte. Zum erstenmal war sie an ihrer Tochter interessiert, statt nur von ihr irritiert zu sein, und merkte, daß sie wirklich verstehen wollte, was um alles in der Welt Edward mit seinen verwirrenden Bemerkungen über Charlotte gemeint hatte. Es war immer ziemlich lächerlich gewesen, wie sie sich wegen dieses kleinen Gemäldes angestellt hatte – Lady Falconer hatte sich sogar gefragt, ob sie noch ganz richtig im Kopf sei –, aber jetzt, wo es gestohlen worden war und Charlotte so ungerührt wirkte, wollte ihre Mutter ihr rätselhaftes Verhalten ergründen. Wie konnte ein Bild seiner Besitzerin an einem Tag so viel bedeuten und Wochen später anscheinend gar nichts mehr? Charlotte *sollte* außer sich sein.

Zuerst plauderten sie über den kleinen Jasper. Lady Falconer beschrieb ihn Charlotte in den üblichen Einzelheiten und sagte, es würde ihr sicher Freude bereiten, ihn zu zeichnen, wenn sie ihn sah. Charlotte schüttelte den Kopf. »Ich habe die Kunst aufgegeben«, sagte sie.

»Ach komm, Charlotte, ist das nicht ein bißchen melodramatisch?«

»Dann ist es das eben. Aber es gibt nichts, was ich dagegen tun kann. Ich habe jede Begeisterung verloren. Ich kann nicht, was die Künstlerin, die das Dachzimmer gemalt hat, kann, geschweige denn, was die großen Künstler können.«

»Aber Charlotte, du hast keine Ausbildung. Es ist lächerlich, dir einzureden, daß du nicht malen kannst, wenn dir bislang niemand außer deinem Vater etwas darüber beigebracht hat.«

»Ich dachte, du wolltest nicht, daß ich Kunst studiere.«

»Sicher, das wollte ich nicht, aber als Hobby …«

»Kunst als Hobby ist sinnlos, Mama.«

»Dein Vater findet das nicht.«

»Aber ich. Für mich ist sie alles oder nichts. Mehr gibt es dazu nicht zu sagen.«

Lady Falconer bemühte sich immer noch: »Laß mich das verstehen. Das Dachzimmerbild hat dich zu dem Glauben veranlaßt, du könntest eine Künstlerin sein?«

»Nein.«

»Was dann? Was hat es dann getan?«

»Es hat mich dazu gebracht, dieses Leben zu wollen.«

»Das *Leben*?«

»Mama, bitte, es gibt nichts zu verstehen. Ich hatte törichte Vorstellungen. Ich habe mir Dinge eingebildet, und das tue ich jetzt nicht mehr. Ich bin jetzt realistisch.«

»Und welche Form nimmt dieser Realismus an?«

»Ich habe nicht mehr den lächerlichen Traum, in Dachzimmern zu leben und eine Künstlerin zu sein.«

Gegen ihren Willen war Lady Falconer gerührt. »Wie traurig, Liebes«, sagte sie. Aber das war offensichtlich nicht die richtige Bemerkung.

»Es ist überhaupt nicht traurig«, sagte Charlotte. »Ein Bild hat mich dazu verleitet, mich für etwas zu halten, das ich unverkennbar nicht bin. Das ist alles.«

»Und jetzt machst du dir nichts mehr aus Kunst?«

»Mama! Natürlich mache ich mir etwas daraus, wie könnte ich nicht, nachdem ich gesehen habe, was ich gesehen habe. Ich werde mir immer ›etwas aus Kunst ›machen‹. Aber es schmerzt mich zu wissen, daß ich nie eine Künstlerin sein werde, verstehst du? Ist es jetzt klar?«

Lady Falconer verstand nicht. Nichts war für sie klar. Wie es aussah, war ihre Tochter ziemlich durcheinander, und irgendwie gab sie dem gestohlenen Gemälde die Schuld daran. Wieso, das konnte Lady Falconer nicht begreifen, aber da sie Charlotte noch nie verstanden hatte, sagte sie sich, daß das nur zu erwarten gewesen war. Gleichzeitig begann sie zu hoffen, daß ihre jüngste Tochter jetzt, wo der ganze Kunst-Unsinn aus dem Weg geräumt war, vielleicht doch noch zu einer jungen Frau werden würde, auf die sie stolz sein konnte – anmutig, verständig, umgänglich.

Die Reise, dachte sie, hatte Charlotte gutgetan.

Der kahle Fleck an der Wand fiel nicht sehr auf. Das Bild hatte nicht so lange dort gehangen, daß die abscheuliche Tapete dahinter sehr verblassen konnte. Trotzdem mochte Charlotte ihn nicht sehen und suchte nach einem anderen Bild, das sie an die Stelle hängen konnte. Sie fand eine harmlose Ansicht der Heide von Hampstead und hängte sie auf, fühlte sich aber immer noch durcheinander und schuldig, wenn sie auf die Stelle blickte. Sie versuchte, auf der anderen Seite zu schlafen, damit ihr Blick, wenn sie aufwachte, immer in die andere Richtung fiel.

Es wäre besser, wenn sie ans Queen's College und nicht an die Slade ging. Wenn sie kein künstlerisches Talent besaß, mußte sie ihren Verstand benutzen. Vielleicht hatte das gestohlene Bild sie letztlich doch etwas gelehrt. So jedenfalls beschloß sie, darüber zu denken, aber die Erinnerung daran ging ihr nicht aus dem Kopf, das Bild des Bildes, die Atmosphäre, der Bann, in den es sie gezogen hatte.

Sie konnte den Gedanken, daß es vielleicht schon beschädigt oder weggeworfen oder sogar vernichtet worden war, nicht ertragen.

Stella

I

Alan kam aus dem Krankenhaus, wandte sich scharf nach links und machte sich auf den Weg, wobei er sich auf dem überfüllten Bürgersteig möglichst dicht am Straßenrand hielt. Er sah nur verschwommen, wußte aber, wo er hinmußte, und brauchte keine klare Sicht, um sich orientieren zu können. Es war drückend heiß, obwohl die Sonne nicht zu sehen war. London im August war ein unangenehmer Aufenthaltsort, aber bald würde er im Zug sitzen und nach Cornwall fahren – zumindest hoffte er, daß sie fahren und nicht ständig stehenbleiben würden. Wenn er erst wieder da war, wenn er erst wieder zu Hause war, würde er sich besser fühlen. Alles würde sich beruhigen. Ein ereignisloses Leben, das war es, was er sich wünschte. Eine geruhsame, unkomplizierte Existenz.

Er verabscheute Krankenhäuser und war überrascht gewesen, wie viele Männer sie für sicher und tröstlich hielten. Er hatte Gesichter aufleuchten sehen, wenn die Entscheidung »Der hier kommt ins Lazarett« fiel. Aber er selbst hatte kein Vertrauen zu Ärzten und nur wenig Respekt für die meisten Krankenschwestern. Er hatte das Gefühl, daß manche der Ärzte in den Krankenhäusern, in denen er gewesen war, nicht wußten, was sie taten. Wahrscheinlich hatten sich das Mißtrauen und die Geringschätzung auf seinem Gesicht abgezeichnet, denn er war kein beliebter Patient gewesen. Er stellte zu viele Fragen, analysierte zu viele Antworten zu genau. Vor dem Krieg war er Beamter gewesen, ein Schreibtischjob im Ministerium für Handel und Industrie, wo er gelernt hatte, genau zu sein. Er legte Wert darauf, daß Dinge ordentlich getan wurden, und konnte Pfuscherei nicht ausstehen.

Die Stadt war voll. Er sah viele Männer, wie er selbst einer war, unverkennbar im Krieg verwundet. Ein paar waren sogar noch in Uniform, obwohl der Krieg seit zwei Jahren vorbei war. Er haßte es, sie zu sehen, und versuchte, sich statt dessen auf den Verkehr zu konzentrieren, eine Mischung aus Automobilen und Pferdekutschen, die ihm immer noch seltsam vorkam. Eines Tages würde er vielleicht auch gern ein Auto haben, wenn er es sich leisten konnte. Er bewegte sich etwas weniger vorsichtig durch die dahinhastenden Fußgänger, da seine Sicht allmählich klarer wurde, und bemerkte eine Frau, die eine entfernte Ähnlichkeit mit Stella hatte und gerade in einen Bus stieg. Er traf nur selten Frauen, die aussahen wie sie, wohingegen es viele gab, die ihn an Charlotte erinnerten. Anscheinend hatte es etwas mit ihren Farben zu tun. Stellas leuchtendrote Haare und ihre frappierend grünen Augen waren keine häufige Kombination, während Charlotte brünett war, eine ziemlich große, ziemlich durchschnittlich aussehende Brünette. Man mußte genau hinschauen (so wie er es getan hatte), um zu merken, daß sie ein sehr liebes Gesicht hatte.

Da er allmählich müde wurde, die U-Bahnstation aber immer noch weit entfernt war, beschloß er, in ein Café zu gehen und etwas zu trinken. Das Café, das er betrat, war mehr eine Teestube, aber sein verletztes Bein tat weh, und er mußte sich setzen. Er bestellte Tee und ein *scone*. Es waren nur zwei andere Gäste da, zwei Frauen, beide mit kurzen, stufig geschnittenen Haaren, ein Stil, an den er sich noch nicht gewöhnt hatte. Sie waren in ihre Unterhaltung vertieft und beachteten ihn zum Glück nicht. Seine Verbrennungen zogen die Aufmerksamkeit auf sich, und er haßte es, angestarrt zu werden. Manche Leute bemühten sich, nicht hinzusehen, aber ihre verstohlenen Blicke waren noch schwerer zu ertragen als offenes Starren. Auf dem Tisch, den er sich ausgesucht hatte, lag eine Zeitung, die *Times*. Er schob sie beiseite. Nachrichten interessierten ihn nicht. Er war mit Nachrichten fertig. Politik, auswärtige Angelegenheiten, Aktienpreise – sie hatten in seinem Leben keine Relevanz mehr. Er hatte das Gefühl, nicht mehr wirklich zur Welt zu gehören. »Dich abzusondern und zu verstecken ist keine Hilfe«, hatte Charlotte gesagt. Aber sie irrte sich. Es war eine.

Er war nur sechs Monate mit ihr zusammengewesen, kurz bevor der Krieg begann. Die Zukunft war so strahlend gewesen, so voll von allen möglichen Versprechungen. Erinnerungen an den Sommer des Jahres 1914 lösten in ihm eine Trauer aus, die schwerer zu ertragen war als die Qualen, die er seit seiner Verwundung ausgestanden hatte. All seine Bilder von sich selbst in der Zeit vor dem Krieg zeigten einen überaus energischen Mann, einen Mann, dem es schwergefallen war, an einem Schreibtisch zu sitzen, wie seine Arbeit es von ihm verlangte. Er liebte Spiele – vor allem Kricket und Tennis – und war gut darin. Schon seine Schulzeugnisse hatten immer von seinem »Überschwang« gesprochen, und Charlotte hatte einmal gesagt, genau dieser Überschwang habe sie ursprünglich an ihm angezogen. Sie mochte Männer, die Vitalität und körperliches Wohlbefinden ausstrahlten. Sie selbst hatte nichts für Sport übrig, wanderte aber gern und hatte die neue Mode des Fahrradfahrens begeistert aufgenommen. So hatte er sie kennengelernt. Sie war viel zu schnell die East Heath Road heruntergekommen, ihr Rock hatte sich im Reifen verheddert, und sie war praktisch in seine Arme geschleudert worden, als er vom Schwimmen im Teich kam. Er war fast schon an der Straße gewesen, als er sie angerast kommen sah, und da ihm klar war, was passieren würde, war er auf sie zugesprintet und hatte sie aufgefangen, als sie stürzte.

Keiner von ihnen hatte sich verletzt. Es hätte eine peinliche Situation werden können, er auf dem Rükken, sie auf ihm liegend, aber sie hatten beide gelacht und waren kein bißchen verlegen gewesen. Er hatte ihr geholfen, den verhängnisvollen Rock zu entheddern, und ein kleiner Kratzer an ihrem Knöchel, wo irgend etwas ihren Strumpf durchbohrt hatte, bot ihm die Möglichkeit, sein Taschentuch zu zücken (zum Glück sauber und unbenutzt) und es darum zu binden. Dann schob er das Rad für sie zurück den Hügel hinauf zu dem fast erschreckend imposanten Haus, in dem sie, wie sich herausstellte, lebte. Unterwegs plauderten sie über Fahrräder und das Fahrradfahren. Er erzählte ihr, daß er sehr gerne radelte und einem Fahrradclub angehörte und an den meisten Wochenenden erst mit dem Zug zu den verschiedensten Orten in der Umgebung Londons fuhr und dann lange Touren unternahm. Sie sagte, das würde sie auch gern tun. Dann erbot er sich, ein Schutzblech an ihrem Hinterrad anzubringen, damit ihr Rock sich nicht noch einmal darin verfangen konnte, und zu seiner Überraschung nahm sie sein

Angebot an. Das war der Anfang. Sie waren natürlich nie ein »richtiges« Liebespaar geworden, obwohl er geglaubt hatte, verliebt zu sein, und sicher gewesen war, daß Charlotte ebenso empfand. Wer konnte schon wissen, was vielleicht passiert wäre, hätte der Krieg nicht angefangen, gerade als sie sich wirklich näherkamen. Aber wenn der Krieg nicht gewesen wäre, hätte er Stella nicht kennengelernt.

Es bedrückte ihn, daß Stella ihn nie so erlebt hatte, wie er gewesen war. In jenem entsetzlichen Krankenhaus hatte er am Anfang so schreckliche Angst gehabt, sie könnte sich nur von seiner Hilflosigkeit angezogen fühlen und daß es nur Mitleid war, was sie ihm näherbrachte. Sie stritt das ab, aber er hatte lange gebraucht, um zu glauben, daß sie in ihm tatsächlich etwas sah, was sie lieben konnte. »Du bist so tapfer«, hatte sie gesagt. »Du *bemühst* dich die ganze Zeit.« Und dann hatten sie festgestellt, daß sie dieselbe Musik liebten und dieselben Bücher, und sie sagte, niemand, den sie je gekannt habe, sei so klug wie er. Es schien nicht besonders viel zu sein, um jemanden zu lieben, vor allem, wo so viel von dem, weshalb er *sie* liebte, mit ihrem Aussehen zu tun hatte. Sie war schön, was Charlotte nicht gewesen war.

Er hatte Charlotte kurz wiedergesehen, als der Krieg vorbei war, um ihr von Stella zu erzählen und die Dinge zu einem ordentlichen Abschluß zu bringen, und war schockiert gewesen, wie sehr sie sich verändert hatte. Sie hatte ihm den ganzen Krieg hindurch geschrieben, schwesterliche Briefe, aber nie erwähnt, wie schmal sie geworden war, wie erschöpft sie wirkte, obwohl sie ihm erzählt hatte, wie krank sie nach dem Tod ihres Vaters gewesen war. Aber sie war über sein Aussehen ebenso schockiert gewesen. Sie hatten in der Victoria Station im Bahnhofsrestaurant gesessen, ein Treffen, das zwanzig Minuten dauerte, sich aber wie zwanzig Stunden anfühlte. Er schämte sich seiner vorbereiteten Rede, war aber auch erleichtert, daß er sie anbringen konnte, daß er es hinter sich gebracht hatte.

Das *scone* war ausgezeichnet – leicht und locker, mit einem Hauch Käse. Er bestellte sich noch eins. Gott sei Dank waren seine Geschmacksnerven unversehrt geblieben. Essen war ihm inzwischen so wichtig, und Getränke, Wein vor allem. Vor dem Krieg war Essen für ihn nur eine Art Brennstoff gewesen, der dafür sorgte, daß sein Körper reibungslos funktionierte, es war ihm ziemlich egal gewesen, was er aß, solange es den Hunger stillte. Er hatte damals Bier getrunken, gelegentlich einen Whisky. Seit er zurück war, spielte Essen für ihn eine viel größere Rolle. Stella war eine gute Köchin, und er hatte eine Menge von ihr gelernt. Die Küche war ebensosehr seine wie ihre geworden. Sie war klein, aber gut geschnitten, und vom Fenster aus konnte man die Flußmündung sehen, der schönste Blick im ganzen Cottage. Die Küche ging nach Westen, und wenn er sich gegen Abend dort aufhielt, leuchteten wundervolle Sonnenuntergänge den Raum aus. Hinterher wirkten die anderen Zimmer immer ein wenig deprimierend. Es war eine Metapher für sein Leben, dachte er, von Helligkeit zu Düsternis zu Dunkel.

Aber das war eine Lüge. Sein Leben war auch vor dem Krieg nicht besonders hell gewesen. Er war einfach nur gedankenlos gewesen, oder vielmehr hatte er nie wirklich ernsthaft über irgend etwas nachgedacht. Er ging ins Büro, er erledigte seine nicht sehr anspruchsvolle Arbeit mit ausreichender Sorgfalt, er ging nach Hause, er spielte Tennis, er fuhr Rad, er sah sich Kricketspiele an, und es genügte ihm, sich zu amüsieren. Heute konnte er nicht aufhören, darüber nachzudenken, wie unglaublich unvorbereitet er gewesen war, als der Krieg kam. Und dann vier Jahre Krieg und Monate im Krankenhaus, ohne die geringste Hoffnung, je wieder zurückzubekommen, was er einst gehabt hatte, jene sorglose Existenz. Nur vier Jahre, und alles an ihm und an seinen Lebensumständen hatte sich für immer verändert. »Aber du hast überlebt«, hatte Charlotte zu ihm gesagt. »Du lebst.« Sie meinte damit, daß er dankbar sein solle. Ihr eigenes Leben, und das Leben Tausender anderer, hatte sich ebenfalls dramatisch verändert, manchmal weit mehr als seins.

In den Augen der Kellnerin lag Mitleid, als er seinen Tee bezahlte, aber er ertrug es stoisch. Im Krankenhaus hatte er Burschen gesehen, die trotz der gräßlichsten Verletzungen lächelten, nur weil jemand ihre Hand hielt und mitfühlend war. Mitgefühl hatte Alan überhaupt nicht geholfen, wenn es ihm entgegengebracht wurde. Es machte ihn nur schlecht gelaunt und entschlossen, ohne das zurechtzukommen. »Du bist so mürrisch«, hatte Stella ihm vorgeworfen. Es stimmte, er war mürrisch geworden. Die Schmerzen hatten ihn mürrisch gemacht, die Angst machte ihn noch mürrischer. Heute war er losgefahren, um seinen Krankenhaustermin wahrzunehmen, und hatte schreckliche Angst gehabt, daß sie ihm sagen könnten, er würde sein Augenlicht verlieren und man könne nichts dagegen tun. Aber wie sich herausstellte, war das Problem leicht zu beheben. Er hatte die Tropfen in seiner Tasche. Gegen die Verbrennungen ließ sich nichts mehr machen, auch für sein Bein und seine Schulter, die immer schmerzen würden, konnte nichts mehr getan werden, aber seine Augen waren nicht in Gefahr.

Er wollte ein Geschenk für Stella kaufen, als Wiedergutmachung für seine üble Laune während der letzten Tage. Es gab keine vernünftigen Geschäfte auf dem Weg zwischen Krankenhaus und U-Bahnstation. Es gab praktisch überhaupt keine Geschäfte, bis auf ein paar kleine Lebensmittelläden und den ein oder anderen Zeitungsstand. Er hatte nicht die Kraft, bis zur Oxford Street zu gehen, bevor er zum Bahnhof Paddington mußte. Blumen, dachte er, er würde ihr Blumen kaufen, wenn er nach St. Austell kam, aber dann fiel ihm ein, wie spät es bis dahin sein würde. Die Blumenstände wären schon nicht mehr da. Parfüm also, aber wo zum Teufel sollte er welches herbekommen? Dann sah er ein Stück vor sich eine Art Markt, in einer Seitenstraße rechts und links der Hauptstraße, ein Stand neben dem anderen. Die Waren, die zum Verkauf angeboten wurden, waren nicht neu, sondern gebraucht, aber vielleicht verbargen sich ein paar echte Antiquitäten unter dem ganzen Trödel. Langsam fing er an zu suchen, vor allem nach Schmuck. Stella mochte Kameen; vielleicht fand er eine alte Kamee, die sich zu einer Brosche umarbeiten ließ oder durch die man ein Samtband ziehen konnte. Er merkte, daß der Händler, dessen Auslage er begutachtete, ihn aufmerksam musterte. Der Mann, der mit dem Rücken an der Wand seines Stands lehnte, war die Aufmerksamkeit in Person. »Suchen Sie etwas Bestimmtes, Sir?« fragte er, mit einer leichten Betonung auf dem »Sir«. Wieso hatte er nicht »Mister« oder »Kumpel« gesagt, fragte sich Alan. Sah er aus, als hätte er Geld und wäre ein »Sir« wert? Oder lag es an den Kriegsverletzungen? Er schüttelte den Kopf und ging weiter.

Es gab mehrere Bücherstände, an denen er stehenblieb und stöberte. Fast hätte er eine sehr hübsche Ausgabe von *Gullivers Reisen* gekauft. Stella liebte alte Bücher mit schönen Einbänden, und dieser hier sah viktorianisch aus, ein dunkles Türkis mit eingeprägten goldenen Blüten. Auf der Innenseite des Einbands klebte eine kleine Urkunde, die besagte, daß das Buch im Jahr 1896 einem gewissen James W. Hayston überreicht worden war, als Auszeichnung für regelmäßigen Schulbesuch und hervorragende Lesefertigkeiten. Der Mann, der es verkaufte, wollte einen Schilling dafür haben. Aber Alan entschied, daß er ein passenderes Buch brauchte, und ging weiter. Der nächste Stand war ein einziges Durcheinander. Fast wäre er nicht einmal stehengeblieben – es sah aus, als enthalte er nur Gerümpel. Aber mittendrin entdeckte Alan eine Dose, und er fragte die Händlerin, ob er sie sich ansehen könne. Sie reichte sie ihm und wies ihn darauf hin, daß sie in absolut perfektem Zustand war, ohne auch nur einen einzigen Kratzer. Es war eine Keksdose, anläßlich des goldenen Thronjubiläums von Queen Victoria hergestellt, mit einem Bild der Königin, die in ihren Prunkgewändern sehr eindrucksvoll aussah. Aber die Dose war groß und unhandlich. Er gab sie zurück und sah zu, wie die Frau ihr Zeug umsortierte, um einen neuen Platz dafür zu finden. »Was ist das da?« fragte er und deutete auf einen Gegenstand, der ihm ins Auge gefallen war. Sie zog ein kleines Bild hervor und zeigte es ihm. Er betrachtete es. Irgend etwas daran kam ihm bekannt vor, aber er konnte nicht sagen, was es war. Hatte er dieses Zimmer schon einmal gesehen? War er schon einmal in einem solchen Zimmer gewesen? War es ein wenig wie Charlottes Zimmer? Ihr gemietetes Zimmer war ihr Geheimnis gewesen, von dem ihre Familie nichts wußte. Sie hatte es selbst eingerichtet. Er erinnerte sich, daß die Tapete gelb war, und sie hatte eine weiße Spitzengardine vor das Fenster gehängt. Sie hatten sich dort geküßt und gestreichelt, das war alles, und anschließend war sie nach Hause gefahren. Es war ihm sehr seltsam vorgekommen, und er hatte nie verstanden, wieso Charlotte dieses Zimmer gemietet hatte, da sie doch kaum je hinging. Sie hatte gesagt, es sei eine Laune, und sie könne sie sich leisten. Es sei ein Traum, den sie früher einmal gehabt hatte: Es habe für sie eine Bedeutung. Genauer könne sie es nicht erklären. Als er das letzte Mal in diesem Zimmer gewesen war, hatte sie angefangen, ihm von einer Reise nach Paris und Florenz zu erzählen, die sie mit ihrem Vater unternommen hatte.

Irgend etwas regte sich in seiner Erinnerung, wollte aber nicht deutlich werden. »Wissen Sie, wer das Bild gemalt hat?« fragte er. Die Frau schüttelte den Kopf. »Wo haben Sie es her?« Sie reagierte ausweichend, zuckte die Schultern, sagte, sie könne sich nicht erinnern, vielleicht habe ihr Dad es irgendwo aufgegabelt – er hatte einen Lumpenkarren gehabt, die Leute hatten ihm ständig Sachen gegeben. Das Bild hatte jahrelang in seinem Schuppen gelegen, und jetzt, wo er gestorben war, mußte sie die Sachen alle loswerden. Er konnte es für Sixpence haben. Vielleicht war der Rahmen für irgend etwas zu gebrauchen?

Sie hatte keine Tüte, schlug es aber für ihn in ein Stück Packpapier ein und band ein Stück Schnur darum, mit einer kleinen Schlaufe, damit er es besser tragen konnte. Er bedankte sich überschwenglich und fühlte sich plötzlich viel besser und gab ihr einen Schilling statt der Sixpence. Sie hatte recht, vielleicht konnte Stella den Rahmen für eins ihrer eigenen Bilder brauchen, falls das Bild selbst ihr nicht gefiel. Der Rahmen war von guter Qualität, schmutzig, aber leicht zu säubern. Schade, daß er ihn nicht selbst saubermachen konnte, bevor er Stella das Geschenk gab, aber er hatte nur ein Taschentuch dabei. Vielleicht könnte er sagen, er hätte es in einer Kunstgalerie gekauft, aber sie würde wissen, daß er dafür keine Zeit gehabt hatte. Er würde die Wahrheit sagen müssen. Komisch, wie wenig reizvoll die Wahrheit ihm heutzutage oft vorkam. Sein Verstand führte ihn dauernd in Versuchung, Dinge auszuschmücken und auszumalen, Geschichten zu erfinden, wo es keine gab. Nicht daß er versucht hätte, das Prosaische in etwas Dramatisches zu verwandeln – eher im Gegenteil. Das kleine Bild in einer Kunstgalerie gekauft zu haben wäre normal und gewöhnlich, wohingegen es aufregend war, es unter einem Haufen Gerümpel auf einem Flohmarkt gefunden zu haben.

Der Bahnhof Paddington war chaotisch, und er hatte Probleme, sich zu seinem Bahnsteig durchzukämpfen. Genau in der Mitte des Bahnsteigs stand eine Gruppe von Menschen, umgeben von Bergen von Gepäck, und er mußte vorsichtig über Koffer und Pappkartons steigen. Die Leute waren Ausländer. Zuerst registrierte er nur, daß sie nicht Englisch sprachen, dann ging ihm auf, daß es Deutsche waren. Sie sahen arm aus, nicht im mindesten bedrohlich, ihre Gesichter wirkten müde, ihre Haltung erschöpft, aber er fing an zu schwitzen und mußte stehenbleiben und tief durchatmen, um sich zu beruhigen. Er erinnerte sich an den Gare de Montparnasse und wie er fast bewegungsunfähig auf einer Trage gelegen hatte und an die kleine, zierliche Frau in Schwarz, mit einem Hut mit einem grünen Band, die sich über ihn gebeugt und ihn gefragt hatte, ob er Wasser wolle. Er hatte ja gesagt, und sie hatte sich umgedreht und einen der Sanitäter auf französisch gebeten, ihr den Wasserkrug zu reichen. Er hatte sie gefragt, was sie hier mache, sie sehe nicht wie eine Krankenschwester aus. Nein, hatte sie gesagt, sie sei Künstlerin und lebe in Paris, sei aber gebürtige Waliserin. Sie hatte ihn für einen Moment beruhigt. Inmitten des ganzen Tumults und des ganzen Durcheinanders wirkte sie sehr still. Sie hatte seine Wange ganz leicht mit der Hand berührt, bevor sie weitergegangen war.

Der Zug war halb leer. Er machte es sich bequem, packte das Bild aus und stellte es auf den Sitz gegenüber, um es sich genauer anzuschauen. Stella würde darin Dinge sehen, die er nicht sehen konnte. Daran war er gewöhnt. Sie erklärte ihm ständig, worum es bei irgendwelchen Bildern »ging«, und er machte sich kaum noch die Mühe, ihre Interpretationen in Frage zu stellen, obwohl er oft fand, daß sie ziemlichen Blödsinn redete. Dieses Gemälde hier würde ein Test sein. Worum »ging« es dabei für ihn? Nicht viel. Es war ein Bild von der Ecke eines Zimmers, eines Dachzimmers, mit einem kleinen Tisch und einem Korbsessel. Keine Personen, obwohl ihm klar war, daß die Blumen auf dem Tisch und der Mantel und der Schirm, der am Sessel lehnte, auf eine menschliche Präsenz hinwiesen, wahrscheinlich eine Frau. »Was *sagt* es dir?« fragte Stella ihn ständig auf diese affektierte Art, die sie an sich hatte, wenn es um Kunst ging. Er fand nicht, daß das Bild etwas

»sagte«. Es war friedlich, ruhig, still, das war alles. Falls es etwas sagte, so sprach es in Flüstertönen, die er nicht hören konnte. Als der Zug Plymouth passierte, schlief er ein. Nicht richtig, er döste nur. Das passierte ihm in letzter Zeit oft. Er schlief nachts nicht gut, sondern fiel in einen Zustand zeitweilig ausgesetzter Aktivität, der alles andere als erholsam war. So war es auch im Lazarett gewesen, in Frankreich, wo er sich immer vage bewußt war, was um ihn herum geschah, ohne auf das, was zu ihm gesagt wurde, reagieren zu können. Wenn eine Schwester ihn fragte, ob er wach sei, konnte er nicht mit ja antworten, konnte nicht sagen, daß er Schmerzen hatte. Und sie ging weiter, überzeugt davon, daß er nicht bei Bewußtsein war. So mußte es sein, wenn eine Narkose nur halb wirkte und man zu einem gefährlich geringen Grad bei Bewußtsein blieb. Es hatte keinen Zweck, deswegen zu einem Arzt zu gehen. Es gab zu viele andere Gründe, medizinischen Rat zu suchen, und sie waren alle wichtiger.

Im Abteil war es jetzt fast dunkel. Als er die Augen aufschlug und gegen das Gefühl der Lethargie ankämpfte, fiel sein Blick von neuem auf das Bild. Er konnte es kaum noch erkennen. Es bestand nur noch aus Schatten, das Fenster mit der Gardine war der einzige helle Fleck. Er hatte noch nie in einem Dachzimmer gewohnt. Das Cottage hatte eins, aber es war winzig, und sie benutzten es nur, um Kisten und dergleichen aufzubewahren. Stella wollte es ausräumen und ein weiteres Schlafzimmer daraus machen, war aber noch nicht dazu gekommen, und er selbst hatte keinen Grund dafür gesehen. Was wollte sie mit einem zusätzlichen Schlafzimmer? Es gab schon zwei, eins für jeden von ihnen, und sie hatten keine Kinder.

Es war dunkel, als er aus dem Zug stieg, sehr dunkel, kein Mond, keine Sterne. Auf dem Weg nach Hause, das Bild unter dem Arm, war er mit sich selbst zufrieden.

Stella waren die Zimmer im Cottage zu klein. Es waren drei, die ineinander übergingen. Sie sehnte sich danach, Wände einzureißen und einen Raum zu schaffen, in dem sie sich freier bewegen und leichter atmen konnte, aber es war unmöglich – die Wände waren fast so dick wie die soliden Außenmauern. Sie hatte Alan nur dazu gebracht, die Verbindungstüren auszuhängen, so daß die Zimmer immerhin offen waren und man zumindest von einem korridorähnlichen Ende zum anderen ein Gefühl von Platz hatte. Und sie hatte einen dunkelgrünen Läufer verlegt, über die ganze Länge des Steinfußbodens. Trotzdem fühlte sie sich eingeengt. Nur in ihrem Atelier, ihrem geliebten Schuppen, ihrer Hütte im Garten, fühlte sie sich wohl. Es war eine häßliche Hütte, doch der Raum innerhalb der dünnen Wände war groß und quadratisch, und durch die Fenster rundherum fiel reichlich Licht.

Aber im Winter war es zu kalt, um lange dort zu arbeiten. Alan hatte ein Paraffinöfchen aufgestellt, und sie trug dicke Pullover und hatte immer einen Schal um den Hals geknotet, doch irgendwann machte die Kälte ihre Hände taub. Jetzt war Sommer, aber sie hatte heute trotzdem drinnen im Cottage gearbeitet, weil Alan nicht da war, um sie abzulenken. Nicht, daß er laut gewesen wäre – er war ein stiller Mann –, aber allein seine Anwesenheit störte ihre Konzentration. Selbst wenn sie ihn nicht sehen konnte, konnte sie ihn irgendwie spüren.

Sie wünschte sich, er würde einen Job finden, so

daß er regelmäßig das Cottage verlassen würde, eine reguläre Arbeit von neun bis fünf, aber nichts deutete darauf hin. Es ging ihm nicht gut genug. Der Arzt gab ihm Attest um Attest und bestätigte seinen schlechten Gesundheitszustand, und jetzt kam dazu die neue Sorge um seine Augen. Aber sie hatte einen Entschluß gefaßt: Wenn er sein Augenlicht tatsächlich verlieren würde, wie er fürchtete, würde sie darauf bestehen, daß sie dieses Cottage verließen. Sie wollte nicht so absolut mit ihm zusammengekettet sein. Sie stellte sich ein modernes Haus vor, mit zwei Zimmern zu beiden Seiten einer geräumigen Diele, seins auf der einen Seite, ihres auf der anderen, und gemeinsame Räume nach hinten heraus. Es würde ihm nicht gefallen, weil er das Cottage liebte, aber das wäre ihr egal. Von außen sah es hübsch aus, und seine Lage auf der Landspitze über dem Hafen von Charlestown war schön, aber drinnen bekam sie keine Luft. Sie hatte damals nichts zu Alan gesagt, da sie ihn nicht verletzten wollte, wo er doch schon so viel verletzt worden war. Sie waren am Meer, und sie hatte sich immer wieder gesagt, daß es nur darauf ankam.

Den ganzen Krieg hindurch, so weit weg vom Meer, hatte sie sich danach gesehnt und geschworen, sich nie wieder von der Küste zu entfernen. An den meisten Tagen ging sie am Strand spazieren und genoß die Seeluft und den heilsamen Wind. Orte spielten wirklich eine Rolle. In den Jahren in London hatte sie sich desorientiert und entwurzelt gefühlt.

Sie hatte den ganzen Tag gemalt. Sobald Alan weg war, hatte sie ihr Stilleben aufgebaut – einen Krug mit Blumen, einen Teller daneben mit einem einzigen roten Apfel am Rand, das Ganze auf einem kleinen

Tisch unter dem Fenster, einem runden Beistelltischchen, über das sie ein grünes Seidentuch gebreitet hatte. Der Krug, ein großer Milchkrug, war weiß, die Blumen – Rosen – waren rosa und weiß, die rosa Blüten fast ganz geöffnet, die weißen noch Knospen. Der Teller war grün, aber blasser als das Tuch. Das Licht, das durch die bleiverglasten Fenster fiel, war nicht stark, aber sie wollte genau diesen schwachen Hauch von Licht. Obwohl sie eigentlich lieber mit Ölfarben arbeitete, benutzte sie heute Wasserfarben, weil sie im Cottage einfacher zu handhaben waren und dieses Stilleben flüchtig und zart wirken sollte. Das Ergebnis fiel besser aus, als sie erwartet hatte. Sie hatte die Zartheit der rosa Blütenblätter eingefangen, die bald abfallen würden, die straffe Kraft der weißen, noch ungeöffneten Knospen, die Rundung des Apfels. Acht Stunden Arbeit, für die sie ein Ergebnis vorzuweisen hatte. Vielleicht würde es sich verkaufen, wenn sie es rahmte.

Sie hatte sich selbst ein Jahr zugestanden, in dem sie sehen wollte, ob sie zumindest etwas Geld mit Malen verdienen konnte, ein Jahr als Belohnung dafür, daß sie den Krieg überstanden hatte. Alan hatte sie ermutigt. Er hatte seine Pension, die für sie beide reichte, und er hatte dieses Cottage – weit weg von allem – von dem Geld gekauft, das seine Eltern ihm hinterlassen hatten. Aber in jenem ersten Jahr nach Ende des Krieges hatte sie überhaupt kein Geld mit Malen verdient und eine Menge ausgegeben. Die Hütte hatte Geld gekostet, so bescheiden sie auch war, und die ganzen Materialien, die sie gebraucht hatte: die Staffelei und die Farben und die Leinwände und das Papier. Alan hatte gesagt, sie solle sich keine Sorgen machen, sie könne nach einem einzigen Jahr keinen Erfolg erwarten. Und so verging ein zweites Jahr, in dem sie zwei Bilder verkaufte. Sie hatte gedacht, es sei vielleicht der Anfang eines bescheidenen Erfolgs, doch das war nicht der Fall gewesen. Alan sagte, es spiele keine Rolle, aber es spielte eine für sie. Nicht der Erfolg an sich, sondern die Anerkennung, die damit verbunden gewesen wäre. Sie brauchte sie. Sie besaß so wenig Selbstvertrauen, unausgebildet, wie sie war.

Sie hörte ihn auf dem Weg, der von der Straße zum Haus führte. Er pfiff. Sie ging zur Tür, öffnete sie und blieb abwartend in der Dunkelheit stehen, hörte sein Pfeifen, hörte Steinchen unter seinen Füßen knirschen. Der Wind, der ihr weich ins Gesicht wehte, brachte einen Hauch von Regen mit sich, und weit draußen auf dem Meer war das Signalhorn eines Schiffs zu hören. Alan blieb ein paar Schritte vor ihr stehen und starrte sie an. Sie blickte über ihre Schulter nach hinten, um zu sehen, was er anstarrte, und spürte, wie seine Arme sich um sie schlangen. »Deine Haare«, flüsterte er. »Sie sahen aus wie in Flammen – mit dem Licht von hinten.« Sein Mantel roch nach Rauch, und sie sah plötzlich die Menschenmassen vor sich, von denen er während des Tages umgeben gewesen war und deren Geruch sich im Stoff festgesetzt hatte. »Zieh den Mantel aus«, sagte sie und half ihm dabei. Der Mantel fiel zu Boden, aber er erlaubte ihr nicht, ihn aufzuheben. Erst wollte er sie umarmen und küssen und fest an sich drücken. Sie tat nichts weiter, als sich der Umarmung zu überlassen, aber das genügte ihm. »Und?« sagte sie, als sie sich hingesetzt hatten. »Gute Neuigkeiten?«

»Gute Neuigkeiten«, sagte er und wiederholte, was er im Moorfields Eye Hospital erfahren hatte. »Kein

Grund zur Sorge«, kam er zum Schluß. »Sieh mal, ich habe dir ein Geschenk mitgebracht, zur Feier des Tages.«

Sie sah das in braunes Packpapier eingeschlagene Päckchen überrascht und verwirrt an. »Was ist es?« fragte sie dümmlich. »Ein Bild. Ich dachte, es gefällt dir vielleicht, und wenn nicht, kannst du den Rahmen für eins von deinen benutzen.« Langsam nahm sie das Papier ab und sah sich das Bild an. Es war ungewöhnlich und seltsam, daß Alan sich von einem so unauffälligen Bild angezogen gefühlt hatte. »Und?« fragte er. Sie sah das Bild immer noch an, hielt es erst auf Armlänge von sich weg und zog es dann näher zu sich heran. Sie fragte ihn, wo er es gekauft hatte, und hörte aufmerksam zu, während er seine Geschichte erzählte und seine Vermutungen äußerte, wo das kleine Bild vielleicht herkam. »Der Rahmen ist teuer«, sagte er. »Ich wette, wer immer es gerahmt hat, hat es nicht gemalt.« »Der Rahmen ist verkehrt«, sagte sie, »ganz verkehrt.« Und sie drehte das Bild um, um den Rahmen abzunehmen. Als sie nur die Leinwand in der Hand hielt, fühlte sie sich erleichtert – es war, wie wenn man ein prunkvolles Kleid ablegte und darunter ein schlichter Unterrock zum Vorschein kam, so rein in seiner baumwollenen Schlichtheit und Schmucklosigkeit. »Danke«, sagte sie.

Alan war glücklich. Das geschah so selten, daß sie ganz verwirrt war. Sie wußte, wie sie ihn trösten konnte, wenn er traurig war oder Schmerzen hatte, sie wußte sogar, wie sie seine Stimmung ein wenig aufhellen konnte, wenn er deprimiert war, was oft vorkam, aber ein glücklicher Alan war eine solche Seltenheit, daß es schwer war, sich darauf einzustellen. Plötzlich sah sie ihn so, wie er vor dem Krieg gewesen sein mußte – sorglos, eifrig, optimistisch. Sogar die Verbrennung sah nicht so häßlich aus, wenn sein Lächeln sie in den Hintergrund treten ließ und statt dessen seine plötzlich strahlenden Augen die Aufmerksamkeit auf sich zogen. Er wirkte nicht mehr wie ein verstümmelter Mann, und sie fühlte sich nicht mehr wie seine Krankenschwester. Er wollte nicht, daß sie ihm etwas zu essen machte, sondern bestand darauf, selbst in der Küche herumzuhantieren und Rühreier und Toast für sie beide zuzubereiten. Der Toast war verbrannt und die Eier zu trocken, aber sie wurden schwungvoll serviert und genüßlich verzehrt. Dann machte er eine kostbare Flasche Malt Whisky auf, und sie tranken ein Glas vor dem Kamin.

Wie, fragte sie sich wie so oft, waren Alan und sie nur je zusammengekommen?

Die Sonne strahlte durch die Fenster ihrer Hütte und ließ die tanzenden Staubkörner aufleuchten, als Stella den Boden fegte. Sie hielt kurz inne, um die wirbelnden Muster in der Luft zu bewundern. Die Tür stand offen, während sie saubermachte, und sie konnte die weißen Schaumkronen auf dem Meer sehen. Heute würde sie nicht malen. Später würde sie mit Alan einen Spaziergang machen, wenn er fand, daß es seinem Bein gut genug ging. Ihr Aquarell vom Tag zuvor, ihr Stilleben, lehnte auf einem Stuhl. Sie würde es selbst rahmen, mit einem schmalen, schlichten Holzrahmen, und es dann zur Töpferei bringen, zu Conrad Jenkinson, der es vielleicht für sie verkaufen würde. Er verkaufte dort seine eigenen Töpferwaren und erlaubte anderen Leuten, ihre künstlerischen

Arbeiten – kostenlos – auszustellen. (Er war es gewesen, der letztes Jahr Stellas zwei Bilder verkauft hatte.) Conrad kannte richtige Künstler, er war mit Dod Proctor befreundet und hätte ihre Bilder sicher nicht bei sich ausgestellt, wenn sie peinlich schlecht gewesen wären (versicherte Stella sich selbst).

Nichts hing an den Wänden der Hütte, die nicht viel dicker als Sperrholz waren und bei jedem stärkeren Wind beängstigend bebten, aber auf der einen Seite hatte Alan ein breites Regal über die ganze Länge der Wand angebracht, und hier stellte sie ihre fertigen Arbeiten auf, bis sie sich entschieden hatte, ob sie gut genug waren, um zu Conrad gebracht zu werden. Es gab vier Bilder, die auf eine Beurteilung warteten, und dazu das ganz neue Stilleben. Sie wischte den Staub von dem Regal, stellte Alans Geschenk zu ihren eigenen Bildern und trat ein paar Schritte zurück. Sie merkte, wie sie rot wurde, wie sich langsam eine Hitze in ihr ausbreitete, und hob die Hände zum Gesicht, unfähig zu verstehen, was dieses Unbehagen verursachte. Langsam wanderten ihre Augen von links nach rechts und wieder zurück, und jedesmal hielten sie bei Alans Geschenk inne. Irgend etwas war da, sie konnte es spüren. Etwas, das ihre eigenen Arbeiten auf der Stelle anmaßend aussehen ließ. Schlimmer noch – seicht, banal, abgeschmackt. Es gab keine Bedeutsamkeit in dem, was sie geschaffen hatte, kein Gefühl. Verzweifelt lief sie zum Regal, legte ihre Bilder mit dem Gesicht nach unten und trat erneut zurück, um sich die Arbeit der unbekannten Person noch einmal anzusehen. Zu ihrer Erleichterung sah das Bild jetzt nicht mehr so kraftvoll aus – es war der Vergleich mit ihren eigenen Arbeiten, der es so dominant hatte wirken lassen.

Am liebsten wäre sie auf der Stelle losgelaufen, um es Conrad zu zeigen, aber sie mußte auf Alan Rücksicht nehmen. Der Tag war ihm vorbehalten, und inzwischen war er sicherlich aufgestanden. Schnell fegte sie den Boden fertig und schloß die Tür der nun sauberen und ordentlichen Hütte. Sie verließ sie immer nur widerstrebend, egal, ob sie mit ihrer Arbeit zufrieden war oder nicht. Sie gehörte ihr allein. Alan kam nie hierher, es sei denn, sie bat ihn darum, und selbst dann schien er sich immer unbehaglich zu fühlen. Seltsam, dachte sie, wie ein Zimmer, und in diesem Fall nur ein provisorisches Zimmer, eine Atmosphäre annehmen konnte. Es enthielt kaum etwas Persönliches, bis auf ihre Bilder, keine Gegenstände oder Möbel, die ihre eigene Persönlichkeit widerspiegelten, und doch fühlte die Hütte sich an, als gehörte sie ihr allein. Sie *war* sie.

Das sagte sie zu Alan, als sie den zerklüfteten Klippenpfad entlanggingen. »Wie kann eine Hütte ich *sein*?« rätselte sie laut.

»Sie ist nicht du«, sagte er. »Das denkst du nur. Zimmer sind keine Menschen. Jeder könnte in deine Hütte gehen und sie zu seiner machen.«

»Wieso habe ich dann das Gefühl, daß sie ich *ist*?«

»Weil du eine Romantikerin bist, weil dir die Vorstellung gefällt.« Er bückte sich, um einen Stein aufzuheben und ins Meer zu werfen. Sie konnten nicht hören, wie er aufschlug.

»Gut, aber wieso gefällt mir der Gedanke? Was sagt es über mich aus, daß ich gerne glauben möchte, daß das Innere einer Hütte ich *ist*?«

»Du möchtest, daß etwas Unbelebtes dir gehört. Es ist der Reiz des Besitzenwollens.«

»Das ist nicht dein Ernst!«

»Nein, ist es nicht. Aber deiner. Ich versuche nur, auf dich einzugehen, merkst du das nicht?« Er lachte, aber sie war verärgert.

»Laß es bleiben. Es gefällt mir nicht. Ich versuche, mich selbst zu verstehen, und du machst dich über mich lustig.«

»Ach, Stella, wirklich.«

»Es ist aber so. Ich versuche, mich selbst auszuloten.«

»Was um alles in der Welt gibt es denn da auszuloten? Du bist dreißig Jahre alt, schön, gesund, du wirst von mir geliebt, du bist eine Künstlerin …«

»Bin ich eine Künstlerin?«

»Den Rest stellst du also nicht in Frage?«

»Ich kann nicht in Frage stellen, daß ich dreißig und gesund bin, und zu sagen, daß ich schön bin, ist einfach zu albern.«

»Aber du *bist* schön, und du *wirst* geliebt. Wie kannst du das außer acht lassen?«

»Ich bin nur in deinen Augen schön.«

»Ist das nicht alles, was zählt?«

»Alan, nicht. Du ziehst mich immer noch auf. Laß das.«

»Ich ziehe dich nicht auf. Schau mich an.« Er blieb erneut stehen, drehte sie zu sich um, umfaßte ihr Gesicht mit beiden Händen und sah ihr in die Augen. »Du-bist-schön«, sagte er langsam, »und-ich-liebe-dich. Da. Ist das Aufziehen?«

Sie riß sich los und ging hastig weiter. Der Pfad fiel hier gefährlich steil ab und verlief sehr dicht am Rand der Klippen. Sie hätten an dieser Stelle sowieso hintereinander gehen müssen. Sie konnte Alan, der nicht so schnell vorankam, hinter sich hören, und an dem Anstieg hinter der Senke würde er noch langsamer werden. Es war dumm und undankbar, so aufgebracht zu reagieren, das wußte sie. Aber Alan würde sie nie ergründen lassen, wieso sie sich immer so orientierungslos fühlte und sich so darüber sorgte, wo sie stand und was vielleicht geschehen würde. Er sagte, das sei normal, daß jeder, der den Krieg mitgemacht hatte, wie sie und er, sich genauso fühlte – aus der Bahn geworfen, mißtrauisch. Aber sie hatte das Gefühl, daß es etwas mit ihrem Leben vor dem Krieg zu tun hatte. Sie hatte sich, seit sie aus Tenby weggegangen war, nie sicher gefühlt. Alan würde nicht zulassen, daß sie versuchte, das zu ergründen. Er haßte es, wenn sie sich mit dem Leben beschäftigte, das sie gehabt hatte, bevor sie ihn traf – es war, als sei er eifersüchtig darauf. Sie hätte ihn gern mit nach Tenby genommen, um ihm zu zeigen, wo sie ihre Kindheit verbracht hatte, aber er hatte sich geweigert, sie zu begleiten und ihre Mutter kennenzulernen, die noch in der Victoria Street lebte. Die Vergangenheit, ihre Vergangenheit, sollte ein versiegeltes Buch sein, weil er seine eigene Vergangenheit auslöschen wollte, den Krieg und was er ihm angetan hatte. Sie hätte auch gerne über Emlyn geredet, aber Alan konnte es nicht einmal ertragen, wenn sie seinen Namen erwähnte. Sie hätte ihm gern gestanden, wie beschämend neidisch sie auf Emlyn gewesen war, wie sie sich vor Eifersucht verzehrte, vor brennender, schrecklicher Eifersucht, als er nach London ging, um zu malen. Das war erst zwölf Jahre her, aber es kam ihr wie hundert vor. Emlyns Talent war so offensichtlich gewesen, daß sie gewußt hatte, ihres konnte nicht mithalten, und doch hatte sie auf dieselbe Gelegenheit gehofft und gewartet. Sie hatten ein einziges gemeinsames Jahr in London gehabt, wohin sie ihm folgte und wo sie als Krankenschwester im St. Bart's arbeitete, das Jahr, bevor der Krieg anfing, und dann war alles vorbei. Alan wußte, daß sie Witwe war, zog es aber vor, die Tatsache völlig zu ignorieren. Genauso wies er ihre Neugier in bezug auf sein Leben vor dem Krieg zurück. Sie wußte, daß es eine andere Frau gegeben hatte, aber das war alles. »Ein neues Jahr«, hatte Alan am 31. Dezember um Mitternacht gesagt, »und ein neues Jahrzehnt. Auf die Zukunft. Die Vergangenheit ist es nicht wert, daß man sich an sie erinnert.« Aber sie wollte sich daran erinnern. Manchmal fragte sie sich, ob ihr Drang zu malen ein Akt der Erinnerung war, an Emlyn, ein Versuch, wie kläglich er auch sein mochte, an dem festzuhalten, was er gewesen war.

Am Ende des Anstiegs setzte sie sich und wartete, den Blick auf das Meer gerichtet. Es breitete sich, jetzt düster und grau, bis zum Horizont aus, wo es auf einen Himmel stieß, über den die Wolken dahinrasten. Die Sonne, die am frühen Morgen noch geschienen hatte, war fast ganz verschwunden, nur gelegentlich blitzte sie kurz zwischen Wolken auf, die von Minute zu Minute größer und dunkler wurden. Der Wind kam aus Westen und würde bald Regen bringen. Sie sollten zurückgehen. Alan würde es nie schaffen, die Landspitze zu umrunden. Aber er war halsstarrig. Wenn sie sagte, der Pfad sei zu schwierig und sie würden vom Regen überrascht werden, würde er darauf bestehen, daß sie weitergingen. Er mußte selbst die Entscheidung fällen umzukehren, und sie mußte geschickt vorgehen und ihm helfen, sie zu treffen.

Sie erinnerte sich daran, wie sie ihn das erste Mal im Netley's Royal Victoria Hospital in der Nähe von Southampton gesehen hatte. Eigentlich hatte sie im Hauptgebäude nichts zu suchen – sie gehörte ins

Welsh Hospital, eine große Baracke auf dem Gelände mit 200 Betten –, aber sie war geschickt worden, um zusätzliche Kopfkissen zu erbitten. Sie hatte sich verlaufen, völlig verwirrt durch die vollgestopften, enorm breiten und langen Flure, und hatte keine Ahnung, wo sie hinmußte. Das Licht war schlecht – alle Lampen waren mit Schirmen aus Packpapier verdunkelt –, und sie kam kaum an den Eisenbetten vorbei, die jetzt auch überall in den Fluren aufgestellt worden waren. Sie war stehengeblieben, um zu überlegen, wen sie nach dem Weg fragen könnte, und irgend etwas hatte sie dazu veranlaßt, nach oben zu sehen. Auf einem Treppenabsatz stand ein Mann mit Krücken und schickte sich an, die Treppe hinunterzugehen. Sie ahnte, was passieren würde. Als er fiel, war sie bereits halb die Treppe hinauf und erreichte ihn gerade noch rechtzeitig, um zu verhindern, daß er sie ganz hinabstürzte. Sie beugte sich über ihn, beruhigte ihn, sagte, er solle liegen bleiben, sie würde Hilfe holen. Er sagte nichts, aber aus dem Winkel seines rechten Auges rannen Tränen über die schreckliche Verbrennung auf seiner Wange. Sie war nicht verbunden, und sie konnte sehen, daß sie verheilt war, so weit sie je verheilen würde. Sie hatte Mitleid empfunden. Das war es, was alle Krankenschwestern empfanden, die ganze Zeit, Mitleid, erschöpfendes Mitleid, das ihnen alle Kraft raubte. Manche der Soldaten haßten es. Anteilnahme, Sorge, Interesse, ja – aber nicht Mitleid. Es setzte sie herab, gab ihnen das Gefühl, kein vollwertiger Mann zu sein. Aber nachdem man Alan auf die Station zurückgetragen hatte und sie hingegangen war, um zu sehen, ob er sich von seinem Sturz erholt hatte, war Bewunderung auf das Mitleid gefolgt. Er hatte ihre fürsorglichen Fragen beiseite gewischt. »Mein eigener blöder Fehler«, hatte er gesagt. Das war der Anfang gewesen.

Sie lächelte ihn bewußt an, als er sie erreichte, damit er nicht dachte, sie sei beleidigt darüber, daß er ihren Wunsch, über sich selbst zu sprechen, so abgetan hatte. Aber er fragte trotzdem, ob sie ihm verziehen habe, als er sich neben sie fallen ließ.

»Dieses verdammte Bein«, seufzte er.

»Es hält sich tapfer«, sagte sie und tätschelte es leicht über dem Knie, »wenn man bedenkt, was das arme Ding alles durchgemacht hat.«

»Sag ja nicht, daß ich immerhin ein Bein habe, über das ich mich beklagen kann.«

»Das hatte ich nicht vor, etwas so Banales würde ich nie sagen.«

»Natürlich nicht, Schwester.«

»Sieh dir diese Wolken an.«

»Regen.«

»Wollen wir uns unterstellen oder weitergehen?«

»Oder zurück?«

»Wenn du möchtest. Dann werden wir nicht so naß.«

»Aber noch nicht. Ich bin noch nicht soweit.«

Sie wartete mit ihm. Sie lag auf der Seite, kaute auf einem Grashalm und sah ihn an, aber er erwiderte ihren Blick nicht. Er schaute aufs Meer hinaus, und seine Brust hob und senkte sich, während er wieder zu Atem kam. »Du bindest dich an einen Invaliden«, hatte ihre Mutter gesagt, die ihn nie kennengelernt hatte. »Es ist eine Sache, als Krankenschwester zu arbeiten, eine ganz andere, die Arbeit mit nach Hause nehmen zu müssen.« Aber sie arbeitete nicht mehr als Krankenschwester. Sie hatte es aufgegeben, sobald der Krieg vorbei war. Ihre Mutter war entsetzt gewesen. »Die ganze Ausbildung, all das Gute, das du tun könntest.« Aber Stella hatte die Kenntnisse, die sie besaß, nicht abschütteln können. Sie musterte Alan jetzt als Krankenschwester, überlegte, wie groß seine Schmerzen waren, fragte sich, ob es etwas gab, das sie tun konnte. Als er aufstehen wollte, half sie ihm, und er sagte noch einmal: »Danke, Schwester.«

»Nenn mich nicht so«, sagte sie.

»In Ordnung. Dann eben danke, Künstlerin.«

»Alan!«

»Entschuldige.«

»Ich bin keine Künstlerin, das weißt du.«

»Was oder wer ist denn ein Künstler? Doch jemand, der zeichnet, der malt, oder nicht? Also bist du eine Künstlerin, egal, ob gut, schlecht oder mittelmäßig.«

»Nein. Ich spiele nur herum, ich stümpere, ich versuche es.«

»Du spielst, stümperst und versuchst es den ganzen Tag lang. Das klingt für mich nach Künstlerin.«

»Es ist peinlich. Ich komme mir vor wie eine Hochstaplerin.«

»Ich bin auch ein Hochstapler. Ich finde den Ausdruck nicht beleidigend.«

Sie schwieg. Sie hatten den breiteren Pfad erreicht, auf dem sie nebeneinander gehen konnten, aber sie lief immer noch vorneweg. Sie wußte, was er meinte: Er hielt sich als Mann für einen Hochstapler. Es war am besten, nicht darauf einzugehen. Es hatte keinen Zweck, ihm zu versichern, daß er für sie ein Mann war und daß sie ihn so liebte, wie er war. Hatte sie ihm das nicht gezeigt? Hatten sie die letzten beiden Jahre, seit der Krieg vorbei war, nicht glücklich miteinander gelebt? Nicht ein einziges Mal hatte die Tatsache, daß er ein »Hochstapler« war, eine Rolle gespielt. Sie hatten, was sie hatten, und es war genug. Wenn sie ein Kind gewollt hätte, hätte sie eins mit Emlyn haben können.

Wieder zu Hause, legte Alan sich hin, und sie ging in ihre Hütte. Als sie die Tür öffnete, wurde sie von dem kleinen Gemälde begrüßt, und wieder war sie erfüllt von einem seltsamen Sehnen nach etwas Unerreichbarem.

II

Sie ging zu Fuß, obwohl die Bilder in den Korb an der Lenkstange ihres Fahrrads gepaßt hätten. Es war ein weiter Weg, fast drei Meilen, aber Gehen beruhigte sie. Sie wollte entspannt ankommen, ohne sich die Erregung, die sie fühlte, anmerken zu lassen. Denn natürlich war das, was sie tun wollte, nicht richtig, und wahrscheinlich würde sie es auch gar nicht in die Tat umsetzen können.

Die Töpferei lag auf einem Hügel, am Ende eines Weges, der ähnlich wie ihr eigener von der Straße abzweigte. Darüber erhob sich im Westen das große, verfallene Maschinenhaus der Mine von Polgooth, dessen Anblick sie jedesmal erschaudern ließ. Sie mußte ein Stück durch St. Austell gehen, um zur Töpferei zu kommen, und die Tasche wog auf dem Pflaster schwerer als auf den grasbewachsenen Pfaden, aber als sie das Städtchen hinter sich hatte, genoß sie den Spaziergang. Sie ließ sich Zeit und ging im Geist noch einmal durch, was sie sagen würde. Conrad Jenkinson war ein netter Mann. Wenn er vermutete, daß sie log, würde er sie nicht offen bezichtigen. Er würde lächeln und sie prüfend ansehen, und sie würde die Dreistigkeit aufbringen müssen, seinem Blick standzuhalten. Alan fand, daß Conrad (den er nie kennengelernt hatte) sie nach allem, was sie so erzählte, ein bißchen zu sehr mochte und wegen dieses »Mögens« (mit einem sarkastischen Unterton ausgesprochen) ein bißchen zu nett zu ihr war. Aber sie mußte daran glauben, daß er sich irrte. Alan vermutete sogar, daß Conrad ihre Bilder gar nicht wirklich verkauft, sondern sie sozusagen selbst gekauft hatte, um »nett« zu sein und sie dankbar zu stimmen. Sie haßte ihn, als er das andeutete, und hatte das auch gesagt, und er hatte sich entschuldigt, er sei nur eifersüchtig.

Die Jenkinsons waren weg gewesen. Als sie das letzte Mal hingegangen war, hatte das Mädchen, das Mrs. Jenkinson half, ihr gesagt, sie seien nach Frankreich gefahren und sie wisse nicht, wann sie zurückkommen würden. Sie halte während ihrer Abwesenheit ein Auge auf das Haus. Aber das war vor mehreren Wochen gewesen, und Stella war sicher, daß sie inzwischen zurück sein mußten. Als sie sich der Töpferei näherte, fragte sie sich, warum um alles in der Welt die Jenkinsons nach Frankreich gefahren waren und wie sie sich eine solche Reise hatten leisten können.

Conrad hatte nicht nach Frankreich fahren wollen, aber Ginny, seine Frau, wollte sich unbedingt das Haus ansehen, das sie so plötzlich geerbt hatte. Sie war einmal dagewesen, als sie etwa fünf oder sechs war, und hatte nur eine vage Erinnerung daran, daß das Haus in der Nähe eines viel größeren Anwesens lag, eines *château* mit einem Turm und einem runden Turmzimmer ganz oben, von dem sie geglaubt hatte, daß Dornröschen dort schlief. Aber sie hatte keine Ahnung, wo genau es lag. Conrad holte eine Karte hervor, und schließlich fanden sie es, an der Nordküste der Bretagne, ein paar Kilometer von Lamballe entfernt. Ginny wollte sofort hinfahren, um es sich anzusehen, und sie malten sich aus, wie es wäre, Cornwall zu verlassen und für immer dort zu leben.

Die Reise mit den beiden kleinen Jungen war anstrengend, und als sie endlich erschöpft in Pléneuf ankamen, hatten sie in der Dunkelheit Mühe, das Haus erst zu finden und sich dann Zugang dazu zu verschaffen. In dieser Nacht heulte der Wind um das Haus herum, und irgendwo ganz in der Nähe krachten Wellen tosend gegen Felsen. Doch am Morgen, als der Wind sich gelegt hatte und die Sonne, die durch die vorhanglosen Fenster fiel, sie blendete, waren sie verzaubert. Das Haus war staubig und vernachlässigt, aber das war nicht weiter wichtig – sie verbrachten den ganzen Tag am Meer. Trampelpfade führten vom Haus zum Strand, der von schwarzen Felsen übersät war. Das Licht war wundervoll. Sie fanden auch das *château*, an das Ginny sich erinnerte, Château Vauclair, und es war so geheimnisvoll, wie sie es in Erinnerung hatte. Das eiserne Tor war verschlossen, und der Garten dahinter war verwildert, und als sie sich im Dorf danach erkundigten, erfuhren sie, daß es zum Verkauf stand. Wie es hieß, war eine Frau daran interessiert, eine Künstlerin aus Paris. Sie war bei Freunden zu Besuch, die in der Nähe in einem Cottage lebten, und hatte es besichtigt.

Conrad glaubte, sie gesehen zu haben, eine kleine, sehr dünne Frau in einem Kostüm aus blauer Serge, die aus der Richtung des *château* kam und einen Skizzenblock bei sich hatte. Er folgte ihr, ohne genau zu wissen, wieso. Sie betrat die Kirche und setzte sich vor den Altar der heiligen Theresa von Lisieux und begann zu zeichnen. Er hätte sich ihre Zeichnung gern angesehen, wagte aber nicht, sie zu stören, und trat wieder in den Sonnenschein hinaus. Er erzählte Ginny von ihr, und sie blickte ihn scharf an. »Sie war nicht jung«, sagte er, obwohl er ihr Gesicht nicht gesehen hatte. »Ich war nur wegen des Skizzenblocks neugierig.« Ginny beneidete die Frau. Sie selbst hätte auch gern still in einer Kirche gesessen und gezeichnet, statt an die Kinder gebunden zu sein. Conrad hatte zwar gesagt, sie könne jederzeit gehen und zeichnen, aber sie traute ihm nicht zu, daß er wirklich auf die Kinder, vor allem auf Sam, aufpaßte. Er würde sie ganz sicher ertrinken lassen.

Sie schrieben das Haus ihres Onkels zum Verkauf aus. Es war eine Schande, aber sie brauchten das Geld und konnten es sich nicht leisten, ein Haus in der Bretagne zu unterhalten. Dort zu leben war keine Alternative mehr. Eine neue Töpferei aufzubauen wäre zu schwierig, und außerdem war da das Sprachproblem. Das Abenteuer war vorüber. Nach einem Monat bekam Conrad Heimweh. Er fühlte sich desorientiert, und er wollte wieder arbeiten. Untätigkeit bekam ihm nicht. Ginny dagegen wäre gern geblieben. Sie hätte, das fühlte sie, hier glücklich sein können, sie hätte gern einen Neuanfang gemacht.

Zu ihrer Erleichterung sah Stella Lebenszeichen, als sie sich der Töpferei näherte. Die beiden kleinen Jungen rannten laut schreiend über den Pfad, der zur Werkstatt führte, und versuchten, einen Drachen steigen zu lassen. Conrad war allein und damit beschäftigt, seinen Brennofen auszuräumen. Er war ein großer, bärtiger Mann, neben dem sie sich immer kleiner und zerbrechlicher vorkam, als sie war. Wenn sie neben ihm stand, stellte sie sich manchmal vor, wie er sie mühelos hochhob, und ihr wurde ganz schwindelig bei der Vorstellung. Als sie Alan beschrieben hatte, wie Conrad aussah, hatte er ihr vorgeworfen, sie fühle sich zu ihm hingezogen – »Jedes Mädchen würde das, wenn er wirklich so groß und kräftig ist, wie du sagst« –, aber sie glaubte wirklich und wahrhaftig, daß das nicht der Fall war, jedenfalls nicht auf die Weise, die Alan meinte. Und doch gab es da eine Art Anziehung: Sie hatte das Gefühl, von einem kraftvollen Magnetfeld umschlossen zu sein, wenn sie ihn besuchte, aber das ging sicherlich allen so. Conrad *war* ein kraftvoller Mann, körperlich und geistig. Er strahlte in alle Richtungen Energie aus. Die Leute in der Umgebung sprachen mit Ehrfurcht von ihm und redeten von Genie und wunderten sich, wie es kam, daß die Welt ihn noch nicht entdeckt hatte. Sie rechneten damit, daß der Ruhm jeden Augenblick zu ihm kommen mußte, und dann würde er sie verlassen. Stella kannte ihn kaum: Sie war nur eine Amateurkünstlerin, die gelegentlich bei ihm auftauchte, ihm schüchtern ihre Bilder zeigte und ihn um seine Meinung bat. Erst kürzlich hatte er sie gefragt, was der Stern bedeute, mit dem sie ihre Bilder signiere. Er hatte ihr noch nie eine persönliche Frage gestellt und wußte, so vermutete sie, nicht, wo sie wohnte oder mit wem. Sie wußte weit mehr über ihn, einfach von dem, was in der Stadt so geredet wurde. Er hatte den Ruf, ein »Frauenheld« zu sein.

Er stand mit dem Rücken zu ihr, also hüstelte sie nervös, und er drehte sich sofort um und nickte. Ermutigt stellte sie ihre Tasche ab. »Ich habe da etwas, was ich Ihnen zeigen möchte«, sagte sie. »Es ist anders, denke ich, hoffe ich.« Sie hatte lange und intensiv darüber nachgedacht, wie sie vorgehen sollte.

Sollte sie ihm zuerst ihre eigenen Bilder zeigen, oder sollte sie ihre eigenen Arbeiten lieber ganz weglassen? Sollte sie eine Erklärung vorausschicken oder lieber gar nichts sagen? Egal wie, es war eine Täuschung. Sie wollte es möglichst schnell hinter sich bringen, aber er bot ihr Tee an, und sie nickte. Er hatte ein kleines eisernes Öfchen in seiner Werkstatt. Jetzt machte er die Klappe auf, stocherte in der Glut herum und stellte einen Kessel auf die Platte. »Dauert ein Weilchen«, sagte er. Er holte zwei Becher hervor, eine Dose mit Tee und eine braune Teekanne. Vor sich hin pfeifend, sah er den Kessel bewundernd an, als sei er ein Kunstwerk, und auch sie starrte hin.

Die Zeit, war ihr aufgefallen, schien für Conrad keine Bedeutung zu haben. Er war immer vage, wenn es um Zeitangaben ging. Sein »Ich bin in einer Minute für Sie da« konnte eine Stunde dauern. Aber endlich fing der Kessel an, unter dem Druck des kochenden Wassers zu hüpfen, der Tee wurde aufgegossen (er bot weder Milch noch Zucker an), und sie setzten sich auf die einzigen beiden Hocker. Der Tee war so heiß, daß sie nicht einmal daran nippen konnte, und sie hielt den Becher einfach nur in den Händen, während Conrad abwechselnd pustete und trank. Vorsichtig stellte sie den kochendheißen Tee ab. »Kann ich es Ihnen jetzt zeigen?« fragte sie. »Natürlich, zeigen Sie nur.« Und plötzlich war völlig klar, wie sie vorgehen würde – absurd, sich vorgestellt zu haben, sie könnte ihm die anderen Arbeiten zeigen. Sie griff in ihre Tasche, fand das Bild und wickelte es aus. »Das hier ist es«, sagte sie und hielt es vor sich hoch. Ihr Herz pochte. Sie konnte ihn kaum ansehen. Wahrscheinlich wartete sie auf eine dramatische Reaktion, aber es kam keine. Conrad stellte seinen Tee ab, legte die Hände auf die Knie und studierte das Bild, das sie für ihn hochhielt, mit Interesse, aber ohne großes Erstaunen. »Gut«, sagte er schließlich und nickte mit dem Kopf. »Kann ich es kurz haben?« Und er streckte die Hände danach aus.

Sie gab es ihm und beobachtete ihn, während er es genau betrachtete. »Gut gemacht«, murmelte er, und dann: »Ich frage mich, ob die Farbe in Schichten aufgetragen ist.« Es war eine Frage. Sie hätte antworten müssen, daß sie es nicht wußte, woher auch, da sie es nicht gemalt hatte, aber sie schwieg, unfähig, ihre Hoffnung aufzugeben, daß er glauben würde, sie hätte es gemalt. Er hatte nicht gesagt: »Haben *Sie* die Farbe in Schichten aufgetragen?«, aber er hatte auch nichts Konkretes gesagt, was ihr gezeigt hätte, daß er wußte, daß sie das Bild nicht gemalt hatte, nicht gemalt haben *konnte.* »Sie haben mir noch nie etwas Ähnliches gebracht«, sagte er und schien zu warten. »Was meinen Sie, können Sie es verkaufen?« stieß sie hervor. Er lächelte. »O ja, ich kann es verkaufen.« »Für wieviel, was meinen Sie?« Sie haßte sich für den Eifer in ihrer Stimme. Er zuckte die Schultern und zog die Augenbrauen hoch. »Wer weiß?« sagte er. »Kommt darauf an, wer vorbeikommt und klug genug ist, es für das zu kaufen, was es wert ist. Vielleicht sogar für einen Fünfer.« Er hielt das Bild immer noch fest und betrachtete es, aber jetzt nahm Stella es ihm mit einer einzigen hastigen Bewegung weg, riß es ihm fast aus den Händen. »Danke«, sagte sie, »aber es ist nicht zu verkaufen. Ich will es nicht verkaufen.« Sie drehte sich um, schlug das Bild wieder in das Packpapier ein und steckte es in ihre Tasche zurück. »Und die anderen?« fragte Conrad und deutete auf die Tasche, die, wie er sehen konnte, voll war.

»Oh, die anderen«, sagte Stella. »Die können Sie vergessen.«

»Wenn Sie sie schon hergebracht haben, können Sie sie mir doch wenigstens zeigen.«

Widerstrebend nahm sie sie heraus, reichte sie ihm und überließ es ihm, sie selbst auszuwickeln.

»Hübsch«, sagte er. »Sie machen sich. Sie lassen sich bestimmt verkaufen, wenn Sie sie verkaufen wollen.«

»Ja, bitte, wenn es möglich ist.«

Er beobachtete ihr Gesicht aufmerksam, wie sie bemerkte. »Und das andere, die Ecke des Zimmers? Was werden Sie damit anfangen?«

»Es behalten.« Es schien keinen Sinn mehr zu haben, so zu tun, als ob. »Es war ein Geschenk.« Sie wurde rot, und er würde genau wissen, wieso. »Ich wollte nur hören, was Sie davon halten«, sagte sie. »Ich wollte nicht wirklich so tun, als hätte ich es gemalt. Ich wußte, daß Sie sofort merken würden, daß ich es nicht gemalt haben kann.«

»Eine Ausbildung macht sich nun einmal bemerkbar«, sagte Conrad. »Technik macht sich bemerkbar.«

»Natürlich.«

»Haben Sie je daran gedacht …«

»Die ganze Zeit. Aber es war nie möglich.«

»Wieso nicht?«

»Geld, Gelegenheit.«

»Macht das Malen Sie glücklich?«

»Nicht wirklich. Ja. Manchmal. Aber ich weiß, daß ich nur herumspiele. Diese Bilder sind nur Spielerei, nur Versuche. Es frustriert mich. Ich kann nicht hineinlegen, was ich hineinlegen will.«

»Nämlich?«

»Oh …« Sie war verlegen. Conrad hatte sich nicht bewegt, er saß genauso da wie vorher, musterte sie, brachte sie dazu, vor ihm auf und ab zu gehen, als probte sie eine Rolle in einem Theaterstück.

»Was möchten Sie in Ihre Arbeit hineinlegen?«

»Das ist es ja gerade, es ist keine Arbeit, es ist – ich weiß nicht, wie ich es nennen soll.« Plötzlich zerrte sie das andere Bild aus der Tasche, riß das lose Papier ab und hielt es noch einmal hoch. »Da«, sagte sie, »da ist der Unterschied, das hier *sagt* etwas.«

»Aber woher wollen Sie wissen, ob es den, der es gemalt hat, nicht mit derselben Verzweiflung erfüllt hat, die Sie wegen Ihrer Bilder fühlen?«

»Was?« fragte sie überrascht.

»Woher wissen Sie, daß das hier nicht als mißlungen verworfen wurde?«

»Das kann nicht sein.«

»Wieso nicht?«

»Weil es perfekt ist.«

»Für Sie vielleicht. Nicht notwendigerweise für die Person, die es gemalt hat.« Nun endlich stand Conrad auf und ging in den anderen Teil seiner Werkstatt, wo seine fertigen Arbeiten standen. Er kam mit einer Schale zurück, einer großen, flachen Schale. »Sehen Sie sich die hier an«, sagte er. »Was halten Sie davon?«

»Sie ist wunderschön«, sagte Stella. »Perfekt.«

»Nicht für mich«, sagte Conrad. »Für mich ist sie nicht perfekt. Ich dachte, sie würde es werden, aber sie ist es nicht. Die Wölbung ist ein paar Millimeter zu flach, die Glasur hat nicht ganz den richtigen Farbton.«

»Niemand sonst wird das sehen.«

»Wahrscheinlich nicht. Ich werde sie leicht verkaufen können. Aber ich werde froh sein, wenn sie weg ist, weil sie für mich mißlungen ist. Wir tun es alle, wir streben nach hehren Zielen, setzen uns hehre Ziele und fallen tief.«

»Aber für jemanden wie mich ist es nicht dasselbe. Sie sind ein wirklicher Künstler, ich bin es nicht. Es hat keinen Zweck zu versuchen, mir einzureden, daß ich dasselbe empfinde wie Sie. Sie kennen den Unterschied.« Sie hatte angefangen zu weinen und wußte kaum, weswegen. »Ach, ich mache mich lächerlich«, schluchzte sie. »Es tut mir leid, ich weiß nicht, was mit mir los ist. Ich muß gehen.«

Einen Augenblick glaubte sie, er würde sie umarmen, aber er nahm nur ihre Tasche, steckte das Bild wieder hinein und reichte sie ihr. Sie sah ihn nicht an, weil sie das Mitleid oder vielleicht auch die Gereiztheit fürchtete, die sie in seinen Augen lesen würde. Sie würde nie wieder zu ihm gehen können – er würde sie für eine alberne kleine Närrin halten, die unter Größenwahn litt. Von Anfang an war seine Freundlichkeit nur das gewesen; er hatte die Sachen, die sie ihm brachte, damit er sie verkaufte, nie für etwas anderes als Sammelbildchen gehalten. Sie wußte nicht, wie sie je den Nerv gehabt hatte, sie ihm zu zeigen. »Danke«, sagte sie etwas gefaßter. »Ich werde Sie nicht mehr belästigen.«

»Das wäre sehr schade.«

Sie stieß ein abfälliges kleines Lachen aus. »Oh, da bin ich sicher«, sagte sie. »Sie müssen mich für verrückt halten.«

»Nicht für verrückt, nein. Verzweifelt. Ich bin mir nicht sicher, wieso. Geht es wirklich um die Malerei? Irgendwie glaube ich das nicht.«

»Auf Wiedersehen. Danke. Es tut mir leid.« Und sie war weg.

Es war schwer, das kleine Gemälde zu beschreiben. Conrad versuchte, sich jedes Detail in Erinnerung zu rufen, wußte aber, daß es nicht die Details waren, die zählten. Der Kieferntisch, der Korbsessel, sie waren sozusagen Standardbestandteil unzähliger Bilder, und das Dachzimmer selbst war der Inbegriff künstlerischer Lebensart. Es war, wie er zu seiner Frau Ginny sagte, mehr die Atmosphäre, die ihn in ihren Bann gezogen hatte. Das Bild hatte etwas Geheimnisvolles, trotz der Allerweltsrequisiten, ein Gefühl, daß es außerhalb des Bildes ein Leben gab, das nur angedeutet wurde. Die Zeit, sagte er, schien in der Schwebe zu sein, fast eingefroren, aber wieso sich das so wichtig anfühlte, konnte er nicht sagen. Er hätte ihr das Bild gern gezeigt, um zu sehen, ob sie das Gefühl zu fassen bekam, das er dort gespürt hatte. Schon jetzt begann er, die verblichene Farbpalette und die genaue Art zu vergessen, wie die winzigen Pinselstriche – vielleicht mit einem Pinsel von der Stärke 0 – aufgetragen worden waren. »Es hatte etwas Verletzliches«, sagte er. »Es war eine stille, friedvolle Szene, aber sie hatte etwas Beunruhigendes an sich.«

»So wie diese junge Frau«, kommentierte Ginny. »Stella, nicht wahr? Die Frau, die es gebracht hat?«

Conrad nickte. Er wollte nicht an Stella denken.

»Was ist mit ihr los?«

»Ich habe nicht die leiseste Ahnung. Du weißt doch, daß ich sie kaum kenne.«

»Sie ist hübsch, aber pathetisch.«

»Ja, ist sie.«

Sie beließen es dabei.

Stella ging nicht sofort nach Hause. Sie trödelte eine Stunde in der Stadt herum, ging eine Weile in die Holy Trinity Church, sah wahllos in Schaufenster, las in der Bibliothek die Zeitungen. Sie kaufte sich eine Orange. Als sie am Bahnhof vorbeikam, ging sie hinein und setzte sich auf eine Bank, als wartete sie auf einen Zug, aß die Orange und verwahrte die Schale ordentlich in ihrer Tasche. Sie könnte in einen Zug steigen, irgendeinen Zug, und abwarten, wo er sie hinbringen würde, aber wenn sie nicht bald nach Hause kam, würde Alan anfangen, sich Sorgen zu machen. Alan, Alan, Alan. Immer setzte sie ihn an die erste Stelle. Wenn sie an ihn dachte, dann immer als »der arme Alan«, der Mann, der so viel gelitten hatte und dem sie aufopferungsvoll ergeben war. Aber diese aufopferungsvolle Ergebenheit ging ihr zunehmend gegen den Strich – sie wollte ihm nicht aufopferungsvoll ergeben sein. Aufopferungsvolle Ergebenheit war nicht Liebe. Was war aber dann Liebe? Zornig stand sie von der Bank auf, als ein Zug einfuhr, und verließ den Bahnhof. Sie hatte sich selbst etwas vorgemacht, in zweifacher Hinsicht sogar. Sie hatte sich vorgemacht, daß Zärtlichkeit und Mitgefühl und Bewunderung zusammengenommen Liebe ergaben. Und sie hatte sich vorgemacht, sie könne eine Künstlerin sein, wo sie weder das Talent noch die Hingabe besaß. Was hatte sie zu Conrad gesagt? Daß sie das, was sie fühlte, nicht in ihre Bilder hineinlegen könne. Wie prätentiös. Was für ein Glück, daß sie ihre Gefühle nicht hineinlegen konnte, weil sie häßlich und mörderisch waren. Sie wollte nicht bei Alan sein. Sie wollte nicht einmal in Cornwall sein.

So, sie hatte es sich selbst eingestanden. Die Erleichterung kam augenblicklich, hielt aber nicht lange an. Alan zu verlassen war unmöglich, sowohl emotional als auch praktisch. Er würde es nicht überleben, wenn sie ihn verließ. Er würde sich umbringen. Er hatte es oft genug gesagt, und er hatte es ernst gemeint. Und sie hatte kein Geld und nichts, wo sie hingehen konnte. Außer nach Hause, zu ihrer Mutter, nach Tenby. Was für ein Durcheinander, in das sie sich da hineinmanövriert hatte und aus dem sie jetzt herausfinden mußte. Schritt für Schritt. Wieder als Krankenschwester arbeiten, Geld verdienen. Das würde Alan akzeptieren. Sie mußte ihm nur gestehen, daß sie sich Illusionen gemacht hatte. Hin und wieder würde sie sich vielleicht noch einmal an einem Bild versuchen, aber zwei Jahre, in denen sie nichts anderes getan hatte, als zu malen, hatten ihr gezeigt, daß darin keine wirkliche Befriedigung lag, nur manchmal ein flüchtiges Vergnügen. Er würde das verstehen, vielleicht sogar froh sein. Aber er würde nicht wollen, daß sie wieder als Krankenschwester arbeitete. Es würde sie von ihm wegführen, und er würde sich Sorgen machen, daß sie einen anderen Mann kennenlernen könnte, so wie sie ihn kennengelernt hatte, und noch mehr würde er sich darüber sorgen, daß dieser andere Mann ein »richtiger« Mann wäre.

Als sie nach Hause ging, gestand sie sich ein, daß er durchaus recht haben könnte. Sie hatte sich immer nur um andere gekümmert. Vielleicht brauchte sie jetzt das Leben, das in dem Bild angedeutet wurde, das sie nach Hause trug – ein ruhiges, ichbezogenes Leben, unberührt von Rücksichten auf andere und ohne Leidenschaft. Aber schließlich gab es in ihrem jetzigen Leben ohnehin keine Leidenschaft. Wenn, wie Alan fürchtete, ein »richtiger« Mann in ihr Leben träte, würde er Leidenschaft mit sich bringen.

Welche Wirkung das auf sie haben würde, wußte sie nicht mehr. Ihr Körper fühlte sich tot an. Brauchte er Sex, um sich lebendig zu fühlen? Es war ein beängstigender Gedanke, den sie am liebsten verworfen hätte. Kein Sex, seit Emlyn ums Leben gekommen war. Jahre des Nichts. Aber das war nicht wahr – einige dieser Jahre waren voller Liebe gewesen, Alans Liebe. Er hatte sie fest in die Arme genommen, sie leidenschaftlich umarmt, seine übermächtige Liebe für sie in seine Zärtlichkeiten und Küsse gelegt, aber es hatte keine Vollziehung ihrer Liebe gegeben. Die ganze Zeit hatte sie das Gefühl, am Rand einer Ekstase und einer Erfüllung zu stehen, die nie eintraten. Es war schmerzlich. Aber das würde sie ihm nie sagen: Sie schämte sich ihrer Sehnsucht und daß sie überhaupt eine Rolle spielte. Liebe, sie hatte *Liebe.*

Er wartete, auf seinen Stock gestützt, am Ende des Weges auf sie. »Ich wollte einen Spaziergang machen«, sagte er, wie entschuldigend. »Aber ich bin nicht weit gekommen.«

»Du solltest das Bein heute ausruhen, nach dem gestrigen Tag.«

»Das Bein? Klingt, als hätte es nichts mit mir zu tun, *das* Bein.«

»Du weißt, was ich meine.«

»O ja, das tue ich. Und? Was denkt der große Conrad?«

»Ich habe keine Ahnung.«

»Warst du nicht bei ihm?«

»Doch. Aber ich habe keine Ahnung, was er denkt.«

Er seufzte schwer. »Dann werde ich es anders formulieren: Hast du ihm deine Bilder gezeigt, und wird er versuchen, sie zu verkaufen?«

»Ja und ja.«

»Dann ist es ja gut. Sie haben ihm also gefallen.«

Sie antwortete nicht. Sie führten oft diese Art von Pingpong-Unterhaltung. Sie selbst spielte das Spiel ebenso gekonnt wie Alan, und doch behaupteten sie beide, es zu hassen. Sie ließ ihn hinter sich herhumpeln und verlangsamte ihre Schritte nicht, um sich seinem Tempo anzupassen. Im Cottage hing ein seltsamer Geruch. Es dauerte einen Augenblick, bis sie ihn identifizieren konnte. Als Alan hereinkam, sagte sie scharf: »Du weißt doch genau, daß Salben nichts nutzen.«

»Doch, wenn du sie in mein Knie einmassierst.«

»Alan, sie helfen nicht, sie können nicht helfen. Und wenn *du* es machst, schmierst du sie einfach nur auf dein Knie, du massierst sie nicht einmal ein.«

»Aber du warst nicht hier, und es hat verdammt weh getan. Würdest du es jetzt tun? Bitte. Ich habe auf dich gewartet … Ich habe den Versuch, es selbst zu machen, schnell wieder aufgegeben.«

»Also gut, leg dich auf den Tisch«, sagte sie kurz angebunden. »Aber ich habe dir gesagt, daß es nichts nutzt. Es ist für dich und für mich reine Zeitverschwendung.«

»*Zeit* haben wir doch«, sagte er fast flüsternd.

Sie wärmte ihre Hände am Feuer an, während er auf den Küchentisch kletterte, einen stabilen alten Kieferntisch, zu groß für ihre Bedürfnisse, aber er war dagewesen, als sie das Cottage kauften, und er hatte ihnen gefallen. Er hatte seine Hose ausgezogen und lag nur im Hemd da, dessen Zipfel bis über seine Hüften reichten.

»Knie leicht anwinkeln«, ordnete sie an, und dann, als er es zu sehr anhob: »Nein, nur leicht. Du weißt doch, wie es geht.« Zu ihrer Erleichterung lag er mit geschlossenen Augen da, die Arme hinter dem Kopf verschränkt, so daß sie eine Art Kissen bildeten. Langsam fing sie mit der Massage an, legte ihr ganzes Gewicht in die Bewegung, knetete das Fleisch genau über und unter dem Knie. Sie wußte nicht einmal, ob sie es richtig machte, es war einfach eine Technik, die sie sich selbst ausgedacht hatte, aber Alan hatte absolutes Vertrauen in die lindernde Wirkung, und immerhin schadete es nicht. Allerdings hatte es auch nicht jene andere Wirkung, die, die er sich wünschte. Sie wußte ganz genau, worum es bei dieser Massage eigentlich ging und was er sich davon erhoffte. Sein Bein war warm, das Fleisch rund um das verletzte Knie überraschend knotig. Sie drückte mit den Handballen zu und versuchte, den Muskel zu lockern. Er bat sie, weiter oben zu massieren, sagte, die schlimmsten Schmerzen seien über dem Knie, aber sie wußte, daß er log. Sie würde nicht tun, was er von ihr wollte. Sie konnte nicht. Nach kaum fünf Minuten sagte sie: »So. Das reicht.«

»Würdest du mir noch den Nacken und den Rükken massieren?«

»Nein.«

»Bitte.«

»Nein.«

»Wieso nicht?«

»Weil ich nicht weiß, wie man es richtig macht, und weil ich keine Lust habe.«

»Wieso? Kannst du es nicht ertragen, mich zu berühren?«

»Um Himmels willen!«

»Das ist es, nicht wahr? Du kannst es nicht ertragen, mich zu berühren. Ich widere dich an.«

»Alan, hör auf. Du bist kindisch. Ich möchte mich nicht damit abgeben.«

»Das ist nicht zu übersehen. Du meinst, du willst dich nicht mit mir abgeben.«

»Nicht, wenn du in dieser Stimmung bist.«

»Du bist diejenige, die in einer Stimmung ist.«

»Meinetwegen bin ich das, also laß mich in Ruhe.«

»Aber ich will wissen, wieso du so schlecht gelaunt bist.«

»Schlecht gelaunt? Ich bin nicht schlecht gelaunt, ich habe nicht gesagt, daß ich schlecht gelaunt bin.«

»Du siehst aber so aus. Du solltest dein Gesicht sehen. Ich habe es gleich gemerkt, als ich dich gesehen habe, dein Gesicht, total schlecht gelaunt. Ich dachte, vielleicht hätte Conrad, der Boß, deine Bilder nicht genommen.«

»Conrad, der Boß? Was soll denn das schon wieder heißen?«

»Nun, er ist doch irgendwie dein Boß.«

»Das ist er nicht. Ich arbeite nicht für ihn und habe es nie getan. Ich bin nicht seine Angestellte.«

»Aber du würdest gern für ihn arbeiten, nicht wahr?«

»Nein.«

»Du lügst.«

»Alan, *hör auf*! Sonst gehe ich in die Hütte und komme nicht zurück.«

Sie sollte es ihm jetzt sagen, sollte ihm sagen, daß sie nicht nur in ihr Atelier ging, sondern ganz fort. Es war eine Versuchung. Vor ihrem inneren Auge blitzte ein Bild auf, wie sie eine Tasche packte und zum Bahnhof stürmte, während Alan im Hintergrund weinend nach ihr rief. Sie stand ganz still und genoß die Vorstellung und rief sich dann zur Ordnung. Im

Zimmer war es sehr still. Alan war noch nicht vom Tisch heruntergestiegen, um seine Hose wieder anzuziehen. Wie absurd er aussah. Sie merkte, daß sie gegen ihren Willen lächelte, und die ganze alte Zuneigung, die sie für ihn empfand, kam zu ihr zurück. Sie ging zu ihm und tätschelte leicht seinen Fuß. »Los jetzt«, sagte sie, »komm runter, zieh dich an. Ich mache uns etwas zu essen.« Aber er rührte sich nicht, öffnete die Augen nicht. Sie sah Tränen unter den geschlossenen Lidern hervorquellen und atmete tief ein. »Alan«, sagte sie, »Alan«, und küßte ihn auf die Wange. Er reagierte nicht. Sie drehte sich um, ging in die Kochnische und wärmte die Suppe auf, die sie vorbereitet hatte. Die Stille war ihr unerträglich. Sie ging durch die Küche ins Nebenzimmer und legte eine Schallplatte auf das Grammophon, ohne darauf zu achten, was es war, und als die Jazzklänge einsetzten, fühlte sie sich besser. Die Musik erfüllte das Cottage, und ihre Bewegungen waren nicht mehr zu hören. Sie rührte die Suppe um, schnitt etwas Brot und stellte Suppenschalen und Löffel bereit. Sie würden essen. Diese Szene würde ein Ende haben. Sie würden wie üblich weitermachen – das taten sie schließlich immer. »Fertig«, rief sie und trug die Suppe hinüber.

Er hatte sich immer noch nicht bewegt, aber sie sah, daß seine Wangen trocken, daß die Tränen versiegt waren. »Hier«, sagte sie und stellte seine Schale auf den Tisch. »Es könnte ein bißchen schwierig werden, im Liegen und mit geschlossenen Augen zu essen, aber es ist deine Entscheidung.« Sie nahm ihre eigene Suppe und ging nach draußen und setzte sich auf die Gartenmauer. Es war nicht warm genug, um dort zu sitzen, und sie hatte ihre Jacke nicht wieder angezogen, aber sie würde sich nicht im selben Zimmer aufhalten wie Alan, solange er dort lag. Hier draußen fühlte sie sich freier. Sie war froh, an der frischen Luft zu sein, und aß mit Genuß. Die Jazzklänge schwebten nach draußen, und sie merkte, daß sie mitsummte. Sie hätte gerne getanzt. Ein weiteres Bild tauchte vor ihr auf – Alan, der zu ihr kam und sie zum Tanz aufforderte, sein Bein wunderbarerweise wieder gesund. Aber sie hatte nie mit ihm getanzt oder ihn tanzen sehen, und das Bild verblaßte schnell wieder. Mit großem Widerstreben trug sie ihre leere Suppenschale in die Küche zurück, weil sie fürchtete, daß Alan immer noch reglos dort liegen könnte, die Suppe unangerührt neben sich. Aber er war weg. Ebenso die Suppe. Erleichtert machte sie sich an den Abwasch. Er mußte im kleinen Wohnzimmer sein. Sicher saß er neben dem Grammophon und ließ sich von der Musik trösten. Sie würde ihm einen Tee machen und ihn zu ihm bringen, und dann würde sie sich ein bißchen hinlegen. Sie war erschöpft.

Alan hatte keine Ahnung, wer der Mann war, der vor ihm stand, als er die Tür öffnete, obwohl ihm hinterher klar war, daß er ihn sofort hätte erkennen müssen. Groß, breitschultrig und muskulös, war Conrad genau die Art von Mann, die Alan haßte und beneidete, und er gab sich kaum Mühe, auch nur höflich zu sein. »Ja?« sagte er und erwartete, nach dem Weg nach St. Austell gefragt zu werden, und als Conrad ihm einen guten Tag wünschte und fragte, ob Stella zu sprechen sei, war er nicht darauf vorbereitet. Sie kannten niemanden. Weder er noch Stella hatten Freundschaften geschlossen. Sie blieben für sich, sprachen nur mit dem Postboten und den Ladenbesitzern. »Stella?« erkundigte er sich. »Stella«, wiederholte Conrad und fügte hinzu: »Ich verkaufe ihre Bilder.«

»Oh«, machte Alan, wütend auf sich selbst, weil er so langsam und schwer von Begriff gewesen war. »Tatsächlich.«

»Ich bin Conrad, Conrad Jenkinson, aus der Töpferei.«

»Ich verstehe. Nun, Stella hat sich hingelegt.« Es war drei Uhr nachmittags. »Sie war müde.« Sie standen immer noch in der Tür, und Alan versuchte, sie so weit wie möglich hinter sich zu schließen, damit ihre Stimmen nicht bis oben zu hören waren. »Kann ich Ihnen helfen?«

»Darf ich fragen, wer Sie sind?«

Alan runzelte die Stirn. »Ihr Mann«, sagte er. Die Lüge kam ihm leicht über die Lippen, die Täuschung dauerte schon so lange an.

»Ah«, machte Conrad. »Ich wußte gar nicht, daß sie verheiratet ist, tut mir leid.«

»Sie trägt keinen Ring.«

»Nein? Ich habe nicht darauf geachtet.«

»Sie verträgt keine Ringe«, improvisierte Alan. »Sie bekommt davon Ausschlag.«

»Gut. Nun, vielleicht könnten Sie ihr sagen, daß ich hier war, und wenn Sie demnächst einmal vorbeikommen könnte, hätte ich eine Neuigkeit für sie.«

»Was für eine Neuigkeit?«

»Das würde ich ihr lieber selbst sagen, wenn es Ihnen nichts ausmacht.«

»Wieso?«

»Wieso? Nun, einfach … ich würde es ihr einfach gern selbst sagen.«

»Ist es etwas Persönliches?«

»Nicht wirklich, nein.«

»Nun, dann sagen Sie mir, was es ist. Ich werde es ihr ausrichten. Sie wird wissen wollen, wieso Sie hier waren.«

Er brachte den Mann dazu, ihn zu hassen, das sah Alan, jeder Trottel konnte das sehen. Er war feindselig und unfreundlich und unhöflich, aber er konnte nicht anders. So fühlte er sich nun einmal in Gegenwart eines Mannes, der dermaßen vor Gesundheit strotzte, dessen Gesicht keine Narben hatte und dessen Beine völlig in Ordnung waren. Conrad Jenkinson war ein Prachtexemplar von Mann, genau so, wie er es befürchtet hatte. Ein Glück, daß nicht Stella an die Tür gegangen war. Sie hätte ihn ins Haus gebeten und hätte Tee gemacht, und es wäre unerträglich gewesen, die beiden zusammen zu sehen. Jetzt wandte der Besucher sich ab, ein seltsam überlegenes Lächeln auf den Lippen.

»Wie lautet die Nachricht?« fragte Alan. »Was soll ich ihr sagen?«

Er erhielt keine Antwort. Conrad Jenkinson war schon am Tor, bückte sich, um es zu öffnen, und machte es sorgfältig wieder zu. Sein Motorrad stand am Rand des Weges. Er startete es mit einiger Mühe und fuhr langsam davon.

Verärgert ging Alan ins Haus zurück, gerade als Stella gähnend die Treppe herunterkam, die Haare zerzaust, die Wangen rosig vor Schlaf. »War jemand an der Tür?«

»Nein.«

»Aber ich habe Stimmen gehört.«

»Ach das, ja, jemand hatte sich verirrt, ein Mann auf einem Motorrad hat nach dem Weg gefragt. Du weißt doch, sie haben die Schilder noch nicht wieder aufgestellt.«

»Nach dem Weg wohin?«

»St. Austell natürlich.«

Sie gähnte noch einmal, reckte sich. »Ich mache einen Spaziergang, damit ich wieder wach werde.«

»Ich komme mit.«

»Aber dein Bein, du hast gesagt …«

»Ich weiß, was ich gesagt habe. Ich komme mit, außer, dir ist es lieber, ich tue es nicht.« Er sah ihr Zögern.

»Die Schmerzen werden schlimmer werden.«

»Ich kann sie aushalten.«

»Aber es hat doch keinen Zweck, sie schlimmer zu machen.«

»Ich möchte mit dir gehen. Das ist der Zweck. Außer, du willst mich nicht dabeihaben, was mich nicht überraschen würde.«

»Fang nicht wieder an, Alan.«

»Womit?«

Sie drehte sich so abrupt vom Fenster, durch das sie hinausgeschaut hatte, zu ihm um, daß er fast zurückgezuckt wäre. Ihre Blicke begegneten sich, und er sah, wie wütend sie plötzlich war. »Nein«, sagte sie. »Wenn du schon fragst, nein, ich will dich nicht dabeihaben. Ich möchte lieber allein gehen.«

»Ich kann es dir nicht verdenken. Es ist schließlich kein Spaß, mit einem Krüppel spazierenzugehen. Krüppel sind eine Last, sie können kein Tempo vorlegen, sie können nicht …«

»Ich höre dir gar nicht zu.«

»Natürlich nicht. Das tust du doch nie.«

»Was? Wie kannst du es wagen! Ich höre dir zu, seit ich dich kenne. Ich höre dir zu und höre dir zu und höre dir zu, und jetzt gefällt mir nicht, was ich höre. Ich habe es satt, ich will allein spazierengehen.« Sie lief durch das Zimmer, suchte ihre Jacke und warf sie sich über, griff sich ihren Schal, zog ihre Stiefel an. In einer Minute würde sie weg sein.

»Dieser Conrad war hier«, sagte er. Sie hielt inne, einen Stiefel schon am Fuß, den anderen noch auf dem Boden. Sie wartete. »Ich weiß nicht, was er wollte …«, sagte er und fügte, bevor sie nachfragen konnte, hinzu: »… einfach nur dich. Er wollte dich. Wollen wir das nicht alle?«

»Du hast gelogen.«

»Ja, ich habe gelogen. Und ich habe ihm gesagt, ich wäre dein Mann, was eine weitere Lüge ist.«

»Warum um alles in der Welt?«

»Ich wollte nicht, daß er denkt, du würdest dich von mir aushalten lassen.«

»Sei nicht so dumm.«

»War ich aber. Bin ich nun einmal – dumm.«

Würde sie immer noch ihren Spaziergang machen? Er beobachtete sie. Sie zog sich fertig an, aber er sah, wie durcheinander sie war, mehr wegen seiner Lügen, dachte er, als wegen der Neuigkeit, daß Conrad Jenkinson hiergewesen war. Ihr Zorn war verflogen, und sie sah erschöpft und traurig aus. »Stella …«, fing er an, aber sie schüttelte den Kopf, öffnete die Tür und verließ das Haus. Ängstlich blieb er in der Tür stehen, um zu sehen, welche Richtung sie einschlug. Sie wandte sich nach rechts, in Richtung Klippenpfad, und nicht nach links, in Richtung der Töpferei, die auf der anderen Seite der Stadt lag. Erleichtert zog er seine eigene Jacke an und holte seinen Stock. Sein Bein tat viel zu weh, um ihr zu folgen, aber er konnte es nicht ertragen, drinnen zu bleiben und nur zu warten. Er würde bis zum Ende des Weges humpeln und sich dort auf einen Baumstumpf setzen, und wenn sie den höchsten Punkt des Pfads erreichte, würde er sie kurz in der Ferne sehen können. Wenn sie zurückkam, würde er gebührend zerknirscht sein. Sie würde merken, wie beschämt er war, und verstehen.

III

Conrad wünschte sich, er hätte den Besuch bei Stella gelassen. Es war nicht schwer gewesen, sie, beziehungsweise ihr Cottage, zu finden – alle schienen zu wissen, wo die rothaarige Schönheit lebte. Er hatte sich in der Post nach ihr erkundigt, und sofort hatten zwei Leute in der Schlange und der Postbeamte selbst ihm ihre Adresse genannt. Komisch war nur, daß sie ihm nicht auch verraten hatten, daß sie einen Ehemann hatte, aber vielleicht hatte er seinen Informanten keine Gelegenheit dazu gegeben. Er hatte nicht sagen wollen, was er von ihr wollte, und jetzt würden alle denken, daß er »hinter ihr her« war und Absichten hatte. Es würde zu dem passen, was sie über ihn wußten, und es gab nichts, was er dagegen tun konnte. Hier war ein Ruf noch ein Ruf. Hatte man ihn erst einmal, wurde man ihn nie wieder los.

Aber er hatte keine Absichten, was Stella anging. Dünne, neurotische Frauen waren für ihn keine Versuchung. Dünn war sie auf jeden Fall, viel zu dünn, und als neurotisch hatte er sie eingeschätzt, seit sie das erste Mal fast zitternd vor Nervosität mit ihren jämmerlichen Klecksereien bei ihm aufgetaucht war. Er leitete keine Kunstgalerie, zum Glück nicht, sonst hätte er es sich nicht leisten können, sie auszustellen – sie hätten jeden Ruf ruiniert, den er sich vielleicht erhofft hätte –, aber so schadete es nichts, sie in den Laden zu stellen, zu den Grußkarten, die Ginny verkaufte, und seiner eigenen Ausschußware. Jemand ohne jedes künstlerische Verständnis würde sie eines Tages kaufen, hatte er gedacht, und tatsächlich hatte jemand es getan. Er war froh gewesen, sie los zu sein, und hatte gehofft, daß keine weiteren folgen würden. Sie kam gelegentlich vorbei, huschte nervös herein und wieder hinaus, und er lächelte und nickte und überließ das Reden ihr. Ginny wechselte gelegentlich ein paar Worte mit ihr, bekam aber nicht viel mehr über sie heraus, als daß sie Krankenschwester gewesen war, eine überraschende Information – sie sah nicht aus, wie sie sich eine Krankenschwester vorstellte, weder ruhig noch kompetent und alles andere als vertrauenerweckend.

Es gab dieser Tage viele Leute in Cornwall, die wie Stella waren, Leute, die aus London weggegangen waren, um den Krieg hinter sich lassen und ihr Leben zum Besseren zu verändern. Der Krieg hatte sie auf diese Idee gebracht und sie glauben lassen, daß sie den Mut und die Nerven dafür hatten. Ein großes Umdenken hatte stattgefunden, mit dem Resultat, daß es überall von Möchtegernkünstlern und Möchtegernschriftstellern wimmelte, die meisten von ihnen auf dem Weg der Desillusionierung. Conrad hatte nichts dagegen, daß sie da waren. Wieso auch? Er war keiner von ihnen. Er war auf der Kunsthochschule gewesen und hatte sich, seit er das Malen aufgegeben hatte, mit seiner eigenen Töpferei etabliert. Er fürchtete die Neuankömmlinge nicht, und er sah auch nicht auf sie herab. Sollten sie ihre Flügel ausbreiten, sollten sie es mit dem Fliegen versuchen.

Stella würde nie fliegen. Sie war dazu verdammt, für immer am Boden zu leben, ein armer kleiner Spatz mit gestutzten Flügeln, der fieberhaft umherhüpfte und nach Krümeln suchte. Wie lange würde sie brauchen, bis sie erkannte, daß sie ein aussichtsloser Fall war? Sicher nicht mehr sehr lange. Sie war von Landschaften zu Stilleben übergegangen, und obwohl sie ein gewisses Gespür für Komposition und Farbe hatte, war ihre Technik hoffnungslos. Er hatte nicht das Gefühl gehabt, ihr das sagen zu müssen. Sie hatte ihn nicht nach seiner Meinung gefragt, sondern nur, ob er versuchen könnte, ihre Bilder zu verkaufen. Und dann hatte sie dieses andere Bild hervorgezogen. Ein Blick hatte genügt. In einer Million Jahren hätte sie es nicht malen können, daher war es gut, daß sie das nicht direkt behauptet hatte. Aber sie hatte so getan. Sie hatte gewollt, daß er glaubte, das Bild sei von ihr: Die Täuschungsabsicht war dagewesen. Wo um alles in der Welt hatte sie es her? Nachdem sie es wieder mitgenommen hatte, konnte er sich nicht erinnern, was sie gesagt hatte oder ob überhaupt, wer das Bild gemalt hatte. Ginny mußte es unbedingt sehen. »Kauf es ihr ab, wenn es dir so gefallen hat«, hatte Ginny gesagt. »Biete ihr fünf Pfund dafür, sie wird begeistert sein.«

Also war er gegangen, um ihr den Fünfer anzubieten. Er hatte sagen wollen, es solle ein Geburtstagsgeschenk für seine Frau werden, für Ginny, die nächste Woche vierzig wurde. Er hatte sagen wollen, Ginny sei selbst Künstlerin und habe schon im New English Art Club in London ausgestellt und er sei sicher, das kleine Bild würde ihr gefallen, es sei genau ihr Geschmack. Aber dann war dieser seltsame Mann an die Tür gekommen und hatte so krank ausgesehen und sich so feindselig verhalten, und er hatte ihm einfach nicht sagen wollen, weswegen er gekommen war. Es wäre absolut nichts dabei gewesen, aber aus irgendeinem Grund war er sofort auf der Hut. Er hatte Stellas Mann einfach nicht getraut: Wenn er gesagt hätte, er sei gekommen, um ihr ein Bild abzukaufen, hätte er ganz bestimmt gesagt, es sei nicht zu verkaufen.

Blieb das Problem, wie er Stella erwischen und ausschließlich mit ihr über das Bild verhandeln sollte. Arbeitete ihr Mann? Sollte er sich noch einmal dazu erniedrigen, ins Postamt zurückzugehen und sich danach zu erkundigen? Der Mann hatte zu krank ausgesehen, um arbeiten zu können. Er mußte verwundet worden sein. Wahrscheinlich ein Held. Conrad war kein Held. Er war nicht einmal im Krieg gewesen. So groß und kräftig er auch aussah, bei der Musterung war er mit Pauken und Trompeten durchgefallen. Niemand in Cornwall hatte ihm je die weiße Feder überreicht, das Zeichen für Feigheit, aber er selbst hatte sie sich viele Male angesteckt, obwohl er sich nicht feige verhalten hatte und nichts für seine Tuberkulose konnte. Sechs Monate in einem Sanatorium erwiesen sich als unendlich angenehmer als dieselbe Zeitspanne in den Schützengräben, und als seine TB ausgeheilt war (zumindest hoffte man das, auch wenn man es ihm nicht garantieren konnte), war er dankbar. Aber als die überlebenden Soldaten ins zivile Leben zurückkehrten, hatte er sich fast geschämt und sich Sorgen gemacht, was sie von ihm denken würden, aber abgesehen davon, daß sie ihn als verdammten Glückspilz bezeichneten, hatte er sich nie dafür rechtfertigen müssen, wie er die Kriegsjahre verbracht hatte.

Stellas Mann – der, wie Conrad jetzt auffiel, nicht einmal die Höflichkeit besessen hatte, ihm seinen Namen zu nennen – hatte unverkennbar kein Glück gehabt. Die Verbrennungen in seinem Gesicht erzählten eine Geschichte, seine gebrechliche Erscheinung eine weitere. Der Mann hatte jedes Recht, verbittert zu sein. Vielleicht war er mißtrauisch – Stella war schön, auch wenn sie dünn und nervös war. Er würde sie für sich behalten wollen. Conrad fragte sich, was Stellas Mann über ihn wußte. Er mußte von der Töpferei wissen und daß Stella ihm ihre Bilder brachte. Sie mußte ihm von Ginny und den Kindern und dem ganzen Drumherum erzählt haben, aber wenn er ein eifersüchtiger Mensch war, würde das seine Ängste nicht notwendigerweise zerstreuen. Es war ein Fehler gewesen, ihm gegenüber nicht offen zu sein.

Es gab nichts, was er jetzt noch tun konnte, außer darauf zu warten, daß sie sich wieder einmal in der Töpferei blicken ließ. Da er drei ihrer Stilleben hatte, würde sie irgendwann kommen, um zu sehen, ob er sie verkauft hatte. Vielleicht würde sie in einem Monat oder in sechs Wochen bei ihm auftauchen, scheu und verlegen, aber neugierig, ob er Erfolg gehabt hatte.

All das ging Conrad auf dem Rückweg zur Töpferei durch den Kopf. Was er, als er irgendwann später eintraf, nicht erwartete, dort vorzufinden, war Stella.

Sie brauchte ein Ziel. Nur den Klippenpfad entlangzuwandern würde ihr nicht lange reichen, obwohl es ihr zuerst half, sich zu beruhigen. Sie mußte Alan verlassen, es gab keine andere Lösung. Wenn sie es nicht tat, würden sich Szenen wie die, die sie gerade aus dem Haus getrieben hatte, wiederholen, und sie beide würden immer unglücklicher werden. Er sah in ihr eine Person, die sie nicht war, eine Person, die sich frohen Herzens seinen Bedürfnissen unterwarf. Und es war allein ihre Schuld. Sie hatte ihn zu dem Glauben veranlaßt, daß sie glücklich wäre, für ihn zu sorgen und ihm zu helfen, wieder gesund zu werden, zufrieden damit, die Tage, die Wochen, die Monate, die Jahre mit ihren Malversuchen zu vertändeln. Als Emlyn fiel, waren all ihre Sinne taub geworden. Sie hatte nur still sein wollen, sich treiben lassen wollen, nichts fühlen wollen. Sie hatte gedacht, Malen würde helfen.

Es gab einen weiteren schmalen Pfad, der am höchsten Punkt der Klippen davon abzweigte. Er war kaum sichtbar, aber sie war ihn ein paarmal gegangen, wenn Alan nicht dabei war. Er führte zu einem breiteren Weg, der sich irgendwann an der Müllhalde vorbei zur Straße schlängelte. Sie schlug diesen Pfad jetzt ein. Gelegentlich rutschte sie auf Steinen aus, und immer wieder blieb sie mit dem Kleid an Sträuchern hängen, aber dann war sie auf dem breiteren Weg und ging mit schnellen Schritten in Richtung Straße. Sie hatte keine Ahnung, wo sie hinging, und wußte nur, daß sie so weit wie möglich von Alan und so lange wie möglich vom Cottage weg sein wollte. In St. Austell gab es verschiedene Orte, wo sie hingehen konnte, aber sie merkte, daß sie der Stadt auswich und statt dessen den Hügel hinaufging. Die Töpferei kam in Sicht, bevor sie daran gedacht hatte, und dann erschien es ihr ganz natürlich, bei Conrad vorbeizuschauen. Irgend jemand würde dasein, wenn er selbst es nicht war, ein anderes menschliches Wesen, mit dem sie reden konnte, obwohl ihr nicht klar war, was für eine Art von Unterhaltung das werden sollte, so völlig verwirrt, wie sie war.

Ginny, Conrads Frau, war im Laden am Eingang zur Töpferwerkstatt mit der Kasse beschäftigt. Sie hob den Kopf, als Stella hereinkam, und sagte guten Tag, und Stella erwiderte den Gruß. Dann wußte sie nicht, was sie sagen oder tun sollte. Ginny schüchterte sie ein. Sie war groß, groß und kräftig wie ihr Mann, und hatte etwas Zigeunerhaftes an sich – die langen schwarzen Haare, die dunkle Haut, die dunklen Augen. Sie kleidete sich auffällig, leuchtendbunte Röcke bis zum Boden, und trug Armbänder an beiden Handgelenken und lange Ohrringe, die von ihren Ohrläppchen baumelten. Sie war ganz anders als jede andere Frau, die Stella je gesehen hatte – üppig, sinnlich, sich ihrer selbst sicher. Hilflos wandte Stella sich vom Anblick ihrer eigenen kläglichen Bilder ab und begutachtete die Tassen und Untertassen, die in einer Reihe auf einem Regal standen. Vielleicht sollte sie welche kaufen – sie waren hübsch, blaßgrün, nicht zu groß –, aber dann fiel ihr ein, daß sie kein Geld bei sich hatte. Ginny beobachtete sie aufmerksam, das wußte sie. Ihre Hände zitterten, als sie eine der Tassen aufnahm, und es klapperte leise, als sie sie wieder auf die Untertasse zurückstellte.

»Tut mir leid«, sagte sie.

»Sie sind nur zweite Wahl, machen Sie sich keine Gedanken«, sagte Ginny.

»Ich mag sie. Ich habe kein Geld bei mir, aber nächstes Mal werde ich zwei kaufen.«

»Nehmen Sie sie jetzt und zahlen Sie später. Ich packe sie Ihnen ein.«

Bevor Stella sie daran hindern konnte, hatte Ginny zwei Tassen mit Untertassen genommen und wickelte sie ein. »Conrad ist nicht hier«, sagte sie. »Wollten Sie ihn sprechen?«

»Nein.« Sie sagte es zu schnell, zu abrupt.

»Sicher?«

»Sicher. Ich bin einfach nur ziellos herumgelaufen, und ...«

»Und auf einmal haben Ihre Füße Sie hierhergeführt«, sagte Ginny.

Stella hörte den Sarkasmus in ihrer Stimme und errötete. »Ja, irgendwie schon. Ich weiß nicht, wieso. Ich wollte ...« Sie unterbrach sich. Sie konnte dieser Frau, die sie eigentlich nur vom Sehen kannte, nicht erzählen, wie verzweifelt ihr zumute war.

»Wo kommen Sie eigentlich her?« fragte Ginny plötzlich.

Verblüfft über die seltsame Frage, sagte Stella: »Southampton.«

»Aber Sie haben einen walisischen Akzent, oder?«

»Ja. Ursprünglich komme ich aus Tenby. Dann London. Dann kam der Krieg, und ich bin in einem Krankenhaus in der Nähe von Southampton gelandet.«

»Eine ziemliche Veränderung hierherzukommen.«

»Ja. Aber ich gehe bald wieder weg.«

Sie konnte sich nicht erklären, wieso sie das sagte. Es würde nur zu weiteren Fragen führen, zu der Art von Fragen, auf die sie keine Antwort hatte. Stumm streckte sie die Hände nach dem Päckchen aus, das Ginny jetzt fertig hatte. Sie zitterten immer noch. Ginny bemerkte es. Statt ihr das Päckchen zu geben, legte sie es beiseite, nahm Stellas Arm, führte sie zu dem Stuhl neben der Kasse und drückte sie darauf nieder. »Sie können es mir ruhig sagen«, sagte sie. »Ich bin daran gewöhnt, es macht mir nichts aus.«

»Was?«

»Nun, Sie sind offensichtlich ziemlich aufgelöst. Es geht doch um Conrad, nicht wahr? Sind Sie etwa schwanger?«

Entsetzt schnappte Stella nach Luft. »Nein!« sagte sie und schüttelte heftig den Kopf. »Nein! Es geht nicht um Ihren Mann! Ich kenne ihn doch kaum, ich habe außer in der Töpferei nie mit ihm gesprochen. Sie irren sich, wie können Sie nur denken ...«

»Worum geht es dann? Wieso sind Sie so durcheinander? Wieso sind Sie hierhergekommen?«

»Ich habe doch schon gesagt, ich weiß es nicht. Ich wußte nicht, wo ich hinsollte, ich wollte einfach nur irgendwohin gehen, egal wohin.« Sie atmete tief ein und wischte hektisch an ihren Augen herum.

»Sind Sie mißhandelt worden? Wurden Sie vor die Tür gesetzt?«

»Nein!«

»Dann gebe ich es auf. Bleiben Sie eine Weile sitzen, kommen Sie wieder zu sich. Ich mache Ihnen einen Tee. Beruhigen Sie sich, regen Sie sich um Himmels willen nicht noch mehr auf. Rauchen Sie? Hätten Sie gern eine Zigarette? Warten Sie hier. Ich bin gleich wieder da.«

Aber Stella hatte nicht die Absicht zu warten. Die Demütigung war groß genug, ohne auch noch für eine Tasse Tee dankbar sein zu müssen. Sie wartete, bis Ginny über den Hof zum Haus gegangen war, stand auf und lief zur Tür, die in die Werkstatt führte, wo es, wie sie wußte, einen weiteren Ausgang gab. In der Ecke hing ein Waschbecken. Sie blieb stehen und spritzte sich kaltes Wasser ins Gesicht und trocknete sich mit dem Ärmel ihrer Jacke ab. Die Tür auf der anderen Seite war verriegelt, und sie hatte Mühe, den Riegel zurückzuziehen, aber schließlich gelang es ihr, und sie war draußen. Aber dann ließ die Tür sich nicht richtig schließen, und sie geriet in Panik. Sie konnte sie auf keinen Fall sperrangelweit offen lassen, aber Ginny würde jeden Augenblick mit dem Tee zurückkommen. Sie fand einen Stein, drückte die Tür so weit zu, wie es ging, und klemmte den Stein darunter. So würde es gehen. Conrad würde merken, daß die Tür offen war, sobald er zurückkam, und er würde sich zwar wundern, sie aber einfach wieder verriegeln.

Sie hörte sein Motorrad den Hügel heraufkommen, bevor sie es sah. Rechts von ihr war eine hohe Mauer, links das Haus, aus dem Ginny gleich kommen würde. Es gab nichts, was sie tun konnte, keine Möglichkeit, sich leise und unbemerkt davonzustehlen. Aber statt die bevorstehende Begegnung mit Conrad zu fürchten, empfand sie eine seltsame Art von Erleichterung. Er würde ihr zuhören. Sie war inzwischen zu weit gegangen, um sich wegen weiterer Peinlichkeiten zu sorgen.

Sie holte noch einmal tief Luft und wartete.

Conrad war überrascht, als er Stella vor der Töpferei stehen sah. Anscheinend hatte der unhöfliche Ehemann gelogen, und sie war gar nicht im Cottage gewesen und hatte geschlafen. Andererseits war er selbst noch bei Phoebe gewesen. Es war eine zu gute Gelegenheit gewesen, um sie ungenutzt verstreichen zu lassen, ein so gutes Alibi, sollte Ginny mißtrauisch werden. Ein eiliges Treffen, keine Zeit, mit ihr ins Bett zu gehen, obwohl er es riskiert und die Hektik genossen hätte. Aber Phoebe war empört gewesen. »Nein«, hatte sie gesagt, als er sie gegen die Wand drückte, sobald sie ihn eingelassen hatte. »Nicht so.« Genau so hatte sie es gewollt, drängend, plötzlich, auf sein Bedürfnis reagierend, aber wie auch Ginny, wie überhaupt jede Frau, die er je gekannt hatte, egal, wie leidenschaftlich sie von Natur aus war, wollte auch Phoebe mehr Drumherum. Hast ging ihnen allen gegen den Strich. Vielleicht konnten sie ganz am Anfang, die ersten paar Male, mit seinem Ungestüm mithalten, aber je länger eine Affäre dauerte, desto länger mußte auch der Sex dauern. Deshalb trieb es ihn immer weiter, außer bei Ginny.

Stella sah zerzaust und wild aus. Ihre Haare standen wirr in alle Richtungen, und sie sah aus, als hätte sie geweint – ihre Haut, normalerweise so blaß und glatt, war gerötet und fleckig. Sie hatte die Hände so fest ineinander verschlungen, daß die Knöchel weiß hervortraten, und wirkte wie ein reumütiges Schulmädchen. Als er auf sie zukam, machte sie einen Schritt zurück und deutete auf die Tür der Töpferei.

»Es tut mir leid«, sagte sie. »Ich konnte sie nicht richtig zumachen.« Er schüttelte verwirrt den Kopf, sagte aber, es sei nicht wichtig. »Ihre Frau«, sagte sie. »Sie war sehr freundlich und wollte mir einen Tee machen, aber ich … nun, ich wollte einfach weggehen, es war sehr unhöflich von mir …«

In diesem Moment wurde die Tür so heftig aufgestoßen, daß der Stein durch die Gegend flog, und Ginny erschien, eine Teetasse in der Hand. »Wieso sind Sie hier?« fragte sie Stella. »Hier ist Ihr Tee. Nehmen Sie ihn.« Damit drehte sie sich um und ging, ohne ihren Mann zu beachten, in die Töpferei zurück. Sie hörten, wie sie die Tür mit einem lauten Krachen wieder verriegelte.

»Ich habe sie gekränkt«, flüsterte Stella.

»Ich fürchte, das haben Sie«, sagte Conrad, aber er lächelte. »Setzen wir uns doch, während Sie Ihren Tee trinken. Hier drüben, in die Sonne. Es ist windgeschützt, und die Aussicht ist gut.« Sanft nahm er ihren Arm und führte sie zu der Bank. Sie nippte an ihrem Tee, und er wartete. »Ich war bei Ihnen«, sagte er schließlich, als sie immer noch schwieg.

»Ja, ich weiß.«

»Ihr Mann sagte ...«

»Er ist nicht mein Mann. Mein Mann ist im Krieg gefallen. Ich bin Witwe. Alan ist mein Freund.«

»Er war sehr unfreundlich zu mir.«

»Das kann ich mir denken. Es geht ihm nicht gut, er wurde schwer verwundet.«

»Das dachte ich mir. Ich hätte mehr Mitgefühl zeigen sollen.«

»O nein, er haßt Mitleid.«

»Ich habe nicht Mitleid gemeint. Ich habe Verständnis gemeint, ich hätte rücksichtsvoller sein sollen.«

»Es hätte nichts geändert.«

»In Ordnung.« Conrad schwieg. Er hätte gern gefragt, wieso Alan sich als ihr Mann ausgegeben hatte, entschied aber, daß es eine dumme Frage war. Vielleicht hatte er einfach nur ihren Ruf schützen wollen. »Jedenfalls«, fuhr er nach einer Weile fort, »wollte ich keine Nachricht für Sie hinterlassen. Ich wollte es Ihnen selbst sagen.«

»Was?«

»Das Bild, das Sie mir gezeigt haben. Ich würde es gern kaufen, wenn Sie es verkaufen wollen.«

»Es war ein Geschenk von Alan. Er hat es auf einem Trödelmarkt in London gefunden.«

»Ah. Ach so, ich verstehe. Dann wäre es wahrscheinlich keine so gute Idee, es zu verkaufen. Es würde ihm etwas ausmachen, nicht wahr?«

»Ja.«

»Macht er sich etwas aus Kunst?«

»Nein.«

»Es ginge also darum, daß Sie das Bild an jemanden, an mich, weggeben, ich meine, verkaufen.«

»Ja.«

»Es wäre plötzlich wertvoll, weil er es für Sie gekauft hat, nicht weil ihm selbst etwas daran liegt?«

»Ja.«

»Nun, dann hat sich das erledigt. Vergessen Sie, was ich gesagt habe.«

»Wieviel?«

»Was?«

»Wieviel würden Sie mir dafür geben?«

»Sie meinen, Sie würden es doch verkaufen? Und was ist mit Alan?«

»Ich verlasse ihn. Er wird es nie erfahren.«

Conrad rutschte unbehaglich auf der Bank hin und her. Er sah plötzlich vor sich, wie ein aufgebrachter Alan bei ihm auftauchte und ihn beschuldigte, der Grund dafür zu sein, daß Stella ihn verlassen hatte. Er hatte ausgesehen, als sei er zu allem fähig.

»Ich verlasse ihn jetzt, heute, heute abend«, sagte sie. »Ich brauche Geld, um nach Tenby zu kommen. Ich verkaufe Ihnen das Bild. Wieviel?«

»Fünf Pfund?« Es war eine nicht unbeträchtliche Summe für ihn. Nur wenn er Ginny das Bild zum Geburtstag schenkte, konnte er eine solche Summe rechtfertigen, und selbst dann war er sich nicht absolut sicher, ob das Bild wirklich soviel wert war.

»Gut. Ich bringe es heute abend vorbei, bevor ich abreise. Werden Sie das Geld haben?«

»Ich denke schon, ja. Aber wie werden Sie es bringen können? Wird Alan nicht mißtrauisch sein? Was werden Sie sagen?«

»Ich weiß es noch nicht. Aber ich gehe. Ich verlasse ihn. Ich habe noch nicht genau darüber nachgedacht, wie ich es machen werde.«

Das letzte, was er wollte, war, ihr dabei zu helfen, also schwieg er. Er wollte jetzt, daß sie ging. Bei ihr zu sitzen war ihm inzwischen unangenehm. Sie schien es auch so zu empfinden, denn sie stand auf und sagte, sie würde ihm das Bild bringen, wenn sie sich überlegt habe, wie sie am besten wegkäme, und ging den Hügel hinab. Sie sah zielstrebig aus, ihre Arme schwangen auf fast militärische Weise vor und zurück. Ginny, die vom Haus her um die Ecke kam, war überrascht, als sie ihn, tief in Gedanken versunken, fand. »Wo ist das Mädchen?« fragte sie. Und fügte hinzu: »Du solltest vorsichtig sein. Sie ist völlig überdreht, ein einziges Nervenbündel.«

»Sie verläßt den Burschen, mit dem sie zusammenlebt.«

»Nicht wegen dir, hoffe ich.«

»Mach dich nicht lächerlich. Ich kenne sie doch kaum.«

»Und wieso kommt sie dann ausgerechnet hierher, wenn sie durcheinander ist? Kannst du mir das sagen?«

»Ginny, ich schwöre bei allem, was du willst, daß ich dem Mädchen nicht mal die Hand geschüttelt habe. Sie bringt mir ihre kleinen Aquarellbildchen, das ist alles.« Aber er mußte Ginny sagen, daß Stella zurückkommen und daß er ihr Geld geben würde. Er konnte sich keine Mißverständnisse leisten. Er erklärte ihr, daß er das Bild für sie kaufen würde. Zu seiner Erleichterung freute sie sich darauf, das Bild zu sehen und es in ihrem Besitz zu haben, so wie er. Sie gingen Arm in Arm ins Haus und suchten das Geld zusammen, um es für Stella parat zu haben.

Sie mußten lange warten. Stella kam weder an diesem Abend noch am nächsten Tag. Am Tag darauf waren sie überzeugt, daß sie nie mit dem Bild kommen würde. Sie überlegten, was passiert sein könnte: Ginny war sicher, daß Stella es doch nicht übers Herz brachte, ihren Mann zu verlassen; Conrad vermutete, daß Alan sie daran hinderte, vielleicht sogar so weit ging, sie einzusperren. »Er wird sie nicht gehen lassen«, sagte er zu Ginny. »Er braucht sie zu sehr. Und sie ist nicht stark genug, in keiner Hinsicht, einfach wegzulaufen. Er wird sie nicht aus den Augen lassen, sie wird keine Chance bekommen.« Zwischendurch fragte er sich einmal, ob er hingehen und Stella retten sollte, ließ den Gedanken aber schnell wieder fallen. Dann, in den frühen Morgenstunden des nächsten Tages, tauchte Stella auf. Ginny hörte das Knirschen der Kiesel auf dem Weg vor ihrem Schlafzimmerfenster, dann das Klopfen an der Tür und weckte Conrad. Als er die Tür öffnete, stand Stella da, das Fahrrad an die Wand gelehnt. Zitternd hielt sie ihm das uneingepackte Bild entgegen, so daß er sehen konnte, was es war. Er forderte sie auf, ins Haus zu kommen, während er das Geld holte, aber sie wollte nicht, sondern drängte ihn nur, sich zu beeilen. Sobald sie das Geld hatte, drehte sie sich um und fuhr ohne ein weiteres Wort mit ihrem Fahrrad davon. Conrad hörte später, daß das Fahrrad am Bahnhof gefunden worden war.

Hinterher, als er immer und immer wieder durchging, was geschehen war, gab Alan dem Bild die Schuld. Es war irrational, aber er hatte das Gefühl, daß irgend etwas an dem in seinen Augen harmlosen kleinen Ölbild in Stella eine Veränderung ausgelöst hatte, die sich schnell zu einer Krise auswuchs. Er hatte nichts davon gemerkt. Wieder und wieder ging er ihr Leben vor dem Tag durch, an dem er nach London gefahren war, und blieb überzeugt, daß es harmonisch und friedlich gewesen war. Sie waren ruhig und zufrieden dahingetrottet, hatten sich jeder auf seine Weise davon erholt, was ihnen widerfahren war. Waren sie glücklich gewesen? Keiner von ihnen hatte das Wort je ausgesprochen, es war zu verwegen, zu gefährlich. Aber sie waren nicht unglücklich gewesen, oder doch? Bei Stella wußte er es nicht, aber was ihn selbst anging, so hatte das Zusammensein mit Stella ihn so glücklich gemacht, wie er es nur sein konnte.

Er hatte lange, lange gewartet, hatte auf einem Felsen gesessen und sie auf dem Klippenpfad beobachtet. Er sah, wie sie den höchsten Punkt erreichte und dann aus seinem Blickfeld verschwand. Der Weg zum Ende der Landspitze würde eine halbe Stunde dauern, und dann eine weitere halbe Stunde, bis er sie an derselben Stelle wieder auftauchen sah. Aber sie tauchte nicht wieder auf. Eine Stunde verging, anderthalb. Er fror, er war inzwischen ganz steif, und als er schließlich einsah, daß sie den weiten Weg genommen haben mußte, über die Straße, ging er nach Hause. Aber er war bereits besorgt. Vage, dunkle Vorahnungen machten sich in ihm breit, Bilder von Unfällen und Überfällen und allen möglichen Katastrophen. Sie hatten kein Telefon, sie konnte ihn nicht anrufen, niemand konnte das, sollte es nötig sein. Er erwartete jeden Augenblick, einen Polizisten auftauchen zu sehen, aber nichts unterbrach die intensive Stille. Irrwitzige Ideen gingen ihm durch den Kopf: Konnte Stella zurückgekommen sein, ohne daß er es bemerkt hatte? Konnte sie oben sein? Konnte sie in ihrer Hütte sein? Er suchte überall, wohl wissend, daß er sich lächerlich aufführte, und fand sich zum Schluß in ihrer Hütte wieder, ihrem Atelier.

Es gab wenig zu sehen. Alles war ordentlich. Sie schien nichts in Arbeit zu haben, aber schließlich hatte sie ihre letzten Bilder gerade erst zu dem Mann mit der Töpferei gebracht. Die Hütte sah verlassen aus, als hätte sie nicht damit gerechnet, wieder zurückzukommen, und das erfüllte ihn mit einer so grauenhaften Angst, daß ihm schwindlig wurde und er sich setzen mußte. Das war nicht möglich, das konnte nicht möglich sein. Völlig aufgewühlt versuchte er, sich zu beruhigen, indem er auf und ab ging, nach irgendeinem Beweis dafür suchte, daß er sich irrte. Ihre Sachen waren noch da, ihre Farben, ihre Staffelei, nichts davon war billig gewesen. Sie würde nie ohne sie weggehen. Dann sah er das Bild, das er für sie gekauft hatte, allein an der einzigen Wand ohne Fenster oder Tür hängen. Sie hatte gesagt, sie liebe es: Sie würde es nie zurücklassen. Erleichtert setzte er sich wieder und starrte es an.

So fand Stella ihn. Als sie die Tür leise öffnete, um das Bild zu nehmen und sich sofort damit davonzustehlen, sah sie ihn vornübergebeugt auf dem Hokker davorsitzen. Er drehte sich um, und eine Sekunde lang war die Angst deutlich auf seinem Gesicht zu erkennen. Dann verschwand das Gewicht der Sorge, und er lächelte so wunderschön, daß sie glaubte, es nicht tun zu können, ihn nicht so grausam verletzen zu können. »Gott sei Dank«, sagte er und versuchte aufzustehen, sank aber kraftlos wieder zurück. »Gott sei Dank«, wiederholte er. »Ich habe ... ach, ich habe mir alle möglichen Schrecklichkeiten vorgestellt.« Sie antwortete nicht. Sie durfte sich nicht auf eine Unterhaltung einlassen. Sie mußte das Bild nehmen und gehen, bevor ihm klar wurde, was sie vorhatte. Aber Alan wollte reden. Als wüßte er genau, daß er sich auf keinen Fall beschweren durfte, sie nicht danach fragen durfte, wo sie so lange gewesen war, sagte er, als sie das Bild von der Wand nahm: »Es tut mir leid. Ich weiß nicht einmal mehr, was ich gesagt habe oder wieso, aber was immer es war, was dich so aus der Fassung gebracht hat, es tut mir leid. Ich bin sicher, es war meine Schuld. Laß es uns vergessen, ja? Es war ein schlimmer Tag.«

Pathos, dachte Stella, ist seine mächtigste Waffe. Er muß nicht so tun, als sei er leidend und bedürftig, er ist es wirklich. Er erwartet, daß mein Herz bei seinem Anblick dahinschmilzt, so gebrechlich, so zerknirscht, so flehend. Aber dieses Mal wird es nicht dahinschmelzen, es kann es sich nicht leisten. Sie übersah seine ausgestreckte Hand und machte Anstalten, das Bild abzunehmen.

»Willst du nichts sagen?« fragte er. Sie schüttelte den Kopf, nahm das Bild und wollte die Hütte verlassen. Aber er verstellte ihr den Weg. Er streckte das linke Bein aus, das verletzte, und hielt sie gleichzeitig an der Jacke fest. »Bitte«, sagte er, »sag irgendwas. Es ist mir egal, was es ist, aber sag was.«

»Laß mich vorbei, Alan.«

»Wo willst du hin?«

»Eine Tasche packen. Ich verlasse dich.«

Der Schock war echt, das sah sie. Der Ausdruck in seinen Augen war ungläubig, und er biß sich so fest auf die Lippe, daß alle Farbe daraus wich. »Das kannst du nicht tun«, flüsterte er. Und dann: »Warum? Warum?«

»Das müßtest du selbst wissen.«

»Aber ich weiß es nicht. Wir hatten einen dummen Streit, ich weiß nicht einmal mehr …«

»Der Streit spielt keine Rolle.«

»Was dann? Was ist passiert?«

»Ich will nicht darüber reden. Ich kann nicht bleiben, ich kann nicht. Ich muß hier weg, laß mich vorbei, Alan.«

»Ich lasse dich nicht gehen. Du mußt krank sein oder verrückt. Das ist doch lächerlich, es steht doch in keinem Verhältnis …«

»Vielleicht«, sagte sie und fügte dann lahm hinzu: »Vielleicht komme ich zurück, vielleicht muß ich einfach nur eine Zeitlang allein sein.«

»Genau«, sagte er. »Du mußt dich nur beruhigen. Aber du mußt dafür doch nicht weggehen.«

»Doch.«

»Wo willst du denn hin?«

»Ich weiß nicht. Nach Tenby wahrscheinlich.«

Er zögerte. »Aber nicht heute, bitte, geh nicht heute. Geh morgen, wenn du mußt, aber gib mir Zeit, mich daran zu gewöhnen. Geh nicht jetzt, nicht nach einem Tag wie heute, wo wir beide durcheinander sind. Geh morgen, ich werde dich nicht davon abhalten, ich verspreche es.«

Sie gab nicht direkt nach, es lag mehr daran, daß sie plötzlich keine Energie mehr hatte und eine große Müdigkeit sie erfüllte. Sie schaffte es kaum ins Cottage. Sein Arm legte sich um ihre Taille, und sie ließ es zu. Langsam gingen sie durch den Garten, erleichtert, als sie die Tür des Cottage erreichten. Drinnen sank sie auf einen Stuhl und legte den Kopf auf die Arme, die sie auf dem Tisch verschränkt hatte. Leise setzte Alan den Kessel auf. Sie hörte das Klirren eines Teelöffels, das Klappern des Kannendeckels, der angehoben wurde. Sie blieb, wo sie war, und spürte, wie der Dampf aus der Teetasse ihre Hände wärmte. Zum Glück sagte Alan nichts. Er ließ sie in Ruhe. Sie hörte, wie er die Vorder- und die Hintertür abschloß und die Treppe zu seinem Schlafzimmer hinaufging. Sie konnte nicht jetzt gehen. Er würde hören, wie sie die Tür öffnete, und es würde eine Szene geben. Sie hatte nicht die Kraft dafür, sie hatte für nichts Kraft.

Wenn Alan wenigstens jemanden gehabt hätte, an den er sich wenden konnte – zu wissen, daß er niemanden hatte, machte es so viel schwerer, ihn zu verlassen. Sie wußte von keinen Freunden, die er vielleicht vor dem Krieg gehabt hatte, weil er über diese Zeit nie hatte reden wollen. Die einzige Person, die er je erwähnt hatte, ein einziges Mal, war eine Freundin namens Charlotte. Nichts Ernstes, hatte er gesagt, es war keine wirkliche Romanze gewesen. Er hatte keinen Kontakt zu ihr gehabt, seit sie in Cornwall lebten, da war sie sicher. Charlotte, wer immer sie war, war vor langem aus seinem Leben verschwunden, und abgesehen von ihr hatte er nie irgendwelche Freunde oder Verwandte erwähnt. Seine Eltern waren tot, er hatte keine Geschwister. Er würde absolut allein sein, wenn sie nicht mehr da wäre, was bei seiner augenblicklichen Verfassung ein einfach unerträglicher Gedanke war.

Sie ging in ihr eigenes Zimmer, packte eine Tasche, legte das Bild darauf und machte sie zu. Mit etwas Glück würde sie vor Alan aufwachen und sich fortschleichen können. Aber sie hatte kein Glück. Sie schlief tief und fest, und als sie wach wurde, hörte sie Alan unten pfeifen. Noch nie war er nach unten gegangen, bevor sie ihm seinen Tee gebracht hatte. Sie konnte gebratenen Speck riechen. Er hatte noch nie Frühstück gemacht. Sie schaffte es kaum, sich anzuziehen. Was sollte sie mit ihrer Tasche machen? Wenn sie damit in die Küche kam, entschlossen, auf der Stelle zu gehen, würde er ihr den Weg verstellen, und es würde einen häßlichen Streit geben – er hatte keineswegs vor, sie nach Hause fahren zu lassen, und sei es nur für eine kleine Weile. Seine Einwilligung war ein Trick gewesen, um sie dazu zu bringen, über Nacht zu bleiben, und der Trick hatte funktioniert. Sie trat ans Fenster, öffnete es, so weit es ging, und sah nach unten. Ihr Zimmer ging nach vorne hinaus, die Küche nach hinten. Unter ihrem Fenster gab es ein Blumenbeet voller Stockmalven, die an der Mauer blühten. Es war nicht tief. Sie konnte zwar nicht selbst hinunterspringen, aber sie konnte ihre Tasche fallen lassen. Das war einfach. Zu wissen, daß sie jetzt versteckt hinter den Pflanzen lag, gab ihr Mut, als sie nach unten ging.

Sie verbrachten einen weiteren angespannten Tag miteinander. Alan las und beobachtete sie, und Stella starrte aus dem Fenster. Als es Abend wurde, war sie der Verzweiflung nahe. Er nahm immer ein heißes Milchgetränk zu sich, um besser schlafen zu können, meistens Ovomaltine. Sie hatte seine Schlaftabletten in der Hand. Es war lächerlich einfach, zwei davon in den Becher fallen zu lassen, als er sich umdrehte, um den Zucker zu holen – in einer Sekunde war es erledigt. Sie war sicher, daß er die letzten beiden Nächte keine Tabletten genommen hatte, sonst wäre er nie im Leben so früh aufgestanden, und jetzt mußte sie bloß die ganze Nacht wach bleiben, was nicht leicht sein würde, und kurz vor Tagesanbruch gehen. Es dauerte ewig, bis er gute Nacht sagte und nach oben ging. Sie gab ihm eine Stunde und schlich dann in sein Zimmer. Sein schlafendes Gesicht, plötzlich so jung und verletzlich, zerriß ihr fast das Herz, aber sie zwang sich, sich umzudrehen, die Treppe hinunterzugehen und durch die Tür zu schlüpfen. Als sie auf ihr Fahrrad stieg, zitterte sie, aber sie schaffte es, es auf den Weg zu lenken, und ließ es den kleinen Hügel zur Straße hinunterrollen. Jetzt mußte sie nur noch das Bild gegen Bargeld eintauschen.

Im Zug weinte sie. Sie konnte nicht aufhören. Wenn das die Freiheit war, wo war dann die freudige Erregung, nach der sie gesucht hatte? Alles, woran sie denken konnte, war ein einsamer, verwundeter Mann, der sie brauchte. Und sie sah sich selbst, allein, in ihrem Zimmer zu Hause, dem Zimmer, aus dem sie immer weggewollt und von dem sie gedacht hatte, daß sie nie wieder dorthin zurückkehren würde.

Ginny sah auf den ersten Blick, was Conrad gemeint hatte. Die vorgebliche Friedlichkeit und Anmut des Bildes täuschten sie keinen Augenblick. Es sah friedvoll aus, harmlos, aber sie glaubte, daß die Hand, die es malte, gezittert hatte. Bemühen war zu spüren, eine absolute Entschlossenheit, ruhig zu bleiben. Jemand hatte den Atem angehalten. Und das Gefühl des Wartens, der Erwartung, war schmerzlich spürbar. Conrad, der so von dem Bild bezaubert gewesen war, sah das alles nicht und sagte, sie interpretiere in eine schlichte Szene eine Vielzahl lächerlicher Komplikationen hinein. »Nimm es für das, was es ist, um Himmels willen«, drängte er. »Mach kein Drama aus einem kleinen Bildchen.«

Aber für Ginny fühlte es sich wie ein Drama an. Immer wieder betrachtete sie das Bild und rätselte daran herum. Vielleicht rührte das Gefühl von etwas Geheimnisvollem einfach nur daher, wie das Bild zu ihr gelangt war. Dieser Mann, der es angeblich auf einem Trödelmarkt in London gefunden hatte, was war er für ein Mensch? Und Stella selbst, die vor ihm geflohen war, doch wieso? All diese Fragen hefteten sich an das Bild und verliehen ihm eine Bedeutung, die es sonst vielleicht nicht gehabt hätte. Aber andererseits, dachte Ginny, hatte das, was sie beunruhigte, vielleicht doch nichts damit zu tun, wie das Bild zu ihr gelangt war, sondern mit den Echos, die sie jedesmal wahrnahm, wenn sie es sah. Es erinnerte sie, da war sie sich ziemlich sicher, an ein Bild, das sie schon einmal gesehen hatte, aber von wem? Es war lange her, seit sie in irgendeiner Ausstellung gewesen war, außer ein paar kleineren Ausstellungen in Cornwall, und sie war ganz sicher, daß kein Künstler, den sie kannte, dieses Bild gemalt hatte. Wer dann?

Dachte sie vielleicht einfach an ein berühmtes Bild, von Vermeer vielleicht oder von einem der holländischen Meister? Lag die Ähnlichkeit nur in der Schlichtheit und im Genre, sonst nichts? Und dann, nachdem sie mehrere Wochen lang jedesmal, wenn sie es sah, darüber gegrübelt hatte, erinnerte sie sich an die Zeit, als sie das letzte Mal in Paris gewesen war, 1906, als sie sechsundzwanzig war und ihren Onkel besucht hatte. Er hatte sie in eine Ausstellung im Salon d'Automne mitgenommen, und sie hatte ein Bild gesehen, das *La Mansarde* hieß. Es war anders als das Bild, das sie besaß, aber trotzdem gab es eine merkwürdige Ähnlichkeit. Und sie hatte eine andere vage Erinnerung, daran, beim selben Besuch auch in einer Ausstellung von Bonnard gewesen zu sein. Seine Bilder waren in der Farbgebung kühn, ganz anders als ihr Bild, aber auch da hatte sie schlichte Interieurs gesehen, da war sie sich sicher.

Der Gedanke, daß sie vielleicht ein Bild von Wert besaß, ängstigte sie ein bißchen, aber dann sagte sie sich, daß ihre Phantasie mit ihr durchging. Eines Tages, wenn sie wieder einmal nach London kam, würde sie es mitnehmen und begutachten lassen. Aber seine Herkunft war nicht wichtig, sein Geldwert auch nicht. Sie liebte es. Es bereicherte ihr Leben. Es machte sie verträumt und zufrieden, besser dafür gerüstet, mit Conrads Seitensprüngen zurechtzukommen und mit der anstrengenden Aufgabe, sich um die beiden Jungen zu kümmern.

Es weckte in ihr sogar den Wunsch, wieder selbst zu malen.

Das Cottage lag am Rand des New Forest, etwa eine Meile von Fordingbridge entfernt. Stella wäre nie auf den Gedanken gekommen hierherzuziehen, so weit vom Krankenhaus entfernt, mit einer langen Busfahrt hin und zurück, wäre es ihr nicht von der Oberschwester angeboten worden, deren Bruder das Cottage gehörte. Es wäre vielleicht eine Alternative, hatte die Oberschwester gesagt (beunruhigt darüber, daß die neue Schwester nur im Schwesternheim wohnen konnte und dort sichtlich nicht glücklich war, unter lauter Mädchen, die viel jünger waren als sie selbst), bis sie sich eingelebt hätte. Stella hatte nicht die Absicht, sich einzuleben, aber sie wollte etwas Eigenes, und die Miete für das Yew Tree Cottage war niedrig. Alan würde sie dort niemals finden. Wenn er sie überhaupt suchte, würde er nur das Haus ihrer Mutter in Tenby in Betracht ziehen.

Wieder als Krankenschwester zu arbeiten war nicht einfach, und sie hatte es auch nicht vorgehabt, aber es bedeutete, daß sie sofort Geld verdiente, und es gab ihr eine Richtung, auch wenn es eine Richtung war, die sie eigentlich nicht einschlagen wollte. Sie fuhr nicht jeden Abend in ihr Cottage zurück – sie hatte sich freiwillig für Nachtschichten gemeldet –, aber wenn sie da war, fühlte sie sich irgendwie getröstet. Es war in keinem besonders guten Zustand und ließ sich nur mit einem einzigen Kamin heizen, aber es war absolut friedlich hier. Der Garten war verwildert, hatte aber eine hübsche Einfassung aus Fichten, und sie benutzte die Zapfen, um Feuer zu machen. Niemand belästigte sie. Das einzige Haus in der Nähe, ein imposantes Gebäude, Fryern Court, war im Augenblick nicht bewohnt, hatte man ihr gesagt. Sie war an ihrem ersten freien Tag außen um das Gelände herumspaziert und war bezaubert gewesen von dem weißgetünchten Hof hinter dem Haus, wo ein wunderschöner Feigenbaum wuchs, und von den gut erhaltenen Ställen, in denen es aber keine Pferde gab. Es gab einen Teich in der Mitte des Rasens und eine Allee aus Eiben. Eigentlich, dachte Stella, müßte eine große Familie hier leben.

In den ersten Monaten empfand sie hauptsächlich Erleichterung. Sie hatte das Gefühl, sehr schnell gelaufen und gerade erst stehengeblieben zu sein, um wieder zu Atem zu kommen. Aber dann, als sich allmählich eine Routine einstellte, die von ihren Arbeitszeiten diktiert wurde, fing sie an, sich besser zu fühlen, und traute sich langsam zu, weiterziehen zu können. Sie war entkommen, sie war aus der Falle ausgebrochen, in die sie gegangen war, sie wurde nicht mehr dringend von irgendwem gebraucht. Sie konnte sie selbst sein und aus dem Bannkreis von Fürsorge und Bedürftigkeit ausbrechen – die Fürsorge, die sie anderen jetzt zuteil werden ließ, war auf ihre Arbeit beschränkt. Es war genug. Außerhalb des Krankenhauses mußte sie sich um niemanden kümmern, nur um sich selbst. Die Freiheit weckte in ihr den Wunsch, wieder zu malen. Es war dumm gewesen zu denken, daß sie, nur weil die Kunst, oder das Streben nach Kunst, nicht ihr ganzes Leben sein konnte, nicht das Recht hatte, Freude daraus zu schöpfen. Freude war vielleicht genug. Also kaufte sie ein paar Aquarellfarben – Ölfarben waren zu teuer, obwohl sie ihr lieber gewesen wären – und Papier und machte sich daran, als erstes die Fichten in ihrem Garten zu malen. Es war etwas, wofür sich das Nachhausekommen lohnte.

Als der Besitzer kam und sagte, er würde das Cottage verkaufen, hätte sie es liebend gern selbst gekauft, aber es lag weit außerhalb ihrer Möglichkeiten. Er ließ ihr drei Monate Zeit, etwas anderes zu finden, was großzügig von ihm war. Auf der Suche nach einer neuen Wohnung sah sie die Anzeige. Sie war bereit.

Ein Neuanfang, Tausende von Meilen entfernt.

Lucasta

Das Licht der Morgendämmerung war ganz schwach, nur ein leises Aufhellen am Horizont, ein etwas helleres Grau, aber es zeigte, daß die Bäume anfingen, ihre Blätter abzuwerfen. Sie fielen langsam, vereinzelt, in wirbelnden, an ein Ballett erinnernden Bewegungen, die zu beobachten fast hypnotisierend war. Nebel umarmte das Land, aber er löste sich schnell auf und enthüllte die Furchen der gepflügten Felder, deren strenge Linien scharf gezeichnet waren. Lucasta hatte das Feld, das sie überquerte, selbst gepflügt. Gestern hatte sie den Dreischarpflug endlich gemeistert. Und der Farmer, Skelton Wood, ein Mann, der nicht verschwenderisch mit Lob umging, hatte ihre Leistung mürrisch anerkannt. »Nicht schlecht«, hatte er gesagt, »gar nicht schlecht.« Heute würde sie sich das nächste Feld vornehmen, wenn sie dabei geholfen hatte, die Kühe zu melken. Es gab jede Menge Arbeit, den ganzen Tag, jeden Tag, da blieb nicht viel Zeit zum Nachdenken. Das war das Gute daran – keine Zeit, um nachzudenken, keine Zeit, um Tagträumen nachzuhängen, bei all der harten körperlichen Arbeit und der Erschöpfung, die sie mit sich brachte.

Aber die Schönheit bemerkte sie. Ihre Glieder mochten weh tun, ihre Augen klein sein vor Müdigkeit, sie nahm ihre Umgebung trotzdem wahr und registrierte die Veränderungen des Lichts und die Formationen der Wolken, es verschlug ihr den Atem, wenn sie eine Lerche aufsteigen oder einen Fuchs in den Schutz des Gebüschs flitzen sah. Mit den anderen Mädchen sprach sie nie darüber, sondern hortete diese Augenblicke ganz im stillen, um sich später, wenn sie zu schlafen versuchte, daran zu erfreuen. Sie schlief zwar immer sofort ein, das taten sie alle, völlig erschöpft, wie sie waren, aber gegen ein Uhr morgens wurde sie immer wach, und dann kamen die Erinnerungen, und dann brauchte sie die tröstlichen Bilder des Tages, um sie vor ihrem inneren Auge vorbeiziehen zu lassen. Es half. Es hielt die Erinnerungen an ihre Eltern für eine Weile auf Distanz und brachte die Sorgen um ihre Brüder für einen Augenblick zum Verstummen.

Ihre Hose war unbequem. Der Cord scheuerte an ihren Oberschenkeln, weil sie noch feucht war von dem Regen, der sie gestern überrascht hatte. Ihre Stoffgamaschen waren steif vor Matsch, der sich nicht ganz hatte abkratzen lassen, und die Filzmütze war im Regen eingegangen und saß jetzt viel zu eng um ihren Kopf, aber bei dem kalten Wind mußte sie sie tragen. Sie sah verboten aus, sie alle sahen verboten aus. Ihre Mutter hätte laut gestöhnt. Keine Samtröcke und keine unkonventionellen Seidenkleider, keine leuchtendbunten Stoffe, so wie Ginny sie getragen hatte. Ihre Hose war braun, ihre Jacke khakifarben, ihr Pullover grau – alles alt und praktisch, nichts neu und hübsch. Sie sah aus wie eine bessere Vogelscheuche, eingemummelt in häßliche, aber wärmende Kleidungsstücke, die mit Schnur zusammengehalten wurden (heute hatte sie tatsächlich ein Stück Schnur um ihre Jacke gebunden, nachdem sie gestern ihren Gürtel verloren hatte, denn die Jacke mußte eng am Körper anliegen, um den Wind abzuhalten).

Sie hatte Hunger, aber das sogenannte Frühstück würde noch eine Stunde auf sich warten lassen, bis nach dem Melken. Mrs. Wood versorgte sie, so gut sie konnte, aber sie alle wußten, wie schwer es war, ihre eigene Familie satt zu bekommen, geschweige denn sechs Landhelferinnen. Brot, Kartoffeln, Pastinaken – das war es, wovon sie sich hauptsächlich ernährten. Zum Frühstück gab es Porridge, meistens klumpig, aber immerhin mit guter, sahniger Milch, und dazu, wenn sie Glück hatten, eine Scheibe Speck oder ein Frühstückswürstchen und Tee. Es war nicht viel als Grundlage für einen vierzehnstündigen Arbeitstag, aber mittags gab es belegte Brote (auch wenn nie etwas drauf war, was wirklich schmeckte), und am Abend Suppen oder Eintöpfe, die sie vor Müdigkeit fast nicht mehr essen konnten. »Ihr seid besser dran als unsere Jungs, die da draußen für uns kämpfen«, sagte Mrs. Wood, wenn jemand sich beklagte. Sie wußten, daß das stimmte. Sie waren immerhin in Sicherheit, zumindest so sicher wie alle anderen im Land. Es flogen nicht viele Flugzeuge über sie hinweg, und wenn, arbeiteten die Mädchen zu zweit, ein Auge auf den Himmel gerichtet, so daß sie sich gegenseitig warnen konnten, wenn ein Angriff kam. Der Lärm der Traktoren war so laut, daß das die einzige Möglichkeit war, sich vor solchen Gefahren zu schützen.

Zwei der Mädchen fuhren heute nach Hause. Sie hatten ihre sechs Monate abgeleistet und Anspruch auf eine freie Woche mitsamt Freifahrschein. Lucasta beneidete sie nicht, höchstens darum, daß sie noch ein Zuhause hatten, wohin sie fahren konnten. Sie versuchte, nicht daran zu denken, daß sie selbst keins mehr hatte. Jede Menge Leute saßen mit ihr im selben Boot, und was zu anderen Zeiten vielleicht als Tragödie gegolten hätte, war keine mehr. Der Krieg veränderte alles. In gewisser Weise war sie dafür dankbar. Sie wollte nicht auffallen, wollte kein Mitleid. Die Töpferei war zerstört worden, im wahrsten Sinn des Wortes dem Erdboden gleichgemacht, und dann wurde das Grundstück verkauft. Wie sich herausstellte, hatte es ihrem Vater nie gehört, er hatte es nur gepachtet, und als er nach Monaten im Sanatorium starb, konnte Ginny sich die Pacht nicht mehr leisten. Sie hatten in das Cottage umziehen müssen, gerade als die Kriegserklärung kam.

Im Kuhstall war es nicht warm, aber durch den Atem der Kühe und der Mädchen auch nicht so kalt wie draußen, und es herrschte ein angenehm trügerisches Gefühl von Wärme, als sie sich alle zusammendrängten. Lucasta war eine gute Melkerin und machte die Arbeit gern. Überhaupt machte sie fast alles auf der Farm gern, bis auf Ratten fangen. Wenn die Heuballen angehoben wurden, benutzten die Männer Stöcke und Mistgabeln, um so viele Ratten wie möglich zu töten, und Skelton Wood befahl den Landhelferinnen, die Säcke zu halten und die toten Ratten abwechselnd aufzuheben und hineinzuwerfen und zu zählen. Es war eine widerliche Arbeit, schlimmer als Mist verteilen oder Gräben ausheben, und ihr wurde jedesmal fast schlecht. Einmal wäre sie beinahe ohnmächtig geworden, schaffte es aber, sich zusammenzureißen, bis es ihr wieder besserging. Es war etwas, was sie Sam und Tom schreiben konnte, wobei sie sich über ihren eigenen Ekel lustig machen würde, aber andererseits kam es ihr falsch vor, über irgend etwas zu schreiben, was mit Töten zu tun hatte. Die Vorstellung, daß einer der beiden sterben könnte, war ihr unerträglich, und sie versuchte, alle Gedanken daran auszulöschen. Ihre Brüder waren alles, was sie noch hatte, auch wenn sie ihnen nie wirklich nahegestanden hatte.

Die Mädchen neben ihr redeten darüber, was sie alles machen würden, wenn sie nach Hause kamen. Sie waren beide aus Exeter, nicht so sehr weit weg, und konnten darauf zählen, daß ihr Zuhause nicht bombardiert worden war. Ein heißes Bad und bequeme Betten erwarteten sie, und sie freuten sich darauf, sich verwöhnen zu lassen. Lucasta hörte ihnen zu, sagte aber nichts. Sie wußten über ihre Situation Bescheid und waren nett zu ihr, aber sie ließen sich dadurch nicht davon abhalten, über ihre Eltern und ihr Zuhause zu sprechen, und das erwartete sie auch nicht von ihnen. Sally, die ältere, hatte sie einmal zu sich nach Hause eingeladen und gesagt, ihre Mutter würde sie mit Freuden willkommen heißen, aber sie hatte nicht annehmen wollen. Hier, auf der Farm von Skelton Wood, schaffte sie es mit Mühe und Not, nicht zusammenzubrechen. Sie war sich nicht sicher, ob ihr das auch ohne die schwere körperliche Arbeit gelingen würde.

Sam und Tom hatten nicht zur Beerdigung ihrer Mutter nach Hause kommen können. Sie waren zu weit weg, Tom in Australien, Sam in Fernost. Es war keine große Beerdigung gewesen, kein Gottesdienst, kein anschließender Leichenschmaus, nur zwei andere Verwandte, und auf ihre sogenannte Unterstützung hätte sie gut und gerne verzichten können. Tante Phyllis und Tante Barbara, die sie jahrelang nicht gesehen hatte. Die eine war Ginnys Cousine (also gar keine richtige Tante), und die andere, Barbara, war die Schwester ihres Vaters. Barbara war diejenige, die gefragt hatte, ob ein Testament existiere. Überraschenderweise existierte eins, aufgesetzt, als Conrad starb, obwohl es nicht viel zu hinterlassen gegeben hatte. Barbara sagte, Conrad habe ihr immer versprochen, sie könne einige der Familienerbstücke haben, wenn er tot sei. Welche Erbstücke? Lucasta war völlig verwundert gewesen und hatte zu Barbara gesagt, sie wisse nicht, was sie meine. »Die Großvateruhr, die von Onkel John«, hatte Barbara gesagt, »und der Spiegel, von Tante Jessie, und der kleine Schreibtisch, der unserer Großmutter gehörte.« Die Uhr war nicht mehr da, sie war verkauft worden, aber sie sagte ihrer Tante, sie könne sich den Spiegel und den Schreibtisch aus dem Cottage holen, was Barbara auch prompt tat. Lucasta war es egal.

Das Cottage hatte sie noch. Die Miete war niedrig, und sie verdiente gerade genug, um sie bezahlen zu können. An ihren freien Tagen ging sie dorthin. Es war kein Zuhause, war es nie gewesen und würde es auch nie sein. Sie und Ginny hatten nur zwei Jahre darin gelebt, nach Conrads Tod, und die Atmosphäre war kummergeladen. Aber es war ein Ort, wo sie hinkonnte, weg von der Farm. Drinnen war es eisig kalt, und die Luft war dumpf und stickig. Sie machte Feuer im Kamin und setzte sich davor, eine Decke über den Schultern und eine Wärmeflasche unter den Füßen, und versuchte, die Erinnerungen an Ginnys Krankheit und Tod zu verbannen. Deswegen zu weinen hatte keinen Sinn. Sie weinte nicht mehr. Statt dessen versuchte sie, sich dadurch aufzumuntern, daß sie an die Zeit »nach dem Krieg« dachte, ein Spiel, das sie alle spielten. Sam würde zurückkommen, das *würde* er, und sie würde aus diesem elenden Cottage ausziehen und ein anderes Leben führen. Sie würde Kunst studieren. Sie hatte es Ginny versprochen. »Laß dich nicht unterkriegen, Liebling«, hatte ihre Mutter gesagt. »Mach etwas aus deinen Talenten, wenn das alles vorbei ist.«

Hatte sie »Talente«? Woher sollte sie das wissen? In ihrem gegenwärtigen Leben schien es keinen Platz für Kunst zu geben. Sie dachte nie auch nur einen Augenblick daran, einen Bleistift oder einen Pinsel in die Hand zu nehmen. Ihre Hände, rauh und rissig, taten andere Dinge. Vielleicht hatten sie vergessen, wie man zeichnete oder malte. Die Kunst war nur ein Traum, ein Mythos; sie hatte in ihrer Welt keine Bedeutung.

Sams Mutter starb am 3. Dezember, aber er erfuhr es erst am ersten Weihnachtstag. Der 3. Dezember war der Tag, an dem sein Bataillon die Kaserne verließ, um die Dschungelstützpunkte und Maschinengewehrstellungen entlang der Ostküste von Singapur zu übernehmen. Sie hatten nur die Waffen, die sie beim Training verwendet hatten. Die neuen, viel effizienteren Waffen lagen noch wasserdicht verpackt in ihren Kisten. Sie hatten sie beäugt, wie ein Kind Süßigkeiten beäugt.

Das Lager befand sich auf einer insgesamt fünf Hektar großen Kautschukplantage. Außen herum verlief ein Stacheldrahtzaun, und alle zweihundert Meter gab es Maschinengewehrposten. Sam nahm einen davon ein. Es war nur ein Loch im Boden, etwa anderthalb Meter tief, mit einem Durchmesser von etwa drei Metern. Später rechnete er sich aus, daß er, als seine Mutter starb, in seinem Loch herumhantiert und Schutt weggeräumt und den Schützenauftritt, auf dem die Thompson aufgestellt wurde, befestigt hatte. Dann hatte er sich auf seine achtstündige Wache eingerichtet. Er wußte, daß er an seine Mutter und seine Schwester gedacht hatte. Alle Soldaten dachten an ihre Familien, an zu Hause. Er hatte ein schlechtes Gewissen gehabt, das wußte er noch. Er hatte sich auf der Stelle freiwillig gemeldet, obwohl er nicht gemußt hätte. Seine Mutter hatte ihn angefleht, es nicht zu tun, noch nicht, nicht, bis er einberufen wurde. Sie brauchte ihn, hatte sie gesagt. Sie fühlte sich nicht gut, und es war so kurz nach dem Tod seines Vaters. Tom hatte sich schon gemeldet, aber er war sowieso weg gewesen, hatte in Australien gearbeitet, als Conrad starb. Sam hatte seiner Mutter gesagt, Lucasta würde sich um sie kümmern, er könne nicht warten, er müsse sich freiwillig melden. Ja, er hatte sich wie ein zukünftiger Held gefühlt; inzwischen konnte er über seine Naivität nur noch staunen.

Lucasta hatte jede Woche geschrieben, auch wenn sie nicht viel zu berichten hatte, und Ginny hatte manchmal eine kleine Zeichnung hinzugefügt, fast immer von ihren Katzen. Seine kleine Schwester war so gut gewesen, so selbstlos, hatte nie gesagt, wie krank ihre Mutter war, hatte ihn nie beunruhigt und immer betont, sie komme mit allem zurecht. Sie hatte sich der Situation wundervoll gewachsen gezeigt, und er war überrascht gewesen. Aber schließlich kannte er sie kaum. Er hatte viele Stunden in seinem Erdloch sitzen müssen, um das zu begreifen, Stunden, in denen er über seine Kindheit nachdachte und Bild um Bild aus der Zeit an sich vorbeiziehen ließ, überwältigt von einer so heftigen Sehnsucht, daß seine Augen brannten. Lucasta war ein so zartes

Kind gewesen. Bei der Geburt hatte sie nur viereinhalb Pfund gewogen, und sie mußten sie ins Krankenhaus bringen und in einen Brutkasten stecken, und er hatte die deutliche Erinnerung, daß niemand damit gerechnet hatte, daß sie überleben würde. Es hatte Tränen gegeben und gedämpfte Stimmen, und seine Mutter schien nie zu Hause zu sein. Sein Vater hatte sich in seine Töpferei zurückgezogen, und er und Tom waren größtenteils sich selbst überlassen gewesen, wenn sie nicht in der Schule waren. Und dann, als das neue Baby nach Hause kam, hatten sie es zuerst nicht anfassen dürfen, aus Angst, die kleine Schwester könne eine Infektion bekommen, und sie hatten sie angestarrt, wie sie in ihrer Wiege lag, und fast Angst vor dem kleinen Wesen gehabt. So war es die ganzen ersten Jahre geblieben, bis Lucasta (und er und Tom hatten ihren komischen Namen nicht gemocht und hätten sie lieber Daisy genannt) in die Schule kam. Da schien sie plötzlich kräftiger zu werden. Aber da war es schon zu spät, die Art, wie sie mit ihr umgingen, zu ändern. Er und Tom hatten immer das Gefühl gehabt, ihr gegenüber vorsichtig sein zu müssen.

Jedenfalls, und aus welchen Gründen auch immer, hatte Sam sich seiner Schwester nie nahe gefühlt. Wie ein Beschützer, das ja, wenn andere sie bedrohten, aber nicht liebevoll nahe. Es förderte die Vertrautheit auch nicht, daß Lucasta ein selbstgenügsames Kind war, still und scheu, während er und Tom laut und ausgelassen waren. Wenn seine Freunde zu Besuch kamen, war Sam oft verlegen wegen der Art, wie Lucasta sie behandelte – sie war nicht freundlich, sondern beobachtete sie hinter Ecken hervor und machte ein ausdrucksloses Gesicht, wenn sie direkt angesprochen wurde. Außerdem war sie nicht hübsch. Er und Tom hatten das Aussehen ihrer Mutter geerbt, dunkel und attraktiv, und die kräftige Statur ihres Vaters. Lucasta dagegen war bis zum Alter von zwölf Jahren dünn und hatte ein blasses, verlorenes Gesichtchen und feine helle Haare und irritierend graue Katzenaugen, die nie zu blinzeln schienen. Sie starrte und starrte und hielt jedem Blick stand, bis ihr Gegenüber blinzeln mußte. Schon als kleines Kind brachte Lucasta es fertig, daß die Leute sich in ihrer Gegenwart unbehaglich fühlten, und das machte ihre Brüder nervös. Sie hatten das Gefühl, sich ständig für sie entschuldigen zu müssen. Aber ihre Mutter war stolz auf die Eigenschaften ihrer Tochter und bewunderte ihre Zurückhaltung und ihre Angewohnheit, alles erst abzuwägen, bevor sie sich festlegte. Es hatte Sam eifersüchtig gemacht. Als er erwachsen wurde, war ihm klar, daß Eifersucht an der Wurzel seiner alles andere als engen Beziehung zu seiner Schwester lag – eine Eifersucht, die mit ihrer Geburt angefangen hatte (»Endlich! Ein Mädchen!« hatte seine Mutter gesagt), sich durch ihre kränkliche frühe Kindheit hindurch fortsetzte, als sie im Mittelpunkt so großer Aufmerksamkeit stand, und schließlich fast unerträglich wurde, als sich herausstellte, daß Lucasta die Talente beider Eltern geerbt hatte. Weder er noch Tom konnten zeichnen oder malen, sie hatten überhaupt keine künstlerischen Neigungen. Sam war athletisch und ein ausgezeichneter Sportler und malte sich nur eine Zukunft aus, in der er seinen Lebensunterhalt mit seiner körperlichen Kraft verdienen konnte, und Tom, der klug und technisch versiert war, wollte Ingenieur werden.

Als die Nachricht vom Tod seiner Mutter ihn erreichte, sprach Sam mit niemandem darüber. Er konnte es nicht wirklich begreifen, obwohl die Nachricht unmißverständlich und mit Anteilnahme übermittelt worden war. Es gab ein Lagerkino, und über Weihnachten und Neujahr wurde *Im Westen nichts Neues* gezeigt. Er sah sich den Film zweimal hintereinander an und sagte dabei immer wieder laut vor sich hin: »Es tut mir sehr leid, Ihnen mitteilen zu müssen ...« Dann betrank er sich und legte sich schlafen und wachte zum selben Refrain auf: »Es tut mir sehr leid, Ihnen mitteilen zu müssen ...« Er holte alle Briefe Lucastas hervor und las sie noch einmal und suchte nach Hinweisen, die durchaus da waren, die er aber überlesen hatte. Als die Bombardierung begann, war er fast erleichtert. Jetzt, wo die Japaner nicht mehr weit weg waren, machte sich überall ein Gefühl der Panik breit, aber Sam empfand keine Panik. Er fühlte sich ruhig, schon halb tot. Es gab viel zu tun. Während er Befehle ausführte, schrieb er im Kopf an Lucasta und mühte sich ab, angemessene Worte zu finden. Aber als sich endlich eine Gelegenheit bot und er mit dem Bleistift vor einem sehr schmutzigen und zerfledderten Stück Papier saß, brachte er es nur zu den Worten: »Liebe Lucasta, erschüttert über die Nachricht von Mums Tod. Halt die Ohren steif, du warst großartig, bin bald zu Hause.« Die Unzulänglichkeit dieses jämmerlichen Gekritzels beschämte ihn. Es war ihm nicht gelungen, seinen Kummer auszudrücken, geschweige denn Sorge um seine Schwester.

Er gab sich selbst das Versprechen, daß er sich nach dem Krieg um Lucasta kümmern würde. Vor seinem inneren Auge sah er sich mit ihr Hand in Hand über den Klippenpfad wandern, die Felder hinter ihnen in Sonnenlicht getaucht, das Meer von einem unwahrscheinlichen Blau. Er würde sie unterstützen, sie zum Malen ermutigen, ihr helfen, ihr Talent zu entwickeln. Er würde wiedergutmachen, daß er sie so vernachlässigt hatte. Nach dem Schwur fühlte er sich besser, bis eine Erinnerung an seine Mutter in ihm aufblitzte, die einmal zu ihm gesagt hatte, er stecke voller Versprechen, die er nie einhalte. Aber er war fest entschlossen, dieses Versprechen wahr zu machen – wenn er überlebte.

Lucasta brachte die Milchkannen zur Straße. Sie ging sehr vorsichtig mit den Zügeln des Zugpferds um, denn es war temperamentvoll und wollte eigentlich nur vom Farmer selbst geführt werden. Jeder Tritt der riesigen Hufe ließ die vereisten Pfützen auf dem eine halbe Meile weiten Weg zur Straße splittern. Es klang wie Pistolenschüsse und ließ aufgescheuchte Kaninchen ins Unterholz flüchten. An der Straße stieg Lucasta ab, band die Zügel am Torpfosten fest und ließ die hintere Klappe herunter. Sie schaffte es gerade so, die Kannen herunterzuhieven und an ihren Platz zu stellen. Schwieriger war es, das Pferd zu wenden. Als es sich nicht wenden lassen wollte, blieb sie geduldig einfach sitzen und wartete. Im Warten war sie genauso gut wie der Gaul. Sie zog eine Zigarette aus ihrer Tasche und rauchte. Mrs. Wood erlaubte ihnen nicht, im Haus zu rauchen – sie knöpfte ihnen drei Pence ab, wenn sie sie dabei erwischte. Die dünnen Rauchfäden kräuselten sich über dem Kopf des Pferdes, und plötzlich machte es ohne eine weitere Aufforderung kehrt und trottete den Weg nach Hause zurück.

Vielleicht würde sie gleich einen Brief vorfinden? Seit ihre Mutter gestorben war, hatte Tom einen langen Brief geschrieben, und von Sam waren zwei merkwürdige kleine Briefchen eingetroffen, die nicht viel aussagten, aber voller Sorge um sie waren. Er wollte wissen, was sie mit den Sachen ihrer Mutter gemacht hatte, hatte sie alles behalten? Er schrieb, er erinnere sich gut, wieviel Kram ihre Mutter gehabt hatte, und frage sich, ob alles in das Cottage gepaßt habe, in das sie gezogen waren. Die Antwort lautete nein. Ginny hatte Unmengen von Möbeln angesammelt, so viele, daß jedes Zimmer gerammelt voll gewesen war. Das meiste hatten sie weggeben müssen, sogar Ginny hatte das eingesehen. Sie hatte nur die besten Stücke behalten, aber diese »besten« Stücke sahen im Cottage ärmlich aus. Sam würde sich das Cottage, in dem sie lebte, vorstellen können. Es war ein Teil ihrer Kindheit gewesen, an die er sich bestimmt erinnerte, das Spukhaus, wo der Einsiedler lebte. Sie hatten Angst vor ihm gehabt. Wenn er aus dem Cottage kam, hatten sie sich versteckt, sein verbranntes Gesicht und sein Humpeln hatten ihnen angst gemacht.

Wenn sie an ihren freien Tagen abends allein im Cottage war, dachte Lucasta oft an den Einsiedler, der inzwischen tot war. Ihre Mutter hatte gesagt, er sei ein trauriger Mann, der viel gelitten habe, und dann habe seine Frau ihn aus heiterem Himmel verlassen. Als die Jungen weg waren und sie das Cottage mieteten, hatte es nicht viel enthalten, was sie hätten wegschaffen müssen, überhaupt keine Hinweise auf das Leben des vorigen Besitzers. Die Hütte im Garten war aufschlußreicher. Der Makler sagte, sie sei baufällig und sie sollten sie nicht betreten, aber sie hatten sich nicht daran gehalten, und nichts Dramatisches war passiert. Sie war voller Malutensilien, aber die meisten Farben waren eingetrocknet und nicht mehr zu retten. Bevor Ginny krank wurde, hatten sie angefangen, die Hütte in Ordnung zu bringen, damit sie sie als Atelier benutzen konnte – aber das tat sie nie. Sie malte nie wieder. Wenn sie die Kraft hatte, an guten Tagen, zeichnete sie die Katze oder Porträts von Lucasta. Lucasta selbst hatte in dieser Zeit nicht den geringsten Wunsch zu malen.

Es war seltsam, wie das Bedürfnis, sich durch Kunst auszudrücken, verschwunden war. Sie wußte nicht, ob es je wiederkommen würde, aber das machte ihr keine Sorgen. Manchmal, wenn sie im Cottage vor dem Kamin saß, sah sie zum Kaminsims hoch, auf dem die Zeichnungen ihrer Mutter standen, die besten ihrer Skizzen, ordentlich aufgereiht. Ginny war glücklich gewesen, als sie sie zeichnete, und hatte vor sich hin gelächelt. »Ich habe mir nie genug Mühe gegeben«, hatte sie einmal gesagt, anscheinend ohne wirkliches Bedauern. »Ich habe mich selbst nie in irgend etwas hineingelegt«, hatte sie hinzugefügt, »wie ein echter Künstler es tut, wie dein Vater es getan hast, wie du es tun wirst.« Lucasta hatte protestiert, sie sei nicht wie ihr Vater und würde nie so besessen sein, aber Ginny hatte gesagt: »Es steckt in dir, du wirst sehen.« Bis jetzt gab es nicht viel zu sehen, aber daran konnte man bequem den Todesfällen und dem Krieg die Schuld geben.

Ginnys Zimmer im oberen Stock war immer noch unberührt. Lucasta wußte, daß sie eines Tages die Schubladen und den Schrank durchsehen und sich mit dem Inhalt auseinandersetzen mußte, aber das konnte warten. Das einzige war, daß sie das Zimmer gelegentlich lüftete. Bei schönem Wetter ging sie hinein und machte das Fenster auf. Sie lehnte sich immer gern einen Augenblick hinaus, um aufs Meer zu sehen und auf den kleinen Hafen mit den auf und ab schaukelnden Booten. Die Szene war in ihr Gedächtnis eingeprägt und tröstete sie und gab ihr ein irgendwie philosophisches Gefühl: Das Leben ging weiter, manche Dinge veränderten sich nicht. Wenn sie sich dann vom Fenster abwandte, war sie jedesmal überrascht über das kleine Bild an der Wand, ein leises Bild von der Ecke eines Dachzimmers. Conrad hatte es seiner Frau zu ihrem vierzigsten Geburtstag geschenkt. Er hatte es von irgendwem gekauft, aber nicht von der Person, die es gemalt hatte – die war unbekannt. Ginny hatte es geliebt. Bis vor kurzem hatte Lucasta nicht gewußt, ob sie selbst es auch nur mochte. Aber in letzter Zeit war ihr aufgefallen, daß sie das Bild auf neue Weise betrachtete. Es schien ihr jetzt Frieden zu verkörpern, und Frieden war etwas, wonach sie sich sehnte. Der Gemütszustand, den dieses Dachzimmer verkörperte, war beneidenswert, nicht langweilig. Sie empfand eine Neugier, die sie nie zuvor empfunden hatte. Sie war bereit, die Spitzengardine zurückzuziehen, in den Mantel zu schlüpfen, der auf dem Sessel lag, und den Schirm in die Hand zu nehmen. Die Tischschublade faszinierte sie. Sie hätte sie gern geöffnet. Was würde sie darin finden? Schreibutensilien? Besteck? Es war eine Qual, es nicht zu wissen. Ihr Blick wanderte über den Fußboden, von dem sie glaubte, daß er frisch geschrubbt war, die Fliesen noch warm vom heißen Seifenwasser, und bemerkte zum erstenmal die Schattierung der Wand hinter dem Sessel. Was war das? Nur eine andere Tapete als anderswo an der Wand oder Holz? Sie hätte die Stelle gerne berührt.

Eines Tages nahm sie das Bild von der Wand und sah es sich draußen, bei Tageslicht, genau an. Ihre Mutter hätte gewußt, wie die gedämpfte Wirkung erreicht worden war, sie wußte es nicht. Noch nicht. Sie würde es lernen, wenn sie auf die Kunsthochschule ging, wenn sie den Studienplatz einnahm, der auf sie wartete, falls sie das wollte. Ihr Leben würde nicht für immer in der Schwebe bleiben. Aber irgend etwas würde sich ändern müssen, bevor sie lernen konnte, die Art von Künstlerin zu sein, die ihre Mutter immer in ihr gesehen hatte. Ihr fehlte etwas, das wahre Künstler haben mußten, eine Art Hingabe, eine Art Leidenschaft.

Auch Leidenschaft, ging ihr auf, war etwas, wovon sie nicht das geringste wußte.

Als sie das nächste Mal ins Cottage kam, lag drinnen ein Brief auf der Matte. Er war nicht an sie adressiert, sondern an einen Mr. Alan Stone. Kein Rundschreiben, sondern ein interessant aussehender Umschlag aus Amerika. Die Briefmarken faszinierten sie ebenso wie die Handschrift, die kraftvoll und kühn war. Sie hatte kein Recht, den Brief zu öffnen, aber sie wußte, daß Stone der Name des Einsiedlers war, der bis zu seinem Tod hier gelebt hatte. Sie wußte nichts von irgendwelchen Verwandten, an die sie den Brief hätte weiterleiten können, und es stand kein Absender darauf, an den sie ihn hätte zurückschicken können. Sie schlitzte den Umschlag vorsichtig am oberen Rand auf.

Er enthielt nur ein einziges Blatt Papier und eine

Fotografie. Der kleine Schnappschuß in Schwarzweiß zeigte eine Frau in mittleren Jahren und einen jungen Mann, dessen Alter schwer zu schätzen war – er konnte sechzehn oder sechsundzwanzig sein. Die Frau hatte einen Arm um seine Schultern gelegt und lächelte. Der Mann sah geradeaus, mit einem Ausdruck, der nicht zu deuten war. Auf die Rückseite der Fotografie hatte jemand »mit Jack« geschrieben. Oben auf dem Brief stand eine Adresse, so daß er also doch zurückgeschickt werden konnte. Die Verfasserin, die mit »Stella« unterzeichnet hatte, schrieb, daß über zwanzig Jahre eigentlich eine zu lange Zeit seien, um noch zu schreiben, und daß sie es kaum wage, es doch zu tun. Sie habe, fuhr sie fort, nie aufgehört, sich wegen der Art und Weise, wie sie ihn verlassen hatte, schuldig zu fühlen, und sie vermute, daß diese Schuldgefühle der Grund dafür waren, daß sie nie geschrieben hatte. Aber sie habe ihn nie vergessen und habe gehofft und gebetet, daß das Glück irgendwann auch zu ihm gekommen war, so wie zu ihr. Sie sei nicht nach Tenby zurück, sondern nach einiger Zeit als Krankenschwester in England nach Amerika gegangen, nach Ohio, und dort habe sie einen Arzt kennengelernt und geheiratet und einen Sohn bekommen. Sie meinte, »Alan« sei vielleicht daran interessiert zu erfahren, daß sie, kurz nachdem sie ihn verlassen hatte, wieder mit dem Malen angefangen habe, aber nur als Zeitvertreib. Wenn er ihr verziehen habe und sich vorstellen könne, ihr zu schreiben, würde sie sich sehr freuen, würde aber auch verstehen, wenn er den Kontakt nicht zu erneuern wünsche. Doch er habe so lange auf ihrem Gewissen gelastet, und sie gab zu, ihr Brief sei ein kläglicher, verspäteter Versuch zu sagen, daß es ihr leid tue.

Lucasta war angewidert. Sie stellte sich vor, wie Mr. Stone sich gefühlt hätte, wenn er noch am Leben wäre und diesen Schrieb erhalten hätte. Der Tonfall war nicht wirklich reumütig – vielmehr schien die Absenderin damit zu prahlen, wie gut sie es mit ihrem Arzt-Ehemann und ihrem attraktiven Sohn getroffen hatte. Wie sollte das den Einsiedler mit seinem Humpeln und seinem verbrannten Gesicht und seinem verpfuschten Leben trösten? Und wieso sollte es den verlassenen Mann interessieren, daß Stella wieder mit Malen angefangen hatte? Die gräßlichen Klecksereien, die an den Wänden des Cottage hingen, mußten von ihr stammen, und auch die Hütte mußte ihr gehört haben. Es erfüllte Lucasta mit einer merkwürdigen Befriedigung, daß diese geheimnisvolle Stella so abgrundtief schlecht gemalt hatte.

Sie steckte den Brief in den Umschlag zurück und wünschte sich, ihn nie geöffnet zu haben. Wie traurig zu wissen, daß Mr. Stone einmal eine Geliebte gehabt hatte und von ihr verlassen worden war. Sie war froh, daß er seit langem tot war und den Schmerz, einen solchen Brief zu lesen, nicht mehr hatte erdulden müssen. Langsam trug sie den Brief in die Küche, fand die Streichhölzer und verbrannte ihn über dem Spülstein. Er verdiente es nicht, an die Absenderin zurückgeschickt zu werden. Aber obwohl sie den Brief vernichtet hatte, ließ die Wirkung der Worte sie nicht mehr los. Als sie zur Farm zurückhastete, stellte sie sich vor, wie Mr. Stone vor all den vielen Jahren erkannte, daß er verlassen worden war, und vor Qual aufschrie. Aber vielleicht war das zu melodramatisch. Vielleicht war er einfach nur in eine Verbitterung gesunken, die nie wieder gewichen war, eine Akzeptanz der Niederlage, ein Verblassen jeder

Hoffnung, je wieder froh zu sein ... Kein Wunder, daß er ein Einsiedler geworden war. Es lief ihr kalt über den Rücken.

Sie wollte nie derart einsam sein und fürchtete doch, es könnte ihr Schicksal sein. Das durfte sie nicht zulassen. Wenn der Krieg vorbei war, mußte sie versuchen, sich zu ändern.

Als sie in Kriegsgefangenschaft waren, schien die Zeit nicht so sehr zum Stillstand zu kommen als vielmehr völlig anders zu funktionieren. Sam verstand nicht, wie er eine Stunde je für eine kurze Zeitspanne hatte halten können – plötzlich dauerte sie eine Ewigkeit, und alles, was darüber hinausging, war nicht mehr vorstellbar. Sie wurden in Booten von Kanchanaburi ins Lager Chungkai gebracht, je hundert von ihnen in jedem der Boote, die bereits mit Reissäcken überladen waren, und die Fahrt war entsetzlich, jede Minute erfüllt von der Angst, daß die Boote untergehen könnten, denn der Kwai, den sie hinauffuhren, hatte eine sehr starke Strömung. Sam zählte vor sich hin, von eins bis sechzig, sehr langsam. Die Fahrt dauerte siebenunddreißig Sechziger. Siebenunddreißig Minuten, die sich wie siebenunddreißig Stunden anfühlten.

Er war zwei Jahre in Chungkai. Die ersten Monate vergingen damit, Hütten zu bauen – in Reih und Glied angelegte Bambusgerüste mit einem Dachbalken in der Mitte, ebenfalls aus Bambus, abgedeckt mit Wellblech. Jede Hütte faßte 400 Gefangene aus verschiedenen Infanterieregimentern, alle gefangengenommen, als Singapur fiel. Sie mußten alle miteinander auskommen und lernen, die Brutalität der japanischen Wächter zu überleben. Es gab Streitereien und Schlägereien, Versuche, Cliquen zu bilden, Rivalitäten zwischen Hütten (vor allem wegen des Essens), aber irgendwann entwickelte sich eine Art Solidarität, denn schließlich mußten sie gegen ihre Wärter zusammenhalten, und eine Art Routine kristallisierte sich heraus. »Mußezeit« war vielleicht der falsche Ausdruck – es konnte keine »Muße« in dem Sinn geben, wie sie sie früher gekannt hatten –, aber es gab an jedem Tag Zeiten, zu denen sie nicht von den Japanern zur Arbeit getrieben wurden. Sie waren alle erschöpft und schwach vor Hunger und hatten nicht viel Energie, aber es war erstaunlich, welche Kraftreserven aufgetan wurden, um beispielsweise einfache Spiele zu spielen. Sie fertigten einen Fußball aus Lumpen und kickten ihn durch die Gegend – die Wärter beobachteten sie mit Argusaugen, ließen sie aber gewähren –, und irgend jemand bastelte aus zusammengebundenen Bambusstöcken einen Schläger, um Kricket zu spielen. Aber es waren nur die kräftigeren Männer, die sich an diesen Spielen beteiligten – die Mehrheit der Männer hatte nicht die Kraft, es auch nur zu versuchen. Sie beschäftigten sich auf andere, oft sehr einfallsreiche Weise.

Sam fand, daß er Glück hatte. Die Hütte, der er zugeteilt war, war die beste von allen. Die Männer waren größtenteils eher ruhig veranlagt und vertrieben sich die Zeit mit Kartenspielen (die Karten aus Papierfetzen hergestellt) und Schach (die Figuren aus getrocknetem Lehm gemacht) oder Gesprächen. Gleich zu Anfang hatte einer der Offiziere vorgeschlagen, sie sollten Vortragsabende veranstalten, über irgendein Thema, über das einer von ihnen etwas wußte, und die Idee war aufgegriffen worden.

Dann gab es Männer, die Musik machten, mit primitiven Flöten und Pfeifen aus Bambus und Trommeln aus Blechdosen. Und die Künstler; sie hatten weder Papier noch Farbe. Sie zeichneten auf der nackten Erde oder auf Stoffetzen und benutzten angespitzte Stöckchen, die sie in Lösungen aus irgendwelchen pflanzlichen Tinkturen tauchten. Manchmal waren die Ergebnisse so eindrucksvoll, daß es eine Schande war, den Boden am Ende jedes Tages harken zu müssen. Die Japaner hatten nichts gegen die Bilder, aber bleiben durften sie trotzdem nicht – wenn es dunkel wurde, mußte die Ordnung wiederhergestellt werden. Ein Mann, ein Leutnant aus dem Regiment Cambridgeshire, war einfach brillant. Wenn er zu malen anfing, sammelten sich sofort andere um ihn herum, Sam immer unter ihnen. Eines Tages versuchte er sich an einer Collage des Ausblicks von einer nahe gelegenen Steilwand, auf der sie zum Arbeitseinsatz gewesen waren. Sam hatte an diesem Arbeitseinsatz teilgenommen – der Blick ging meilenweit über den Dschungel hinweg, und unter ihnen, dreihundert Meter oder noch tiefer unten, schlängelte sich der Fluß dahin, braun und schlammig. Der Künstler konstruierte die Szenerie mit Hilfe aller möglichen Materialien – Steinen, Bambusstückchen, Teilen von kaputten Stiefelsohlen, Schnürsenkeln, Blättern –, und als er fertig war, klatschten alle. Selbst die Wärter, die kamen, um das Gebilde zu zertrampeln und sie zu zwingen, den Boden zu harken, waren voller Bewunderung.

Sam beobachtete Leutnant Parker und sah, wieviel Befriedigung seine primitiven Kunstwerke ihm verschafften. Es war nicht nur die eigentliche Arbeit daran, obwohl es beeindruckend genug war, wie er sich in das versenkte, was er tat, sondern das, was folgte. Parker wirkte dann entspannt, genoß es, daß die Männer sich an seinen kleinen Arbeiten freuten, und war viel ruhiger als vorher. Er war nicht sehr kräftig und tat sich besonders schwer mit den Schlägen der Wärter, und er schloß nicht schnell Freundschaften, aber der Rückzug in die Welt seiner Bilder schien ihm neue Kraft zu geben. Sam hätte gern gesehen, was er zustande brachte, wenn er richtige Farben und eine richtige Leinwand hatte, aber wie sich herausstellte, war Parker keineswegs Künstler. Er war Architekt, sagte er, obwohl er eine Weile an einer Kunsthochschule gewesen war, bevor er mit der Ausbildung anfing. Sam zeigte ihm Lucastas Briefe mit den Zeichnungen ihrer Mutter. Seit dem Fall von Singapur hatte er keine Briefe mehr bekommen, aber es war ihm gelungen, ein paar von denen, die vorher eingetroffen waren, zu verstecken.

»Nett«, sagte Parker, wirkte aber nicht sehr interessiert.

»Ich wäre froh, ich könnte zeichnen«, sagte Sam. »Ich beneide Sie, wissen Sie das? Zu können, was Sie können. Gibt dem Leben einen Sinn.«

Parker lächelte. »Ich bin kein Künstler«, sagte er. »Übertreiben Sie nicht. Und die Kunst wird mich nicht durch das hier durchbringen, das ist mal sicher. Sie ist einfach nur ein Zeitvertreib, das ist alles.«

»Scheint mir mehr zu sein als nur ein Zeitvertreib«, sagte Sam und fügte hinzu: »Für meinen Vater war sie mehr. Für ihn spielte nichts anderes eine Rolle. Meine Schwester hat diese Gabe geerbt, ich leider nicht.«

»Sie sind zäh«, sagte Parker, »das ist eine Gabe. Sie wird Sie hier durchbringen, Sie werden noch verdammt froh darüber sein. Sehen Sie sich doch an, immer noch reichlich Muskeln. Ich dagegen – völlig verbraucht.«

Sam war verlegen. Er faltete die hauchdünnen Briefe zusammen und steckte sie sorgsam in die wasserfeste Hülle, die er immer unter dem Unterhemd, um die Taille gebunden, trug. Er hatte keinen Vergleich zwischen sich und Parker anstellen, sondern nur seine Bewunderung ausdrücken wollen. Sie lebten in den Hütten in so viel Dreck und Häßlichkeit, und alles, was die Atmosphäre der Erschöpfung und der Verzweiflung aufhellen konnte, war wertvoll. Das war alles, was er hatte sagen wollen.

Parker verließ das Lager gegen Ende des Jahres 1943. Er wurde zusammen mit einer Gruppe von zwanzig anderen Männern fortgebracht, niemand wußte, weshalb oder wohin. Am Tag vorher hatten er und Sam in der Tür ihrer Hütte gestanden, da sie den Befehl erhalten hatten, sich bei Tagesanbruch für irgendeine Aufgabe bereitzuhalten. Sie konnten Frösche quaken und Vögel zwitschern hören, und die Sonne ging als blutroter Ball über dem Dschungel auf. Ein dünner Nebel hing stellenweise noch in den Baumwipfeln und stieg wie Dampf von ihnen auf. Parker stieß ihn mit dem Ellbogen an. »Was?« fragte Sam. »Schön«, sagte Parker. »Schauen Sie sich um. Einfach schön. Trotz allem.« Sam schaute sich um und versuchte zu sehen, was Parker sah, und vielleicht einen Nutzen daraus zu ziehen, aber nichts geschah. Er konnte nicht sehen, was Parker sah. Er konnte nicht fühlen, was Parker offensichtlich fühlte.

1945 war seit fünfzehn Monaten kein Brief mehr von Sam gekommen, aber Lucasta gab den Gefühlen der Angst, die sie zu überwältigen drohten, nicht nach: Keine Nachricht war eine gute Nachricht, hatte Tom ihr in einem Brief aus Australien versichert. Sam, so erinnerte er sie, war zäh und würde alles überleben. (Eine Kugel, hätte sie gerne gefragt, tat es aber nicht.) Sam war kein Briefeschreiber, und überhaupt war es zweifelhaft, ob von da, wo er stationiert war, überhaupt Briefe verschickt werden konnten – seit dem Fall von Singapur funktionierten die Postämter sicher nicht mehr so gut. Lucasta sorgte dafür, daß sie von der täglichen Feldarbeit körperlich erschöpft und ihr Gehirn wie gelähmt war. Sie übernahm bereitwillig zusätzliche Arbeiten und schuftete bei jedem Wetter wie eine Wilde, bis es selbst Skelton Wood auffiel und er sagte, sie solle es ein bißchen langsamer angehen, er wolle kein krankes Mädchen am Hals haben. Er sagte, sie solle freimachen, sie habe das Recht dazu, sie habe schon zweimal auf ihre freie Woche verzichtet. »Glaub ja nicht, ich merke nicht«, sagte er, »daß du dich zur Märtyrerin machen willst. Bringt doch nichts.«

Sie wußte nicht, was sie mit der freien Woche anfangen sollte. Notgedrungen ging sie in ihr Cottage, wo sie als erstes fast vierundzwanzig Stunden am Stück schlief, aber als sie dann aufwachte, fühlte sie sich schwach und krank und nicht in der Lage, irgend etwas zu tun. Sally kam vorbei, von Mrs. Wood geschickt, um nachzusehen, ob mit Lucasta alles in Ordnung war, und schlug vor, daß sie sich einen netten Abend in Fowey machen könnten, wo sie eine Kneipe kannte, in der »was los war« und die von in der Gegend stationierten amerikanischen Soldaten frequentiert wurde. Aber Lucasta wollte nirgends sein, wo »was los war«, und Sally ging mit der Bemerkung, sie solle doch machen, was sie wolle. Aber was wollte sie? Ohne Arbeit wußte sie das nicht, ohne Arbeit kam sie sich verloren vor. Sie legte sich auf das Bett ihrer Mutter und dachte, wie einfach es wäre, zu weinen und nie wieder damit aufzuhören, aber sie weinte nicht, keine einzige Träne. Es war Frühling, eine Woche voller heißer, sonniger Tage, und es war das Wetter, das sie am dritten Tag in den verwilderten Garten lockte. Draußen fühlte sie sich besser. Langsam, lustlos fing sie an, Unkraut zu jäten, und als sie mit einem Stück Rasen fertig war, holte sie einen alten Korbstuhl nach draußen und setzte sich und dachte an Sam und an den Krieg. Das Blatt hatte sich gewendet, sagten die Leute, die Alliierten entschieden den Krieg allmählich für sich, und dieses Jahr, 1945, würde sein Ende erleben.

Am nächsten Tag machte sie sich mit mehr Energie über die Hütte her. Sie öffnete die Tür, so weit es ging, trug alles nach draußen und fegte den Fußboden. Als nächstes untersuchte sie die Farben. Nicht alle waren eingetrocknet und nicht mehr zu gebrauchen. In einer Holzkiste fand sie einen ganzen Satz Ölfarben, die noch völlig unberührt waren, und einen unbenutzten Satz Pinsel, noch in den Zellophanhüllen. Allerdings gab es kein Papier und keine Leinwände. Aber sie konnte die Bilder im Cottage übermalen, von denen sie jetzt wußte, daß sie das Werk der Frau waren, die Mr. Stone verlassen hatte. Ihre Mutter hatte über sie gelacht, hatte sie aber an den Wänden hängen lassen, weil sie, wie sie sagte, als Ansporn dienen könnten, es besser zu machen. Die Rahmen waren gut. Einfaches Holz, unlasiert und schlicht. Lucasta ging ins Cottage zurück und löste den Rahmen von einem Stilleben mit Rosen und einem Apfel. Das konnte sie übermalen, ohne sich wie eine Vandalin vorzukommen. Stilleben langweilten sie, selbst wenn sie noch so brillant waren. Sie hatten auch ihren Vater gelangweilt, nur ihre Mutter hatte etwas dafür übrig gehabt. Sie hatte Stilleben gemocht, und Interieurs ohne Personen.

Lucasta trug die Leinwand in die Hütte und begann, sie zu übermalen. Als die Rosen und der Apfel verschwunden waren, starrte sie die grundierte und vorbereitete Leinwand an. Sie konnte anfangen. Sie wartete. Es würde kommen, wenn sie lange genug wartete. Sie würde es fühlen, das Kribbeln, das Bedürfnis, die leere Fläche in etwas zu verwandeln.

Eine Stunde später saß sie immer noch da, die Leinwand immer noch leer, ihre Hände kalt.

Die offizielle Benachrichtigung kam am Tag vor dem 8. Mai, an dem der Krieg in Europa zu Ende war: Sam war in einem japanischen Kriegsgefangenenlager. Er war nicht tot. In Fernost war der Krieg noch nicht vorbei, aber Sam hatte bis jetzt überlebt und war, wie Tom ihr versichert hatte, zäh genug, um bis zum Ende durchzuhalten. Die Erleichterung machte sie so glücklich, daß sie sich dazu hinreißen ließ, zur Feier des Kriegsendes mit den anderen Mädchen nach London zu fahren.

Sie wollten sich am Bahnhof treffen und den ersten Zug nehmen. In der Nacht gab es ein Gewitter, aber der Donner und die Blitze waren nur wie eine Art Freudenfeuerwerk, und hinterher, am nächsten Morgen, war die Luft klar, und ein schöner, sonniger

Tag kündigte sich an. Der Zug war gedrängt voll, es gab nur Stehplätze, aber niemand beschwerte sich, alle lachten und nahmen die Unbequemlichkeit fröhlich hin. Einige der Mädchen in der Gruppe kamen von anderen Farmen. Lucasta kannte sie nicht, aber Sally schien sie zu kennen und alberte mit ihnen herum und teilte ihre Zigaretten mit ihnen. Lucasta beobachtete, wie unkompliziert ihre Freundin mit den anderen umging, und dachte, wie anders ihr eigenes Leben aussehen würde, wenn sie mit Sallys Temperament geboren worden wäre. Sie kam sich in dieser Gruppe steif und unbeholfen vor und mußte sich sehr anstrengen, sich an den Wortgeplänkeln zu beteiligen, und wie immer konnte sie kaum gegen das Bedürfnis ankämpfen wegzulaufen, um allein zu sein. Aber im Zug gab es keine Fluchtmöglichkeit, und wenn sie in London waren, würde es auch keine geben. Sie war noch nie in London gewesen, kein einziges Mal. Der Gedanke, sich allein zurechtfinden zu müssen, versetzte sie in panische Angst. Sie mußte bei den anderen bleiben, mußte ihnen folgen, mußte Teil der Gruppe bleiben. Sie war noch nie im Leben gern Teil einer Gruppe gewesen.

Sie erreichten Whitehall genau in dem Augenblick, in dem der komplette Verkehr stoppte. Lucasta, deren Arm unangenehm fest in den von Sally gehakt war und die Sallys Haut, heiß und feucht, durch den dünnen Stoff ihres Kleides fühlte, sah, wie sich ein berittener Polizist den Schweiß von der Stirn wischte. Big Ben fing an zu läuten, und plötzlich peitschte Stille über die Menge hinweg wie ein Windstoß, berührte jedes Lachen und jeden Ruf, bis sie verstummten. Die Stille war außergewöhnlich und fast erschreckend. Dann hörten sie über Lautsprecher Churchills Worte, und als er zu Ende gesprochen hatte, fing der Jubel an, der Zauber war dahin, der Tumult kehrte zurück.

Sie konnten sich nicht aussuchen, welche Richtung sie einschlagen wollten. Der Druck der Menge war so groß, daß Lucasta mehrmals im wahrsten Sinn des Wortes den Boden unter den Füßen verlor. Sie wurden auf den Trafalgar Square und dann im Kreis darum herumgeschoben. Alle sangen, um die Nelsonsäule herum tanzten Paare und wiegten sich zu einer eigenen Musik. Feuerwerkskörper explodierten, obwohl es noch lange nicht dunkel war, Luftschlangen rieselten wie Wasserfälle von den Stufen vor der National Gallery, geworfen von Gruppen aufgeregter Schulkinder. Sally hatte Lucasta immer noch untergehakt, aber von den anderen Mädchen war nichts mehr zu sehen. Lucasta sah sich nach ihnen um, und als sie den Hals reckte und den Kopf nach hinten drehte, wurde sie in eine andere Richtung gezerrt als Sally, und plötzlich löste sich ihr Arm. Sie stieß einen Schrei aus und sah Sally winken und lachen, und dann waren sie getrennt, alles in einem einzigen Augenblick.

Die Panik trieb Lucasta die Tränen in die Augen. Sie drehte sich immer wieder um sich selbst und versuchte, sich durch die Menge zu der Stelle zurückzukämpfen, an der ihre Freundin verschwunden war. Aber sie war klein und schmal und kam überhaupt nicht voran. Dann spürte sie, wie ihre Schultern gepackt wurden, und sie wurde zur Seite gelenkt und zwischen den hin und her wogenden Menschen hindurch zu einem Gebäude weiter links manövriert. In einem Hauseingang wurde sie abgestellt, und als sie sich umdrehte, sah sie sich einem Soldaten gegenüber, der sie anlächelte und ihr etwas zuschrie. Sicher? Meinte er, daß sie hier sicher war? Sie lächelte zittrig und sagte danke, aber er war schon weg. Die Freude auf seinem Gesicht war ekstatisch gewesen, und hier war sie, nervös und verängstigt, im völligen Widerspruch zur allgemeinen Stimmung, in einem Hauseingang gestrandet, ohne zu wissen, was sie tun sollte.

Der restliche Tag blieb für immer unklar und verschwommen. Wie war sie zum Bahnhof gekommen? Wie hatte sie Sally wiedergefunden? Das einzige, woran sie sich klar und deutlich erinnerte, war, daß sie in den frühen Morgenstunden des nächsten Tages ins Cottage taumelte und im Bett ihrer Mutter einschlief. Sie war wieder da, wo sie hingehörte, allein, von niemandem abhängig. Und so würde sie bleiben müssen, wenn nicht Sam eine Änderung herbeiführte.

Nach England zurückzukommen war nicht so, wie Sam es sich vorgestellt hatte. An Bord des Schiffs herrschte eine merkwürdige Stille, als es in Southampton einlief. Niemand jubelte, niemand schien die Energie zu haben, aufgeregt zu sein. Statt dessen herrschte eine Spannung unter den erschöpften Männern, eine Nervosität, als Teil derer Sam sich empfand. Als sie aus Singapur ausliefen, hatte eine Band *There'll Always Be An England* gespielt, und alle hatten mitgesungen. Jetzt gab es keine Kapelle auf dem Dock, und nur wenige Menschen hatten sich dort versammelt. Sie kamen in aller Stille an, an einem kalten, trüben, nassen Morgen, fast heimlich – schämte man sich ihrer? Die Prozedur der Ausschiffung dauerte ewig, aber niemand beklagte sich. Alle schlurften in der Schlange mit, ließen sich Kleider und Geld und Fahrkarten aushändigen, alles ohne sichtlichen Enthusiasmus. Die meisten der Männer wollten nach London und von da weiter in die verschiedensten Teile des Landes, aber Sam fuhr direkt nach Westen, nach Cornwall, zu Lucasta, um sein Versprechen einzuhalten, ihr ein besserer Bruder zu sein. Er kam sich in dem Anzug, den man ihm gegeben hatte, komisch vor, war aber froh, die Uniform los zu sein. Frauen mochten Uniformen, aber im Augenblick war er nicht auf der Suche nach einer Frau.

Den Rest der Reise hing er seinen Gedanken nach: Was suchte er jetzt, wo der Krieg vorbei war? Frieden. Ruhe. Behaglichkeit. Sicher, aber er wollte mehr, er war gierig nach mehr. Sechs Jahre seines Lebens waren vergeudet, und sie mußten irgendwie wettgemacht werden. Er war Teil einer Familie gewesen und hatte nie richtig zu schätzen gewußt, was das bedeutete. Er hatte sie freiwillig verlassen, ebenso wie Tom, der schon lange vor dem Krieg fortgegangen war, einfach gegangen, ohne auch nur einen Gedanken an seine Eltern und seine Schwester zu verschwenden. Er hatte kaum geschrieben, kaum angerufen. Sam verstand nicht, wie wenig bewußt ihm gewesen war, was er aufgegeben hatte. Wenn der Krieg nicht gewesen wäre, hätte er vielleicht gelernt, seine Familie zu schätzen, und hätte seinen Platz wieder eingenommen. Er wäre erwachsen geworden und hätte aufgehört, nur an sich selbst zu denken. Jetzt war es zu spät, seine Mutter und seinen Vater zu ehren, aber nicht zu spät, seine Schwester zu lieben.

Vielleicht konnte er in Cornwall mit ihr zusammenleben. Er sah aus dem Zugfenster und dachte darüber nach, Farmer zu werden. Wieso eigentlich nicht? Er hatte nie Farmer sein wollen, aber jetzt kam es ihm plötzlich verlockend und befriedigend vor, das Land zu bewirtschaften, seine Kraft und seine Energie darauf zu verwenden. Es war eine sinnvolle Arbeit. Nahrungsmittel zu produzieren war etwas Wertvolles, und man sah sofort, worin die ganze Mühe steckte und wozu sie gut war. In der Nachkriegsstimmung, in der er war, brauchte er das Gefühl, daß die Dinge einen Sinn hatten. Vielleicht war das schon immer so gewesen, vielleicht war das, was seine Eltern machten, ihm deswegen immer so unverständlich gewesen. Die Töpferwaren seines Vaters waren nur selten nützlich gewesen; er stellte nicht viele normale Tassen und Untertassen und Teller her, sondern schuf statt dessen seltsame Gefäße und Zierschalen. Und was die Bilder und Zeichnungen seiner Mutter anging, so bereiteten sie manchen Menschen natürlich Freude, aber doch eher eine flüchtige. Einmal, als sie noch beide zu Hause lebten, hatte er mit seinem Bruder eine Diskussion darüber angefangen, daß Kunst keinen Nutzen hatte, und der kluge Tom hatte ein Zitat angeführt, daß der Mensch nicht nur von Brot allein leben kann. Konnte er das wirklich nicht? Sam fand, er könne. Der Mensch konnte durchaus nur von Brot allein leben, und es wäre besser und ungefährlicher für ihn, wenn er es täte.

Die Landschaft veränderte sich, als der Zug den Tamar überquerte. Plymouth sah schrecklich aus, völlig zerbombt, und er machte die Augen zu, bis sie daran vorbei waren. Aber dann kamen Felder und Bäume und schließlich das Meer. Die Sonne war nicht zu sehen, aber der Himmel war heller geworden, und das Grau hatte einen silbrigen Schimmer. Es gab mehr landwirtschaftlich genutzte Flächen, als er es in Erinnerung hatte. Er fragte sich, ob er und Lucasta zusammen eine Farm bewirtschaften könnten. Er hatte keine Ahnung, was da zu tun war, aber sie würde es wissen. Waren Farmen teuer? Er hatte kein Land, also würde er welches pachten müssen. Aber wer würde ihm eine Chance geben? Er war nur ein heimkehrender Soldat ohne Erfahrung, und seine Körperkraft zählte vielleicht nichts.

Niemand am Bahnhof von St. Austell, um ihn zu begrüßen, natürlich nicht, schließlich hatte er Lucasta nicht geschrieben, wann er ankommen würde. Sie erwartete ihn nicht an einem bestimmten Tag, es war ihm lieber so. Er hatte sie überraschen wollen. Aber jetzt, wo er einen Moment auf dem Bahnsteig stehenblieb, war er sich unsicher. Seine Mutter war tot. Es gab kein richtiges Zuhause mehr. Diese Tatsache schien ihm zum erstenmal aufzugehen, und einen Moment lang war ihm schwindlig, in seinem Kopf wirbelten vergessene Bilder, drängten sich in den Vordergrund, um ihm seine Situation bewußt zu machen, um sich über ihn lustig zu machen. Kein wirkliches Zuhause, zu dem er heimkehren konnte, das war es. Langsam fing er an, die Straße entlangzugehen. Sie führte auf das Meer zu. Er dachte an den Einsiedler, den Mann, der in dem Cottage gelebt hatte, in dem seine Schwester jetzt wohnte, eine Gestalt, die Tom und ihn immer fasziniert hatte, vor der sie aber auch Angst gehabt hatten. Sie hatten den Mann auf dem Klippenpfad gesehen, wie er sich mit seinem Stock an den steilen Stellen abmühte, und hatten sich Geschichten über ihn und seine

Kriegsverletzungen ausgedacht. Wie wenig sie diesen Krieg verstanden hatten oder woher die Verwundungen stammen mußten. Einmal hatten sie sogar mit dem Luftgewehr auf seine Fenster geschossen – der Himmel allein wußte, weshalb –, und er war wütend aus der Tür gestürmt und hatte gebrüllt und mit seinem Stock gefuchtelt. Manche Leute sagten, er sei verrückt, übergeschnappt. Ihre Mutter hatte gesagt, sie sollten ihn in Ruhe lassen, er hätte viel gelitten. Sam erinnerte sich deutlich an diese Worte – »er hat viel gelitten« –, weil sie so seltsam klangen. Er hatte das Gefühl gehabt, daß seine Mutter nicht die Kriegsverletzungen meinte. Er und Tom hatten ihn »Narbengesicht« genannt, ohne je darüber nachzudenken, was diese Narben verursacht hatte.

Er konnte das Meer riechen oder glaubte es zumindest. Er schloß die Augen, reckte das Gesicht in die Höhe und atmete tief ein. Kein Gestank nach Tod, kein Verwesungsgeruch, nur vom Wind herbeigetragenes Salz und ein Hauch wilder Kräuter. Gott, es fühlte sich gut an, rein. Das hier, sein heimisches Territorium, war der richtige Ort, um sich niederzulassen und neu anzufangen. Langsam ging er auf das Cottage zu, das seine Schwester gemietet hatte, und dachte an all die vielen Male, die er und Tom, von der Töpferei kommend, hier entlanggeradelt waren, um darum zu betteln, auf einem Fischerboot mitfahren zu dürfen. Er sollte Tom schreiben und herausfinden, was er so trieb. Die Nervosität ließ ihn zögern, als er das Tor des Cottage erreichte. Es war kaputt und hing genau wie früher schief in den Angeln. Er wünschte sich so sehr, daß alles ganz leicht sein würde, fürchtete aber gleichzeitig die Verlegenheit und die Steifheit, die bestimmt herrschen würden. Er hatte seine Schwester sieben Jahre nicht gesehen, sieben Jahre, in denen sie beide sich auf eine Weise verändert hatten, die der andere sich unmöglich vorstellen konnte. Er war sich nicht einmal sicher, wie alt genau Lucasta gewesen war, als er sie das letzte Mal gesehen hatte – sechzehn, siebzehn? In seiner Erinnerung an jenen letzten Besuch zu Hause, als er seiner Mutter gesagt hatte, daß er sich freiwillig melden würde und nur gekommen war, um sich zu verabschieden, war Lucasta nur ein Schatten im Hintergrund. Es war seine Mutter, an die er sich erinnerte, alles an ihr an diesem Tag, ihre Tränen, ihre Umarmungen, all die Emotionen des Abschiednehmens. Für seine Schwester hatte er keine Zeit gehabt. Plötzlich ging ihm auf, daß er sie vielleicht nicht einmal erkennen würde. Umgekehrt würde sein eigenes Äußeres sie vielleicht erschrecken. In letzter Zeit hatte er nicht oft in Spiegel geschaut, aber er wußte, wie er aussah – mitgenommen, hart, fast bedrohlich. Er war nicht nur nach Jahren gealtert, wie die meisten seiner Altersgenossen, die wie er im Krieg gewesen waren. Sie sahen wie Männer in den Vierzigern aus, obwohl sie erst in den Zwanzigern waren. Er fragte sich, ob er inzwischen wie ihr Vater aussah und ob das ein Schock für Lucasta wäre und ob sie wie ihre Mutter geworden war, was wiederum ihn schockieren würde.

Die junge Frau, die die Cottagetür öffnete, als er noch am Gartentor stand, sah kein bißchen wie ihre Mutter aus, er erkannte sie trotzdem sofort. Sie schaute ihn lange und intensiv an, aber es lag kein Schock in ihrem Ausdruck, nur dieselbe Unsicherheit, die er selbst empfand. Schließlich drückte er das Tor auf und ging den Pfad entlang, und sie lächelte und sagte seinen Namen, aber es war nicht leicht, sie zu umarmen. Sie schmiegte sich nicht in seine Arme, sie drückte ihn nicht fest an sich, sondern hob statt dessen die Hände und umschloß sein Gesicht, als wollte sie sich vergewissern, daß er tatsächlich der war, für den sie ihn hielt.

»Tja«, sagte er, »ein merkwürdiger Ort, an dem ich dich da vorfinde, kleine Schwester. Erinnerst du dich an Narbengesicht?«

Sie nickte und forderte ihn mit einer Geste auf, ins Haus zu kommen. »Tee?« fragte sie.

»Ich hätte lieber einen Drink, wenn du einen hast.«

Sie schüttelte den Kopf.

»Okay, dann eben Tee.« Es gab ihr etwas zu tun, und ihm gab es die Zeit, mit seiner Unsicherheit fertig zu werden.

Sie war schlank, zierlich, anmutig. Ihre Haare waren lang, im Nacken mit einem Band zusammengebunden. Kein Make-up. Die Augen, immer noch faszinierend, immer noch wachsam, machten ihn immer noch beklommen, aber wie sollte ihm nach so langer Zeit nicht beklommen zumute sein?

»Und?« sagte er, als sie ihm seinen Tee gereicht hatte. »Wie geht es dir? Wie ist es dir ergangen?«

Sie lächelte und nippte, immer noch neben dem Herd stehend, an ihrem eigenen Tee. »Gut, wenn man bedenkt. Und dir?«

»Auch gut, wenn man bedenkt. Wenn man eine ganze Menge bedenkt, bei uns beiden, was?«

Sie nickte, setzte sich zu ihm an den Tisch und stellte die naheliegenden Fragen – wann er zurückgekommen und wie schlimm alles gewesen sei, und er antwortete, hielt sich dabei aber ausschließlich an die Fakten und tat die Dinge, die dahintersteckten, mit einem Schulterzucken ab. Die ganze Zeit über beobachtete er sie und versuchte zu ergründen, was für ein Mensch sie war, kam aber nicht wirklich dahinter. Irgend etwas mußte her, was sie miteinander verband, aber er wußte nicht, was. Dann fragte sie: »Wirst du lange bleiben?«

»Könnte sein«, sagte er. »Kommt drauf an.« Er wollte, daß sie fragte, worauf, aber sie tat es nicht, sondern nickte nur auf ihre komisch-ernsthafte Art.

»Kommt drauf an«, mußte er wiederholen und dann hinzufügen: »Im Grunde genommen kommt es auf dich an.«

»Auf mich?« fragte sie fast erschrocken, plötzlich wachsam.

»Nun, ich habe gedacht, vielleicht könnten wir zusammen eine Farm betreiben.«

Sie lachte und wirkte erleichtert. »Oh, ein Witz«, sagte sie lächelnd.

»Nein, kein Witz, nicht unbedingt. Könnte ernst gemeint sein. Also, es könnte eine ernstzunehmende Idee sein. Was hältst du davon?«

Jetzt runzelte sie die Stirn. »Du wolltest nie Farmer werden«, sagte sie fast vorwurfsvoll. Und dann: »Du kannst nicht einfach beschließen, Farmer zu werden, nicht einfach so.«

»Wieso nicht?«

»Weil du keine Ahnung von Landwirtschaft hast.«

»Ich könnte es lernen.«

»Dafür braucht man Jahre.«

»Ich habe Jahre, hoffe ich.«

»Aber wo würdest du anfangen, wo würdest du eine Farm herbekommen? Eine Farm zu kaufen ist etwas anderes, als ein Haus zu kaufen.«

»Du könntest mir helfen. Wir könnten es zusammen machen.«

»Aber ich gehe weg, das weißt du doch. Ich gehe nach London. Ich habe einen Platz an der Kunsthochschule.«

Danach schwiegen sie beide. Die Enttäuschung und das Gefühl, sich lächerlich gemacht zu haben, ließen Sam verstummen. Aber anscheinend zeichneten seine Gefühle sich auf seinem Gesicht ab, denn Lucasta murmelte, es tue ihr leid. Es würde immer so sein, dachte er. Er konnte nicht aus dem Krieg zurückkommen und glauben, er dürfe einfach ins Leben anderer Leute hineinspazieren und erwarten, daß sich für sie nichts geändert hatte, wo sich für ihn doch alles geändert hatte. Er würde lernen müssen, nichts als selbstverständlich vorauszusetzen. Schließlich fand er seine Stimme wieder und fing an, Lucasta nach ihrem Leben zu befragen, wie sie zurechtkomme, ob sie genug Geld habe, wo sie leben wolle. Er fragte sie auch danach, wem die Farmen in der Umgebung gehörten, wer ihm vielleicht wohlgesonnen wäre. Sie sagte, es gebe immer reichlich Arbeit für ungelernte Helfer, wobei sie die Betonung auf das »ungelernt« legte. Und plötzlich kam die ganze Idee ihm lächerlich vor, und er lachte und sagte, er müsse verrückt gewesen sein, auch nur eine Zugfahrt lang ernsthaft darüber nachgedacht zu haben – romantische Spinnerei, nichts weiter.

Der Abend, den sie gemeinsam im Cottage verbrachten, war mühsam. Beide waren höflich und versuchten verzweifelt, eine Verbindung zueinander herzustellen. Lucasta fragte nach dem Krieg, aber er wollte nicht darüber sprechen, oder vielmehr wußte er nicht, wie. Er fing einen Satz an, um irgendeine

Begebenheit zu schildern, und dann gingen ihm auf halbem Weg die Worte aus. Sein Kopf füllte sich mit einem Bild dessen, was er ihr hatte erzählen wollen, aber die Worte kamen nicht, und er fühlte sich verloren und sehr weit weg und völlig unfähig, die Angst und das Grauen, das er erlebt hatte, nachvollziehbar zu machen. Er sehnte sich immer noch nach einem Drink, nach irgend etwas Alkoholischem, aber sie hatte nichts im Haus, und die nächste Kneipe war zu weit weg, um nur für einen Drink hinzugehen. Er war angespannt und verunsichert und hätte sich am liebsten aus dem Staub gemacht, aber inzwischen war es spät, und es gab nichts, wo er hätte hingehen können.

Sie führte ihn nach oben in ein Schlafzimmer und sagte, es sei das Zimmer ihrer Mutter gewesen, sie hoffe, es mache ihm nichts aus, aber das Bett sei länger und breiter und bequemer. Er war so müde und niedergeschlagen, daß er keine Einwände erhob, obwohl der Gedanke ihm gar nicht gefiel. Sollte er ihr einen Gutenachtkuß geben? Nein. Es schien nicht richtig zu sein, sie hielt sich auf Distanz. Als er im Bett lag, dachte er darüber nach, ob Lucasta je irgend jemanden geküßt hatte. Sie war attraktiv, aber sie hatte dieselbe distanzierte, unterkühlte Art, die sie schon als Kind gehabt hatte. Garantiert war kein Junge mutig genug gewesen, es zu riskieren. Aber das Privatleben seiner Schwester ging ihn nichts an. Er mochte sich zwar einbilden, jetzt *in loco parentis* zu sein, konnte aber nicht erwarten, daß sie das unter den gegebenen Umständen akzeptierte. Er mußte sich erst beweisen, wußte aber nicht, wie.

Der Schlaf kam nicht so schnell, wie er es sich gewünscht hätte. Das Bett war bequem, aber er konnte den Gedanken nicht ertragen, daß seine Mutter hier geschlafen hatte. Er lag da und betrachtete das Zimmer im Mondlicht, das durch das offene, vorhanglose Fenster fiel. Das Zimmer war klein, mit schrägen Wänden und einer geblümten Tapete, die im Halbdunkel beunruhigend lebendig wirkte. Es gab einen kleinen Kamin mit einer eisernen Einfassung und über dem Kaminsims ein Gemälde, aber er konnte nicht richtig erkennen, was es war – vielleicht hatte seine Mutter es gemalt. Er hatte nicht daran gedacht, Lucasta zu sagen, daß er gerne irgendein Andenken hätte, wußte aber selbst nicht, was. Ein Bild vielleicht? Ein kleines, das er leicht aufhängen und überallhin mitnehmen könnte. Vielleicht dieses kleine Bild. Er würde Lucasta fragen.

Als Sam endlich ins Bett gegangen war, blieb Lucasta noch eine Weile auf. Es gab nichts, was sie unbedingt erledigen mußte, aber sie wollte nicht wach liegen und über ihn nachdenken. Wenn sie wartete und ein bißchen umherging und ein paar Seiten las, würde sie vielleicht sofort einschlafen, sobald sie nach oben ging. Er sah alt aus: Das war der erste Schock gewesen. Sie hatte ihn so in Erinnerung gehabt, wie er gewesen war, als er noch zu Hause lebte, gutaussehend und voller Energie, mit dichten schwarzen Haaren, immer sonnenverbrannt, immer lebhaft und fröhlich. Ihre Mutter hatte ständig geschimpft, er solle sich endlich setzen und Ruhe geben, aber er war immer auf dem Sprung gewesen, schlang die Mahlzeiten im Stehen herunter und rannte dann los, um Freunde zu treffen oder mit einem Mädchen auszugehen. Er war ein Wirbelwind im Haus gewesen. Das alles schien verschwunden zu sein – der Mann, der bei ihr aufgetaucht war, wirkte schwerer, kräftiger, aber auch ruhiger. Er hatte über eine Stunde dagesessen, ohne sich auch nur ein einziges Mal zu bewegen, und als er es tat, geschah es auf vorsichtige, bedächtige Weise. Seine Haare waren immer noch schwarz, aber extrem kurz geschoren und ließen sein Gesicht kantiger aussehen und lenkten die Aufmerksamkeit auf seine großen Ohren, die ihr nie zuvor aufgefallen waren. Aber die Farbe seiner Haut und die Falten in seinem Gesicht machten den größten Unterschied aus. Seine Haut war nicht gebräunt, sondern von einem dumpfen Beige, das ihn krank aussehen ließ, und die Falten auf seiner Stirn waren tief eingekerbt. Als sie ihn sah, war sie traurig und voller Mitleid gewesen. Die kolossale Veränderung hatte mit dem Krieg zu tun, das war ihr klar, und mit dem, was er durchgemacht hatte. Und sie mußte an den Soldaten auf dem Trafalgar Square denken und daß sein Gesicht keine Spur dieser Müdigkeit gezeigt hatte.

Aber vielleicht hatte dieser Mann einen völlig anderen Krieg erlebt als Sam. Sie versuchte nachzuvollziehen, wie es für ihn gewesen sein mußte, aber obwohl sie sich die schreckliche, brütende Hitze vorstellen konnte oder glaubte, es zu können, sah sie den Ort, an dem er in Gefangenschaft gewesen war, nicht wirklich vor sich. Und er schien ihn nicht beschreiben zu können, und sie spürte, daß es ihn belastete, wenn er es versuchte. Sie sorgte sich, daß Sams Erinnerungen, in seinem Kopf eingesperrt, ihn für den Rest seines Lebens verfolgen könnten. Er brauchte jemanden, der ihm half, sich damit auseinanderzusetzen, und sie wußte, daß sie nicht dieser jemand war. Sie wäre es gern gewesen, und sie sehnte sich danach, ihren Bruder zu lieben und von ihm geliebt zu werden, auf offene, unbeschwerte, herzliche Art, aber sie war ebenso erstarrt wie er, wenn es darum ging, Sorge und Fürsorge auszudrücken. Es war, als seien sie auf zwei verschiedenen Seiten eines Flusses gestrandet, und dieser Fluß war der Krieg.

Der nächste Morgen war besser. Sam wachte nach fast zehn Stunden Schlaf erfrischt auf. Die Sonne durchflutete das Schlafzimmer und wärmte sein Gesicht. Er machte die Augen wieder zu und genoß die Wärme und die Behaglichkeit und hörte dem Gesang einer Drossel zu, die irgendwo ganz in der Nähe seines Fensters sitzen mußte. Wenn er die Ohren spitzte, glaubte er, das Meer in der Ferne zu hören und noch etwas anderes, ein ganz leises Summen, vielleicht von einem Traktor. Friedliche Geräusche, sie alle. Er konnte Lucasta unten herumgehen hören, das leise Klirren einer Tasse, das Klappern eines Löffels, das vorsichtige Öffnen einer Schranktür. Er sollte aufstehen, sich waschen und rasieren, sich anziehen, nach unten gehen, aber es war himmlisch, hier zu liegen, er konnte sich nicht aufraffen. Als er die Augen wieder öffnete, zeigte sich, daß das Bild über dem Kaminsims nicht so interessant war, wie er gehofft hatte. Er fragte sich, warum wer auch immer sich die Mühe gemacht hatte, die ziemlich belanglose Ecke eines Zimmers zu malen. Nichts passierte dort, es gab keine Dramatik, keine leuchtenden Farben. Er wollte es wahrscheinlich doch nicht haben.

Sie frühstückten draußen, an einem wackligen Holztisch unter einem Birnbaum. Lucasta machte sich Sorgen, weil sie nicht viel zu essen dahatte, aber für ihn waren das dunkle Brot und die Butter und das gekochte Ei ein Festmahl. Es war Sonntag. »Gehst du in die Kirche?« fragte er sie. Die Frage war nicht ernst gemeint, er rechnete fest damit, daß sie nein sagen würde. Aber sie sagte, manchmal gehe sie tatsächlich, sie wisse selbst nicht, wieso, es sei einfach etwas, das man tun könne, »wenn es regnete«. Die Bemerkung rührte ihn, aber er versuchte, sich seine Reaktion nicht anmerken zu lassen. Als sie das Frühstück abgeräumt hatte, schlug sie vor, einen Spaziergang über den Klippenpfad zu machen, und er war sofort einverstanden. Gehen war gut. Es gab ihnen etwas zu tun, und die Verlegenheit zwischen ihnen würde weniger schwer wiegen. Wenn er sich richtig erinnerte, mußte man einen großen Teil des Klippenpfads im Gänsemarsch gehen, und eine Unterhaltung wäre unmöglich.

Eine Stunde später kamen sie viel entspannter im Umgang miteinander ins Cottage zurück, und Lucasta fragte: »Sam, kann ich dich zeichnen?«

»Was? Jetzt, hier?«

»Ja. Hier draußen. Wenn du einfach sitzen bleibst, wo du bist, würde ich es gern versuchen. Es kann aber dauern.«

»Nun, ich wollte sowieso nirgends hin. Wenigstens noch nicht.«

Es dauerte eine Ewigkeit, alles vorzubereiten. Lucasta änderte seine Haltung immer wieder aufs neue, bis er allmählich ein bißchen gereizt und ungeduldig wurde und gegen die Versuchung ankämpfen mußte, ihr zu sagen, er habe es sich anders überlegt. Aber endlich war sie zufrieden. Hinterher stellte er sich neben sie und schaute sich ihre Zeichnung an. Sie sah ihm kein bißchen ähnlich, aber das gefiel ihm und bedeutete, daß er offen sprechen konnte.

»Also«, sagte er, »ich erkenne mich nicht, der Bursche da hat nicht viel mit mir zu tun, aber es ist gut, das auf jeden Fall. Ich würde ihm nicht gern in einer dunklen Nacht begegnen.«

Sie sagte nichts, sondern fing stumm an, die Sachen wegzuräumen. Er wußte nicht, wieso, aber irgendwie hatte er sie gekränkt. Um das Thema zu wechseln, sagte er: »Hast du in letzter Zeit etwas von Tom gehört?« Sie schüttelte den Kopf. »Ob er je zurückkommen wird?« fuhr Sam lahm fort. »Es scheint ihm da unten zu gefallen.«

»Das tut es«, stimmte Lucasta ihm zu. »In seinem letzten Brief hat er eine Frau erwähnt, die er anscheinend gern hat, eine Australierin. Hier gibt es nichts, weswegen er zurückkommen müßte.«

»Es gibt dich.«

»Mich? Sei nicht albern. Wieso sollte er wegen mir zurückkommen?«

»Er ist dein Bruder, er sorgt sich um dich, da bin ich mir sicher.«

»Unsinn. Er weiß, daß ich auf mich selbst aufpassen kann. Er ist nicht für mich verantwortlich. Genausowenig wie du.«

»Aber er hat dich gern, so wie ich.« Sie runzelte die Stirn. Er räusperte sich und wiederholte. »Ich habe dich *wirklich* gern, deswegen bin ich hier.« Sie faßte alles falsch auf. Es war zum Auswachsen. Seine Sorge, so schwierig auszudrücken, schien sie zu verärgern, und er verstand nicht, wieso. Er wollte nicht kindisch sein, aber er wäre nur zu gern gekränkt und türenknallend aus dem Cottage gestürmt. Doch dann sagte sie unvermittelt: »Es tut mir leid«, und er sah, daß sie Tränen in den Augen hatte. Als sie merkte, daß er die Tränen gesehen hatte, rannte sie in die Küche und fing laut klappernd an, das Geschirr abzuwaschen, und er wagte es nicht, ihr zu folgen. Statt dessen legte er eine Platte auf das alte Grammophon in der Ecke, etwas Jazziges. Sie kam mit einem Teller Sandwiches zurück, die sie gemacht hatte, und sie saßen beieinander und aßen und hörten der Musik zu. Fast wäre er eingeschlafen, zuckte aber hoch, als die Platte zu Ende war.

»Ich muß ins Bett«, sagte er. »Ich werde immer so schnell müde.« Er zögerte – es war so anstrengend, sich zu überlegen, was er sagen und wie er die Kluft zwischen ihnen schließen könnte –, und dann sagte er: »Ich fahre morgen wieder, nach London. Ich muß mich organisieren.«

»Ich war letztes Jahr in London, am 8. Mai. Ich hatte schreckliche Angst. Keine Ahnung, wie ich mich zurechtfinden soll, wenn ich in Chelsea anfange.«

»Das College wird alles für dich vorbereiten. Du wirst sehen. Schick mir deine Adresse, wenn du eine hast. Und ich schicke dir meine, sobald ich mich irgendwo eingerichtet habe. Ich werde dir hierher schreiben, bis du nach London gehst.«

»Du wirst schreiben?« Sie sah ungläubig aus.

»Ja, wieso nicht?«

»Vor dem Krieg hast du nie geschrieben. Mum hat immer ...«

»Nicht.«

»Tut mir leid. Okay, schreib. Ich werde zurückschreiben. Wenn du schreibst.«

»Das werde ich. Ich sage das nicht nur so. Ich will es.« Er zögerte. Er hätte so gerne mehr gesagt, hätte ihr gern gesagt, daß er sie kennenlernen und spüren wollte, daß die Blutsbande zwischen ihnen etwas bedeuteten, aber wie immer kamen ihm die Worte nicht über die Lippen, sie schwirrten in seinem Kopf herum, waren aber zu sentimental und abgedroschen. Statt dessen sagte er: »Ich hätte gerne ein Andenken an Mum, etwas, das ihr gehört hat.«

»Da gibt es nicht viel. Ich hatte geschrieben und gefragt, ob du …«

»Ich weiß. Aber ich wußte damals nicht … Wie wäre es mit einer von ihren Zeichnungen oder einem Bild? Hast du sie irgendwo? Das in dem Zimmer, in dem ich geschlafen habe, ich dachte, vielleicht könnte ich das haben – obwohl es mich nicht wirklich an sie erinnert … oder …«

»Kein Wunder.«

»Was ist kein Wunder?«

»Daß das Bild in deinem Schlafzimmer dich nicht an Mum erinnert. Es ist nicht von ihr.«

»Von wem dann?«

»Keine Ahnung. Von jemandem, der besser malen konnte, glaube ich. Es war ein Geschenk, weißt du nicht mehr? Kurz bevor ich geboren wurde, zu ihrem vierzigsten Geburtstag.«

»Nein, ich erinnere mich nicht. Ich war damals erst – wie alt? Drei, vier?«

»Jedenfalls ist es nicht von ihr. Aber ich würde es dir nicht geben, auch wenn es von ihr wäre. Es ist mir zu kostbar.«

Die Art, wie sie das sagte, gefiel ihm nicht. »Du kannst es gern behalten«, sagte er. »Wie wäre es mit einer Katzenzeichnung? Davon gab es doch Unmengen.«

Am nächsten Morgen reiste er ab, mit einer kleinen Kohlezeichnung von Turpin, der Katze, die sie gehabt hatten, als er ungefähr sieben war. Sie paßte problemlos in die Innentasche seiner Jacke, so klein war sie. Es gefiel ihm, sie dort zu fühlen, in der Nähe seines Herzens, und er tätschelte sie immer wieder, während er und Lucasta zum Bahnhof gingen. Kurz bevor der Zug einfuhr – sie konnten ihn schon hören –, sagte Lucasta: »Ich bin froh, daß du gekommen bist. Danke.« Er war so lächerlich glücklich darüber, daß er es endlich schaffte, sie zu küssen und zu umarmen, wie er es vom ersten Augenblick an hatte tun wollen. Ihr Körper fühlte sich in seinen Armen zerbrechlich und zart an. Es rührte ihn und trieb ihm fast die Tränen in die Augen, und er hatte Mühe, die Fassung zu wahren. Sie wehrte sich nicht gegen seine Umarmung, erwiderte sie aber auch nicht. Sie legte nur zögernd die Arme um seinen Rücken und ließ sich von ihm halten. Er war derjenige, der zurücktrat und sie freigab. Er hätte gerne etwas gesagt, aber wieder einmal wollten die richtigen Worte nicht über die Lippen. Er drückte ihre Hände, bevor er sie losließ, nahm seine Tasche und stieg in den Zug. »Melde dich«, sagte er mit seltsam rauher Stimme durch das offene Fenster der Abteiltür. »Ich schicke dir meine Adresse, sobald ich eine habe, ich werde schreiben, wirklich!« Er winkte, bis sie nicht einmal mehr ein winziger Fleck in der Ferne war.

Die Erleichterung, die Lucasta empfand, als sie wieder allein im Cottage war, war fast körperlich, wie Kopfweh, das nachließ, wie ein Schmerz, der verschwand. Es machte ihr angst, obwohl sie auch froh war. Was sollte bloß aus ihr werden, wenn sie die Gesellschaft anderer nicht ertragen konnte? Und Sam war nicht »andere«. Er war ihr Bruder, der sich um sie sorgte und sie auf seine Weise liebte.

Sie griff nach dem Porträt, das sie von ihm gezeichnet hatte, und sah es sich an. Hatte sie etwas von ihm eingefangen? Vielleicht hatte sie das tatsächlich. Es hatte sich irgendwie aufregend angefühlt, es zumindest endlich zu versuchen. Es war immer ein merkwürdiges Gefühl. Die Kohle in ihrer Hand hatte ein Eigenleben gehabt, als sie über das Papier glitt, nicht von ihrer Hand geführt oder von ihren Augen, sondern von einer anderen Kraft. Es war etwas, das sie niemandem erzählen konnte. Zu phantastisch, zu prätentiös. Aber es stimmte. Sie hatte ihre Fähigkeit nicht verloren.

Sam schrieb kurze, gestelzte Briefe, aber er schrieb oft. Die Briefe kamen nicht regelmäßig alle zwei Wochen oder auch nur jeden Monat, aber man konnte sich gerade auf ihre Unregelmäßigkeit verlassen. Manchmal waren die Pausen lang, einmal sogar sechs Wochen, und dann trafen innerhalb von wenigen Tagen gleich zwei Briefe ein. Sie kamen aus aller Welt, meistens blaue Luftpostbriefe. Lucasta erkannte, daß der Luftpostbogen genau das Richtige für Sam war, und verstand auch, wieso – eine einzige Seite, die zu füllen war, dann die Lasche falten und zukleben und fertig. Eine Seite war genau die Menge Platz, mit der er umgehen konnte, sie schüchterte ihn nicht ein. Er füllte die blauen Luftpostbögen mit Informationen. Das war für ihren Bruder unverkennbar der Sinn und Zweck eines Briefes – dem Empfänger Informationen zukommen zu lassen. Er schrieb nicht über Gedanken und Gefühle, Ängste und Hoffnungen, sondern darüber, wo er gewesen war, wo er hinfahren würde, was er gesehen und getan hatte. Es waren

Reiseberichte, die ihre Beziehung in keiner Weise weiterbrachten, aber Lucasta liebte sie und war gerührt, daß Sam sie schickte. Sie bewahrte sie alle auf.

Ihre eigenen Briefe waren anders als die von Sam. Sie fand es schwierig, sie zu schreiben, und machte sich Sorgen, sie könnten Sam mit ihren vielen Details überfordern. Sie versuchte, dem Rhythmus der Briefe ihres Bruders zu folgen, und schrieb immer sofort zurück, und als sie endlich in London war, hatte sie ihm viel zu erzählen: über die Kunsthochschule und wie ihr Stundenplan aussah und was sie lernte und über die anderen Studenten. Wegen des Krieges waren die meisten von ihnen älter als sie, aber das gefiel ihr: Sie kam mit Älteren besser zurecht. Sie waren ernster, nicht so wie die üblichen albernen Studenten, die dort anzutreffen sie befürchtet hatte. Und es gab vieles, was sie ihm über London erzählen konnte, wie sie gelernt hatte, es zu lieben, zu ihrer eigenen großen Überraschung. Was ihr gefiel, waren genau die Dinge, von denen sie gedacht hatte, daß sie sie hassen würde – die Größe, die Komplexität. Sie fand es befreiend, daß niemand sie kannte, daß sie in der Menschenmenge anonym sein konnte, wo niemand sie ansah, wo niemand sie bemerkte. Ihre Angst am Tag des Kriegsendes war ihr inzwischen fast peinlich.

Dann, als ihre Ausbildung beendet war, fielen die Briefe ihr leichter. Zuerst mietete sie ein möbliertes Zimmer im Vale of Health in Hampstead, etwas, worüber sie Sam berichten konnte, und gleichzeitig fand sie einen Job in einer Kunstgalerie.

Die Besitzerin war ein Frau von etwa sechzig (glaubte Lucasta) namens Charlotte Falconer, die ihr ganzes Leben in Hampstead verbracht hatte. Ihre Galerie war ein schmaler Schlauch von einem Raum am oberen Ende der Heath Street, fast am Whitestone Pond. Jemand hatte Lucasta erzählt, Miss Falconer sei wohlhabend und stamme aus einer einflußreichen Familie, die ein großes Haus irgendwo abseits der East Heath Road bewohnt habe, inzwischen in Wohnungen aufgeteilt. Sie selbst lebte nicht in diesem Haus, sondern in einer winzigen Wohnung über der Galerie, einer sehr bescheidenen Wohnung mit nur zwei Zimmern und einem Badezimmer. Anscheinend hatte sie die Kunstsammlung ihres Vaters geerbt, einen Teil davon verkauft und mit dem Erlös die Galerie eröffnet. Wie es hieß, verfügte sie über ein privates Einkommen und war zu einer Mentorin junger Künstler geworden. Ihre Spezialität waren Porträts, was auch der Grund dafür war, daß Lucasta die Galerie betreten hatte, nachdem sie durch die Glastür Porträts an der Wand hatte hängen sehen.

Charlotte – sie wollte unter keinen Umständen als Miss Falconer angesprochen werden – schien ihre kleine Galerie völlig auszufüllen, nicht so sehr weil sie groß und breitschultrig war, und das war sie durchaus, sondern wegen ihrer Persönlichkeit. Sie hatte eine Energie, selbst wenn sie still saß, bei der Lucasta sich ganz schwach fühlte. Am Anfang, als Lucasta gerade erst angefangen hatte, für sie zu arbeiten, war Charlottes wißbegierige Art anstrengend gewesen. »Ich bin zu neugierig«, sagte Charlotte, als ihre direkten Fragen nach Lucastas Vergangenheit unbeantwortet blieben. »Es tut mir leid. Achten Sie einfach nicht auf mich – ich kann nicht anders, ich will einfach immer *alles* über die Leute wissen.« Sie sagte es so offen und unbekümmert, daß man es ihr wirklich nicht übelnehmen konnte, und in einem Brief an Sam gestand Lucasta ihm, daß sie sich dafür schämte, Charlottes harmlose Neugier nicht befriedigen zu wollen. Vor allem, da sie selbst, wie sie erkannte, nicht frei von Neugier war, wenn es um ihre Arbeitgeberin ging. Manchmal war sie überrascht und beeindruckt von Charlottes Wissen. Charlotte hielt Lucasta nicht direkt Vorträge, aber sie hatte etwas von einer Lehrerin an sich – war sie vielleicht eine? –, und was sie sagte, war informativer und interessanter als alles, was Lucasta auf der Schule gelernt hatte.

Als Lucasta ein Jahr dort arbeitete, bot Charlotte ihr an, die Dachwohnung in ihrem alten Elternhaus zu mieten. Die Miete, die sie ihr nannte, lag, wie Lucasta sehr wohl wußte, weit unter dem Marktwert, aber Charlotte sagte, es sei ihr wichtiger, Mieter zu haben, die sie mochte und denen sie vertraute, als eine Menge Geld einzunehmen. Sie zeigte Lucasta die Wohnung. »Das hier waren die Dienstbotenzimmer und der Dachboden, als meine Familie noch hier lebte«, sagte sie. »Ich habe sie immer gemocht. Ich habe ein Faible für Dachzimmer, es hat etwas mit ihrer Schlichtheit zu tun, damit, wie sie das Leben auf das Wesentliche reduzieren.« Aber das umgebaute Dachgeschoß hatte nicht mehr viel von einem Dachboden an sich, nachdem die Deckenhöhe geändert und mehrere Wände durchbrochen worden waren. Lucasta nahm Charlottes Angebot natürlich an und schrieb Sam, wie glücklich sie sei, so eine Wohnung gefunden zu haben. Sie erwähnte in diesem Brief auch, daß die normalerweise so überschäumende Charlotte gar nicht sie selbst gewesen sei, als sie ihr die Wohnung zeigte – sondern still, nachdenklich, sogar ein wenig traurig.

Als sie eingezogen war, lud Lucasta Charlotte auf einen Drink zu sich ein, aber Charlotte sagte, sie finde es schmerzlich, in ihrem Elternhaus zu sein, und würde Lucasta lieber in einem Café treffen, wenn es ihr nichts ausmache. Sie gingen ins Cresta, ein polnisches Restaurant in der Nähe der Galerie, und trafen sich ab da gelegentlich auf einen Drink in einem der umliegenden Pubs. Es war für Lucasta perfekt. Sie lernte ihre Arbeitgeberin nie wirklich gut kennen, aber sie waren Freundinnen. Sie hielt Charlotte für eine zufriedene Frau, die mit ihrer Galerie glücklich war und der es Freude bereitete, junge Porträtmaler zu fördern. Sie lud Lucasta nie in ihre eigene Wohnung ein, von der sie sagte, sie sei zu klein, um Gäste zu empfangen, aber Lucasta glaubte, es liege eher daran, daß Charlotte die Wohnung ganz für sich halten wollte, und das verstand sie sehr gut. Angesichts der Tatsache, daß Charlotte so offenherzig und großzügig war, und dazu so wohlhabend, war es seltsam, daß sie in bezug auf ihre Wohnung so eigen und daß es eine so bescheidene Wohnung war. Aber Lucasta gefiel dieser Widerspruch.

Während Sam die ganze Welt bereiste, arbeitete Lucasta auch weiterhin als Charlottes Assistentin und fing in ihrer Freizeit an, Porträts zu malen. Charlotte gab das erste in Auftrag, von sich selbst, und war so von dem Gemälde begeistert, daß sie es in ihrer Galerie ausstellte. Andere Aufträge folgten, und langsam, über einen Zeitraum von zehn Jahren hinweg, erreichte Lucasta einen Punkt, an dem sie ausschließlich vom Malen leben konnte. Mit Vierzig verwandelte sie eins ihrer Zimmer in ein Atelier und stellte, was sehr riskant war, eine neue Regel auf: Wer sich von ihr malen lassen wollte, mußte zu ihr kommen, sie ging nicht mehr zu ihren Kunden. Es war eine Regel, die fast ihr Ruin gewesen wäre, weil Leute, die eitel genug waren, um sich porträtieren zu lassen, meistens nicht zu denen gehörten, die begeistert viele Treppen zu einem Atelier unter dem Dach hochstiegen. Aber sie hatte die Regel aufgestellt und behielt sie bei, und mit der Zeit wirkte sie wie eine charmante Exzentrizität, auf die die Leute, die interessiert genug an ihren Diensten waren, bereitwillig eingingen. Sie kam ganz gut über die Runden und war glücklich mit ihrer Arbeit und berichtete Sam von ihrem wachsenden Erfolg. Es erschien ihr zwar ein bißchen angeberisch, das zu sagen, aber wenn sie es Sam nicht sagte, wer sollte es sonst tun? Er kannte niemanden in der Kunstwelt, der ihm verraten konnte, daß seine kleine Schwester als vielversprechende Porträtmalerin galt, deren Namen man sich merken mußte.

Einmal schrieb Sam ganz süß und schüchtern und bot ihr Geld an. Er hatte ein Boot über die westindischen Inseln nach Neuseeland überführt und es mit unerwartet hohem Profit verkauft. Sie könne, schrieb er, 100 £ haben. Eine derartige Summe wäre zu jener Zeit, als sie noch zu kämpfen hatte, bevor sie in Charlottes Wohnung zog, eine große Hilfe gewesen, aber Lucasta hatte das Angebot dankend abgelehnt. Sams Leben war ebenso unsicher wie ihr eigenes, und sie glaubte, daß er das Geld nötiger brauchen würde. Sie hatte recht. Das nächste Boot, bei dessen Bau Sam mithalf und das er dann um die halbe Welt segelte, brachte ihm kaum etwas ein. Es war bei einem Sturm beschädigt worden, schrieb er, und er hatte kaum seine Unkosten decken können. Nach dieser Erfahrung gab er das Bootsgeschäft auf und wurde Skilehrer. Wie er das geschafft hatte, erfuhr Lucasta nie. Es passierte in einer der Phasen, in der es lange Pausen zwischen seinen Briefen gab, und wenn einer eintraf, schilderte er nur die Alpenlandschaft in Österreich, wo er arbeitete. Er schrieb auch, sie solle kommen und ihn besuchen, und sie hätte es fast getan, aber dann wurde ihre Katze krank, und sie konnte nicht weg; und Sam fragte sie nie wieder, offensichtlich dachte er, die kranke Katze sei nur eine Ausrede gewesen.

Manchmal glaubte Lucasta, an Agoraphobie zu leiden, so groß war ihre Abneigung dagegen, ihre Wohnung zu verlassen. Sie wartete immer, bis sie nicht einmal mehr Grundnahrungsmittel wie Milch, Kaffee und Brot im Haus hatte, und dann, wenn die Läden fast schon zumachten, war sie gezwungen, loszulaufen und zu besorgen, was sie brauchte. Immer wieder passierte genau das, um zwanzig nach fünf an einem Samstag, wenn sie nur noch zehn Minuten Zeit hatte, zur High Street zu hetzen. Es war lächerlich. Dabei genoß sie es, wenn sie erst einmal draußen war, und hatte es überhaupt nicht eilig zurückzukehren (was, wie sie glaubte, bewies, daß sie nicht wirklich unter Agoraphobie litt, sondern nur Probleme hatte, irgendwo aufzubrechen). Unweigerlich endete das Ganze damit, daß sie die lebensnotwendigen Vorräte, derentwegen sie losgegangen war, erst die Heath Street entlangschleppte und dann auf die Heide oberhalb des Vale of Health. Sie setzte sich auf eine Bank, von der aus sie den Teich sehen konnte, dachte aus irgendeinem Grund an Cornwall und fragte sich, wie in aller Welt sie es je geschafft hatte, Cornwall zu verlassen, wo sie Veränderungen und Umzüge und Brüche aller Art so sehr haßte.

Ihre Zimmer waren ihr zu allen Zeiten eine Freude. Im Lauf der Jahre hatte sie ihnen so viel Pflege und Aufmerksamkeit zukommen lassen, hatte danach gestrebt, daß alles bis ins kleinste Detail genau so war, wie sie es haben wollte, und sie hatte das Gefühl, daß es ihr gelungen war – ihre Zimmer *waren* sie. Ihr Wohnzimmer war zwar mit alten Möbeln ausgestattet, wirkte aber modern mit seinen weißen Wänden und seinem schlichten, lasierten Holzfußboden und den Jalousien anstelle von Vorhängen. Die Mischung aus Alt und Neu freute sie am meisten. Sie hatte das Gefühl, sie verkörpere etwas von ihr selbst, aber wenn sie an Sam schrieb, konnte sie nicht genau erklären, was sie meinte.

Manchmal erwähnte Sam in seinen Briefen irgendwelche Freundinnen. Eine Zeitlang gab es eine Beatrice, die durch Clare ersetzt wurde, der er sehr zugetan schien, bis auch sie ohne Erklärung verschwand. Tom hatte derweil geheiratet – Sam hatte ihn in Australien besucht – und war sehr glücklich und Vater von zwei Kindern, beides Jungen. In einem PS hatte Sam nach diesem Besuch geschrieben, er selbst könne sich überhaupt nicht vorstellen zu heiraten, und gefragt, ob sie je »versucht« gewesen sei. Lucasta hatte geantwortet, es habe noch niemanden gegeben, der sie »in Versuchung geführt« hätte, und es dabei belassen. Sie hatte keinen Sinn darin gesehen, Sam die Art von flüchtigen Affären zu schildern, die sie gehabt hatte. Keine davon war auch nur im geringsten ernst gewesen. Sam konnte nie ihr Vertrauter sein. Sie wollte weder ihm noch sonst jemandem ihr Herz ausschütten und zog es vor, ihr Privatleben für sich zu behalten. Privatsphäre war alles. Sie hüllte sich in sie ein, sie schmiegte sich in sie, zufrieden damit, von ihr beschützt zu werden. Manchmal hatte sie das Gefühl, daß ihre Zimmer sie am besten kannten – wenn sie sprechen könnten, hätten sie vieles zu erzählen gehabt, was jeden Zuhörer überrascht hätte. Die Freude zum Beispiel, die sie jedesmal empfand, wenn sie nach Hause kam und die Tür hinter sich zumachte. Irgend etwas in ihr leuchtete dann auf, und sie brauchte eine Weile, bis sie sich daran gewöhnte. Die Stille war so tröstlich. Sie bewegte sich vorsichtig zwischen ihren Sachen hin und her, glitt fast geräuschlos über die Böden, und nur ihr Rock gab ein kaum hörbares Rascheln von sich. Diese Zufriedenheit, mit sich selbst allein zu sein, war ihre Stärke. Niemand konnte sie für lange verletzen. Die Menschen, die ihre Wohnung betraten, tasteten kaum ihre wesentliche Ruhe an. Sie kamen (nur nach Verabredung), sie gingen, nichts als ein leichtes Gekräusel auf der glatten Oberfläche ihres Lebens. Es war ein wirkliches Glück, dachte sie, daß sie ihr eigenes Territorium hatte und so vollständig Herrin darüber war. Das Zimmer atmete, es umfing sie, es hatte Macht über sie, es war nicht leblos.

Zuerst wollte sie das kleine Bild über den Kaminsims hängen, aber die Fläche war zu groß. Rechts vom Kamin, an der schmalen Wand zwischen Kamin und Tür, wo das Licht nicht sehr hell war, fand sie den idealen Platz. Es sah dort richtig aus, die Leinwand so klein, aber wie dafür geschaffen.

Paul Mortimer hatte nicht den geringsten Wunsch, sich porträtieren zu lassen. Es war die Idee seiner Frau Ailsa, ihr Geschenk zu seinem fünfzigsten Geburtstag, und er wollte ihre Gefühle nicht verletzen.

Aber es war lästig, ins Atelier dieser Künstlerin in Hampstead fahren und all diese Treppen hochsteigen und sich an ihre Anweisungen halten zu müssen. Sie versuchte nicht einmal, ihn für sich einzunehmen oder ihm auch nur das Gefühl zu geben, willkommen zu sein, sondern war im besten Fall höflich, eher sogar brüsk, und bot ihm in all den Stunden, die er bei ihr war, keine einzige Erfrischung an. Nur einmal, als er einen trockenen Hals hatte und husten mußte, brachte sie ihm ein Glas Wasser. Sie war so dünn, daß man meinen konnte, sie selbst würde nie etwas essen oder trinken. Er musterte sie so genau, weil es nichts anderes gab, was er sich hätte ansehen können, nur die Staffelei, hinter der gelegentlich ihr Kopf hervorlugte, um ihn anzustarren. Es war irgendwie irritierend und machte ihn ganz zappelig. Der Stuhl, auf den sie ihn gesetzt hatte, war ein ungepolsterter Holzstuhl mit gerader Sprossenlehne, und er saß mit verschränkten Armen da und spürte, wie die Sprossen sich in seinen Rücken bohrten. Er wußte, daß er die Stirn runzelte und wahrscheinlich schlecht gelaunt aussah. Sie würde ihn als Scheusal malen.

Zum Glück dauerten die Sitzungen nur eine knappe Stunde. Sie wußte natürlich, daß es unbequem für ihn war. Als sie den verdammten Stuhl aussuchte, hatte sie ihn gefragt, ob er ihm zu unbequem sei, dann würde sie einen anderen wählen, aber er war zu stolz gewesen, um zuzugeben, daß es ihm schwerfiel, so kerzengerade zu sitzen. Und jetzt mußte er sich mit dem Stuhl und mit der Pose abfinden. »Setzen Sie sich, wie Sie wollen«, hatte sie zu ihm gesagt. »Aber achten Sie darauf, daß Sie die Pose, die sie sich aussuchen, auch halten können.« Zuerst hatte er die Hände auf die Knie gelegt, dann hatte er sie gefaltet.

Zuerst hatte er die Beine leicht gespreizt, dann hatte er sich vorgestellt, wie das aussehen würde, und hatte sie geschlossen, um sie dann an den Knöcheln übereinanderzuschlagen. Sie hatte ihm ausrichten lassen, er solle anziehen, worin er sich selbst am besten gefalle – eine Aufforderung zur Eitelkeit, wie sie im Buch stand, und in diese Falle würde er auf keinen Fall gehen. Er trug einen dunklen Anzug und ein weißes Hemd.

Er dachte über die Künstlerin nach. Sie war nicht jung, um die Vierzig vielleicht. Er fand sie nicht attraktiv, aber sicher gab es Männer, die ihr katzenhaftes Aussehen anziehend fanden. Sie hatte eine schöne Haut und schöne Haare, und ihre Augen waren nicht nur wegen ihrer Größe und Form faszinierend, sondern auch wegen ihrer Farbe, eher grün als grau, die Iris mit einer anderen Farbe gesprenkelt, über die er sich nicht im klaren war – gold? Alle Frauen in London trugen kurze Röcke, aber Lucasta Jenkinson – eine absurd unpassende Zusammensetzung von Namen – trug einen langen Rock, der bis zu den Knöcheln reichte und in der Taille mit einer seitlichen Schleife zusammengebunden war. Er war aus irgendeinem fließenden blauen Material, und das Oberteil, das sie trug, paßte im Farbton dazu. Ihre Figur war gut. Sie war schlank, ihre Brüste waren schön gerundet und wurden durch den dünnen Pullover betont. Was ihm an ihr am meisten auffiel, war ihre extreme Sauberkeit und Frische – sie hatte nichts von unordentlicher Künstlerin an sich. Sie achtete auf ihr Aussehen, dachte er, und auf ihre Kleider und verwandte Zeit und Mühe auf beides. Aber sie tat es für sich selbst, entschied er. Keinesfalls für ihn.

Gab es einen Mann in ihrem Leben? Falls ja, waren alle Spuren beseitigt worden. Niemand lebte mit ihr zusammen, da war er sich ziemlich sicher. Er hatte am Anfang versucht, mit ihr zu plaudern, da sie unverkennbar nicht die Absicht hatte, von selbst ein Gespräch anzufangen. Sie schien ihn nicht zu hören. Zweimal hatte er dieselbe Frage gestellt, zweimal hatte sie ihm weder zu verstehen gegeben, daß sie ihn gehört hatte, noch hatte sie geantwortet. Dann fiel ihm ein, daß sie ganz zu Anfang gesagt hatte, er müsse entschuldigen, wenn sie während der Sitzungen schweige, so arbeite sie nun einmal. Aber er fühlte sich unwohl dabei, fast eine Stunde ohne jede Unterhaltung zu verbringen und sich dazu noch anstarren zu lassen. Er war sicher, daß sein Unbehagen auf dem fertigen Bild zu sehen sein würde und daß er es hassen würde. Sie ließ ihn das Bild nicht sehen, solange es nicht fertig war. In dieser Hinsicht war sie sehr bestimmt gewesen, und er hatte akzeptiert, daß es vielleicht eine unwillkommene Einmischung wäre. Aber er war ein neugieriger Mann und fand es frustrierend, seine Neugier zügeln zu müssen – er wollte doch nur einen schnellen Blick, mehr nicht. Aber am Ende jeder Sitzung stand sie auf, bedankte sich bei ihm und wartete, bis er das Zimmer verlassen hatte. Sie begleitete ihn nicht zur Tür, sondern blieb neben ihrer Staffelei stehen und verabschiedete ihn und bedankte sich von dort aus. Er wünschte sich irgendeine Ablenkung, die sie aus dem Zimmer locken würde – einen Anruf, ein Päckchen, das abgeliefert wurde –, aber als es eines Nachmittags an der Tür läutete, ignorierte sie die Klingel. »Gehen Sie ruhig«, sagte er und versuchte, sich seinen Eifer nicht anmerken zu lassen. »Es macht mir nichts aus.« Sie sagte nichts, aber als es noch einmal, noch beharrlicher klingelte und er eine nervöse Bewegung machte, sagte sie: »Bitte bewegen Sie sich nicht, Mr. Mortimer. Ich unterbreche eine Sitzung nie. Wer immer es ist, wird wiederkommen.« Und er fühlte sich, als wäre er ausgeschimpft worden.

Als er an dem betreffenden Tag das Haus verließ, lag ein Päckchen vor der Tür am Fuß ihrer Treppe. Es klemmte hinter einem Kübel mit Geranien, wo nur die allerneugierigsten Augen es entdecken konnten, und der Postbote oder wer auch immer hatte einen Zettel durch den Briefschlitz gesteckt, auf dem stand, wo es lag und wann er dagewesen war. Paul zögerte einen Augenblick, hob das Päckchen dann auf – ziemlich leicht, ziemlich klein, aber zu groß, um durch den Briefschlitz zu passen – und ging die Treppe wieder hinauf. Er ging so leise wie möglich, in der Hoffnung, Lucasta Jenkinson zu überraschen, einfach um zu sehen, wie sie reagierte, wenn er unverhofft wieder auftauchte. Aber es gelang ihm nicht, sie zu überraschen. Sie wartete vor der Tür ihrer Wohnung auf ihn. »Wie nett«, sagte sie und streckte die Hand aus. »Danke.« »Hoffentlich ist es etwas Interessantes«, sagte er und kam sich ziemlich albern vor, denn sie mußte gesehen haben, wie er fast auf Zehenspitzen die Treppe heraufgeschlichen war. »Die Briefmarken sehen jedenfalls interessant aus«, fügte er hinzu, einfach nur, um irgend etwas zu sagen. Sie lächelte, sagte noch einmal auf Wiedersehen, ging in ihre Wohnung zurück und schloß die Tür leise. Und er machte in dem Gedanken kehrt, wie wenig er reservierte, distanzierte, selbstgenügsame Frauen mochte, die sich nicht einmal dazu überwinden konnten, Höflichkeiten auszutauschen, von tiefergehenden zwischenmenschlichen Kontakten ganz zu schweigen.

Sechs Sitzungen vergingen, ehe sie etwas anderes zu ihm sagte als Guten Morgen, Guten Tag, Machen Sie es sich bequem, Auf Wiedersehen, Danke. Inzwischen versuchte er, sie in ihrem eigenen Spiel zu schlagen, und betrat die Wohnung nur mit einem Nicken – das ihr Guten Morgen ausstach – und setzte sich schnell auf den verdammten Stuhl. Bei der siebten und vorletzten Sitzung ging sie nicht sofort zu ihrem Platz, sondern blieb ziemlich dicht vor ihm stehen und sagte: »Ich habe Probleme mit Ihrer Krawatte.«

»Mit meiner Krawatte?«

»Ja. Sie sieht falsch aus. Irgend etwas ist damit.«

»Meinen Sie das Muster? Die Streifen?«

»Ja, sie passen nicht. Könnten Sie sie vielleicht ausziehen?«

»Sie meinen, ich soll gar keine Krawatte tragen?«

»Ja. Oder jedenfalls nicht diese.«

Seine Hände fühlten sich seltsam verschwitzt an, als er sich mit der Krawatte abmühte und sie auf den Boden fallen ließ.

»Und jetzt machen Sie bitte den Knopf auf«, sagte sie. »Den obersten Hemdknopf. Danke. Viel besser.« Und sie ging zu ihrer Staffelei zurück.

Was für ein Spiel spielte sie jetzt? In all den Sitzungen hatte sie nie etwas über Krawatten oder Hemdknöpfe gesagt. Hatte sie gerade erst gemerkt, daß er eine Krawatte trug, die nicht »paßte«? Er würde absurd aussehen – konventioneller Anzug und weißes Hemd, aber keine Krawatte. Wenn er schon in einem Hemd mit offenem Kragen porträtiert wurde, sollte es wenigstens ein Freizeithemd sein, getragen zu einer Freizeithose. Er hätte das sagen sollen, hätte seine Einwände vorbringen sollen, aber er gehorchte widerspruchslos. Außerdem fühlte es sich besser an, keine Krawatte zu tragen und das Hemd am Hals geöffnet zu haben. Schaute sie jetzt auf seinen Hals oder auf die Stelle, wo seine Brusthaare zu sehen waren, ansatzweise, andeutungsweise? Als sie vor ihm gestanden hatte, war das fast wie ein sexueller Annäherungsversuch gewesen, und doch war sie so unsexuell, oder meinte er asexuell, daß es das nicht gewesen sein konnte. Die Worte wiederholten sich in seinem Kopf – »Könnten Sie sie vielleicht ausziehen? … Und jetzt machen Sie bitte den Knopf auf« –, aber er war sicher, daß sie keine Spur von Anzüglichkeit enthalten hatten.

Am Ende dieser Stunde – die sich ewig hinzog – lächelte sie tatsächlich. »Danke«, sagte sie, »das war viel besser, ohne die Krawatte. Es hat etwas verändert.«

»Sie hätten es früher sagen sollen.«

»Ich habe es nicht früher gemerkt. Mir ist gerade erst aufgegangen, was die Krawatte mit Ihnen machte.«

»Auf der Arbeit trage ich immer eine Krawatte. Ich bin an Krawatten gewöhnt. Sie *machen* nichts mit mir«, sagte er irritiert über ihre albernen Mutmaßungen. Aber sie verteidigte sich nicht, sondern zog nur die Augenbrauen hoch und sah amüsiert aus, und er merkte zu seinem Entsetzen, daß er sie am liebsten geschlagen hätte.

»Noch eine Sitzung, nicht wahr?« sagte er bemüht ruhig.

Sie nickte. »Gut, danke, bis nächsten Dienstag dann. Hätten Sie etwas dagegen, wenn ich ein Foto von Ihnen machen würde, bevor Sie gehen?«

»Jetzt?«

»Nein. Zum Schluß, wenn wir fertig sind. Es könnte nützlich sein, um die Details abzugleichen, bevor ich das Bild abliefere, eine Art *aide-mémoire.*«

»Sicher.«

»Danke.«

Er war unglaublich wütend, als er ihre Wohnung verließ.

Von Anfang an war es Lucasta schwergefallen, sich nicht anmerken zu lassen, wie sehr sie sich zu Paul Mortimer hingezogen fühlte – es war ein Schock gewesen, was sie in dem Augenblick empfand, als er ihr Atelier betrat. Nichts hatte sie auf die körperlichen Empfindungen vorbereitet, die er so urplötzlich in ihr auslöste; das leise Prickeln in ihren Gliedmaßen, das plötzliche Herzklopfen, die Hitze, die sich in ihrem Körper ausbreitete. Dabei war er im herkömmlichen Sinn nicht besonders attraktiv, keine wie gemeißelten Züge, keine edle Stirn, keine üppige Haarpracht. Er hatte etwas von Sam, als er aus dem Krieg zurückgekommen war, eine Zähigkeit, eine Härte und eine Müdigkeit in den Linien seines Gesichts. Außerdem war er unglaublich selbstbewußt, wie er in ihre Wohnung marschiert kam, die Hand ausgestreckt, hoch über ihr aufragend, und ihren Blick mit abgemessenem Gleichmut erwiderte. Seine Hand fühlte sich stark an, die Haut rauh, und er hielt ihre Hand einen Moment länger fest als nötig. Sie hatte ihre ganze Selbstbeherrschung aufbieten müssen, um kühl und höflich zu bleiben, und hatte sich beeilt, mit der Arbeit anzufangen. Erst dann hatte sie sich wieder mehr als Herrin der Lage empfunden und hatte sich ihre Reaktion damit erklären können, daß sie eine ganz andere Art von Mann erwartet hatte.

Er war Direktor einer Firma, das war alles, was sie gewußt hatte. Der Name der Firma sagte ihr nichts, und sie war nicht neugierig genug gewesen, um danach zu fragen. Das Porträt war von seiner Frau, die Lucasta nicht kannte, zu seinem fünfzigsten Geburtstag in Auftrag gegeben worden. Charlotte hatte alles geregelt, in deren Galerie Mrs. Mortimer von einer Freundin begleitet worden war, um sich Lucastas Arbeiten anzusehen. Der Betrag, den Mrs. Mortimer anbot, war beträchtlich, und Lucasta nahm den Auftrag an, ohne das Modell oder seine Frau vorher zu treffen, obwohl sie überrascht war, daß man das nicht von ihr verlangte. Man hatte sie aufgefordert, »das Wesen des Mannes« einzufangen, was irgendwie affektiert klang, aber sie war nicht so reich, daß sie es sich leisten konnte, den Auftrag deswegen abzulehnen. Und als Paul Mortimer kam, um ihr Modell zu sitzen, sah sie sofort, daß sie keine Probleme haben würde, sein »Wesen« einzufangen. Der Anzug war langweilig, und sie beschloß sehr schnell, ihn völlig außer acht zu lassen. Sie würde ihn von den Schultern aufwärts malen und sich auf sein Gesicht konzentrieren. Aber das sagte sie ihm nicht. Im Gegenteil bestärkte sie ihn in der Annahme, daß seine ganze Haltung wichtig war, bis hin zur Stellung seiner Füße, und genoß es, ihn dabei zu beobachten, wie er versuchte, auf dem harten Stuhl eine bequeme Haltung zu finden. Es gelang ihm nicht, aber sein Unbehagen verwandelte sich in die Entschlossenheit auszuharren, was ihm einen mehr als aggressiven Ausdruck verlieh. Das mußten sie mit dem Einfangen seines »Wesens« gemeint haben – seine »Ich werde mich nicht geschlagen geben«-Haltung. Jedesmal, wenn sie die Augen von der Leinwand löste, um ihn zu studieren, war sie überwältigt von der Kraft, die aus ihm hervorloderte – er konnte sich kaum zügeln, jeden Moment würde er aufspringen und sie anschreien. Einen Augenblick zitterte der Pinsel in ihrer Hand. Sie merkte, daß sie sich wiederholt räusperte, um sich zu fassen.

Er hatte versucht, eine Unterhaltung anzufangen, aber von jedem nur denkbaren Gesichtspunkt aus betrachtet konnte sie es sich nicht leisten, sich mit ihm zu unterhalten, und es war die Wahrheit, als sie sagte, sie könne nur schweigend arbeiten. Doch in diesem Fall lautete die tiefere Wahrheit, daß sie vielleicht zuviel verraten hätte. Er würde, das konnte sie sehen, seinen Charme spielen lassen, ohne bewußt charmant zu sein. In den folgenden Wochen rief sie sich immer wieder in Erinnerung, daß sie nichts über diesen Mann wußte, außer daß er ein immens erfolgreicher Firmenchef mit einer Frau und Kindern war. Was sie zu ihm hinzog, war rein körperlich, fast eine chemische Reaktion, zumindest beschrieb sie es sich selbst gegenüber so – es war eine Frage der Hormone, ihr Kopf blieb dabei völlig unbeteiligt. Weder mochte sie ihn, noch mochte sie ihn nicht, sie kannte ihn ja nicht einmal, sie fühlte sich nur auf die oberflächlichste Art von ihm angezogen. Es war immer dasselbe bei ihr. Die wenigen Affären, die sie gehabt hatte, waren alle auf sexuelles Verlangen zurückzuführen, und wenn das befriedigt war, blieb nichts übrig. Manchmal dachte sie, sie sollte einen Mann vielleicht erst richtig kennenlernen, bevor sie ihrer offenen Begierde nachgab. Aber das würde ein

Ausmaß an Störung bedeuten, das sie nicht tolerieren konnte. Außerdem wollte sie nicht, daß Leute sie »kennenlernten«. Intimität, wahre Intimität, bei der es um Geist und Herz und Gefühl ging, war ihr ein Greuel. Das war, wie sie sich selbst eingestand, so unnormal, daß es besser war, es nicht zu erwähnen. Es verletzte die Menschen, und sie wollte niemanden verletzten oder kränken. Es war besser, so zu tun, als sei sie zu beschäftigt oder krank – alles, um solche Begegnungen nicht verlängern zu müssen.

Paul Mortimer war nur einer von mehreren Männern, zu denen sie sich auf dieselbe direkte Weise hingezogen gefühlt hatte, aber er war anders. Normalerweise konnte sie sofort sagen, ob das Objekt ihres Interesses auch an ihr interessiert war – sie brauchte nur ein Signal auszusenden. Aber in diesem Fall warnte sie sich selbst davor. Sie warnte sich auch noch vor etwas anderem: zu denken, daß *er* sich zu ihr hingezogen fühlte. Sie hatte Stunden damit verbracht, ihn genau zu studieren, und sah, daß das nicht der Fall war. Im Gegenteil, er schien sie mit etwas wie Geringschätzung zu betrachten, falls nicht sogar mit Verachtung.

Nachdem Paul Mortimer zurückgekommen war, um ihr Sams Päckchen zu bringen (eine Halskette aus Jade, zu ihrem Geburtstag), hatte sie Mühe, sich zu beruhigen. Sie stand an ihrem Fenster und beobachtete, wie er energisch die Straße entlangmarschierte, dann drehte sie sich um, um sein Porträt zu betrachten: Es war gut, eindrucksvoll, vielleicht das Beste, was sie je gemalt hatte, aber ob es ihm oder seiner Frau gefallen würde, war eine andere Frage. Wenn nicht, würde sie es behalten und sich weigern, das Geld dafür zu nehmen. Stunden später, als das

Licht draußen nachließ, tigerte sie durch ihre Zimmer, unfähig, sich zu setzen. Sie fühlte sich angespannt und kribbelig, und ihre Katze beschwerte sich lauthals, weil sie sich auf ihrem Schoß zusammenrollen wollte. Sie ging um diese Zeit nie aus dem Haus, nie, aber plötzlich griff sie sich ihren Mantel und lief die Treppe hinunter auf die Straße und hinüber auf die Heide und rannte fast zu den Teichen hinunter. Sie behielt das Tempo den ganzen Weg den Hügel hinunter bei und wurde erst langsamer, als sie den Pfad zwischen den Teichen erreichte. Dort blieb sie stehen, um die Widerspiegelungen der Häuser im dunkler werdenden Wasser zu betrachten. Etwas beherrschter ging sie den Hügel vor sich hinauf, bis sie oben angekommen war und ganz London unter ihr ausgebreitet lag, Unmengen von Lichtern, die sich wie ein Ausschlag über immer mehr Gebäude ausbreiteten. Tausende und Tausende von Menschen da draußen, hinter den Lichtern, hinter den Mauern, aus denen das Licht hervorstrahlte, und sie selbst allein, jenseits von ihnen allen, wie sie auf sie hinabblickte.

Was war mit ihr los? Sie ärgerte sich über sich selbst und war wütend darüber, daß sie sich so würdelos aufführte. Sie atmete tief durch, zog den Schal fester um ihren Hals und machte sich auf den Nachhauseweg. Sie begegnete niemandem. Es war jetzt fast dunkel, aber nicht pechschwarz, nicht wie die Nächte in Cornwall, als sie noch ein Kind war. Damals war die Dunkelheit, wenn kein Mond zu sehen war und die Sterne sich hinter Wolken verbargen, erschrekkend tief gewesen. Auf der East Heath Road fuhren Autos, die für noch mehr Licht sorgten und die Bäume immer wieder aufs neue in Helligkeit tauchten.

Sie war erschöpft, aber von was, konnte sie nicht sagen. Alles in ihr war aufgewühlt und aufgeregt. Wieder in ihrer Wohnung, fühlte sie sich etwas ruhiger, so wie immer, wenn sie zurückkam. Dann setzte sie sich mit einem Glas Wein vor den Kamin und aß zu Abend, die Katze ganz still zu ihren Füßen. Es war kaum hell genug, um das Dachzimmerbild in all seiner Lieblichkeit erkennen zu können, aber heute tröstete es sie nicht, anders als so viele andere Male, wenn sie unruhig gewesen war. Vielmehr machte es sie traurig. Sie erinnerte sich, daß das Bild, als sie noch ein Mädchen war und es zum erstenmal bemerkt hatte, friedlich gewirkt hatte, die hübsche Ecke eines Dachzimmers, aber auch nichtssagend, langweilig, sogar einschläfernd. Aber im Laufe der Jahre hatte sie dann etwas Triumphierendes darin gesehen, es drückte etwas aus, was nach größter Mühe erreicht worden war, und sie hatte es als aufmunternd empfunden. Jetzt änderte sie ihre Meinung aufs neue. Es war zweifellos ein Bild, das von Traurigkeit sprach, von einer sanften Sehnsucht, es war die Widerspiegelung eines schmerzenden Herzens. Sie konnte seine Bitterkeit nicht ertragen. Sie nahm es ab, fand ein sauberes Tuch und wickelte es ein. Es war so voller Herzschmerz. Sie wollte nicht, daß ein Bild ihr das Herz brach.

Am Morgen war das blasse Viereck, wo es gehangen hatte, deutlich zu sehen. Sie schaute sich nach etwas anderem um, das sie an die Stelle hängen konnte, und fand nichts, was die richtige Größe hatte. Der Nagel blieb leer, wie ein Vorwurf.

Paul Mortimer war ein aufmerksamer Mann. Als er noch ein Junge war, hatte sein Vater ihn mit einem Spiel für das trainiert, was er selbst war, Kriminalbeamter, und Paul hatte die Gewohnheit nie abgelegt, sich den Inhalt eines Zimmers zu merken, die Augen- und Haarfarbe eines Menschen, die Namen von Geschäften an der Busstrecke zur Schule. Das Spiel hatte ihm großen Spaß gemacht. Sein Vater wartete immer, bis sie ein Restaurant verlassen hatten, und nahm ihn dann ins Kreuzverhör: Wie viele Gäste waren dagewesen, wie viele Tische, wer hatte rechts und links neben ihnen gesessen? Er war gut in diesem Spiel und hatte seinen Vater immer wieder begeistert, auch wenn er dann doch nicht denselben Beruf ergriffen hatte – aber sein Talent hatte ihm gute Dienste geleistet, sowohl in der Armee als auch in seinem späteren Beruf.

Daher war es nicht weiter bemerkenswert, daß er bei seinem letzten Besuch in Lucasta Jenkinsons Wohnung sofort sah, daß ein Bild abgenommen worden war. Um in ihr Atelier zu gelangen, mußte er durch ihr Wohnzimmer gehen, und er wußte ganz genau, was sich darin befand, bis hin zu den Zeitschriften und Büchern (Gedichte, wie ihm aufgefallen war) auf dem niedrigen Glastisch vor dem Kamin und zur Farbe der hohen Kerzen in den gläsernen Kerzenständern auf dem Kaminsims. An der Höhe der Kerzen erkannte er, daß sie sie am Abend zuvor angezündet hatte – in einer Woche, so schätzte er, brannte sie die Kerzen zu Dreivierteln ab. Alles in diesem Zimmer war immer makellos sauber und ordentlich, nicht auf penible Weise, sondern es folgte einem angenehmen, künstlerischen Gefühl für Farbe und Arrangement, anders als ihr Atelier, das kahl und leer war und überhaupt nicht so, wie er sich ein Künstleratelier vorgestellt hatte.

Er hatte aus dem Unterschied zwischen den beiden Räumen geschlußfolgert – Schlußfolgerungen zu ziehen gehörte ebenfalls zu den Übungen seines Vaters –, daß Lucasta Jenkinson aus zwei Personen bestand, wie so viele Leute, hatte er festgestellt. Alles, was er je zu Gesicht bekam, war die Künstlerin, die Porträtmalerin, die Arbeiterin – eine Person, die abweisend, gewissenhaft, anspruchsvoll und genau war und keine Kommunikation mit anderen brauchte. Er hatte gesehen, wie sie sich in ihre eigene Welt zurückzog, in der er nur ein Objekt war. Aber er spürte, daß es auch noch eine andere Frau gab, die romantisch und an anderen interessiert war und Geschmack an Dingen fand, die weit außerhalb ihres Arbeitslebens lagen. Vielleicht hatte sie auch – aber das war geraten, und sein Vater hatte nichts dafür übrig gehabt, wenn der Wunsch Vater des Gedankens war – eine sinnliche Seite, die sie so sorgfältig verbarg, daß diese Gefahr lief, in Vergessenheit zu geraten. Als seine Frau Ailsa ihn gefragt hatte, wie er während der Sitzungen mit Miss Jenkinson zurechtkomme, hatte er gesagt, da gebe es nichts »zurechtzukommen«, es gebe nicht den geringsten Kontakt zwischen ihnen. Ailsa hatte die Stirn gerunzelt und ihm nicht geglaubt, aber er hatte das Gefühl, die Wahrheit gesagt zu haben.

Sie ging ihm voran, führte ihn in ihr Atelier und zu seinem Platz auf dem verhaßten Stuhl. Als sie am Kamin vorbeikamen, sagte er zu ihrem Rücken: »Wie ich sehe, haben Sie das Bild abgenommen.« Er bemerkte, wie sie einen kurzen Augenblick zögerte, bevor sie weiterlief und ihn zu seinem Platz führte, dann sagte sie, ja, das habe sie. »Wieso?« fragte er. »Ich fand es hübsch, obwohl es da, wo es hing, nicht richtig zu sehen war.« Inzwischen stand sie an ihrer Staffelei und er an seinem Stuhl, und sie schauten sich an. Sie konnte schlecht nicht antworten.

»Es überrascht mich, daß es Ihnen aufgefallen ist«, sagte sie, einen sarkastischen Ton in der Stimme, den er nicht mochte.

»O doch, es ist mir aufgefallen«, sagte er ziemlich scharf. »Zwölf auf zehn Zoll, würde ich sagen, das Innere eines Dachzimmers, enthält einen Korbsessel mit einem weißen Kissen und einem darüber geworfenen Mantel und einem dagegen gelehnten Schirm und einen kleinen Holztisch vor einem Fenster mit Gardinen, mit einem kleinen Blumenstrauß in einem Glas mitten darauf, und der Fußboden ...« Er konnte sehen, daß sie erstaunt war, als er kurz innehielt. »... der Fußboden ist, glaube ich, gefliest?«

»Ja, gefliest.«

»Aber es ist nicht von Ihnen, oder?«

»Nein.«

»Von wem dann?«

»Ich weiß es wirklich nicht.«

»Wieso haben Sie es abgenommen?« Würde sie sagen, daß ihn das nichts anging? Würde sie sagen, er solle jetzt still sein, sie müsse mit der Arbeit anfangen?

»Es war zu traurig geworden«, sagte sie. »Sind Sie soweit? Können wir anfangen?«

Er verschränkte die Arme wie immer, sah geradeaus, wie er es immer tat, und dachte über die mögliche Bedeutung dessen nach, was sie ihm so überraschend erzählt hatte. Nach ein paar Minuten legte sie den Pinsel hin und runzelte die Stirn.

»Etwas ist anders«, sagte sie. »Sie sehen anders aus.«

»Ich bin so wie immer«, sagte er. »Selbe Haltung, selbe Kleidung.«

»Nein, Sie sind nicht wie immer. Sie müssen etwas anderes denken.«

»Und das verändert, was Sie sehen?«

»Natürlich, in diesem Fall.«

»Nun, dann ist es Ihre Schuld.«

»Meine Schuld? Wieso?«

»Weil Sie gesagt haben, daß das kleine Bild Ihnen zu traurig wurde. Jetzt frage ich mich natürlich, auf welche Weise es traurig wurde und ob Sie selbst traurig sind, und falls ja, wieso. Es ist faszinierend, sogar beunruhigend.«

Sie errötete und wandte sich von ihm ab. »Wir müssen weitermachen, Mr. Mortimer. Es ist unsere letzte Sitzung.«

»Ich weiß. Ich will ja auch weitermachen. Es liegt an Ihnen. Ich kann leider nichts an meinem Ausdruck machen. Sollen wir es noch einmal versuchen?«

Er hatte das Gefühl, Herr der Lage zu sein, und das gefiel ihm. Bis jetzt hatte immer sie die Kontrolle gehabt, bei allen Sitzungen. Aber als sie, statt zu ihrer Staffelei zurückzugehen, ans Fenster trat und mit dem Rücken zu ihm stehenblieb, die Hände flach an die Scheiben gelegt, fragte er sich, ob er zu brüsk gewesen war, zu schroff. Er sah ihrem angespannten Körper an, daß sie um Fassung rang, aber alle Übungen seines Vaters halfen ihm nicht bei der Frage, was mit ihr los sein könnte. Als sie an die Arbeit zurückging, sah er, daß sie sehr blaß war, und wenn er sich nicht irrte, zitterte die Hand, die den Pinsel hielt. Keiner von ihnen sagte noch etwas. Was immer mit seinem Ausdruck nicht gestimmt hatte, schien sich verändert zu haben, oder sie hatte beschlossen, daß es nicht so wichtig war. Allmählich kehrte die Farbe in ihre Wangen zurück, und sie war offensichtlich wieder in das vertieft, was sie tat.

Es war etwas später als sonst, als sie aufhörte. »Fertig?« fragte er, behielt seine Pose aber noch bei. Sie nickte. Er stand vom Stuhl auf und reckte sich. »Ich weiß, ich bin selbst schuld, weil ich gesagt habe, der Stuhl sei in Ordnung. Aber es war eine Tortur. Vielleicht haben Sie das in meinem Ausdruck erkannt.« Es war ein Versuch zu scherzen, der jedoch scheiterte. »Nun«, sagte er. »Das war es also.«

»Ich werde es nächste Woche abliefern.«

»Kommen Sie doch zu meiner Geburtstagsparty. Bringen Sie es dann.«

»Nein, danke.«

»Gehen Sie nicht auf Partys, ist es das? Oder wollen Sie nur nicht zu meiner kommen?«

»Ich gehe nicht auf Partys.«

»Wie traurig, eine hübsche Frau wie Sie. Vielleicht würde es Ihnen gefallen.«

»Das glaube ich nicht. Sie haben Ihre Zeitung vergessen.« Sie bückte sich, hob seine *Times* auf und hielt sie ihm hin. Als er sie nahm, hätte er sie am liebsten mit der Zeitung an sich gezogen, aber er hielt einfach nur die Zeitung fest. Genau wie sie. »Tut mir leid«, sagte sie fast flüsternd.

Er fragte nicht, was ihr leid tat. »Das braucht es nicht«, sagte er und ließ seine Hand an der zusammengerollten Zeitung entlangwandern, bis sie die ihre berührte. Sie riß ihre Hand sofort zurück. Die Bewegung sagte ihm alles.

Aber so einfach war es nicht. Das Porträt wurde abgeliefert, und alle schienen es zu bewundern, aber Paul selbst fand es erschreckend und häßlich. Wenn das, was er sah, sein »Wesen« war, dann mußten die Leute ihn für grausam und herzlos halten – denn das sah er darin. Nein, sagte seine Frau, nicht grausam oder herzlos, aber »absolut entschlossen zu bekommen, was du willst, und das war schon immer so«.

Was er jetzt wollte, erkannte er zu seiner eigenen Überraschung, war Lucasta Jenkinson, die er eigentlich nie wiedersehen sollte. Genau das sagte er zu ihr, als er unangekündigt vor ihrer Tür auftauchte.

»Eigentlich sollte ich Sie nie wiedersehen«, sagte er zu ihr, »aber ich will Sie wiedersehen. Ich will Sie kennenlernen, ich will herausfinden, warum Sie traurig sind.«

»Ich habe nicht gesagt, daß ich traurig bin, Mr. Mortimer.«

»Doch, das haben Sie, *Miss* Jenkinson. Bei unserer letzten Sitzung waren Sie durcheinander wegen dieses Bildes, und Sie sagten …«

»Ich sagte, das Bild sei traurig geworden, nicht daß ich traurig war.«

»Aber Sie sind es, nicht wahr? Sie sind traurig.«

»Das hier ist peinlich …«

»Ja, ist es. Und ich bin verlegen. Aber die Verlegenheit wird mich nicht dazu bringen aufzugeben. Bitte, kann ich Sie nicht wenigstens zum Mittagessen einladen, als Dank für das Porträt?«

Es dauerte Wochen. Sie lehnte das Mittagessen ab, aber nach mehreren Anrufen und großer Überzeugungsarbeit seinerseits war sie einverstanden, eine halbe Stunde mit ihm auf der Heide spazierenzugehen. Sie sah ständig auf ihre Armbanduhr, aber er war entschlossen, nicht beleidigt zu sein. Er bestritt die ganze Unterhaltung und schaffte es, ihr Interesse zu wecken (so hoffte er zumindest), indem er ihr erzählte, welche Art Kunst er sammelte. Er mochte kühne, farbenfrohe Bilder – Matisse, Van Gogh, Derain – und hatte versucht, Werke junger Künstler zu kaufen, die im Stil der großen Fauvisten malten. Sie war nicht beeindruckt. Sie zuckte die Schultern und sagte, der Fauvismus habe seine Grenzen – er sei zu derb, zu vehement für ihren Geschmack. Farbe sei nicht alles. Sie fand es auch nicht richtig, daß er die Arbeiten von Künstlern sammelte, die im Grunde genommen Imitatoren waren. Originalität sei von größerem Wert. Er nahm an, daß sie dachte, er habe angeben wollen, und schwieg für den Rest des Spaziergangs; aber zum Schluß fragte er, ob sie wieder einmal spazierengehen könnten, und vielleicht weil sie das Gefühl hatte, zu schroff gewesen zu sein (vermutete er), stimmte sie zu.

Bald wurde ihr wöchentlicher Spaziergang zu einer regelmäßigen Einrichtung. Sie stellte ihm nie auch nur eine einzige Frage über ihn selbst, und als er einmal seine Frau und seine Söhne erwähnte, machte sie eine Geste, die zu bedeuten schien, daß sie nichts darüber hören wollte. Doch allmählich erfuhr er durch seine eigenen höflichen, aber beharrlichen Fragen, die vorsichtig, auf denkbar indirekte und subtile Weise gestellt wurden, viel über ihren Hintergrund. Manchmal lächelte sie leise, wenn sie antwortete, als wollte sie ihm zeigen, daß sie genau wußte, für wie clever er sich hielt. Ziemlich schnell war er sich absolut sicher, daß sein Instinkt ihn an jenem Tag der letzten Sitzung nicht getrogen hatte: Sie fühlte sich zu ihm hingezogen. Sie gingen nebeneinander her, ohne sich je zu berühren, aber ihr Körper war wachsam, empfänglich für seine eigenen Bewegungen – es fühlte sich wie ein Tanz an, und zunehmend diktierte er den Rhythmus und fühlte, daß sie reagierte, bewußt oder unbewußt. Sein Selbstvertrauen, sowieso ausgeprägt, wuchs.

Er hatte eine Wohnung, von der Ailsa, seine Frau, nichts wußte, obwohl er manchmal das Gefühl hatte, sie stelle sich bloß ahnungslos. Die Wohnung befand sich in den Remisen hinter der Devonshire Street, und selbst wenn er keine Geliebte hatte, ging er gelegentlich gern hin. Er liebte die Heimlichkeit, das Gefühl, sich verstecken zu können, jemand anderes zu werden. An einem Donnerstag, zwei Monate nachdem sie mit ihren regelmäßigen Spaziergängen angefangen hatten, nahm er Lucasta mit in diese Wohnung. Er schlug vor, daß sie sich, statt immer nur durch die Heide zu gehen, einmal zum Regent's Park vorwagen sollten. Sie nahmen ein Taxi und begannen ihren Spaziergang in der Nähe des Zoos und wanderten um den ganzen Park herum, bis sie am Clarence Gate wieder herauskamen. Sie blieb in der Erwartung stehen, daß er ein Taxi rufen würde, das sie nach Hause brächte, aber er sagte, vielleicht hätte sie Lust, die Wohnung zu sehen, in der er manchmal übernachtete, er könne ihr dort ein Glas Wein anbieten, bevor sie nach Hause fuhr, oder sie könnten hinterher, wenn sie Lust hätte, zusammen Essen gehen. Sie zögerte lange, der Verkehr donnerte vorbei, aber er unternahm keinen weiteren Versuch, sie zu überreden. Endlich nickte sie, und sie überquerten die vielbefahrene Straße und gingen zu seiner Wohnung. Sie war wachsam, dachte er, aber nicht nervös. Er schenkte ihr ein Glas Wein ein, und sie tranken schweigend. Eine einzige falsche Bewegung, und er wußte, er würde nie wieder eine Chance bekommen. Aber sie übernahm die Führung. »Nun?« sagte sie, stellte ihr noch nicht ganz leeres Glas ab und stand auf.

Es war eine seltsame sexuelle Erfahrung, anders als alles, was er bisher erlebt hatte. Sie irritierte ihn. Er hatte sich auf das Vorspiel gefreut, das Streicheln, das Berühren, aber das schien sie nicht zu wollen, sondern sie gab ihm deutlich zu verstehen, daß sie unverzüglich zum eigentlichen Akt kommen wollte. Hinterher hatte er das Gefühl, irgendwie gedemütigt worden zu sein. Er lag neben ihr und fühlte sich verwirrt, sogar bedrückt. Hatte er nicht gerade bekommen, was er gewollt hatte? Was er geplant hatte? Aber es war eben nicht, was er gewollt hatte, oder nicht *nur*. Es schien zu sein, was sie gewollt hatte, was sie ihm hatte gewähren wollen, und es war nicht annähernd genug. Er wollte sie vollständig kennen. Lucastas Körper war das Geringste von dem, was er wollte. Vielleicht hatte sie ihm erlaubt, in ihren Körper einzudringen, aber der Rest von ihr war fest verschlossen.

Bei diesem ersten Mal sprach keiner von ihnen, nachdem sie sich angezogen hatten. Aber als sie ging, lächelte sie, sagte »Danke« und nickte auf eine Weise, die er haßte, anerkennend mit dem Kopf. Er hatte das Gefühl, so behandelt zu werden, wie er selbst andere behandelt hatte, aber ehe er seine Empörung überwunden hatte und protestieren konnte, war sie schon weg.

Sie liebten sich nie in ihrer Wohnung. Der Gedanke, sagte sie, ließ sie zusammenzucken. Sie würde nicht mehr dort arbeiten können, wenn er in ihr Territorium eindränge. Er kam sich vor wie ein Tier, als sie das sagte.

Manchmal fuhren sie weg, nach Paris, nach Florenz, nach Rom, und durchstreiften die Kunstgalerien. Es waren gute Wochenenden, sie wirkte freier und schien ihm doch näher zu sein, und er konnte anfangen zu glauben, daß die Verschmelzung ihrer Herzen und Gemüter, die er sich so wünschte, eintreten würde. Er war länger mit ihr zusammen als mit jeder anderen Frau, außer seiner Ehefrau, und weit davon entfernt, ihrer müde zu werden, wurde seine Sehnsucht nach ihr immer intensiver. Er fing an zu denken, was immer undenkbar gewesen war: seine Frau, Ailsa, zu verlassen. Einmal deutete er das Lucasta gegenüber an und wurde so scharf zurückgewiesen, daß er gekränkt war. Dann fiel ihm auf, daß Lucasta allmählich kleine Bemerkungen machte, sie verbrächten viel zuviel Zeit miteinander. Sie sagte, ihre Arbeit leide darunter, sie sei nicht mehr konzentriert, und das mache sich bemerkbar. In einem Monat kam sie zweimal nicht in die Wohnung, obwohl sie sich verabredet hatten, und er war untröstlich und grübelte endlos. Eine furchtbare Angst, daß sie sich unmerklich aus seinem Leben zurückziehen könnte, so wie er sich aus dem Leben mehrerer Frauen zurückgezogen hatte, machte sich in ihm breit. Sie tat, worauf er selbst immer stolz gewesen war: Sie bereitete ihn schonend auf das Ende vor, bereitete ihn darauf vor, verlassen zu werden. Es war unerträglich.

Eine Zeitlang, mindestens ein paar Wochen, fragte

sich Lucasta, ob das, was sie für Paul empfand, allmählich Liebe wurde. Es war ein Wort, mit dem sie noch nie etwas hatte anfangen können und das sie immer mit Mißtrauen erfüllt hatte. Sie hatte ihre Mutter geliebt, aber das war eine so natürliche Liebe gewesen, daß es nie nötig war, ihre Bedeutung zu hinterfragen. Das, was sie für Paul empfand, war nicht so einfach zu definieren. Das körperliche Verlangen war stark gewesen. Das war es immer noch, aber dazu kam eine Wärme, eine große Zuneigung, die sie überraschte. Es war ein wenig wie das, was sie für ihren abwesenden Bruder Sam empfand. Nicht Liebe, aber eine tiefe Zärtlichkeit, ein Gefühl, daß eine Verbindung existierte, die nicht unterbrochen werden konnte. Aber es gab, wie sie mit der Zeit feststellte, noch ein anderes Element in dem, was sie für Paul empfand, das bei Sam nicht da war. Es war eine Vertrautheit, die nichts mit dem Körper zu tun hatte. Sie fühlte sich zunehmend *frei* mit ihm. Sie kontrollierte ihre Worte nicht mehr, schirmte ihre Gedanken nicht mehr vor ihm ab. War das Liebe?

Die Veränderung kam, während sie arbeitete. Zuerst bemerkte sie sie kaum. Ihre Gedanken schweiften ein wenig ab, und sie realisierte, daß sie die Frau, deren Porträt sie malte, anstarrte, als sähe sie sie nicht deutlich. Sie dachte an Paul, seine Arme, die sie an diesem Morgen umschlungen hatten, und daran, wie wohl sie sich in seiner Umarmung gefühlt hatte. Sie war gleich wieder vorbei, die Ablenkung. Lucasta riß sich zusammen und runzelte die Stirn und konzentrierte sich auf ihre Arbeit. Aber sie alarmierte sie, diese Störung: Es durfte nicht noch einmal passieren. Als es trotzdem wieder passierte, und zwar ernsthafter, als Bilder von Paul, Echos von Paul sich zwischen sie und ihre Arbeit schoben, war sie verärgert. Ihre Arbeit litt. Zweimal mußte sie einen Auftrag zurückgeben, weil sie unzufrieden mit dem war, was sie hervorgebracht hatte. Es machte sie zornig, erst auf sich selbst, dann auf Paul. Sie hatte das Gefühl, sich von ihm zurückziehen zu müssen, bevor er ihren Geist völlig vereinnahmte und sie an der Arbeit hinderte. Oder war er es wert? Wert, ihre Arbeit für ihn zu opfern? Und irrte sie sich vielleicht, wenn sie ihrer Beziehung zu Paul die Schuld daran gab, daß ihre Bilder schlechter wurden? Wäre das vielleicht sowieso passiert? Die Fragen nahmen kein Ende, und sie quälten sie.

Einen Teil ihrer Verwirrung besprach sie mit Paul – es wäre unmöglich gewesen, sie zu verbergen, wo sie sich so nahe gekommen waren. Er sagte, es schmeichle ihm, soviel Einfluß zu haben. Sie sagte, er verstehe die Panik nicht, die sie jedesmal empfand, wenn sie nicht richtig arbeiten konnte. Er fragte, ob die Malerei ihr wichtiger sei als er, und so wie er das fragte, lächelnd, glücklich, wußte sie, welche Antwort er erwartete. Sie antwortete nicht, aber er war so voller Selbstvertrauen, daß er ihr Schweigen als Zustimmung nahm. »Du weißt, daß ich dich liebe«, sagte er. »Du weißt, daß wir uns lieben, daß wir füreinander bestimmt sind. Kämpf nicht dagegen an.« Sie hätte ihm gern gesagt, daß er sie nicht verstanden hatte: Es war nicht die Liebe, die in Frage stand (obwohl sie auch da immer noch einige Zweifel hatte), sondern das, was die Liebe mit ihr *machte.* Sie war nicht mehr sie selbst, sie konnte sich nicht mehr in das Malen vertiefen, und das Ergebnis gefiel ihr nicht. Sie war verloren, trieb ziellos dahin, und er verankerte sie nicht so, wie das Malen es tat.

Dann mußte er geschäftlich verreisen, für einen Monat. Er bombardierte sie mit Anrufen und Briefen, aber trotz dieser häufigen Kontakte trat er in ihrem Leben mehr in den Hintergrund. Sie arbeitete wieder konzentriert, und ihre Erleichterung war gewaltig. Als er zurückkehrte, war alles anders geworden. Seine Macht war geschwunden, und als sie einmal geschwunden war, kam sie nicht mehr wieder. Sie war wieder ein eigenständiger Mensch und beabsichtigte, es zu bleiben. Falls er den Unterschied bemerkte, sagte er nichts. Er machte so weiter, als hätte sich nichts verändert.

Als sie ihren Entschluß gefaßt hatte, dachte sie sorgfältig darüber nach, was sie Paul zum Abschied schenken sollte. Sie wollte, daß er ein Andenken an ihre Gefühle für ihn hatte, etwas, was eine Bedeutung für ihn haben würde, wenn er den Schmerz überwunden hatte. Er hatte sie in den Monaten, die sie zusammen waren, glücklich gemacht, so glücklich, wie es ihr nur je möglich sein würde.

An dem Tag, von dem sie beschlossen hatte, daß es ihr letzter gemeinsamer Tag werden würde, sagte sie: »Erinnerst du dich, wie du darüber nachgedacht hast, ob ich traurig bin? Als ich dein Porträt gemalt habe?«

»Ja. Und du hast gesagt, du wärst es nicht.«

»Du hast mir nicht geglaubt.«

»Ich habe dich nicht gekannt. Jetzt kenne ich dich, zumindest so gut, wie du mir erlaubst, dich zu kennen. Du bist nicht traurig. Du warst es auch damals nicht. Nur gedankenversunken.«

»Doch, ich war traurig. Und ich werde es wieder

sein. Sie ist ein Teil von mir, diese Melancholie. Sie paßt zu mir. Ich arbeite dann besser.«

»Willst du mir damit irgend etwas sagen?«

»Ja. Ich will wieder allein sein, Paul. Es tut mir leid.«

Sie gingen am Kanal entlang. Sie hatte sich bewußt dafür entschieden, es ihm zu sagen, wenn sie draußen waren, in Bewegung. Aber jetzt blieb er abrupt stehen und zog sie ziemlich grob zu sich, so daß sie ihn ansehen mußte. »Laß den Quatsch!« sagte er. »Du willst nicht allein sein. Wir gehören zusammen, du weißt, daß es so ist, es ist lächerlich, es leugnen zu wollen. Als was willst du das hier darstellen? Als billiges Abenteuer?«

»Nein. Es war gut. Ich habe dir doch gesagt, du hast mich dazu gebracht, eine Weile nicht traurig zu sein.« Ein Mann auf einem Fahrrad wollte an ihnen vorbei, und Paul mußte sie loslassen, um ihm Platz zu machen. Sie ging weiter, mit schnellen Schritten, den Blick auf die Treppe ein Stück weiter vorn gerichtet, die sie zur Straße bringen würde. Plötzlich war ihr der Gedanke gekommen, daß Paul handgreiflich werden könnte.

Er holte sie mit Leichtigkeit ein, packte ihren Arm aber nicht noch einmal. Er wirkte atemlos, und sie warf ihm einen schnellen Blick zu. Sein Gesicht war sehr rot, und sie sah den dünnen Schweißfilm auf seiner Stirn. »Paul«, sagte sie und berührte leicht seine Hand. »Ich möchte dir etwas geben. Hier, in meiner Tasche. Ich möchte, daß du es dir ansiehst und versuchst, zu verstehen. Bitte. Nimm es.« Er nahm das Päckchen, öffnete es aber nicht. Gemeinsam gingen sie die Stufen hinauf. Ein Taxi kam die Straße entlang, und sie hielt es an und stieg, so schnell es ging, ein, weil sie fürchtete, er würde versuchen, ihr zu folgen. Aber das tat er nicht. Er stand einfach nur da, das Päckchen umklammert, und wirkte wie gelähmt und zu keiner Handlung fähig. Sie wußte, daß er entschlossen war, sie nicht gehen zu lassen. Er würde anrufen und schreiben, er würde bei ihr auftauchen und sie belagern. Es würde kein Entkommen geben. Sie konnte nur flüchten, vor ihm flüchten, ihre Wohnung aufgeben und irgendwo anders hinziehen. Sam war wieder im Land. Er hatte das Reisen satt und war nach Cornwall zurückgekommen. Sie konnte für den Anfang zu ihm gehen. Alles würde schnell organisiert werden müssen, ohne jedes Zögern. Sie würde auf eine Weise handeln müssen, die ihrer Natur völlig fremd war.

Aber sie fühlte sich der Aufgabe gewachsen.

Ailsa

Die Fahrt war so lang, daß nur jemand, der sehr entschlossen war, sie auf sich nehmen würde, und genau so sollte es sein. Ailsa wollte nicht, daß die wenigen Leute, die sich um sie sorgten, nach ihr sehen würden, sie wollte nicht gefunden werden und sich Vorträge darüber anhören, wie egoistisch sie war oder wieviel besser sie sich fühlen würde, wenn sie zuließe, daß man sich um sie kümmerte. Sie wollte herausfinden, ob sie allein leben konnte, nur auf sich gestellt. Allein die Möglichkeit, ohne die Hilfe anderer zurechtzukommen, war aufregend, aber sie konnte nicht erwarten, daß andere das verstanden. Für die, die sie kannten, war sie eine trauernde Witwe, verzweifelt über den Tod ihres Mannes: Sie *mußte* Unterstützung und Trost brauchen, bis sie damit anfinge, über die Tragödie »hinwegzukommen«. Die Wahrheit – daß Pauls Tod für sie keine Tragödie war – ließ sich unmöglich eingestehen.

Sie hatte sich für die Beerdigung sorgfältig angekleidet, weil sie fürchtete, die anderen Trauergäste könnten ihre Erleichterung bemerken und dahinterkommen, daß sie ganz und gar nicht gramgebeugt war. Natürlich war angesichts der Art von Pauls Tod eine gewisse Erleichterung zulässig. Die Floskel, es sei »am besten so«, war oft ausgesprochen worden, und von den Taktvolleren auch die Meinung, Paul hätte sich bestimmt ein schnelles Ende seiner Leiden gewünscht, zu seinem und zu ihrem Besten. Sie irrten sich, aber das brauchten sie nicht zu wissen. Paul hatte, ungeachtet seiner Leiden (und er hatte gesagt, die Schmerzen seien nicht so sehr schlimm), jede Minute Leben gewollt. Er hatte gewußt, daß sie frei zu sein wünschte und daß sie ihm seine Untreue vor all den Jahren nicht verziehen hatte. Sein Verhältnis damals hatte ihre Ehe zerrüttet, auch wenn sie nicht daran zerbrochen war, und mit der Vorspiegelung von Glück leben zu müssen war eine schreckliche Belastung gewesen. Eine Scheidung war jedoch nicht in Frage gekommen. Sie hatten das Thema nicht einmal angesprochen, keiner von ihnen.

Also hatte sie sich in Schwarz gekleidet und einen Hut mit Schleier getragen, aber sie hatte es mit dem Weinen nicht übertrieben. Ihr Kopf war während der ganzen Trauerfeier gesenkt gewesen und ihre Hände in der Art einer Büßerin gefaltet. Ihre Söhne, rechts und links von ihr, hatten eine ähnliche Haltung eingenommen, und einer von ihnen, natürlich Cameron, hatte ein paar Tränen hervorgepreßt und verstohlen wieder weggewischt. Sie war froh gewesen über diese Tränen, sie hatten die Familie irgendwie authentisch aussehen lassen und ihr geholfen, beherrscht zu bleiben, sogar als sie Lucasta Jenkinson gegenüberstand, die, da war sie sich sicher, keine Konfrontation in der Kirche beabsichtigt hatte – ihre Begegnung war rein zufällig gewesen, sie waren einfach nur zur gleichen Zeit an der Tür eingetroffen –, und als es dazu kam, hatte die Frau sich vorbildlich verhalten, hatte respektvoll den Kopf geneigt und war dann schnell gegangen. Sie hatte alt und müde ausgesehen, aber das war für Ailsa keine besondere Befriedigung gewesen. Das alles war lange her, das mit Pauls Verliebtheit, aber damals hatte Lucasta Jenkinsons Äußeres ihr zu schaffen gemacht (sie hatte sie nur einmal kurz gesehen, als sie das Porträt ablieferte). Es hatte ihre Verzweiflung verschlimmert, daß Lucasta nicht die Art von Frau war, bei der man davon ausgehen konnte, daß sie für Paul eine Versuchung war – nicht schön in irgendeinem herkömmlichen Sinn; wohingegen Ailsa, die nicht zu falscher Bescheidenheit neigte, genau wußte, daß sie selbst als schön galt.

Als Paul ihr von der Affäre erzählte, hatte sie das Porträt verbrannt. Die Demütigung, daß sie selbst Paul und diese Frau zusammengebracht hatte, war zu schmerzlich. Sie zitterte, als sie das Porträt in den Garten trug, in die hinterste Ecke neben der Backsteinmauer, und Benzin darüber goß, bevor sie ein paar Schritte zurücktrat und eine brennende Kerze darauf warf. Die Explosion und die hoch aufschießenden Flammen waren unglaublich befriedigend gewesen. Sie beobachtete, wie Pauls Gesicht verschwand und mit ihm Lucasta Jenkinsons Macht über ihn, hoffte sie zumindest. Das Porträt hatte sechs Monate im Haus gehangen, bevor sie herausfand, was vor sich ging, und sie hatte sich ihrer Ahnungslosigkeit geschämt. Die Affäre ging, nachdem sie davon wußte und das Bild verbrannt hatte, noch sechs Monate weiter, aber sie litt nicht mehr so sehr darunter – einmal eingestanden, einigte man sich auf bestimmte Bedingungen (so seltsam sie auch waren), und es gelang ihr, ihre Würde zu wahren. Sie hatte nicht wissen wollen, wann Lucasta Jenkinson London verließ und nach Cornwall zurückging und alles vorbei war, aber Paul hatte es ihr unbedingt sagen wollen. Sein Ausdruck war undurchdringlich gewesen. Er hatte sich sachlich und kühl gegeben, gleichgültig gegenüber seiner jetzt abwesenden Geliebten. Aber Ailsa ließ sich nicht täuschen. Zurückweisung war etwas, womit ihr Mann nicht gut umgehen konnte, und sie hatte all die kleinen Zeichen seiner Wut gesehen, dann seiner Verzweiflung und schließlich seiner Depression. Er hatte ihr sogar leid getan, wenn auch nicht leid genug, um ihm ihr Mitgefühl zu zeigen. Es war schockierend gewesen zu entdecken, daß die ganze Liebe, die sie so viele Jahre für Paul empfunden hatte, anscheinend verschwunden war. Sie verstand nicht, wohin sie verschwunden war, und erschrak über die Bitterkeit, die so plötzlich ihren Platz eingenommen hatte. Ihre Ehe hatte sich nie davon erholt, auch wenn sie nach außen hin intakt blieb. Falls Paul, nachdem Lucasta Jenkinson ihn verlassen hatte, andere Affären gehabt hatte, war es ihr egal. Die »Bedingungen« dafür, so weiterzumachen wie bisher, blieben dieselben.

Und dann wurde er krank. Er war damals zweiundfünfzig und arbeitete immer härter. Es gab verschiedene medizinische Untersuchungen – nachdem er tödlich lange gebraucht hatte, bevor er überhaupt einen Arzt aufsuchte –, und dann kamen mehrere Operationen und medikamentöse Behandlungen. Vor der zweiten Operation sagte er ihr, wie die Prognose lautete, aber sie hatte es schon nach der ersten geahnt. »Vier, fünf Jahre, wenn ich Glück habe«, sagte er. Letztendlich hatte er sieben, aber in den letzten achtzehn Monaten war die Lebensqualität schrecklich niedrig gewesen. Während dieser ganzen Zeit war er zu Hause. Sie hatte ihn selbst gepflegt, mit viel Hilfe, das stimmte, aber trotzdem war sie seine wichtigste Pflegerin gewesen, und er mußte seine

Tage nicht in einem Krankenhaus oder Hospiz beenden. Seine Dankbarkeit war groß, und er äußerte sie oft, aber ihre Hingabe war ihm auch ein Rätsel. Sie sah, wie sehr er hoffte, daß sie ihn immer noch liebte, trotz der Affäre mit Lucasta Jenkinson, und sie ließ ihn in dem Glauben. Es schien zu grausam, ihm zu sagen, daß sie nur aus Mitleid so handelte. Ihn zu Hause zu behalten, wo sie ihm ständig gegenwärtig war, gab ihr ein gutes Gefühl. Sie wußte, daß das ein schreckliches Eingeständnis war, aber schließlich legte sie es ja nur vor sich selbst ab.

Zwischendurch hatte sie damit gerechnet, er würde sie bitten, Lucasta Jenkinson zu kontaktieren und ihr zu sagen, daß er im Sterben lag, und sie hatte im Geist durchgespielt, was sie tun und sagen würde; aber er bat sie nicht darum, und sie war dankbar dafür. Einmal, nur ein einziges Mal, waren sie während der letzten sechs Monate dicht davor gewesen, auf eine Weise, wie sie es vorher nie gekonnt hatten, über das zu sprechen, was geschehen war. Er stand unter Morphium und wußte kaum, was er sagte, als er plötzlich die Stirn runzelte und sie zu sich winkte. »Erinnerst du dich an das Bild?« fragte er. Natürlich dachte sie, er meine das Porträt. »Du weißt doch, daß ich es verbrannt habe«, sagte sie. »Nein, nein, das kleine Bild«, sagte er. Sie hatte keine Ahnung, wovon er redete. »Das kleine Bild«, wiederholte er, »das kleine Bild.« Sie schwieg und ließ ihn weiterreden. »Habe es mir oft angesehen«, murmelte er. »Keine Ahnung, wieso sie es mir geschenkt hat.« Dann seufzte er. »Vielleicht, weil soviel Schmerz darin liegt.« Tränen traten in seine Augen. »So schwierig«, flüsterte er, »die Liebe, so schwierig, nicht wahr? Immer versuchen, immer sich bemühen und hoffen. Leer.

Wie das Zimmer.« Dann schlief er ein, und sie glaubte schon, er sei tot, so still lag er, so unmerklich ging sein Atem. Sie fühlte seinen Puls, aber obwohl er sehr schwach war, lebte er noch.

Am nächsten Morgen, nach einer guten Nacht, stand er für kurze Zeit nicht unter Morphium, und sie fragte ihn, was er mit dem »kleinen Bild« gemeint habe. Er schüttelte den Kopf und sagte, er müsse sinnloses Zeug geredet haben. Aber als er tot war, dauerte es nicht lange, bis sie das Bild fand, in einer Schublade in der Kommode neben seinem Bett, sehr sorgfältig in ein Stück Stoff eingeschlagen. Sie starrte es an, drehte es um und brachte es sofort mit Lucasta Jenkinson in Verbindung, obwohl es dafür keinen Beweis gab. Lucasta mußte es gemalt und ihm geschenkt haben. Wieso sonst hätte er es versteckt? Aus Wut darüber, daß er daran gedacht hatte, als er im Sterben lag, und es gewagt hatte, auch noch mit ihr darüber zu sprechen, hätte sie das Bild am liebsten auch verbrannt, aber die Wut ließ schnell nach, und sie schaute sich das Bild, das sie immer noch in Händen hielt, genauer an und versuchte zu entdekken, was Paul darin gesehen hatte. Seine Bemerkung ergab für sie keinen Sinn. Was hatte die Ecke eines leeren Zimmers mit Liebe zu tun? Paul redete nie über Liebe. Er hatte ihr nie direkt gesagt, daß er sie liebte, nicht einmal am Anfang. Er hatte »Du bist wundervoll« gesagt, er hatte »Ich liebe deine Augen« gesagt, er hatte gesagt: »Deine Haut ist so schön, es macht mich wahnsinnig, sie zu berühren.« Außergewöhnliche Komplimente, die ihr damals gefallen hatten. Sie hatte geglaubt, sie bedeuteten, daß er sie liebte. Aber er hatte es nie direkt gesagt. Ob er es zu Lucasta Jenkinson oder irgendeiner anderen Frau gesagt hatte, würde sie nie erfahren, aber sie bezweifelte es. Es entsprach nicht seinem Charakter, sich so vollständig zu offenbaren. Und doch hatte er im Sterben von Liebe gesprochen, von der Schwierigkeit zu lieben, von dem Bemühen, das damit verbunden war, und von der Leere in ihrem Herzen.

Sie zeigte das Bild niemandem. Zum Teil aus Angst, jemand könne es erkennen und ihr sagen, daß es tatsächlich von Lucasta Jenkinson war. Obwohl es ihr nicht sehr wahrscheinlich vorkam, daß Pauls Geliebte dieses Bild gemalt hatte: Es entsprach kein bißchen dem, was Ailsa über ihre anderen Arbeiten wußte – sie war schließlich Porträtmalerin, oder? –, und es war ihr lieber zu denken, daß es das Werk einer anderen Frau war (wieso einer Frau, nicht eines Mannes?). Jedenfalls wollte sie nicht, daß andere es sahen und ihr mehr darüber sagten, als sie wissen wollte, und sie versteckte es. Aber als ihre Abreise kurz bevorstand, packte sie es, einem Impuls folgend, ein. Es war klein, es war leicht, es paßte problemlos in das Deckelfach eines Koffers.

Das Meer war rauh, aber sie genoß die Überfahrt. Das Fährboot kämpfte sich sehr langsam durch die Wellen, und die Maschine machte einen so gewaltigen Lärm, daß sie das laute Tosen des Meeres übertönte. Ailsa blieb an Deck, wo die Gischt über sie hinwegsprühte, bis das Pier verschwunden war, und ging erst dann hinein. Der Fährmann sprach nicht mit ihr – sie hätte sowieso kein Wort verstehen können –, sondern starrte, das Ruder fest umklammert, nach vorn. Es gab keine weiteren Passagiere. Eine Menge Fracht, aber keine Passagiere. Eine halbe Stunde später spürte Ailsa, daß das Boot langsamer wurde und das laute Dröhnen der Maschine einen steteren Rhythmus annahm. Sie näherten sich dem Osten der Insel, wo der Hafen lag, geschützt vor den heftigen Winden. Der Fährmann deutete durch die gläserne Scheibe, als die Insel in Sicht kam, und sie nickte und ging für die letzten Minuten wieder an Deck.

Der Regen und die dichten schwarzen Wolkenbänke, die mürrisch über der ganzen Insel lagen, löschten fast jede Sicht aus. Sie konnte die Hügel, von denen sie wußte, daß sie da waren, kaum erkennen, und kein einziges Gebäude war sichtbar, bis auf die vagen Umrisse der alten Fischfabrik, in der früher einmal Heringe eingesalzen worden waren. Neben der Mole stand ein Lieferwagen, und als die Maschine des Bootes verstummte und nur das Geräusch des Windes blieb, stieg ein Mann aus dem Lieferwagen und kam auf sie zu. Er und der Fährmann wechselten ein paar Worte, und beide drehten sich um und starrten zu Ailsa herüber, die sich ihren Rucksack auf die Schultern hievte und ihre Taschen zusammensuchte. Keiner der beiden sagte etwas zu ihr, als sie unsicher auf die Mole trat, aber der Mann streckte die Hand aus, um ihr das Gepäck abzunehmen, und sie gab es ihm, weil sie fürchtete, sie könnte auf dem nassen Boden ausrutschen, wenn sie versuchte, zuviel auf einmal zu schleppen. »MacPhail«, sagte der Mann und verstaute ihre Sachen in seinem Lieferwagen. *»Tha droch shìde ann«*, sagte sie, um ihn zu verblüffen, aber entweder er verstand ihr Gälisch nicht, oder er hielt ihre Bemerkung für zu belanglos – natürlich war das Wetter schlecht, es lohnte sich nicht, darüber auch nur ein Wort zu verlieren.

Das Wetter blieb schlecht. Den ganzen ersten Monat hindurch regnete es ununterbrochen. Es war Juni, aber der Regen fiel, als wäre es tiefster Winter, in dichten Schwaden, die aus einem bleiernen Himmel herabprasselten. Zweimal am Tag ging sie aus dem Haus, zweimal am Tag wurde sie naß bis auf die Haut, trotz ihrer angeblich wasserfesten Kleidung. An den Vormittagen lief sie nach Osten, bis zur äußersten Spitze der Insel, an den Nachmittagen nach Westen. Es gab wenig zu sehen. Die Sicht blieb so schlecht, daß die Hügel immer noch nicht zu erkennen waren, und erst wenn sie das Meer erreichte, veränderten sich die Farben. Trotz des trüben Lichts sah das Meer silbrig aus, es hatte einen dumpfen, metallischen Glanz, und die Schaumkronen verliehen den Wellen, die auf dem Kieselstrand aufliefen, etwas Grandioses. Sie liebte es, dort zu stehen und einfach nur zu schauen. Allein das Tosen der Wellen verhinderte, daß die Szenerie unheimlich wirkte. Wenn sie sich schließlich umdrehte und das Meer hinter sich ließ, schloß sich die Stille aufs neue um sie herum, und sie war sich ihrer Schritte bewußt, die durch das dichte nasse Gras zischelten. Dann schauderte sie zusammen, aber nicht aus Angst. Das also bedeutete es, allein zu sein, abgeschnitten, auf sich selbst zurückgeworfen. Es war anders, als sie es sich vorgestellt hatte.

Die Kate hatte an Behaglichem nicht viel zu bieten. Sie war nur minimal modernisiert worden – es gab fließendes Wasser, eine Sickergrube für das Abwasser und einen kleinen Öltank im Garten, der den Brennstoff zum Heizen lieferte, ein Luxus für Inselverhältnisse. Aber die Böden waren aus Stein und ohne Teppiche, und die Möbel waren spärlich und unbequem. Im Schlafzimmer gab es ein (schmales) Bett; und im Zimmer unten, das gleichzeitig Küche und Wohnzimmer war, einen billigen Resopaltisch mit zwei Hockern darunter. Zwei schäbige Sessel standen vor dem Kamin, und das war alles, was es an Möbeln gab. Kein Kühlschrank, denn wozu brauchte man einen Kühlschrank, wenn es doch eine Speisekammer gab. Und keine Farbe. Die Wände waren aus Stein und nicht gestrichen worden – nicht einmal verspachtelt oder verputzt. Die Sessel waren aus Leder, das dunkle Braun beinahe schwarz vor Alter. Die Tischplatte war schiefergrau. Durch das kleine Fenster, mit schweren Fensterläden aus Holz, aber ohne Vorhänge, fiel kaum Licht. Im »Garten« gab es weder Blumen noch Sträucher, und der Rasen bestand eher aus Heidekraut als aus Gras. Ein Zaun umgab das Grundstück, stellenweise kaputt, und wo einmal das Tor gewesen war, klaffte jetzt nur noch eine Lücke.

»Wissen Sie, wo Sie landen werden?« hatte MacPhail sie gefragt, als er an jenem ersten Tag doch endlich den Mund aufmachte. Sie hatte genickt. Natürlich wußte sie das. Sie war als Kind oft hier gewesen, mit ihrer Familie, sie kannte sowohl die Kate als auch die Insel sehr gut. Aber die Leute kannte sie nicht mehr. Die meisten der Inselbewohner, die sie in den Ferien, vor vierzig Jahren, gekannt hatte, waren entweder gestorben oder aufs Festland gezogen. Früher hatten hier über hundert Menschen gelebt, jetzt war es nur noch ein Dutzend. MacPhail war der Sohn eines Fischers, der ihren Vater oft mit hinausgenommen hatte, das wußte sie, aber er erkannte weder sie noch ihren Namen, obwohl sie ihren Mädchennamen genannt und damit gerechnet hatte, daß er sich daran erinnern würde. Aber andererseits war es ihr ganz recht, für eine Fremde gehalten zu werden, und als er fragte, sagte sie nur, daß sie wisse, was sie in der Kate erwartete. MacPhail schien das zu bezweifeln. Sie sah, daß er sie aufmerksam beobachtete, als sie die Kate erreichten. Garantiert wartete er darauf, daß sie ein entsetztes Gesicht machte. Sie war nicht entsetzt. Er lud ihre Sachen ab und fuhr sofort davon, wahrscheinlich um die Neuigkeit von der Verrückten zu verbreiten, die sich hier niedergelassen hatte.

Niemand belästigte sie. Niemand kam vorbei, um zu sehen, ob sie etwas brauchte, oder um sie zu sich einzuladen. Die wenigen Menschen auf der Insel hielten sich für sich und erwarteten von anderen dasselbe. Es gab keinen Laden und keine Schule mehr, und die winzige Kapelle stand seit langem leer – seit einem Jahrzehnt hatte dort kein Gottesdienst mehr stattgefunden. Es hatte nie ein Krankenhaus gegeben, jetzt gab es auch keinen Arzt mehr. Wer krank war, mußte die Fähre zum Festland nehmen. Es gab eine einzige Farm, von der Kate aus gesehen auf der anderen Seite der Insel, aber sie wußte noch, daß sie diesen Namen schon vor Jahren nicht verdient hatte. Der Farmer war alt und konnte sich kaum noch um seine Hühner und Ziegen und das Stückchen Land kümmern, auf dem er Gemüse zog. Seine Frau war tot, die Kinder waren seit langem aus dem Haus, und er widersetzte sich störrisch, wenn sie versuchten, ihn dazu zu bringen, zu ihnen zu ziehen. Keine Touristen kamen, es gab nichts zu sehen und keine historischen Ereignisse, die hier stattgefunden hatten. Falls sich einmal Leute hierher verirrten, verschwanden sie ebenso schnell wieder. Selbst an sonnigen Tagen war es keine malerische Insel, sondern ein schroffer, windgepeitschter Außenposten mit einer Hügelkette als Rückgrat und ohne auch nur ein einziges Gebäude von architektonischem Interesse. Überhaupt war alles, was von Menschenhand gemacht war, häßlich.

Von Anfang an hatte sie sich einen festen Tagesablauf ausgearbeitet und hielt sich trotz des gräßlichen Wetters daran. Ihre Stimmung war nicht melancholisch, sondern hoffnungsfroh, obwohl sie nicht hätte sagen können, worauf sie hoffte. Sie steckte voller Energie und mußte sie irgendwie umsetzen, und so machte sie lange Spaziergänge in schnellem Tempo, obwohl ihre Gummistiefel so schwer waren. Sie ging direkt nach dem Frühstück, bestehend aus Porridge mit H-Milch, aus dem Haus, und wenn sie zurückkam, fing sie an, nicht nur Gälisch, sondern auch Italienisch zu lernen. Sie hatte Tonbänder und Bücher mitgebracht. Vor allem war sie entschlossen, das Gälische zu meistern, die Sprache ihrer Vorväter, auch wenn sie praktisch von niemandem mehr gesprochen wurde und sie nie in der Lage sein würde, sie anzuwenden. Wenn sie in der Kate die Sätze laut vor sich hin sprach, mochte sie ihren Klang; und wenn sie auf ihren Spaziergängen übte, indem sie laut Selbstgespräche führte, fühlten die Worte sich an, als seien sie Teil des Windes. Am späten Vormittag buk sie Brot mit Trockenhefe und manchmal Kekse, wie ihre Mutter sie gemacht hatte, aber sie brauchte dafür zu viele Zutaten, und sie wollte nicht schon jetzt aufs Festland zurückfahren, um ihre Vorräte aufzustocken. Sie kochte Suppen und Brühen für den Abend und genoß das Schälen und Schneiden von Zwiebeln und Kartoffeln und Möhren. Erst nach ihrem zweiten Spaziergang tat sich in ihrem Tag eine Lücke auf – sie wollte sich nicht schon um halb fünf ins Haus zurückziehen, aber es gab keine Alternative, also hörte sie Radio, obwohl der Empfang schlecht war, und machte das Beste aus diesen Stunden. Wenn nur der Regen aufhören würde, wäre alles anders, aber sie war nicht wirklich niedergeschlagen, als es immer weiterregnete. Sie hatte das Gefühl, sich auf etwas vorzubereiten und daß das Wetter sie genau dazu zwang. Unter diesen Umständen konnte sie nicht so tun, als ob. Sie mußte sich den Dingen stellen.

Jeden Tag, wann immer sie die Kate verließ oder wieder zurückkam, betrachtete sie das kleine Bild, das sie mitgebracht hatte, und fragte sich, ob sie es allmählich besser verstand. Es wirkte fehl am Platz an der steinernen Wand, an einen Nagel gehängt, den sie in einen Spalt zwischen den Steinen gezwängt hatte. An manchen Tagen konnte sie es fast nicht sehen.

Am 2. Juli hörte der Regen auf. Ailsa wurde früh wach und konnte sich das Licht zuerst nicht erklären – das ganze Zimmer war davon erfüllt, jede dunkle Ecke ausgeleuchtet. Sie setzte sich auf, schaute zu dem kleinen Fenster hinüber, dessen Läden sie offengelassen hatte, und sah, daß es eine einzige goldene Fläche war. Sie stand auf, durchquerte das Zimmer, lehnte sich auf die breite Fensterbank und sah hinaus, und da war die Sonne schon hinter den Hügeln aufgegangen, der Himmel ringsum von einem wolkenlosen Blau. Farben, von denen sie nicht gewußt hatte, daß sie existierten, tauchten auf den Flanken der Hügel auf, hier ein leuchtendes Grün, dort Streifen aus Weiß, große Flächen in einem satten Braun.

Es war, als sei sie in ein anderes Land versetzt worden. Auf ihrem Spaziergang fand sie winzige weiße Blumen im triefendnassen Gras, und als sie an einen See kam, klein und dunkel wie ein Bergsee, schwammen Küstenseeschwalben darauf, und Raben flogen darüber hinweg. Der Wald ringsum war voller Bäume, die sie kannte und von denen sie nicht gedacht hätte, daß sie hier wachsen würden, Birken und Weiden, Zitterpappeln und Eichen. Sie setzte sich eine Weile, sah zum Festland hinüber und entdeckte einen Berg, von dem sie glaubte, daß es der Ben Nevis war.

Sie verbrachte den ganzen Tag im Freien und genoß die Wärme und die Helligkeit. Sie sah etwas springen, etwa fünfzig Meter vor der Küste, und wußte, daß es kein Fisch war. Es sprang noch einmal, noch weiter draußen, und sie fragte sich, ob es ein Seehund sein konnte. Es gab niemanden, der es ihr hätte bestätigen können. Das Meer war ruhig, nur ein ganz leichtes Kräuseln bewegte seine Oberfläche. Sie lag auf dem Kiesstrand und ließ die kleinen Steinchen durch ihre Finger rinnen und merkte, daß sie lächelte. War das Glück? Würde es andauern? Konnte es andauern? Der Trick bestand darin, in der Gegenwart zu leben, die Erinnerungen fernzuhalten, sich zu weigern, an irgendeine Zukunft zu denken. Sie wollte reglos in der Zeit verharren, bis ihr Kopf leer wurde. Dann würde sie bereit sein, ihn wieder zu füllen: Er wäre unter ihrer Kontrolle.

Das hier war der Anfang.

Es dauerte eine Weile, bis sie sich an die Veränderung des Wetters gewöhnte. Sie hatte damit gerechnet, daß es ein kurzes Zwischenspiel bleiben würde, daß die Wolken bald wieder aufziehen und der Regen wieder einsetzen würde. Aber die Hitzewelle hielt an. Sie schwamm im Meer, auch wenn es bitterkalt blieb, und bekam allmählich eine schöne, gesunde Farbe. Ein oder zwei Leute tauchten an dem Strand auf, an den sie immer ging, blieben aber nicht lange. Sie wußte, daß sie beobachtet wurde und daß man Spekulationen über sie anstellte, aber abgesehen vom Austausch knapper Grüße kam niemand ihr zu nahe. Als ihre Vorräte zur Neige gingen, mußte sie die Fähre zum Festland nehmen, und auf dem Boot sah sie MacPhail wieder. Er nickte ihr wortlos zu und wandte ihr für den Rest der Fahrt den Rücken zu. Aber als sie mit ihren Einkäufen fertig war und mit vollem Rucksack und einer schweren Tasche in jeder Hand zur Fähre zurückwankte, half er ihr aufs Boot. »Sie werden jemanden brauchen, der Sie nach Hause bringt, mit all dem Kram«, sagte er sachlich. »Nein, ich laufe«, sagte sie. »Ich nehme mir Zeit, ich lasse eine Tasche an der Mole stehen.« Er antwortete nicht, aber als sie angelegt hatten, nahm er die Taschen und schwang sie auf seinen Lieferwagen. Sie fuhren schweigend zur Kate, er stellte ihr keine Fragen, und sie war dankbar dafür. »Danke«, sagte sie, als sie ihre Taschen einsammelte. »Jederzeit«, sagte er. »Ich wohne nur ein Stück die Straße rauf.« Sie wußte, daß das »Stück die Straße rauf« mindestens zwei Meilen weit war, auf der anderen Seite der Hügel. Sie hatte sein Haus gesehen, aus Feldsteinen, genau wie die Kate, aber mit einem Wellblechdach, umgeben von einem unordentlichen Garten voller alter Autos und Autoteile. Sie hatte auch seine Frau gesehen, eine drahtige kleine Person mit einem Kopftuch und einer Männerjacke, die ihr viel zu groß war. Sie hatten einen Hund, irgendeine Promenadenmischung, der wütend bellte, wenn jemand auch nur in die Nähe des Zauns kam, wie Ailsa auf einem ihrer Spaziergänge. Die Frau war herausgekommen, als sie das Bellen hörte, hatte sich aber beim Anblick von Ailsa – die winkte – sofort wieder umgedreht und war ins Haus zurückgegangen, ohne den Gruß zu erwidern.

Die einzige, die mit ihr sprach, war die Postbotin. Die Insel hatte kein Postamt mehr, aber an der Mole gab es einen Briefkasten, der zweimal die Woche geleert wurde, und die Frau, die das tat, lieferte auch die ankommende Post aus. Sie hatte ein Moped und tuckerte damit wichtigtuerisch über die Insel und hupte völlig unnötigerweise an jeder Kurve. Sie legte die Briefe nicht einfach auf die Schwelle – es gab keinen Briefschlitz in der Tür der Kate –, sondern bestand darauf, zu klopfen und sie ihr persönlich einen nach dem anderen auszuhändigen und sich über die Poststempel auszulassen. »Zwei aus London«, sagte sie beispielsweise. »Einer aus Südafrika, ach du meine Güte, das ist aber eine Leistung, es bis hierher zu schaffen.« Dabei starrte sie Ailsa die ganze Zeit an, ohne auch nur den geringsten Versuch, ihre Neugier zu verbergen. Sie war es auch, die fragte: »Lange hier? Oder vielleicht nur für den Sommer?« Ailsa lächelte und sagte, sie wisse es nicht. »Die Winter hier würden Ihnen nicht gefallen«, sagte die Postbotin. »Mir selbst gefallen sie auch nicht, und ich hab reichlich Erfahrung.« Auch sie wohnte »nur ein Stück die Straße rauf«, falls sie gebraucht würde. Ihr Haus, das wußte Ailsa, war ein Bungalow auf der anderen Seite der Insel, mit einem gepflasterten Zufahrtsweg und zwei Tongefäßen zu beiden

Seiten der knallroten Tür, der Garten vor dem Haus überwuchert von irgendwelchen robusten Sträuchern, die gelb blühten. Sie hieß Jeannie, Jeannie McKay, und war die einzige, die sich Ailsa namentlich vorgestellt hatte, außer MacPhail.

Die Briefe, die Jeannie brachte, fühlten sich wie eine Störung an: Appelle an ihr Pflichtbewußtsein, die ihr eine Last waren. Ihre beiden Söhne schrieben regelmäßig, oder vielmehr Cameron schrieb, und James' Frau schrieb, da James selbst zu faul dafür war. Aber seine Sorge war echt, sagte zumindest Melissa. »James hat schlaflose Nächte, weil er sich so um Dich sorgt«, schrieb Melissa. Cameron sagte nichts von schlaflosen Nächten, klang aber verärgert, als er fragte, wieso sie so »komisch« sein müsse und sich einfach auf diese gottverdammte schottische Insel abgesetzt habe. Es sei, so schrieb er, »völlig unnötig«, und Dad hätte nicht gewollt, daß sie dorthin fuhr. Da hatte er recht. »Dad«, also Paul, hätte sich über ihren Ruckzug garantiert lustig gemacht. Er hätte nicht einmal ansatzweise verstanden, was sie zu erreichen hoffte, indem sie auf die Insel fuhr.

Aber Paul hatte sowieso nicht viel verstanden, wenn es um sie ging, und das war ihre eigene Schuld. Sie hatte zugelassen, daß er sie in eine bestimmte Form preßte, und kein einziges Mal versucht, daraus auszubrechen. Es wurde von ihr erwartet, daß Haushalt und Mutterschaft sie glücklich machten und sie keine anderen Erfüllungen brauchte – eine durchaus übliche Erwartung im Jahr 1957, als sie geheiratet hatten. Und was hätte sie auch anderes tun können? Sie hatte keine Ausbildung, da sie Paul mit achtzehn geheiratet hatte. Eigentlich hatte sie nach Edinburgh gehen sollen, um moderne Sprachen zu studieren, aber dann hatte sie Paul kennengelernt, und alle Gedanken an ein Studium waren in den Hintergrund getreten. Sie wußte, wenn sie die Zeit zurückdrehen könnte, würde sie es noch einmal genauso machen. Sie wurde eine Soldatenfrau, was ständige Umzüge von einem Stützpunkt zum nächsten bedeutete, und dann kamen die beiden Jungen und die beängstigende Erkenntnis, daß sie sich wie in einer Falle und unzulänglich fühlte. Und wie hatte Paul darauf reagiert? »Unsinn, du bist einfach nur müde, kein Wunder, nach zwei Babys so dicht hintereinander.«

Er war immer ehrgeizig und entschlossen gewesen, nie mit Stillstand zufrieden – und sie konnte nicht mithalten. Als er die Armee verließ und in die Wirtschaft ging, änderte sich nichts an ihrem Gefühl der Unzulänglichkeit, aber immerhin gab es jetzt mehr Beständigkeit in ihrem Leben. Paul war kaum zu Hause, er arbeitete fast rund um die Uhr und überließ ihr die Erziehung der Jungen. Wenn er da war, führte er sich oft wie ein Tyrann auf, und sie brauchte all ihre geringe Energie, um ihre Söhne zu schützen. Damals, vermutete sie, hatte sie angefangen, die schreckliche Erkenntnis, nicht wirklich glücklich zu sein. Sie versuchte, es sich nicht anmerken zu lassen, und war vielleicht zu überzeugend. Sie beklagte sich nie bei Paul, sondern war im Gegenteil stolz darauf, die Rolle zu spielen, in der er sie sehen wollte, weil sie nicht wußte, was sie sonst hätte tun können. Kein einziges Mal kam ihr der Gedanke, daß sie vielleicht ein anderes Leben führen könnte – sie hatte viel zuviel Angst davor, allein zu sein, und war viel zu loyal, um sich einen anderen Mann zu suchen.

Von der Insel schrieb sie an Cameron und an James und Melissa, weil sie sich dazu verpflichtet fühlte. Sie achtete darauf, daß ihre Briefe fröhlich klangen, auch wenn sie nicht viel aussagten. Sie erzählte ihnen, wie schön die karge Insel bei Sonnenschein war und wie gut sie sich dabei fühlte, so viel draußen sein zu können. Aber sie lud sie nicht ein, sie zu besuchen, und sie schrieb auch nichts von einer Rückkehr nach London. Sie mußten sich damit zufriedengeben. Außerdem glaubte sie sowieso nicht, daß ihre Söhne oder ihre Schwiegertochter wirklich besorgt um sie waren – sie gaben sich nur besorgt, weil es sich gehörte, und vielleicht war es ihnen auch ein bißchen peinlich, daß sie sich so von allem zurückgezogen hatte. »Als nächstes wirst du noch religiös werden«, hatte Cameron gesagt, als sie ihm erzählt hatte, wo sie hinwollte. Aber nein, das würde sie nicht. Paul war der Katholik gewesen. Sie selbst hatte nie einen Glauben besessen.

Andere Briefe, die Jeannie im Lauf der Wochen brachte, waren problematischer und störten ihre Tage mehr. Einer, den Cameron ihr aus London nachschickte (sie hatte keinen offiziellen Nachsendeantrag gestellt), kam von Lucasta Jenkinson. Ailsa hatte fast damit gerechnet. Die Frau hatte die Kirche am Tag der Beerdigung schnell verlassen, aber irgendwie hatte Ailsa das Gefühl gehabt, es wäre nicht das letzte Mal, daß sie mit ihr zu tun haben würde. Daß sie auf der Beerdigung aufgetaucht war, hatte sie geärgert. Dieser Brief ärgerte sie noch mehr. Bevor sie ihn las, aber nachdem sie ihn geöffnet und die Unterschrift gesehen hatte, überlegte sie, worum es in dem Brief gehen könnte. Eine Entschuldigung? Das glaubte sie nicht. Es würde nicht zu dem passen, was sie von Lucasta Jenkinson wußte, sich Jahre später dafür zu entschuldigen, daß sie eine Affäre mit irgend jemandes Mann gehabt hatte. Worum konnte es in dem Brief dann gehen? Irgend etwas, das mit Paul zu tun hatte? Ein Tribut? Bedauern? Als sie ihn schließlich las, war Ailsa überrascht. Sie hätte wissen können, daß die Verfasserin diesen Brief geschrieben hatte, weil sie etwas von ihr wollte.

Drei herrliche Wochen, dann kamen die Wolken zurück, aber sie brachten keinen Regen. Wieder gab es dichte Wolkenbänke, jeden Tag, die den Himmel füllten und mit Grau überzogen, aber dann, gegen Abend, jagten sie davon, und etwa eine Stunde lang war der Himmel klar, und die Sonne ging prächtig in einem herrlichen Rot unter. An den meisten Tagen wehte der Wind vom Atlantik her, aber er wuchs sich nie zu einem Sturm aus. Ailsa änderte ihren Tagesablauf und paßte sich dem Wetter an. Sie ging immer noch jeden Vormittag spazieren, aber an den Nachmittagen setzte sie sich an ihre Sprachstudien, jetzt mehr Italienisch als Gälisch, und versuchte, etwas aus dem Stück Boden zu machen, das ein Garten sein sollte. Sie bezweifelte, daß irgend etwas wachsen würde, aber es machte ihr Freude, ein kleines Beet anzulegen: Das Umgraben und Umbrechen des Bodens half ihr beim Denken, mehr als die Spaziergänge über die Insel.

Sie dachte immer noch darüber nach, wie sie auf Lucasta Jenkinsons Brief antworten sollte. Eine Weile dachte sie, daß sie überhaupt nicht antworten würde – warum sollte sie? Die Frau hatte vielleicht Nerven; sie verdiente keine Antwort. Dann überlegte sie, daß es befriedigender wäre, eine extrem kurze Antwort zu schicken: Was Sie verlangen, kommt nicht in

Frage. Bitte hören Sie auf, mich zu belästigen. Aber das erschien ihr auch nicht angemessen, und je länger Ailsa den Brief vor sich herschob, desto schwieriger wurde es. Allmählich nahm das ganze Problem sie auf fast gefährliche Weise immer mehr in Beschlag – in ihrem Kopf wirbelten verschiedene Briefe herum, und die unterdrückte Wut machte sie beinahe krank. Immer wieder betrachtete sie das kleine Gemälde, das Lucasta Jenkinson unverschämterweise zurückverlangt hatte, und fing an, es zu hassen. Sie sollte es vernichten und dann schreiben, daß sie genau das getan hatte. Damit wäre die Sache erledigt. Es wäre gehässig, gemein, spießig, die Tat einer Vandalin, aber wieso sollte ihr das etwas ausmachen? Doch Paul hatte von dem Bild gesprochen, als er im Sterben lag, und etwas zu zerstören, das eine seltsame Macht über ihn gehabt hatte und das sie selbst angefangen hatte zu lieben, wäre fast ein Sakrileg. Sie würde antworten müssen.

Sobald sie den Brief in den Kasten an der Mole geworfen hatte, war ihr klar, wie unbefriedigend er war. Er war hitziger geworden, als sie es beabsichtigt hatte, alles andere als das höfliche, kühle kleine Briefchen, das sie hatte schreiben wollen. Während sie plante, was sie schreiben würde, hatte sie sich immer wieder ermahnt, ihre Gefühle unter Verschluß zu halten und vor allem nicht zu verraten, daß Paul noch im Sterben von dem Gemälde gesprochen hatte – das war eine absolut persönliche und kostbare Erinnerung, die nur ihr gehörte. Sie wünschte auch, sie hätte Lucasta Jenkinson nicht wissen lassen, daß das Gemälde tatsächlich in ihrem Besitz war. Es wäre so einfach gewesen zu behaupten, sie wisse nichts davon und hätte Pauls Sachen inzwischen alle weggegeben. Aber sie hatte zugegeben, daß sie das Gemälde besaß, und geschrieben, sie könne sich unter keinen Umständen davon trennen. Auch das hätte völlig gereicht, aber sie hatte den würdevollen Effekt dadurch verdorben, daß sie hinzufügte, sie sei zutiefst empört über Lucasta Jenkinsons Bitte und finde sie unverschämt. »Sie haben unsere Ehe zerstört«, hatte sie geschrieben, »und das kann ich Ihnen auch jetzt nicht verzeihen.«

Genau dieser Satz quälte sie immer wieder – er war lächerlich, unfair und kindisch. Paul war derjenige, der das »Zerstören« übernommen hatte, und was zerstört worden war, war bereits alles andere als perfekt gewesen. Ihr Stolz war verletzt worden, und am meisten hatte sie gehaßt, daß er ihr von der Affäre erzählt hatte – er hätte sich diskret verhalten können, wie er es, so vermutete sie, bei vorherigen Affären getan hatte. Aber nein, er hatte unbedingt ein Geständnis ablegen und sie dadurch demütigen müssen, und zu allem Überfluß hatte er dann auch noch »Bedingungen« gestellt, die alle etwas damit zu tun hatten, den Anschein zu wahren. Sie hätte seine Bedingungen ablehnen sollen, sie hätte sie ihm ins Gesicht schleudern und ihm sagen sollen, sie wolle die Scheidung oder zumindest eine offizielle Trennung. Aber sie war keine Frau, die allein überleben konnte, hatte sie zumindest gedacht.

Und so hatten sie hinterher weitergemacht, all die Jahre hindurch. Ihre Ehe hatte sich nie wieder erholt, nur eine Hülle war geblieben, auch wenn sie vielleicht solide wirkte. Und erst während Pauls Krankheit war ihr klargeworden, daß sie stärker war, als sie je geglaubt hatte, und mehr als bereit, viel zu spät, allein zu sein. Sie wagte allmählich zu denken, daß sie ein Leben führen könnte, das nichts mit ihm zu tun hatte. Sie wollte ihn nicht zurück. In ihrem Brief an Lucasta Jenkinson hatte sie diese unerquickliche Tatsache nicht erwähnt, obwohl sie es gerne getan hätte, und sie wußte, daß sie durch die Formulierung, ihre Ehe sei »zerstört« worden, den gegenteiligen Eindruck erweckt hatte. Die Frau würde denken, daß sie Paul immer geliebt hatte und ihre Empörung von der Eifersucht und dem Haß herrührte, die sie immer noch empfand. Aber das war es nicht – ihr Ärger kam daher, daß sie auf eigenen Füßen hätte stehen können, sie hätte Paul verlassen oder ihn zwingen können, sich zu entscheiden, und sie hatte es nie getan. Aber es gab noch eine andere Ursache für den Zorn, die sie nicht in den Brief hatte einfließen lassen, nämlich das Bild selbst. Lucasta Jenkinson hatte geschrieben, sie habe es Paul gegeben, damit er besser verstehen könne, wieso sie wieder allein sein mußte, und habe es seitdem immer bedauert, sich von dem Bild getrennt zu haben. Die Erinnerung daran ließe ihr schon seit Jahren keine Ruhe, und ihr sei klargeworden, daß sie es nie hätte hergeben dürfen. Es sei ein Geschenk ihres Vaters an ihre Mutter gewesen, das sie hätte behalten müssen. Paul habe seine Bedeutung wahrscheinlich nie verstanden, glaubte sie, und sie bezweifelte, daß es ihm überhaupt etwas bedeutet hatte. Wenn Ailsa das Bild zurückgeben könne, wäre das eine sehr großmütige Geste, die sie ihr hoch anrechnen würde.

Aber ich bin nicht geneigt, großmütig zu sein, hatte Ailsa beschlossen. Sie hatte das Bild liebgewonnen, wirklich lieb, und sich angewöhnt, es jedesmal zu betrachten, wenn sie die Kate verließ oder betrat, als wollte sie sich vergewissern, daß nichts sich verändert hatte. Der Sessel war immer noch leer, das Blumensträußchen leuchtete immer noch, das Fenster war immer noch geschlossen, die Gardine immer noch zugezogen. Winzige Einzelheiten fielen ihr auf, die sie vorher nicht bemerkt hatte – die Textur des Fußbodens, das Muster des Korbgeflechts –, aber immer noch hatte sie das Gefühl, daß die Atmosphäre sich ihr entzog. Hatte Paul durch das Bild wirklich etwas über seine Geliebte erfahren? Oder hatte sie recht, und er hatte nicht gesehen, was sie gesehen hatte? Manchmal, vor allem in den verregneten Wochen, wenn sie durch und durch naß nach Hause kam, war da eine Wärme, ein willkommen heißender heiterer Schein, an anderen Tagen war das Gefühl einer bedeutsamen Abwesenheit überwältigend. Sie wünschte sich, die Leinwand wäre größer und sie könnte mehr von dem sehen, was vor sich ging, um zu einem Schluß zu kommen, ob es ein glückliches oder ein trauriges Bild war. Es war unmöglich zu entscheiden.

Wie immer ihre Gefühle auch aussehen mochten, sie würde das Bild weder Lucasta Jenkinson noch sonst jemandem überlassen. Es gehörte ihr, und sie konnte damit machen, was sie wollte, fast eine Prüfung, wie sie sich verändert hatte.

Zum Glück trafen keine weiteren Briefe von Miss Jenkinson ein. Wochen vergingen, und immer noch nichts von ihr, und Ailsas Ärger legte sich. Als der Oktober kam und es immer früher dunkel wurde, war sie allmählich bereit, die Insel zu verlassen. Sie hatte die Kate für sechs Monate gemietet, mit der

Option, den Vertrag auf ein Jahr zu verlängern, aber sie hatte sich bereits entschieden, daß sie erreicht hatte, weswegen sie gekommen war, und gehen würde, bevor der Winter begann. Die Inselbewohner würden das als Niederlage werten, aber das war ihr egal – ihr reichte es zu wissen, daß es in Wahrheit ein Sieg war, über sich selbst. Sie fühlte sich gefestigt und voller Selbstvertrauen, glücklich, daß sie sich auf die Probe gestellt und bestanden hatte – die Erleichterung, niemandes Hilfe gebraucht zu haben, war groß. Sie hätte länger auf der Insel bleiben können, wenn auch vielleicht nicht gerade in der Kate, zumal, wenn sie ihre seltenen Ausflüge aufs Festland zu einer regelmäßigeren Einrichtung gemacht und sich selbst ein wenig mehr Abwechslung zugestanden hätte. Aber sie war stolz, daß sie niemanden gebraucht hatte, und sie wußte, daß sie sich bei denen, die sie beobachteten, einen gewissen Respekt verschafft hatte, weil sie sich so erfolgreich von der Welt ferngehalten hatte.

Der Oktober war wunderschön. Farn und Heidekraut überzogen die Hügel mit Schattierungen aus Bronze und Kupfer, die in der Sonne unglaublich leuchteten. Die ständige Veränderung des Lichts gegen Abend war fast dramatisch, als würden die Strahlen, die hinter den Wolken hervorschossen, von unsichtbaren Händen bewußt gelenkt. Morgens war es kalt und diesig, aber der Nebel, der sich an jeden Busch und jeden Strauch klammerte, war eine Heimstatt für diamantene Wassertropfen, die längs der Wege glitzerten. Nie war sie sich der Schönheit der Natur so bewußt gewesen, und nie hatte sie größere Ehrfurcht empfunden. Sie wollte diese Schönheit und was sie ihr bedeutete, was sie für sie getan hatte, irgendwie anerkennen und feiern. Langsam kristallisierte sich in ihr eine Idee heraus, was sie tun könnte.

An dem Tag, an dem sie die Insel verließ, brachte MacPhail ihre Sachen zum Fährboot. »Reichts?« sagte er. Sie lächelte nur. »Hab gleich gewußt, daß Sie keinen Winter durchhalten würden«, fügte er hinzu. Sie lächelte weiter – sollte er seinen kleinen Sieg davontragen. »Zurück nach London?« Plötzlich war er bemerkenswert neugierig für einen Inselbewohner. Sie nickte. Wieso sollte sie ihm von ihren Plänen erzählen? Er wollte sie als Stadtbewohnerin abstempeln, sollte er. Er stellte ihre Taschen ins Boot, und sie bezahlte ihn, aber er schien entschlossen, eine Unterhaltung zu führen, bevor sie abfuhr, und blieb stehen und starrte sie erwartungsvoll an. »Werden Sie zurückkommen?« fragte er, als die Maschine angelassen wurde. »Vielleicht«, sagte sie, »eines Tages, wenn ich es brauche.« Er war schon dabei, das Boot zu verlassen, zögerte dann und sagte, bevor er an Land sprang, als die Taue, mit denen das Boot an den Pollern festgemacht war, gelöst wurden: »Übrigens, Sie haben sich gut gehalten.«

Auf dem ganzen Weg zum Festland wiederholte sie seine Worte bei sich: Übrigens, Sie haben sich gut gehalten. Wie gut, würde sich zeigen.

Das Taxi, das sie für die Fahrt zum Bahnhof bestellt hatte, wartete am Pier. Sie setzte sich nicht neben den Fahrer, weil sie die Landschaft ohne Ablenkung genießen wollte. Aber der Mann wollte unbedingt reden und wies sie ständig auf Dinge längs der Straße hin, und sie dachte, wie schwer es werden würde, sich wieder an die Gesellschaft anderer Leute zu gewöhnen. Sie hatte das Geschick dafür verloren.

Als sie am Bahnhof ankamen, wäre sie froh gewesen, sie hätte nicht soviel Gepäck gehabt. Es gab in dem kleinen Provinzbahnhof keine Gepäckwagen, und sie mußte den Taxifahrer bitten, ihr die beiden schweren Taschen zu tragen, während sie sich mit dem Rest abmühte. Er tat es nicht gern – sie hätte eben doch mit ihm reden sollen –, und sie mußte einen Fünf-Pfund-Schein zücken, ein mehr als großzügiges Trinkgeld. Aber dann stellte er alles für sie in den Zug, und endlich war sie unterwegs, ihre Reise nach Hause hatte angefangen. In Glasgow anzukommen war beängstigend. Sie stand, umgeben von ihrer Habe, auf dem Bahnsteig, betäubt vom Lärm, nervös wegen der vielen Menschen, die an ihr vorbeihasteten, als ein Zug auf dem benachbarten Bahnsteig seine Passagiere ausspuckte. Sie versuchte, tief durchzuatmen, und redete sich selbst zu, ruhig zu bleiben, ganz ruhig, und versuchte, ein Bild von der Insel heraufzubeschwören, die sie verlassen hatte. Und dann sagte eine Stimme hinter ihr: »Kann ich Ihnen vielleicht helfen?« Sie drehte sich um und sah sich einem jungen Mann gegenüber, der mit einem schüchternen Lächeln auf ihre Taschen deutete.

Er schleppte fast all ihre Sachen in die Bahnhofshalle – sie selbst brauchte nur ihre Schultertasche und den Rucksack zu tragen – und organisierte einen Gepäckwagen für sie. Und war weg, bevor sie sich überschwenglich bei ihm bedanken konnte. Ihre Stimmung war wie verwandelt. Sie brauchte keine Angst vor der Rückkehr ins Stadtleben zu haben – in den angsteinflößenden Horden fremder Menschen gab es solche wie diesen hilfsbereiten jungen Mann. Später glaubte sie, daß sie in diesem Moment angefangen hatte, nicht mehr ganz so wachsam zu sein. Sie legte ihre Schultertasche und den Rucksack oben auf die anderen Taschen und schob den Gepäckwagen in Richtung des Bahnsteigs, von dem der Zug nach London abfahren würde. Sie kam nur langsam voran, da die Halle voll war, aber das machte nichts, sie hatte reichlich Zeit. Sie bemerkte kaum, was geschah. Alles, was sie spürte, war ein Stoß, als sich jemand zu dicht an ihr vorbeidrängte, und dann sah sie ihre Schultertasche, von ihrem Gepäckstoß heruntergerissen, in der Hand eines rennenden Jungen. Er war weg, bevor sie auch nur einen Schrei ausstoßen konnte. Keuchend versuchte sie, ihm zu folgen, aber das Gewicht des Gepäckwagens und die Menge, durch die sie sich ihren Weg bahnen mußte, ließen ihr keine Chance.

Der Bahnhofspolizist war mitfühlend. Er nahm sie mit in sein Büro, nachdem er ihr Gepäck der Obhut eines Kollegen anvertraut hatte, bot ihr einen Stuhl an, drückte ihr eine Tasse Tee in die Hand und versicherte ihr, daß ihr Zug erst in fünfunddreißig Minuten fahren würde. Als er sie aufforderte, ihre Tasche zu beschreiben und ihren Inhalt aufzulisten, fiel Ailsa ein, daß sie das Bild enthalten hatte. Abgesehen davon nur ein paar Muscheln, ein paar Vogelfedern und einen Strauß Heidekraut, den sie am Morgen gepflückt hatte. »Also nichts Wertvolles?« fragte der Mann. »Sie haben Ihr Geld, Ihre Kreditkarten, Scheckbuch, Schlüssel?« Ailsa tätschelte die Reißverschlußtasche, die diagonal über ihrer Brust hing, und nickte. Aber dann sagte sie: »Es ist nur, weil das Bild ...« »Ja?« fragte der Mann. Es war unmöglich, ihm zu erklären, was es ihr bedeutete. »Nichts«, sagte sie, »es ist einfach nur ein kleines Bild, an dem ich sehr hänge.« »Nun«, sagte er, »der Junge wird ein klitzekleines bißchen enttäuscht sein, wenn er die Tasche aufmacht – ich würde sein Gesicht gern sehen. Wahrscheinlich wirft er sie einfach weg. Wenn wir sie finden, schicken wir sie Ihnen nach, wenn Sie uns Ihre Adresse dalassen mögen.«

Er brachte sie höchstpersönlich zum Zug nach London und verstaute ihr Gepäck. Sobald sich der Zug in Bewegung setzte, schloß Ailsa die Augen. Sie sagte sich selbst, daß sie Glück gehabt hatte. Nichts Wichtiges war verlorengegangen. Aber noch während sie sich dessen versicherte, wurde ihr ganz merkwürdig zumute. War das Bild etwa nicht wichtig? Es war für Lucasta Jenkinson wichtig gewesen. Sie hatte es unbedingt zurückhaben wollen. Aber es war mehr als das. In den letzten Monaten, dachte Ailsa, hat es angefangen, auch mir etwas zu bedeuten. Und was? Sie war sich nicht sicher. Es war irgendwie zu einem Symbol geworden, entschied sie, für das, was sie auf der Insel versucht hatte, nämlich unabhängig und einfach zu leben. So wie ein Leben gelebt werden sollte, dem Bild zufolge. Was würde dieser Junge darin sehen? Nichts. Würde er es wegwerfen? Falls ja, wer würde es finden und wertschätzen?

Der Gedanke daran, was geschehen könnte, machte sie ganz traurig. Sie versuchte, sich nicht zu sehr aufzuregen und sich statt dessen vom Rhythmus des Zuges wiegen zu lassen. Sie war fast eingeschlafen, als der Schaffner kam und sagte, sie hätten einen Anruf vom Bahnhof Glasgow erhalten. Ihre Tasche sei in einem Mülleimer in der Nähe des Selbstbedienungsrestaurants gefunden worden, anscheinend mit allem, was darin gewesen sei. Es schien so ein glückliches Omen für die Zukunft zu sein. Ailsa lächelte, schlief tief und fest ein und wachte erst auf, als sie schon in London waren.

Gleich in den ersten vierundzwanzig Stunden mußte sie mit acht verschiedenen Leuten sprechen. Mit ihrer Schwester Fiona, mit Cameron, mit James, mit Melissa, mit ihrer Nachbarin Virginia, mit Virginias Mann Morton, mit ihrer Putzfrau Pat und mit Pats kleinem Sohn Ryan. Acht Menschen, die Zeit und Aufmerksamkeit und Antworten erwarteten, acht Menschen, die sie lieb und nett begrüßten und sie behandelten, als hätte sie gerade eine lange Krankheit hinter sich. Ihre Erleichterung kam unterschiedlich zum Ausdruck und war hoffnungslos fehl am Platz, aber unverkennbar ehrlich gemeint. »Du bist wieder zurück!« riefen sie, als wollten sie sie beglückwünschen, und sie fand es schwer zu ertragen. »Jetzt kannst du weitermachen«, sagten sie und strahlten sie an. »Womit?« hätte sie gerne gefragt, wußte aber sehr wohl, daß sie ihr Leben meinten. Ihr altes Leben. Ihr Leben, wie sie es mit Paul gelebt hatte – nur ohne ihn.

Fiona vor allem musterte sie aufmerksam. Sie hatte Paul nie gemocht, der ihr gegenüber immer gönnerhaft gewesen war und ihr das Gefühl gegeben hatte, ihre Arbeit als Sozialarbeiterin sei reine Zeitverschwendung. Manchmal hatte Ailsa gedacht, Fiona habe geahnt, was mit der Ehe ihrer Schwester passiert war, aber sie hatte nie offen gefragt, was los war, und Ailsa hatte nie das Bedürfnis gehabt, es ihr zu erzählen und Rat oder Trost zu suchen. Dafür standen sie sich nicht nahe genug. Aber jetzt, wo es ihr nicht mehr wichtig war, den Anschein zu wahren, war Ailsa eher bereit, die Wahrheit zu sagen. Und als Fiona sagte, wie gut sie aussehe, und fragte, ob das nur am gesunden Leben in der frischen Inselluft liege, sagte sie: »Eigentlich nein. Es liegt daran, daß ich auf meinen eigenen zwei Beinen gestanden habe und nicht umgekippt bin.«

»Aber du bist nicht der unabhängige Typ«, sagte Fiona. »Du bist von Daddy direkt zu Paul übergelaufen, weil du einen weiteren starken Mann wolltest, der dich auf Händen trägt.«

»Das ist nicht sehr nett, Fi.«

»Nein. Aber die Wahrheit. Männer sind nun einmal verrückt nach dir. Nach mir nicht.«

»Fiona, sei nicht so, so...«

»Gehässig? Pathetisch?«

»So selbstmitleidig. Ich wollte nie auf Händen getragen werden, wie du es ausdrückst. Ich hätte lieber das, was du hast. Du hast einen Beruf, du tust etwas Sinnvolles. Was habe ich je getan?«

»Sinnvoll? Dein verstorbener Mann war da anderer Meinung.«

»Wen kümmert es schon, was Paul gemeint hat. Ich weiß, daß es sinnvoll ist, und ich bewundere dich.«

»Quatsch. Wie könntest du? Wie kannst du mich bewundern, wenn ich meine ganze Zeit damit verplempere, Pflaster auf klaffende Wunden zu kleben, wie Paul es ausgedrückt hat, und zuzusehen, wie sie wieder abfallen?«

»Es hat keinen Zweck, mit dir zu reden, wenn du so bist, Fi.«

»Nein, hat es nicht, aber du wolltest ja sowieso nie mit mir reden. Nicht so, wie Schwestern miteinander reden sollten.«

»Ich weiß nicht, was Schwestern ›sollten‹. Aber es wäre nett, wenn wir könnten.«

»Wieso können wir dann nicht?«

»Dazu gehören immer noch zwei, Fi. Es liegt nicht nur an mir.«

»Doch. Ich sperre mich nicht dagegen, ehrlich zu sagen, wie ich mich fühle – du bist diejenige, du willst dich nicht *öffnen*.«

»Fi, bitte!«

»Da, siehst du – dein Gesicht, total abfällig.«

»Es ist nur dieses Wort ...«

»Dann benutze ich ein anderes. Du willst dich nicht mitteilen, du willst mir, deiner einzigen Schwester, nicht sagen, wie du dich wirklich fühlst.«

»Ich fühle mich gut. Besser als seit Jahren. Das ist die Wahrheit, das *ist* offen und ehrlich.«

»Nicht offen und ehrlich genug. Wieso bist du wirklich auf diese Insel gefahren? Ich erinnere mich nicht, daß du sie als Kind gemocht hättest, keiner von uns hat sie gemocht, nur Daddy. Du hast es gehaßt, hinfahren zu müssen, als du ein Teenager warst. Du wolltest lieber tanzen und auf Partys gehen, weißt du nicht mehr? Wieso bist du jetzt hingefahren, allein? Sei in dieser Frage offen und ehrlich, und ich glaube dir vielleicht, daß du es versuchst.«

»Das ist ermüdend, Fi.«

»Ehrlichkeit ist ermüdend, sie ist ein Kampf, aber es wird einfacher, wenn man sich erst einmal daran gewöhnt hat.«

»Und *das* ist oberlehrerhaft.«

»Siehst du, ausweichend wie immer, du hast Angst, mir zu zeigen, was dir Sorgen macht, wieso du so zugeknöpft bist. Erst das perfekte kleine Frauchen, und jetzt die würdevolle Witwe.«

Ailsa schaute ihre Schwester an und dachte, wie einfach es wäre, ihr zu sagen, daß sie sie haßte und nie wiedersehen wollte. Sie wirkte, wie sie immer wirkte, manisch, wild, kein bißchen so, wie eine Sozialarbeiterin wirken sollte – sie hatte überhaupt nichts Ruhiges und Kompetentes an sich. Größer als Ailsa, schwerer, mit einer Fülle von früher einmal roten und jetzt grauen Locken, die ihr schmales Gesicht beherrschten, erschien sie fast beängstigend. Paul hatte gesagt, sie sehe verrückter aus als manche ihrer verrückten Klienten, und die Jungen fanden, sie sehe aus wie eine Hexe. Ihre Kleider unterstrichen diesen Eindruck, immer schwarz oder dunkelblau, immer sackartig. Sie war, wie Paul, als er sie kennenlernte, entschieden hatte, »eine frustrierte Frau, wie sie im Buch steht«, und er hatte ihren Mann bedauert. Aber Ailsa hatte die Wahrheit gesagt – sie beneidete Fiona um ihren Beruf, das tat sie wirklich. Egal, was ihre Schwester selbst sagte, egal, wie sehr Paul sich über ihre »Wohltätigkeit« lustig gemacht hatte. Ailsa wußte, daß Fi ihre Arbeit leidenschaftlich liebte und daß sie sie gut machte. Vielleicht war sie in ihrem Privatleben unzufrieden, aber sie hatte ein Ziel, das Ailsa fehlte und nach dem sie sich sehnte.

»Vielleicht lerne ich es, mich zu öffnen, Fi, aber nicht heute, ein andermal, ich verspreche es.« Überraschenderweise lächelte Fiona und sagte, sie freue sich darauf, sie würde sie daran erinnern.

Niemand sonst verlangte, daß sie Rechenschaft ablegte. Ihre Söhne stellten nie auch nur eine einzige Frage nach ihrem Leben auf der Insel und schienen die Monate, die sie dort verbracht hatte, als Verirrung zu betrachten, die in Zukunft besser unerwähnt blieb. Virginia, die auf das Haus aufgepaßt hatte, wollte wissen, ob sie Fotos gemacht hätte, und war enttäuscht, als sie verneinte. Aber sie hatte ein paar Muscheln mitgebracht und gab sie Ryan, der sichtlich nicht sehr beeindruckt war, da es ganz gewöhnliche Muscheln waren, nicht annähernd so schön wie die, die seine Großmutter aus der Karibik mitgebracht hatte.

Als sie alle endlich losgeworden war und ins Bett gehen konnte, war sie völlig erschöpft. Sie hatte die Fähigkeit verloren, mit anderen Menschen zu kommunizieren, praktisch sogar die grundlegende Fähigkeit, überhaupt eine Unterhaltung zu führen. Ihre langen Pausen, während sie darüber nachdachte, wie sie die einfachsten Fragen beantworten sollte, waren den anderen ein Rätsel – sie konnte sehen, wie sie sich fragten, ob sie vielleicht eine Krankheit hatte, die sie so langsam werden ließ, oder ob sie einfach unhöflich war und sie ignorierte. Jede unschuldige Nachfrage kam ihr entweder zu einfach oder zu kompliziert vor, um darauf antworten zu können. Sie hatte fürchterliche Kopfschmerzen von all den vielen Stimmen, und als sie eine nach der anderen verstummten und ihre Familie und Pat und Ryan gegangen waren, konnte sie sie immer noch im Kopf hören – ein einziger tosender Lärm. Sogar als sie endlich allein in ihrem Schlafzimmer lag, erschien die Stille nicht vollkommen, es war nicht die dichte Stille der Insel. Der Verkehrslärm war zwar gedämpft, aber er war da, und es gab alle möglichen anderen Geräusche, die sie früher nie bemerkt hatte und die ihr jetzt entsetzlich laut vorkamen. Die Zentralheizung schickte in regelmäßigen Abständen ein Stöhnen durch den Heizkörper, das sie erschreckte, und irgendwo war ein Ticken, wie von einer Uhr (aber es gab keine Uhr), das sie nicht lokalisieren konnte. Als das Telefon klingelte, erschrak sie so sehr, daß ihr Herz einen Satz machte, und sie rannte hin, um dem schrecklichen Geräusch ein Ende zu bereiten, und nahm den Hörer von der Gabel.

Schon waren Entscheidungen zu treffen, und in ihrem Kopf schwirrten die Alternativen. Cameron fand, sie solle das Haus verkaufen. Es sei zu groß für sie, sagte er, und sie würde einen guten Preis dafür bekommen und könne sich eine Wohnung in London und ein Cottage auf dem Land kaufen und hätte immer noch Geld übrig. James fand, das Haus zu verkaufen wäre ein Fehler, sie solle es statt dessen vermieten, für ein Vermögen, was sie seiner Meinung nach schon hätte tun sollen, bevor sie auf die Insel gefahren war. Fiona rief an und fragte, ob sie vielleicht zu ihr ins Haus ziehen solle. Ihre Scheidung lag noch nicht sehr lange zurück, bald würde sie nirgends mehr wohnen können, weil das Haus verkauft und der Erlös zwischen ihr und ihrem Exmann geteilt werden sollte. Ailsa wollte über nichts davon nachdenken. Es gab auch keinen Grund dafür. Sie konnte sich Zeit lassen, aber niemand schien bereit, ihr diese Zeit zu geben. Es war, wie sie wußte, die erste Prüfung für ihr neues Ich: all diesen Leuten zu sagen, sie sollten sie in Ruhe lassen, ohne sie zu kränken oder vor den Kopf zu stoßen. Als sie darüber nachdachte, merkte sie, daß es ihr eigentlich egal war, ob sie sie kränkte oder nicht – schließlich waren sie es, die ihr zu nahe traten, indem sie so hartnäckig waren, so überzeugt davon, daß sie wußten, was am besten für sie war.

Sie hängte das Bild an die Wand am Fußende ihres Betts, wo es sich sofort wohl zu fühlen schien. Die Wand war nicht groß – ihr Schlafzimmer war lang, aber nicht breit, und die Schmalseiten waren wirklich schmal – und die hellgrau gemusterte Tapete paßte zu dem stillen Bild. Es sah, anders als an der Wand in der Kate, nicht fehl am Platz aus, und das Licht, das durch das Fenster in der Seitenwand fiel, schmeichelte ihm. Sie liebte es, morgens im Bett zu liegen und es bei Tageslicht zu betrachten, und abends streichelten die beiden Lampen rechts und links davon das Gemälde. Sie hatte angefangen zu verstehen, wieso es keine direkte menschliche Präsenz in diesem Zimmer gab – Menschen waren Störfaktoren. Man konnte innerlich nur ruhig sein, wenn keine anderen Menschen da waren. Aber wenn das in den Augen der Künstlerin so war, wie ließ sich dann irgendeine Art von Leben führen, außer, man zog sich ganz aus der Gesellschaft anderer zurück? Nicht einmal auf der Insel hatte sie das getan. Der menschliche Kontakt war minimal gewesen und nie tiefergehend, und vielleicht war das der Trick – aber falls ja, wäre das Leben dann nicht karg und lieblos?

In den Tagen nach ihrer Rückkehr, Tagen, die sie als sehr belastend empfand und von denen jeder damit endete, daß sie wegen absolut trivialer Dinge völlig aufgelöst war, dachte sie, »lieblos« sei vielleicht der entscheidende Hinweis. Sie war nicht ohne Liebe, Liebe in unterschiedlichen Graden und Ausprägungen, und es war die Liebe und die damit verbundene Notwendigkeit, Sorge für andere zu tragen, die ihrem Leben die innere Ruhe raubte, wie sie sie auf der Insel gehabt hatte. Sie liebte ihre Söhne. Sie waren erwachsene Männer, die sich schon vor langer

Zeit emotional von ihr entfernt hatten, aber sie war immer noch durch die Liebe mit ihnen verbunden und konnte sie nicht aus ihrem Leben verbannen. Vor allem Cameron, der ältere, zerrte mit seinen Argumenten und seinen Überredungsversuchen und seinem Beharren darauf, sie solle seinem Rat folgen, an ihren Nerven. Es war ganz besonders irritierend, wenn er seinen toten Vater ins Spiel brachte. »Dad hat gesagt, ich soll mich um dich kümmern«, betonte er, »und darauf achten, daß du nicht in finanzielle Schwierigkeiten gerätst, und ich sage dir, Mum, du mußt vernünftig sein und das Haus verkaufen und einen Teil des Geldes für dein Alter anlegen. Es ist das Vernünftigste, was du tun kannst, vertrau mir.« Sie hätte gern gesagt, daß es nicht um Vertrauen ging, sondern darum, daß er sie bevormunden und herumkommandieren wollte, wie sein Vater es getan hatte, und daß sie das nicht zulassen würde. Sie selbst trug die Verantwortung für sich und für das Haus und würde tun, was sie für das beste hielt, wenn sie soweit war. Aber das konnte sie nicht zu ihm sagen. Es hätte ihn verletzt. Er wollte, daß sie ihn für klug und verantwortungsbewußt und kompetent hielt, ein Abbild seines Vaters, so wie er ihn gesehen hatte.

Dabei war er kein bißchen wie sein Vater. Das hatte sie fast von Anfang an gewußt – schon als Baby hatte er nichts von dieser unverkennbaren Tatkraft gehabt, die James später an den Tag legte. Cameron war ein Träumer, wie sie selbst. Er lächelte viel und wollte allen gefallen, und genau diese Liebenswürdigkeit hatte Paul Sorgen bereitet. James war anders. Sie war ihm ein Rätsel, und seine Verwirrung über ihr Verhalten seit dem Tod des Vaters führte dazu, daß er sich in ihrer Gesellschaft unbehaglich fühlte.

Er versuchte, sich besorgt zu zeigen, und schreckte dann vor möglichen Konsequenzen zurück. »Ist mit dir alles in Ordnung, Mum?« fragte er immer wieder, aber es lag nichts Zögerndes in der Frage, und er erwartete unverkennbar, daß die Antwort ja lauten würde. Und dann sagte er kränkenderweise, obwohl sie wußte, daß die Kränkung nicht beabsichtigt war: »Vielleicht solltest du einmal mit Melissa sprechen, weißt du, dich ein bißchen mit ihr unterhalten.« Melissa hatte einen Psychologiekurs besucht, und James war stolz auf ihre fürsorgliche Ader. Nein, sagte sie so sanft wie möglich zu ihm, sie glaube nicht, daß sie ein Gespräch mit seiner Frau führen mußte, alles war völlig in Ordnung, er brauche sich keine Sorgen zu machen. »Tue ich aber«, sagte er mit gereizter Stimme, als sei sie mit Absicht schwierig. »Ich kann nicht aufhören, mir Sorgen zu machen. Melissa sagt ...« Sie dachte, wie schockiert Melissa wäre, wenn sie wüßte, wie weit sie sich von ihnen allen entfernt hatte, wie schnell sie sich mit Pauls Tod arrangiert hatte. Das mußte auf jeden Fall unausgesprochen bleiben.

Aber sie ging so weit zu sagen: »Mir geht es gut, James. Ich bin *gerne* allein.« Er tätschelte ihre Hand und lächelte. Sie hatte ein kleines bißchen Angst vor James. Allein seine Größe – er war über einen Meter achtzig groß und kräftig gebaut, genau wie sein Vater – schüchterte sie ein. Er schien in ihrem Haus nie richtig zu sein, Stühle wirkten zu klein und Zimmer zu voll, wenn er da war. Seine Heirat, in so jungen Jahren, mit Melissa war eine Überraschung gewesen, aber auch eine Erleichterung – sie hatte das Gefühl gehabt, daß Melissa, Amerikanerin und klug, den Platz einnehmen würde, den sie selbst nie adäquat ausgefüllt hatte. Falls hinter der überzeugend erwachsenen Fassade ein James verborgen war, der unsicherer war, als er sich gab, konnte sich Melissa darum kümmern. Keiner ihrer Söhne, das wußte sie, konnte den Platz des Vaters einnehmen, und sie war froh darüber.

In jenem ersten Monat, wieder in London, wußte sie nicht genau, ob es wirklich stimmte, daß sie gerne allein in dem Haus war, in dem die ganze Familie gelebt hatte. Es war völlig anders, als allein in der Kate auf der Insel zu sein. Hier lauerten an jeder Ecke Erinnerungen an jenes andere Leben, das Leben, das sie all die Jahre mit Paul geführt hatte. Natürlich beunruhigten sie sie. Die Erinnerungen an glücklichere Zeiten waren eindringlich und hartnäckig, und sie verstand nicht, wieso sie nicht auch tröstlich waren.

Das Haus, das sie immer geliebt hatte, fing an, ihr auf die Nerven zu gehen. Sie paßte nicht mehr hierher, sie war keine Frau, die ein großes Wohnzimmer voller Möbel wollte oder eine Küche, die für Familienfeste geeignet war. Cameron hatte recht, sie mußte es verkaufen und sich etwas Kleineres suchen, etwas viel Kleineres. Dann konnte sie all die Dinge loswerden, die angefangen hatten, sie mit ihrer Vergangenheit zu quälen. Sie konnte sich neue Sachen aussuchen, unbeeinflußt von Pauls Geschmack – und sie sah seinen Geschmack überall, egal, wohin sie schaute. Die Leute hatten es immer seltsam gefunden, daß Paul moderne Kunst sammelte. Ein solches Hobby (obwohl eigentlich ernster und teurer als nur ein Hobby) paßte nicht zu seiner Persönlichkeit als Mann der Tat, als ehemaliger Armeeangehöriger, bekannt dafür, in geschäftlichen Angelegenheiten rücksichtslos zu sein. Aber Ailsa hatte Pauls andere Seite von Anfang an gesehen und war überzeugt gewesen, sie repräsentiere den »wahren« Paul, das wirkliche Ich, das er anderen nicht zeigen wollte, damit sie ihn nicht für verweichlicht hielten. Manchmal hatte sie gehört, wie er log, wie er den Leuten erzählte, ein Gemälde, das er gekauft hatte, sei die Wahl seiner Frau gewesen. Vor allem, wenn es sich dabei um ein Gemälde von einer nackten Frau handelte. Es hatte ihr nichts ausgemacht, aber sie wußte sehr genau, daß sie nicht den geringsten Einfluß auf die Gemälde im Haus gehabt hatte. Ihr Einfluß zeigte sich nur in der Farbe eines Vorhangs oder im Muster eines Teppichs (eines Teppichs, den Paul nie gemocht hatte). Alles konnte weg, auch Pauls Kunstsammlung. Die Jungen konnten haben, was sie wollten, und der Rest konnte verkauft werden.

Zuerst aber mußte sie all die vielen Kommoden und Schränke durchsehen und alle persönlichen Dinge aussortieren. Diesbezüglich, da hatte Melissa recht, hatte sie tatsächlich in Verleugnung gelebt. Sie war auf ihre Insel gefahren und hatte alles so zurückgelassen, wie es war, und nur die Tür zu dem Zimmer ganz besonders fest zugezogen, das Pauls Arbeitszimmer gewesen war und in das er sich auch in den letzten Wochen seines Lebens gern in seinem Rollstuhl hatte fahren lassen. Sie spielte mit dem Gedanken, einen ihrer Söhne zu bitten, sich dieses Zimmer vorzunehmen, fürchtete aber, daß das, was sie vielleicht finden würden, das Bild von ihrem Vater als liebender Ehemann zerstören könnte. Sie mußte es selbst erledigen, schnell und sachlich. An einem dunklen Novembertag nahm sie eine Rolle schwarzer Mülltüten und ein paar große Pappkartons mit ins Zimmer und machte sich an die Arbeit. Sie fing mit dem Schreibtisch an. Er hatte sechs Schubladen, alle bis zum Rand gefüllt mit wohlgeordneten Papieren. Sie sah, daß auf dem Rand der Schubladen kleine Aufkleber klebten – »Versicherung«, »Auto«, »Aktien und Anleihen«. Das alles konnte an Pauls Steuerberater gehen, sie brauchte sich nicht damit zu befassen. Die sechste Schublade war abgeschlossen. Sie suchte nach dem Schlüssel, aber es schien keinen zu geben. Sie bezweifelte sehr, daß Paul diese Schublade im letzten Jahr seines Lebens geöffnet hatte – er hätte sich nicht mehr so tief bücken können und in seinen fast nutzlosen Fingern nicht mehr die Kraft gehabt, einen Schlüssel zu drehen. Sie würde das Schloß aufbrechen müssen. Aber als sie den Schreibtisch noch unschlüssig anstarrte, fiel ihr ein, daß Paul vor diesem einen anderen Schreibtisch gehabt hatte, der fast genau gleich aussah.

Sie hatten ihn in Camerons altes Zimmer gestellt, in dem dieser immer noch schlief, wenn er sie besuchte. Sechs Schubladen, genau gleich, und in der sechsten, der untersten, steckte zum Glück ein Schlüssel. Sie wußte, daß er passen würde, noch bevor sie ihn abzog und damit in Pauls Arbeitszimmer zurückging. Die Schublade enthielt Briefe, alle noch in ihren Umschlägen. Sie waren mit einfacher Schnur oder Gummibändern zu Bündeln zusammengefaßt. Einige waren von ihr. Beim Anblick der blaßgrünen Umschläge (sie waren sehr teuer gewesen, mit Seidenpapier gefüttert) wurde ihr ein bißchen schwindelig. Nur zwölf Briefe, die sie an Paul geschrieben hatte in den sechs Monaten vor ihrer Verlobung, als sie nach Schottland zurückgegangen war, um bei der Pflege ihres sterbenden Vaters zu helfen. Sie brauchte sie nicht zu lesen, um sich an den Inhalt zu erinnern. Sie waren voll von Einzelheiten über den Zustand ihres Vaters und von Beteuerungen ihrer Liebe zu Paul. Diese waren überschwenglich gewesen, wahrscheinlich peinlich überschwenglich. Sie war so leidenschaftlich in ihn verliebt gewesen, hatte sich so verzweifelt danach gesehnt, bei ihm zu sein, und geschworen, daß sie ohne ihn nicht leben konnte. Sie würde sie am späten Nachmittag im Garten verbrennen. Niemand würde sie zu sehen bekommen.

Eine kleine Sammlung von Briefen der Jungen, nur neun insgesamt, sechs von Cameron, drei von James, aus dem Internat. Vielleicht wollten die Jungen sie gerne haben, obwohl sie nicht sehr interessant waren. Sie waren sowohl an Ailsa als auch an Paul adressiert, aber Paul war derjenige, der sie aufbewahrt hatte, was jetzt rührend wirkte. Sie war sicher, daß Melissa viel in James' analphabetisches Gekritzel hineinlesen würde. Ein weiteres Bündel, ebenfalls dünn, von seiner Mutter, geschrieben auf den Kreuzfahrten, nach denen sie so süchtig gewesen war. Und dann das letzte Bündel. Es war versiegelt. Sie öffnete es: zwei Briefe. Schlichte weiße Umschläge, kühne Schrift. Sie konnten nur von Lucasta Jenkinson sein. Die Poststempel aus Cornwall waren klar und deutlich zu erkennen.

Noch vor einem Jahr hätte sie diese Briefe fieberhaft an sich gerissen, mit zitternden Händen, und jedes Wort verschlungen, während der Haß ihren Blick vernebelte. Sie hätte alles wissen wollen, jede kleinste Kleinigkeit, die diese Frau ihrem Mann geschrieben hatte. Hatte sie Paul angefleht, seine Frau zu verlassen und zu ihr zu kommen? Aber nein, so konnte es nicht gewesen sein, *sie* hatte *ihm* den Laufpaß gegeben. Paul hätte, was das anging, nicht gelogen. Aber wenn sie ihn verlassen hatte, wieso hatte sie ihm dann geschrieben? Weil er ihr geschrieben hatte? Die Antwort würde in diesen Briefen zu finden sein, oder zumindest Hinweise auf die Antwort. Garantiert hatte Lucasta auf Briefe von Paul reagiert. Was hatte er geschrieben? Hatte er sie angefleht, ihren Entschluß rückgängig zu machen? Hatte er gesagt, er würde seine Frau verlassen? Die beiden Umschläge in den Händen, die heiß vor Anspannung waren, verschwitzt sogar, spürte Ailsa das Gewicht der Entscheidung. War sie stark genug, auch diese Briefe zu verbrennen, ohne sie zu lesen? War sie stark genug, sie zuerst zu lesen? Mußte sie das tun? Konnte sie irgend etwas gewinnen?

Paul hatte sie aufbewahrt. Verschlossen. Versteckt vor ihr.

Cameron nahm den Verkauf des Hauses in die Hand. Er ging davon aus, daß sie die Interessenten nicht selbst herumführen oder auch nur anwesend sein wollte, wenn der Makler es tat, aber er irrte sich. Sie wollte wissen, wer ihr Haus möglicherweise kaufen würde, und sagte, sie würde immer dasein, wenn ein potentieller Käufer vorbeikam, um es sich anzusehen. Dem Makler gefiel das ebensowenig wie ihrem Sohn, aber sie blieb dabei. Alle Termine lagen am Nachmittag, außer an Samstagen und Sonntagen, wo sie mit fast jeder Zeit einverstanden war. Von dem Augenblick an, da das Haus beim Makler gelistet wurde, gab es viele Interessenten – sechs verschiedene kamen gleich am ersten Tag und danach nie weniger als zwei an einem Nachmittag.

Ailsa genoß es. Sie hatte (anders, als Cameron vorhergesagt hatte) kein bißchen das Gefühl, diese Leute seien »Eindringlinge«. Vielmehr fühlte sie sich absolut als Herrin der Lage und führte sie durchs Haus, als sei sie der Makler (der hinterhertrottete und gelegentlich auf etwas hinwies, das sie vergessen hatte). »Was für ein schönes Haus«, sagten alle an irgendeinem Punkt, meistens, wenn sie sie in den Wintergarten führte und sie die Terrasse und den Garten sahen. Alle fragten, wie lange sie hier gelebt habe, und wenn sie sagte, fast zwanzig Jahre, waren sie beeindruckt. Sie waren darüber informiert, daß sie Witwe war, und stellten folglich keine Fragen, die sie aus der Fassung gebracht hätten – sie suchte etwas Kleineres, jetzt, wo sie, wie alle wußten, allein war, das reichte. Angebote wurden schnell unterbreitet, so schnell, daß man ihr riet, noch abzuwarten, vielleicht würde sie dann sogar mehr bekommen, als sie ursprünglich verlangt hatte (Grundstückspreise stiegen in den 1980ern extrem an). Cameron fand, sie solle auf Käufer warten, die bar bezahlen und den Kauf innerhalb kürzester Zeit abwickeln könnten, ohne darauf warten zu müssen, daß ihr eigenes Haus verkauft wurde, und am Ende der zweiten Woche kam genau so jemand.

Sie war Französin, sprach aber ausgezeichnetes und fast akzentfreies Englisch. Sie war verheiratet und hatte drei kleine Kinder, aber sie kam allein, am Abend. Der Makler brachte sie zum Haus und ließ sie dann, wie vorher vereinbart, allein, damit Ailsa, die inzwischen an die unvermeidlichen Fragen nach Boilern und Zentralheizung gewöhnt war und das Gefühl hatte, alles darüber zu wissen, sie herumführen konnte. Die Frau, eine Mme. Verlon, Claudette

Verlon, stellte keine einzige dieser Fragen. Sie lächelte, blieb aber praktisch stumm, während sie von Zimmer zu Zimmer geführt wurde. Ailsa sah jedoch, daß ihre Augen hin und her huschten, und wußte, daß sie alles in sich aufnahm. Nach dem Rundgang standen sie in der Küche, und einem plötzlichen Impuls folgend, fragte Ailsa, ob Mme. Verlon ein Glas Wein wolle, während sie darüber nachdachte, ob sie irgend etwas noch einmal zu sehen wünsche. Das Angebot wurde angenommen. Ailsa schenkte zwei Gläser Weißwein ein, und sie setzten sich an den Tisch.

Es war zwei Wochen vor Weihnachten und schon seit vier Uhr dunkel draußen. Die Küche war nicht gemütlich – dafür war sie viel zu groß –, aber farbenfroh, mit einer schönen Tellersammlung in einem Geschirrschrank aus Kiefernholz. Mme. Verlon bewunderte die Teller, erkannte, daß einige aus der Provence stammten, und fragte, ob Ailsa Künstlerin sei. Ailsa schüttelte den Kopf. »Nein«, sagte sie, »ich habe kein Gefühl für Kunst. Mein Mann hat die meisten Bilder und auch das Geschirr gesammelt. Er hatte ein Auge dafür.« »Hat er auch das kleine Bild in Ihrem Schlafzimmer gekauft, Madame?« Ailsa starrte sie verwundert an. Sie waren nur ein paar Minuten in ihrem Schlafzimmer gewesen, und sie hatte nur eine einzige Lampe angeschaltet und mit keinem Wort auf das kleine Dachzimmerbild hingewiesen. Sie hatte nur den großen Schrank erwähnt (weil der Makler ewig sagte, sie müsse derartige »Merkmale« hervorheben). Mme. Verlon hatte ebenfalls nichts über das Bild gesagt und auf keinen Fall Zeit gehabt, es sich genauer anzusehen.

»Das kleine Bild?« wiederholte sie. »An meiner Schlafzimmerwand, gegenüber dem Bett?«

»Ja.«

»Wieso interessiert es Sie? Wieso ist es Ihnen aufgefallen?«

Mme. Verlon zuckte die Schultern und trank einen Schluck Wein. »Ich glaube, ich habe es erkannt«, sagte sie. »Es ist ziemlich wertvoll, nein?«

»Tatsächlich? Ich habe keine Ahnung. Ich habe es nie schätzen lassen.«

»Aber Ihr Mann hat es doch gekauft?«

Ailsa zögerte und wich Mme. Verlons Blick aus. »Nein. Es war ein Geschenk. An ihn.«

»Was für ein Glück er hatte. Es ist doch versichert?«

»Ich glaube nicht, nicht für sich genommen. Ich meine, nur als Teil der Hausratsversicherung.«

»Sie sollten es hüten wie einen Schatz, aber wahrscheinlich tun Sie das, sonst würde es sicher nicht in Ihrem Schlafzimmer hängen. Es bedeutet Ihnen etwas, ja?«

Wieder zögerte Ailsa. Sie merkte, daß sie errötete, und sagte hastig: »Ich weiß nicht. Ich bin mir nie sicher. Manchmal ja, manchmal nein. Meistens finde ich, daß es traurig wirkt.«

»Oh, das denke ich nicht, nein. Obwohl ihr Leben vielleicht traurig war.«

»Wessen Leben?«

»Das der Künstlerin.«

»Erzählen Sie mir davon!« Ailsa war plötzlich aufgeregt. Sie beugte sich über den Tisch und berührte die Hand der anderen Frau. »Ich habe immer wissen wollen, wer es gemalt hat und warum. Ich glaube, mein Mann hat auch nicht gewußt, von wem es stammt, und ebensowenig die Person, die es ihm geschenkt hat.«

»Sie war Engländerin, hat aber in Paris gelebt. Ich

habe einige ihrer Arbeiten gesehen. Ihr Bild ist einem ihrer Bilder sehr ähnlich, fast eine Kopie, aber ich glaube nicht, daß es eine Kopie ist. Ich müßte es mir genauer ansehen.«

Ailsa ging, um das Bild zu holen.

Mme. Verlon hielt das kleine Gemälde in der Hand und schaute es sich genau an. »Darf ich?« fragte sie und drehte es um, anscheinend, um den Rahmen abzunehmen. Ailsa nickte. Die Leinwand ließ sich leicht herauslösen. Mme. Verlon musterte die Rückseite. »Soviel ich weiß, hat sie ihre Arbeiten nur selten signiert«, sagte sie. »Es hat nichts zu bedeuten, daß dieses Bild keine Signatur hat. Ich glaube trotzdem, daß es echt ist. Ich glaube, daß es von Gwen John ist.«

»Lebt sie noch?«

»O nein, nein. Sie ist schon lange tot. Ich weiß nicht genau, wann sie gestorben ist, aber vor dem Krieg, glaube ich.«

»Hat sie in einem Zimmer wie diesem gelebt?«

»Ich glaube, ja. Sie war arm. Ihr Bruder, Sie kennen ihn sicher, Augustus John, war berühmter und viel reicher.«

»Und sie war seine Schwester? Wie seltsam. War sie verheiratet?«

»Nein.«

»Kinder?«

»Nein.«

»Sie war also einsam, es *ist* also ein trauriges Bild.«

»Ich weiß es nicht. Irgendjemand wird es Ihnen sagen können. Aber wenn ich recht habe, ist es wertvoll. Sie müssen gut darauf achten. Ich wäre froh, es gehörte mir, aber ich kann es mir nicht leisten, es zu kaufen, nicht im Augenblick, nicht wenn ich Ihr Haus kaufen will, was ich sehr gerne möchte, bitte.«

Der Verkauf ging sehr schnell und völlig problemlos über die Bühne, und Ailsa hatte nur einen Monat Zeit, sich etwas anderes zu suchen und die Möbel und alles andere zu verkaufen. Cameron, begeistert von der Summe, die das Haus eingebracht hatte, fand, seine Mutter solle zu ihm ziehen oder sich irgendwo anders einmieten, während sie »richtig« nach ihrem zukünftigen Zuhause suchte, aber Ailsa hatte sich bereits entschieden. Sie wollte reisen und brauchte nur eine Basis, bis sie ihre Wanderlust befriedigt hatte, und sie kaufte eine winzige Wohnung über den Makler, der den Hausverkauf abgewickelt hatte – ein Zimmer mit Küche und Badezimmer in einem der neuen Wohnblocks am Fluß. Ihre Söhne konnten ihre Wahl nicht nachvollziehen, mußten aber zugeben, daß es für eine Frau ihres Alters geeignet war. Es gab einen Aufzug und einen Portier, und alles war neu, so daß die Instandhaltung keine Probleme bereiten würde. Das Apartment würde für den Augenblick reichen und wäre leicht zu verkaufen, wenn ihre Mutter bereit war, sich endgültig irgendwo niederzulassen.

Sie erledigten den Umzug für sie. Es war nicht viel Arbeit, da sie kaum etwas aus dem Haus mitnahm. Die meisten Sachen, die in ihr *pied-à-terre* kamen, waren neu – ein neues (schmaleres) Bett, weil ihr bisheriges das ganze Zimmer ausgefüllt hätte; ein neuer kleiner Kieferntisch; zwei ziemlich unbequeme Rohrstühle – das war alles. »Nicht sehr viel Komfort, Mum«, sagte James. »Und wie wäre es mit einem Teppichboden?« Nein, sie wollte den weiß gefliesten

Fußboden lassen, wie er war. Sie würde sich irgendwann einen Teppich kaufen. Zum Glück hatte das Zimmer, obwohl es klein war, eine Menge Stauraum, geschickt hinter einer Zwischenwand versteckt, und Ailsas Kleider und Kartons paßten alle in diesen langen, schmalen Raum. Die Küche, in der man sich (im wahrsten Sinne des Wortes) kaum umdrehen konnte, war vollständig und vernünftig eingerichtet. Das Badezimmer ebenfalls. Sie hatte, so verkündete sie, alles, was sie brauchte.

Die Wände waren weiß, strahlend weiß. Alles in der Wohnung war weiß – Küchengeräte, Küchenboden, Bad, Badezimmerboden. Sie hatte bewußt eine weiße gewebte Baumwoll-Tagesdecke für ihr neues Bett gewählt und weiße Kissen für die Stühle genäht. Alles wirkte grell, was nicht überraschend war, das viele Weiß tat, wie sie zugeben mußte, ihren Augen weh. Es gab so viel Licht. Durch zwei große, doppelt verglaste Fenster flutete die Sonne in das Zimmer, wenn das Wetter gut war, und auch sonst fiel noch genug Licht herein. Es gab weiße Jalousien, aber sie hatte sie hochgezogen und beabsichtigte, sie nie zu benutzen – niemand, außer vorbeifliegenden Möwen, konnte hereinsehen, und sie liebte das Panorama, das sich vor ihr ausbreitete. Trotzdem würde irgendwann etwas mit dem Weiß geschehen müssen, um es ein wenig zu dämpfen. Vielleicht würde sie sich einen grünen Teppich kaufen und vielleicht einen bequemen Sessel, mit grauem Leinen bezogen. Sie würde sich Vorhänge zulegen, auch wenn sie sie nur selten zuziehen würde – es gab rechts und links der Fenster genügend Platz, um sie herunterhängen zu lassen. Sie würden das Weiß der Wände etwas dämpfen.

»Du brauchst Bilder«, sagte James. »Hast du nicht ein paar nette Bilder mitgebracht? Was ist mit den ganzen Bildern von Dad?«

»Ich habe eins mitgebracht«, sagte Ailsa.

Noch wohnte niemand in ihrem Block, obwohl die anderen Wohnungen alle verkauft waren, und anders als in der Kate auf der Insel fand Ailsa die Atmosphäre unheimlich. Die Leere unter ihr gab ihr das Gefühl, merkwürdig verletzlich zu sein, obwohl der Portier da war und im Haus wohnte und sie eigentlich sicher war. Wenn sie ihre Wohnung betrat, erschrak sie jedesmal – sie merkte, daß sie beim Anblick dieses unbekannten Raums die Luft anhielt. Überhaupt keine Erinnerungen. Keine Erinnerungen an ein früheres Leben. Alles, was sie mit der Vergangenheit verband, war das kleine Gemälde, das angeblich von einer anerkannten Künstlerin stammte, Gwendoline Mary John. So ganz allein, sah es an der weißen Wand verloren aus. Das Auge wurde in dem hellen Licht zu ihm hingezogen und verharrte dort, weil es die einzige Unterbrechung in dem vielen grellen Weiß nicht verlassen wollte.

Anders als Mme. Verlon ihr geraten hatte, hatte sie das Bild nicht zu einem Experten gebracht. Die Meinung der Französin reichte ihr, und sie hatte von ihr alles erfahren, was sie wissen wollte. Sie hatte es auch nicht eigens versichert – sie wollte nicht, daß irgend jemand anders es sah. Wenn sie aus Italien zurückkam, würde sie die Wand, an der das Bild hing, anders streichen lassen, beige vielleicht, dachte sie. Der Gedanke, daß sie hierher zurückkommen würde, zu dieser Einfachheit, die so anders war als die Vielfalt des alten Hauses, freute sie. Sie würde nie wieder überwältigt sein – dieses Zimmer war jetzt ihr Leben, auf das Nötigste beschränkt. Sie wollte nicht einmal, daß ihre Söhne in diesem Leben eine Rolle spielten, nicht so, wie sie es früher getan hatten. Sie war endlich frei von Verwicklungen. Wenn sie die Tür schloß, versicherte ihr das Bild, daß das die Wahrheit war.

Cameron und James hatten beide Schlüssel zu ihrer Wohnung, obwohl es dort nichts zu tun gab. Aber nicht nur in dem Bestreben, pflichtbewußt zu sein, sondern auch um zu sehen, was seine Mutter in der Zeit zwischen ihrem Einzug und dem Antritt ihrer Reise in der Wohnung gemacht hatte, fuhr Cameron gleich am ersten Wochenende hin, an dem sie weg war. Er hatte an den Sonntagen nicht mehr viel zu tun, seit er und Elspeth, mit der er fünf Jahre zusammengelebt hatte, sich getrennt hatten, und er vermißte die frühere Routine. Er schlief immer lange, ging aus dem Haus, um Zeitungen zu holen, kaufte Croissants, ging wieder nach Hause und aß und las, aber danach klaffte eine trostlose Lücke. Er überlegte, ob er mit irgendeinem Sport anfangen sollte, Tennis vielleicht, hatte aber noch nichts unternommen. Er hätte James besuchen können, aber er konnte Melissa nicht ertragen, die ihm ganz sicher ihre Interpretation davon, daß er wieder allein war, unter die Nase reiben würde: Seiner Schwägerin zufolge war er »bindungsunfähig«.

Er war in die Wohnung seines Vaters gezogen, hatte aber noch nicht entschieden, ob er dort bleiben würde. Die Existenz dieser Wohnung in den Remisen hinter der Devonshire Street war für sie alle eine

Überraschung gewesen. Als der Anwalt ihm und James davon erzählte, hatten sie sich sofort Sorgen wegen ihrer Mutter gemacht. Ahnte sie es? Würde sie gezwungen sein zu erkennen, was sie beide so lange vermutet hatten, nämlich daß ihr Vater andere Frauen gehabt und sie hierhergebracht hatte? Aber sie hatte nicht im geringsten verstört gewirkt. Anscheinend dachte sie, die Wohnung sei nur eine weitere kluge Investition von Paul gewesen, und es hatte gar keinen Anlaß gegeben, sie zu schützen. Ihre Mutter hatte immer Schutz gebraucht – sie kam ihnen zerbrechlich vor, abhängig von der Stärke ihres Vaters, und sie glaubten, daß ihn das manchmal gereizt hatte. »Um Himmels willen, Ailsa«, hatten sie ihn oft genug sagen hören, »kannst du nicht *einmal* eine eigene Meinung haben?«

Als er das erste Mal mit den Schlüsseln hinging, hatte Cameron sich gefragt, wie lange die Wohnung leergestanden hatte. Nach allem, was der Anwalt gesagt hatte, war sie während der Krankheit ihres Vaters mehrere Jahre lang vermietet gewesen, aber sie wirkte so verlassen, daß man glauben konnte, sie sei seit sehr langer Zeit nicht bewohnt worden. Es fühlte sich auch nicht an, als sei sie je etwas so Vulgäres wie ein Liebesnest gewesen. Alles darin war von einer klinischen Präzision – die Art, wie die Möbel arrangiert waren, die nüchternen Farben der Stoffe, die extreme Sauberkeit. Wen um alles in der Welt hatte ihr Vater hierhergebracht, um seine Lust zu befriedigen? Was für eine traurige Angelegenheit es gewesen sein mußte, in dieses kahle Schlafzimmer zu kommen, mit dem Bett mit der grauen, straff gespannten Tagesdecke. Kein Hauch von Wärme oder Farbe irgendwo, nichts an den Wänden, nicht einmal ein

Spiegel, nur glatte Schubladen und Schranktüren an einer der grau gestrichenen Wände.

Cameron nahm radikale Veränderungen vor, machte die Wohnung farbenfroh und behaglich, hängte Poster der Londoner Verkehrsbetriebe an die Wände und konnte die frühere Atmosphäre doch nicht bannen, nicht ganz. Er war froh, daß seine Mutter nie hiergewesen war, bevor es ihm gelungen war, sie, so sehr er konnte, zu verwandeln – es hätte sie aus der Fassung gebracht, sie hätte etwas gespürt. Bestimmt. Als er an jenem Sonntagnachmittag im Aufzug nach oben zur neuen Wohnung seiner Mutter fuhr, dachte Cameron, wie seltsam sie geworden war. Sie war nicht immer so gewesen. Sie war in ihrem Verhalten immer ziemlich konventionell gewesen, und er war immer stolz auf sie gewesen – sie sah von allen Müttern am besten aus, und er war froh, daß sie nie gearbeitet hatte. Sie war immer da, wenn er und James aus der Schule nach Hause kamen, eine tröstliche Präsenz. Hatten sie sie für selbstverständlich genommen? Wahrscheinlich ja, aber sie hatte durchaus glücklich gewirkt. Er hatte nie Probleme mit seiner Mutter gehabt, nie. Die Schwierigkeiten hatte es mit seinem Vater gegeben, mit ihm hatte er Auseinandersetzungen und Streitigkeiten. Seine Mutter war die Vermittlerin, auch wenn sie nicht immer erfolgreich war. Sein Vater war stark, dominant und entschlossen gewesen, jeden Streit zu gewinnen, in den er verwickelt war. Cameron hatte seinen Vater oft gehaßt.

Als erstes lief er zum Fenster, um die Jalousien herunterzulassen. Wieso hatte seine Mutter das nicht getan? Das Licht war unerträglich, so wie die Sonne durch die riesigen Scheiben fiel. Sie schien in der

Wohnung überhaupt nichts gemacht zu haben. Das Zimmer sah fast genauso aus wie beim letzten Mal, dem einzigen Mal, daß er es gesehen hatte, als er und James ihre Sachen gebracht hatten. Das Wort »steril« kam ihm in den Sinn. Er stellte sogar fest, daß diese Wohnung ihn an die heimliche Wohnung seines Vaters erinnerte. Das genaue Gegenteil des Zuhauses, das sie verlassen hatte. Nun, diese auf das Nötigste reduzierte Existenz schien das zu sein, was sie wollte. Es war wahrscheinlich ihre Art, mit dem Tod seines Vaters fertig zu werden, auch wenn sie noch so seltsam zu sein schien.

Er setzte sich einen Moment auf einen der Rohrstühle. Es deprimierte ihn mehr, als er sagen konnte, daß seine Mutter hierher zurückkommen würde – so hatte er sich das nicht vorgestellt, als er sie gedrängt hatte, das Haus zu verkaufen. Er hatte sie in einem anderen Haus gesehen, einem hübschen kleinen Reihenhaus in Chelsea vielleicht, in der Nähe von James und Melissa (und vielleicht in absehbarer Zeit auch von Enkelkindern, die sie beschäftigen würden). Aber vielleicht würde sie gar nicht von dieser Italienreise zurückkommen. Vielleicht würde sie jemanden kennenlernen – aber das war absolut unwahrscheinlich. Seine Mutter hatte seinen Vater angebetet. Niemand würde seinen Platz einnehmen können, sie würde nicht wollen, daß ein anderer Mann es auch nur versuchte.

Er würde die Jalousien unten lassen. Als er die Schnüre zu beiden Seiten festgebunden hatte, blieb er einen Moment mit dem Rücken zum Fenster stehen und schaute sich im Zimmer um. Sie hatte nur ein einziges Bild an die gegenüberliegende Wand gehängt. Es sah lächerlich aus, ein einziges winziges

Bild an einer recht großen Wand, genau in der Mitte, wie eine Zielscheibe. Er sah es an. Es war kein Bild, das er kannte. Die Wand schrie nach den farbenfrohen, dramatischen Bildern seines Vaters, nach denen von diesem Künstler, der wie Matisse malte, der Dreierserie, die er vor Jahren gekauft und die er so geliebt hatte. Dieses Bild, das seine Mutter ausgewählt hatte, war ein hübsches kleines Nichts, fast farblos, völlig unfähig, da, wo es hing, Eindruck zu machen. Wenn sie zurückkam, mußte er sie fragen, was ihr daran gefiel, wieso sie sich ausgerechnet dafür entschieden hatte. Vielleicht einfach, weil es ein Echo ihrer selbst war.

Es war anders, als nach Schottland zu fahren, auf die Insel. Damals war sie auch nervös gewesen, so ganz allein zu reisen, aber das hier war anders, es war das Ausland, und niemand war da, um ihr zu helfen, kein Paul, um alles zu organisieren. Nach Paris zu kommen war abenteuerlich genug – sie war erschöpft. Mit der Sprache zurechtzukommen machte ihr Kopfschmerzen, und nachdem sie sich gezwungen hatte, aus dem Hotel zu gehen und sich Notre Dame anzusehen, war sie froh, wieder in ihrem Zimmer zu sein. Sie aß auch dort, da sie sich einem Restaurant nicht gewachsen fühlte, und haßte sich für ihre eigene Feigheit. So ging das nicht. Sie sollte ihre Freiheit genießen, sich in ihrer neu gefundenen Unabhängigkeit sonnen, und was machte sie? Sie huschte verängstigt durch die Gegend und freute sich an nichts. Fast wäre sie wieder nach Hause gefahren.

Statt dessen gab sie sich alle Mühe zu analysieren, wovor sie Angst hatte, was sie so unsicher und nervös machte, wo sie sich doch, allein auf der Insel, so stark und selbstsicher gefühlt hatte. Es lag, zu diesem Schluß kam sie, an der Gegenwart anderer Menschen, daran, Teil einer Menge zu sein – es waren die Menschenmengen, die ihr zu schaffen machten. Wenn überall um einen herum Menschen waren, vor allem solche, die eine andere Sprache sprachen als man selbst, dann verstärkte sich das Gefühl der Isolation, der Einsamkeit. Ihr Geist war wie eine verschlossene Kassette, voll von Dingen, die auszubrechen versuchten, doch ein riesiger Wust von Trivialitäten blockierte den Mechanismus. Wenn sie eine stille Straße oder einen leeren Hotelflur entlangging, machten ihre eigenen Schritte ihr angst, unterstrichen ihre Einsamkeit. Sie fing an zu argwöhnen, daß sie merkwürdige Blicke auf sich zog, als zeigte sich dieser innere Tumult auf ihrem Gesicht und erschreckte die Leute, und sie gewöhnte sich an, beim Gehen den Kopf zu senken.

Einmal, im Jardin du Luxembourg, als sie ziellos zwischen den Statuen und Bäumen umherwanderte und eine alte Frau beobachtete, die die Spatzen fütterte, sprach ein Mann sie an. Er tauchte neben ihr auf und sagte auf französisch – aber sie verstand ihn –, er habe sich verlaufen und ob sie den Weg aus dem Park heraus zum Boulevard Saint Michel kenne. Sie sagte, ebenfalls auf französisch, nein, leider nicht. »Oh«, sagte er, »Sie sind Engländerin.« Er selbst war Amerikaner, sagte er, aber seine Großmutter war Britin gewesen oder vielmehr Waliserin. Er ging neben ihr her, bis sie das Observatorium erreichten und ein Hinweisschild zum Boulevard entdeckten, den er gesucht hatte. Er war jung, etwa in Camerons Alter, aus Ohio. Sie hörte höflich zu, während er erzählte, weswegen er in Paris war, und als er sich mit einem »Es war nett, mit Ihnen zu reden« verabschiedete, ging ihr auf, daß sie selbst kaum ein Wort gesagt hatte. Aber die Wirkung dieses minimalen menschlichen Kontakts war verblüffend. Sie merkte, daß sie sich unbeschwerter fühlte, und setzte sich auf eine Bank und tauschte Nettigkeiten mit einer jungen Frau aus, die dem Kind auf ihrem Schoß ein Lied beibrachte. Das Kind, ein Mädchen von vielleicht vier Jahren, beugte sich zu Ailsa und bezog sie in das Lied ein, und sie sang mit, und ihr Akzent brachte Mutter und Kind zum Lachen. Es war möglich. Sie würde nicht nach Hause fahren. Sie würde lernen, wie man als Frau allein, inmitten anderer, funktionierte.

Sie dachte öfter an Paul, als sie erwartet hatte, vor allem auf den Zugfahrten, wenn sie aus dem Fenster sah, halb in Trance, während die Landschaft an ihr vorbeiflog. Hatte sie ihn geliebt? Hatte sie ihn wirklich gekannt? Sie hatte all die Jahre mit ihm gelebt, und in den meisten waren sie sich nah gewesen, und doch gab es geheimnisvolle Nischen in seiner Persönlichkeit, die nie zur Sprache gekommen waren, Dinge, die nicht zu dem paßten, was sie über ihn wußte. Lucasta Jenkinson und ihre Macht über ihn. Sexuell? Möglich. Hatte sie selbst also in dieser Hinsicht versagt? Es irritierte sie über alle Maßen, daß sie immer noch ständig an dieser Wunde herumkratzte und nicht zuließ, daß sie heilte, während sie sich selbst versicherte, daß sie längst ausgeheilt war. Sie war vierundfünfzig Jahre alt, Paul war seit einem Jahr tot, und doch quälte sie sich auf dieser Europareise mit Fragen, die nicht beantwortet werden konnten. Sie mußte nach vorne sehen, nicht zurück. Aber als sie sich darum bemühte, nach vorn zu blicken, war in ihrem Bild von der Zukunft kein Platz für einen anderen Mann. Sie wollte keinen anderen Liebhaber oder Ehemann, auf gar keinen Fall. Sie wollte nie wieder vereinnahmt werden, auch wenn das Sicherheit und Vertrautheit bedeutete. Sie mußte sich an den Entschluß halten, den sie auf der Insel so erfolgreich gefaßt hatte: sie selbst zu sein, niemandem verpflichtet. Es mochte nicht zu der Frau passen, die sie war, oder zu der Art von Frau, zu der das Leben mit Paul sie gemacht hatte, aber es war das, was sie wollte.

Ailsa hatte die Briefe mitgenommen. Sie lagen unten in ihrer Tasche. Hin und wieder holte sie sie hervor und fragte sich, ob sie bereit war, sie zu lesen (falls sie sich je dazu entscheiden sollte). Jedesmal ging sie nur so weit, die Umschläge zu befingern und sie dann wieder zurückzulegen. Sie war nicht bereit. Nicht bereit in Paris, nicht bereit in Venedig, nicht bereit, egal wo, bis sie Florenz erreichte. Sie wohnte in einer *pensione*, von der man ihr erzählt hatte, in der Nähe von Fiesole, und die kleine Villa und das Dachzimmer, das man ihr gegeben hatte, hatten etwas so Fröhliches, daß sie sich zunehmend optimistisch fühlte und dachte, jetzt sei es an der Zeit, dieses Gespenst zur Ruhe zu betten.

Sie saß auf der Terrasse, zwischen großen Kübeln mit leuchtend roten Blumen, trank ihren Morgenkaffee und kramte die Briefe hervor. Wie immer sie sich entschied, sie würde sie nicht wieder in die Tasche zurückstecken. Sie würde sie vernichten, gelesen oder ungelesen. Was hatte Paul gesagt? Über die Liebe, wie schwer sie war? Es schockierte sie, daß sie sich nicht mehr genau erinnern konnte. Es hatte etwas mit dem kleinen Bild zu tun gehabt. Er hatte gewollt, daß sie es sich ansah, daß sie verstand. Sie hatte es sich angesehen und nicht verstanden.

Sie öffnete den ersten Brief und las ihn und ließ den zweiten ungelesen liegen. Es hatte sie nicht verletzt und auch nicht verärgert, Lucasta Jenkinsons Worte an ihren toten Ehemann zu lesen. Die Worte waren belanglos. Die von Paul hätten vielleicht mehr bedeutet, aber die Briefe seiner Geliebten berührten sie in keiner Weise, nicht auf diese zeitliche Distanz. Soweit Ailsa es verstand, versuchte Lucasta Jenkinson, Paul davon zu überzeugen, daß sie sich nie wirklich geliebt hatten, daß das, was zwischen ihnen gewesen war, nur körperliche Leidenschaft war, die sich nun verbraucht hatte. Er liebe seine Frau, schrieb sie, sah er das denn nicht? Anscheinend nicht, sonst hätte es nicht mindestens noch einen weiteren Brief gegeben. Wie traurig, dachte Ailsa, daß Paul anscheinend weiter gebettelt und Lucasta Jenkinson ihn weiter zurückgewiesen hatte. Wenn sie nur gewußt hätte, daß sie sich irrte: daß Paul *sie* geliebt hatte und nicht seine Frau.

Nun, sie, seine Frau, seine Witwe, interessierte das nicht mehr. Sie warf die Briefe in den Kohleherd in der Küche, der anscheinend selbst bei diesem Wetter immer brannte. »Nur Papier«, sagte sie zu der Küchenhilfe. Nur Papier. Aber das Bild würde sie behalten, für immer. Eines Tages würde sie seine Bedeutung vielleicht erfassen.

Gillian

Gillian wußte nur, daß der Streit, mit all seinen Folgen, etwas mit Geld oder zuwenig Geld zu tun hatte. Niemand in der Familie Mortimer erzählte ihr etwas Genaueres über den Bruch zwischen ihrem Vater Cameron und seinem Bruder James, vielmehr behaupteten ihre Eltern, es entweder nicht zu wissen oder es vergessen zu haben. Was, wie Gillian vermutete, nicht vergessen wurde, war der Schock, nach Ailsa Mortimers Tod festzustellen, daß sie mehr als die Hälfte von allem, was sie besaß, einer verwirrend langen Liste schottischer Umweltschutzorganisationen hinterlassen hatte. Wieso sie das getan hatte, konnte sich niemand erklären – es paßte nicht zu ihr, und es entsprach ganz sicherlich nicht dem, was Paul Mortimer, dessen Geld und Habe es ursprünglich gewesen war, gewollt hätte. Es gab sogar den Verdacht, Ailsa habe das Testament unter Zwang aufgesetzt, aber eine ausführliche Untersuchung brachte keinen solchen Einfluß zutage. Sie war im Vollbesitz ihrer geistigen Kräfte gewesen, und das Testament war korrekt von Zeugen unterzeichnet worden, bevor sie London verließ und nach Italien reiste, rund sechs Monate, bevor sie ums Leben kam, als ein Auto in Florenz auf den Bürgersteig raste, den sie entlangging.

Gillian, die mit dieser Geschichte aufgewachsen war, dachte oft über ihre Großmutter nach. Was hatte sie in Florenz gewollt? Niemand schien es zu wissen. »Sie wurde ein bißchen komisch, als ihr Mann gestorben war«, sagte Gillians Mutter Beth (aber Beth hatte Ailsa nie kennengelernt, sie war erst nach dem Tod von Camerons Mutter in sein Leben getreten). Es gab natürlich Fotos, und Gillian konnte sehen, daß ihre Großmutter auffallend schön gewesen war. Wenn jemand sagte, sie habe »etwas« von ihrer Großmutter, war sie stolz und fühlte sich geschmeichelt. Ihr Vater allerdings sagte, sie ähnele seiner Mutter nicht im mindesten, aber das kam daher, daß er selbst nach all den vielen Jahren immer noch wütend war und es kaum ertragen konnte, wenn ihr Name erwähnt wurde. Gillian, die gerne verstanden hätte, was passiert war, rätselte vor allem daran herum, wieso das alles ihrem Vater so sehr zu schaffen machte und wieso er und sein Bruder James seit dem Tod ihrer Mutter nicht mehr miteinander sprachen. Sie wußte, daß ihr Vater nicht arm gewesen war, als seine Mutter ihm erheblich weniger hinterließ, als er vielleicht erwartet hatte. Er verdiente als Börsenanalyst eine Menge Geld und war, als seine Mutter ums Leben kam, selbst schon relativ wohlhabend. Aber offensichtlich hatte sein Zorn nichts mit Geld zu tun, sondern mit einer Kränkung. Das Testament war, laut seiner Frau, wie ein »Schlag ins Gesicht« gewesen. Es hatte die Botschaft enthalten, daß er nicht geliebt worden war, nicht geschätzt wurde, nicht würdig war. Gillian hatte sich damit zufriedengeben müssen, auch wenn ihr Vater es nie selbst gesagt hatte.

Der Bruch mit ihrem Onkel James war schwieriger zu verstehen. James hatte schließlich auch nicht vom Testament seiner Mutter profitiert, und eigentlich hätte man meinen sollen, er hätte die Gefühle seines Bruders geteilt. Vielleicht tat er das ja auch, aber da

Gillian jeder Kontakt mit ihrem Onkel und seiner Familie verboten war, hatte sie keine Möglichkeit, das herauszufinden. Ihre Mutter klang immer vage, wenn sie sie löcherte.

»Oh«, sagte sie, »es hatte etwas mit einem Bild zu tun.«

Das klang so unwahrscheinlich – ihr Vater interessierte sich nicht im mindesten für Kunst –, daß Gillian es nicht glauben konnte. »Mit einem Bild?« wiederholte sie. »Dad macht sich doch nichts aus Bildern.«

Ihre Mutter zuckte die Schultern und sagte, so habe er es aber erklärt. Es habe eine Auseinandersetzung gegeben, und sie habe, da sei sie sich sicher, etwas mit einem Bild zu tun gehabt.

»Eine Auseinandersetzung? Eine handgreifliche?« fragte Gillian erstaunt.

Ein weiteres Schulterzucken. Ihre Mutter wußte es nicht. Sie wußte nur, daß James das Bild hatte haben wollen und Cameron nicht wollte, daß er es bekam.

»Und wer hat es bekommen?« fragte Gillian. »Wo ist es?«

»Keiner von ihnen hat es bekommen«, sagte ihre Mutter. »Es wurde verkauft.«

»An wen?« fragte Gillian, aber ihre Mutter hatte keine Ahnung. Sie versuchte, günstige Augenblicke zu finden, um das Thema bei ihrem Vater anzuschneiden, wenn er in besonders umgänglicher Laune war, aber er wich ihren Fragen fast immer aus. Trotzdem war es ihr im Lauf der Jahre gelungen, Stückchen für Stückchen aus ihm herauszulocken, daß sein Bruder kein Anrecht auf egal was in der Wohnung ihrer Mutter gehabt hatte, und als er, Cameron, James dabei erwischt habe, wie er ein Bild

»stehlen« wollte, sei er wütend geworden und habe das Bild zurückverlangt. James habe gesagt, er wolle das Bild nur als Erinnerung und es sei nichts dabei, es mitzunehmen. Cameron hatte die Anwälte seiner Mutter über das informiert, was er als »versuchten Diebstahl« bezeichnete, und die Dinge hatten eine »ziemlich häßliche« Wendung genommen. Das Bild war zusammen mit den restlichen persönlichen Sachen seiner Mutter verkauft worden. Als Gillian fragte, an wen, sagte er, eine Mme. Verl-irgendwas habe es gekauft, dieselbe Frau, die schon das Haus gekauft habe, in dem er groß geworden war. Gillian fand die ganze Geschichte ziemlich merkwürdig: Zwei Brüder, die sich wegen eines Bildes zerstritten, das keinem von ihnen etwas bedeutete?

Sie fand es auch traurig. Gillian war ein Einzelkind und sehnte sich danach, Teil einer großen Familie zu sein. Sie wußte, daß sie zwei Cousins und zwei Cousinen hatte, die gar nicht so weit weg lebten, in Surrey, und sie malte sich aus, wie es wäre, sie kennenzulernen und zu einer großen, lärmenden und auf jeden Fall glücklichen Familie zu gehören. Sie träumte davon, sie in den Ferien zu besuchen, mit den beiden Mädchen in einem Zimmer zu schlafen, Geheimnisse mit ihnen auszutauschen und mitternächtliche Kühlschrankorgien zu feiern. Das war, als sie noch klein war, sieben oder acht, und sich sehr einsam fühlte. Damals gab sie oft damit an, wie groß und stark ihre Cousins seien und daß sie sie gegen jeden in Schutz nehmen würden. Die Tatsache, daß sie nur ihre Namen und nicht einmal ihr genaues Alter kannte, tat nichts zur Sache. Später, als sie diese Träumereien hinter sich gelassen hatte, dachte sie ernsthafter darüber nach, Kontakt mit ihnen aufzunehmen. Was konnte schon passieren? Daß ihr Vater wütend würde, daß es ihn aufregen würde, das konnte passieren. Und er würde es bestimmt herausfinden.

Aber obwohl sie daran dachte, unternahm sie nichts. Und als sie sich für einen Vorbereitungskurs auf das Kunststudium bewarb, hatte ihr Interesse sich auf das berühmte (oder berüchtigte) Bild verlagert, das den ganzen Ärger ausgelöst hatte. Sie wollte wissen, was das für ein Bild war. Ihr Vater, der immer noch eine wichtige Rolle in ihrem Leben spielte, aus finanziellen, aber auch aus anderen Gründen, brauchte ja nichts davon zu erfahren. Anders, als wenn sie versucht hätte, die Familie ihres Onkels zu kontaktieren, bestand keinerlei Gefahr, daß er je von ihrem Plan erfahren würde, das Bild aufzuspüren, das soviel Schaden angerichtet hatte. Sie erzählte auch ihrer Mutter nicht, was sie vorhatte, aber zu dieser Zeit gab es viele Dinge, die sie ihrer Mutter nicht erzählte.

Es war nicht schwer, mit ihren Nachforschungen anzufangen. Ihr Vater war immer stolz auf seinen Vater gewesen und hatte nichts dagegen, über ihn zu sprechen. Kein Problem, von ihm zu erfahren, wo er als Kind gelebt hatte. »In Chelsea«, sagte er. »Und wo genau?« Er antwortete bereitwillig. Sie fuhr zu dem Platz, den er genannt hatte, und stand vor dem Haus, das in den 1960er und 1970er Jahren ihrem Großvater gehört hatte. Es war ziemlich groß und imposant. Jetzt, im Jahr 2005, wahrscheinlich ein paar Millionen wert, vermutete sie. Sie hatte schon im Telefonbuch nachgesehen und wußte, daß ein Mr. und eine Mrs. Verlon immer noch dort lebten, rund zwanzig Jahre nachdem sie das Haus von Ailsa Mortimer gekauft hatten, aber das bedeutete natürlich nicht, daß sie das Bild auch noch hatten. Mrs. Verlon hatte es vielleicht nur gekauft, um es wieder zu verkaufen, und inzwischen konnte es überall auf der Welt sein. Aber das machte alles nur noch geheimnisvoller und schreckte Gillian Mortimer kein bißchen ab.

Alles, was sie im Augenblick beschäftigte, war die Frage, wie sie sich am besten vorstellen sollte, wenn sie die Klingel der Nr. 26 betätigte, was sie gleich tun würde.

Claudette Verlon erwartete an diesem Montagnachmittag keinen Besuch und hätte fast nicht auf das beharrliche Klingeln an der Tür reagiert. Es gab dieser Tage so viele Fremde, die an der Tür klingelten, Leute, die Spenden sammelten, Leute von irgendwelchen Hilfsorganisationen (behaupteten sie zumindest), die nutzlose Dinge verkauften, und in letzter Zeit Bettler, Flüchtlinge, die ganz unverhohlen um Geld baten. Sie hatte eine Sprechanlage einbauen und eine Kette an der Tür installieren lassen und war extrem vorsichtig.

In Paris hatte sie sich nie so gefühlt. Ihr Mann schwor, in Paris sei es inzwischen ganz genauso und daß es in keiner größeren europäischen Stadt noch Gegenden gäbe, die man als absolut sicher betrachten könne, aber Claudette glaubte ihm nicht. Er sagte das nur, um sie davon zu überzeugen, daß es keinen Sinn hatte, nach Paris zurückzuziehen, was sie sich schon seit langem wünschte. Ihre Kinder lebten jetzt alle dort, und sie wollte in ihrer Nähe sein. Aber Jacques blieb hart: Nächstes Jahr würde er in den Ruhestand gehen, und dann konnten sie seinetwegen in Paris leben, wo immer sie wollte. Er erinnerte sie auch immer wieder daran, daß sie diejenige gewesen war, die dieses Haus in Chelsea ausgesucht hatte, als er nach London versetzt worden war. Er selbst hätte Regent's Park vorgezogen und hatte das auch gesagt.

Das Haus hatte sie damals bezaubert, wie auch seine sehr schöne Besitzerin, die traurige Witwe Mortimer. Claudette hatte sich selbst davon überzeugt, daß die Atmosphäre des Hauses ihr gefiel und das Haus sie »ansprach«. Trotz des relativ kurz zurückliegenden Todes von Mr. Mortimer hatte das Haus glücklich gewirkt, hell und freundlich und voller Hinweise auf ein sicherlich zufriedenes Familienleben. Es hatte sie für sich eingenommen, und sie war so begeistert gewesen, daß es ihr gelungen war, ihren Mann dazu zu überreden, es auf der Stelle zu kaufen. Und in den letzten zwanzig Jahren hatte es sich tatsächlich als behaglich erwiesen, sie waren hier glücklich gewesen, und als Investition war es nicht zu überbieten. Am Anfang war Jacques fast ärgerlich auf sie gewesen, aber dann siegte der Stolz auf den kaufmännischen Scharfsinn seiner Frau, und er prahlte damit vor Freunden und Kollegen. Und jetzt, wo die Zeit gekommen war, war er derjenige, der nicht verkaufen und nicht nach Paris zurückziehen wollte, aber Claudette war entschlossen. Sie würden einen riesigen Gewinn machen, und sie hatte die Absicht, das Geld für eine sehr elegante Wohnung zu verwenden, wenn irgend möglich in der Gegend der Île St. Louis. Sie wollte kein anderes Haus. Seit die Kinder weg waren, brauchten sie und Jacques nur noch ein paar Zimmer, elegante und geräumige Zimmer natürlich, aber nur vielleicht vier oder fünf, vorzugsweise auf einem einzigen Stockwerk. Am Anfang ihrer Ehe hatten sie in zwei Zimmern in Montparnasse gelebt, und Claudette ertappte sich dabei, daß sie immer öfter und voller Zärtlichkeit an sie zurückdachte, obwohl sie sich damals nach mehr Platz gesehnt hatte.

Diese Nostalgie war mit ein Grund dafür, daß sie vor all den vielen Jahren das Bild gekauft hatte, von dem sie hoffte, daß es von Gwen John stammte. Nicht der wichtigste Grund, beileibe nicht, aber einer der Gründe. Die Aufregung, eine »Entdeckung« gemacht zu haben, sollte das Gemälde echt und von daher extrem wertvoll sein, rechtfertigte den Kauf, aber das sentimentale Element war auch vorhanden. Sie hatte den starken Verdacht, daß sie weit weniger dafür bezahlt hatte, als es wert war. Bei einem schnellen Anruf in den Kunstabteilungen von Christie's und Sotheby's hatte sie herausgefunden, daß in den letzten fünfzehn Jahren kein Ölbild von Gwen John auf den Markt gekommen war und sich daher schwer einschätzen ließ, wieviel ein solches Bild einbringen würde. Es war nicht signiert, und seine Herkunft war nicht einwandfrei nachweisbar, aber sie war sicher, daß der sogenannte »Experte«, den der Anwalt der Familie Mortimer herbeigezogen hatte, nicht wußte, was er da vor sich hatte. Sein Urteil hatte gelautet: »eventuell ... im Stil von ... ähnelt einem existierenden Bild vom selben Interieur«, aber er hatte gezögert, es als ein Bild von Gwen John zu bestätigen. Er hatte andere Experten herbeiziehen wollen – Cecily Langdale war erwähnt worden –, aber die Familie wollte nicht so lange warten und war sehr zufrieden mit Mme. Verlons Angebot in bar. Der Kauf wurde abgewickelt, und sie trug das kleine Bild nach Hause und hängte es wieder an die Wand des Zimmers, an der sie es das erste Mal gesehen hatte. Es sah dort nun viel besser aus als in der Umgebung von Mrs. Mortimers Einrichtung. Claudette hatte die Tapeten abreißen und die Wände in einem krakelierten blassen Gelb, im selben Ton wie die Primeln, streichen lassen. Sie hatte den Teppichboden herausreißen und einen hellen Holzboden verlegen lassen, und die Möbel im Zimmer waren alle aus altem Kiefernholz – gute Qualität, unlackiert, vor Alter fast völlig ausgebleicht. Keine Vorhänge, aber eine Spitzengardine vor dem Fenster. Keine Korbstühle, aber ein bequemer, rosa bezogener Armsessel mit Knopfpolsterung – der den Rosaton einiger der Blumen in dem Gemälde aufgriff.

Niemand sonst benutzte das Zimmer. Es war Claudettes »Boudoir«, aber sie hielt sich nur selten lange darin auf, und sie dachte es sich gerne als still und leer, verschönert durch das Bild. Sie durchquerte es auf dem Weg vom Schlafzimmer zur Treppe und glaubte dabei, einen tröstlichen Lufthauch zu spüren. Jacques benutzte die andere Tür des Schlafzimmers und drang nie in das ein, was »ihr Territorium« war. Wenn sie einem kleinen Bildchen ein ganzes Zimmer zur Verfügung stellen wollte, sollte sie ruhig – es gab genügend andere Zimmer im Haus, es kam nicht darauf an. Manchmal sah er seine Frau vor dem Bild stehen und es betrachten, ein seltsames Lächeln auf dem Gesicht, und er wunderte sich über die Macht, die es über sie hatte. Gelegentlich, wenn sie Streit hatten (was nicht oft vorkam), schrie er sie an, sie solle sich beruhigen und gefälligst gehen und ihr verflixtes Bild anbeten. Sie ging. Es wirkte Wunder.

Als es an jenem Montagnachmittag an der Tür

klingelte, war Claudette im obersten Stock des Hauses, wo sie nach einem Zeugnis suchte, das ihre Tochter brauchte und das sie ihr schicken sollte. Und als das Klingeln nicht aufhörte und sie allmählich irritierte, war es ein leichtes für sie, das Fenster zu öffnen und nach unten zu spähen, wer vor der Tür stand, ohne daß die Person merkte, daß sie beobachtet wurde. Sie konnte nur einen Kopf erkennen, aber es war unverkennbar der Kopf einer Frau. Claudette wartete. Wenn die Besucherin das Klingeln aufgab und zwei oder drei Stufen der Treppe hinunterging – sie hatte insgesamt acht –, würde sie sie besser sehen können. Die Frau, eine junge Frau, nett gekleidet, definitiv kein Flüchtling, trat langsam von der Tür zurück und blieb auf halbem Weg die Treppe hinunter zögernd stehen. Sie trug eine hübsche Jakke in einem gedämpften Grünton und hatte die langen schwarzen Haare mit einem dazu passenden grünen Band zurückgebunden. Das gab für Claudette den Ausschlag.

»Hallo«, rief sie. »Hallo?«

Die junge Frau sah nach oben und lächelte. »Hallo!« rief sie zurück. »Es tut mir leid, Sie zu stören, aber meine Familie hat früher hier gelebt. Könnte ich vielleicht einen Augenblick hereinkommen und Sie etwas fragen? Ich bin Gillian Mortimer. Sind Sie Mrs. – äh – Verlon?«

»Warten Sie«, rief Claudette und schloß das Fenster. Den ganzen Weg die vielen Treppen hinunter dachte sie an die Witwe, die ihr das Haus verkauft hatte. Diese junge Frau sah aus wie sie – sie hätte ihr ihren Namen nicht zu nennen brauchen. Es war ungefährlich, sie einzulassen.

Das Haus war ganz anders, als Gillian es sich vorgestellt hatte. Ihr Vater hatte es als »geräumiges Einfamilienhaus« beschrieben, aber es wirkte imposanter. Allein die Treppe war beeindruckend, so breit, daß sicher vier Leute nebeneinander hinaufgehen konnten. Sie entschied auf der Stelle, daß es ihr nicht gefallen würde, hier zu leben. Auch Mme. Verlon war anders, als sie sie sich vorgestellt hatte. Sie sah kein bißchen französisch aus, wenn man sich unter einer Französin in einem gewissen Alter eine Frau vorstellte, die chic und elegant war, tadellos frisiert und zurechtgemacht und gekleidet – vor ihrem inneren Auge hatte Gillian sie gesehen, klein und zierlich, in einem Chanelkostüm und mit teuren Perlen. Aber die Frau, die ihr die Tür öffnete, war eher untersetzt und wirkte ein bißchen maskulin. Sie hatte kurzgeschnittene graue Haare, war ungeschminkt und trug eine schwarze, ausgebeulte Hose und einen weiten cremefarbenen Pullover. Sie war nicht unattraktiv, wirkte aber eher vital als kultiviert. Ihr Blick war sehr direkt, sogar hochmütig, und sie sprach Englisch mit nur einem Hauch von Akzent. Sie machte Gillian nervös.

Mme. Verlon führte sie in eine Art Empfangszimmer. »Nehmen Sie Platz«, sagte sie und setzte sich selbst auf die Kante eines der Sofas. Sie faltete die Hände auf den Knien und sah Gillian mit einem höflichen, fragenden Gesichtsausdruck an.

Gillian räusperte sich und war plötzlich verlegen. Es kam ihr lächerlich vor, überhaupt hierhergekommen zu sein. »Mein Vater, Cameron Mortimer, hat hier gelebt, er wurde hier geboren, es war sein Zuhause, bis er mit zweiundzwanzig Jahren auszog.« Mme. Verlon nickte ermutigend mit dem Kopf. »Als mein Großvater starb und meine Großmutter das Haus verkaufte, nahm sie kaum etwas mit – die Möbel und alles andere wurden verkauft. Das einzige, was sie in die Wohnung mitnahm, die sie sich gekauft hatte, war ein kleines Bild. Später, als sie bei einem Autounfall starb, gab es deswegen einen ... einen Streit zwischen meinem Vater und seinem Bruder.«

»Einen Streit?« Mme. Verlon klang verwundert.

»Ja. Ich weiß, es hört sich seltsam an. Mein Vater will nicht darüber sprechen. Aber anscheinend wollte mein Onkel dieses kleine Bild an sich nehmen, und mein Vater war dagegen, und es wurde verkauft und ... nun ja ... Sie haben es gekauft.«

»Ah«, machte Mme. Verlon. »Die Gwen John.«

»Ist es tatsächlich von Gwen John?« Gillian konnte ihre Aufregung kaum unterdrücken.

Eine Pause trat ein. Einen Moment lang behielt Mme. Verlons Gesicht seinen höflich-fragenden Ausdruck bei, dann runzelte sie die Stirn. Seit der Retrospektive mit Gwen Johns Arbeiten im Barbican im Jahr 1985 war sie leise besorgt gewesen, die Mortimers könnten merken, daß sie etwas aus der Hand gegeben hatten, was wahrscheinlich ein Schatz war. Sie hatte an sie gedacht, als sie sich die Gemälde ansah, und ihre Überzeugung wuchs, daß das, was sie in ihrem Besitz hatte, tatsächlich eine Variante von *Teil des Zimmers der Künstlerin in Paris* war. Ihr Bild mußte inzwischen mindestens zwanzigmal soviel wert sein, wie sie dafür bezahlt hatte. Sie war erstaunt gewesen, als sie 1988 las, daß ein Ölgemälde von Gwen John, *Das kostbare Buch*, für 160 000 £ verkauft worden war, und wurde wegen des Bildes in ihrem Besitz ganz nervös. Sie hatte daran gedacht, seine Echtheit von den Kuratoren der Ausstellung bestätigen zu lassen, aber dann wären ihr Fragen nach seiner Herkunft gestellt worden, und sie wollte die Mortimers nicht erwähnen. Das Bild gehörte ihr, und sie liebte es, und das war genug – sie brauchte diesen offiziellen Stempel nicht. Sie hatte fast Angst, das Bild irgendwem zu zeigen, der es erkennen könnte, und letztes Jahr, als sie die neueste Gwen und Augustus John-Ausstellung in der Tate besucht hatte, war ihre Angst noch größer geworden. Es stand ganz außer Zweifel, daß das Bild, das sie besaß, ebenfalls von Gwen John war, und sie fühlte sich schuldig, als hätte sie die Mortimers vorsätzlich betrogen.

Dennoch nickte sie und sagte der jungen Frau, ja, sie sei sich fast sicher, daß es ein Gemälde von Gwen John war, eine Variante ihres berühmten Bildes von ihrem Zimmer in Paris. »Kennen Sie ihre Arbeiten?« fragte sie.

»Meine Kunstlehrerin war mit uns in der Ausstellung in der Tate«, sagte Gillian. »Ich fand ihre Bilder wundervoll. Sie sind so still, sehr schlicht und hübsch.«

»Still und schlicht vielleicht, wenigstens in der Wirkung, aber hübsch? Nein, das finde ich nicht. Es scheint mir das falsche Wort zu sein, fast ein bißchen, wenn ich das so sagen darf, beleidigend.«

»Haben Sie es noch? Das Bild?«

»Aber natürlich.«

»Dürfte ich es mir vielleicht einmal anschauen?«

Sie gingen die Treppe in den zweiten Stock hinauf, wo Gillian durch ein großes Schlafzimmer in ein kleineres Zimmer geführt wurde, und da an der Wand hing das Bild und sah (bis auf den Rahmen) ganz genauso aus wie das Bild, das sie in der Ausstellung in der Tate gesehen hatte. Sie mußte lächeln.

»Es amüsiert Sie?« fragte Mme. Verlon, anscheinend überrascht.

»Nein, das ist es nicht«, sagte Gillian. »Es ist, weil es so ein bescheidenes kleines Bild ist, und doch hat es soviel Ärger verursacht – ich kann einfach nicht glauben, daß mein Vater wütend wurde, weil James es haben wollte.«

»Ah, aber es war sicher nicht das Bild selbst, das die Unstimmigkeiten verursachte. In solchen Fällen geht es fast immer um die Bedeutung hinter dem, weswegen man sich streitet.«

»Ja, natürlich, das stimmt. Aber was war das für eine Bedeutung? Mein Vater macht sich nichts aus Kunst. Ich hätte nicht gedacht, daß dieses Bild einen Eindruck bei ihm hinterlassen hat.«

»Es ist wunderschön!« sagte Mme. Verlon beleidigt. »Auch wenn es nicht von Gwen John wäre, wovon ich aber überzeugt bin.«

»Sie wissen es nicht?«

»Ich habe es nicht von einem Experten prüfen lassen.«

»Wieso nicht?«

»Im Gegenteil – wieso? Ich liebe es. Es bedeutet mir sehr viel. Ich würde es nie verkaufen. Ich brauche es nicht zu wissen, ich vertraue meinem eigenen Urteil.«

»Danke«, sagte Gillian nach mehreren Minuten. »Ich bin froh, daß ich es mir ansehen durfte. Es gefällt mir, daß meine Großmutter es geliebt hat.«

»Hat sie das?«

»Was?«

»Es geliebt?«

»Es war immerhin das einzige Bild, das sie mitnahm, als sie dieses Haus verließ.«

»Ich hatte nicht das Gefühl, daß sie es direkt geliebt hat. Sie hatte keine Ahnung von Kunst. Aber das Bild hatte für sie eine Geschichte, von der ich glaube, daß sie nicht glücklich war.«

»Wirklich?« Gillian konnte die Neugier, den Eifer, mehr zu erfahren, nicht verbergen, aber Mme. Verlon ging bereits vor ihr die Treppe hinunter und geradewegs zur Tür. Ihre Geduld war offensichtlich erschöpft.

Gillian trat neben sie und versuchte es mit Verzögerungstaktiken. »Sie meinen also, daß das Bild für meine Großmutter eine unglückliche Geschichte hatte?«

Mme. Verlon zuckte die Schultern, die Hand auf dem Riegel an der Tür, kurz davor, sie zu öffnen. »Es ist lange her«, sagte sie. »Ich war nur einmal bei Mrs. Mortimer, für eine Stunde. Ich weiß nicht mehr, weshalb ich diesen Eindruck hatte. Sie müssen Ihren Vater fragen.«

»Oh, er weiß nichts darüber, oder falls doch, würde er es mir nicht sagen.«

»Vielleicht ist es etwas Privates, vielleicht ist es zu schmerzlich.«

»Aber sie ist seit Ewigkeiten tot.«

»Familienangelegenheiten können auch dann noch schmerzlich sein.« Sie hatte die Tür geöffnet.

»Danke, daß ich mir das Bild und das Haus ansehen durfte«, sagte Gillian.

»Sie haben Glück, daß Sie jetzt gekommen sind. Wir werden das Haus bald verkaufen und nach Paris zurückgehen.«

»Nehmen Sie das Bild mit?«

»Aber natürlich.«

Gillian zögerte. Sie hatte ihre Kamera bei sich.

»Ich traue mich kaum zu fragen«, sagte sie. »Aber könnte ich vielleicht ein Foto davon machen?«

Mme. Verlon sah verärgert aus. »Wieso haben Sie nicht gefragt, als Sie sich das Bild angesehen haben?«

»Ich habe mich nicht getraut.«

»Und jetzt trauen Sie sich?«

»Es ist, weil Sie gesagt haben, daß Sie es mit nach Paris nehmen.« Sie wurde rot, weil sie wußte, daß ihre Erklärung nicht viel Sinn ergab. »Ich beeile mich. Bitte!«

Abrupt machte Mme. Verlon die Tür wieder zu und deutete die Treppe hinauf. »Zwei Minuten«, sagte sie. »Ich habe es eilig. Ich muß gleich gehen.«

Gillian rannte die Treppe hinauf und durch das Schlafzimmer in das kleine Zimmer, in dem das Bild hing. Ihre Hände zitterten, als sie die Kamera aus ihrer Tasche nahm. Das Licht war gut, und sie brauchte keinen Blitz. Schnell machte sie etwa ein Dutzend Aufnahmen, eine nach der anderen, und lief zurück in die Halle, die Kamera noch in der Hand. Mme. Verlon hielt die Tür bereits weit auf. »Danke, danke«, rief sie und erhielt als Antwort ein kleines Lächeln.

Den ganzen Weg zurück nach Hause dachte sie an das Bild. Worin hatte seine Macht gelegen? Wieso hatte es so einen Einfluß auf ihre Großmutter gehabt? Wie konnte ein einziges Gemälde für ihre Familie von so großer Bedeutung sein?

Die Fotos waren gut geworden. Gillian ließ das beste vergrößern und rahmte es dann. Die Wahl des Rahmens war nicht einfach. Zuerst dachte sie, ein einfacher, schlichter Holzrahmen würde am besten dazu passen, aber die Schlichtheit des Rahmens arbeitete irgendwie gegen die Zartheit des Bildes. Sie versuchte es mit einem breiteren Rahmen, immer noch aus einfachem Holz, mit demselben Ergebnis, und entschied sich dann für einen Rahmen aus dunklerem Holz. Er war besser, wenn auch nicht perfekt. Aber das Bild sah überzeugend aus, vor allem von weitem, und ihr Vater würde es von weitem sehen.

Sie plante es sorgfältig. Im Erdgeschoß ihres Hauses, im hinteren Teil, gab es ein kleines Zimmer, das nur selten benutzt wurde. Eine Bettcouch, ein kleiner Tisch, ein Bücherregal – das war alles, was sich darin befand. Es hatte ein Schiebefenster zum Garten hinaus, das nach Süden ging und viel Licht hereinließ. Es war ein unauffälliges Zimmer, in dem einen nichts ablenkte, ein Zimmer ohne Persönlichkeit. Es war hervorragend geeignet.

Gillian hängte das Bild nicht an die größere Wand dem Fenster gegenüber, sondern an die Wand rechts davon. Es wirkte, als hätte es schon immer da gehangen. Sie stellte sich in die Tür und malte sich aus, wie ihr Vater hereinkam und es sah – sicher würde er seinen Schock nicht verbergen können. Und während er noch um Fassung rang, würde sie die Gelegenheit ergreifen und ihn fragen, warum seine Mutter so an diesem Bild gehangen hatte. Was war das für eine unglückliche Geschichte, auf die Mme. Verlon angespielt hatte? Sie konnte es kaum abwarten.

Cameron Mortimer war nie glücklich darüber gewesen, daß seine Tochter Kunst studieren wollte. Sie war ein kluges Mädchen, weshalb mußte sie etwas so wenig Ernsthaftes wählen? Für ihn war nichts, was mit Kunst zu tun hatte, ein richtiger Beruf. Unsinn, hatte seine Frau gesagt, es gebe eine Menge »richtiger« Berufe, die man im Anschluß an ein Kunststudium ergreifen könne. Aber seine Enttäuschung über Gillians Wahl war groß. Wenn er einen Sohn gehabt hätte oder noch eine Tochter, hätte es ihm vielleicht nicht soviel ausgemacht, hätte er wegen des Kunststudiums vielleicht nachsichtiger sein können, aber Gillian war sein einziges Kind, und seine ganze Enttäuschung konzentrierte sich auf sie.

Doch er liebte sie. Daran gab es keinen Zweifel. Er betete sie an, nicht nur wegen ihrer Schönheit und ihrer Talente. Die Töchter aller anderen Leute kamen ihm langweilig und nichtssagend vor neben Gillian, die vor Vitalität sprühte, wo immer sie ging und stand. Er konnte sich noch gut daran erinnern, wie er sie einmal von der Schule abgeholt hatte, kurz nachdem sie eingeschult worden war, und welche übermächtige Freude er empfunden hatte, als sie über den Schulhof auf ihn zugerannt kam, vor allen anderen Kindern, die im Vergleich zu ihr langsam und langweilig wirkten. Alles an ihr war so lebendig – wie sie aussah, wie sie sprach. Andere Eltern hatten das ebenfalls bemerkt. Er sah, daß sie sie bewunderten, und er machte sich Sorgen, daß diese Bewunderung in Abneigung umschlagen könnte. Aber das tat sie nicht. Gillian war keine Angeberin. Im Gegenteil hatte sie ihr Licht, seit sie zur Schule ging, eher unter den Scheffel gestellt, und Cameron war froh darüber. Er wollte nicht, daß sie sich ihrer eigenen Talente zu sehr bewußt war.

Es hatte eine Weile gedauert, bis er merkte, wie gut sie zeichnen konnte. »Sieh dir das an«, hatte seine Frau gesagt, als Gillian erst sechs war. Und er hatte sich ein Bild angesehen von einem Mann und einer Frau in grellbunten Kleidern, die in einem Garten standen. Ihre Köpfe waren ein bißchen groß geraten, fand er, und ihre Gesichtszüge übertrieben. Beth hatte fassungslos den Kopf geschüttelt und gesagt, daß Kinder von sechs Jahren normalerweise noch Strichmännchen malten und weder richtige Körper noch Gesichter hinbekamen. Er hatte ihr geglaubt, die Fertigkeit seiner Tochter aber trotzdem nicht für etwas Besonderes gehalten. Doch als sie zehn war, war sogar ihm aufgefallen, daß sie Talent hatte. Er hatte gesehen, wie sie die Katze zeichnete, die vom Fenstersims sprang, und war verblüfft gewesen, daß es ihr gelang, die schnelle Bewegung einzufangen.

Was ihn jedoch mehr überraschte als Gillians künstlerisches Talent war etwas, das er bei sich nur als ihr sonniges Naturell bezeichnen konnte. Von ihm hatte sie ihre Begeisterungsfähigkeit nicht, auch nicht von ihrer Mutter. Beth war ausgeglichen und fröhlich, besaß aber nichts von der unbändigen Energie ihrer Tochter. Nein, das hatte sie von Ailsa, da war er sich sicher, von Ailsa, als sie noch jung war. Natürlich hatte er seine Mutter nicht gekannt, als sie noch jung war, aber sein Vater hatte ihm oft von ihr erzählt. »Deine Mutter«, hatte er zu Cameron gesagt, »hat alles um sich herum aufleuchten lassen, als sie ein Mädchen war und ich sie kennenlernte. Sie strahlte Energie aus, Lebenskraft, nenn es, wie du willst – es war wundervoll, du kannst es dir nicht vorstellen.« Cameron hatte zugestimmt: Er konnte es sich nicht vorstellen, denn als er seine Mutter kannte, war die Vitalität verschwunden. Für ihn war sie schön, aber still, sehr zurückgenommen. Wo war die Energie geblieben? Und wieso? Er hatte es nicht gewagt, seinen Vater zu fragen. Beth sagte, nach allem, was er ihr über sie erzählt hatte, sei seine Mutter eine enttäuschte, eher traurige Frau gewesen, und er war beleidigt gewesen. »Sie war nicht im mindesten traurig, nicht bis Dad starb«, sagte er. »Ich weiß nicht, wie du darauf kommst. Mum war absolut zufrieden, sie hatte alles, was sie sich wünschen konnte.«

Aber als sie tot war, ging ihm auf, daß er sie nicht wirklich gekannt hatte. Wenn er sie gekannt hätte, hätte er verstanden, wieso dieses verdammte Bild ihr so viel bedeutete. Er hätte gewußt, was sie darin sah oder zu sehen glaubte. Sein Vater hätte es vielleicht verstanden, aber schließlich kannte er sich mit Kunst aus, nicht nur mit seiner Frau. Da mußte Gillian ihre künstlerische Ader und ihren unfehlbaren Geschmack herhaben, von den Genen ihres Großvaters, die eine Generation übersprungen hatten. Auch James hatte keine künstlerischen Neigungen, selbst wenn er so getan hatte, als er dabei erwischt wurde, wie er dieses Bild stehlen wollte. Sprichwörtlich auf frischer Tat ertappt, das Bild in den Händen, wie er es in seine Aktentasche stecken wollte, kein bißchen verlegen. Als Cameron ihn fragte, was er da mache, hatte er behauptet, er habe nur ein Andenken haben wollen. Cameron hatte die Aktentasche genommen und auf dem Tisch ausgeleert: sechs Löffel (ein Geschenk an seine Eltern, wie er wußte, von einem befreundeten Silberschmied), ein Briefbeschwerer, eine kleine Uhr und eine Schreibmappe.

»Es sind nur persönliche Kleinigkeiten«, hatte James protestiert. »Ich bezahle sie, wenn es dich stört.«

»Du kannst dir hier überhaupt nichts nehmen«, hatte Cameron geschrien. »Mum hat gewollt, daß alles, was ihr gehört, verkauft wird und das Geld zur Hälfte an diese bescheuerten schottischen Vereine geht.«

»Mach dich doch nicht lächerlich«, hatte Cameron zurückgeschrien. »Kleinkariert wie immer. Was spielen ein paar Kleinigkeiten denn schon für eine Rolle, verdammt noch mal! Niemand wird je etwas davon erfahren. Gib mir meine Tasche zurück.«

Cameron gab sie ihm zurück, leer. »Wir werden diese Sachen schätzen lassen«, fauchte er, »und dann kannst du sie kaufen.«

»Ich werde sie nicht kaufen.«

»Gerade hast du noch gesagt, daß du sie kaufen willst.«

»Weil ich nicht gedacht habe, daß du es ernst meinst. Ich glaube das alles einfach nicht.«

»Ich schon. Es geht ums Prinzip. Sie hat dieses Testament gemacht. Und es wird buchstabengetreu umgesetzt werden.«

Er wußte selbst nicht, was in ihn gefahren war. Wut, nahm er an, auf seine Mutter, nicht auf seinen Bruder. James hatte versucht, das Bild wieder an sich zu reißen, und Cameron hatte seinen Bruder so heftig gestoßen, daß er hinfiel und sich den Kopf an der Tischkante aufschlug. »Mistkerl!« hatte James geschrien, als er sich wieder aufrappelte, und Cameron hatte es leid getan, und er hatte ein »Entschuldigung« gemurmelt.

»Dein ›Entschuldigung‹ kannst du dir sonstwohin stecken«, hatte James gesagt. »Ich will dich nie wieder sehen.« Und war türenknallend aus der Wohnung gestürmt.

Als er allein war, fühlte Cameron sich einfach schrecklich. Er konnte es kaum ertragen, das Bild und die anderen Sachen zu berühren, die James sich hatte nehmen wollen. Was hätte es schon für eine Rolle gespielt, wie sein Bruder gesagt hatte? Es gab nichts, was er für sich selbst wollte. Er wollte weder die Löffel noch den Briefbeschwerer (obwohl er sich daran erinnerte, daß er immer auf dem kleinen Schreibpult ihrer Mutter gestanden hatte), und was das Bild anging, so haßte er es. Es hatte nur Ärger verursacht. Inzwischen gab er ihm die Schuld daran, daß seine Mutter so komisch geworden war, und genau das hatte zu ihrem Tod geführt. Sie hätte zu Hause bleiben sollen, wo sie in Sicherheit war, und in Ruhe und Frieden ihr Alter genießen sollen.

Fast hätte er damals die Faust durch die Leinwand gestoßen, er tat es nur deshalb nicht, weil James es merken würde, wenn das Bild nicht auf der Liste der Dinge auftauchte, die verkauft werden sollten. Stattdessen wickelte er es in die Zeitung ein, die er bei sich hatte, und brachte es auf der Stelle zu den Anwälten. Den Rest der Sachen ließ er in der Wohnung. Es war, so hoffte er, das letzte Mal, daß er das leidige Bild sehen würde.

Die Aufregung machte sie ganz nervös. Sie hatte das »Gemälde« am Abend vorher aufgehängt und sich den ganzen Tag über vorgestellt, was passieren würde, wenn sie ihren Vater in das Zimmer führte und er es sah. Wie genau sie es anstellen würde, wußte sie noch nicht – sollte sie ihn unter dem Vorwand in das Zimmer führen, sie wolle ihm etwas zeigen, was sie selbst gemalt hatte, oder sollte sie gar nichts sagen und ihn einfach nur bitten, mit ihr zu kommen? Sollte sie ihm die Augen verbinden, oder war das zu melodramatisch? Das hier war kein Spiel, es war ernst. Sie mußte sich beruhigen, mußte ungezwungen und gelassen sein, sonst würde er nur ärgerlich werden, und sie würde gar nichts aus ihm herausbekommen.

Er traf später als gewöhnlich ein, und dazu mit gerunzelter Stirn, wütend über den Freitagabendverkehr. Aber er freute sich, sie zu sehen, und genoß das Getue, das sie um ihn machte, schaute sie aber gleich darauf mißtrauisch an.

»Was willst du damit bezwecken?« fragte er, als er das Glas Wein entgegennahm. Ein Schluck und er wußte, wie billig der Wein war, aber er trank ihn.

»Wieso bezwecken? Es ist Wochenende«, sagte Gillian, »und deine geliebte Tochter bleibt zu Hause, um das Vergnügen deiner Gesellschaft zu genießen.«

»Scheint mir ein ziemlicher Aufwand für ein so gewöhnliches Ereignis zu sein«, sagte er trocken.

»Gewöhnlich?« protestierte Gillian. »Ich bin seit Monaten nicht mehr an einem Freitag zu Hause geblieben. Es ist etwas Besonderes!«

»Und welchem Umstand verdanken wir diese Ehre?«

»Ich will dir etwas zeigen.«

»Oh! Falls es sich um eine deiner künstlerischen Arbeiten handelt, vergeudest du bei mir nur deine Zeit, Liebling. Du weißt doch, daß ich ein gutes Bild nicht von einem schlechten unterscheiden kann, und deine verstehe ich sowieso nicht, ich sehe nur Kringel und Punkte und Kleckse. Und der Himmel weiß, daß ich es versucht habe.«

»Es ist nicht von mir. Es ist etwas anderes. Komm mit.«

Sie stand auf und hielt ihm die Hand hin. Widerstrebend nahm er sie und stöhnte übertrieben, als er aufstand. Sie war ein so hübsches Mädchen, vor allem heute abend, da sie ein Kleid anstelle der Hosen trug, die er haßte. Ihre Haare waren ordentlich gebürstet und hingen glatt und dicht um ihr Gesicht, statt wie sonst oben auf dem Kopf zu einem wilden Wust zusammengeknäuelt zu sein. Wenn er sich nicht sehr irrte, hatte sie sogar einen Hauch Make-up aufgelegt und sah gepflegt statt wild aus. Er konnte sich ein Lächeln nicht verkneifen, als er sich ohne Bedenken aus dem Zimmer führen ließ. Was immer sie ihm zeigen würde, es würde etwas Albernes und Amüsantes sein, da war er sich sicher.

Er konnte nichts sehen. »Was?« fragte er und schaute sich in dem kleinen Extrazimmer um. »Was? Ich sehe nichts. Wo ist der Witz?«

»Sieh hin«, sagte Gillian.

»Ich *sehe* hin. Es ist wie immer. Es ist ein ganz gewöhnliches Zimmer. Was soll ich denn sehen? Ist das Sofa neu? Wieso um alles in der Welt sollte ich mir ein neues Sofa anschauen?«

»Dad! An der Wand!«

Selbst da dauerte es noch eine Weile. Er sah sich die Wände des Zimmers an, wie sie es gewollt hatte, bis sein Blick auf das einzige Bild fiel. Ein kleines Bild. Keins von Gillian, das war sicher, aber schließlich hatte sie gesagt, daß sie ihm keins ihrer eigenen Bilder zeigen würde. Von wem war es dann? Er sah noch einmal hin, trat näher. Ein merkwürdig unbehagliches Gefühl machte sich in ihm breit, dabei war das Bild eher unauffällig, die leere Ecke eines Zimmers ... Er hatte es schon einmal gesehen, konnte sich aber nicht erinnern, wo und wann. Es ärgerte ihn, und das unbehagliche Gefühl wurde stärker. »Also?« sagte er. »Worum geht es? Ich bin überfordert.«

»Erkennst du es nicht?«

»Nein.«

»Ach Dad!«

»Gib mir einen Hinweis.«

»Es hat Großmutter gehört, es war das einzige Bild, das sie aus dem Haus mitgenommen hat.«

Sofort war er auf der Hut. Er starrte seine Tochter aufgebracht an. »Was hast du vor?«

»Ich will es wissen.«

»Was wissen?«

»Alles, über das Bild und den Streit mit deinem Bruder und wieso das Bild eine unglückliche Geschichte hat und ...«

»Es kann nicht das Bild sein, es wurde verkauft.«

»Es ist ein Foto davon. Ich bin zum Haus gegangen und ...«

»Du hast was getan?«

»Ich wollte es sehen.«

»Was für eine verdammte Unverfrorenheit.«

»Mme. Verlon fand das nicht. Sie war sehr hilfsbereit. Sie sagte, sie glaube, daß das Bild eine Bedeutung für deine Mutter hatte, irgend etwas Trauriges.«

»Ich habe nicht die leiseste Ahnung, wovon du redest oder was diese Französin gemeint haben könnte.«

»Aber das Bild regt dich auf.«

»Das tut es nicht!«

Im Zimmer wurde es still. Gillian, die in der Tür stand, sagte nichts mehr. Während sie ihren Vater beobachtete, dachte sie, daß sie höchstens ansatzweise verstand, wie er auf das Bild reagierte. Was ihn aus der Fassung brachte war offensichtlich die Tatsache, daß es etwas mit seiner Mutter zu tun hatte, aber da war noch mehr, etwas Tieferes, vielleicht eine andere

Erinnerung. Also wartete sie, ungewöhnlich geduldig, bis ihr Vater seufzte und sagte: »Gehen wir und setzen wir uns, Gillian.« Sie gingen ins Wohnzimmer zurück und setzten sich. Ihr Vater sah erschöpft aus. »Ich weiß wirklich nicht«, sagte er, »weshalb du so ein Getue wegen dieses Bildes machst. Du bauschst es zu etwas auf, was es nicht ist, zu irgendeinem Geheimnis, das nie existierte. Weshalb um alles in der Welt beschäftigt es dich so? Es bedeutet dir nichts, es bedeutet mir nichts.«

»Es hat deiner Mutter etwas bedeutet.«

»Meine Mutter ist tot. Sie ist seit über zwanzig Jahren tot.«

»Und du hast ihr immer noch nicht verziehen.«

»Sei nicht albern. Deine Phantasie geht mit dir durch. Du phantasierst dir Sachen zusammen.«

»Dann sag mir die Wahrheit. Sag mir, was wirklich passiert ist, klär mich auf.«

»Gillian, bitte, es gibt nichts zu sagen. Meine Mutter kam bei einem Unfall ums Leben, sie hat fast alles irgendwelchen merkwürdigen schottischen Vereinen hinterlassen, einschließlich dieses trostlosen kleinen Bildchens.«

»Und Onkel James?«

»Um Himmels willen!«

»Dein einziger Bruder, und du sprichst nicht mit ihm, und es hatte etwas mit dem Bild zu tun.«

»Das ist Vergangenheit. James wollte es sich nehmen, und dazu hatte er kein Recht, und das habe ich ihm gesagt. Ich wäre froh, ich hätte das verdammte Bild nie gesehen.«

»Es ist von Gwen John. Wahrscheinlich.«

»Es ist mir egal, von wem es ist, es hat keine Bedeutung für mich.«

»Aber es hatte eine Bedeutung für meine Großmutter.«

»Wer weiß schon, was zum Teufel es ihr bedeutet hat.«

»Ich glaube«, sagte Gillian langsam, wohl wissend, daß ihr Vater immer noch aufgebracht und ärgerlich war, »ich glaube, meine Großmutter wollte die Frau in diesem Zimmer sein.«

»Welche Frau? Es ist keine Frau da. Das Zimmer ist leer.«

»Es sieht nur leer aus. Aber es ist voll: Es gibt da jemanden. Jemanden, der froh und zufrieden und vielleicht verliebt ist.«

»Was für ein Unsinn!«

»Nicht für mich, nicht für meine Großmutter. Wenn das Bild sprechen könnte ...«

»Kann es aber nicht, was ein Segen ist. Es würde womöglich denselben Unsinn plappern wie du. Es ist einfach nur ein Bild von einem leeren Zimmer.«

»Es kommt darauf an, wer es betrachtet, wie man es betrachtet.«

»Laß uns damit aufhören, Gillian. Was du da redest ist absurd und albern. Ich habe für so etwas keine Geduld. Du verdirbst mir, was ein angenehmer Abend hätte sein können. Wann kommt deine Mutter zurück?«

»Bald.«

»Gut. Kann ich jetzt meine Zeitung lesen?«

»Ja, Dad. Lies deine Zeitung.«

Gillian ging leise in das hintere Zimmer zurück und nahm das Foto von der Wand.

Gillian machte ein hervorragendes Abitur: vier Einsen. Ihr Vater platzte fast vor Stolz, so sehr, daß es schon peinlich war – »Dad, bitte!« protestierte Gillian, als er es sogar dem Klempner erzählte, der gekommen war, um ein neues Waschbecken anzubringen. Als die Feier vorbei war – ein Essen in einem vornehmen Restaurant –, unternahm Cameron einen letzten Versuch, seine Tochter zu überreden, an eine Universität zu gehen. Aber sie blieb stur. Sie wollte im September 2006 den Vorbereitungskurs absolvieren und vorher eine Zeitlang nach Paris gehen. Die Vorstellung erschreckte ihn – sie sei, sagte er, viel zu jung und zu hübsch, um allein in Paris herumzulaufen –, aber sie bettelte und sagte, sie würde sechs Monate in einem Starbuck's oder sonstwo arbeiten, um sich das Geld für den Aufenthalt in Paris zu verdienen, und er würde nicht viel beisteuern müssen. Es gehe ihm nicht um das Geld, sagte Cameron. Sondern um ihre Sicherheit. Aber ihre Mutter unterstützte Gillian, und schließlich gab er mit größtem Widerstreben nach, unter der Bedingung, daß er selbst sich um ihre Unterkunft kümmern konnte und das Institut, an dem sie studieren wollte, auf Herz und Nieren überprüfen durfte.

Als Gillian endlich in Paris eintraf, war es ganz und gar nicht so, wie sie es sich vorgestellt hatte, nicht so exotisch, wie sie es sich gewünscht hatte. Niedergeschlagen sah sie sich in dem Zimmer um, in dem sie gelandet war. Es hätte in jeder Stadt in England sein können. Fast nichts darin sah nach Ausland aus, kein Möbelstück wirkte interessant, andersartig und fremd. Selbst das Fenster hatte Vorhänge, die perfekt ins Haus ihrer Eltern gepaßt hätten, und der Teppich war zweifellos eine exakte Kopie des Teppichs in ihrem eigenem Schlafzimmer. Nicht der leiseste Hauch von Knoblauch war zu spüren. Statt dessen hätte sie geschworen, daß der Geruch von gebratenem Speck die Treppe heraufwehte.

Aber dann sagte sie sich, eine Stadt liege außerhalb von Zimmern, nicht darin (auch wenn sie noch nicht ganz davon überzeugt war), und es sei kein Wunder, daß sie enttäuscht war, nachdem sie spät an einem verregneten Abend bei dieser Adresse angekommen war. Im Bahnhof war überall um sie herum Französisch gesprochen worden, und der Weg von der Metrostation zu diesem Wohnblock war ein weiterer Beweis dafür gewesen, daß sie sich in Paris und nicht in London befand. Aber sie hatte mit gesenktem Kopf gegen Regen und Wind angekämpft und unter der Last ihrer Taschen und ihrer Zeichenmappe nur wenig wahrgenommen. Als sie klingelte, hatte die Vermieterin die Tür geöffnet und sie auf englisch angesprochen – eine nette kleine Willkommensrede, aber nicht unbedingt das, was sie erwartet hatte.

Ihr Vater hatte die »Bude« – sein Ausdruck – für sie organisiert, über jemanden, den er von der Arbeit kannte. Der hatte eine Freundin in Paris, die eine Art *pension* führte. Gillian hatte sich eine Wohnung vorgestellt, die sie sich mit zwei oder drei anderen Kunststudentinnen teilen würde – aber das hier würde gehen, bis sie Freunde gefunden hatte. Sie rechnete damit, binnen eines Monats aus diesem Zimmer zu verschwinden. Bis dahin würde sie Paris und andere Studenten kennen und über die Erinnerung lachen, gezwungenermaßen hier gelandet zu sein.

Wenn es wenigstens ein Dachzimmer gewesen wäre, leer und romantisch. Sie hätte sich nichts daraus gemacht, wenn es eisig kalt gewesen wäre (ihr Zimmer hatte sogar Zentralheizung). Sie hätte über Dächer hinweggeblickt, und der schwache Geruch von Gauloise-Zigaretten hätte in der Luft gehangen. Hier ein Fenster zu öffnen war ein Kampf – es gab alle Arten von Schlössern –, und als es ihr endlich gelang, es halb zu öffnen, gab es nichts zu sehen als den gegenüberliegenden Wohnblock, genauso neu und häßlich wie der, in dem sie wohnte. Sie wollte nach Montmartre oder vielleicht auf die Île St. Louis, nicht fast in einen der Vororte. Hier gab es keine Romantik, und sie fand es enttäuschend, einen sicheren Hafen gegen den nächsten eingetauscht zu haben. Aber sie ging ins Bett und sagte sich immer wieder: »Ich bin in Paris, ich bin in Paris.«

Madame Verlon dagegen fühlte sich wie eine Fremde in ihrer eigenen Stadt. Dreiundzwanzig Jahre war es her, daß sie in Paris gelebt hatte, aber sie war oft zu Besuch hiergewesen, und die Jahre waren keine Erklärung für das zermürbende Gefühl der Entwurzelung, das sie empfand. Sie hatte erwartet, daß sie mit Leichtigkeit in ihr früheres Leben zurückschlüpfen würde, aber nein. Vielleicht, so dachte sie, litt sie einfach an Erschöpfung, nach dem Tumult der letzten Monate, in denen das Haus in London geräumt werden mußte – es war viel belastender gewesen, als sie gedacht hatte, obwohl sie selbst nur wenig gepackt hatte. Dreiundzwanzig glückliche Jahre, die vor ihren Augen verschwanden. Ihr Mann verstand nicht, weswegen sie so niedergeschlagen war. *Sie* hatte doch unbedingt nach Paris zurückgewollt. Und trotzdem fand er sie immer wieder in Tränen aufgelöst mitten in diesem oder jenem Zimmer und wußte nicht mehr, was er machen sollte. Er konnte seine eigene Aufregung darüber, nach Paris zurückzukehren, obwohl er zu Anfang überhaupt nicht darauf erpicht gewesen war, kaum verbergen, und es irritierte ihn, daß seine Frau plötzlich so anglophil wurde. Claudette sagte, ihre Stimmung habe nichts mit ihrer Liebe zu den Engländern oder zu London zu tun, sondern damit, das Haus verlassen zu müssen, ihr Zuhause. Häuser hatten eine Seele, glaubte sie, und Zimmer besaßen eine große Macht. Solange sie sich nicht ein anderes Zuhause geschaffen hatte, würde sie sich fühlen wie nach einem schweren Verlust.

Nach langem Suchen lag die Wohnung, die sie schließlich kauften, nicht auf der Île St. Louis, sondern in der Rue de Rivoli. Sie war fast genau so, wie sie es sich vorgestellt hatte, trotz der Lage (die Jacques' erste Wahl gewesen war), und sie gefiel ihr sehr, aber es gab noch eine Menge, was renoviert und geändert werden mußte – es würde ein Jahr dauern, schätzte sie, bis die Wohnung so aussah, wie sie sie haben wollte, und sie das Gefühl haben würde, hierherzugehören. Sie hatte sich geschworen, sich Zeit zu lassen, aber jetzt schon weckte der Anblick der häßlichen Kacheln im Badezimmer in ihr den Wunsch, sie auf der Stelle herausreißen zu lassen, und sie konnte den grauenhaften grünen Anstrich in der Küche nicht einen Tag länger ertragen. In London hatte sie die Telefonnummern aller möglichen Handwerker und Dienstleister, die sie im Lauf der Jahre gebraucht hatte, parat gehabt, aber in Paris mußte sie ganz von vorn anfangen. Geld schien keine Hilfe zu sein. Wie es aussah, mußte man hier die richtigen Leute kennen, die richtigen Kontakte haben.

Alles war ungemütlich, und sie war nicht in der Lage, Ordnung zu schaffen. Umzugskartons standen überall herum, alle ordentlich und deutlich beschriftet, aber sie konnte sich nicht überwinden, mit dem Auspacken anzufangen. Ihre Tochter kam, um zu helfen, aber das endete damit, daß sie zum Essen ausgingen und nichts erledigten. Huguette schien sich wirklich zu freuen, sie in Paris bei sich zu haben, und überall um einen herum die eigene Sprache zu hören hatte etwas Entspannendes. Aber Huguette fand nicht, daß ihre Mutter entspannt wirkte.

»Was ist los, Maman?« fragte sie. »Du bist völlig angespannt. Bist du denn nicht froh, wieder zu Hause zu sein?«

»Ich weiß es nicht. Ich komme mir in meiner eigenen Stadt wie eine Fremde vor.«

Statt nachzulassen, wurde das Gefühl immer stärker: Das Gefühl, entwurzelt zu sein, machte sie gereizt und launisch. Hatte sie sich so gefühlt, als sie nach England gezogen waren? Sie glaubte es nicht. Sie wußte nur, daß sie sich auf der Stelle in das Haus in Chelsea verliebt hatte und endlos damit beschäftigt gewesen war, die Kinder an ihre neuen Schulen und Tagesabläufe zu gewöhnen.

Es war ein Segen, daß es in der Wohnung ein kleines Zimmer gab, das sie von Anfang an als ihr eigenes in Anspruch nehmen konnte. Es lag hinter der Küche und war vielleicht eine Art Speisekammer gewesen, aber in der einen Wand war ein Fenster, ein ziemlich großes sogar, das nicht den sonstigen Proportionen des Zimmers entsprach. Hier hängte sie ihr geliebtes Bild auf, ganz für sich allein. Sie möblierte das Zimmer nicht einmal – wenn sie sich ihr Bild ansehen wollte, würde sie davor stehen. Das Zimmer war eher eine kleine Kapelle als ein Boudoir.

Als sie sich das Bild an diesem neuen Ort ansah, kam sie zu dem Schluß, daß sie es all die Jahre falsch interpretiert hatte. Sie verwarf all ihre komplizierten Theorien über die Bedeutung des leeren Sessels, des Schirms und der Blumen und entschied, daß ihre Augen jetzt nur noch daraus lasen: Sorge dafür, daß das Leben einfach ist. Laß alles los, alles Streben, alle Spannung, halte die Welt fern. Iß, trink, sorge für ausreichende Bewegung, sei dankbar, daß du lebst und atmest. Wenn sie mit dem Bild allein war, schien das einen Sinn zu ergeben, aber wenn sie nicht davorstand, klang es irgendwie banal. Ihr Leben *war* jetzt einfach. Es gab nur sehr wenig, was von ihr verlangt wurde. Sie hatte nichts weiter zu tun, als dafür zu sorgen, daß ihr Mann versorgt war, und das war nicht schwierig. Er war glücklich in Paris; er hatte vergessen, daß er nicht hatte zurückgehen wollen. Er hatte zu seinen alten Freunden und Beschäftigungen zurückgefunden und verlangte nicht viel von ihr.

Aber sie war der Meinung, daß das Bild log. Das wußte sie, weil sie es einmal, vor langer Zeit, versucht hatte. Sie war sehr jung gewesen, erst achtzehn, und wollte unbedingt weg von zu Hause, wo sie nur heftigste Auseinandersetzungen mit ihrem Vater hatte, der sie gnadenlos kritisierte – ihr Aussehen, ihre angebliche Faulheit, ihre Unverschämtheit, alles brachte ihn in Rage. Ihre Mutter half ihr nie. Sie weinte während der Auseinandersetzungen und sagte, es sei, als lebte man in einem Irrenhaus. Claudette fand, daß das eine zutreffende Beschreibung war – ihr Vater war ganz zweifellos verrückt. Es gab keine andere

Erklärung für sein streitlustiges, aggressives Verhalten (obwohl ihre Mutter es auf seinen Gesundheitszustand und auf Geldsorgen schob).

Also machte sich Claudette auf und davon. Sie wollte die Verbindung zu ihren Eltern abbrechen, zumindest für die unmittelbare Zukunft. Sie meldete sich auf die Zeitungsannonce einer älteren Dame, die eine Art Mädchen für alles suchte und in einem abgelegenen Teil Korsikas lebte. Es war ein Fehler. Das erkannte sie schnell. Ihre Arbeitgeberin verließ das Haus nur selten und erwartete von Claudette, daß sie ständig an ihrer Seite blieb, außer anläßlich der wöchentlichen Fahrten ins nächste Dorf, um Vorräte einzukaufen, in einem Karren, der von einem alten, lahmen Gaul gezogen wurde. Claudette gab sich alle Mühe, die tiefe Stille und die Wildheit der Landschaft zu lieben, die sie zu zeichnen versuchte, aber der Mangel an menschlichem Kontakt deprimierte sie. Sich von der Welt zurückzuziehen war nicht die Antwort. Sie hatte sich nur von ihrem Vater zurückziehen wollen und von dem Gefühl, in einer Falle zu sitzen. Aber in Korsika saß sie in einer anderen Art von Falle. Ihr Leben war friedlich und schlicht, doch es war auch steril. Sie brauchte Menschen. Sie mußte lieben und geliebt werden. Sie brauchte ein richtiges Leben. Das einfache Leben war nicht genug. Die Welt konnte nicht ferngehalten werden, nicht völlig, nicht, wenn man glücklich sein wollte.

Es kam mehr oder weniger so, wie Gillian es vorhergesehen hatte. Sie fand Freunde, sie zog mit ihnen zusammen in eine Wohnung (und sagte es ihrem Vater erst, als sie umgezogen war), und sie fand das Paris, das sie sich erhofft hatte. In ihren SMS-Nachrichten an Freunde in London berichtete sie von allen möglichen Versuchen, sie anzumachen, aber in ihren Briefen und Anrufen nach Hause konzentrierte sie sich auf die Dinge, die sie erkundete, die langen Spaziergänge an der Seine und über die Champs-Élysées und durch den Bois de Boulogne. Sie versuchte, ihren Eltern zu vermitteln, daß sie sich auf eine Weise, die sie nie erwartet hatte, zu Hause fühlte – »Es muß die ganze Zeit über etwas Pariserisches in mir gewesen sein«, schrieb sie. Die Leute sprachen sie auf französisch an, weil sie sie für eine Französin hielten, und wenn sie damit durchkam, versuchte sie, diese Illusion aufrechtzuerhalten, und reagierte mit einem Lächeln, einem Kopfnicken, einer Geste. Sie liebte die Flohmärkte, vor allem die etwas schäbigeren, und ergatterte dort alle möglichen Merkwürdigkeiten, die sie für Stilleben verwenden wollte. Sie war am Anfang glücklich damit, allein zu sein und höchstens gelegentlich einen Espresso oder ein *citron pressé* mit jungen Männern zu trinken, die sich zu ihr an den Tisch setzten, aber dann fand sie richtige Freunde.

Sie waren nicht so, wie sie es sich ursprünglich vorgestellt hatte. Keiner von ihnen studierte Kunst. Carole war Australierin und machte, was alle Australier machten – sie arbeitete sich durch Europa. Gillian hatte sie auf einem der Seineboote kennengelernt. Sie hatte das Ufer in der Nähe von Meudon gezeichnet, und Carole hatte ihre Zeichnung bewundert – eine zufällige Begegnung, die zu weiteren führte. Françoise war Französin und arbeitete als Aufseherin im Louvre (wo Gillian regelmäßig hinging), bevor sie im Herbst an der Sorbonne anfangen wollte zu studieren; und Gérard war ihr Freund. Was er machte, blieb Gillian ein Rätsel, aber er war es, der die Wohnung in der Rue Froidevaux fand und vorschlug, sie drei könnten sie sich teilen. Aber selbst durch drei geteilt war die Miete zu hoch, also brauchten sie eine vierte Person, und das war Carole.

Es gab drei Schlafzimmer und ein Wohnzimmer mit einer Nische, die eine Küche sein sollte. Da keiner von ihnen die Absicht hatte, ernsthaft zu kochen, war das nicht weiter wichtig. Die Nachteile des Badezimmers waren wichtiger, aber sie fanden sich mit der lächerlich kleinen Wanne und der fehlenden Dusche ab, weil alles andere so perfekt war. Das Wohnzimmer war riesig und praktisch leer und bot einen herrlichen Blick (sie waren im vierten Stock) über die Dächer, genau wie Gillian es sich vorgestellt hatte. Françoise und Gérard teilten sich ein Schlafzimmer, Carole und sie hatten je ein eigenes. Carole nahm das kleinste Zimmer, weil es ihr nicht weiter wichtig war, wie sie sagte, für sie war es schon der Himmel, aus dem Gästehaus herauszukommen, in dem sie bis dahin gewohnt hatte, und Gillian bekam das daneben, das viel schöner war, mit Blick auf den grünen Friedhof gegenüber.

Was immer Gérard tat, er war selten da. Oft kam er auch nachts nicht zurück, aber das schien Françoise nichts auszumachen, die mit den Schultern zuckte und sagte: »Er hat zu tun.« Sie hatten alle ganz unterschiedliche Arbeits- oder Unizeiten, und Gillian war oft allein in der Wohnung und hatte reichlich Zeit und Platz und Ruhe, um zu malen. Sie versuchte, das Wohnzimmer mit seiner hohen Decke, seinen breiten Fenstern und dem großartigen Licht zu malen. Es gab zwei alte Sofas aus dunklem Holz mit geschnitzten Arm- und hohen Rückenlehnen. Sie hatten Polster aus dunkelrotem Samt, aus denen kleine Staubwolken aufstiegen, wenn man sich setzte. Als die Sonne eines Tages durch die Fenster auf das Rot der Sofapolster fiel, wurde Gillian ganz aufgeregt – es war, als brenne ein Feuer zwischen dem kühlen Grau der Wände und dem schwarzen Holz des Fußbodens. Sie stellte ihre Staffelei in der hinteren Ecke des Zimmers auf. Natürlich wollten die anderen, wenn sie zu Hause waren, sehen, was sie machte, und sie mußte sie lassen. Sie äußerten sich nicht dazu, bis auf Gérard. Er schaute sich ihre Leinwand Tag für Tag an – sie kam nur langsam voran – und kommentierte sie schließlich.

»Das Wesen des Raums, was?«

Sie nickte. Genau.

»Du glaubst, daß Zimmer ein Wesen haben?« fragte er.

»Das hier ja«, sagte sie.

»Und was glaubst du, ist hier passiert?«

»Passiert?«

»Um ihm ein Wesen zu verleihen. Diese Sofas, eh, was haben sie gesehen? Wer hat auf ihnen gesessen? Wer hat sie ausgesucht?«

»Das spielt keine Rolle.«

»Nein?«

»Nein. Das ist es nicht, was ich meine. Es geht nicht um die Geschichte des Zimmers, es geht um das Jetzt, einfach um das Gefühl, das das Zimmer jetzt verbreitet, was es mich fühlen und denken läßt.«

Vielleicht sprach sie zu schnell, vielleicht war ihr Französisch dem, was sie sagen wollte, nicht gewachsen, jedenfalls sagte Gérard nichts mehr. Aber etwa eine Woche später, als er mitten am Nachmittag unerwartet nach Hause kam, blieb er wieder stehen und sah sich an, was sie malte.

»Du bist also eine Impressionistin«, sagte er. »Das hätte ich nicht erwartet.« Sie antwortete nicht und hoffte, daß er keine Antwort erwartete. Er sah ihr weiter zu, bis seine Aufmerksamkeit anfing, sie zu irritieren. Abrupt hörte sie auf zu malen und begann, ihre Pinsel zu reinigen. Er setzte sich auf eines der Sofas und rauchte und beobachtete sie beim Aufräumen. »Wie alt bist du, Gillian?« fragte er. »Achtzehn? Neunzehn? Zwanzig?«

»Neunzehn.«

»Und du warst noch nie verliebt, was? Das ist selten heutzutage, sehr süß.«

Sie runzelte die Stirn, weil sie das Gefühl hatte, daß er jetzt entweder Proteste oder Geständnisse hören wollte, und sie wandte sich von ihm ab und konzentrierte sich aufs Aufräumen.

»Ich habe dich gekränkt, oder?«

»Nein.«

»Gut. Weißt du, es ist dein Bild, es zeigt Gefühle, genau wie du es wolltest, aber vielleicht nicht die Gefühle, die es zeigen sollte, eh?«

»Ich weiß nicht, was du meinst, Gérard, tut mir leid, aber ich verstehe dich nicht.«

»Bilder«, sagte Gérard langsam, »sind Gefühle. Es ist egal, was das Auge sieht, das Herz muß es fühlen, sonst ist es sinnlos.«

»Sehr tiefgründig«, murmelte Gillian. Sie hätte am liebsten gelacht, aber sein Gesichtsausdruck war so feierlich, daß sie sich nicht traute.

Er starrte sie ganz offen an, wartete auf eine Reaktion, die sie nicht bieten konnte. Sie fing an zu pfeifen, um zu zeigen, wie wenig das alles sie interessierte, und wußte, daß sie ihn enttäuschte, weil sie sich nicht auf eine Diskussion einlassen wollte. Sie konnte sich nicht vorstellen, was die hübsche Françoise an ihm fand.

Zwei Monate nach ihrer Rückkehr nach Paris starb Mme. Verlons Mann. Jacques, ein anscheinend fitter, gesunder sechsundsechzigjähriger Mann, der weder rauchte noch zuviel trank, hatte eines Abends kurz nach dem Essen mit ein paar Freunden einen Herzanfall. Mme. Verlon war nicht dabei. Die Freunde waren ehemalige Kollegen, das Essen fand in ihrem Club statt. Sie wurde um elf Uhr abends von einem von ihnen angerufen und erfuhr, daß man ihn ins Krankenhaus gebracht hatte. Was sie schockierte und entsetzte, war ihre eigene Reaktion. Sie schrie nicht, sie weinte nicht, und es verschlug ihr auch nicht die Sprache. »Wie schrecklich«, sagte sie mit ruhiger Stimme. »Wo ist er?« Sie fuhr ins Krankenhaus, in das er gebracht worden war, und traf dort auf ihre Tochter. Huguette war so aufgelöst, daß es für zwei reichte. Ihr ältester Sohn kam eine halbe Stunde später mit kalkweißem Gesicht und umarmte sie und sagte tröstende Worte, die er selbst nötiger hatte. Ihr jüngerer Sohn war geschäftlich in Amerika und hatte noch nicht benachrichtigt werden können. Da waren sie also, standen zu dritt in dem kahlen kleinen Krankenhauszimmer und sahen auf den toten Körper hinab. Es war Mme. Verlon, die schließlich sagte: »Sollen wir gehen?«

In dieser Nacht, in der sie schlaflos im Bett lag, dachte Mme. Verlon aus irgendeinem Grund an die Witwe, von der sie vor all den vielen Jahren das Haus in Chelsea gekauft hatte. Sie erinnerte sich daran, wie sie entschieden den Eindruck gehabt hatte, daß Mrs. Mortimer nicht gerade tief bekümmert war über den Tod ihres Mannes oder daß sie sich erstaunlich schnell davon erholt hatte. Sie hatte gedacht, wie seltsam sich das anfühlen mußte, nicht zutiefst traurig zu sein, wenn es von einem erwartet wurde, und sie hatte damals geglaubt, daß sie nicht in der Lage wäre, ein Leben ohne ihren Mann zu ertragen. Aber jetzt, wo Jacques ihr genommen worden war, verstand sie Mrs. Mortimer besser. Der Kummer konnte, wie es schien, seltsame Formen annehmen. Sie war sicher, daß sie voller Kummer war, weil sie ihren Mann geliebt hatte und sie fast vierzig Jahre gemeinsam miteinander verbracht hatten. Aber der Kummer war irgendwie vergraben und noch nicht in einer annehmbaren Form an die Oberfläche vorgedrungen. Sie fühlte sich zu ruhig, zu klar im Kopf (aber das konnte der Schock sein). Sie dachte nicht einen Augenblick lang, daß sie nicht weiterleben könnte – das Leben ihres Mannes war zu Ende gegangen, nicht ihres.

Was wahrscheinlich niemand wußte, nicht einmal ihre Kinder, war, wie sehr ihrer beider Leben sich in den letzten Jahren voneinander entfernt hatten, im Rahmen einer nach wie vor glücklichen Ehe. Sie hatten sich tagsüber nicht wirklich viel gesehen, hatten aber jede oder fast jede Nacht im selben Bett geschlafen. Ihr Sexleben war weitergegangen, obwohl es nicht mehr damit zu vergleichen war, wie es einmal gewesen war – wie konnte es, nach so vielen gemeinsamen Jahren und in Anbetracht ihres Alters und des damit verbundenen Verlusts an Energie? Aber was Claudette zunehmend merkwürdig vorgekommen war: Wie weit sie sich im Geist von Jacques entfernt hatte. Sie hatte ihn oft fragen wollen, ob er sich auch so seltsam fern vorkomme und doch nah, hatte es aber nie getan. Das war noch etwas, was sich verändert hatte. Gefühle wurden als selbstverständlich genommen, aber nicht in Worte gefaßt. Sie hatte sich unfähig gefühlt, ihm alle möglichen Ängste und Hoffnungen (mehr Ängste als Hoffnungen) zu schildern, und hatte sich gesagt, es sei schließlich sinnlos, Jacques zu beunruhigen.

Und es gab oft Kleinigkeiten, die sie ihm nicht mehr erzählte. Früher hätte sie es genossen, ihm von Gillian Mortimers Besuch zu erzählen, sie hätte eine unterhaltsame Geschichte daraus gemacht, und Jacques hätte ihr Interesse an dem Mädchen und an der Verbindung zu ihrer Großmutter und ihrem Gwen John-Bild geteilt. Aber sie hatte die unerwartete Besucherin nicht erwähnt. Ihr Schweigen war um so auffälliger, als ihre Tage jetzt eher ereignislos waren und es nicht soviel zu erzählen gab. Es war ihr, irgendwie, einfach zuviel Mühe. Vielleicht hatte Jacques die gleiche Langeweile bei solchen alltäglichen Dingen empfunden. Sie waren beide in ihren verschiedenen Welten gefangen und fühlten sich doch merkwürdigerweise nicht unwohl in dieser Situation. Aber es bedeutete, daß der Tod, als er kam, nicht dasselbe Grauen auslöste, wie er es noch vor fünf Jahren getan hätte. Es war, als hätte sie bereits eine lange Lehrzeit hinter sich, und sie war fast dankbar dafür.

Sie konnte darüber nicht sprechen. Die Beerdigung mußte überstanden werden, die Kondolenzbriefe mußten beantwortet werden. Sie erfüllte ihre Pflicht und beantwortete jeden einzelnen Brief selbst. Huguette blieb bei ihr, war aber mehr eine Last als eine Hilfe, da sie in regelmäßigen Abständen weinte und voller Reue darüber war, ihren Vater nicht genug geliebt zu haben. Claudette fand es anstrengend, ständig mitfühlend zu sein und ihr immer wieder zu versichern, sie brauche sich keine Vorwürfe zu machen, ließ sich aber nichts anmerken. Ihre Söhne – der jüngere war für die Beerdigung zurückgekommen – litten nicht unter derartigen Schuldgefühlen und gaben sich alle Mühe, sich nützlich zu machen. Sie verhandelten wegen des unkomplizierten Testaments ihres Vaters mit dem Anwalt und kümmerten sich um andere praktische Angelegenheiten. Ihre Mutter war stolz auf sie. Der jüngere Sohn, sichtlich verändert durch seine Zeit in Amerika, versicherte ihr eines Tages: »Es ist in Ordnung zu weinen, Maman.« Sie sagte, das wisse sie, sie weine aber lieber, wenn sie allein sei. Das schien ihn zufriedenzustellen.

Als sich alles beruhigt hatte, das heißt, als alle drei Kinder wieder in ihr eigenes Leben zurückgekehrt waren und sie allein war, spielte Mme. Verlon mit dem Gedanken, nach London zurückzukehren. Aber sie konnte nicht in ihr geliebtes Haus in Chelsea zurück, und es war zu anstrengend, sich etwas anderes zu suchen. Außerdem würden ihre Kinder es nicht verstehen, und sie war gerührt von ihrer Sorge um sie. Sie war ihnen gegenüber nie überschwenglich gewesen – sie war nicht diese Art von Frau –, aber sie liebte sie und genoß ihre Gesellschaft, und es wäre dumm, sich dieser Gesellschaft zu berauben. Die Frau ihres ältesten Sohns erwartete ein Baby, und sie hatte überraschend (sie überraschte sich selbst) viel Freude daran, Großmutter zu werden. Nein, sie konnte nicht nach London zurück.

Aber die Wohnung, in der sie lebte, war kein Ort für eine alleinstehende Frau. Sie war zu geräumig, fast zu imposant mit den riesigen Räumen und den hohen Decken. Sie zog sich immer wieder in die Küche und in das kleine Zimmer daneben zurück und tat so, als existierte der Rest der Wohnung nicht. Es paßte nicht zu ihr, daß sie das tat – sie hatte großzügige Räume immer geliebt und gebraucht –, aber sie hielt es erleichtert für ein Zeichen dafür, daß sie ihren Mann vermißte. Er war ein so lauter, lebhafter Mann gewesen, daß es einen überwältigt hätte, mit ihm in einem kleinen Zimmer zu sein. Wenn er, selten genug, dazukam, wenn sie ihr kleines Bild betrachtete, hatte sie sich immer gewünscht, er möge bald wieder gehen und sie allein lassen. Seine Gegenwart erdrückte das Bild.

Sie wollte umziehen, aber wohin? Sie wäre immer noch gern mitten in Paris gewesen – in der Nähe der Kunstgalerien und all der anderen kulturellen Zentren, die ihre größte Freude waren; aber sie wollte auch Ruhe und Stille. Sie brauchte Rat und wandte sich an einen Freund ihres verstorbenen Mannes, der Besitzer einer ziemlich großen Immobilienagentur war. Er kam in ihre Wohnung, um sich ein klareres Bild davon zu machen, was sie wollte, welche Art von Wohnung, obwohl er eine Vorstellung von der Lage zu haben glaubte, zentral, aber trotzdem ruhig etc. etc. Zu seiner Verblüffung führte sie ihn in das kleine Zimmer neben der Küche und zeigte ihm das Bild.

»Also«, sagte sie. »Ich will ein Zimmer wie das hier.«

»Eine Mansarde?« fragte Bernard entsetzt. »Sie wollen das hier aufgeben, um in eine Mansarde zu ziehen?«

»Nein«, sagte Mme. Verlon, »ich will nicht in eine Mansarde ziehen, ich will eine Wohnung, zu der eine Mansarde gehört. Ich will, was dieses Bild zeigt, das Leben, das es verkörpert.«

Bernard starrte darauf. »Aber Claudette, auf dem Bild ist kein Leben, zumindest kann ich keins sehen. Es ist eher eine Abwesenheit von Leben, nicht?«

»Dann will ich vielleicht eine Wohnung, in der es eine Abwesenheit gibt.«

Verlegen sagte Bernard nichts weiter. Mme. Verlon konnte sehen, daß er glaubte, der Kummer habe sie aus der Bahn geworfen. Aber er gab sich alle Mühe, kooperativ zu sein. Er würde sofort einen seiner Angestellten mit der Suche beauftragen. Es gab zahlreiche solcher Dachwohnungen in Paris, und vielleicht gab es genau das, was sie wollte, in einem *bijou*-Apartment auf der Île St. Louis. Er würde Gérard Maritain am nächsten Tag vorbeischicken, damit er mit ihr reden konnte. Gérard war Künstler, mußte aber, wie die meisten Künstler, einem Beruf nachgehen, um seinen Lebensunterhalt zu bestreiten. Er würde finden, was sie wollte, sie konnte sich darauf verlassen.

Die Begegnung war rein zufällig, wenn man an Zufälle glaubte, und da war sich Mme. Verlon nicht mehr ganz sicher. War das Leben zufällig? Es gab genügend Hinweise darauf, aber es widerstrebte ihrer ordnungsliebenden Natur, das anzuerkennen. Manche Zufälle waren so außergewöhnlich, daß sie unweigerlich das Gefühl hervorriefen, es stecke eine Absicht dahinter.

Es war also Zufall, ein zufälliges Zusammentreffen, daß Gillian Mortimer genau in dem Moment aus dem Louvre kam, als sie hineingehen wollte. Es gab an jenem Tag keine Schlangen. Es regnete in Strömen. Mme. Verlon stieg aus dem Taxi, den Schirm griffbereit, und lief eilig über den Vorplatz. Am Eingang blieb sie stehen, um ihren Schirm auszuschütteln und zusammenzuklappen, genau in dem Moment, als Gillian herauskam und stehenblieb, um den Reißverschluß ihrer Jacke hochzuziehen und die Zeichnungen, die sie angefertigt hatte, in ihrer Tasche zu verstauen. Sie erkannten sich im selben Augenblick, aber Gillian war bei weitem die Überraschtere. »Mme. Verlon, nicht wahr?« rief sie. »Sind Sie jetzt in Paris?«, was sie im nachhinein ein bißchen lächerlich fand. Mme. Verlon sagte, ja, das sei sie, sie lebe schon seit einigen Monaten hier. »Und Sie?« fragte sie. »Studieren Sie hier?« Gillian sagte, das tue sie, sie nehme an einem Vorbereitungskurs teil und habe als Teil ihrer Hausaufgaben Murillos *Der junge Bettler* kopiert. »Ich erinnere mich gut an solche Hausaufgaben«, sagte Mme. Verlon.

Was gab es noch zu sagen? Mme. Verlon hatte das Gefühl, den Anfang machen zu müssen. »Vielleicht«, sagte sie, »würden Sie mich gerne einmal auf ein Glas Wein besuchen?« Gillian sagte, sehr gerne, es wäre ihr eine Freude, und Mme. Verlon zückte eine Karte mit ihrer Adresse und schlug einen Abend vor, den folgenden Freitag, an dem sie zu Hause sein würde. Sobald das Mädchen die Karte genommen und sich verabschiedet hatte, fragte sich Claudette, was sie da getan hatte. Sie hatte seit dem Tod ihres Mannes keine Gäste gehabt, abgesehen davon, daß sie Bernard einen Kaffee angeboten hatte, als er wegen der Wohnung kam, und sie hatte nicht wirklich den Wunsch, sich die Mühe zu machen. Aber sie hatte die

Einladung ausgesprochen, und da sie Gillian nicht nach ihrer Adresse gefragt hatte, konnte sie sie nicht rückgängig machen. Die ganze Zeit, die sie im Louvre war, fühlte sie sich abgelenkt. Sie wußte nicht, weswegen sie gekommen war. Weil sie sich zu Hause langweilte. Ihre Tage waren von einer Langeweile, einer Ziellosigkeit, die immer stärker wurde und gegen die etwas unternommen werden mußte. Aber durch den Louvre zu streifen oder sonst ein Museum, war nicht genug. Das gewaltige Gebäude deprimierte sie, seine Größe überwältigte sie, und während sie als Studentin die verschiedenen Treppen hinaufgesprungen war, um möglichst schnell dahin zu kommen, wo sie hinwollte, taten ihr jetzt die Beine weh, und ihre Füße mußten zum Weitergehen überredet werden. Wonach suchte sie? Nach Trost? Nach Ablenkung? Weder noch. Sie wollte, dachte sie, auf irgendeine Weise aufgerichtet werden, wollte spüren, daß ihre Stimmung sich aufhellte, wie sie es früher getan hatte, wenn sie vor diesen Bildern gestanden hatte.

Sie selbst hatte seit Jahren nicht mehr gemalt. Seit Jahren und Jahrzehnten. Die Sehnsucht, der Drang, sie waren einfach verschwunden, ungefähr um die Zeit herum, als Huguette geboren wurde. Es war damals nichts gewesen, was sie vermißt hatte. Jacques war derjenige gewesen, der ihren Mangel an Produktivität angesprochen hatte, und zuerst hatte sie Ausreden vorgebracht – sie hatte keine Zeit, mit dem Baby war es unmöglich, die Ruhe zu finden, sich zu konzentrieren. Aber sie wußte, daß das nicht der Grund war. Zeitmangel hatte nichts damit zu tun. Sie hatte einfach nicht mehr das Bedürfnis zu malen. Sie war zufrieden. Und so war es weitergegangen, mit der Geburt der Jungen. Es machte sie nicht traurig, sich nicht länger als Künstlerin zu sehen, und folglich war sie vielleicht nie eine gewesen. Das bißchen Talent, das sie hatte, war für sie nur ein Zeitvertreib gewesen. Sie hatte nicht das Gefühl, daß die Mutterschaft sie der Chance beraubt hatte, dieses Talent auszuüben, sondern vielmehr, daß sie ein anderes entdeckt hatte, das sie mehr befriedigte. Es war kein Groll in ihr.

Aber jetzt war in ihr ein neues Bedürfnis. Konnte sie wieder anfangen zu malen? Die Vorstellung war ihr fast peinlich, aber als ihr die ersten zaghaften Gedanken durch den Kopf gingen, empfand sie ein kleines Aufwallen von Aufregung und fragte sich, ob ihre Gedanken ihr nicht vielleicht etwas sagten, was sie unbedingt hören wollte.

Gillian brauchte ein Mitbringsel, aber es war schwierig, sich eins einfallen zu lassen, wo Mme. Verlon so offensichtlich reich war und alles hatte. Blumen waren immer gut, aber sie wäre gern origineller gewesen. Sie überlegte, ob sie es wagen sollte, ihr eins ihrer eigenen Bilder mitzubringen, oder ob das nach Angeberei aussehen würde. Sie hatte ein paar kleine Ölbilder gemalt, Studien von einem Krug, den sie auf einem Flohmarkt gefunden hatte, und sie waren ganz gut geworden. Aber sie traute sich nicht, einer Kennerin eins davon zu schenken, und so blieb es letztendlich doch bei den Blumen. Aber sie gab sich große Mühe damit und suchte überall, bis sie Primeln fand, und kaufte dann sechs kleine Sträußchen und ließ sie mit einem weißen Band zusammenbinden. Sie sahen wirklich hübsch aus.

Mme. Verlons Apartment lag in einem ehemaligen Hotel – und war fast erschreckend luxuriös, in dieser Lage, in der Rue de Rivoli, und mit diesem Blick auf den Jardin des Tuileries. Gillian war beeindruckt von der Pracht des Gebäudes. Es gab einen Concierge in Uniform, der seine Zweifel zu haben schien, ob er sie überhaupt im Lift nach oben fahren lassen sollte, und darauf bestand, Mme. Verlon anzurufen und nachzufragen, ob sie erwartet wurde. Allein im Lift – der wie ein Zimmer war, mit einem Teppich auf dem Boden und zwei Stühlen –, dachte Gillian, wie unpersönlich und formell das Gebäude sich anfühlte, aber als sie Mme. Verlons Apartment betrat, stellte sie überrascht fest, daß es nicht im mindesten steif oder opulent war. Sie bewunderte das Zimmer, in das sie geführt wurde, aber Mme. Verlon sagte, es sei noch nicht fertig – sie meinte die Einrichtung – und würde nun niemals fertig werden, da sie bald ausziehen würde. »Wissen Sie, mein Mann ist gestorben, kurz nachdem wir hierherkamen.« Gillian sagte, es tue ihr sehr leid, aber Mme. Verlon machte eine abwehrende Geste, die besagte, daß sie nicht darüber sprechen wolle. »Ich suche etwas Kleineres, etwas Interessanteres«, sagte sie.

Es folgte ein unbehagliches Schweigen, von dem Gillian nicht wußte, wie sie es brechen sollte oder ob sie, die Besucherin, die Jüngere, es überhaupt brechen durfte. Mme. Verlon saß auf der Sofakante, mit geradem Rücken, die Hände im Schoß gefaltet, würdevoll und ein wenig beängstigend, genau wie im Haus in Chelsea. Sie schien zu warten, aber worauf? Gillian fragte, ob sie froh sei, wieder in Paris zu sein, und erhielt zur Antwort, in mancher Hinsicht ja, in anderer Hinsicht nein, was zu einer gestelzten Unterhaltung über die Vorzüge führte, die London im Vergleich zu Paris hatte. Dann wurde ihr ein Glas Wein angeboten, und sie blieb allein zurück, während ihre Gastgeberin den Wein holte. Mme. Verlon brachte auch Oliven in einer seltsam geformten Tonschale, die Gillian bewunderte. Mme. Verlon sagte, sie habe sie gemacht, vor vielen Jahren, als sie selbst Kunst studiert habe. Gillian fragte, wo sie studiert habe, und das brachte Mme. Verlon darauf, sich nach Gillians Kurs zu erkundigen – alles sehr höflich, sehr verkrampft. Je schneller es vorbei war, desto besser, dachte Gillian. Das Glas Wein war zu ihrer Erleichterung ziemlich klein. Zwei oder drei Schlucke, und es wäre ausgetrunken, und sie könnte allmählich aufbrechen.

Aber Mme. Verlon überraschte sie, indem sie fragte, ob sie das Bild gerne noch einmal sehen wolle. Gillian wußte sofort, welches Bild sie meinte. »Wo ist es?« fragte sie. Mme. Verlon stand auf und führte sie durch ein weiteres Zimmer in eine Küche und dann in ein kleines Zimmer, das davon abging. Sie standen nebeneinander, wie damals im Haus in Chelsea, und sahen sich das Bild an.

»Es ist also wieder da, wo alles angefangen hat«, sagte Gillian. »Wenn Sie recht haben und Gwen John es in Paris gemalt hat.«

»Ja, aber das hier ist nicht das Paris, das sie kannte, da bin ich sicher. Sie würde es nicht gerne *hier* sehen, in dieser Wohnung.«

»Wie viele Jahre ist es her, seit es gemalt wurde?«

Mme. Verlon zuckte die Schultern. »Vielleicht hundert, so ungefähr.«

»Eine lange Zeit. Werden Sie es behalten?«

»Natürlich werde ich es behalten, wie könnte ich

anders? Ich versuche, danach zu leben. Aber ich werde es nicht meinen Kindern hinterlassen. Sie würden es nicht zu schätzen wissen. Es bedeutet ihnen nichts.«

»Wem dann? Einer Galerie oder einem Museum?«

»Vielleicht. Es wäre vielleicht das Beste, es wäre vielleicht das Richtige.«

»In einem Museum würde es verloren aussehen.«

»Das wäre möglich. Ja, es wäre nicht glücklich an einer Museumswand, es würde dort erdrückt, denke ich. Diejenigen, die es sähen, hätten keine Zeit, davon zu profitieren. Sie würden einen Blick darauf werfen, sie würden weitergehen, sie würden denken, daß es hübsch, aber belanglos ist, eher langweilig. Es wäre schade darum.«

»Aber warum wollen Sie es nicht Ihrer Tochter hinterlassen? Es muß von Frau zu Frau weitergegeben werden und Teil ihres Lebens sein und sie jeden Tag beeinflussen.«

Mme. Verlon sah Gillian erstaunt und mit neuem Interesse an. »Gut ausgedrückt«, sagte sie. »Es hat eine ganz eigene Macht. Ich habe sie gefühlt. Aber Sie sind jung, es kann für Sie nicht dieselbe Bedeutung haben. Sie sind jung, schön, glücklich – es hat nichts mit Ihnen zu tun, noch nicht, und vielleicht wird es das nie. Es ist einfach nur ein Bild, das Ihnen gefällt, das Sie bewundern.«

»Nein«, sagte Gillian, »es hat eine Geschichte. Ich weiß nicht, welche, nicht einmal, welche Rolle meine Großmutter darin spielte, aber irgend etwas ist da, mehr als die Farbe auf der Leinwand. Finden Sie nicht auch? Wollen Künstler nicht mehr, als nur Farbe auf Leinwand bringen?«

Als Gillian weg war, war Mme. Verlon wie betäubt.

Das Mädchen hatte ausgedrückt, was sie selbst empfand. Sie hatte genau ihre Gefühle über das Gemälde ausgedrückt, und jetzt, wo sie ausgesprochen waren, erschwerten sie die Entscheidung über seine Zukunft. Ein Museum für moderne Kunst wäre nicht das richtige. Das Bild mußte von Frau zu Frau weitergegeben werden, wie Gillian gesagt hatte. Aber wie konnte sie sicherstellen, daß das passieren würde? Sie würde es Huguette hinterlassen, und dann? Huguette würde es nicht verkaufen, wenn die Verfügung lautete, daß es nicht verkauft werden durfte, aber wer wußte, was sie für das Bild empfinden würde? Und an wen würde sie es weitergeben? Vielleicht sollte sie es dem Bild selbst überlassen, seinen Weg zu finden, wie es das hatte tun müssen, seit die Künstlerin es aus der Hand gegeben hatte. Vielleicht sollte sie in ihrem Testament festschreiben, daß es verkauft werden sollte, aber nicht an eine Institution, sondern nur an eine Frau, die es bei sich zu Hause aufhängen würde. Unmöglich vielleicht, so eine Bedingung durchzusetzen, aber es wäre ein Spaß, es zu versuchen.

Bis dahin hatte sie es für sich. Sie würde es mit sich nehmen, wo immer es sie hin verschlug, und es würde weiterhin Teil ihres Lebens sein, so wie es Teil des Lebens anderer gewesen war, und sie würde davon profitieren. War das nicht sein Sinn? Die Welt fernzuhalten, wenigstens für ein paar kostbare Momente, jedesmal, wenn es betrachtet wurde?

Gillian ging den langen Weg nach Hause zu Fuß, sehr langsam, die Rue de Rivoli hinunter, am Louvre vorbei, über die Pont Neuf und in die Rue Dauphine, die über zwei weitere Straßen, deren Namen sie nicht kannte, in den Jardin du Luxembourg führte, und durch ihn hindurch nach Montparnasse und in die Rue Froidevaux. Sie würde Mme. Verlon nicht wiedersehen, es sei denn, sie liefen sich noch einmal zufällig über den Weg. Es hatte keine Verbindung zwischen ihnen gegeben – ihr einziger Berührungspunkt war das Bild, und das war nicht genug, um sie zu zukünftigen Freundinnen zu machen.

Es war ein schöner Abend, und jetzt endlich wußte sie Paris zu schätzen und genoß den Unterschied zu London. Ihr Französisch war immer noch stockend, aber sie schnappte den Jargon schnell auf und verstand fast alles, was sie hörte. Es hatte, wie sie allmählich lernte, subtile Vorzüge, wenn man Ausländerin war, es ging darum, daß man Dinge anders sah als die einheimische Bevölkerung. Sie empfand jedesmal, wenn sie um eine Straßenecke bog, den Schock des Neuen und war überrascht. Ihr Geist füllte sich mit Schnappschüssen von Menschen und Plätzen, die ihre Phantasie nährten und Ideen zündeten. Das war aufregend und ließ ihren Wunsch zu malen größer werden denn je. Sie wollte diese Erregung durch ihren Pinsel auf die Leinwand fließen lassen. Sie hatte gemeint, was sie zu Mme. Verlon gesagt hatte: Sie wollte mehr, als Farbe auf ihre Leinwände bringen, etwas, das immer spürbar war, wenn der Betrachter es zu identifizieren wußte.

Den ganzen Weg hinauf in die Wohnung hoffte sie, daß niemand dasein würde, damit sie sich unverzüglich an die Arbeit machen konnte.

Es war ganz einfach zu arrangieren. Mme. Verlon machte einen Termin mit ihrem Anwalt, und ihr Testament wurde verändert. Sie vererbte das Bild, das »Ölbild, ohne Titel, möglicherweise von Gwen John, von der Ecke eines Dachzimmers«, an Gillian Mortimer, mit dem Wunsch, sie möge es ihrerseits einer Frau ihrer Wahl hinterlassen, die das Bild zu schätzen wisse. Der Anwalt fand, das Bild solle zuerst auf seine Echtheit geprüft werden, denn wenn es wirklich von der mutmaßlichen Künstlerin stamme, sei es von beträchtlichem finanziellem wie auch künstlerischem Wert, aber Mme. Verlon lehnte das ab. Sie hatte ihren Kindern gesagt, wem sie das Bild hinterlassen wollte, und sie hatten keine Einwände erhoben, egal, wieviel es wert sein sollte – sie waren alle mehr als gut versorgt.

Anschließend freute Mme. Verlon sich jeden Tag darüber, daß das Bild weiterleben würde, bei Frauen, die auf seine Schlichtheit reagieren, sich aber nicht zu der irrigen Annahme verleiten lassen würden, daß es weder Leidenschaft noch Sehnsucht enthalte.

Der Künstlerin würde das genügen. Sie hatte es gemalt, um die Welt fernzuhalten. Wenn es anderen half, dasselbe zu tun, hatte sie ihr Ziel erreicht.

Quellen

Mary Taubman, *Gwen John.* Aldershot: Scolar Press 1985

Michael Holroyd, *Augustus John.* London: Vintage 1997

Alicia Foster, *Gwen John.* London: Tate Publishing 1999

Sue Roe, *Gwen John. A life.* London: Chatto & Windus 2001

Gwen John. Letters and Notebooks. Ed. by Ceridwen Lloyd-Morgan. London: Tate Publishing 2004

Gwen and Augustus John. Catalogue for the 2004 Exhibition. Ed. by David Fraser Jenkins and Chris Stephens. London: Tate Publishing 2004

Das Zitat auf Seite 39 stammt aus: Charlotte Brontë, *Jane Eyre. Eine Autobiographie.* Aus d. Engl. von Ingrid Rein. Stuttgart: Reclam 1990, S. 15.

Margaret Forster, 1938 in Carlisle geboren, studierte Geschichte in Oxford und lebt als freie Schriftstellerin in London und im Lake District. Ihre Werke erscheinen seit 1990 bei Arche (www.arche-verlag.com), zuletzt »*Ich warte darauf, daß etwas geschieht*« (2005).